Das Geheimnis der Fjordinsel

Christine Kabus, 1964 in Würzburg geboren, arbeitete nach ihrem Studium der Germanistik und Geschichte als Dramaturgin und Lektorin bei verschiedenen Film- und Theaterproduktionen, bevor sie sich 2003 als Drehbuchautorin selbstständig machte. Schon als Kind zog sie der hohe Norden, den sie zunächst durch die Bücher von Astrid Lindgren und Selma Lagerlöf kennenlernte, in seinen Bann. Vor allem die ursprüngliche, mythische Landschaft Norwegens beflügelte ihre Fantasie. Sie begann, die Sprache zu lernen und sich intensiv mit der Geschichte Norwegens zu beschäftigen. *Das Geheimnis der Fjordinsel* ist ihr sechster Roman.

Christine Kabus

Das Geheimnis der Fjordinsel

Roman bzw. Erfahrungsbericht

Weltbild

Besuchen Sie uns im Internet:
www.weltbild.de

Genehmigte Lizenzausgabe für Weltbild GmbH & Co. KG,
Ohmstraße 8a, 86199 Augsburg

Umschlaggestaltung: Johannes Frick, Neusäß
Umschlagmotiv: © Johannes Frick unter Verwendung von Motiven von iStock
(© Andrew Michael, © banjongseal324, © aprott)
Satz: Datagroup int. SRL, Timisoara
Druck und Bindung: CPI Moravia Books s.r.o., Pohorelice
Printed in the EU
ISBN 978-3-98507-673-4

Für Stefan
in Liebe

Hvis man ikke kenner fortiden, forstår man ikke nåtiden,
og er lite egnet til å forme fremtiden.

Wer die Vergangenheit nicht kennt,
versteht auch die Gegenwart nicht und ist kaum in der
Lage, die Zukunft zu gestalten.

Personen

1926 – Horten, Norwegen

Familie Rev

Olof und Borghild – Eltern

Johanne, Dagny, Finn – ihre Kinder

Ingvald Lundalm – Angestellter in Revs Weinhandlung

Wichtige Nebenfiguren:

Sven Gravdal – Schmuggler

Leif – sein Chauffeur

Rettmann – Chef der Polizei von Horten

Nygren – junger Polizist

Ludvigsen – Bankdirektor

Fräulein Solstad – seine Sekretärin

1980 – Petkum, Ostfriesland

Familie Meiners

Fiete (Friedrich) – ehemaliger Kapitän und Lotse

Rike (Frederike) – seine Enkelin

Beate – seine Tochter, Rikes Mutter

Familie Olthoff

Eilert – Schlepperkapitän, Rikes Chef; Freund und Nachbar von Fiete

Swantje – seine Frau

Lieske – ihre Tochter

Auf der Reise in Norwegen
Bjørn Kravik – Student
Knut, Marit und Linda – seine Freunde

Persson – Bootsverleiher in Holmestrand

Prolog

Das Tuckern des Bootsmotors durchschnitt die Stille der Nacht. Der Wind, der tagsüber die Wasseroberfläche des Fjords gekräuselt und kleine Wellen an die Ufer und die ihnen vorgelagerten Inseln und Schären getrieben hatte, war zu einem kaum wahrnehmbaren Hauch abgeflaut. Im Westen kündigte ein dunkelroter Streifen am Horizont den Untergang der Sonne an, die wenige Stunden später bereits wieder aufgehen würde. Der Mann am Steuer umrundete die Spitze einer lang gezogenen Insel und hielt auf ein rundes Eiland zu, das hinter dieser im Sund lag. Er schaute zurück zum Hafen von Holmestrand, den er eine halbe Stunde zuvor verlassen hatte. Vereinzelt blinkten Lichter aus dem Städtchen herüber. Beim Anblick der langen weißen Spur, die das Kielwasser seines Bootes weithin sichtbar hinterließ, zog sich sein Magen zusammen. Wenn jetzt ein Polizeischiff auftauchte, hätte er keine Chance, unbemerkt zu entkommen. Im nächsten Moment atmete er aus und entspannte sich. Es gab keinen Grund zur Beunruhigung. Das war vorbei. Der Schreck war ein Reflex aus einem anderen Leben, das er ein für alle Mal hinter sich gelassen hatte.

Mittlerweile hatte er das Inselchen erreicht, das von Kiefern und Birken bewachsen war. Er drosselte den Motor, ließ das Boot in den Schatten der Bäume gleiten und spähte zum Ufer. Zwischen den dunklen Felsen entdeckte er den schmalen Sandstreifen, an dem er anlanden konnte. Eine Minute später sprang er ins seichte Wasser, zog das Boot an

Land und lief in das Wäldchen. Der schmale Pfad war zugewuchert. Auch die Lichtung, in deren Mitte das kleine Holzhaus stand, war kaum noch auszumachen. Der Boden war mit niedrigem Buschwerk, Blaubeersträuchern und Erdbeerpflanzen bedeckt, aus denen hüfthohe Baumschösslinge und lange Grashalme ragten. Der Mann bahnte sich seinen Weg. Leises Rascheln im Unterholz verriet ihm, dass er eine Maus oder ein anderes kleines Tier aufgescheucht hatte. Ein paar Schritte vor dem Haus, dessen Fensterläden geschlossen waren, hielt er inne. Wie lange es wohl schon in seinem Dornröschenschlaf lag? Im Restlicht bemerkte er die abblätternde Farbe an den Wänden, die halb im Boden eingesunkene Steinstufe vor der Tür, die Moosschicht auf dem Brennholzstapel an der Seitenwand und das zerbrochene Brett in der Sitzfläche der Bank unterm Fenster. Er griff sich in den Hemdkragen und zog ein Lederband mit einem Schlüssel hervor, den er in das Schloss steckte und umdrehte. Mit einem Knarzen schwang die Tür auf. Aus dem Inneren drang ein Geruchsgemisch aus erkalteter Asche, stockigem Stroh und Harz. Er knöpfte eine rechteckige Taschenlampe aus schwarz lackiertem Blech von seinem Gürtel ab, legte den seitlichen Schalter um und betrat im Schein des Lichtkegels die Hütte.

Ohne sich umzusehen, begab er sich zu einem niedrigen Schrank, der an einer Wand neben einem gusseisernen Ofen stand. Er rückte ihn beiseite, kniete sich auf den Boden, hob eine lose Diele an und leuchtete in die geräumige Vertiefung, die sich darunter befand. Neben einigen Metallkanistern und mehreren leeren Flaschenkisten lag ein flaches Kästchen. Er holte es heraus und öffnete es. Die Schrift auf dem Umschlag, der darin lag, ließ sein Herz schneller schlagen. Er riss das Kuvert auf, entfaltete den Briefbogen und überflog die Zeilen, die sie ihm geschrieben hatte. Seine Miene versteinerte. Er war zu spät. Sie würde nicht mehr kommen.

Mein Geliebter!

Lange habe ich es nicht wahrhaben wollen, habe den Leuten nicht geglaubt, die fest behaupteten, Du wärest im Fjord ertrunken. Ich war mir so sicher, dass sie unrecht hatten und Du lebtest. Drei Jahre bin ich einmal im Monat hierhergefahren – voller Hoffnung, endlich eine Nachricht von Dir vorzufinden und Dich wieder in meine Arme schließen zu können. Doch nach so langer Zeit des Wartens muss ich wohl einsehen, dass ich mich getäuscht habe. Es tut so weh! Ich werde fortgehen, hier hält mich nichts mehr. Leb wohl, mein Einziger! Du wirst für immer in meinem Herzen sein.

1

Emden, Ostfriesland, Frühling 1980 – Rike

Der dritte und letzte Tag von Rikes Schicht auf der *Greetje* ließ sich ruhig an. Der Schlepper lag neben seinem Schwesternschiff, der *Hans*, an der Pier im Außenhafen von Emden, während die Crew auf den nächsten Auftrag vom Einteiler wartete. Ein frischer Wind trieb die Regenwolken auseinander, die über Nacht für Niederschlag gesorgt hatten, und ließ den Wimpel mit den Farben der Reederei und die Deutschlandfahne an den Wanten über dem Steuerhaus flattern. Ein paar Möwen kreisten über einem vorbeituckernden Fischkutter, der von seinem frühmorgendlichen Fang zurückkehrte. In der Nesserlander Schleuse, die zum Binnenhafen führte, lag ein Schüttgutfrachter, und gegenüber auf dem Borkumkai warteten bereits einige Autos und Passagiere auf die Fähre, die sie zur gleichnamigen Insel transportieren würde.

Auf der *Greetje* nutzte die Mannschaft die Liegezeit für Reparaturen, Reinigungsarbeiten und andere Erledigungen. Nach dem Frühstück in der winzigen Messe brachte Kapitän Eilert Olthoff, ein ergrauter Mittsechziger, das Logbuch auf den neuesten Stand und aktualisierte auf der Seekarte den Verlauf der Fahrtrinne, die sich nach der letzten Vollmond-Tide verschoben hatte. Schiffsmechaniker Marten überprüfte derweil im Maschinenraum die Leitungen und Sicherungen, und Rike, mit zwanzig Jahren das jüngste Besatzungsmitglied, werkelte achtern auf dem Deck. Nachdem sie einige Rostflecke an der Seitenwand abgeschliffen und anschließend mit Farbe übermalt hatte, war sie nun dabei, die Seilwinde einzufetten.

Zum Schutz gegen die Morgenkühle hatte sie über ihren Overall einen der dunkelblauen Pullover gezogen, die Eilerts Frau Swantje regelmäßig für die kleine Mannschaft des Schleppers strickte. Von ihr war auch die rot-blau geringelte Mütze, unter die Rike ihre dunklen Locken gestopft hatte. Ihre Füße steckten in klobigen Halbschuhen, deren Spitzen mit Stahl verstärkt waren, und ihre Hände in Arbeitshandschuhen, deren Bund Swantje mit einem Gummizug versehen hatte, damit sie ihr nicht herunterrutschten. Auch die Hosenbeine und Ärmel von Rikes Overall hatte sie gekürzt und dabei gebrummt: »Wann kapieren die endlich, dass nicht nur Mannsbilder solche Klamotten brauchen?«

»Ich bin halt nicht sehr groß geraten«, hatte Rike geantwortet.

»Darum geht's nicht. Es ist einfach nicht in Ordnung, dass es keine Frauengrößen gibt. Bei unserem Ausrüster hier in Emden hab ich jedenfalls noch keine entdecken können.«

Rike hatte mit den Schultern gezuckt und die Bemerkung, dass das ihr geringstes Problem war, für sich behalten. Als Frau einen seemännischen Beruf zu ergreifen – abgesehen von Tätigkeiten in der Verwaltung oder im Service – war ungewöhnlich, um nicht zu sagen verrückt. Zwar hatte die Bundesregierung im Jahr zuvor bei der Weltfrauenkonferenz der Vereinten Nationen in Kopenhagen ein Übereinkommen unterzeichnet, das sich die Beseitigung jeder Form von Diskriminierung der Frau zum Ziel gesetzt hatte. Rike hatte jedoch wenig Hoffnung, dass die geplante Aufhebung der Benachteiligung von Mädchen und Frauen in der beruflichen Bildung und auf dem Arbeitsmarkt rasch umgesetzt werden konnte. Zumindest nicht in Sparten, die so fest in Männerhand waren wie die Seefahrt. Was ihren Entschluss keineswegs ins Wanken gebracht hatte. Von klein auf hatte sie auf die Frage, was sie denn einmal werden wollte, stets nur eine Antwort gegeben: Schlepperkapitänin. Hatte dieser Berufswunsch aus dem Munde eines kleinen Mädchens noch für Belustigung gesorgt, war er mit den Jahren auf zunehmendes Unverständnis gestoßen. Rikes Großvater wurde immer öfter aufgefordert, endlich »ein ernstes Wort« mit seiner Enkelin zu reden, ihr die Flausen auszutreiben und sie zur Vernunft zu bringen.

»*Elk een noh sien Möög* – Jeder, wie er mag«, war alles, was Opa Fiete den Mahnern entgegnete, bevor er das Thema wechselte. Die Unkenrufe, Rike sei den beruflichen Anforderungen rein körperlich nicht gewachsen, würde darüber hinaus niemals als Befehlshaberin respektiert werden und müsse daher kläglich scheitern, ließ er unkommentiert verhallen. Es scherte ihn auch nicht, als verantwortungsloser *Dieskopp* beschimpft zu werden, der in verblendeter Sturheit oder Ignoranz das bedauernswerte Mädchen ins Verderben rennen ließ. Für ihn zählte nur das, was Rike glücklich machte. Sein bester Freund Eilert und dessen Frau Swantje standen ebenfalls unverrückbar an ihrer Seite und ermutigten sie, ihren eigenen Weg zu gehen. Rikes Mutter Beate hieß ihre Wahl zwar nicht gut, machte jedoch keine Anstalten, sich einzumischen. So wie sie es seit der Geburt ihrer Tochter gehalten hatte.

Nach der mittleren Reife hatte Rike drei Jahre lang die Seefahrtsschule in Leer besucht und das Patent zum Nautischen Wachoffizier erworben. Seit einem Jahr fuhr sie nun auf der *Greetje* als Matrose in Dreitagesschichten und absolvierte unter Eilerts Aufsicht die Weiterbildung zum Schiffsführer. Ihr Traum, eines Tages das Ruder des Schleppers zu übernehmen und sich ihren alten Berufswunsch zu erfüllen, war in greifbare Nähe gerückt. Der Hafen von Emden war von jeher ihr zweites Zuhause gewesen. Wenn sie nach der Schule die Hausaufgaben erledigt hatte, verbrachte sie ihre Nachmittage am liebsten in der Lotsenstation, wo ihr Großvater angestellt war, oder auf dem Schleppschiff von Onkel Eilert, wie sie ihn genannt hatte, bevor er ihr Chef wurde.

Ein Klingeln riss Rike aus ihren Gedanken. Sie hob den Kopf und sah zum Steuerhaus, wo sich Eilert den Hörer des Telefons ans Ohr hielt und ihr mit der anderen Hand zuwinkte. Rasch stand sie auf, verstaute das Schmierfett und den Lappen in einer Kiste und ging zum Kapitän, der aus der Brücke getreten war. Gleichzeitig stieß Marten zu ihnen. Er war Ende dreißig und überragte Rike um fast einen halben Meter. Jedes Mal, wenn er sich in einem Türrahmen oder an einer der niedrigen Decken an Bord der *Greetje* den Kopf stieß, fragte sich Rike, warum ausgerechnet dieser Hüne einen Beruf gewählt hatte, der ihn die meiste Zeit zu einer gebückten Haltung zwang. Marten ertrug es mit der gleichen Gelassenheit, mit der er Regengüsse, hohen Seegang und anderes Ungemach über sich ergehen ließ.

»Ein Job?«, fragte er.

Er sprach den Anfangsbuchstaben nicht englisch aus, sondern wie in Jonas oder Jod.

Eilert nickte. »Autofrachter aus Antwerpen. Wir sollen ihn querab vom Eiffelturm in Empfang nehmen und zum Verladeport bringen. Die *Greetje* übernimmt die Vorleine. Die *Hans* das Achterschiff zum Abbremsen.«

»Denn man to!« Marten nickte ihnen zu und kehrte in den Maschinenraum zurück.

Rike löste das Tau, mit dem die *Greetje* am Poller festgemacht war. Das Deck begann zu vibrieren. Marten hatte die Dieselmotoren angeworfen, die die beiden Voith-Schneider-Propeller antrieben und eine Leistung von gut 2400 PS hatten. Auch nach all den Jahren jagte das satte Wummern der Maschinen Rike einen wohligen Schauer über den Rücken. Allein dafür liebte sie den Schlepper, dieses gedrungene Kraftpaket, und hätte ihn um nichts in der Welt gegen einen imposanten Frachter oder Passagierdampfer tauschen wollen. Eine Einstellung, die sie mit dem Kapitän teilte.

»Ja, ja, meine *Greetje!* Klein, aber oho!«, pflegte Eilert nach kniffligen Aufträgen zu sagen.

Und als sich wieder einmal ein Matrose von einem anderen Schiff über die kleine Frau an Bord des Schleppers lustig machte und hinüberrief: »Passt auf, dass euch die *Lüttje* nicht durchs Speigatt flutscht«, hatte der Kapitän Rike auf die Schulter geklopft und gesagt: »Hör gar nicht hin. Du und die *Greetje*, ihr passt gut zusammen. Nicht sehr groß, aber bärenstark, nicht unterzukriegen und immer bereit, die schwierigsten Herausforderungen anzunehmen.«

Eilert steckte den Kopf aus dem Steuerhaus und schrie gegen den Wind: »Komm mal her!«

Rike lief zu ihm.

»Dein Platz«, brummte Eilert, trat vom Steuerstand zurück und beugte sich zum Rufrohr, durch das er Befehle in den Maschinenraum geben konnte.

»Marten, an die Winde!«

Rike sah ihn verständnislos an. Warum sollte Marten ihre Aufgabe übernehmen?

»Worauf wartest du? Wir müssen los«, sagte Eilert.

»Du meinst, ich soll ...?«

Eilert nickte. »Bist so weit.«

Rike schluckte. Wochenlang hatte sie diesem Augenblick entgegengefiebert, in dem sie zum ersten Mal das Ruder bei einem großen Manöver übernehmen durfte. Jetzt, wo es soweit war, bekam sie Muffensausen. Bangemachen gilt nicht, dachte sie, streifte die Handschuhe ab und stellte sich in die Nische am Rand des Kommandopults vor das Steuerrad. Sie drehte es nach Backbord und schob gleichzeitig die beiden Fahrthebel in Vorausstellung. Im Nu löste sich die *Greetje* von der Anlegestelle und fuhr aus dem Hafen auf die Ems, dicht gefolgt von der *Hans*.

Nach einer Weile sah Rike rechter Hand die dreibeinige, rot-weiß gestrichene Stahlkonstruktion des Campener Leuchtfeuers, das mit knapp fünfundsechzig Metern Deutschlands höchster Leuchtturm war. Da er nicht nur zur selben Zeit errichtet worden war wie der Eiffelturm in Paris, sondern auch dessen Bauweise aus genieteten Eisenteilen hatte, wurde er von den Einheimischen Eiffelturm genannt.

Kurz darauf tauchte in der Ferne der Autotransporter auf und wuchs im Näherkommen zu einem hellgrünen Gebirge an. Ein Lotsenboot ging längsseits. Rike beobachtete, wie der Stromlotse von Bord ging, während der Hafenlotse zustieg, der das folgende Manöver von der Brücke des Seeschiffs aus dirigieren würde.

Rike steuerte den Schlepper bis auf wenige Meter direkt vor den Bug des Frachters, passte ihr Tempo dem seinen an und fuhr rückwärts zur Fahrtrichtung, um ihn im Blick zu behalten. Das Herz schlug ihr bis zum Hals. Das Manöver war riskant. Kam sie dem Ungetüm zu nahe, war die *Greetje* reif für die Schrottpresse. Beim Herstellen der Schleppverbindung konnte ein Fehler die schlimmsten Folgen haben. War der Frachter noch zu schnell, überrollte er den Schlepper einfach. Es war unmöglich, die Tausenden Tonnen, die da in Bewegung waren, rechtzeitig zu stoppen.

Rike kämpfte kurz gegen ein flaues Gefühl in der Magengegend. Sie atmete tief durch und brachte den Schlepper noch näher an den Frachter heran, von dem kurz darauf ein Matrose eine Schmeißleine herunterwarf, die Marten auffing und ein kräftiges Seil, die sogenannte Jagerleine, daran knotete. Diese war so stark, dass mit ihr vom Seeschiff aus der Draht, ein zentnerschweres Tau aus Stahl, mittels einer Winde an Bord gezogen werden konnte – die dünne Wurfleine wäre unter dem Gewicht gerissen. Als der Jager an Bord war, löste Marten die Wurfleine und verband den Aufholer mit dem Schleppdraht. Er hob die Arme, kreuzte sie und gab so dem Matrosen das Zeichen, dass er ihn einholen konnte. Kurz darauf signalisierte er Rike, dass die Schleppverbindung hergestellt war.

»*Greetje* vorn fest!«, rief Rike in den Lautsprecher der Funkanlage, über die sie mit dem Lotsen auf dem Autotransporter kommunizierte.

Auch die *Hans* hatte mittlerweile ihre Position eingenommen und hing am Heck des Frachters – in gebührendem Abstand, um nicht in dessen Schraubenwasser zu geraten. Zu dritt ging es nun weiter Richtung Autoverladekai, den sie nach einer Viertelstunde erreichten. Rike drosselte das Tempo auf drei Knoten. Der Lotse gab den Befehl zum Aufstoppen. Marten zog mit der Winde den Schleppdraht *tight* und gab Rike das Signal, mit dem Bremsen zu beginnen. Rike spürte den Ruck, als die Trosse zwischen der *Greetje* und dem Frachter straff gespannt war. Die Maschine des Schleppers brüllte auf, als er seine gesamte Zugkraft einsetzte. Das Rütteln und Zittern erinnerte Rike an einen wütenden Terrier, der mit aller Kraft an seiner Leine zerrte und vor Anstrengung am ganzen Körper bebte.

»*Greetje* halbe«, bellte die Stimme des Lotsen aus dem Lautsprecher.

»*Greetje* halbe«, bestätigte Rike und gab halbe Kraft voraus.

»Die *Hans* halbe Backbord«, kommandierte der Lotse.

Die Richtungsangaben – steuerbord und backbord – machten die Lotsen stets aus der Sicht des geschleppten Schiffes, um Verwechslungen beim Vorwärts- und Rückwärtsfahren auszuschließen.

Mit vereinten Kräften begannen die beiden Schlepper, die sich neben dem Frachter wie zwei Heringe neben einem Blauwal ausnahmen, diesen zu wenden. Zum Abschluss »nagelten« ihn die beiden Schlepper an die Pier, wo ihn die Festmacher an Land mit Leinen an den Pollern vertäuten. Nach einer Stunde war das Manöver abgeschlossen, der Lotse entließ die Schlepper, und das Frachtschiff öffnete die

Ladeklappen, durch die nun knapp sechshundert Autos über Rampen ins Innere gefahren würden.

Rike steuerte die *Greetje* zurück in den Hafen. Ihr Nacken schmerzte. Erst jetzt merkte sie, wie sehr sie ihre Muskeln angespannt hatte. Verstohlen schielte sie zu Eilert. War er zufrieden mit ihr? Seine Miene war ausdruckslos. Bevor sie ihn fragen konnte, holte er seinen Tabakbeutel aus der Brusttasche und machte sich gemächlich daran, seine Pfeife zu stopfen. Rike unterdrückte ein Seufzen. Eilert bei dieser Zeremonie zu stören war keine gute Idee. Sie sah wieder nach vorn und lenkte den Schlepper in die Fahrrinne, die von der Ems in den Außenhafen führte.

»Dat gung man good!«, nuschelte Eilert, nachdem er die Pfeife in den Mund gesteckt hatte.

Rike sah ihn überrascht an. Er nickte ihr zu, entzündete ein Streichholz und paffte die Pfeife an. Sie spürte, wie sich ihre Mundwinkel zu einem breiten Lächeln verzogen. Ein höheres Lob gab es aus Eilerts Mund nicht. Sie hatte ihre Sache also tatsächlich gut gemacht. Das würzige Aroma des Pfeifenrauchs stieg ihr in die Nase und beschwor das Gesicht ihres Großvaters herauf, der den gleichen Tabak verwendete. Sie schaute auf ihre Armbanduhr. Noch sechs Stunden bis zum Ende ihrer Schicht. Noch sechs lange Stunden, bevor sie Opa Fiete von ihrem Erfolg berichten konnte. Sie hielt auf die Anlegestelle der Schlepper zu und stutzte.

»Ist das auf der Pier nicht Swantje?«

Eilert folgte ihrem Blick und runzelte beim Anblick seiner Frau die Stirn. Swantje saß in sich zusammengesunken auf einem Poller und hielt ein Taschentuch an die Augen gepresst.

Als sie den Schlepper bemerkte, stand sie wankend auf. Im Näherkommen sah Rike, dass sie kreidebleich war. Ihre kinnlangen Haare standen zu allen Seiten ab, als hätte sie sie gerauft.

Rikes Herz zog sich zusammen und begann im nächsten Moment wild zu schlagen. Etwas Furchtbares musste geschehen sein.

2

Horten, Norwegen, Juni 1926 – Johanne

»Das soll dein Vater entscheiden.«

Johanne zog die Brauen hoch und sah ihre Mutter ungläubig an, die ihr gegenüber auf der Terrasse hinter dem Haus an einem runden Tisch saß. Die Frage, ob die Aufforderung ernst gemeint war, schluckte sie jedoch hinunter. Selbst schuld, schalt sie sich. Es hat keinen Sinn, Mutter in die Planung einzubeziehen und Entschlüsse von ihr zu erwarten. Selbst bei so belanglosen Dingen wie der Auswahl des Blumenschmucks für die Festtafel. Es war ein Fehler, zu glauben, es würde ihr Freude machen. Sie fühlt sich dadurch nur unter Druck gesetzt.

Johanne ließ ihre Augen kurz auf der Gestalt in dem Korbsessel ruhen, der im Schatten einer weiß-gelb gestreiften Markise stand, die zum Schutz vor der Sonne heruntergekurbelt worden war. Borghild Rev trug ein helles Hauskleid, dessen weicher Stoff ihre nach wie vor schlanke Figur umfloss. Das zu einem Dutt hochgesteckte Haar war voll und glänzend. Den weißen Strähnen, die sich in die zimtbraune Pracht geschlichen hatten, rückte sie mit einem Sud aus gekochten Walnussblättern zu Leibe. Die Hände waren sorgfältig manikürt, und ihre Haut war dank der täglichen Behandlung mit Kaffeesatz-Peelings und Quark-Honig-Gesichtsmasken rosig und straff. Borghild Rev legte auch mit ihren knapp fünfzig Jahren noch großen Wert auf ihr

Äußeres, dessen Instandhaltung und Pflege sie ihrem Ehemann und ihrer Position als geachtetes Mitglied in der Kirchengemeinde, diversen wohltätigen Vereinen und der gehobenen Gesellschaft von Horten schuldig zu sein glaubte.

»Ich denke, rote Pfingstrosen, weiße Hortensien und rosa Bartnelken sind eine gute Wahl«, sagte Johanne und stand auf. »Ich muss jetzt los.«

Ihre Mutter ließ den Stickrahmen in ihren Schoß sinken und sah fragend zu ihrer Tochter auf. »Wohin musst du denn schon wieder? Du bist immer so ruhelos. Das macht mich ganz nervös. Überdies ziemt es sich nicht für eine Dame.«

Johanne beschloss, die Bemerkung zu überhören. »Ich habe gleich eine Anprobe beim Schneider. Anschließend will ich noch die Menükarten bei der Druckerei abholen, das Konfekt bestellen, das Telegramm an Finn aufgeben und bei …«

»Ich wusste nicht, dass noch so viel zu erledigen ist«, fiel ihr Borghild Rev ins Wort. In ihrer Stimme schwang ein Hauch Panik mit. »Wie sollen wir das nur alles schaffen? Willst du nicht doch deinen Vater …«

Johanne schüttelte den Kopf. »Er hat genug zu tun. Mit solchen Dingen möchte ich ihn nun wirklich nicht behelligen.«

»Aber er könnte jemanden einstellen, der dir zur Hand geht. Ich begreife nicht, warum er sich dagegen sträubt. Es war ein Fehler, nicht alles Personal zu behalten. Nur weil Dagny und Finn weg sind. Das rächt sich jetzt.«

»Mir macht es Freude, mich selbst um diese Dinge zu kümmern«, sagte Johanne.

Ihre Mutter runzelte die Stirn und öffnete den Mund. Johanne beugte sich rasch zu ihr und küsste sie auf den Scheitel. Ein zarter Veilchenduft stieg ihr in die Nase.

»*Mamma*, sei ganz beruhigt. Ich schaffe das! Bei Dagnys Hochzeit hat doch auch alles ganz wunderbar geklappt.«

Bevor Borghild Rev antworten und weitere Bedenken äußern konnte, nickte Johanne ihr zu und verließ die Veranda durch die Glastür, die in den Salon des Hauses führte. Ihr Vater hatte es im ersten Jahr seiner Ehe in der Vestre Braarudgata erbauen lassen und war mit seiner Frau kurz vor Johannes Geburt 1903 eingezogen. Auch deren Geschwister Dagny und Finn hatten dort das Licht der Welt erblickt.

Wie die meisten Häuser der Straße, die sich auf halber Höhe eines Hangs nordwestlich des Zentrums von Horten erstreckte, war es aus Holz gebaut. Die beiden mit Paneelen verkleideten Stockwerke ruhten auf einem gemauerten Sockel. Rechter Hand führte ein mit Granitplatten gepflasterter Weg vom Gehsteig durch einen Vorgarten zum Eingang an der Schmalseite und weiter zum großen Garten hinter dem Haus. Die der Straße zugewandte Längsfront wurde in der Mitte von einem Balkon mit weit vorkragendem Giebeldach dominiert – dem Lieblingsplatz von Johanne. Schon als Kind hatte sie sich gern dorthin zurückgezogen, um ungestört zu lesen oder ihren Gedanken nachzuhängen, während sie ihren Blick über die Bucht mit dem Flottenhafen, die drei Inseln Løvøya, Mellomøya und Østøya an ihrem Ausgang und den dahinterliegenden Oslofjord schweifen ließ.

Johanne eilte durch den Salon, in dessen Mitte ein handgeknüpfter Orientteppich lag. Die Sofas und Sessel, die neben einem großen Kachelofen um einen niedrigen Tisch gruppiert waren, hatten gedrechselte Beine und waren mit hellem Seidensamt bezogen. An den Wänden standen ein kleiner Sekretär sowie ein breiter Vitrinenschrank, hinter dessen polierten Scheiben die mundgeblasenen und geschliffenen Gläser und Karaffen funkelten, die Olof Rev im Lauf der Zeit seiner Sammlung mit Trinkgefäßen aus aller Herren Länder einverleibt hatte.

Im Flur blieb Johanne kurz vor dem Garderobenspiegel stehen und setzte sich einen schlichten Strohhut mit schmaler Krempe auf die dunkelblonden Haare, die sie zu Zöpfen geflochten und kranzförmig um den Kopf gelegt hatte. Das Taubenblau ihres wadenlangen Kleides harmonierte gut mit ihren grauen Augen, die unter geraden Brauen lagen. Johanne prüfte den Sitz ihrer Seidenstrümpfe, griff nach ihrer Handtasche, die auf der Kommode neben dem Kleiderständer lag, und trat aus dem Haus.

Ein wolkenloser Himmel spannte sich weit über ihr. Der Wind, den sie hinterm Haus kaum wahrgenommen hatte, wehte vom Fjord den herben Geruch nach Jod und Tang herüber. Zügig lief sie hinunter zur Storgata, der Hauptstraße von Horten, dem König Håkon 1907 das Stadtrecht verliehen hatte. Dieser Tage hatte das einstige Fischerdorf fast elftausend Einwohner.

Johanne überquerte die Storgata und bog eine Kreuzung weiter in die Langgata ein, in der Schneidermeister Holt sein Atelier hatte. Schon von Weitem erkannte sie ihre Schwester, die, in den Anblick des Schaufensters vertieft, auf sie wartete. Über ihre kinnlangen Haare, die Dagny in weiche Wellen über die Ohren zu frisieren pflegte, hatte sie einen eng anliegenden Cloche-Hut gestülpt, der bis zu den zu feinen Bögen gezupften Augenbrauen reichte. Ihre schmale Silhouette war wie gemacht für die vorherrschende Mode, die eine knabenhafte Figur verlangte. An diesem Vormittag hatte Dagny ein Hemdkleid mit einem runden Bubikragen gewählt, das ihr bis zu den Knien reichte und sie weit jünger als ihre einundzwanzig Jahre wirken ließ. Johanne beschleunigte ihre Schritte und stellte sich neben sie.

»Da bist du ja endlich!« Dagny umarmte ihre Schwester. »Ich habe wundervolle Neuigkeiten.«

»Sag bloß … Erling hat die Stelle bekommen?«

Dagny nickte. »Er hat mich vor einer Stunde angerufen. Nächsten Monat kann er anfangen. Er sieht sich schon nach einer passenden Wohnung für uns um.«

»Dir kann es wohl gar nicht schnell genug gehen«, sagte Johanne mit mildem Spott.

»Stimmt, ich kann es kaum erwarten. Hier fällt mir buchstäblich die Decke auf den Kopf. Einen weiteren Winter in diesem Kaff würde ich nicht überstehen! Ich würde jämmerlich eingehen wie eine Primel!«, rief Dagny und schüttelte sich.

Johannes Mundwinkel zuckten. Dagnys Hang zu theatralischen Übertreibungen amüsierte sie. Das Leben ihrer zwei Jahre jüngeren Schwester glich einem Wildbach, der ungestüm in seinem kurvigen Bett rauschte, sich über Felskanten stürzte und kaum jemals ruhig dahinfloss. Einige Monate zuvor hatte Dagny den Marineoffizier Erling Borre geheiratet, der im Hauptquartier der norwegischen Flotte auf der nördlich des Stadtzentrums gelegenen Halbinsel stationiert war. Die beiden bewohnten eines der schmucken Häuschen am Ufer von Karljohansvern, die den gehobenen Rängen und ihren Familien zur Verfügung standen, während die Mannschaftsgrade in mehrstöckigen Kasernen untergebracht waren. Erling bekleidete nach seiner Ausbildung an der Marineschule und einem Ingenieurstudium einen verantwortungsvollen Posten in der U-Boot-Werft. Zur Überraschung seiner Vorgesetzten und Kameraden hatte er sich nun in der Hauptstadt an der ehrwürdigen Militärakademie als Lehrer beworben. In Norwegens ältester Lehranstalt wurde die Elite des Heeres unterrichtet.

Johanne hegte den Verdacht, dass Erling nicht aus beruflichem Ehrgeiz seine Heimatstadt verlassen wollte. Wenn es nach ihm gegangen wäre, hätte er seine Stellung in der Werft wohl nicht aufgegeben. Es war das kulturelle und gesellschaftliche Leben von Oslo, das ihn zu diesem Schritt bewogen hatte. Nicht um seiner selbst willen, sondern um seiner acht Jahre jüngeren Frau einen Gefallen zu erweisen. Dagnys Unternehmungslust waren in Horten enge Grenzen gesetzt. Erling hatte offensichtlich erkannt, dass er ihr einiges an Unterhaltung und Abwechslung bieten musste, um sie bei Laune zu halten, nachdem er ihr Herz mit einer stürmischen Werbung rasch erobert hatte. Ihr Vater war mit seinem Rat, sich eine längere Bedenkzeit zu nehmen und nicht Hals über Kopf zu heiraten, abgeblitzt. Weinend hatte Dagny ihm vorgeworfen, sich ihrem Glück in den Weg stellen zu wollen, und erklärt, ihre Liebe zu Erling sei unsterblich und jeder Tag ohne ihn eine unerträgliche Qual. Olof Rev hatte auf ein Machtwort verzichtet – wohl wissend, dass er damit nicht nur nichts erreichen, sondern im Gegenteil weitere impulsive Ausbrüche provozieren würde. Er hatte Johanne seine Befürchtung anvertraut, Dagny sei noch zu unreif für den Schritt in die Ehe, und damit ihren eigenen Eindruck bestätigt. »Nun, es hat keinen Sinn, sie vor sich selbst beschützen zu wollen«, hatte er schließlich geseufzt, tief durchgeatmet und Johannes Hand gedrückt. »Zum Glück hat mich das Schicksal mit einer Tochter beschenkt, auf deren Besonnenheit und Vernunft ich mich verlassen kann.«

Dagny war zweifellos nach wie vor in ihren schneidigen Offizier verliebt. Doch selbst die heißeste Leidenschaft konnte erkalten und im Alltagstrott versumpfen. Erling würde gut daran tun, seinem *sommerfugl* – seinem Schmetterling – ein abwechslungsreiches Blumenbeet zu bieten, wo Dagny von Blüte zu Blüte flattern konnte und nicht Gefahr lief, des Immergleichen überdrüssig zu werden. Johanne wunderte es nicht, dass für ihre Schwester das Dasein als Hausfrau rasch den Reiz des Neuen verloren hatte. Nachdem sie ihr Heim mit Hingabe nach ihrem Geschmack eingerichtet und einige Einladungen gegeben hatte, um es Freunden und Verwandten zu präsentieren, begann Dagny, sich zu langweilen. Die Hoffnung ihrer Mutter, ihre ungestüme Tochter würde im Ehestand zur Ruhe kommen, hatte sich nicht erfüllt. Ihr Ansinnen, Dagny solle ihrem Leben durch Kinder Sinn und Inhalt geben, wies diese von sich. Eben erst volljährig geworden, wollte sie sich diese Verantwortung noch nicht aufbürden. Dazu war ihrer Ansicht nach später Zeit genug. Jetzt wollte sie erst einmal in vollen Zügen ihre Freiheit genießen, etwas von der Welt sehen und sich vergnügen.

Dagny sah Johanne forschend an. »Zieht es dich denn nicht auch fort von hier? Sehnst du dich nie nach einem aufregenderen Leben?«

Johanne erwiderte ihren Blick. »Darüber hab ich nie nachgedacht. Hm … nein, eigentlich nicht. Ich fühle mich wohl so, wie es jetzt ist.«

Dagny rümpfte die Nase, zuckte mit den Schultern und sprang die beiden Stufen zur Ladentür hoch.

»Aber ich freue mich sehr für dich«, fuhr Johanne fort. »Auch wenn ich dich vermissen werde.«

»Du musst uns eben recht oft besuchen. Oslo ist ja nicht aus der Welt.«

Johanne nickte und folgte ihrer Schwester in die Schneiderei, wo ihnen Herr Holt mit einem beflissenen Lächeln entgegenkam und sie ins Hinterzimmer führte. Während sie sich hinter einem Paravent bis auf die Unterwäsche und die Strümpfe entkleidete, dachte Johanne über Dagnys Frage nach. Sie hatte tatsächlich noch nie den Wunsch verspürt, Horten den Rücken zu kehren und an einem anderen Ort zu leben. Ihre Heimatstadt mochte klein sein und wenig Zerstreuung bieten, doch die Lage am Fjord, umrahmt von fruchtbaren Wiesen, bewaldeten Hügeln und Seen, machte diesen Mangel in Johannes Augen wett. Die Möglichkeit, direkt von ihrem Haus aus stundenlange Spaziergänge zu unternehmen oder sich im Sommer an einem der Strände aufzuhalten, mochte sie nicht missen. Die bevorstehende Veränderung ihres Lebens würde überdies für ausreichend Abwechslung sorgen.

Bei der Vorstellung, sich in wenigen Tagen von Fräulein Rev in Frau Falkensten zu verwandeln, kribbelte es in Johannes Magen. Wie mag es sich anfühlen, einem eigenen Hausstand vorzustehen, fragte sie sich. Nach eigenem Gutdünken schalten und walten zu können. Nicht länger die behütete Tochter zu sein, sondern eine Ehefrau. Und vielleicht bald auch Mutter? Hoffentlich will Rolf auch viele Kinder, dachte sie. Darüber haben wir noch gar nicht gesprochen. Ich will mindestens drei.

Dagny lugte um die Ecke des Wandschirms und hielt ihr das Unterkleid aus elfenbeinfarbenem Kreppstoff hin. Johanne schlüpfte hinein, hielt die Arme hoch und ließ sich von ihrer Schwester das gleichfarbige Hochzeitsgewand aus durchscheinendem Tüll überstreifen. Es hatte einen mit Perlen verzierten V-Ausschnitt und war an Saum und Ärmeln mit Blüten bestickt. Nachdem Johanne die Druckknöpfe an der Seite geschlossen hatte, trat sie hinter dem Paravent hervor und stellte sich vor den Spiegel in der Mitte des Zimmers. Dagny ging mit prüfendem Blick um sie herum. Der Schneidermeister kam herein, schnalzte mit der Zunge und deutete eine Verbeugung an.

»Ihr Verlobter darf sich sehr glücklich schätzen, Fräulein Rev. So eine hübsche Braut sieht man nicht alle Tage.«

Das sagt er vermutlich zu jeder Frau, die sich von ihm ihr Hochzeitskleid schneidern lässt, schoss es Johanne durch den Kopf. Gleichzeitig fühlte sie sich von dem Kompliment geschmeichelt und lächelte ihrem Spiegelbild zu. Sie spürte ihr Herz schneller schlagen und sah, wie sich ihre Wangen röteten. Nur noch eine knappe Woche, dann schreite ich durch den Mittelgang der Garnisonskirche, dachte sie. Sie glaubte, die festliche Orgelmusik zu hören, und sah Rolf in einem maßgeschneiderten Anzug am Altar stehen, die Augen in feierlichem Ernst auf sie geheftet und … und später dann, nach dem Gottesdienst, dem Festmahl und den Reden würden sie in den Zug nach Oslo steigen und von dort mit dem Schiff nach Kopenhagen fahren, der ersten Station ihrer Flitterwochenrundreise durch Dänemark und Schweden. In der Kabine des Dampfers würden sie beide zum ersten Mal ganz allein und ungestört sein. Das Kribbeln in ihrem Bauch kehrte zurück. Wie wird sie wohl sein, unsere Hochzeitsnacht?

»Den Rock dürfen Sie aber gern noch eine Handbreit kürzen, Herr Holt«, drang Dagnys Stimme in ihre Fantasie. Sie beugte sich zu Johanne und flüsterte: »Sonst sieht man ja gar nichts von deinen hübschen Beinen.«

Johanne kicherte.

»Ich werde es gleich abstecken«, sagte der Schneidermeister. »Zuvor möchten Sie sich vielleicht aber erst noch einen Eindruck vom gesamten Ensemble …« Er öffnete eine längliche Schachtel und entnahm ihr eine Haube und eine lange Schleppe, die aus demselben Schleiergewebe wie das Oberkleid gefertigt waren.

»Sie erlauben.« Er setzte Johanne die Haube auf den Kopf, die mit Seidenröschen verziert war, befestigte den Schleier an den dafür vorgesehenen Häkchen und drapierte ihn über ihre Schultern und in gekonntem Schwung um ihre Füße.

»Die Seidenschuhe müssen Sie sich dazudenken. Ich erwarte sie morgen mit einer Lieferung aus Oslo.«

Die Türglocke ertönte. Herr Holt machte eine entschuldigende Geste und verschwand in den Verkaufsraum. Johanne begutachtete sich mit angehaltenem Atem.

»Du siehst wirklich ganz bezaubernd aus«, sagte Dagny. »Wenn du dich jetzt noch dazu entschließen könntest, die Haare endlich kürzer …«

Johanne schüttelte den Kopf. »Nein, das würde mir Rolf nie verzeihen. Er ist ganz vernarrt in meine Zöpfe.«

Vor ihrem inneren Auge tauchte das Büro im Hotel Falkensten von Rolfs Familie auf, in dem sie drei Tage zuvor die Speisefolge des Festmenüs mit ihrem Bräutigam und seiner Mutter besprochen hatte. Als Letztere kurz weggegangen war, um einem Zimmermädchen eine Anweisung zu geben, hatte Rolf die Gelegenheit genutzt und Johanne an sich gezogen. Während er sie küsste, hatte er eine Hand über ihren Zopf gleiten lassen und geflüstert: »Ich kann es kaum erwarten, dein Haar zu lösen und dich nur damit bedeckt vor mir zu sehen.«

Die Erinnerung trieb Johanne erneut die Röte ins Gesicht.

»Und als brave Ehefrau in spe würdest du natürlich nie etwas tun, was deinem Göttergatten missfällt«, stichelte Dagny weiter.

Johanne fuhr zusammen und wedelte mit gespielter Empörung mit dem Zeigefinger. »Nur weil du immer deinen Kopf durchsetzt, muss das nicht für jeden der Weg zum Glück sein. Was schadet es, ab und zu anderen einen Gefallen zu tun oder eine Freude zu bereiten?«

Dagnys Miene verfinsterte sich. »Bla, bla, bla! Ich kann's nicht mehr hören! Johanne, die Selbstlose, die immer das Wohl der anderen im Sinn hat«, zischte sie und verdrehte die Augen. »Und ich bin mal wieder die Egoistin, die nur an sich selbst denkt.«

»Aber das hab ich doch gar nicht gesa…«

»Gesagt vielleicht nicht. Aber gedacht«, fiel Dagny ihr ins Wort. »So wie Vater. Der hält mich auch für oberflächlich und eigensüchtig.«

»Das ist ungerecht!«, rief Johanne. »Außerdem weißt du genau, dass es nicht stimmt.«

»So, weiß ich das? Warum kriege ich dann immer zu hören, dass ich mir ein Beispiel an dir nehmen soll? Und wann ich endlich so vernünftig und uneigennützig werde wie du?« Dagny funkelte sie an. »Ich hab's so satt! Es liegt mir eben nicht, mich ständig einzuschleimen.«

Johanne schluckte. Der Angriff ihrer Schwester hatte sie überrumpelt. Die Freude an dem hübschen Kleid und auf die Hochzeit war verflogen.

Die Rückkehr des Schneidermeisters enthob sie einer Antwort. Dagny setzte sich auf einen Stuhl und blätterte in einem Modejournal. Johanne nahm die Haube mit der Schleppe ab und stellte sich auf einen Schemel. Am liebsten hätte sie sich wieder umgezogen und die Schneiderei verlassen. Es kostete sie Überwindung, still zu stehen, während Herr Holt den Saum des Brautkleides absteckte. Verstohlen schaute sie zu Dagny, die einen Schmollmund machte und ihrem Blick auswich.

Hat sie recht, fragte sich Johanne. Bin ich wirklich so?

3

Emden, Ostfriesland, Frühling 1980 – Rike

Kaum hatte die *Greetje* am Schlepperanleger festgemacht, stieg Swantje an Bord.

Ihr Mann lief ihr entgegen. »Ist was mit Lieske?«, rief er und fasste sie an den Schultern.

Während Rike die Motoren ausschaltete, beobachtete sie die beiden und Marten, der zu ihnen getreten war, durch das Fenster des Führerhauses. Swantje schüttelte den Kopf. Gott sei Dank, dachte Rike und atmete erleichtert aus. Die einzige Tochter von Eilert und Swantje hatte von Geburt an eine zarte Gesundheit, die ihren Eltern immer wieder Anlass zur Sorge gab. Für sie selbst war die zwölf Jahre ältere Lieske wie eine große Schwester, zu der sie mit Bewunderung aufblickte. Nicht nur, weil sie bereits im zarten Alter von siebzehn Jahren die Räucherstube übernommen hatte, die Swantjes Familie seit Generationen neben ihrem Haupterwerb, dem Fischfang, betrieb. Rike war vor allem beeindruckt von Lieskes heiterer Gelassenheit, die sie selbst dann nicht einbüßte, wenn sie wieder einmal zu einer längeren Bettruhe gezwungen war. Außerdem imponierten ihr Lieskes klarer Blick auf die Menschen und ihr feines Gespür für Stimmungen. In ihr hatte Rike eine verständnisvolle Freundin, die ihr – ohne jemals aufdringlich zu sein – stets zuhörte, ihre Kümmernisse ernst nahm und auf ihrem Weg ins Erwachsenendasein »Frauenfragen« beantwortete, die sie nicht mit ihrem Großvater besprechen wollte. Ohne diesen und Lieske hätte sie in den vergangenen Jahren ihre Mutter gewiss stärker vermisst.

Swantje sagte etwas, das Rike nicht verstehen konnte. Sie sah, wie Marten die Lippen zusammenpresste und Eilert bleich wurde. Alle drei drehten sich zu ihr. Rike begann zu zittern. Ihre Beine setzten sich wie von selbst in Bewegung und trugen sie aus dem Steuerhaus hinunter aufs Deck. Swantje war mit drei Schritten bei ihr und nahm sie in die Arme. Noch bevor sie zu sprechen anfing, wusste Rike, dass Opa Fiete etwas zugestoßen war. Wie aus weiter Ferne hörte sie Swantjes Stimme.

»… zusammengebrochen. Zum Glück hab ich gerade draußen Wäsche aufgehängt und gleich den Notarzt gerufen. Der hat ihn sofort ins Krankenhaus gefahren.«

Vor Rikes geistigem Auge tauchte die aufrechte Gestalt ihres Großvaters auf, wie er seinem allmorgendlichen Ritual folgend in den Garten hinterm Haus ging und sich ein frisch gelegtes Ei aus dem Hühnerstall holte. Sie glaubte, das *»Moin, moin, all mien Kükeltjes«* zu vernehmen, mit dem er seine ostfriesischen Möwen – sechs Hennen mit silbergrauer Flockung und einen weißen Gockel mit schwarzen Schwanzfedern – nach der Nacht begrüßte und in ihren eingezäunten Auslauf entließ. Den Namen verdankte diese alte Hühnerrasse der Daunenzeichnung der Küken, die an die von jungen Möwen erinnerte. Rike sah Opa Fiete auf dem Rückweg zur Terrassentür einen prüfenden Blick auf die Setzlinge im Salatbeet und die Knospen des Apfelbaums werfen und hörte ihn die Melodie eines Seemannsliedes summen. Es gelang ihr jedoch nicht, ein Bild zu beschwören, in dem er sich ans Herz griff, zusammensackte, auf dem Rasen lag und nicht imstande war, aus eigener Kraft wieder aufzustehen.

»Er ist auf der Intensivstation«, antwortete Swantje auf Eilerts Frage, der sich nach dem Zustand seines alten Freundes erkundigt hatte. »Er hatte einen schweren Herzinfarkt. Als ich zu euch aufgebrochen bin, war er noch nicht wieder bei Bewusstsein. Und vielleicht wird er es auch nie …«

»Nein!«, fiel Rike ihr ins Wort, befreite sich aus Swantjes Armen und ballte die Fäuste. »Opa ist kerngesund! Es war sicher nur ein kleiner Schwächeanfall.«

Sie mied Swantjes Blick. Sie wollte den Schmerz und das Mitleid darin nicht sehen, wollte nicht wahrhaben, was sie tief in ihrem Inneren wusste.

Eilert nickte seiner Frau zu. »Fahrt zu ihm. Ich komme so schnell wie möglich nach.«

»Aber meine Schicht ist noch nicht zu Ende«, sagte Rike.

Eilert legte ihr eine Hand auf die Schulter. »Geh, er braucht dich jetzt.«

Rike folgte Swantje zu deren orangefarbenem VW-Käfer, den sie an der Hafenstraße geparkt hatte, und setzte sich wortlos auf den Beifahrersitz. Dabei wiederholte sie im Stillen unablässig: Bitte, lass es nicht wahr sein! Bitte, lieber Gott!, und presste ihre Hände fest ineinander. Ohne etwas wahrzunehmen, schaute sie aus dem Fenster. Erst als Swantje die Nesserlander Straße nicht an der Kreuzung Am Tonnenhof verließ, um auf die Petkumer Straße zu gelangen, erwachte Rike aus ihrer Erstarrung. Die Frage, wohin sie fuhren, blieb ihr in der Kehle stecken. Natürlich, zum Klinikum, gab sie sich selbst die Antwort. Sie spürte, wie ihre Hände feucht wurden. Beim Anblick des mehrstöckigen Backsteinbaus, den sie wenige Minuten später erreichten, stöhnte sie auf.

Swantje, die ihr Schweigen bis dahin nicht unterbrochen hatte, legte kurz ihre Hand auf Rikes Oberschenkel. Sie räusperte sich. »Weißt du, wo deine Mutter ist?«, fragte sie heiser.

»Nicht genau«, entgegnete Rike. »Warum willst du das …« Sie hielt inne. So schlimm also stand es! Sie schluckte. »Irgendwo in der Südsee«, fuhr sie fort. »Vor einer Woche hat sie angerufen. Da war sie gerade im Hafen von Puerto Rico.«

Ihre Mutter Beate arbeitete seit einiger Zeit für die britische Cunard Line als Rezeptionistin auf einem Kreuzfahrtschiff, das überwiegend in der Karibik unterwegs war.

»Wir sollten sie so rasch wie möglich informieren«, sagte Swantje.

Sie lenkte den Wagen auf den Besucherparkplatz des Krankenhauses, das nach dem Krieg nördlich des Zentrums im Stadtteil Barenburg errichtet worden war.

»Am besten rufe ich gleich mal in Borkum an«, fuhr Swantje fort, nachdem sie ausgestiegen waren und zum Haupteingang liefen.

Rike nickte. Auf der Insel befand sich eine Küstenfunkstelle, die der Vermittlung von Funktelegrammen und -gesprächen zwischen Schiffen und den Fernmeldenetzen an Land diente.

Im Krankenhaus begaben sie sich direkt zur Intensivstation. Eine Schwester teilte ihnen mit, dass der Patient das Bewusstsein noch nicht wiedererlangt hatte, und bot an, Rike zu seinem Zimmer zu führen. Swantje wollte später zu ihr stoßen – nach dem Telefonat mit seiner Tochter Beate. Wie würde diese wohl auf die Nachricht vom besorgniserregenden Zustand ihres Vaters reagieren? Rike wusste keine Antwort darauf. Das Verhältnis der beiden war eines der ungelösten Rätsel, die ihre Mutter ihr aufgab. Sie wusste, dass Opa Fiete sich mehr Kontakt zu seiner Tochter gewünscht hätte, sich aber damit abgefunden hatte, sie so selten zu sehen. »Dafür hat sie mir dich geschenkt«, hatte er einmal gesagt, als Rike ihn tröstete, weil Beate kurzfristig einen Besuch abgesagt hatte.

Sie folgte der Krankenschwester und saß kurz darauf am Bett ihres Großvaters. Im ersten Augenblick war sie überzeugt, sich im falschen Zimmer zu befinden. Diese eingefallenen Wangen, die durchsichtig wirkende Haut und der fahle Teint waren ihr fremd, hatten nichts mit dem freundlichen, rotwangigen Gesicht gemein, mit dem Opa Fiete sie drei Tage zuvor verabschiedet hatte. Vorsichtig griff sie nach seiner Hand, die neben seinem Körper ruhte. Zu ihrer Erleichterung war sie warm. Das Fremdheitsgefühl verflüchtigte sich ein wenig, als sie die vertrauten Schwielen auf der Innenfläche spürte. Sie versuchte, das Piepen des EKG-Geräts auszublenden und nicht auf den Monitor der Herzkreislaufüberwachungseinheit zu schauen, auf dem Zahlen und Kurven blinkten. Wenigstens wird er nicht künstlich beatmet, dachte sie. Das ist doch gewiss ein gutes Zeichen. Rike streichelte die Hand ihres Großvaters und beschwor ihn stumm, seine Kräfte zu sammeln, gegen das lauernde Nichts anzukämpfen und sie nicht zu verlassen.

Nach einer Weile begannen seine Lider zu flattern. Er öffnete die Augen einen Spaltbreit, fixierte Rike und verzog den Mund zu einem Lächeln. Sie beugte sich näher zu ihm. Bevor sie etwas sagen konnte, flüsterte er: »Johanne!« Es klang überrascht. Und sehr glücklich.

Rike runzelte die Stirn. »Nein, ich bin es. Rike. Deine Enkelin.«

Verwirrt blinzelte er. Ein Schatten flog über sein Gesicht. Er schloss die Augen.

»Opa!«, flüsterte Rike. »Bitte bleib bei mir.«

Ihre Kehle verengte sich. Sie spürte, wie er ihre Hand drückte. Einen Atemzug später veränderte sich das Geräusch des EKGs. Die in regelmäßigen Abständen aufeinanderfolgenden Töne kamen ins Stolpern und wurden schließlich von einem lang anhaltenden Piepsen abgelöst.

»Nein!« Rike sprang auf, rannte zur Tür und rief um Hilfe. Sofort eilte eine Krankenschwester herbei, dicht gefolgt von einem Arzt. Sie drängten Rike beiseite und machten sich am Bett zu schaffen. Sie versuchte, zwischen ihnen hindurch einen Blick auf ihren Großvater zu erhaschen, und trat näher.

»Komm, Liebes. Hier stehen wir nur im Weg.« Unbemerkt von ihr war Swantje hereingekommen. Sie fasste Rike am Arm und zog sie aus dem Raum.

»Was geschieht mit ihm?«, schluchzte Rike. »Gerade eben ist er aufgewacht. Und jetzt …« Ihre Stimme brach.

Swantje drückte sie auf einen der Stühle, die an der Wand im Gang festgeschraubt waren. Ihr Bericht vom Telefonat mit Beate rauschte an Rikes Ohren vorbei. Sie hatte ihre Augen auf die Tür geheftet, hinter der ihr Großvater lag, und zerrte und verdrehte ihre Mütze, die sie sich vom Kopf gezogen hatte, mit beiden Händen. Eilerts Eintreffen registrierte sie nur am Rande, ebenso die Frage, ob sie etwas zu trinken wolle. Sie schüttelte stumm den Kopf und starrte weiter auf die Tür. Endlich wurde sie geöffnet, und der Arzt kam heraus. Der Ausdruck des Bedauerns auf seinem Gesicht traf Rike wie ein Schlag in den Bauch. Sie krümmte sich zusammen und legte die Arme um ihren Kopf. Sie wollte nichts mehr sehen und hören. Ich halte das nicht aus, schrie es in ihr. Das darf nicht sein! Nicht Opa Fiete!

4

Horten, Norwegen, Juni 1926 – Johanne

Nach der Anprobe des Hochzeitskleides geleitete Schneidermeister Holt die Schwestern zum Ausgang und verabschiedete sich mit einer Verbeugung. Kaum hatte sich die Tür hinter ihm geschlossen, wandte sich Johanne an Dagny.

»Du, wegen vorhin … ich wollte dich wirklich nicht zurechtweisen und …«

»Ach, ist schon vergeben und vergessen«, rief Dagny und warf einen Blick auf ihre Armbanduhr.

Johanne kämpfte kurz mit sich. Einerseits war sie erleichtert, dass der Streit beigelegt und Dagnys finstere Laune verflogen war. Sie hatte im Augenblick genug andere Dinge im Kopf, um die sie sich kümmern musste. Andererseits blieb ein schaler Nachgeschmack. Dagnys Art, Konflikte und Unstimmigkeiten zu übergehen oder herunterzuspielen, irritierte sie nicht zum ersten Mal. Sie kam sich bei solchen Gelegenheiten so vor, als befände sie sich auf schwankendem Moorgrund, der jederzeit nachgeben oder unvermutet Dinge zutage fördern konnte, die sie selbst längst vergessen hatte, die sich für ihre Schwester jedoch wie eben geschehen anfühlten. Ihre Versuche, strittige Punkte zu klären und so ein für alle Mal aus der Welt zu schaffen, stießen zu ihrem Leidwesen bei Dagny auf wenig Gegenliebe. Für diese waren derartige Vorstöße nur ein weiterer Beweis für Johannes Pedanterie, während sie sich selbst dem Motto verschrieben hatte: Man muss auch mal alle fünfe gerade sein lassen. Manchmal beneidete Johanne ihre Schwester insgeheim um diese Haltung, die es ihr erlaubte, sich unbekümmert dem Jetzt hinzugeben. Gleichzeitig fragte sie sich, wie Dagny mit Situationen umgehen würde, die sich nicht mit einem Lächeln wegwischen ließen. Zum Beispiel mit einer handfesten Ehekrise oder einer Meinungsverschiedenheit, die an ihren innersten Überzeugungen und Werten rüttelte.

»Hast du Lust auf ein Picknick?«, fragte Dagny. »Ich bin vorhin zufällig Ellen über den Weg gelaufen. Sie trifft sich über Mittag mit ein paar Freunden im Lystlunden Park und hat mich eingeladen, mit von der Partie zu sein. Sie hat gewiss nichts dagegen, wenn du mitkommst.«

Johanne zog die Stirn kraus. »Welche Ellen?«

»Ellen Knudsen.«

Johanne sah Dagny ratlos an.

»Na, die Tochter von Doktor Knudsen.«

»Dem Garnisonsarzt?«

Dagny nickte.

»Ich wusste gar nicht, dass du mit ihr befreundet bist«, sagte Johanne, die sich nur vage an Ellen Knudsen erinnerte, ein junges Mädchen, das in der Schule fünf oder sechs Klassen unter ihr gewesen war.

»Du weißt so einiges nicht«, murmelte Dagny und fuhr lauter fort: »Sie geht auch oft zu den Filmvorführungen im Lichtspielhaus, da haben wir uns kennengelernt.« Sie lief los. »Also, was ist, kommst du mit?«

»Warte!«, rief Johanne und hielt sie am Ärmel fest. »Wir wollten doch bei Vater im Kontor vorbeischauen.«

Dagny zuckte mit den Schultern. »Das können wir auch ein anderes Mal, oder?«

Johanne zog die Augenbrauen hoch. »Aber du hast doch gestern selbst …«

Dagny schob die Unterlippe vor. Johanne verstummte und verbiss sich die Bemerkung, dass diese Idee von Dagny gekommen war. Als sie Johanne am Tag zuvor bei einem Telefonat angeboten hatte, sie zur Anprobe des Brautkleids zu begleiten, hatte sie vorgeschlagen, ihn zu einem Imbiss abzuholen, und zerknirscht zugegeben: »Ich habe Vater schon viel zu lange vertröstet.« Johanne hatte bereitwillig zugestimmt, wusste sie doch, wie sehr ihr Vater sich über die seltenen Gelegenheiten freute, »seine beiden Mädchen« einmal ganz für sich zu haben.

Dagny hakte sich bei ihr unter. »Vater versteht das sicher. Bei dem herrlichen Wetter muss man einfach raus.«

Johanne verzichtete auf den Hinweis, dass sie auch mit ihrem Vater die Mittagspause im Freien verbringen konnten. Es hatte keinen Sinn, Dagny ein schlechtes Gewissen zu machen und sie zu zwingen, ihre Pläne zu ändern. Es würde nur zu neuerlichem Schmollen führen. »Ein anderes Mal komm ich gern mit«, sagte sie und löste sich von Dagny. »Ich muss heute noch so viel erledigen und …«

Dagny öffnete den Mund zu einer Erwiderung. Bevor sie weiter in sie dringen konnte, fuhr Johanne rasch fort: »Aber ich wünsche dir viel Spaß und werde Vater Grüße von dir ausrichten.«

»Oh ja, unbedingt!«, sagte Dagny. Auf ihrem Gesicht machte sich Erleichterung breit. »Ich begleite dich noch ein Stück.« Sie wandte sich zum Gehen. Dabei wäre sie um ein

Haar mit einem Herrn zusammengestoßen, der eben zusammen mit einer Frau aus dem Haus neben der Schneiderei kam. Der Mittvierziger mit Schnauzbart, steifem Hemdkragen und gebügeltem Einstecktüchlein in der Brusttasche seiner Anzugjacke musterte sie mit finsterer Miene. Auch der Gesichtsausdruck seiner Begleiterin, deren rundliche Figur von einem hellblauen Cape umhüllt wurde, verschloss sich beim Anblick der beiden Schwestern.

Johanne seufzte innerlich. Dass sie ausgerechnet jetzt auf die Trulsens treffen mussten! Seit sie denken konnte, begegnete das Ehepaar ihrer Familie mit unverhohlener Abneigung und hatte einst ihren beiden Söhnen, die die gleiche Schule wie Dagny und Johanne besucht hatten, strikt den Umgang mit der Rev'schen Brut untersagt. Als Kind hatte Johanne sehr unter dieser – für sie unbegreiflichen – Ächtung gelitten. Die Erklärung ihres Vaters, Herr Trulsen sei nicht mit seinem Beruf einverstanden, war da wenig hilfreich gewesen. Was war verkehrt daran, Wein, Champagner, Sherry und Madeira aus Frankreich, Spanien und Portugal sowie schottischen Whisky oder italienischen Grappa zu verkaufen? Warum war das weniger ehrbar als der Handel mit Pelzen, den Herr Trulsen betrieb? In den Augen der kleinen Johanne war Letzteres sehr viel verdammenswerter, mussten doch unschuldige Tiere ihr Leben lassen, das sie zuvor oft unter grausamen Bedingungen in engen Käfigen gefristet hatten.

Erst später wurde ihr klar, dass die Wein- und Spirituosenhandlung ihres Vaters in den Augen von Herrn Trulsen nichts weniger war als das Einfallstor zur Hölle. Als Vorsitzender des örtlichen Abstinenzlerverbandes hatte er sich den

Kampf gegen den Alkoholismus auf die Fahnen geschrieben und plädierte für eine absolute Verbannung »geistiger Getränke« jeder Art. Als Ende des Weltkrieges ein striktes Verbot eingeführt worden war, sahen sich er und seine Mitstreiter der Erfüllung ihres Traums von einem »trockenen« Norwegen sehr nahe. Lediglich Dünnbier und leichte Tafelweine durften verkauft und ausgeschenkt werden.

Die Forderung der Abstinenzbewegung, auch die Einfuhr und den Verkauf von Wein unter kommunale Verantwortung zu stellen, wurde nicht erfüllt. Zu groß war das Risiko, es sich mit Handelspartnern wie Spanien, Italien und Frankreich zu verscherzen, den Hauptabnehmern von Norwegens wichtigstem Exportgut, dem Fisch. Denn diese waren zugleich die Hauptlieferanten von Südweinen und hochprozentigen Spirituosen. Als eine Art Kompromiss wurde die Errichtung eines Monopolverkaufs unter staatlicher Kontrolle beschlossen. Die Geburtsstunde des Vinmonopolet schlug am 30. November 1922. Auch Johannes Vater hatte damals eine Lizenz erworben.

»Guten Tag, Frau Trulsen, guten Tag, Herr Trulsen«, sagte Dagny und setzte ein beflissenes Lächeln auf.

Der Pelzhändler rang sich eine knappe Erwiderung ab und ging an ihr vorbei.

»Ich hoffe, Ihr rheumatisches Leiden hat sich gebessert«, fuhr Dagny an seine Frau gewandt fort.

Johanne bemerkte, wie diese zusammenzuckte und blass wurde.

»Sie müssen mich verwechseln, ich habe keine derartigen Beschwerden«, stieß Frau Trulsen hervor. Dabei warf sie Dagny einen Blick zu, in dem etwas Beschwörendes lag, als wolle sie sie zum Schweigen bringen.

Ihr Mann blieb stehen, zog die Brauen zusammen und öffnete den Mund. Bevor er etwas sagen konnte, legte sie ihre Hand auf seinen Unterarm und zog ihn weiter. »Komm, sonst verspäten wir uns noch.«

Johanne, die den kurzen Wortwechsel stumm verfolgt hatte, sah ihre Schwester fragend an. Dagny grinste, hakte sich erneut bei ihr unter und setzte sich in Bewegung.

»Was sollte das? Warum fragst du Frau Trulsen nach ihrem Befinden? Und woher weißt du überhaupt, dass sie Rheuma hat?«

»Ich hab so meine Quellen. Wobei ich dich beruhigen kann: Die gute Frau ist kerngesund.«

»Das hat sie ja auch gesagt. Aber …«

»Aber dennoch lässt sie sich regelmäßig etwas zum Einreiben ihrer angeblich schmerzenden Gelenke verschreiben«, fiel Dagny ihr ins Wort. »Du verstehst schon. Hochprozentiges zur besseren Durchblutung.« Sie zwinkerte, hob ein imaginäres Glas an die Lippen und machte eine schluckende Bewegung.

Johanne verengte die Augen. »Du meinst, sie …«

»… zwitschert ganz gern mal einen«, beendete Dagny ihren Satz.

Johanne schüttelte den Kopf. »Das ist nicht dein Ernst!«

Dass ausgerechnet Frau Trulsen eine Vorliebe für Branntwein hatte, konnte sie kaum glauben. Die Gattin des Pelzhändlers engagierte sich mindestens ebenso stark im Temperenzlerverein wie ihr Mann. Regelmäßig organisierte sie Informationsveranstaltungen für Frauen, bei denen Vorträge zu Themen wie »Die Zerstörung des Familienglücks durch Alkohol« oder »Das Übel bei der Wurzel packen« gehalten wurden.

»Oh doch!«, sagte Dagny. »Es ist ihr kleines, schmutziges Geheimnis. Ihr Mann weiß natürlich nichts davon.«

»Aber du schon.«

Dagny kicherte. »Ellen hat's mir erzählt. Anscheinend ist Frau Trulsen auf der Suche nach einem Arzt, der ihr ein Rezept für ihre Hausmedizin ausstellt, bei ihrem Vater abgeblitzt. Doktor Knudsen ist sehr korrekt und nicht bereit, gegen Krankheiten, die er auch nach eingehender Untersuchung nicht feststellen kann, etwas zu verschreiben. Schon gar nicht, wenn die Patienten auf alkoholhaltiger Arznei bestehen.«

Mittlerweile hatten sie die Ecke zur Falsensgata erreicht, wo sich ihre Wege trennten.

Dagny küsste Johanne auf die Wange. »Ich muss mich sputen. Wir sehen uns ja bald!«

Johanne schaute ihr kurz nach, wie sie die Langgata weiter hinunter Richtung Kanal lief, an dessen Ufer der Park angelegt war, bevor sie selbst um die Ecke bog, um zur Storgata und dem Geschäft ihres Vaters zu gelangen. Die Enthüllung über Frau Trulsens heimliches Laster beschäftigte sie noch, als sie die Hauptstraße ihres Heimatstädtchens Richtung Süden hinaufging. Rechts und links der Fahrbahn verliefen mit Steinplatten belegte Gehsteige, die von ein- und zweistöckigen Häusern gesäumt wurden. In vielen von ihnen waren Geschäfte, Werkstätten, Büros und Praxen untergebracht, die mit Aushängeschildern, Schaufensterauslagen und Werbetafeln um die Aufmerksamkeit potenzieller Kunden und Klienten warben. Das schöne Wetter hatte viele Angestellte, Ladeninhaber und Anwohner in ihrer Mittagspause ins Freie gelockt. Johanne sah einige

Handwerksburschen auf den Stufen eines Hauseingangs vespern, eine Matrone mit Spitzenhaube saß dösend auf einem Stuhl, den sie vor die Wand ihres Hauses gestellt hatte, zwei junge Frauen schoben – angeregt miteinander plaudernd – Kinderwagen, und das Verdeck einer vorüberfahrenden Autodroschke war zurückgeschlagen. Kurz vor der Kreuzung Storgata und Thranesgata wurde Johanne von einer Gruppe Schulkinder überholt, die auf dem Heimweg von der in der Nähe liegenden Mittelschule lachend und sich gegenseitig neckend an ihr vorbeirannten.

Wenige Schritte später überquerte sie die Straße und erreichte das einstöckige Haus, in dessen Erdgeschoss sich Revs Vinhandel befand. Im oberen Geschoss hatte sich Johannes Vater sein Büro eingerichtet sowie einen Raum zur Aufbewahrung besonders edler und wertvoller Tropfen. Zwei weitere Zimmer bewohnte Ingvald Lundalm, sein langjähriger Angestellter. An der rechten Seite öffnete sich ein Torbogen zum Hinterhof, wo ein ehemaliger Stall als Garage für den Lieferwagen diente und eine Bodenklappe zum Keller eingelassen war, in dem Flaschen und Fässer lagerten. Außerdem gab es dort eine weitere Tür zum Geschäft und zur Stiege in den ersten Stock. Die Hausfassade zur Straße hin war hellgelb gestrichen. Zwei Schaufenster rahmten die Eingangstür ein, über der ein großes Blechschild angebracht war. Darauf saß neben dem Schriftzug *Revs Vinhandel* ein Fuchs in Frack und Zylinder und hielt ein Weinglas hoch.

Johanne stellte sich vor eine der großen Glasscheiben, beschattete ihre Augen und spähte ins Innere. Der Laden war menschenleer – bis auf Ingvald Lundalm, einen ergrauten, hageren Mann um die fünfzig, der hinter dem Verkaufstresen saß und in eine Zeitung vertieft war. Ihren Vater vermutete Johanne oben im Büro. Als sie sich vom Fenster wegdrehte, bemerkte sie einige Meter weiter die Straße hinauf ein großes, rot-schwarz lackiertes Automobil, das am gegenüberliegenden Gehsteig parkte. Auf der Kühlerhaube war ein silberner Vogel montiert. Ein Adler? Johanne rief sich das Bilderalbum ihres jüngeren Bruders ins Gedächtnis, der die Embleme der verschiedenen Automarken sammelte. Er hätte ihr auf Anhieb den Hersteller nennen können. Sie hatte den auffälligen Wagen noch nie zuvor gesehen. In Horten waren knapp achtzig Kraftfahrzeuge registriert. Die meisten waren einfache Modelle von Ford, Dodge oder Opel, besser situierte Bürger wie Ärzte, Kaufleute, Anwälte und Ingenieure leisteten sich kostspieligere Exemplare von Herstellern wie Buick, Overland oder Benz. Mit dieser luxuriösen Limousine konnten sie jedoch nicht mithalten. Sogar einen eigenen Chauffeur hatte der Besitzer eingestellt. Jedenfalls hielt Johanne den Burschen in Lederjoppe, Handschuhen und Schiebermütze, der lässig an der Fahrertür lehnte und eine Zigarette rauchte, für den Fahrer.

Während sie sich noch fragte, wer sein Herr sein mochte, trat ein etwa vierzigjähriger Mann aus dem Torbogen. Er trug einen maßgeschneiderten Zweireiher aus dunkelgrauem Wollstoff, eine silberfarbene Krawatte und einen Filzhut. Als er diesen grüßend vor ihr lüftete, schrak sie leicht zusammen. Sie kannte dieses Gesicht – wenn auch nicht mit glatt rasierten Wangen und sorgfältig getrimmtem Schnurrbärtchen. Das letzte Mal hatte sie Sven Gravdal einige Jahre zuvor mit rot unterlaufenen Augen, Bartstoppeln und in einem fadenscheinigen, ausgebeulten Mantel gesehen, als er nach dem Gottesdienst am ersten Weihnachtstag vor der Garnisonskirche randaliert hatte. Sturzbetrunken hatte er die Gemeindemitglieder angepöbelt, dem Pfarrer eine leere Schnapsflasche vor die Füße geworfen und sich mit Fausthieben gegen die beiden Wachtmeister zur Wehr gesetzt, die ihn in Gewahrsam nehmen wollten. Noch lange, nachdem sie ihm Handschellen angelegt und ihn vom Kirchplatz gezerrt hatten, waren die wilden Flüche und Verwünschungen zu hören gewesen, mit denen Gravdal sie bedachte. Den Kommentaren der Kirchenbesucher nach zu schließen, hatte er sich selbst in diese desolate Lage hineinmanövriert. Er galt als arbeitsscheu und frönte dem Glücksspiel. Als seine Eltern 1918 an der Spanischen Grippe gestorben waren, hatte er ihren Bauernhof verkauft und das Geld verzockt.

Offenbar hat sich das Blatt für ihn mittlerweile gewendet, überlegte Johanne. Ob ihm die Glücksfee hold gewesen war? Anders als durch einen hohen Spielgewinn konnte er es in der kurzen Zeit doch kaum zu so großem Wohlstand gebracht haben. Entgegen ihrer Erwartung lief er nicht weiter. Er blieb stehen und fixierte sie mit leicht zusammengekniffenen Augen.

»Ah! Das Fräulein Rev! Meine Verehrung!«

Johanne spürte, wie sich die Härchen auf ihren Unterarmen aufrichteten. In der Stimme von Sven Gravdal lag ein einschmeichelnder und zugleich lauernder Unterton. Sie versteifte sich und erwiderte seinen Gruß mit einem knappen Nicken.

In seine Augen trat ein harter Glanz. Er zischte etwas, das wie »Zickengetue« und »austreiben« klang, und stapfte schweren Schrittes zu der Limousine. Der Bursche, der die kurze Szene aufmerksam beobachtet hatte, schnippte die Kippe weg, umrundete das Auto und öffnete die Tür zum Fond. Noch bevor Gravdal einstieg, wandte sich Johanne ab und eilte durch den Torbogen in den Hinterhof. Ein mulmiges Gefühl breitete sich in ihr aus. Woher wusste er ihren Namen? Warum hatte er sie so merkwürdig angesehen? Und was hatte ihn überhaupt hierhergeführt? War er in der Spenglerwerkstatt gewesen, die sich ebenfalls im Hof befand? Oder bei ihrem Vater? Johanne legte ihre Stirn in Falten. Sie konnte sich beim besten Willen nicht vorstellen, was die beiden miteinander zu schaffen hatten. Gleich wirst du es erfahren, dachte sie, beschleunigte ihre Schritte, stieß die Hintertür auf und nahm die Stufen zum ersten Stock zwei auf einmal.

5

Petkum, Ostfriesland, Frühling 1980 – Rike

Rike saß zwischen Swantje und deren Tochter Lieske an einem der langen Tische, die im Gemeindesaal aufgestellt worden waren, und starrte in ihre Porzellantasse, in der sich der Kandiszuckerklumpen mit leisem Knistern im Tee auflöste. Konzentriert beobachtete sie das Sahnewölkchen, das langsam auf den Grund sank. Es mutete sie wie ein Gruß aus der Welt an, die vor drei Tagen in Stücke gebrochen war. Ihre alte Welt, in der Opa Fiete ihr gegenübersitzen und sie mit freundlichem Lächeln bitten würde, ihm ein Stück Blechkuchen auf seinen Teller zu legen oder eine Kelle *Tröstelbeer* in einen Zinnbecher zu füllen. Während sich Rike allein beim Gedanken an warmes dunkles Bier mit Sirup schüttelte, in dem Brotbrocken schwammen, hatte ihr Großvater dieses Getränk geliebt, das bei einem ordentlichen ostfriesischen Leichenschmaus nicht fehlen durfte.

Wie aus weiter Ferne drangen die Stimmen der anderen Trauergäste, das Klappern von Besteck und andere Geräusche an Rikes Ohren – so wie sie alles, was seit diesem schrecklichen Moment im Klinikum geschehen war, nur verschwommen wahrnahm. Wieder und wieder hörte sie die Stimme des Arztes, der vom geschwächten Herzen und den deswegen zum Scheitern verurteilten Wiederbelebungsmaßnahmen gesprochen hatte und sie aufforderte, Trost im hohen Alter des Patienten zu finden, das dieser trotz allem hatte erleben dürfen. Rike hätte ihm am liebsten eine Ohrfeige verpasst und sich sein blödes Gefasel verbeten. Dieser »Patient« war ihr Großvater – und so viel mehr. Seit sie denken konnte, hatte er ihr Mutter und Vater ersetzt. Er war ihre Familie! Wie sollte sie ohne ihn weiterleben? Der Knoten in Rikes Bauch, der ihr seit Tagen den Appetit raubte, verhärtete sich noch mehr. Sie schloss die Augen – überwältigt von den »Nie mehrs«, die Opa Fietes Tod verursachte: nie mehr seine hohe Gestalt sehen, nie mehr seine warme Stimme hören, nie mehr seine Hand spüren, die ihr über die Wange strich, nie mehr in seinen Armen Trost finden und seinen Geruch – eine Mischung aus Tabakrauch, Rasierwasser und einer unbestimmten, herben Note – einatmen.

Sie spürte, wie sich Lieske hinter ihrer Stuhllehne zu Swantje beugte. Ein würziges Aroma stieg ihr in die Nase. Seit Rike denken konnte, duftete Lieske nach dem Rauch von Erlenholzfeuer. Dieser konservierte die Fische und Aale in ihrer *Rökeree* und verlieh ihnen eine goldgelbe Färbung und ihren delikaten Geschmack.

»Hat sich Beate bei dir gemeldet?«, hörte sie Lieske fragen.

Rike hielt den Atem an und lauschte Swantjes geflüsterter Antwort.

»Nein. Ich kann mir auch nicht erklären, wo sie bleibt. Sie wollte spätestens zur Beisetzung da sein.« Sie streifte Rike mit einem Blick, in dem sich Mitleid und Verärgerung mischten. Rike konnte förmlich Swantjes Gedanken hören: Wie kann Beate ihre Tochter so im Stich lassen? Wenigstens jetzt müsste sie doch für sie da sein.

»Ist schon in Ordnung«, sagte Rike leise. »Ich habe ja euch.«

Swantje legte einen Arm um sie.

Gleichzeitig drückte Lieske ihre Hand und sagte: »Ja, das stimmt. Du kannst immer auf uns zählen.«

Einen Augenblick lang schweiften Rikes Gedanken zu ihrer Mutter. Das letzte Mal hatte sie sie Anfang Januar in Hamburg besucht, wo Beate ein Appartement besaß. Die Wochen, die sie pro Jahr dort verbrachte, konnte Rike an einer Hand abzählen. Die Weihnachtsfeiertage hatte sich ihre Mutter – wie so oft – zum Dienst auf dem Kreuzfahrtschiff einteilen lassen. Familienfeste waren ihre Sache nicht, schon gar nicht in dem Petkumer Haus, in das sie so selten wie möglich einen Fuß setzte.

Da Beate Meiners darauf bestand, von ihrer Tochter beim Vornamen genannt zu werden, und sich Mutti, Mama oder gar das ostfriesische *Moder* ausdrücklich verbat, hatte Rike als Kind angenommen, sie sei gar nicht ihre Mutter, sondern eine Tante. In ihrer Fantasie hatte sich alles schlüssig zusammengefügt. Für ihre leiblichen Eltern hatte sich die kleine Rike ein trauriges, zugleich aber auch tröstliches Schicksal ausgemalt: Kurz nach der Geburt ihres innig geliebten Kindes waren sie an einer heimtückischen Krankheit gestorben oder bei einem Unfall ums Leben gekommen und wachten nun als Schutzengel über ihre Tochter.

Irgendwann hatte sie begriffen, dass Opa Fiete immer nur eine Tochter gehabt hatte und Beate tatsächlich ihre Mutter war. Von nun an stellte sie sich die Frage, warum Beate nicht bei ihnen lebte und sich für einen Beruf entschieden hatte, der sie monatelang in die Ferne führte. Als ihrem Großvater bewusst wurde, dass Rike sich die Schuld dafür gab und an der Liebe ihrer Mutter zweifelte, war er sehr bestürzt. »*Mien*

Deern, glaub das nicht! Niemals! Dass Beate es hier nicht aushält, hat wirklich nichts mit dir zu tun. Das fing schon sehr viel früher an, lange bevor es dich gab. Ich hatte ja gehofft, dass sie nach deiner Geburt sesshaft würde und mit dir hier …« Er hatte geseufzt und nach einer kurzen Pause hinzugefügt: »Sie hat's versucht. Aber es ging nicht.«

»Und was ist mit meinem Vater?«, hatte Rike gefragt. »Warum kenne ich ihn nicht? Warum will er nichts mit mir zu tun haben?«

»Ich vermute, er weiß gar nicht, dass es dich gibt«, hatte Fiete geantwortet. »Deine Mutter hat mir nie verraten, wer er ist und ob er ihr etwas bedeutet hat.«

Swantje hatte Rike ein bisschen mehr erzählen können. Ihr hatte sich die damals einundzwanzigjährige Beate anvertraut. Rikes Vater war ein Koch aus Nizza, der 1959 auf der *TS Bremen* angeheuert hatte, die den Liniendienst des Norddeutschen Lloyd zwischen Bremerhaven und New York versah. Beate war als Serviererin an Bord gewesen. Auf Anhieb war sie den tiefblauen Augen, den schwarzen Locken und der rauchigen Stimme des Franzosen verfallen. Sie hatte sich bereits mit ihm zusammen in einem Restaurant an der Côte d'Azur gesehen, das er eröffnen wollte, sobald er genug Geld zusammengespart hatte. Ein Traum, in dem die junge Deutsche jedoch nicht vorgesehen war. Nach zwei Monaten hatte er abgemustert und war, ohne Adieu zu sagen, auf Nimmerwiedersehen aus Beates Leben verschwunden.

Die Schwangerschaft stürzte sie in eine tiefe Krise. Sie fühlte sich außerstande, die Verantwortung für ein hilfloses Wesen zu übernehmen. Eine Erkenntnis, die ihr laut Swantje sehr zu schaffen gemacht hatte. »Ich habe viel zu große Angst, als

Mutter zu versagen und Rike dafür zu hassen, dass ich ihretwegen hier festsitze«, hatte sie kurz nach der Geburt weinend gestanden und dankbar das Angebot ihres Vaters angenommen, sich – unterstützt von seinen besten Freunden Eilert und Swantje Olthoff – um die Kleine zu kümmern.

Rike war einerseits dankbar gewesen, dass Swantje ihr die Wahrheit gesagt und sich nicht in beschönigende Ausreden geflüchtet hatte. Andererseits hatte sie immer wieder daran zu knabbern, in den Augen ihrer Mutter ein Klotz am Bein zu sein, den sie gar nicht schnell genug hatte abgeben können. Es fiel ihr schwer, nicht an ihrer Liebe zu zweifeln – so sehr ihr Großvater und Swantje auch das Gegenteil beteuerten. Die Frage, was Beate getan hätte, wenn Opa Fiete nicht bereit gewesen wäre, sich seiner Enkelin anzunehmen, hatte Rike als Kind in schwarzen Stunden gepeinigt. Hätte sie sie in ein Waisenhaus abgeschoben oder zu Pflegeeltern gegeben?

Mittlerweile hatte sie einen – wenn auch brüchigen Frieden – mit ihrem weitgehend mutterlosen Dasein geschlossen. Sie fühlte sich in Petkum gut aufgehoben und von liebender Fürsorge umgeben. Die seltenen Treffen mit Beate rissen sie für ein paar Tage aus ihrem beschaulichen Leben. Wenn sie sich nicht in Hamburg trafen, unternahmen sie kleine Städtereisen quer durch Europa, die Rike in eine aufregende, quirlige Welt entführten, in die sie gern kurz hineinschnupperte, die sie jedoch nicht für sich erschließen wollte. Ebenso erging es ihr mit ihrer Mutter: Sie war für sie eine faszinierende Person, deren Erzählungen von ihren Erlebnissen sie interessiert lauschte, deren Gefühle und Gedanken ihr dennoch fremd blieben.

Als abzusehen war, dass sich Beate nicht unmittelbar auf den Weg nach Deutschland machen konnte und einige Tage bis zu ihrem Eintreffen in Petkum vergehen würden, hatten die Olthoffs sich um Rike gekümmert. Swantje und Eilert hatten sie nach ihrer Rückkehr aus dem Krankenhaus bei sich zu Hause einquartiert und sich zusammen mit ihrer Tochter Lieske um die anstehenden Formalitäten und die Organisation rund um die Beerdigung gekümmert.

Dabei spielte der Leichenbitter nach alter Tradition eine wichtige Rolle. In Petkum hatte diese seit Rikes Kindertagen der alte Hinnerk inne, ein guter Bekannter ihres Großvaters, der dessen Leidenschaft für ostfriesische Hühner teilte. Als *Dodenbidder* war er von Haus zu Haus gegangen und hatte den Nachbarn die Nachricht von dem Todesfall überbracht und seinen Spruch aufgesagt:

»Frederike Meiners, Enkelin von Kapitän Friedrich Meiners, lässt grüßen und bitten, am Donnerstag um zwei Uhr nachmittags zum Begräbnis ihres Großvaters und anschließend zur Teetafel im Gemeindehaus zu kommen.«

Zuvor hatte der alte Hinnerk bei der Auswahl des Sarges geholfen, die Todesanzeige für die *Emder Zeitung* verfasst, sechs Sargträger aus der Nachbarschaft organisiert, Kuchenspenden erbeten und weitere Aufgaben erledigt, die heutzutage üblicherweise von Bestattungsunternehmen übernommen wurden. In Petkum – wie in vielen anderen ostfriesischen Gemeinden – überließ man diese wie in früheren Zeiten dem Ansager.

Ab und zu hatten der alte Hinnerk oder Swantje versucht, Rike in die Planung einzubeziehen und ihr durch einfache Aufgaben wie das Beschriften der Trauerpost-Umschläge oder das Kopieren der Liedtexte, die beim Gottesdienst und bei der Beisetzung gesungen werden sollten, Ablenkung zu verschaffen. Rike hatte die gute Absicht durchaus bemerkt, sich jedoch außerstande gesehen, diese Tätigkeiten auszuführen. Wie gelähmt hatte sie die meiste Zeit auf einem Sessel in der Wohnstube der Olthoffs verbracht, jegliches Zeitgefühl verloren und immer nur das eine gedacht: Wann kommt Opa Fiete endlich zurück?

Auch in diesem Augenblick fiel es ihr schwer, sich ihn in dem Eichensarg vorzustellen, den die Träger zwei Stunden zuvor auf dem Friedhof neben der alten Backsteinkirche aus dem dreizehnten Jahrhundert mit dem freistehenden Glockenturm in eine Grube versenkt hatten. Ein helles Klirren drang durch den Wattenebel, von dem sie sich umhüllt fühlte. Die Gespräche verstummten, und eine tiefe Bassstimme füllte den Raum. An einem Tisch, an dem die Mitglieder der Lotsenbrüderschaft von Emden saßen, hatte sich ein älterer Herr erhoben.

»Liebe Trauergemeinde. Wir sind hier zusammengekommen, um einem der Unseren den letzten Gruß zu entbieten. Kapitän Friedrich Meiners war nicht nur ein hervorragender Lotse, der jedes Schiff sicher ans Ziel brachte, nein, er war auch ein …«

Rike biss sich auf die Lippe. Schon wieder eine Rede, dachte sie. Wie viele sollen es denn noch werden? Sie senkte den Kopf und starrte wieder in ihre Teetasse. Am liebsten hätte sie sich mit beiden Händen die Ohren zugehalten. Sie wollte diese Nachrufe nicht hören, wollte nicht wissen, was und wer dieser Friedrich Meiners für all diese Menschen – darunter viele Mitglieder der Vereine, denen er angehört hatte – gewesen war. Er ist einfach nur mein Opa!, wollte sie rufen und hatte sich bei dem Gedanken ertappt, dass dieser Friedrich Meiners, der hier in seiner Funktion als Vorstandsmitglied im Nautischen Verein und im Petkumer Bürgerverein gewürdigt wurde sowie als Unterstützer der Naturforschenden Gesellschaft und des Ostfriesischen Landesmuseums, unmöglich ihr Opa Fiete sein konnte. Der saß in diesem Augenblick mit seinem verschmitzten Lächeln zu Hause in seinem Schaukelstuhl und rauchte sein Pfeifchen, während er auf ihre Rückkehr wartete, um sich alles brühwarm erzählen zu lassen. Gemeinsam würden sie über die salbungsvollen Worte lachen und sich über den großen Durst amüsieren, den manche Trauergäste an den Tag legten und mit Unmengen von *Kruiden* löschten.

Wie aufs Stichwort hob der Redner ein Gläschen, das mit Kräuterschnaps gefüllt war.

»Nun lasst uns ein letztes Mal auf Kapitän Friedrich Meiners trinken. Möge ihn der himmlische Lotse in friedliche Gewässer geleiten!« Er schaute zur Decke und prostete ihr zu. *»Ick supp di to, leever Fründ!«*

Die Gäste folgten seinem Beispiel und leerten ihre Gläser auf das Wohl des Verstorbenen.

»Da ist sie ja endlich!«, sagte Swantje.

»Wer?« Rike sah Swantje fragend an und folgte deren Blick. In der Tür des Gemeindesaals stand eine elegant gekleidete Dame mit blondem Bubikopf und schaute sich suchend um. Neben ihr stand ein Koffer.

»Ich hatte so sehr gehofft, dass Beate es rechtzeitig zur Beerdigung schafft«, fuhr Swantje fort und winkte Rikes Mutter zu. »Und jetzt hat sie sogar die Teetafel verpasst.«

Erst Swantjes Hinweis machte Rike darauf aufmerksam, dass sich die Gesellschaft auflöste. Offenbar war der Vorsitzende der Lotsenbrüderschaft der letzte Redner gewesen. Viele Gäste erhoben sich, nickten zu Rike hinüber und verließen den Saal. Andere standen noch kurz in Grüppchen zusammen, bevor sie den Heimweg antraten.

Vermutlich ist ihr das gar nicht unrecht, dachte Rike. Beate hasst solche Veranstaltungen. Sie beobachtete ihre Mutter, die Swantjes Gruß erwiderte, jedoch keine Anstalten machte, sich zu ihrem Tisch zu begeben. Warum kommt sie nicht zu mir, dachte Rike. Sie wirkt wie eine Fremde, die sich zufällig hierherverirrt hat. Aber ist sie nicht genau das, meldete sich eine nüchterne Stimme in ihr zu Wort. Ja, gewiss, aber es ist doch ihr Vater, den sie hier verabschieden. Und ich bin ihre Tochter! Wir sind doch jetzt ganz allein. Wir haben doch nur noch uns. Sie blinzelte die Tränen weg, die ihr in die Augen stiegen. Sie nahm verschwommen wahr, wie Beate von einem Bein auf das andere trat und unbehaglich zu Boden blickte.

Wie verloren sie wirkt, schoss es Rike durch den Kopf. Und einen Atemzug später: Sie traut sich nicht! Die Erkenntnis traf Rike wie ein Schlag und wischte den Unmut und die Enttäuschung über Beates Verhalten beiseite. Ohne nachzudenken, schob sie ihren Stuhl zurück, rannte zu Beate und schlang ihre Arme um sie. Sie bemerkte, wie sich ihre Mutter kurz versteifte, bevor sie sie an sich zog und ihr über den Rücken streichelte. Sie nahm die Wärme ihres Körpers und den frischen Duft ihres Eau de Toilette wahr und spürte, wie sich der Wattenebel verzog. Die Verzweiflung, die er zuvor gedämpft hatte, brach mit Macht hervor. Sie bebte am ganzen Körper und verstärkte ihre Umarmung.

»Es tut mir so leid«, murmelte Beate. »Ich wünschte, ich wäre …«

»Jetzt bist du ja da«, schluchzte Rike. »Ich hab dich so vermisst!«

Erst als sie es aussprach, wurde ihr bewusst, wie sehr sie sich in den vergangenen Tagen nach ihrer Mutter gesehnt hatte.

6

Horten, Norwegen, Juni 1926 – Johanne

Vor dem Büro ihres Vaters blieb Johanne stehen und atmete ein Mal tief durch, bevor sie anklopfte.

»Was wollen Sie denn noch?«, ertönte seine tiefe Stimme. Sie klang unwirsch.

Die Tür wurde aufgerissen.

»Ich hatte Nein gesagt! Und dabei … äh … Johanne!«

Olof Rev, ein stattlicher Mittfünfziger in dunklem Sakkoanzug mit Weste, stand auf der Schwelle und starrte seine Tochter einen Moment lang verwirrt an. Die steile Furche auf seiner Stirn glättete sich. Er strich sich über seinen Backenbart und verzog den Mund zu einem Lächeln.

»Ihr seid schon da.« Er kam zu ihr auf den Gang und sah suchend an ihr vorbei. »Wo ist deine Schwester? Wollte sie dich nicht begleiten?«

Johanne zuckte die Achseln und trat in das große Zimmer mit den holzvertäfelten Wänden, das von einem wuchtigen Schreibtisch dominiert wurde. Er stand – samt einem drehbaren Armstuhl – vor den drei zur Straße zeigenden Fenstern. Ein gusseiserner Ofen spendete im Winter Wärme. Mehrere verglaste Aktenschränke, ein Tresor, zwei Ledersessel, eine Couch und ein Teewagen vervollständigten die Einrichtung.

»Dagny lässt sich entschuldigen«, sagte Johanne. »Sie hat …«

»Schon gut«, fiel ihr Olof Rev ins Wort. Er war auf der Schwelle stehen geblieben. »Ich hätte euch ohnehin nicht begleiten können. Mir ist etwas Dringendes dazwischengekommen.«

Johanne sah ihn überrascht an. Es sah ihrem Vater nicht ähnlich, Verabredungen kurzfristig abzusagen.

»Es tut mir leid, dass du dich nun ganz umsonst herbemüht hast. Aber es ist nun einmal nicht …«

»Was ist passiert?«, fragte Johanne und ging zu ihm.

»Nichts, worüber du dir den Kopf zerbrechen musst«, antwortete er und berührte sie flüchtig mit zwei Fingern an der Wange.

Ohne nachzudenken, legte Johanne eine Hand auf seinen Arm und schaute ihm in die Augen. Der Ausdruck grimmiger Entschlossenheit darin verstärkte das Unbehagen, das sie seit der Begegnung mit Sven Gravdal verspürte.

»Gibt es Schwierigkeiten?«, fragte sie. »Was wollte dieser …«

Olof Rev schüttelte den Kopf und zog die Brauen zusammen.

»Vater, bitte! Ich merke doch, dass etwas im Argen …«

»Du täuschst dich«, sagte er in einem Ton, der sich weiteres Insistieren verbat.

Johanne presste die Lippen aufeinander.

»Ich weiß deine Anteilnahme durchaus zu schätzen«, fuhr ihr Vater sanfter fort. »Aber es gibt keinen Grund zur Beunruhigung. Ich habe alles im Griff.«

Johanne rang sich ein Lächeln ab. Wenn ich das nur glauben könnte, dachte sie. So aufgebracht habe ich ihn selten erlebt. Er verheimlicht mir etwas, das steht fest. Warum vertraut er sich mir nicht an? Weil du eine Frau bist, gab sie sich selbst die Antwort. So aufgeschlossen Vater im Allgemeinen auch sein mag, in manchen Dingen denkt er doch noch recht altmodisch. Mit Frauen ernsthaft über Geschäftliches zu diskutieren fiele ihm nicht im Traum ein. Und in Mutter hat er ja auch jemanden an der Seite, dem bereits der Anblick der Börsenzeitung oder von Rechnungen Verdruss bereitet. Sie will mit solch prosaischen Dingen, wie sie es nennt, nicht behelligt werden und findet es unweiblich, sich damit zu beschäftigen.

»Wir holen unser Mittagessen nach, versprochen«, sagte Olof Rev und schob seine Tochter aus dem Zimmer. »Jetzt muss ich ein wichtiges Telefonat erledigen.«

Bevor Johanne etwas erwidern konnte, hatte er die Tür geschlossen. Für einen kurzen Moment war sie versucht, am Schlüsselloch zu lauschen und herauszufinden, mit wem ihr Vater so dringend sprechen wollte. Sei nicht kindisch, wies sie sich zurecht. Wenn er es bemerken würde, gäbe es richtig Ärger. Außerdem würdest du vermutlich ohnehin kaum etwas verstehen. Das ist das Risiko, erwischt zu werden, nicht wert. Sie rückte ihren Hut gerade und kehrte auf die Straße zurück. Ich werde schon noch dahinterkommen, was los ist, versprach sie sich. So einfach lasse ich mich nicht abwimmeln.

Während sie zügig Richtung Marktplatz lief, setzte sie ihren inneren Dialog fort. Vermutlich mache ich mir ohnehin mal wieder zu viele unnötige Sorgen. Was kann denn schon Bedrohliches geschehen sein? Vater hat bislang noch alle Herausforderungen gemeistert. Selbst die schwierigen Jahre, in denen sogar der Verkauf von Südweinen verboten war und sein Geschäft fast vollständig zum Erliegen kam. Schlimmer kann es doch gar nicht mehr werden.

Johanne wich zwei Damen aus, die ihr ins Gespräch vertieft entgegenkamen und geradewegs in sie hineinzulaufen drohten. Mittlerweile hatte sie die Prestegata erreicht, die gegenüber der Nøtterø Bakeri & Konditori in die Storgata mündete. Sie überquerte die Straße und öffnete die Ladentür. Der Duft nach frischem Backwerk, der ihr in die Nase stieg, war verführerisch und erinnerte Johanne daran, wie hungrig sie war. Bis zur warmen Hauptmahlzeit, die im Hause Rev gegen fünf Uhr nachmittags eingenommen wurde, war es noch lange hin.

»Ah, Fräulein Rev. Einen wunderschönen guten Tag!«

Der Bäckermeister kam eben mit einem Blech herein, auf dem drei *borgermesterstanger* lagen, aus Plunderteig hergestellte Zöpfe, die mit Marzipan gefüllt und mit karamellisierten Mandeln bestreut waren.

»Womit kann ich Ihnen dienen?«, fragte er, während er das Gebäck in der Kuchentheke platzierte.

Johanne zog einen Zettel aus ihrer Jackentasche. »Ich habe Ihnen hier unsere Bestellung für kommenden Samstag notiert.«

»Ah, der große Tag«, sagte er, nahm das Papier, überflog die Liste mit dem Konfekt und den Torten und nickte Johanne mit einem Lächeln zu. »Sollen wir die Sachen zu Ihnen nach Hause in die Vestre Braarudgata liefern?«

»Nein, ins Hotel Falkensten, bitte. Dort wird die Feier stattfinden.«

»Ah, verstehe. Bei der Familie Ihres Bräutigams«, sagte er und notierte sich die Lieferadresse.

Johanne hörte, wie die Tür in ihrem Rücken aufging und jemand hereinkam.

»Haben Sie sonst noch einen Wunsch, Fräulein Rev?«, fragte der Bäcker.

»Ja, ich hätte gern eine von ihren leckeren Zimtstangen mit Vanillecreme«, sagte Johanne und deutete auf ein längliches Hefeteilchen, das mit Puderzucker bestäubt war.

»Hervorragende Wahl«, sagte eine Stimme hinter ihr. »So gute wie hier habe ich noch nirgends gegessen.«

Sie drehte sich um und sah sich dem jungen Mann gegenüber, der an der Limousine von Sven Gravdal gelehnt hatte. Einen Atemzug lang schaute sie in seine grünbraunen Augen, die sich tief in ihre versenkten. Irritiert von dem Schauer, der sie dabei durchzitterte, drehte sie sich abrupt um und bezahlte die *kanelstang*, die der Bäcker für sie in eine Papiertüte gesteckt hatte. Ohne den jungen Mann eines weiteren Blickes zu würdigen, murmelte sie einen Abschiedsgruß, verließ den Laden und lief die Storgata weiter hinunter Richtung Telegraphenamt, wo sie ein Telegramm an ihren Bruder aufgeben wollte. Der sechzehnjährige Finn besuchte seit einem Jahr ein renommiertes Internat in England und würde zur Hochzeit für ein paar Tage nach Horten kommen. Johanne sollte ihm den Termin der Schiffspassage durchgeben, die sein Vater für ihn gebucht hatte.

In ihrem Magen rumorte es. Sie beschloss, einen Abstecher zur Strandpromenade zu machen und auf einer der Bänke, die dort im Sommer aufgestellt wurden, ihre Zimtstange zu verzehren. Sie überquerte die Apotekergata, passierte den Marktplatz und bog in die Skippergata ein, die zum Fjordufer hinunterführte. Vor dem Eingang zur Horten & Omegns Privatbank stutzte sie. Am Straßenrand stand das rot-schwarz lackierte Automobil mit dem Adler auf der Kühlerhaube. Verstohlen sah sie sich nach Sven Gravdal um und beschleunigte ihre Schritte. Eine weitere Begegnung mit diesem unangenehmen Zeitgenossen wollte sie sich ersparen.

Er muss es in der Tat weit gebracht haben, wenn er bei derselben Bank Kunde ist wie Vater, schoss es ihr durch den Kopf. Die Erinnerung an dessen aufgewühltes Gesicht weckte erneut das Gefühl einer diffusen Bedrohung. Ein Teil in ihr wollte seiner Versicherung glauben, es gäbe keinen Grund zur Beunruhigung. Doch tief in ihrem Inneren nistete die Überzeugung, dass ihr Vater in Schwierigkeiten steckte – und diese auf irgendeine Weise mit Sven Gravdal in Zusammenhang standen.

»Johanne!«

Der Ruf in ihrem Rücken ließ sie innehalten. Sie drehte sich um und erblickte Rolf Falkensten, der auf sie zulief. Er strahlte übers ganze Gesicht und winkte ihr zu. Der vertraute Anblick ihres Verlobten mit seiner kräftigen Statur, den kurz geschorenen Haaren und den hellen Augen unter den weißblonden Brauen ließ die Anspannung von ihr abfallen und vertrieb die düsteren Gedanken. Sie hob die Hand und ging ihm entgegen.

»Du hast ja einen strammen Schritt am Leib«, stieß er hervor, als er sie erreicht hatte, und öffnete den obersten Knopf seines Hemdes. »Wohin musst du denn so eilig?«

»Ich hatte gar nicht bemerkt, dass ich schnell gelaufen bin«, antwortete Johanne. Sie legte den Kopf schief. »Was machst du denn hier? Ich dachte, du hast im Hotel zu tun.«

»Hätte ich eigentlich auch. Aber Mutter hat darauf bestanden, dass ich sie begleite. Und du weißt ja: Wenn sie sich etwas in den Kopf gesetzt hat …« Er brach ab und verzog den Mund zu einem ironisch-resignierten Grinsen.

»Wohin wollte sie denn so dringend?«, fragte Johanne.

»Ins Farbengeschäft Ecke Apotekergata und Storgata. Wir waren gerade hineingegangen, als ich dich vorbeilaufen sah.«

Johanne zog die Stirn kraus. »Wozu braucht deine Mutter Farbe?«

»Für unsere Zimmer. Sie will, dass sie noch vor der Hochzeit gestrichen werden.«

»Wie bitte? Wir beide wollten das doch gemeinsam …«, begann Johanne.

Rolf senkte den Kopf. Die Zerknirschung in seinem Gesicht ließ sie verstummen.

»Das hatte ich ihr auch gesagt«, murmelte Rolf. Er straffte sich und griff nach Johannes Hand. »Aber jetzt können wir ja doch zusammen auswählen. Wenn das kein glücklicher Zufall ist, dass ich dich rechtzeitig entdeckt habe.«

Johanne zwang sich zu einem Lächeln und schluckte den Ärger darüber hinunter, es lediglich dem Zufall zu verdanken, bei der Gestaltung ihrer zukünftigen Wohnung mitreden zu dürfen. Es war nicht der passende Zeitpunkt, die Frage zu diskutieren, die sie sich in den vergangenen Wochen schon einige Male gestellt hatte: Wie würde Rolf in Zukunft mit den Einmischungen und Bevormundungen seiner Mutter umgehen?

Tomine Falkensten besaß im Übermaß, was ihrer eigenen Mutter vollkommen abging: Entscheidungsfreudigkeit und

Durchsetzungsvermögen. Johanne fand ihre Schwiegermutter in spe sympathisch, und deren resolute Art imponierte ihr. Gleichzeitig war ihr bewusst, dass das Leben mit ihr unter einem Dach nicht einfach würde. Solange Rolf als Angestellter seiner Eltern seine Brötchen verdiente, bestand ein Teil seines Lohns in einer kleinen Wohnung unter dem Dach des Hotels. Zumindest die ersten Jahre ihrer Ehe würde das junge Paar dort verbringen.

Während Johanne mit Rolf zu dem Farbenladen lief, verspürte sie einen Anflug von Neid auf Dagny. Ihre Schwester musste sich nicht mit solchen Überlegungen herumschlagen. Ganz im Gegenteil. Nach ihrem Umzug nach Oslo würde sie noch unbeschwerter von Familienzwängen und -rücksichten sein.

Johanne fasste Rolfs Hand fester. Er erwiderte den Druck und zog sie näher an seine Seite. Die Wärme seines Körpers flutete sie mit Zuversicht. Das wird schon, dachte sie. Gemeinsam werden wir uns durchsetzen. Seine Mutter wird respektieren müssen, dass wir ein eigenes Leben führen. Ich mache mir vermutlich ganz umsonst Gedanken. Gerade eine selbstbewusste Frau wie Tomine Falkensten wird Verständnis für diesen Wunsch haben. Wir werden uns gewiss prima verstehen und nach einer Eingewöhnungszeit gut miteinander auskommen.

»Übrigens haben wir vorhin kurz bei deinem Vater vorbeigeschaut.« Rolfs Bemerkung riss Johanne aus ihren Überlegungen. Bevor sie fragen konnte, was ihn und seine Mutter dazu veranlasst hatte, fuhr er fort: »*Mamma* wollte die Weinauswahl für unser Festessen mit ihm besprechen.«

»Was hat er denn für einen Eindruck auf dich gemacht?«, fragte Johanne.

Rolf stutzte. »Äh, wieso fragst du?«

»Ich war heute mit ihm zum Mittagessen verabredet, aber ihm ist etwas dazwischengekommen. Als er mir abgesagt hat, wirkte er sehr angespannt.«

Rolf lächelte sie an. »Dann freut es dich sicher, dass er sehr gut gelaunt und gelöst war, als wir ihn trafen.«

Johanne warf ihm einen skeptischen Blick zu.

»Du darfst mir glauben. Ich sage das nicht, um dich zu beruhigen. Ich hatte wirklich das Gefühl, dass er sehr zufrieden war. Er freute sich auf einen entspannten Feierabend und wollte bald nach Hause aufbrechen.«

Gott sei Dank, dachte Johanne. Offenbar war das Telefonat, das Vater führen wollte, von Erfolg gekrönt gewesen. Wäre es anders, hätte er das nicht verbergen können. Er war kein guter Schauspieler. Sie erwiderte Rolfs Lächeln und stieß beschwingt die Tür zu dem Farbengeschäft auf.

7

Petkum, Ostfriesland, Frühling 1980 – Rike

»Wie lange kannst du denn bleiben?«, fragte Rike und schloss die Tür auf.

Nach der Trauerfeier im Gemeindesaal waren sie und ihre Mutter am frühen Abend zu dem Haus in der Kornblumenstraße gegangen, das Opa Fiete nach dem Krieg an den Ufern des Ems-Seitenkanals und des Petkumer Sieltiefs gebaut hatte – direkt neben dem Grundstück von Eilert Olthoff und seiner Familie. Im Erdgeschoss befand sich neben dem Wohnzimmer eine große Küche, im oberen Stockwerk gab es drei Schlafzimmer und ein Bad. In der Tür drehte Rike sich zu ihrer Mutter um und machte eine einladende Handbewegung ins Innere des Hauses. Beate holte tief Luft und trat über die Schwelle. Ihr Gesicht zeigte einen nervösen Ausdruck. Als ob sie sich auf feindlichem Gebiet bewegen würde, schoss es Rike durch den Kopf.

»Ich habe eine Woche Urlaub genommen«, sagte Beate und stellte den Koffer ab. »Das sollte reichen, um alles abzuwickeln.«

Rike stutzte. »Was meinst du mit abwickeln?«

Beate entledigte sich ihres Mantels und hängte ihn auf einen Bügel an der Garderobe. »Na, das alles hier«, antwortete sie. »Zumindest das Wichtigste können wir in den nächsten Tagen angehen.« Sie lächelte Rike zu. »Aber heute machen wir beide es uns gemütlich. Wir haben uns so viel zu erzählen.« Sie ging den Flur entlang, warf einen Blick in die Küche und öffnete die Tür zum Wohnzimmer.

Rike bemerkte, wie ihre Mutter den Kopf schüttelte und etwas vor sich hin murmelte. Es klang abfällig. Sie eilte ihr hinterher. »Eilert und Swantje haben sich schon um alles gekümmert«, sagte sie. »Ich glaube nicht, dass noch viel zu tun ist.«

Beate blieb auf der Schwelle stehen, drehte sich zu ihrer Tochter um und sah sie mit hochgezogenen Brauen an. »Das würde mich wundern.«

»Oh doch!«, rief Rike. »Sie haben den ganzen Papierkram für mich erledigt. Sie haben die Sterbeurkunde beantragt, Opas Krankenkasse und die Rentenversicherung informiert, seine Mitgliedschaften in den Vereinen gekündigt. Sie haben sogar daran gedacht, seine …«

Beate hob eine Hand. »Ich bin sicher, dass sie diese Formalitäten ganz wunderbar geregelt haben. Und ich bin ihnen zutiefst dankbar, dass sie dir dabei geholfen haben. Aber das meinte ich nicht.«

Rike ließ die Schultern sinken und sah ihre Mutter ratlos an.

»Ich werde den Verkauf in die Wege leiten.«

»Verkauf? Was willst du denn verkaufen?«

»Das hier«, verkündete Beate und machte mit der Hand eine kreisende Bewegung.

Rike riss die Augen auf und starrte sie an. »Du willst …« Die Stimme versagte ihr. »Warum?«, flüsterte sie heiser.

»Weil wir es nicht brauchen.«

»Was? Ich wohne hier und …«

»Du willst ja wohl nicht in diesem Kaff versauern. Wird

ohnehin höchste Zeit, dass du hier rauskommst.« In Beates Stimme schwang ein ungehaltener Unterton mit.

Rike schlang die Arme um ihren Oberkörper. »Ich will aber gar nicht weg von hier«, stieß sie hervor. »Wie könnte ich auch? Ich mache hier eine Ausbildung und ...«

Beate legte ihr eine Hand auf die Schulter. »Entschuldige, wenn ich dich überrumpelt habe. Es war ein schwerer Tag für dich. Lass uns morgen darüber reden.«

Rike machte einen Schritt rückwärts und schüttelte den Kopf.

»Ich weiß doch, was dir dein Großvater bedeutet hat und dass du bestimmt alles getan hättest, um ihn glücklich zu sehen. Aber jetzt musst du an dich denken. Du kannst jetzt frei wählen, wo du leben willst und was für einen Beruf du ...«

»Wie bitte? Du glaubst, ich hätte Opa Fiete zuliebe ...« Rike stemmte ihre Fäuste in die Seiten. »So ein Blödsinn! Du hast überhaupt keine Ahnung! Ich will Schlepperkapitänin werden. Das hat nicht das Geringste mit Großvater zu tun!«

Beate bemühte sich sichtlich, Ruhe zu bewahren. »Na gut. Diese Ausbildung kannst du auch in Hamburg machen. Aber ich verkaufe dieses Haus! Du ziehst fürs Erste in meine Wohnung. Dann würden wir uns auch viel öfter sehen, wenn ich ...«

»Was soll ich denn in Hamburg? Ich liebe Petkum. Das ist mein Zuhause! Ich will hier nicht weg«, rief Rike und stampfte mit einem Fuß auf.

»Frederike, bitte! Sei nicht kindisch! Ich will doch nur dein Bestes! Es ist nicht gut, wenn man sich so einigelt. Du bist noch viel zu jung, um dich festzulegen. Sieh dir doch erst einmal die Welt an, lerne neue Leute kennen, gib dir die Chance …«

»Spar dir das!«, fiel Rike ihrer Mutter ins Wort. »Du willst nicht mein Bestes! Es geht gar nicht um mich!« Sie funkelte Beate an und streckte einen Zeigefinger nach ihr aus. »Du hasst dieses Haus. Und alles, was damit zusammenhängt. Deshalb willst du es loswerden.«

Beate wurde bleich und presste die Lippen aufeinander.

»Aber dann bist du mich auch los! Für immer!«, rief Rike, drehte sich um und lief den Flur hinunter.

»Warte! Komm zurück! Lass uns vernünftig miteinander …«

Rike riss die Eingangstür auf und stürmte hinaus. Tränen liefen ihr über die Wangen und trübten ihre Sicht. Sie stolperte, fing sich wieder und bahnte sich einen Weg durch die Büsche, die am Rand des Grundstücks wuchsen. Eine Minute später stand sie auf der Veranda des Nachbarhauses und spähte durch das Fenster ins Wohnzimmer. Eilert saß in einem Lehnstuhl und war in die *Emder Zeitung* vertieft. Als Rike gegen die Scheibe klopfte, fuhr er erschrocken zusammen. Er legte die Zeitschrift beiseite, stand auf und schob die Glastür auf.

»Rike! Was ist …«

»Sie … sie will alles verkaufen«, stammelte Rike unter Schluchzern.

Eilert runzelte die Stirn. »Komm erst mal rein«, sagte er, fasste sie sanft am Oberarm und führte sie zu einem Sessel.

Während Rike sich setzte, kam Swantje herein. Sie trug eine geblümte Schürze. Mit ihr wehte der Duft angebratener Zwiebeln ins Zimmer. Offenbar bereitete sie gerade das Abendessen vor. »Was ist passiert?«, fragte sie ihren Mann.

Eilert zuckte mit den Schultern und hielt Rike ein Taschentuch hin.

Rike schnäuzte sich. »Meine Mutter will Opas Haus verkaufen. Es ist ihr egal, dass ich …« Wieder kamen ihr die Tränen und erstickten ihre Worte. Sie sah, wie Eilert und Swantje Blicke wechselten und sich wortlos verständigten.

Swantje band sich die Schürze ab. »Ich geh mal rüber.« Sie verließ das Zimmer.

Rike hörte, wie sie im Flur nach ihrer Tochter Lieske rief und sie bat, nach den Bratkartoffeln zu sehen.

Eilert zog sich seinen Stuhl neben Rikes Sessel und nahm ihre Hand zwischen seine Hände. *»Heff keen Angst!«*, murmelte er.

»Aber sie meint das ernst«, sagte Rike und schniefte. »Sie will das Haus und alles, was darin ist, so schnell wie möglich loswerden. Es interessiert sie nicht, was das für mich bedeutet. Ich werde mein Zuhause verlieren und alles, was mich an Opa Fiete erinnert.« Sie schlug die Hände vors Gesicht und sackte in sich zusammen.

»Daar dürst nich bang för wesen«, hörte sie ihren Patenonkel leise sagen.

Die Beteuerung, sie brauche sich deswegen keine Sorgen zu machen, brachte Rike auf. Warum versuchte Eilert, sie mit einer nichtssagenden Floskel abzuspeisen? In einem Moment, wo alles für sie auf dem Spiel stand? Sie war doch kein kleines Kind mehr, das man mit verlogenen Behauptungen trösten konnte. Sie ließ die Arme sinken, holte tief Luft und öffnete den Mund.

Bevor sie etwas sagen konnte, fuhr Eilert fort: »Offenbar weiß Beate nichts von dem Testament.«

Rike starrte ihn überrumpelt an. »Opa Fiete hat ein Testament gemacht?«, stammelte sie. »Ich dachte, Beate ist die Alleinerbin.«

»So war es auch bis vor ein paar Monaten. Doch letzten Sommer hat dein Großvater erzählt, dass er ein Testament machen will, in dem du auch bedacht wirst.«

»Letzten Sommer? Was hat ihn dazu gebracht?«

Eilert hob die Schultern. »Genau weiß ich es nicht. Ich glaube, es hat etwas mit einem Streit zu tun, den er mit deiner Mutter hatte.«

Rike kratzte sich an der Schläfe. Sie erinnerte sich vage an ein Telefonat, das Opa Fiete im Juli mit Beate geführt hatte. Anschließend war er in sich gekehrt und sehr nachdenklich gewesen, hatte ihr aber nicht sagen wollen, was ihn beschäftigte.

»Er hat befürchtet, dass Beate das Haus nach seinem Tod verkaufen würde«, sprach Eilert weiter. Er verzog den Mund zu einem feinen Lächeln. »Ich nehme daher an, dass er es dir vermacht hat.«

Rike schluckte. »Mir? Ganz allein?«

»Vermutlich. Am besten schaust du gleich mal nach.«

Rike presste ihre Hände fest ineinander. Ein Teil in ihr wollte aufspringen und nach dem Testament suchen. Ein anderer zögerte, scheute die erneute Konfrontation mit ihrer Mutter, der sie unweigerlich begegnen würde.

»Ich denke, jetzt ist ein guter Zeitpunkt«, sagte Eilert und deutete mit dem Kinn aus dem Fenster.

Rike folgte seinem Blick und sah Beate und Swantje im

Garten von Opa Fietes Haus. Sie liefen zum Ringschloot, einem schmalen Wassergraben, der die Grundstücke an der Kornblumenstraße vom Uferdamm des Ems-Seitenkanals trennte. Swantje redete auf Beate ein, die den Kopf gesenkt hielt. Rike konnte ihr Gesicht nicht sehen, ihre steife Körperhaltung verriet ihr jedoch, wie angespannt ihre Mutter war. Die beiden überquerten den Wasserlauf auf einem Holzsteg und spazierten auf dem mit niedrigen Bäumen bewachsenen Grünstreifen rechter Hand Richtung Klappweg davon.

»Das hat Beate schon früher immer gemacht«, sagte Eilert.

»Was meinst du?«

»Den Ringschloot entlanglaufen, wenn sie es zu Hause nicht aushielt.« Er nickte Rike zu. »Nu geh schon!«

»Soll ich wirklich?«, fragte Rike. Es kam ihr falsch vor, in den Sachen von Opa Fiete herumzuwühlen.

»Aber natürlich!«, sagte Eilert. »Dein Großvater hätte ganz gewiss nichts dagegen.«

Fünf Minuten später stand sie im Wohnzimmer des Hauses, in dem sie zwanzig Jahre lang zusammen mit Opa Fiete gelebt hatte. Seit seinem Tod drei Tage zuvor war sie im Gästezimmer bei den Olthoffs untergekommen und hatte den Raum nicht mehr betreten. Ihre Augen wanderten zu dem Schaukelstuhl, der in einer Ecke vor der großen Fensterfront stand. Der Lieblingsplatz ihres Großvaters, von dem aus er einen guten Blick auf den Garten und das Gehege seiner Hühner hatte. Auf einer hüfthohen Kommode neben dem Stuhl lagen griffbereit seine Pfeife, das Etui mit seiner Lesebrille sowie einige Ausgaben der *Geflügel-Börse*, einer Fachzeitschrift für Rassegeflügelzüchter, und der *Ostfreesland-Kalender für Jedermann* von 1980. Letzterer mit dem Rücken nach oben aufgeschlagen, als habe ihn Opa Fiete gerade eben zur Seite gelegt.

Unwillkürlich lauschte Rike nach den vertrauten Schritten und ertappte sich dabei, wie sie zur Tür schaute in Erwartung, dort die hochgewachsene Gestalt ihres Großvaters zu erblicken, der – mit einer Tasse Tee oder einem Glas Bier aus der Küche kommend – sich in seinen Schaukelstuhl niederlassen und nach dem grün eingebundenen Haus- und Heimatkalender greifen würde, der ihm – als Lesebuch und Nachschlagewerk – ein unentbehrlicher Wegbegleiter war. Auf den ersten hundert Seiten waren wichtige Markttage, Gartentipps für jeden Monat sowie rund zweitausend Adressen von Behörden, Kirchen, Schulen und verschiedenen anderen Institutionen und Vereinen in Ostfriesland aufgelistet. Der zweite Teil bot einen Mix aus Geschichten, Mundart-Gedichten und heimatkundlichen Beiträgen.

Rike ging vor der Kommode in die Hocke und öffnete die Doppeltür unter der Schublade, in der Opa Fiete seinen Tabak, Pfeifenreiniger, eine Schere zum Ausschneiden interessanter Zeitungsartikel, einen Notizblock, Bleistifte und anderen Krimskrams verstaute. In den Fächern darunter befanden sich Fotoalben und mehrere Schachteln, in denen er Briefe, amtliche Dokumente, Urkunden sowie Erinnerungsstücke an seine Jahre auf See aufbewahrte. In einer Mappe mit dem Stammbuch, Taufscheinen, Zeugnissen und anderen familiären Dokumenten lag zu oberst ein Zettel mit Opa Fietes steiler, etwas eckiger Schrift:

Mein Testament vom 22. Juli 1979 habe ich bei Notar Dr. Konrad Siebels (Alter Markt 3 in Emden) hinterlegt.

Rike ließ enttäuscht die Schultern sinken. Sie hätte viel darum gegeben, auf der Stelle Gewissheit zu erhalten. Als sie die Mappe zurücklegte, fiel ihr Blick auf einen Karton, der mit *Johanne* beschriftet war. Sie stutzte. So hatte Opa Fiete sie genannt, kurz bevor er seine Augen für immer geschlossen hatte. Ohne nachzudenken, nahm sie die Schachtel aus der Kommode und trug sie zu dem niedrigen Tisch, um den ein zweisitziges Sofa und drei mit lindgrünem Samt bezogene Sessel standen. Mit fliegenden Händen begann sie, den Inhalt zu sichten und auf dem Tisch zu verteilen.

Als Erstes barg sie zwei schmale kartonierte Bändchen: *Wie reist man in Norwegen und Schweden? Ein Buch zum Lust- und Planmachen von Prof. Kinzel* aus der Reihe *Professor Dr. K. Kinzels Reiseführer, Schwerin i. Mecklb./1925* und der Grieben Band 146 *Norwegen Reiseführer* von 1926. Rike erinnerte sich, dass ihr Großvater als frischgebackener Kapitän mehrere Jahre lang Baumstämme aus Skandinavien transportiert hatte, die für deutsche Holzimporteure, insbesondere für die in Papenburg ansässigen Firmen Brügmann & Sohn sowie Ostermann & Scheiwe, bestimmt waren. Offenbar war es ihm ein Bedürfnis gewesen, etwas über das Land zu erfahren, das er regelmäßig ansteuerte.

Unter den Reiseführern fand Rike drei gerahmte Schwarzweiße-Fotografien: Auf einer posierte ein junger Mann in einer gut sitzenden Uniform und Schirmmütze vor einem imposanten Frachtschiff. Die Beschriftung auf dem Rahmen verriet, dass es sich um Kapitän Friedrich Meiners handelte, der im Dienst der Reederei Schulte & Bruns stand.

Rike brauchte einen Atemzug lang, um zu begreifen, dass dieser schmucke Mann ihr Großvater war. Warum fiel es so schwer, sich ältere Erwachsene als Jugendliche vorzustellen? Sie strich mit einem Finger über das Bild. »Was hattest du für Träume?«, flüsterte sie. »Wie hast du dir dein Leben vorgestellt?«

Die zweite Fotografie stammte wohl aus derselben Zeit. Sie zeigte den Kapitän an der Seite einer jungen Dame. Sie trug ein schlichtes helles Kleid und blickte mit einem ernsten Gesichtsausdruck in die Kamera. Der Blumenstrauß in ihrem Arm und die Tür des Rathauses von Emden im Hintergrund ließen Rike vermuten, dass es sich um ein Hochzeitsfoto handelte.

Erst in diesem Moment begriff Rike, wer Johanne war: ihre Großmutter! Die große und einzige Liebe von Opa Fiete, die viel zu früh aus seinem Leben verschwunden war. Der Verlust war so schmerzlich gewesen, dass er auch viele Jahre später nicht darüber reden konnte. Rike wusste wenig über ihre Großmutter, nicht einmal ihren Vornamen hatte sie gekannt. Ein Kribbeln breitete sich in ihrem Magen aus. Sie kam sich vor wie eine Detektivin, die die Spur einer vermissten Person aufgenommen hatte. Rasch griff sie zum dritten Fotorahmen.

Auf diesem Bild stand das Paar – Friedrich dieses Mal in Zivil – zusammen mit einem etwa dreijährigen Mädchen vor einem mehrstöckigen Gebäude, das mit seinen Türmchen und Erkern an ein Schloss erinnerte. Während Rike noch überlegte, wo sich in Emden ein solches Bauwerk befand, bemerkte sie am Rand des Bildes eine Rikscha, die von einem asiatisch aussehenden Mann gezogen wurde. Rike runzelte die Stirn. Sie wusste, dass Opa Fiete viele Jahre die Meere Ostasiens befahren hatte. Offenbar hatten ihn seine Frau und Tochter dabei begleitet. Oder waren sie nur zu Besuch gewesen?

Rike beugte sich erneut über die Schachtel und entnahm ihr einige Schriftstücke. Das erste war eine Zeitungsseite. Sie stammte aus der Ausgabe vom 5. Oktober 1938 der in Tientsin verlegten *Deutsch-Chinesischen Nachrichten.* Neben einem zweispaltigen Bericht mit dem Titel *Der wirtschaftliche und soziale Sinn des Volkswagens* waren in der dritten Spalte mehrere Annoncen gedruckt. Eine wies darauf hin, dass sonnabends im Tivoli Skat gespielt würde, in einer anderen verkündete der Tientsin Race Club die Termine seiner Herbstrennen. Außerdem war zu erfahren, dass der beste Kaffee immer noch bei der Konditorei Kiessling & Bader zu kaufen sei und dass der Deutsche Schulverein Tientsin zu einer außerordentlichen Hauptversammlung einlud. Dazwischen entdeckte Rike eine Anzeige, die ihren Herzschlag beschleunigte:

Die glückliche Geburt eines gesunden Mädchens
zeigen in dankbarer Freude an:
Kapitän Friedrich Meiners und Frau Johanne (geb. Rev)
Tientsin, den 4. Oktober 1938
z.Zt. Deutsch-Amerikanisches Hospital

Ihre Mutter war also in China geboren! Warum machte sie so ein Geheimnis daraus? Warum sprach sie nie über ihre Kindheit? Rike legte das Zeitungsblatt auf den Tisch und holte als Nächstes ein auf Holz gemaltes, sehr buntes Bild aus der Schachtel. Darauf hielt ein fettes chinesisches Baby einen rotgoldenen Fisch im Arm. Auf der Rückseite klebte ein Stück Papier mit der Beschriftung:

Herzlichen Glückwunsch zur Geburt und
alles Gute für Beates Lebensweg!
Es gratuliert der Lions Club
Tientsin im Oktober 1938

Rike verengte ihre Augen. War Opa Fiete Mitglied im Lions Club gewesen? Ein weiteres Rätsel, das ihr der Inhalt dieser Schachtel aufgab. Zuletzt förderte sie ein Päckchen ungeöffneter Briefkuverts zutage, die von einem Bindfaden zusammengehalten wurden. Die Briefe waren alle an Beate Meiners adressiert und von einer Johanne Kravik aus Rødberg in Norwegen abgeschickt worden. Sie waren nach Datum sortiert. Der früheste Poststempel stammte aus dem Jahr 1953, der letzte Brief war vor fünf Jahren abgeschickt worden.

Rike starrte ungläubig auf die Umschläge. Das konnte nicht sein! Ihre Großmutter war doch schon vor langer Zeit gestorben. Oder hatte sie das nur glauben sollen? Ihr wurde kalt. Hatte ihr Großvater sie all die Jahre belogen? Nein, hat er nicht, beantwortete sie ihre Frage. Er hat nie behauptet, dass seine Frau tot ist. Ich habe das angenommen, weil er so traurig war. Warum hatte sie nie an ihrem Tod gezweifelt? Warum war es ihr nicht merkwürdig vorgekommen, dass Opa Fiete nie ihr Grab besucht hatte? Und wieso hatte ihre Mutter sie nie erwähnt? Warum hatte Beate keinen Kontakt zu Johanne? Ob diese noch lebte? Immerhin waren fünf Jahre vergangen, seit sie das letzte Mal geschrieben hatte.

Rike stand auf, öffnete die Tür zum Garten und trat auf die Terrasse. Die Sonne stand tief über den Feldern jenseits des Kanals. Vom Meer her wehte eine frische Brise, die Rike frösteln ließ. Sie atmete die kühle Luft in tiefen Zügen ein. In ihrem Kopf wirbelten Fragen und Gedankenfetzen durcheinander. Zu erkennen, wie wenig sie über das Leben ihres Großvaters und die frühen Jahre ihrer Mutter wusste, verunsicherte sie. Ich werde Beate fragen, beschloss sie und ging ins Haus zurück. Sie hat sich schon viel zu lange in Schweigen gehüllt. Ich werde keine Ruhe geben, bis sie mir alles erzählt. Das ist sie mir schuldig! Rike lächelte grimmig, setzte sich in einen Sessel und wartete mit verschränkten Armen auf die Rückkehr ihrer Mutter.

8

Horten, Norwegen, Juni 1926 – Johanne

Die Glocke der Garnisonskirche schlug zur sechsten Stunde, als Johanne in die Vestre Braarudgata einbog und in ihr Elternhaus zurückkehrte. Die unverhoffte Begegnung mit ihrem Verlobten und seiner Mutter hatte ihren Zeitplan durcheinandergebracht und ihre Besorgungstour um gut zwei Stunden verlängert. Karin, das siebzehnjährige Dienstmädchen der Revs, öffnete Johanne die Tür und nahm ihr den Hut ab. »Ihre Mutter erwartet Sie im Salon.«

Johanne stellte ihre Handtasche auf die Kommode neben den Teller für Visitenkarten und richtete sich vor dem Spiegel die Haare. »Ist mein Vater auch da?«

Karin schüttelte den Kopf und verstaute den Hut auf der Ablage der Garderobe. »Soll ich Ihnen einen Imbiss servieren?«

»Sehr gern, danke«, sagte Johanne und ging zum Salon, während das Dienstmädchen Richtung Küche enteilte.

»Da bist du ja endlich!«, rief ihre Mutter, die halb liegend, halb sitzend auf einem Sofa lagerte. »Wolltest du nicht zum Essen wieder hier sein?« Sie richtete sich auf und sah ihre Tochter mit gerunzelten Brauen an.

Der tadelnde Unterton versetzte Johannes guter Laune einen Dämpfer. Die Vorbereitungen für ihre Hochzeit hatten sie in den letzten Stunden beflügelt und sie in eine freudige Stimmung versetzt. Sie atmete tief durch. »Nun bin ich ja da«, erwiderte sie, beugte sich über ihre Mutter und gab ihr einen Kuss auf die Wange. »Hattest du einen schönen Tag?«

Borghild Rev ließ sich gegen die Sofalehne zurücksinken und machte eine abwinkende Handbewegung. »Ich war die ganze Zeit allein. Keine Menschenseele hat sich um mich gekümmert.«

Johanne lag der Hinweis auf der Zunge, dass ihre Mutter genug Möglichkeiten hatte, in Gesellschaft zu sein.

»Dein Vater ist auch noch unterwegs.«

Johanne, die eben auf einem Sessel gegenüber ihrer Mutter Platz nahm, versteifte sich. »Wie bitte? Ich dachte, er sei längst da.«

»Wieso nimmst du das an?«, fragte ihre Mutter. »In letzter Zeit lässt er sich doch nur höchst selten bei uns blicken. Ich frage mich, was es derart Wichtiges zu erledigen gibt, dass er mich so sträflich vernachlässigt.«

Johanne schenkte dem Gejammer ihrer Mutter keine Aufmerksamkeit. Hatte Rolf nicht gesagt, ihr Vater wolle früh nach Hause gehen und den Feierabend genießen? Warum hatte er seinen Plan geändert? Was war ihm dazwischengekommen? »Wenn wir einen Telefonapparat hätten, könnten wir im Kontor anrufen und fragen, wann er kommt.« Die finstere Miene ihrer Mutter verriet Johanne, dass sie den letzten Gedanken laut ausgesprochen hatte.

»Fängst du schon wieder damit an?«, zischte Borghild Rev. »Du weißt genau, wie ich zu diesem Thema stehe. Es ist mir unangenehm, mit jemandem zu sprechen, den ich nicht sehen kann. Außerdem weiß man nie, wer anruft, möglichst noch zu den unpassendsten Zeiten.« Sie schüttelte den Kopf. »Nein, wer mir etwas mitteilen möchte, soll mir gefälligst einen Brief schreiben oder – wenn es sehr dringend ist – einen Botenjungen schicken.«

Johanne unterdrückte ein Seufzen. »Ich meine ja nur, dass es manchmal sehr praktisch wäre.«

Das Erscheinen von Karin unterbrach die Unterhaltung. Das Dienstmädchen stellte ein Tablett auf dem Tisch ab. Johanne stieg der Duft der *bønnekaker* in die Nase, knusprig gebratene Frikadellen, die die Köchin nach einem Rezept ihres Heimatortes Ramnes aus braunen Bohnen, Kartoffeln, Speckwürfeln, Zwiebeln und Kräutern zubereitet hatte. Dazu gab es *flatbrød*, hauchdünnes Fladenbrot, gedünstete Karotten und ein Glas Milch.

»Haben Sie sonst noch einen Wunsch?«, fragte Karin.

»Nein, vielen Dank«, antwortete Johanne. Der Hunger, der ihre Schritte auf dem Heimweg beschleunigt hatte, war verflogen. Das Ausbleiben ihres Vaters beunruhigte sie. Zwar war es durchaus nicht ungewöhnlich, dass Olof Rev lange in seinem Büro blieb oder noch spät am Tag Termine mit Kunden, Lieferanten oder anderen Geschäftsleuten hatte. Für gewöhnlich ließ er es die Seinen jedoch wissen, wenn er die Hauptmahlzeit des Tages ausnahmsweise nicht mit ihnen einnehmen oder gar erst in den Abendstunden nach Hause kommen würde – schon aus Rücksicht auf die Köchin. In solchen Fällen pflegte er seinen Angestellten Ingvald Lundalm mit der Benachrichtigung zu beauftragen.

Als sich Borghild Rev gegen neun Uhr in ihr Schlafgemach zurückzog, folgte Johanne ihr zwar in die erste Etage, ging jedoch nicht in ihr Zimmer, sondern zum Balkon, der sich zur Straße hin über der Eingangstür befand. Sie wollte dort auf die Rückkehr ihres Vaters warten. Solange sie keine Gewissheit hatte, dass bei ihm alles in Ordnung war, würde sie keine Ruhe finden. Nachdem sie sich über die Brüstung gebeugt und die Vestre Braarudgata vergebens nach seiner Gestalt abgesucht hatte, setzte sie sich auf den Korbstuhl, der unter dem weit vorkragenden Giebeldach stand, und ließ ihren Blick über die Bucht und den Oslofjord schweifen. Die Sonne, die erst anderthalb Stunden später untergehen würde, strahlte noch kräftig und zauberte glitzernde Punkte aufs Wasser. Die Fähre, die Horten mit dem gegenüberliegenden Städtchen Moss verband, fuhr eben in den Hafen ein. Einige kleine Segeljachten und Fischerboote kreuzten zwischen den Inselchen, und weiter draußen sah Johanne einen Kreuzfahrtdampfer sowie mehrere Frachtschiffe vorbeiziehen. Die vertraute Aussicht und die milde Abendluft besänftigten ihre angespannten Nerven. Sie lehnte sich zurück, legte die Beine auf das Balkongeländer und schaute in den Himmel, an dem hoch oben zwei Bussarde kreisten. Ihre Gedanken wanderten zu Rolf und dem Leben, das sie miteinander führen würden.

»Fräulein Rev!«

Johanne fuhr zusammen. Sie musste eingenickt sein. Der Balkon lag in tiefem Schatten, und auch außerhalb herrschte diffuses Dämmerlicht.

»Entschuldigen Sie, wenn ich Sie erschreckt habe. Ich wollte nur die Balkontür schließen. Und da habe ich erst bemerkt, dass Sie hier sind«, sagte das Dienstmädchen, das neben Johannes Stuhl stand.

Johanne stand auf. »Schon gut, Karin. Ich wollte ohnehin hineingehen.« Während sie dem Mädchen in den Flur folgte, warf sie einen Blick auf ihre Armbanduhr. Es war kurz nach halb elf Uhr. »Ist mein Vater schon zu Bett gegangen?«

Karin blieb stehen und drehte sich zu ihr um. »Er ist noch gar nicht da.«

Johanne presste kurz die Lippen aufeinander. Sie wollte sich ihre Sorge nicht anmerken lassen. Sie schlug sich leicht mit der flachen Hand an die Stirn. »Natürlich nicht«, sagte sie. »Ich habe ganz vergessen, dass er heute Abend bei einem Freund eingeladen ist.« Sie zwang sich zu einem unbekümmerten Lächeln. »Geh jetzt zu Bett, Karin. Ich lösche die Lichter.«

Das Dienstmädchen knickste und lief zu der Stiege, die zu den Kammern fürs Personal unterm Dach führte. Johanne wartete, bis sie oben die Tür gehen hörte, bevor sie die Gangbeleuchtung ausschaltete. Aus dem Zimmer ihrer Mutter drang kein Lichtschein, vermutlich lag sie längst in tiefem Schlaf. Johanne schlich die Treppe hinunter, nahm ihr Schultertuch von der Garderobe und verließ das Haus. Die Alarmglocke, die sie den ganzen Tag über mal leiser, mal lauter in sich wahrgenommen hatte, schrillte nun unüberhörbar. Die Angst um ihren Vater füllte Johanne aus und stachelte sie zu höchster Eile an. Sie hätte nicht erklären können, woher dieses Gefühl einer furchtbaren Bedrohung kam. So schnell sie konnte, lief sie zum Markt und von dort die Storgata hinauf zum Geschäft ihres Vaters. Sie kümmerte sich nicht um die erstaunten Mienen der Passanten, die in der lauen Sommernacht auf Hortens Hauptstraße nach einem Restaurantbesuch, einer Vereinssitzung oder einer Kinovorstellung unterwegs waren.

Knapp zehn Minuten später stand Johanne vor Revs Vinhandel und rang nach Luft. Das Gebäude lag im Dunkeln, keines der Fenster war erleuchtet. Johanne ging durch den Torbogen zum Hintereingang. Die Tür war verschlossen. Sie rüttelte an der Klinke und kam sich einen Moment lang albern vor. Gab sie sich womöglich grundlos einer Anwandlung von Hysterie hin? Es war gut möglich, dass ihr Vater einen überraschenden Termin außerhalb von Horten hatte wahrnehmen müssen und dort übernachtete. Was jedoch nicht erklärte, wieso er seiner Familie nicht Bescheid gegeben hatte.

»Dann mache ich mich eben lächerlich«, murmelte Johanne. Sie musste auf der Stelle herausfinden, wo er sich befand und ob er wohlauf war. Sie bückte sich, hob ein Steinchen auf und warf es gegen die Fensterscheibe, hinter der das Schlafzimmer von Ingvald Lundalm lag. Sie wollte bereits einen zweiten Kiesel werfen, als er das Fenster öffnete und den Kopf herausstecktte.

»*Hei*, Ingvald!«, rief Johanne leise.

»Fräulein Rev? Was machen Sie denn hier?«, fragte Ingvald mit verschlafener Stimme.

»Ich suche meinen Vater.«

»Warten Sie, ich komme runter.«

Der Kopf des Angestellten verschwand, und eine Minute später schwang die Hintertür auf. Ingvald Lundalm hatte sich seinen taubenblauen Arbeitskittel über den Pyjama gezogen. Seine nackten Füße steckten in Holzpantinen, und seine grauen Haare standen wirr vom Kopf ab.

»Es tut mir leid, dass ich Sie aus dem Schlaf gerissen habe«, sagte Johanne. »Aber ich mache mir große Sorgen um meinen Vater. Er ist heute nicht nach Hause gekommen.«

Ingvald kratzte sich im Nacken. »Das ist wirklich merkwürdig.«

»Er hat Ihnen gegenüber also nichts von einer kurzfristigen Geschäftsreise oder Ähnlichem erwähnt?«

Ingvald schüttelte den Kopf. »Als ich vor ungefähr einer Stunde zurückkam, war er nicht mehr da. Ich bin davon ausgegangen, dass er längst bei Ihnen ist. Er hätte mir sonst eine kurze Notiz geschrieben.«

»Lassen Sie uns nachsehen, ob wir im Büro irgendeinen Hinweis finden, wo er sein könnte«, sagte Johanne und ging Ingvald voraus die Treppe hinauf.

Die Tür zum Kontor ihres Vaters war verschlossen. Ingvald bat Johanne, kurz zu warten, während er seinen Schlüssel holte. Sie war froh, dass er keine Anstalten machte, sie abzuwimmeln und mit beruhigenden Floskeln wegzuschicken. Einen Augenblick später schloss er die Tür auf, betätigte den Lichtschalter und ließ Johanne den Vortritt. Auf den ersten Blick konnte sie nichts Ungewöhnliches entdecken. Alles war an seinem Platz, nichts störte die penible Ordnung, auf die ihr Vater Wert legte. Was in Johannes Augen darauf schließen ließ, dass er nicht überstürzt aufgebrochen war. Sie sah zum Schreibtisch, an dessen Kopfseite ein Aufsatz aus Marmor stand, in dessen Sockel ein Tintenfass eingelassen war sowie eine längliche Vertiefung für Stifte und Brieföffner. Darüber thronte das Maskottchen der Weinhandlung: ein aus Bronze gefertigter Fuchs in Frack und Zylinder, der ein Glas hochhielt. Links und rechts daneben waren eine Löschwippe, eine quaderförmige Tischuhr aus Messing, eine Briefwaage, eine Dose mit Büroklammern, ein Briefhalter und ein Kästchen für Utensilien wie Siegellack, Spitzer und Radiergummi aufgereiht. Auf der ledernen Unterlage lag ein Schreibblock, dessen oberstes Blatt beschrieben war. Hatte ihr Vater hier eine Botschaft hinterlassen?

Johanne trat rasch näher und wollte eben nach dem Block greifen, als Ingvald aufschrie. Er stand seitlich von ihr und starrte mit aufgerissenen Augen auf den Boden hinter dem Tisch. Johanne beugte sich vor. Zu Füßen des drehbaren Armstuhls lag eine Gestalt. Ihr Herzschlag setzte aus.

»Vater!« Johanne stürzte zu ihm und zuckte zurück.

Um seinen Kopf hatte sich eine Blutlache ausgebreitet, die im Licht der Deckenlampe matt schimmerte. Seine linke Hand umklammerte einen Revolver. Johannes Herz begann, hart und schnell zu pochen. Sie griff sich an die Brust und taumelte rückwärts. Sie sah, wie Ingvald sich neben ihren Vater kniete und ihn nach Lebenszeichen untersuchte. Er hielt sein Ohr über seinen Mund, befühlte seine Halsschlagader und tastete am Handgelenk nach dem Puls. Johanne beobachtete ihn, unfähig, sich zu rühren oder etwas zu sagen. In ihr schrie eine Stimme unablässig: Nein! Nein! Das ist nicht wahr! Das kann nicht sein!

Ingvald stand auf, schaute ihr in die Augen und schüttelte den Kopf. Johanne rang nach Luft. Ihr war, als hätte sich ein Eisenband um ihre Brust gelegt, das ihr den Atem abschnürte. Die Fassungslosigkeit in Ingvalds Gesicht spiegelte ihre Empfindungen. Niemals, nicht in ihren finstersten Fantasien, hätte sie es für möglich gehalten, dass ihr Vater sich das Leben nehmen könnte. Das passte nicht zu ihm. Was macht dich da so sicher, fragte ein Stimmchen in ihr.

Woher willst du wissen, was in ihm vorging? Was ihn tief in seinem Innersten bewegte? Er hat so viel mit sich selbst abgemacht. Vielleicht war er doch ein besserer Schauspieler, als du dachtest. Vielleicht hat er uns seine Zuversicht nur vorgegaukelt. Johanne biss sich auf die Unterlippe. Ihre Augen wanderten zu dem Schreibblock. Hatte ihr Vater einen Abschiedsbrief hinterlassen? Ihre Hand zitterte, als sie nach dem Blatt griff. Sie atmete tief durch und las die Zeilen, die darauf standen.

An meine geliebte Familie!

Mir ist bewusst, dass ich mit meinem Beschluss, aus dem Leben zu scheiden, großes Leid über Euch bringe. Für mich gibt es aber keinen anderen Ausweg aus meiner desolaten Lage. Ich stehe nach Jahren des vergeblichen Kampfes vor dem Ruin. Ihn nicht abwenden zu können und aus eigener Kraft für Euer Auskommen zu sorgen erfüllt mich mit Scham. Die einzige Lösung, das Geschäft meiner Vorfahren zu veräußern, kommt für mich nicht in Frage. Ich bringe es nicht über mich, diesen Schritt zu tun und das Lebenswerk meines Großvaters, meines Vaters und von mir in fremde Hände zu geben.

Mein einziger Trost ist die Gewissheit, dass es Euch trotz allem an nichts fehlen wird. Dagny ist bereits in guten Händen, Johanne weiß ich ebenfalls aufs Beste versorgt. Meiner Frau Borghild lege ich folgenden Rat ans Herz: Nimm das großzügige Angebot von Sven Gravdal an. Mit der Verkaufssumme kannst Du nicht nur die Schulden begleichen, sondern darüber hinaus weiterhin das komfortable Leben führen, das Du gewohnt bist. Auch die Zukunft unseres Sohnes wäre gesichert. Es tut mir in der Seele weh, ihn nicht als meinen Nachfolger ein-

setzen zu können. Dank seiner guten Ausbildung wird er aber ohne Zweifel eine angemessene Position in einem Beruf seiner Wahl finden.

Vielleicht könnt Ihr mir eines Tages verzeihen und verstehen, warum ich so und nicht anders gehandelt habe.

Möge Gottes Segen alle Zeit mit Euch sein.

In Liebe, Euer Olof

Die Buchstaben verschwammen vor Johannes Augen. Sie ließ sich auf die Kante des Schreibtisches sinken und versuchte, des Zitterns, das sich ihres Körpers bemächtigt hatte, Herr zu werden. Es gelang ihr nicht. Ihr Oberkörper wurde geschüttelt, als rüttle eine unsichtbare Gewalt an ihren Schultern. Reiß dich zusammen, ermahnte sie sich. Wie durch eine Nebelschwade nahm sie Ingvald wahr, der ihr den Brief aus der Hand nahm und ihr unbeholfen die Schulter tätschelte. Vater, warum, schrie es in ihr. Warum hast du mir das angetan? Johanne presste eine Faust auf ihren Mund, aus dem ein Wimmern drang. Ihr wurde schwarz vor Augen. Der Boden wankte unter ihren Füßen. Oder war sie es, die schwankte? Johanne spürte, wie Ingvald sie am Arm packte und ihr einen Stuhl unterschob. Sie sackte in sich zusammen und wurde von dem Schwindel, der von ihr Besitz ergriffen hatte, in ein finsteres Loch geschleudert.

9

Petkum, Ostfriesland, Frühling 1980 – Rike

Rike musste nicht lange auf Beate warten. Kurz nachdem sie sich hingesetzt hatte, sah sie ihre Mutter und Swantje von ihrem Spaziergang auf dem Ringschlootdamm zurückkehren. Die beiden Frauen verabschiedeten sich an der Grenze der beiden Grundstücke. Soweit es Rike im Dämmerlicht erkennen konnte, wirkte ihre Mutter gelöster. Sie umarmte Swantje und lief durch den Garten zur Veranda, während Eilerts Frau zum Olthoff'schen Haus ging. Rike stand auf und öffnete die Glastür. Als Beate sie bemerkte, breitete sich ein Lächeln auf ihrem Gesicht aus.

»Ich bin froh, dass du wieder da bist«, sagte sie und ging ins Wohnzimmer. »Es tut mir leid, dass wir vorhin so schlimm aneinandergeraten sind. Es war nicht richtig von mir, dich mit meinen Plänen zu überrumpeln.«

Rike löste ihre verschränkten Arme. Offensichtlich hatte Swantje ihrer Mutter ins Gewissen geredet und sie zum Einlenken aufgefordert.

»Wir sollten das alles noch mal in Ruhe besprechen«, fuhr Beate fort und setzte sich aufs Sofa.

»Das finde ich auch«, sagte Rike und nahm ihr gegenüber auf einem Sessel Platz.

»Wir müssen ja nichts überstürzen. Du kannst dir die Zeit lassen, die du brauchst, um hier Abschied zu nehmen und …«

»Lass uns doch erst einmal sehen, was im Testament steht«, fiel Rike ihrer Mutter ins Wort. Sie nahm den Zettel mit Opa Fietes Hinweis auf das beim Notar hinterlegte Dokument und hielt ihn ihr hin.

Beate überflog die Notiz und hob die Brauen. »Ich wusste nicht, dass er …« Sie räusperte sich. »Nun, wie dem auch sei. Wir werden sicher eine gute Lösung finden.« Sie legte den Zettel zurück auf den Tisch. Dabei musterte sie die Fotos und Papiere, die Rike dort verteilt hatte. Sie verengte die Augen. »Was zum Teufel …« Sie sprang auf.

Rike sah, wie das Blut aus ihrem Gesicht wich und sie nach Luft rang. »Beate? Ist alles in Ordnung?«, fragte sie.

»Nichts ist in Ordnung!«, keuchte ihre Mutter. »Wie konnte er es wagen?«

»Wovon sprichst du?«

Beate nahm das Päckchen mit den ungeöffneten Briefkuverts und hielt es hoch. »Er hat sie aufbewahrt! Gegen meinen Willen!«

»Die Briefe deiner Mutter?« Rike holte tief Luft. »Wieso hast du mir nie gesagt, dass sie noch lebt?«, stieß sie hervor.

Beates Miene wurde noch zorniger. »Weil sie für mich nicht existiert. Schon lange nicht mehr!«, rief sie. »Mit dieser Person will ich nichts zu schaffen haben. Mit der habe ich abgeschlossen!«

Rike erhob sich und sah ihrer Mutter in die Augen. »Und ich habe kein Recht auf eine Großmutter? Oder wenigstens zu erfahren, wer sie …«

»Es geht hier nicht um dich!«, fauchte Beate. »Immerzu soll ich Rücksicht nehmen und Verständnis haben! Ich habe das so satt!« Sie schleuderte das Briefbündel auf den Tisch und starrte es empört an. »Sie hat sich nicht darum geschert, wie es mir ging. Als sie eines Tages einfach weg war.«

»Warum ist sie denn fortgegangen?«, fragte Rike.

»Spielt das eine Rolle? Mein Leben hat sie zerstört! Unser Glück einfach mit Füßen getreten. Und er hat es zugelassen. Hat nicht mal den Versuch unternommen, um sie zu kämpfen.«

»Du meinst Opa Fiete?«

»Wen sonst? Ja, dein geliebter Opa war ein Feigling. Hat sich ergeben in sein Schicksal gefügt. Und von mir verlangt, dass ich Frieden mit ihr schließe.« Beate lachte bitter auf. »Er hätte uns niemals hierher bringen dürfen. Dann wäre das alles nicht passiert.«

»Was alles?«, fragte Rike. »Ich will jetzt endlich wissen …«

Der hasserfüllte Ausdruck in Beates Augen verschlug ihr die Sprache. Er flößte ihr Furcht ein. Rike hatte ihre Mutter nie zuvor so außer sich gesehen. Sie bebte förmlich vor Zorn. Rike war erschüttert vom Ausmaß der Wut, die sich hier Bahn brach – als sei das alles erst gestern geschehen und nicht vor dreißig Jahren. Es hätte sie nicht gewundert, wenn ihre Mutter irgendetwas zerschlagen hätte.

»Alles eben!«, kreischte Beate. »Das Zerbrechen unserer Familie. Das Gefühl, nirgends dazuzugehören. Mein ganzes verpfuschtes Leben!«

»Zu dem ich ja wohl auch gehöre«, platzte Rike heraus.

Mit aufgerissenen Augen starrte sie ihre Mutter an. Ihre Hoffnung, diese würde zur Besinnung kommen, erfüllte sich nicht. Beate machte keine Anstalten, ihre Behauptung abzuschwächen, zu beteuern, dass sie Rike selbstverständlich nicht zu den Dingen zählte, die in ihrem Leben schiefgelaufen waren und für die sie offenbar ihre Mutter Johanne verantwortlich machte.

»Er hat ihr das alles verziehen!«, schrie Beate weiter, ohne auf Rikes Bemerkung einzugehen. »Anstatt zu mir zu halten. Und jetzt das«, sie deutete auf die Umschläge. »Das ist Verrat!«

Rike erstarrte. Noch nie hatte Beate ihr gegenüber derart unverblümt zugegeben, dass für sie ihre Schwangerschaft zu den negativen Ereignissen in ihrem Leben gehörte. Es war wie ein Schlag ins Gesicht. Der Schmerz hätte nicht heftiger sein können, wenn Beate tatsächlich die Hand gegen sie erhoben hätte. Auch wenn Rike von Swantje wusste, dass sie ein »Unfall« war, und immer gemerkt hatte, wie schwer sich ihre Mutter tat, einen emotionalen Zugang zu ihr zu finden – die Bestätigung aus ihrem Munde zu hören, riss alte Wunden auf. So dankbar sie auch für die Zuneigung ihres Großvaters und die liebevolle Fürsorge der Olthoffs war, die Verletzung über die Zurückweisung ihrer Mutter konnten sie nicht aufwiegen – sosehr sich Rike das gerade in diesem Augenblick gewünscht hätte. Dass Beate ihr niemals die Liebe würde schenken können, nach der sie sich sehnte, war ein Stachel, der tief in ihr steckte und sie wohl ihr Leben lang peinigen würde. Aber musste ihre Mutter ihr das ins Gesicht sagen? War es nicht schlimm genug, wenn sie es dachte? War es ihr vollkommen gleichgültig, wie sich das für ihre Tochter anfühlte? Rikes Traurigkeit schlug in Empörung um.

»Verrat?«, schrie sie. »Er hat ein paar Briefe aufgehoben. Na und?«

»Ich hatte sie weggeworfen. Er hatte kein Recht, sie hinter meinem Rücken …«

»Dann ignoriere sie doch einfach«, zischte Rike. »So wie du alles ignorierst, was dir nicht in den Kram passt. Mich zum Beispiel.«

»Das kannst du doch nicht in einen Topf werfen. Das ist doch etwas ganz …«

»Ganz anderes?«, unterbrach Rike sie. »Finde ich nicht. Für mich bist du keinen Deut besser als deine Mutter. Du hast mich genauso verlassen und dich nie um meine Gefühle geschert. Es interessiert dich doch einen Dreck, wie es mir geht, was ich möchte, wie ich leben will. Für dich zählt nur, was gut für dich ist. Na, kommt dir das bekannt vor? Ist es nicht genau das, was du deiner Mutter vorwirfst?«

Beate fuhr zusammen und wich einen Schritt vor Rike zurück. »Ich hätte dich nicht hierlassen dürfen. Das war die falsche Entscheidung.«

Rike hielt den Atem an. Sie war überrascht – von ihrem eigenen Ausbruch. Und dem Einlenken ihrer Mutter. Sie öffnete den Mund, um sich für ihre Schärfe zu entschuldigen.

»Ich hätte dich nicht seinem Einfluss aussetzen dürfen. Bei Pflegeeltern wärst du besser aufgehoben gewesen«, sagte Beate. »Da hättest du unbelastet von unserem ganzen Familienkram aufwachsen können.«

Der eisige Ton ihrer Stimme jagte Rike einen Schauer über den Rücken. »Hörst du dir eigentlich selbst zu?«, fragte sie. »Glaubst du ernsthaft an das, was du da von dir gibst?«

Beate wandte sich zur Tür. »Es war ein Fehler herzukommen.«

»Genau! Lauf davon! Wie immer«, rief Rike ihr nach. »Nur ja keine Verantwortung übernehmen!«

Die Haustür fiel ins Schloss. Rike stand mit hängenden Schultern da und lauschte. Stille breitete sich aus. Sie war allein. So allein wie noch nie in ihrem Leben. Ihre Kehle wurde eng. »Opa!«, schluchzte sie. »Ich vermisse dich so sehr.«

10

Horten, Norwegen, Juni 1926 – Johanne

»Trinken Sie, das wird Ihnen guttun.«

Johanne spürte etwas Kaltes an ihren Lippen. Mühsam öffnete sie die Lider. Ingvald hielt ihr ein Glas Wasser an den Mund. Verwirrt schaute sie ihn an. War sie ohnmächtig gewesen? Sie richtete sich auf und nahm ihm das Glas ab. Ihr Blick fiel auf die leblose Gestalt hinter dem Schreibtisch. Ein stechender Schmerz durchbohrte ihre Brust. Sie keuchte und trank einen Schluck. Es war kein Albtraum gewesen! Ihr Vater lag dort und hatte diesen Brief hinterlassen, der sie so fremd anmutete wie seine Tat. Beides entsprach so gar nicht dem Bild, das sie bis zu dieser Stunde von ihm gehabt hatte. Du musst jetzt einen kühlen Kopf bewahren, befahl sich Johanne. Nur mit Mühe widerstand sie dem Bedürfnis, sich schluchzend zusammenzukauern und ihrer Verzweiflung hinzugeben. Sie presste ihre Hände ineinander und rang um Fassung.

»Ich verstehe das nicht«, murmelte Ingvald, der mittlerweile das Schreiben seines Dienstherrn gelesen hatte. Ungläubiges Staunen stand ihm ins Gesicht geschrieben.

»Heißt das, auch Sie haben keine Anzeichen bemerkt?«, fragte Johanne. »Ich meine, dass er vorhatte, sich …«

Ingvald schüttelte den Kopf. »Ganz im Gegenteil! Heute Nachmittag war er so aufgeräumt wie lange nicht mehr. Er wirkte sehr erleichtert.«

»Erleichtert?«, wiederholte Johanne. »Dann hat ihn also doch etwas belastet? Den Eindruck hatte ich nämlich, als ich ihn mittags traf.«

Ingvald wich ihrem Blick aus und sah betreten zur Seite.

Johanne erhob sich halb von ihrem Stuhl und berührte ihn sacht am Arm. »Jetzt ist nicht die Zeit für Geheimnisse«, sagte sie. »Ich weiß, dass Vaters Lage angespannt war. Aber stand er wirklich vor dem Ruin?«

»Ich musste ihm versprechen, niemandem etwas darüber …«, begann Ingvald.

Johanne schaute ihm in die Augen. »Bitte!«

»Er steckte tatsächlich in Schwierigkeiten«, sagte Ingvald. »Aber er war zuversichtlich, sie meistern zu können. Und vorhin deutete er an, dass die Talsohle durchschritten sei und er eine Lösung gefunden habe.«

»Aber warum hat er sich dann …«

»Vielleicht wurde seine Hoffnung zunichtegemacht«, sagte Ingvald.

»Möglich. Dennoch … es passt einfach nicht zu ihm. Und dieser Brief …« Sie nahm Ingvald das Blatt aus der Hand. »Das ist alles so widersprüchlich. Einerseits ist es ihm wichtig, dass wir gut versorgt sind. Was nur geht, wenn wir den Laden verkaufen. Andererseits hat ihn genau diese Vorstellung in den Tod getrieben.«

»Verzweifelte Menschen denken nicht logisch«, sagte Ingvald leise.

»Trotzdem. Es ist, als hätte ein anderer das geschrieben.«

Ingvald hob die Schultern. »Er war ja auch nicht er selbst. Er befand sich im Ausnahmezustand.«

Johanne legte den Abschiedsbrief auf den Schreibtisch zurück und rieb sich die Schläfe. »Was hat ihn derart aus der Fassung gebracht? Wenn er nur halbwegs bei klarem Verstand war, hätte er gemerkt, wie absurd das alles ...«

Sie brach ab und versank in Schweigen. Wie soll es jetzt weitergehen, fragte sie sich. Was soll ich bloß tun?

»Es ist wirklich seltsam«, hörte sie Ingvald sagen. »Ich kann mir gar nicht vorstellen, wie er derart außer sich geraten konnte, dass er die Konsequenzen vollkommen außer Acht gelassen hat. Allein schon, was seine Lebensversicherung angeht. Ihre Mutter wird keine Øre erhalten. Die zahlen nicht, wenn ...«

»Um Gottes willen!«, rief Johanne. »Daran habe ich noch gar nicht gedacht.«

Der Druck auf ihrer Brust verstärkte sich. Sie knetete ihre Hände und ging ein paarmal im Zimmer auf und ab. Denk nach, forderte sie sich auf. Dir muss etwas einfallen! Sie riss ein Fenster auf und sog gierig die frische Luft ein. Irgendetwas blockierte ihre Atmung. Es war, als könnte sie ihre Lungen nicht mehr vollständig füllen. Sie drückte ihre Stirn gegen die Glasscheibe. Du darfst jetzt nicht die Nerven verlieren, ermahnte sie sich. Das kannst du dir nicht leisten. Sie wandte sich vom Fenster ab und nahm ihre Wanderung durchs Zimmer wieder auf.

»Es war ein Unfall!«, rief sie nach einer Weile und blieb vor Ingvald stehen. »Vater hat seine Pistole gereinigt, und dabei ist aus Versehen ein Schuss losgegangen.«

Ingvald kratzte sich am Kinn. »Wie kommen Sie denn darauf? Äh ... es ist doch ganz eindeutig, dass ...«, begann er.

»Das muss aber niemand erfahren«, sagte Johanne und sah ihn eindringlich an. »Oder wollen Sie, dass sein guter

Name befleckt wird und sich alle Welt das Maul über ihn zerreißt? Über den Versager, der seine Familie im Stich gelassen und sich seiner Verantwortung entzogen hat. Der ein achtbares Begräbnis und ehrenvolles Gedenken verwirkt hat und außerdem …«

Ingvald hob eine Hand. »Nein, hören Sie auf. Das will ich selbstverständlich nicht.«

Johanne ging zum Schreibtisch, nahm den Brief, faltete ihn zusammen und schob ihn in den Bund ihres Rockes. Anschließend holte sie aus der Schublade, in der ihr Vater die Pistole aufbewahrte, ein Fläschchen Waffenöl und ein Putztuch und legte beides auf die Schreibunterlage. Ingvald, der sie stumm beobachtete, schüttelte den Kopf. Johanne zog fragend die Brauen hoch. Er nahm das Tuch, träufelte ein paar Tropfen Öl darauf und kniete sich vor den Toten. Behutsam betupfte er dessen Finger.

»So, nun stimmt die Geschichte«, sagte er und stand wieder auf.

Johanne massierte sich das Brustbein und versuchte, den Schmerz zu ignorieren, der jeden Atemzug zur Qual machte. »Ich gehe jetzt nach Hause«, sagte sie. »Sie entdecken morgen früh meinen Vater, alarmieren den Arzt und schicken einen Boten zu uns nach Hause.« Sie sah ihn forschend an. Verlangte sie zu viel von ihm?

Ingvald erwiderte ruhig ihren Blick. »Sie tun das Richtige.«

»Vielen Dank«, sagte Johanne. »Ich weiß nicht, was ich ohne Sie …«

»Nicht der Rede wert«, fiel ihr Ingvald ins Wort. »Ich verdanke Ihrem Vater sehr viel. Da ist es das Mindeste, jetzt seinen guten Ruf zu schützen. Sie können jederzeit auf mich zählen, Fräulein Rev.«

Johannes Hals wurde eng. Sie drückte seinen Arm und verließ das Büro.

Schon auf dem Heimweg und später in ihrem Zimmer, in das sie unbemerkt zurückgeschlichen war, zerbrach sich Johanne unablässig den Kopf über die Tat ihres Vaters und die Folgen, die sie für ihre Familie hatte. Sie stand vor dem geöffneten Fenster und bemühte sich, flach zu atmen. Ihr Brustkorb fühlte sich mittlerweile wund an von den Stichen, die ihn unablässig durchfuhren. Ein lauer Luftzug wehte den Duft der Kletterrose an der Hauswand hinein. Der Garten unter ihr lag im Dunkeln, der Himmel war mit Sternen übersät, und nur der Ruf eines Käuzchens unterbrach zuweilen die Stille der Nacht. Die friedliche Stimmung stand im Gegensatz zu dem Aufruhr, der in Johanne tobte. Alles in ihr sträubte sich gegen die Vorstellung, wie ihr Vater die Waffe gegen sich selbst richtete und abdrückte. Das war ein Bild, das buchstäblich aus dem Rahmen fiel. Es passte nicht.

Zwar war das Gesetz, das Suizid verbot und Suizidversuche mit Strafen belegte, in Norwegen 1902 abgeschafft worden. Selbstmörder waren dennoch in den Augen der meisten Menschen, die Johanne kannte, gottlose Gesellen, die die Gebote des Herrn mit Füßen traten und sich außerhalb der achtbaren Gesellschaft stellten. Zudem galt Selbsttötung im Verständnis der evangelischen Staatskirche nach wie vor als Sünde. Und ausgerechnet ihr Vater – ein gläubiger Christ und angesehenes Mitglied der Hortener Bürgerschaft –, dem es stets wichtig gewesen war, ein über jeden Tadel erhobenes Leben zu führen, hatte diesem nun auf so unrühmliche Weise ein Ende bereitet? Das war grotesk. Noch schwerer zu begreifen war für Johanne sein Abschiedsbrief, der so gar nicht zu der blinden Verzweiflung passen wollte, ohne die sich Olof Rev niemals zu diesem furchtbaren Schritt entschlossen hätte.

Wieder und wieder kreisten Johannes Gedanken um diese Punkte, an denen sie sich rieb und stieß. Die Nacht verging, im Osten kündigte ein rosiger Schein die Sonne an, die gegen vier Uhr aufgehen würde. Ermattet ließ sich Johanne auf ihr Bett sinken und legte einen Arm übers Gesicht. Finde dich mit den Tatsachen ab, forderte sie sich auf. Was hilft es, dagegen aufzubegehren? Du musst akzeptieren, dass Vater etwas getan hat, das ihm niemand zugetraut hätte. Da zeigt sich wieder einmal, wie wenig wir selbst die Menschen kennen, die uns am nächsten stehen. Sie krümmte sich zusammen, zog die Beine vor ihren Bauch und umklammerte sie mit ihren Armen. »Ach Vater«, wimmerte sie leise. »Ich weiß nicht, wie ich das durchstehen soll.« Sie drückte ihr Gesicht ins Kopfkissen und hielt die Tränen nicht länger zurück, die in ihren Augen brannten.

Gegen sechs Uhr früh schreckte Johanne hoch. Sie musste eingenickt sein. Auf dem Gang vor den Schlafzimmern knarzten die Dielen, kurz darauf hörte sie das Klappern von Karins Holzpantinen auf der Treppe hinunter ins Erdgeschoss. Dort würde sie wie jeden Morgen den Küchenherd anschüren und Wasser für den Kaffee aufsetzen. Benommen rieb sich Johanne die Augen. Warum lag sie angekleidet auf ihrem Bett? Es dauerte einen Atemzug lang, bis ihr die Ereignisse des Vorabends einfielen. Im selben Moment spürte sie wieder den Druck auf ihrer Brust. Sie stöhnte auf. Sie fühlte sich zerschlagen und matt. Nur jetzt nicht krank werden! Sie schwang ihre Beine über den Bettrand und stand auf. Wann würde Ingvald den Boten schicken? Für gewöhnlich begann er sein Tagwerk gegen sieben Uhr. An diesem Morgen würde er im Büro eine schreckliche Entdeckung machen. Sie hatte also noch eine gute Stunde Zeit.

Sie zog Rock und Bluse aus, warf ihren Morgenmantel über und lief zum Badezimmer, das sich am Ende des Flurs befand. Während sie sich mit kaltem Wasser das Gesicht wusch und die Zähne putzte, ertappte sie sich bei dem Gedanken, sie habe das alles nur geträumt. Gleich würde sie ihrem Vater am Frühstückstisch begegnen, wo er sich hinter dem *Gjengangeren*, Hortens Tageszeitung, verschanzte und gelegentlich halblaut Kommentare brummte. Die Vision zerstob. Johanne sah ihrem Spiegelbild in die Augen und biss sich auf die Lippe. Das Schlimmste steht mir noch bevor, dachte sie. Wie wird Mutter das verkraften? Und Dagny und Finn? Was wird aus meiner Hochzeit? Muss die nicht verschoben werden? Aber gerade jetzt brauche ich Rolf an meiner Seite. Und Vater würde nicht wollen, dass wir warten. Er hat ja ausdrücklich geschrieben, dass er mich gut versorgt wissen will.

Johanne trocknete sich Gesicht und Hände und kehrte in ihr Zimmer zurück. Nachdem sie frische Sachen angezogen hatte, setzte sie sich in den Sessel, der vor dem Fenster stand. Daneben lagen mehrere Bücher auf einem Schemel. Sie nahm das oberste mit dem Titel *Alberte og Jakob* und schlug es an der Stelle auf, an der das Lesezeichen steckte. Dagny hatte ihr diesen erst vor Kurzem erschienenen Debütroman von Cora Sandel geschenkt, einer mittlerweile in Schweden wohnhaften Norwegerin aus Tromsø, die als junge Frau in Paris eine Kunstschule besucht hatte. Inspiriert von ihrer eigenen Biografie, beschrieb die Autorin die Jugendjahre ihrer Heldin in Nord-Norwegen und ihre Sehnsucht nach Wärme, neuen Erfahrungen und Liebe.

Johanne legte das Buch nach ein paar Zeilen weg. Ihre Hoffnung, bei der Lektüre Ablenkung zu finden und sich für kurze Zeit in eine andere Welt entführen lassen zu können, erfüllte sich nicht – so spannend sie die Beschreibungen von Cora Sandel auch fand. An diesem Tag war der Sog nicht stark genug. Schier unendlich langsam krochen die Minuten dahin. Die Furcht vor dem Unwägbaren, das auf sie und ihre Familie lauerte, wurde von der Ungeduld, mit der sie das Ende der untätigen Warterei herbeisehnte, überboten.

Es war eine Erlösung, als gegen halb acht die Hausglocke läutete. Johanne eilte auf Zehenspitzen aus ihrem Zimmer, beugte sich über das Geländer der Treppe und lauschte nach unten. Sie hörte, wie die Eingangstür geöffnet wurde und das Dienstmädchen sich nach dem Begehr des frühen Besuchs erkundigte. Sie vernahm die helle Stimme eines Jungen, konnte seine Worte jedoch nicht verstehen. Umso deutlicher war der Aufschrei von Karin. Das war Johannes Stichwort. Sie rannte die Stufen hinab.

»Was ist geschehen?«

Karin hatte beide Hände in ihre Schürze gekrallt und diese vor den Mund gedrückt. Sie sah Johanne aus geweiteten Augen an und glitt mit dem Rücken am Türpfosten entlang zu Boden. Der Bote, ein etwa zwölfjähriger Junge, trat unbehaglich von einem Fuß auf den anderen. Johanne fischte eine halbe Krone aus der kleinen Schale, die für Trinkgelder mit Münzen bestückt auf dem Garderobenschränkchen stand, und hielt sie ihm hin.

»Was sollst du ausrichten?«

Der Junge zögerte, das Geld zu nehmen. Offenbar war ihm erst durch Karins Reaktion klar geworden, was seine Botschaft auslösen konnte. Johanne vermutete, dass er auch bei ihr einen Zusammenbruch befürchtete.

»Nur zu«, ermunterte sie ihn.

»Äh, also … Herr Lundalm schickt mich. Es hat einen schlimmen Unfall gegeben. Herr Rev ist … äh … versto… äh.«

Johanne griff sich an den Hals und machte einen Schritt rückwärts. »Tot?«

Als sie das Wort aussprach, wurde sie von dem Schmerz übermannt, den sie seit dem Aufwachen einigermaßen hatte zurückdrängen können. Ihre Knie wurden weich. Am liebsten hätte sie sich neben Karin auf den Boden sinken lassen.

Der Junge nickte, schnappte sich die Münze und rannte davon.

Johanne zwang sich, den Schein zu wahren und die Ahnungslose zu spielen. »Warte!«, rief sie ihm nach. »Was genau ist passiert?«

Der Junge machte keine Anstalten, zurückzukehren. Er beschleunigte seine Schritte und verschwand aus ihrem Blickfeld.

»Was für ein Unfall?« Johanne sah das Dienstmädchen fragend an. »Weißt du mehr?«

Karin schniefte leise und schüttelte den Kopf. Johanne half ihr aufzustehen, schloss die Tür und führte das Mädchen in die Küche. Sie durfte sich jetzt nicht ihrem Kummer hingeben. Sie musste funktionieren – auch wenn es sie beinahe zerriss.

»Ein starker Kaffee wird uns jetzt guttun«, sagte sie und goss kochendes Wasser in die bereitstehende Kanne, in die Karin bereits die frisch gemahlenen Kaffeebohnen gegeben hatte.

Jetzt gibt es kein Zurück mehr, schoss es ihr durch den Sinn. In diesem Augenblick untersucht Doktor Ulefoss Vaters Leichnam und wird dank unseres Arrangements davon ausgehen, dass sich der tödliche Schuss beim Reinigen der Pistole gelöst hat. Hoffentlich haben wir nichts übersehen.

»Müssen wir nicht Ihrer Mutter Bescheid geben?«

Karins Stimme unterbrach Johannes Überlegungen. Sie drehte sich zu dem Tisch, an dem das Dienstmädchen saß. Es war bleich, hatte den ersten Schreck jedoch überwunden und sich wieder gefasst.

»Ich möchte auf Doktor Ulefoss warten«, antwortete Johanne. »Er wird uns sagen, was genau geschehen ist.« Und Mutter ein Beruhigungsmittel geben, fügte sie im Stillen hinzu und gestand sich ein, wie sehr es ihr vor dem Moment grauste, in dem ihre Mutter vom Tod ihres Mannes erfahren würde.

Die folgenden Stunden erlebte Johanne wie ein Theaterstück, in dem sie zwar eine wichtige Rolle spielte, das sie zugleich aber als Zuschauerin verfolgte, die von den Ereignissen persönlich nicht betroffen war. Sie fühlte sich betäubt, wie erstarrt. Nur die Schmerzen in ihrer Brust erinnerten sie daran, dass sie lebte. Schon früher war ihr aufgefallen, dass sich ihre eigenen Gefühle tief in ihr Inneres zurückzogen, wenn andere emotionale Ausbrüche hatten oder sich in extremen Stimmungslagen befanden. Johanne hatte bei solchen Gelegenheiten den Eindruck, einen klaren Kopf bewahren zu müssen, um den anderen – in den meisten Fällen ihrer Mutter und ab und an ihrer Schwester – beistehen zu können.

Doktor Ulefoss, ein drahtiger Mittfünfziger, der die Familie Rev seit seiner Approbation als Hausarzt betreute, erschien eine halbe Stunde nach dem Botenjungen. Zu Johannes Erleichterung hegte er keinen Zweifel, dass sein langjähriger Patient einem unglückseligen Missgeschick zum Opfer gefallen war. Er hatte den Totenschein dementsprechend ausgefüllt und bezeichnete die bevorstehende Ermittlung der Polizei, die er umgehend informiert hatte, als reine Formsache. Er verschrieb der Witwe ein Barbiturat, mit dessen Hilfe sie in einen Dämmerzustand versank, in den nur wenig von dem drang, was um sie herum geschah.

Johanne war ihm dafür dankbar. Auf diese Weise konnte sie ihre ganze Kraft auf die Erledigung der anstehenden Formalitäten und organisatorischen Aufgaben richten und musste sich nicht in erster Linie um ihre Mutter kümmern, die ihr bei den Beerdigungsvorbereitungen ohnehin keine Hilfe gewesen wäre. Johanne war froh über den Berg an Arbeit, der sich vor ihr auftürmte. Er verstellte die Sicht auf die unsichere Zukunft und half ihr, die Verzweiflung über den Verlust ihres Vaters zu verdrängen. Zumindest ein paar Tage lang – bevor die Trauer emporlodern und von ihr Besitz ergreifen würde.

11

Petkum, Ostfriesland, Frühling 1980 – Rike

Zwei Tage nach der Beerdigung begleitete Eilert sein Patenkind zur Kanzlei von Notar Siebels, bei dem sein alter Freund seinen letzten Willen hinterlegt hatte. Die amtliche Testamentseröffnung würde später beim Nachlassgericht stattfinden. Friedrich Meiners hatte jedoch darum gebeten, seine letzte persönliche Botschaft an Tochter und Enkelin vorab von seinem Notar verlesen zu lassen.

Rike lief mit gesenktem Kopf neben dem Kapitän her. Unmittelbar nach dem Streit mit ihrer Mutter hatte sie Opa Fietes Haus verlassen und wieder das Gästezimmer bei den Olthoffs bezogen. Sie war dankbar für diese Fluchtmöglichkeit, auch wenn sie wusste, dass es nur ein Rückzug auf Zeit war. Erleichtert, von Eilert, Swantje und Lieske weder mit Fragen noch mit Aufforderungen zu Unternehmungen bedrängt zu werden, hatte sie die beiden Tage weitgehend schweigend verbracht. Dabei war ihr mehrmals die Schneekatastrophe in den Sinn gekommen, die im Winter des Vorjahres ihre Heimat in einen Ausnahmezustand versetzt hatte. Im Februar 1979 hatte nach einem extremen Temperatursturz ein eisiger Ostwind eingesetzt, der Ostfriesland unter einer meterhohen Schneedecke begrub und das Leben seiner Bewohner lahmlegte. Genau so fühlte es sich in Rikes Innerem an.

Nur mit Mühe hatte Swantje sie an diesem Morgen bewegen können, das Haus zu verlassen und den Termin beim Notar wahrzunehmen. Nachdem ihr Zureden zunächst ohne Erfolg geblieben war, hatte sie Rike in den Arm genommen und sanft gewiegt. »Denk dran, was dein Großvater immer gesagt hat«, hatte sie geflüstert. *»De düüstern Morgen geevt de hellsten Daag.«*

Der Spruch, mit dem Opa Fiete seine Enkelin oft in trüben Stunden getröstet und ermuntert hatte, verfehlte seine Wirkung nicht. Rike hatte sich aus Swantjes Umarmung gelöst und ihr zugenickt. So konnte es nicht weitergehen! Was würde ihr Großvater von ihr denken? Die Vorstellung, er könnte sie so sehen – ein Häufchen Elend, das in Selbstmitleid zerfloss –, hatte Rike endgültig aus ihrer Lethargie gerüttelt. Was konnte Opa Fiete dafür, dass sich seine Tochter – mal wieder – ohne Abschied davongemacht und Rike im Stich gelassen hatte? Er dagegen hatte sich noch über seinen Tod hinaus um ihr Wohl gesorgt. Er hatte es nicht verdient, dass sie sein Vermächtnis nicht zur Kenntnis nahm. Schon allein ihm zuliebe musste Rike nach vorn schauen und ihr weiteres Leben in Angriff nehmen – so schwer ihr das im Augenblick auch fiel.

Die Kanzlei des Notars befand sich in der Neutorstraße gegenüber dem Kaufhaus Hertie, das Anfang der Sechzigerjahre an der Ecke zur Agterum-Straße eingeweiht worden war. Herr Siebels war ein rundlicher Herr mit akkurat geschnittenen Haaren, glatt rasiertem Gesicht und einem gut sitzenden dunkelblauen Anzug. Einzig der breite, rot-gelb gestreifte Schlips passte nicht recht in das gediegene Bild. Er führte Rike und Eilert in sein Büro und nahm mit dem Rücken zu zwei zur Straße weisenden Fenstern hinter seinem wuchtigen Schreibtisch Platz, nachdem er seine Klienten gebeten hatte, sich ihm gegenüber auf zwei der drei Stühle zu setzen, die vor dem Tisch standen.

Herr Siebels warf einen Blick auf seine Armbanduhr. »Sollen wir noch ein paar Minuten warten?« Er nickte zu dem dritten Stuhl hin.

»Nein. Äh … Beate Meiners lässt sich entschuldigen«, sagte Eilert und fuhr nach kurzem Zögern fort. »Sie … äh … arbeitet im Ausland und konnte nicht länger hier …«

»Verstehe«, fiel ihm der Notar ins Wort. »Ich werde ihr eine Kopie des Briefes zukommen lassen.« Er deutete auf einen großen Umschlag auf der ledernen Schreibunterlage.

Rike presste ihre Lippen aufeinander und sah aus dem Fenster. Schräg gegenüber konnte sie drei weiße Banner mit dem runden, blau-roten Hertie-Logo sehen, die an der Frontseite des Kaufhauses hingen und im Wind flatterten. An der vorspringenden Seitenwand stimmte ein Plakat die Kunden auf die kommende Sommersaison ein: *FREIZEIT '80 Camping, Wassersport im 4. Stock*, darunter ein roter Kussmund mit Blume und der Slogan *Hertie hat's*. Rikes Magen zog sich zusammen. Opa Fiete hatte die warme Jahreszeit geliebt und noch wenige Tage vor seinem Tod Pläne für den ersten Frühlingsausflug gemacht, den er mit ihr unternehmen wollte.

Zum Pilsumer Leuchtturm hatte er wandern wollen, von Greetsiel aus, einem Fischerdorf an der Leybucht. Mit seinem Kutterhafen, der in Reiseprospekten als der malerischste an der Küste Ostfrieslands gepriesen wurde, und einigen alten Giebelhäusern war es auch bei Touristen ein beliebtes Ziel. Opa Fiete mochte den Ort vor allem wegen seiner historischen Bedeutung, war er doch einst der Häuptlingssitz des mächtigen Cirksena-Geschlechts gewesen, das im Mittelalter in der Gegend das Sagen gehabt hatte. Rike konnte sich nie satthören an den Erzählungen ihres Großvaters, in denen die jahrhundertealten Geschichten so lebendig wurden, als sei er selbst dabei gewesen. Krönender Abschluss ihres Ausflugs sollte der Besuch der Teestube Witthus sein, wo sie es sich bei Krabbenbrötchen und …

»Fräulein Meiners, kann ich beginnen?«

Die Stimme des Notars drang in Rikes Gedanken. Sie zuckte zusammen und spürte, wie ihr das Blut in die Wangen stieg. »Äh, ja … natürlich«, stammelte sie.

Herr Siebels setzte eine Lesebrille auf, öffnete das Kuvert mit einem Messer, das wie ein Miniatursäbel aussah, und entnahm ihm zwei Papierbögen.

»Zuerst werde ich nun den Brief vorlesen«, sagte er, räusperte sich und begann:

Liebe Beate, liebe Rike!

Ich habe meinen Notar, Herrn Siebels gebeten, Euch diesen Brief zusammen mit meinem Testament vorzulesen. Ich möchte Euch gern erklären, warum ich mich entschlossen habe, meinen Nachlass auf diese Weise zu regeln und nicht die natürliche Erbfolge bestehen zu lassen.

Das Telefonat im Sommer 1979 mit Dir, liebe Beate, hat mir ein weiteres Mal gezeigt, dass Du Dir (zumindest zum damaligen Zeitpunkt) nichts aus dem Petkumer Haus und den Dingen darin machst. Du hast mir unmissverständlich zu verstehen gegeben, dass Du es lieber heute als morgen loswerden und für immer aus Deinem Leben entfernen möch-

test. So schmerzlich ich diese Haltung auch finde, ich muss sie akzeptieren. Nicht hinnehmen will und kann ich dagegen, dass Rike darunter leidet. Daher habe ich beschlossen, ihr das Haus zu vermachen. So hat sie ein Dach überm Kopf, solange sie es benötigt, und verliert nicht das Heim, dem sie von klein auf tief verbunden ist.

Ich gestehe, dass ich die Hoffnung nicht aufgebe, Beate möge ihre Vorbehalte eines Tages doch überwinden und sich mit ihrer ostfriesischen Heimat und den Jahren, die sie hier verbracht hat, aussöhnen. Es wäre mir ein Herzenswunsch. In diesem Fall könnte Euch das Haus als Ort für Treffen und vielleicht später einmal als neuer Familienmittelpunkt dienen.

Ich hoffe, Ihr könnt meine Entscheidung nachvollziehen und sie im Guten annehmen. Nichts liegt mir ferner, als Unfrieden zwischen den beiden Menschen zu stiften, die mir am nächsten stehen!

In diesem Sinne grüße ich Euch ein letztes Mal und wünsche Euch alles Gute,

Euer Fiete

Der Notar legte den Brief auf den Schreibtisch und sah Rike über den Rand seiner Brille hinweg an. Sie schluckte krampfhaft die Tränen hinunter, die ihr in den Augen brannten. Eilert reichte ihr ein kariertes Taschentuch, legte eine Hand auf ihre Schulter und drückte sie.

»Ihr Großvater hat große Stücke auf Sie gehalten«, sagte Herr Siebels. »Er war sehr stolz auf Sie.«

Rike schnäuzte sich. »Danke«, sagte sie heiser.

Der Notar nickte ihr zu und hob das zweite Blatt hoch. »Wenn Sie möchten, können wir auch das Testament ansehen.

Die rechtsgültige Eröffnung findet zwar erst in ein paar Tagen statt, aber wenn Sie schon vorab …«

»Ja, bitte«, sagte Rike und setzte sich aufrechter hin.

Der Notar rückte seine Brille gerade und las vor:

Mein Testament

Ich, Friedrich Meiners, geboren am 5. Juni 1898 in Emden, verfüge als meinen letzten Willen folgendes:

Meiner Tochter Beate Meiners, geboren am 2. Oktober 1938 in Tianjin (vormals Tientsin), China, vermache ich mein Aktienpaket des Volkswagenwerkes (Wert zum Jahresende 1978 ungefähr 85000 DM).

Meine Enkelin Frederike Meiners, geboren am 8. März 1960 in Emden, soll das Haus in der Kornblumenstraße samt Inventar und Grundstück erben. Außerdem mein Sparbuch mit einer Einlage von 5000 DM.

Petkum, den 20. Juli 1979 *Friedrich Meiners*

Rike hatte während des Vortrags ihren Blick auf den Stiftehalter geheftet, der die Form eines Segelschiffs hatte. Offensichtlich war der Notar ein Liebhaber maritimer Motive. Das Stempelkissen war einem Rettungsring nachempfunden, den Bilderrahmen mit einem Foto seiner Familie zierten Steuerräder, Taue und Anker, in einer kleinen Schatztruhe bewahrte er seine Zigaretten auf, und ein Leuchtturm aus Plastik diente als Feuerzeug. Rike konnte sich nur mit Mühe auf Herrn Siebels Worte konzentrieren. Zu unwirklich war die Situation, zu fremd die Vorstellung, dass tatsächlich Opa Fiete diese nüchternen Zeilen geschrieben hatte, mit denen er alles, was er an materiellen Dingen besessen hatte, aufteilte. Auch nachdem Eilert und sie die Kanzlei verlassen und sich auf den Heimweg gemacht hatten, tat sich Rike schwer, das eben Gehörte an sich heranzulassen. Erst als sie die Kornblumenstraße in Petkum erreichten und sie das Haus sah, in dem sie zwanzig Jahre lang mit ihrem Großvater gelebt hatte, wurde es fassbar. Vor dem Grundstück der Olthoffs blieb Rike stehen. »Vielen Dank, dass du mich begleitet hast.«

»Daar nich för«, brummte Eilert und kramte seinen Schlüssel aus der Jackentasche. Als Rike keine Anstalten machte, ihm ins Haus zu folgen, sah er sie fragend an.

»Ich schlafe ab heute wieder bei uns … äh … bei mir«, erklärte sie. Es fühlte sich ungewohnt an, das Haus von Opa Fiete nun als ihres zu denken und sich selbst als alleinige Eigentümerin. Dafür war sie doch viel zu jung. Häuser besaßen ältere Leute, die mit beiden Beinen im Leben standen, eine Familie gründeten und genaue Vorstellungen vom Verlauf ihres zukünftigen Daseins hatten.

Aber hast du das nicht auch, schoss es Rike durch den Kopf. Das mit der Familie zwar noch nicht. Aber wo du hinwillst und wo du dich in fünf oder zehn Jahren siehst, das weißt du doch. Nämlich genau hier! Das hat Opa Fiete ganz richtig erkannt: Ich bin hier verwurzelt. Und er hat dafür gesorgt, dass ich nicht fortgerissen werden kann. Erneut stiegen Tränen in ihr hoch. Doch dieses Mal mischte sich in die Trauer eine tröstliche Note, die den Schmerz linderte. Mochte ihr Großvater auch körperlich nicht mehr anwesend sein, in ihrem Herzen war er lebendig. Und in dem Haus, das er mit seinen eigenen Händen gebaut hatte.

»Wenn dir die Decke auf den Kopf fällt, kommst du einfach rüber. Du bist jederzeit willkommen«, sagte Eilert.

Rike zwinkerte eine Träne weg. »Ja, ich weiß, vielen Dank. Ihr seid so lieb und …« Ihre Stimme kippte. Sie winkte Eilert zu und wandte sich rasch ab.

Die folgenden drei Stunden verbrachte Rike damit, aufzuräumen und zu putzen. Sie hatte das Gefühl, sich auf diese Weise das Haus anzueignen und als ihren Besitz fühlbar zu machen. Sie legte eine Kassette mit dem neuesten Supertramp-Album in den Walkman ein, den Opa Fiete ihr erst einige Wochen zuvor zum Geburtstag geschenkt hatte, und machte sich unter den Klängen von *Breakfast in America* daran, Schmutzwäsche zu sortieren und eine erste Ladung in die Maschine zu geben, ihr Bett neu zu beziehen, das Bad zu schrubben, ihr Zimmer und den Flur zu saugen. Das Schlafzimmer ihres Großvaters, das wie ihres im ersten Stock lag, betrat sie nicht. Sie konnte sich nicht dazu überwinden. Bei dem Gedanken, seine Kleider und andere persönliche Gegenstände aussortieren und wegschaffen zu müssen, wurde ihr kalt. Nein, dazu war es noch zu früh, das konnte warten. Nur im Badezimmer räumte sie seine Zahnbürste zu dem Rasierzeug, dem Aftershave und anderen Utensilien, die in seiner Hälfte des verspiegelten Hängeschranks über dem Waschbecken verstaut waren, und entfernte seine Handtücher. Nachdem sie noch im Gästezimmer die Möbel abgestaubt hatte, lief sie ins Erdgeschoss und machte in der Küche weiter. Als Letztes schleppte sie den Staubsauger ins Wohnzimmer.

Auf dem Tisch vor dem Sofa lag noch der Inhalt der Schachtel verstreut, in der Opa Fiete seine Erinnerungen an seine Zeit als Kapitän und seine Ehejahre mit Johanne aufbewahrt hatte. Rike begann, die Fotos, Zeitungsausschnitte und anderen Dokumente einzusammeln. Als sie nach dem Päckchen mit den ungeöffneten Briefen griff, hielt sie inne. Sie setzte sich auf einen Sessel, zog die Kopfhörer ab, aus denen der Song *Maybe* von Thom Pace ertönte, und schaltete den Walkman ab, in dem mittlerweile eine Kassette mit aus dem Radio aufgenommenen Hits der letzten Charts steckte. Unschlüssig wog sie die Umschläge in der Hand. Durfte sie sie öffnen? Es gehört sich nicht, die Post anderer Leute zu lesen, mahnte eine strenge Stimme in ihr. Rike schob die Unterlippe vor. Mag sein. Aber Beate will sie nicht. Wenn es nach ihr ginge, wären sie längst im Müll gelandet. Und da sie nicht bereit ist, mit mir über ihre Mutter zu reden, muss ich mir eben auf andere Weise Informationen über Johanne beschaffen. Opa Fiete kann ich ja nicht mehr fragen.

Rike zog den Bindfaden ab, der die Kuverts zusammenhielt. Dabei fiel ihr auf, dass ein Umschlag doch geöffnet war. Er war an Friedrich und Beate Meiners adressiert. Rike zog zwei Blätter heraus. Es waren Abschiedsbriefe von Johanne, die sie ziemlich genau siebenundzwanzig Jahre zuvor geschrieben hatte, nachdem sie Deutschland für immer verlassen hatte.

Im Ersten dankte sie ihrem Mann Friedrich von Herzen für die guten Jahre an seiner Seite und bedauerte das Leid, das sie ihm und Beate ohne Zweifel antat. Sie betonte, dass sie nicht versuchen würde, ihm seine Tochter abspenstig zu machen oder gar gegen seinen Willen nach Norwegen zu holen – so schwer ihr die Trennung von ihrem Kind auch falle. Zu wissen, wie nahe Beate und er sich stünden, wäre ihr ein kleiner Trost, bedeutete das doch, dass sie einander beistehen und Halt geben könnten.

Rike seufzte und griff nach dem Brief an Beate, die damals sechzehn Jahre alt gewesen war.

Mein geliebtes Kind!

Es tut mir unendlich leid, dass ich Dich vor meiner Abreise nicht mehr gesehen habe. Ich verstehe, dass Du sehr verletzt und wütend warst und deshalb nicht zu mir ins Hotel gekommen bist. Ich nehme Dir das nicht krumm und hoffe, dass Du bereit bist, mich zu treffen, wenn ich das nächste Mal nach Deutschland komme. Ich möchte Dich nämlich unbedingt so bald wie möglich wiedersehen! Oder Du kommst nach Norwegen und besuchst mich. Ich kann Dir sofort einen Flug buchen. Vielleicht schon in den Pfingstferien? Ich habe ein Zimmer für Dich eingerichtet – es steht Dir jederzeit offen! Wenn Du willst, hast Du von nun an zwei Zuhause – eines in Petkum und eines in Rødberg.

Bitte glaube mir: Meine Entscheidung, nach Norwegen zu gehen, ändert nicht das Geringste an meiner Liebe zu Dir! Du bist und bleibst das Kostbarste, das mir im Leben geschenkt wurde! Ich weiß, dass es schmerzlich für Kinder ist, wenn ihre Eltern sich trennen. Doch Du darfst keine Sekunde glauben, dass ich mich von Dir abgewendet habe, nur weil ich nicht länger mit Deinem Vater zusammen bin!

Liebe Beate, ich bin so stolz auf Dich und sehr zuversichtlich, dass Du selbstbewusst und erfolgreich Deinen Weg ins Erwachsenendasein gehen und einen guten Platz im Leben finden wirst. Dabei werde ich Dir selbstverständlich immer mit Rat und Tat zur Seite stehen! Es bedeutet mir unsagbar viel, weiterhin Anteil an Deiner Entwicklung haben zu dürfen!

Ich hoffe so sehr, dass Du meine Entscheidung irgendwann einmal nachvollziehen kannst und mir verzeihst, dass ich meinem Herzen gefolgt bin und der Liebe meines Lebens nicht ein zweites Mal entsagen konnte.

Ich zähle die Tage bis zu unserem Wiedersehen und bin jederzeit für Dich da!

Ich umarme Dich und schicke Dir herzliche Grüße,

Deine Dich liebende und vermissende Mutti.

Rike wischte sich eine Träne weg. Nach Beates Darstellung hatte sich ihre Mutter ohne Rücksicht auf Verluste aus dem Staub gemacht und sich nicht um die Gefühle derer geschert, die sie zurückgelassen hatte. Dieser Brief zeichnete ein anderes Bild. Aus Johannes Zeilen sprachen so viel Bedauern, Selbstvorwürfe und Liebe. Aber auch Zuversicht, weiterhin ein gutes Verhältnis zu ihrer Tochter haben zu können. Wie bitter war diese Hoffnung enttäuscht worden! Johanne hatte ihre Tochter offensichtlich doch nicht so gut gekannt, wie sie angenommen hatte. Oder hatte sich Beate erst nach Johannes Verschwinden so verändert und diese unversöhnliche Haltung eingenommen?

Rike stützte ihren Kopf in eine Hand. Ohne Zweifel war Johanne die Entscheidung, nach Norwegen zu gehen, sehr schwergefallen – wenn ihre Worte ehrlich waren. Aber warum hätte sie das vortäuschen sollen? Zumindest Opa Fiete hatte ihr geglaubt und seinen Frieden mit ihr gemacht. Warum konnte Beate das nicht auch? Rike griff nach der Fotografie, die das junge Paar an seinem Hochzeitstag vor dem Emdener Rathaus zeigte. Schon beim ersten Betrachten war ihr der ernste Gesichtsausdruck der jungen Frau aufgefallen. Eine vor Glück strahlende Braut sah anders aus.

»Warum hast du ihn geheiratet?«, fragte Rike leise und strich mit dem Zeigefinger über das Bild. »Warum hast du dich gegen die große Liebe deines Lebens entschieden und bist stattdessen einem deutschen Kapitän in seine Heimat und später ins noch fernere China gefolgt?« Ihre Augen wanderten zu dem jungen Friedrich, der gelöst in die Kamera lächelte. »Hast du damals schon gewusst, dass sie einen anderen liebt?«, murmelte Rike. »Und wenn ja, hat dir das nichts ausgemacht?«

Nachdenklich starrte sie vor sich hin. Ein Klopfen riss sie aus ihren Grübeleien. Sie hob den Kopf und entdeckte Swantje vor dem Fenster auf der Veranda. Rike stand auf und öffnete ihr die Glastür.

»Ich hab gerade die Hühner gefüttert«, sagte Swantje, »und wollte fragen, ob du zum Abendessen zu uns kommen möchtest.«

Die Erwähnung der Mahlzeit erinnerte Rike daran, dass sie seit dem Frühstück nichts zu sich genommen hatte. Zum ersten Mal seit Tagen verspürte sie Appetit. »Sehr gern«, sagte sie und lächelte Swantje an. »Und vielen Dank, dass du an die Hühner gedacht hast. Ab morgen kümmere ich mich wieder um sie.«

Swantje sah sie aufmerksam an. »Ich freue mich, dass es dir besser geht.« Sie drückte ihren Oberarm. »Also, bis gleich. Wir essen um sieben.« Sie wandte sich zum Gehen.

»Swantje?«

»Ja.«

»Erzählst du mir nachher, was du über meine Großmutter Johanne weißt? Und warum Beate mit ihr gebrochen hat?«

»Das tue ich gern. Und Eilert sicher auch. Allerdings wissen wir nicht allzu viel.«

»Auf jeden Fall mehr als ich. Ich dachte ja bis vor Kurzem, dass sie schon vor Ewigkeiten gestorben ist. Und jetzt will ich endlich herausfinden, warum meine Mutter so einen Hass auf sie hat und sie für alles verantwortlich macht, was in ihrem Leben schiefgelaufen ist.« Einschließlich mir, fügte sie im Stillen hinzu. Die Verletzung, ein ungewolltes Kind zu sein, brach wieder auf. Sie presste die Lippen aufeinander.

»Das kann ich gut verstehen«, sagte Swantje und holte tief Luft. »Es tut mir so leid, dass Beate im Zorn gegangen ist. Gerade jetzt, wo ihr beide einander so dringend braucht.«

Rike zuckte mit den Schultern. »Ich komm schon zurecht. Außerdem hab ich ja euch.«

»Ich dachte da auch mehr an Beate«, sagte Swantje leise. Sie nickte Rike zu und verließ die Veranda.

Rike kehrte ins Wohnzimmer zurück. Ein Blick auf ihre Armbanduhr verriet ihr, dass sie noch eine gute Stunde bis zum Abendessen bei den Olthoffs hatte. Zeit genug, sich die Briefe anzusehen, die Johanne ihrer Tochter jahrelang aus Norwegen geschickt hatte. Mit klopfendem Herzen setzte sich Rike an den Tisch und öffnete den ersten Umschlag.

12

Horten, Norwegen, Juni 1926 – Johanne

Bereits am Dienstag, einen Tag nachdem sie ihren Vater tot aufgefunden hatte, gab Johanne eine Traueranzeige im *Gjengangeren* auf, die am folgenden Morgen erschien. Es war ihr wichtig, Freunde und Bekannte sowie die Kunden der Weinhandlung Rev rasch über den tragischen Unfall ihres Vaters zu informieren und möglichst wenig Raum für Spekulationen zu lassen. Ihren Verlobten und seine Eltern hatte sie umgehend durch einen Boten benachrichtigt. Dieser hatte kurz darauf Rolfs Antwort überbracht. Er sprach ihr sein tiefstes Bedauern und Mitgefühl aus, versicherte sie seines Beistandes in dieser schweren Zeit und kündigte seinen Besuch für den nächsten Nachmittag an.

Es war jedoch nicht Rolf, der am Mittwoch gegen drei Uhr vor der Tür stand. Johanne, die in Erwartung ihres Verlobten selbst geöffnet hatte, sah sich einem Polizisten gegenüber. Sie erschrak, fasste sich jedoch schnell wieder. »Guten Tag. Was kann ich für Sie tun?«

Offenbar zeigte ihm der bestimmte Ton, dass er es nicht mit einer Angestellten zu tun hatte. Der Uniformierte, ein junger Mann mit einem kaum wahrnehmbaren Flaum an Kinn und Wangen, zog seine Schirmmütze und nahm Haltung an.

»Guten Tag. Nygren ist mein Name. Ich habe Weisung von Polizeimeister Rettmann, Frau Rev über unsere Ermittlungen in Kenntnis zu setzen. Wenn Sie mich bitte zu ihr führen wollen.« Die Schweißperlen auf seiner Stirn und die roten Flecken an seinem Hals straften die zackigen Worte Lügen.

»Meine Mutter ist unpässlich und empfängt niemanden, Herr Nygren«, sagte Johanne. »Sie werden mit mir vorliebnehmen müssen. Ich bin ihre Tochter.«

»Selbstverständlich«, stotterte der Polizist.

Johanne trat einen Schritt zurück und machte eine einladende Geste in den Flur. Herr Nygren folgte ihr in den Salon und blieb mitten im Raum stehen. Johannes Aufforderung, Platz zu nehmen, ignorierte er. Sie lehnte sich an das Kaminsims, verschränkte die Arme vor der Brust und sah ihn fragend an.

Er drehte seine Mütze in den Händen und mied ihren Blick. »Ähm … es geht um … darum, wie Ihr Vater zu Tode …«

»Das wissen wir bereits«, fiel Johanne ihm ins Wort. »Doktor Ulefoss hat uns darüber informiert. Mein Vater hat seine Pistole gereinigt. Dabei hat sich ein Schuss gelöst und …«

Herr Nygren schüttelte den Kopf und hob eine Hand. »So sah es aus. Zunächst.«

Johannes Magen krampfte sich zusammen. Der Druck auf ihrer Brust wurde stärker. Sie rang nach Luft. »Zunächst?«

»Polizeimeister Rettmann hat sich vorhin höchstpersönlich ein Bild gemacht. Er glaubt nicht an einen Unfall.«

»Wie bitte? Was soll das heißen?«, hauchte Johanne. Sie musste ihr Entsetzen nicht spielen. All ihre Bemühungen, den guten Ruf ihres Vaters zu schützen, waren offensichtlich vergebens gewesen.

»Es tut mir leid«, sagte Herr Nygren leise. »Polizeimeister Rettmann ist überzeugt, dass der Schuss gezielt von Ihrem Vater abgegeben wurde.«

»Überzeugt? Wie kommt er dazu?«, fragte Johanne.

»Erstens der Schusswinkel. Wäre die Pistole aus Versehen beim Reinigen losgegangen, hätte die Kugel ihren Vater unmöglich an der Schläfe treffen können.« Der Polizist tupfte sich mit einem Taschentuch die Stirn. Die Situation war ihm sichtlich unangenehm. »Und zweitens gibt es Zeugen, die sagen, dass Herr Rev … äh, Ihr Vater … Gründe hatte, sich … dass er in Schwierigkeiten steckte und deshalb …«

Johannes Knie gaben nach. Sie stolperte zu einem der Ledersessel und ließ sich hineinfallen. Es kostete sie all ihre Kraft, sich zusammenzureißen und ihre Verzweiflung zu verbergen.

Der Polizist sah sie besorgt an. »Kann ich Ihnen helfen? Soll ich jemanden holen?«

Johanne schüttelte matt den Kopf. Nach kurzem Schweigen richtete sie sich auf. »Kann das diskret behandelt werden?« Sie sah ihn an und legte die Bitte, die sie nicht laut aussprechen wollte, in ihren Blick.

Herr Nygren schlug die Augen nieder. »Wenn es nach mir ginge, sehr gern«, murmelte er und fuhr nach einem Räuspern lauter fort: »Es wird einen Bericht geben. Die Versicherung … Sie verstehen?«

Johanne nickte. Es war unwahrscheinlich, dass nichts davon an die Öffentlichkeit durchsickern würde. In einer kleinen Stadt wie Horten waren solche pikanten Neuigkeiten schnell in aller Munde. Es wäre töricht, etwas anderes zu hoffen. Sie stand auf. »Wann können wir meinen Vater beerdigen?«

»Sein Leichnam wird voraussichtlich morgen freigegeben. Sie können ihn also wie vorgesehen am Samstag bestatten.« Der Polizist schielte zur Tür. »Haben Sie noch Fragen?«

Johanne schüttelte matt den Kopf. »Danke, dass Sie sich extra herbemüht haben.«

»Das ist doch selbstverständlich«, murmelte er. »Ich finde allein hinaus«, fügte er hinzu und verließ eilig den Salon.

Johanne setzte sich auf die Armlehne eines Sessels und massierte ihren Solarplexus. Das Stechen in ihrer Brust hatte sich in den vergangenen Minuten gesteigert und machte jeden Atemzug zur Qual. Sie rang keuchend nach Luft und schluckte krampfhaft die Tränen hinunter, die in ihrer Kehle brannten. Kummer und Mutlosigkeit drohten sie zu überwältigen. Die Versicherung würde nicht zahlen. Auch wenn die Polizei keine eindeutigen Beweise für einen Selbstmord hatte – allein die Tatsache, dass der Polizeimeister höchstpersönlich den Fall untersucht und der Aussage von Doktor Ulefoss widersprochen hatte, wog schwer. Zudem war es kein Geheimnis gewesen, dass Olof Rev in den letzten Jahren finanziell angeschlagen gewesen war. Er wäre nicht der Erste, den der drohende Ruin in den Tod getrieben hatte. Was aber hatte den Polizeimeister veranlasst, die Ermittlungen fortzuführen, nachdem sie bereits abgeschlossen waren? Der junge Nygren hatte doch gesagt, dass die Polizei zunächst von einem Unfall ausgegangen war. Warum hatte Herr Rettmann plötzlich daran gezweifelt?

Johanne rieb sich die Schläfen. Es spielt keine Rolle,

dachte sie. Ich werde nichts daran ändern können. Ich kann nur hoffen, dass die Sache nicht an die große Glocke gehängt wird. Allein schon wegen Mutter. Sie würde es nicht verkraften. Johanne stand auf. Ich muss sie darauf vorbereiten. Es ist besser, wenn sie es von mir erfährt. Das metallische Schlagen der Portaluhr aus Alabaster, die auf dem Kaminsims stand, riss sie aus ihren Gedanken. Es war halb vier. Wo blieb Rolf? Warum kam er nicht? Sie sehnte sich danach, sich in seine Arme zu werfen und von ihm trösten zu lassen.

Johannes Verlobter ließ sich weder an diesem noch am folgenden Tag blicken. Jedes Mal, wenn die Hausglocke klingelte, war Johanne sicher, dass das Hausmädchen Rolf zu ihr führen würde – und wurde immer aufs Neue enttäuscht. Schneidermeister Holt erschien mit einer Näherin zum Anpassen der Trauerkleidung für sie und ihre Mutter, der Pfarrer machte ihnen seine Aufwartung, um den Ablauf der kirchlichen Aussegnung zu besprechen, und ihre Schwester Dagny schaute vorbei.

Johanne hatte ihr am Dienstag denselben Boten wie ihrem Verlobten geschickt und damit gerechnet, dass sich Dagny auf der Stelle in ihr Elternhaus begeben würde. Stattdessen hatte sie Johanne eine kurze Mitteilung geschrieben. Sie sei so gut wie auf dem Weg nach Oslo zu ihrem Mann, wo sie sich eine Wohnung mieten und ihren bevorstehenden Umzug vorbereiten wollten. Sie würde es aber so einrichten, vor ihrer Abreise noch auf einen Sprung vorbeizukommen. Johanne hatte diese Zeilen mit einem Stirnrunzeln zur Kenntnis genommen. Sie hatte gehofft, dass Dagny die Fahrt nach Oslo verschieben und sie unterstützen würde. Wenn sie ehrlich war, hatte sie es als eine Selbstverständlichkeit angesehen.

Als Dagny endlich kam, war ihre größte Sorge, was aus der Hochzeit ihrer Schwester würde und ob sie das Kleid, das sie eigens für diesen Anlass bei Schneidermeister Holt in Auftrag gegeben hatte, überhaupt tragen konnte. Es war hellblau und entsprach mit Sicherheit nicht den gesellschaftlichen Normen für angemessene Trauerkleidung.

»In Oslo ist man da schon freier, aber hier in Horten …« Dagny verdrehte die Augen. »Was habt ihr denn nun vor, Rolf und du?«, fuhr sie fort, nachdem Karin ihr den Mantel abgenommen und an der Garderobe aufgehängt hatte. »Ihr könnt ja wohl kaum wie geplant nächste Woche heiraten.«

»Nein, wir müssen die Trauung natürlich verschieben.«

»Willst du das Trauerjahr einhalten?«

Johanne schüttelte den Kopf. »Wenn wir in ganz kleinem Kreis feiern, müssen wir den Termin nicht so lange vertagen. Vielleicht drei Monate. Ich denke, das ist im Rahmen dessen, was sich schickt.«

Dagny blies die Backen auf und zog die Brauen hoch, verkniff sich jedoch eine ironische Bemerkung, die ihr sichtlich auf der Zunge lag.

»Gib einfach rechtzeitig Bescheid, wenn ihr ein neues Datum habt«, sagte sie stattdessen und ging zur Treppe.

Johanne kehrte in den Salon zurück, wo sie bis zu Dagnys Ankunft entfernt wohnenden Verwandten und Freunden vom Tod ihres Vaters geschrieben hatte. Die Art ihrer Schwester, negative Gefühle wie Trauer zu überspielen, befremdete Johanne nicht zum ersten Mal. Wie konnte man in einer solchen Situation an Kleidung denken? Vermutlich hilft es ihr, mit dem Schmerz fertig zu werden, wenn sie sich mit Nichtigkeiten ablenkt, überlegte Johanne. Sie setzte sich wieder an den zierlichen Sekretär neben dem Vitrinenschrank und griff nach ihrem Füllfederhalter.

Dagnys Besuch im Schlafzimmer ihrer Mutter war von sehr kurzer Dauer. Johanne hatte kaum einen weiteren Brief geschrieben, als ihre Schwester im Türrahmen des Salons erschien.

Sie sah Johanne mit Tränen in den Augen an. »Ich bin dir so dankbar, dass du dich kümmerst«, murmelte sie. »Ich kann in dieser Atmosphäre keinen klaren Gedanken fassen. Überall dieses Schwarz, die verhüllten Spiegel, die gedämpften Stimmen, der Geruch nach Baldriantee und vor allem Mutters Gewimmer und Lamentieren. Das raubt mir alle Kraft.« Bevor Johanne etwas erwidern konnte, nahm Dagny sie fest in den Arm. »Es tut mir leid. Aber ich wäre dir keine Hilfe. Glaub mir, es ist besser, wenn ich gehe. Ich mache das wieder gut, versprochen!«

Ehe Johanne sichs versah, hatte ihre Schwester das Haus verlassen. Sie und ihr Mann würden erst zur Trauerfeier am Samstag wieder in Horten sein. Johanne blieb kaum Zeit, sich über Dagnys Verhalten aufzuregen. Wenige Minuten nachdem diese gegangen war, führte Karin einen grau melierten Herrn in dunklem Anzug in den Salon.

»Herr Grus von der Horten & Omegns Privatbank«, verkündete das Hausmädchen und zog sich mit einem Knicks zurück.

Nachdem der Bankier Johanne sein Beileid ausgesprochen hatte, kam er auf den Grund seines Besuchs zu sprechen. »Ich bin mir bewusst, dass es ungehörig ist, Sie so kurz nach Ihrem furchtbaren Verlust zu behelligen. Andererseits ist es in Ihrer aller Interesse, umgehend über diese Angelegenheit in Kenntnis gesetzt zu werden. Steht doch nichts weniger als Ihre Zukunft auf dem Spiel. Die Sache duldet wirklich keinerlei Aufschub.«

Johanne, die Herrn Grus hoch aufgerichtet gegenübersaß, musste an sich halten, nicht die Augen zu verdrehen. Konnte er nicht direkt und ohne Umschweife zum Punkt kommen?

»Ich bin ganz Ohr«, sagte sie und schaute demonstrativ auf die Uhr auf dem Kaminsims.

Herr Grus rückte den Knoten seiner Krawatte zurecht. »Nun, ich weiß nicht, ob Sie über die finanzielle Lage Ihres Vaters im Bilde sind.«

Seinem Gesichtsausdruck nach zu urteilen, hielt er das für ausgeschlossen. Johanne öffnete den Mund, kam jedoch nicht zum Sprechen.

»Ich werde mich bemühen, es so einfach wie möglich darzustellen«, fuhr Herr Grus fort.

Er tut so, als spräche er mit einem kleinen Kind, dachte Johanne. Oder mit einer Minderbemittelten, die nicht bis drei zählen kann. Vermutlich ist er der Meinung, dass genau das auf mich zutrifft. Besser gesagt auf alle Frauen.

Herr Grus setzte ein joviales Lächeln auf. »Also … verkürzt gesagt geht es um Folgendes: Ihr Vater hat vor Jahren einen Kredit bei unserem Geldinstitut aufgenommen. Laut einer Vertragsklausel wird die gesamte Summe samt Zinsen, also ungefähr dreißigtausend Kronen, binnen vier Wochen nach seinem Ableben fällig. Als Sicherheit hat Ihr Vater das Grundstück in der Storgata inklusive Gebäuden und Inventar angegeben.« Er hielt inne, musterte Johanne mit hochgezogenen Brauen und erkundigte sich, ob sie ihm folgen konnte.

Sie nickte mechanisch. In ihrem Kopf wirbelte das eben Gehörte durcheinander, während der Bankier seine Ausführungen fortsetzte. Ingvald Lundalm hatte ihr von den Schulden berichtet, die ihr Vater bei der Bank hatte. Allerdings hatte er diese Klausel nicht erwähnt. Johanne nahm an, dass sie ihm nicht bekannt war. Ihr Vater hatte seinem Angestellten zwar vollstes Vertrauen entgegengebracht, Geldangelegenheiten pflegte er jedoch weitgehend im Alleingang zu regeln. Johanne unterdrückte ein Seufzen und richtete ihre Aufmerksamkeit wieder auf Herrn Grus, der eben eine kurze Pause machte und sie fragend ansah.

»Denken Sie bitte über dieses Angebot nach«, sagte er, als sie nicht antwortete. »Nach meinem Dafürhalten ist es der einzige Ausweg.«

Johanne biss sich auf die Lippe. Verdammt, sie hatte keine Ahnung, wovon er sprach. Sie legte eine Hand an die Stirn und beschloss, dem Bild zu entsprechen, das er ohnehin von ihr hatte.

»Verzeihen Sie, das ist alles so verwirrend. Ich fürchte, ich habe nicht ganz verstanden …«, hauchte sie mit versagender Stimme.

Herr Grus nickte. »*Ich* muss mich entschuldigen. Ein solches Gespräch ist für eine Dame ohnehin eine Zumutung. Erst recht für Sie in Ihrer traurigen Lage. Unter normalen Umständen würde ich Sie auch gewiss nicht damit belästigen. Aber angesichts …«

»Wenn Sie mir einfach noch einmal das Angebot erläutern wollen«, unterbrach ihn Johanne und milderte ihren forschen Ton durch einen Augenaufschlag ab, von dem sie hoffte, dass er hinreichend hilflos wirkte.

»Sehr gern«, antwortete Herr Grus. »Ich habe – wie gesagt – einen Klienten, der bereit wäre, das Geschäft Ihres Vaters zu kaufen. Und zwar für einen sehr stattlichen Preis, der Ihnen nach Tilgung der Schulden ein gutes Auskommen sichern würde.«

Er muss mich wirklich für ein dummes Gänschen halten, wenn ich das angeblich nicht verstanden habe, schoss es Johanne durch den Kopf. »Und wer ist dieser Klient?«, fragte sie und wusste die Antwort, noch bevor Herr Grus den Namen aussprach.

»Herr Sven Gravdal. Sie kennen ihn wahrscheinlich nicht. Ich darf Ihnen aber versichern, dass er unser vollstes Vertrauen genießt und Sie …«

Das Ende seines Satzes ging in dem Rauschen unter, das in Johannes Ohren brauste. Ihr wurde schwindelig. Es konnte doch kein Zufall sein, dass dieser Gravdal das Angebot unterbreitete. Ausgerechnet der Mann, den ihr Vater in seinem Abschiedsbrief als interessierten Käufer seines Geschäfts erwähnt hatte. Johanne sah, wie sich Herr Grus aus seinem Sessel erhob.

»Besprechen Sie das in Ruhe mit Ihrer werten Frau Mutter. Vielleicht möchten Sie sich auch bei Ihrem Verlobten Rat holen. Sie sollten nur nicht allzu lange mit einer Entscheidung warten.«

Johanne stand leicht wankend auf und zwang sich zu einem verbindlichen Lächeln. »Danke, dass Sie sich herbemüht haben.«

»Das ist doch selbstverständlich«, sagte Herr Grus und deutete eine Verbeugung an. »Wenn Sie mich bitte Ihrer Mutter empfehlen. Wir sehen uns dann am Samstag in der Kirche.«

Johanne schaute dem Bankier nach, der den Salon verließ und im Flur von Karin seinen Hut in Empfang nahm. Kurz darauf hörte sie die Tür ins Schloss fallen.

Das Hausmädchen steckte den Kopf ins Zimmer. »Soll ich Ihnen einen Imbiss servieren?«

»Nein danke, ich habe keinen Appetit. Später vielleicht.« Sie lächelte Karin zu. »Aber schau doch bitte nach meiner Mutter. Vielleicht möchte sie einen Tee oder einen Teller Suppe.«

»Sehr wohl«, erwiderte das Hausmädchen. Karin drehte sich zur Tür, hielt jedoch inne und kehrte um. »Entschuldigen Sie, das hätte ich beinahe vergessen. Den hat ein Bote für Sie abgegeben, als der Herr von der Bank hier war.« Sie griff in die Tasche ihrer Schürze und förderte einen Umschlag zutage.

Johanne nahm ihn und erkannte die Schrift ihres Verlobten. Erleichterung durchflutete sie. Endlich ein Lebenszeichen von Rolf! Sie bat Karin, die Salontür zu schließen. Sobald sie allein war, riss sie den Umschlag auf und überflog die wenigen Zeilen, die Rolf ihr geschrieben hatte.

Liebe Johanne,

leider ist es mir nicht möglich, Dir wie angekündigt meine Aufwartung zu machen. Dringende Geschäfte erfordern meine Präsenz. Bitte entschuldige mich bis auf Weiteres.

Viele Grüße, Rolf

Johanne starrte verständnislos auf die Wörter. Es war zweifellos die Schrift ihres Verlobten. Der Inhalt jedoch schien von einem Fremden verfasst worden zu sein, so gedrechselt, kalt und unpersönlich war er gehalten. Das war so gar nicht Rolfs Art. Scheute er den Kontakt mit ihr, weil er nicht wusste, wie er mit ihrer Situation umgehen sollte? Fürchtete er, ihrer Trauer nicht gewachsen zu sein? Johanne seufzte und beschloss, ihm später zu schreiben und ihm zu versichern, dass sie nichts von ihm erwartete. Dass ihr allein die Gewissheit, ihn an ihrer Seite zu haben, Trost genug war.

In diesem Augenblick musste sie erst einmal in Ruhe ihre Gedanken ordnen und des Aufruhrs Herr werden, der seit dem Besuch des Bankiers in ihr tobte. Erst jetzt gestand sie sich ein, dass ein Teil in ihr gegen alle Vernunft den Selbstmord ihres Vaters verleugnete und an die Unfallversion glaubte, die sie selbst erfunden hatte. Nun konnte sie ihre Augen nicht länger vor der bitteren Erkenntnis verschließen: Ihr Vater hatte sich aus dem Staub gemacht und es seiner Familie überlassen, das zu tun, was er selbst nicht übers Herz gebracht hatte: die Weinhandlung zu verkaufen, um die Schulden zu tilgen, die er jahrelang angehäuft hatte. Johanne ging auf dem Orientteppich in der Mitte des Salons auf und ab und versuchte, sich die letzten Stunden ihres Vaters vorzustellen.

Kurz bevor sie ihn an jenem Tag zum Mittagessen hatte abholen wollen, war Sven Gravdal bei ihm aufgetaucht. Er musste von der prekären Situation erfahren haben, in der Olof Rev steckte, und hatte ihm angeboten, sein Geschäft zu kaufen. Vermutlich hatte ihr Vater begriffen, dass er kaum eine andere Wahl hatte, um sich aus dem Schlamassel zu befreien. Dennoch hatte er Sven Gravdal wutentbrannt zum Teufel geschickt. Ihr und Ingvald hatte er anschließend gute Laune und Zuversicht vorgegaukelt, um sie in Sicherheit zu wiegen. Aber warum diese Mühe, wenn ihm doch kurz darauf alles gleichgültig sein konnte? Hatte er vielleicht Angst gehabt, von seinem Vorhaben abgehalten zu werden?

Johanne presste ihre Handballen gegen die Schläfen und rang nach Luft. »Oh, Vater, warum hast du das getan?«, flüsterte sie. »Warum hast du uns im Stich gelassen? Wir hätten doch sicher eine Lösung gefunden.«

En ulykke kommer sjelden alene – Ein Unglück kommt selten allein. Der Spruch ihrer ehemaligen Kinderfrau drängte sich Johanne auf, als Ingvald Lundalm am Abend dieses Tages vorbeischaute. Seit der gemeinsamen Entdeckung des Leichnams seines Dienstherrn hatte er Johanne ohne viel Aufhebens unter die Arme gegriffen und sich um Dinge gekümmert, die außer Haus erledigt werden mussten. Er war in diesen Tagen Johannes Auge und Ohr nach draußen. Dass er dieses Mal mit schlechten Neuigkeiten kam, wusste sie, bevor er den Mund öffnete. Er war bleich, seine sonst sorgsam gekämmten grauen Haare standen vom Kopf ab, die Furchen in seinem Gesicht wirkten tiefer als sonst, und in seinen Augen las sie tiefe Bekümmertheit.

Johanne führte Ingvald auf die Terrasse, die ins milde Licht des Sommerabends getaucht war. Die weiß-gelb gestreifte Markise, die tagsüber zum Schutz vor der Sonne heruntergekurbelt wurde, war hochgerollt und gab den Blick frei auf die Kletterrose, die an der Hauswand fast bis unters Dach rankte. Ein Rotkehlchen saß auf der Mauer zum

Nachbargrundstück, reckte seine orangefarbene Brust und flötete seine perlende Melodie. In den Zweigen eines alten Birnbaums jagten sich zeternd drei Meisen, und in einem Astloch fiepte die hungrige Brut eines Kleibers.

Ingvald setzte sich steif auf einen der Korbsessel, die um den runden Tisch standen, und fuhr sich mit der Hand durch die Haare. »Ach, Fräulein Rev. Ich weiß nicht, wie ich es Ihnen sagen soll«, stieß er schließlich hervor.

Johanne beugte sich zu ihm. »Bitte, einfach geradeheraus.«

Er holte tief Luft. »Ich habe doch heute den Falkenstens Ihren Vorschlag unterbreiten sollen, die Hochzeit auf Anfang September zu verschieben. Bei der Gelegenheit wollte ich schon mal den Wein ins Hotel liefern«, setzte er an und stockte.

»Sie wollten?«, fragte Johanne. »Ist Ihnen etwas dazwischen …«

»Nein. Aber …« Ingvald wand sich. »Sie hat ihn nicht angenommen«, nuschelte er.

»Sie?« Johanne zog die Stirn kraus. »Meinen Sie Rolfs Mutter?«

Ingvald nickte.

»Das verstehe ich nicht. Sie hat ihn doch selbst ausgewählt.«

»Frau Falkensten hat gesagt, dass es keine Hochzeit geben wird«, stieß Ingvald hervor.

»Sie will sie noch weiter verschieben?«

Ein Blick in seine Augen belehrte sie eines Besseren. Die Erkenntnis traf sie wie ein Schlag: Rolfs Mutter wollte nicht mehr, dass sie ihren Sohn überhaupt heiratete. Johannes Herz begann zu rasen.

»Hat sie gesagt, warum?«, fragte sie.

Ingvald senkte den Kopf. »Eine Betrügerin kommt mir nicht ins Haus«, sagte er leise. »Das waren ihre Worte.«

Johanne starrte ihn ungläubig an. »Eine Betrügerin? Ich?«

»Wegen der Lebensversicherung. Weil in der Todesanzeige von einem Unfall die Rede war. Ich weiß nicht, von wem, aber Frau Falkensten weiß anscheinend, dass die Polizei von einem Selbstmord ausgeht.«

»Das ist doch an den Haaren herbeigezogen«, rief Johanne. »Als ob irgendjemand freiwillig in einer Zeitung verkünden würde, dass sich ein naher Verwandter das Leben genommen hat.«

»Das war auch mein erster Gedanke«, sagte Ingvald. »Ich fand es seltsam, dass sie sofort den Verdacht hatte, Sie hätten diese Formulierung mit dem Vorsatz gewählt, die Versicherung zu hintergehen.«

Johanne zog die Brauen zusammen. Ingvald hatte recht. Wie kam Rolfs Mutter auf diese Idee? Niemand außer Ingvald und ihr wusste von der nachträglichen Inszenierung mit Waffenöl und Putztuch. Die Polizei konnte es unmöglich herausgefunden haben. Und dass Ingvald geplaudert hatte, hielt Johanne für absolut ausgeschlossen.

»Ich glaube eher, sie sucht nach einem Vorwand«, sagte sie. »Sie wird zu Recht annehmen, dass es mit meiner Mitgift jetzt nicht mehr weit her ist. Da bin ich natürlich keine lukrative Partie für ihren Sohn. Und wenn wir das Geschäft an die Bank verlieren, sind auch die guten Konditionen hinfällig, die mein Vater dem Hotel Falkensten bei Weineinkäufen eingeräumt hat.«

Ingvald hob die Schultern. »Mag sein. Aber was ist mit

Ihrem Verlobten? Er liebt Sie doch. Er wird seiner Mutter bestimmt nicht gestatten, sich zwischen Sie und ihn zu stellen, oder?«, fragte er und sprach damit aus, was Johanne dachte.

»Ich fürchte, das weiß ich nicht«, antwortete sie und biss sich auf die Lippe.

Das Eingeständnis war ihr peinlich. Ein Stechen durchzuckte ihren Brustkorb. Nun ergab Rolfs seltsamer Brief einen Sinn. Sein Gefasel von dringenden Angelegenheiten, die seine Präsenz erforderten, war vorgeschoben. Er wollte sie ganz einfach nicht mehr sehen. Besser gesagt traute er sich nicht, das gegen den Willen seiner Mutter zu tun.

»Ich bin sicher, er wird sich bei Ihnen melden, sobald er zurück ist«, sagte Ingvald.

»Zurück ist?«

»Äh, ja. Er ist doch im Auftrag seiner Eltern nach Hadeland gefahren, um neue Gläser für das Restaurant zu kaufen. Das habe ich zufällig aufgeschnappt, als ich im Hotel war.«

Johanne zog die Brauen hoch. Sie zweifelte keine Sekunde daran, dass seine Mutter hinter diesem plötzlichen Auftrag steckte. Rolfs Vater hatte die Fahrten zum Hadeland Glassverk, das etwa 120 Kilometer von Horten entfernt am südlichen Ende des Randsfjords lag, in der Vergangenheit stets als Chefsache behandelt. Mit dem derzeitigen Eigentümer der Glasbläserei, die bereits seit 1762 in Betrieb war, verband ihn eine lange Freundschaft. So wie Johanne ihn kannte, hätte Herr Falkensten niemals aus freien Stücken seinen Sohn an seiner Stelle dorthin geschickt.

Für einen winzigen Moment war sie versucht, ihre Ahnungslosigkeit, was Rolfs Reise anging, zu vertuschen. So zu tun, als wäre ihr seine Abwesenheit in dem ganzen Trubel entfallen. Ach, was soll's, sagte sie sich. Ich bin zu erschöpft zum Schauspielern. Und warum sollte ich Ingvald etwas vormachen? Sie lehnte sich in ihrem Stuhl zurück, legte die Hände in den Schoß und schloss die Augen. So fühlt es sich also an, wenn man am Ende ist, dachte sie. Wenn man den tiefsten Punkt erreicht hat. Schlimmer kann es ja kaum noch werden. Ich bin von allen guten Geistern verlassen. Der Spruch drängte sich Johanne auf – und war zum ersten Mal keine leere Phrase. Nein, das stimmt nicht, dachte sie. Ich bin nicht von allen verlassen. Sie öffnete die Augen und begegnete dem Blick von Ingvald, in dem sich Mitleid und Empörung die Waage hielten.

»So ein Schuft«, knurrte er. »Wie kann er Sie jetzt sitzenlassen?«

»Der Mutigste war er noch nie. Und sich gegen seine Mutter aufzulehnen …«

Johanne zuckte mit den Schultern. »So stark ist seine Liebe dann offenbar doch nicht.«

»Ich bewundere Sie«, sagte Ingvald. »Andere würden in einer solchen Lage zusammenbrechen. Wären es wohl schon längst.«

Johanne schüttelte den Kopf. »Sie überschätzen mich. Ich halte durch, weil ich muss.«

»Fräulein Rev, entschuldigen Sie die Störung.« Das Hausmädchen trat zu ihnen auf die Veranda. »Ihre Mutter verlangt nach Ihnen.«

Johanne schaute Ingvald mit einem schiefen Lächeln an. »Deshalb, zum Beispiel. Verstehen Sie?«

Er nickte und stand auf. »Soll ich morgen Ihren Bruder abholen?«

»Das wäre sehr nett. Er kommt mit dem Mittagszug aus Oslo«, sagte Johanne, erhob sich ebenfalls und reichte ihm zum Abschied die Hand.

»Halten Sie durch«, sagte er leise und verließ die Veranda über die Seitentreppe, die zu dem Kiesweg führte, auf dem man am Haus vorbei zur Straße gelangte.

Johanne drehte sich zu Karin um. »Wie geht es meiner Mutter?«

»Sie hat lange geschlafen«, antwortete das Hausmädchen und hielt Johanne die Verandatür auf. »Ich glaube, sie fühlt sich ein bisschen besser.«

Nicht mehr lange, dachte Johanne. Wenn sie von der geplatzten Hochzeit hört, wird sie außer sich sein. Hoffentlich haben wir noch genug Beruhigungsmittel im Haus. Vielleicht ist es sogar besser, wenn ich ihr erst einmal nichts sage und Doktor Ulefoss rufen lasse, damit er ihr eine Spritze gibt. Am liebsten würde ich auch eine bekommen. Und dann schlafen, schlafen, schlafen. Nicht mehr denken müssen. Eine Weile alles vergessen dürfen. Keinen Schmerz mehr spüren. Johanne presste die Lippen aufeinander. Du darfst jetzt nicht schlappmachen, ermahnte sie sich und folgte Karin die Treppe hinauf in den ersten Stock zum Zimmer ihrer Mutter.

13

Petkum, Ostfriesland, Frühling 1980 – Rike

Die Lektüre der Briefe, die Johanne nach jenem ersten Abschiedsbrief im Lauf von achtzehn Jahren an ihre Tochter Beate geschickt hatte, nahm Rike von der ersten Zeile an gefangen. Schon bei der Anrede *Mein geliebtes Kind* spürte sie einen Kloß im Hals. Immer wieder stiegen ihr Tränen in die Augen, wenn Johanne über den Schmerz und die Trauer schrieb, die seit der Trennung von Beate ihre ständigen Begleiter waren – bei allem Glück, das sie in ihrer neuen alten Heimat gefunden hatte und erleben durfte. Es war diese Zerrissenheit, die Rike anrührte und sie eine tiefe Verbundenheit zu der unbekannten Frau spüren ließ, die ihre Großmutter war.

Johanne hatte sich intensiv um ihre Tochter bemüht und großes Interesse an ihr gezeigt. Beates Weigerung, ihr zu antworten, hatte sie – wenn auch mit tiefem Bedauern – akzeptiert. Aus ihren Briefen klang nie ein Vorwurf, sondern nur die Sehnsucht nach ihrem Kind und liebevolle Sorge um dessen Wohlbefinden. Johanne war nicht müde geworden, ihre Tochter zu bitten, den Kontakt zu ihr wieder aufzunehmen und sie an ihrem Leben teilhaben zu lassen. Beates sture Haltung hatte sie nicht davon abgehalten, es immer und immer wieder zu versuchen. Ebenso beharrlich hatte sie ihre Einladung wiederholt, sie in Norwegen zu besuchen. So auch im letzten Brief, den sie Ende September 1975 geschickt hatte.

Mein geliebtes Kind!

Wie jedes Jahr ist der Oktober ein ganz besonderer Monat für mich. Denn in ihm hast Du einst das Licht der Welt erblickt und Deinen Vater und mich mit großer Freude erfüllt. Und so werde ich am Zweiten sehr herzlich an Dich denken und Dir meine besten Wünsche senden.

Ich kann es kaum glauben, dass nun schon siebenunddreißig Jahre vergangen sind, seit ich Dich als Neugeborenes in den Armen wiegte. Mittlerweile bist Du eine erwachsene Frau und hast möglicherweise selbst Kinder. In dem Fall weißt Du, welch unbeschreibliches Glück sie einem schenken können – neben all den Sorgen und Ängsten, die ein Mutterherz anfechten. Das ist zumindest meine Erfahrung. Ich hoffe inständig, dass es Dir gut geht, und würde mich unsagbar freuen, Dich endlich wieder in meine Arme schließen zu dürfen und vielleicht sogar Deine Familie kennenzulernen. Allein der Gedanke, ich könnte Enkel haben, lässt mein Herz höherschlagen.

Rike hielt inne und strich eine Locke hinters Ohr, die ihr ins Gesicht gefallen war. Zu lesen, dass Johanne sie gern treffen würde, rührte sie zutiefst. Der Zorn auf Beate loderte erneut auf. Welches Recht hatte sie, ihr all die Jahre ihre Großmutter vorzuenthalten? Zumal eine, die sich nichts mehr gewünscht hätte, als Enkel zu haben? Rike fühlte sich doppelt betrogen: um die eigene Mutter, die sich kaum um sie gekümmert hatte. Und um eine Großmutter, die offensichtlich genau das allzu gern getan hätte. Rike schnaubte und las weiter.

Auf jeden Fall möchte ich Dich herzlich einladen, unser Ferienhäuschen im Oslofjord zu besuchen. Es steht Dir und den Deinen jederzeit offen. Du kannst den Weg dorthin getrost antreten und musst nicht befürchten, mir gegen Deinen Willen zu begegnen. Nach einem schweren Sturz bin ich zu meinem Leidwesen für geraume Zeit in meinem Bewegungsradius stark eingeschränkt und kann nicht auf die Insel fahren.

Am einfachsten erreicht man sie von der Ortschaft Holmestrand aus. Vom Osloer Hauptbahnhof ist es eine knappe Stunde mit dem Zug dorthin. Im Hafen kann man dann entweder ein Motorboot mieten oder sich von einem Fischer übersetzen lassen.

Unter diesem Satz hatte Johanne eine Skizze mit einem Ausschnitt des äußeren Oslofjords gezeichnet. Der erwähnte Ort Holmestrand lag zwischen den Städten Drammen und Horten am Westufer. Ein kleines Kreuz markierte die Lage des Eilandes, auf dem Johannes Feriendomizil stand. Es war ein winziger Punkt im Wasser und befand sich hinter einer länglichen Insel, die Langøya hieß.

Den Schlüssel findest Du im Astloch der großen Kiefer, die ein paar Schritte rechts neben dem Haus steht. Es würde mich sehr freuen, wenn Du mein Angebot annimmst und das Land besuchst, in dem auch Deine Wurzeln liegen. Schließlich fließt in Deinen Adern zur Hälfte norwegisches Blut.

In der unerschütterlichen Hoffnung, Dich wiederzusehen, schließe ich auch diesen Brief mit der Bitte, Dich zu melden und mit mir auszusöhnen.

Sei von Herzen gegrüßt von Deiner Mutter

Rike faltete das Blatt zusammen, steckte es zurück in den Umschlag und legte ihn auf die anderen. Sie massierte sich mit einer Hand den Nacken. Wenn Beate das gelesen hätte, würde sie ihre Mutter sicher mit anderen Augen sehen, dachte sie. Ob sie es nie bereut hatte, sie derart rigoros aus ihrem Leben gestrichen zu haben? Wie hält sie das nur aus? Rike schüttelte sich. Die Unversöhnlichkeit ihrer Mutter jagte ihr einen kalten Schauer über den Rücken. Gleichzeitig fragte sie sich, wie Johanne das verkraftete. Es musste schwer sein, dieses anhaltende Schweigen auszuhalten. Auf der anderen Seite war es Johanne wichtiger gewesen, in ihre Heimat und zu ihrer großen Liebe zurückzukehren, als in Petkum zu bleiben. Wo lag überhaupt dieses Rødberg, in dem sie seither wohnte?

Rike zog die Kiste mit Opa Fietes Erinnerungsstücken zu sich und kramte nach den Norwegen-Reiseführern, die er sich als junger Kapitän zugelegt hatte. Während Professor Kinzel den Ort in seinem Büchlein *Wie reist man in Norwegen und Schweden?* nicht erwähnte, widmete der *Grieben Reiseführer* ihm – nach dem Hinweis, dass er im waldigen Numedal läge und per Eisenbahn von Oslo aus zu erreichen sei – immerhin drei Zeilen:

Rødberg in Nore, 371 m, mit neuem großen Kraftwerk von 146400 PS, das nach vollständigem Ausbau die doppelte Kraft erzeugen wird. Alte Stabkirche aus der Zeit um 1200.

Rike schob die Unterlippe vor. Viel Information war das nicht. Zudem nicht auf dem neuesten Stand. Schließlich war der Reiseführer über fünfzig Jahre alt. Sie schlug die letzte Seite des Bändchens auf und entfaltete die Landkarte, die dort eingeheftet war. Sie kniff die Augen zusammen, um die winzige Schrift zu entziffern, und brauchte eine Weile, bis sie *Rödbg* in der Provinz Buskerud entdeckte. Der Ort lag im Herzen Norwegens, ein gutes Stück vom Oslofjord entfernt. Wie war ihre Großmutter zu dem Haus auf dem Inselchen gekommen? Stammte sie aus Rødberg, oder hatte sie sich erst nach ihrer Rückkehr nach Norwegen in den Fünfzigerjahren dort niedergelassen? Die wichtigste Frage war jedoch, ob sie noch lebte. Immerhin waren fünf Jahre seit ihrem letzten Brief verflossen.

Rike stand auf, griff nach einem der Umschläge und ging in den Flur, wo das Telefon neben der Garderobe auf einem schmalen Schränkchen stand. Sie wählte die 00118, die Nummer der Auslandsauskunft, und erkundigte sich, ob die Adresse von Johanne Kravik im norwegischen Ort Rødberg nach wie vor gültig war. Die Stimme am anderen Ende der Leitung bat um einen Augenblick Geduld. Rike hielt den Atem an und umklammerte den Daumen der rechten Hand mit ihren Fingern, während sie den Hörer mit der linken an ihr Ohr drückte.

»Hören Sie? Im Syljerudvegen 31 wohnt niemand namens Kravik«, meldete sich die Dame von der Auskunft zurück.

Rike schluckte. »Vielleicht ist sie umgezogen. Gibt es in dem Ort vielleicht einen anderen Eintrag für Kravik?«

»Nein, tut mir leid«, antwortete die Stimme nach kurzem Schweigen. »Kann ich sonst noch etwas für Sie tun?«

»Nein, vielen Dank. Auf Wiederhören«, sagte Rike und legte auf.

Langsam kehrte sie ins Wohnzimmer zurück. War ihre

Großmutter verstorben? Sie hatte von einem schweren Sturz berichtet. In ihrem Alter konnte eine längere Bettlägerigkeit gefährlich sein. Der Großonkel einer ehemaligen Schulkameradin hatte nach einem Beckenbruch mehrere Wochen das Bett hüten müssen und sich eine schwere Lungenentzündung zugezogen, an der er gestorben war.

Wie alt wäre ihre Großmutter denn jetzt? Rike ging zu der Kommode neben Opa Fietes Schaukelstuhl und holte die Schachtel heraus, in der die Familiendokumente aufbewahrt wurden. Zwischen Zeugnissen, Urkunden und abgelaufenen Pässen steckte ein in rotes Leinen eingebundenes Buch, auf dessen Vorderdeckel mit goldenen Sütterlinbuchstaben *Familien Stammbuch* eingeprägt war. Rike schlug es auf und blätterte zur Heiratsurkunde ihrer Großeltern, die 1930 im Standesamt von Emden ausgestellt worden war. Johanne Meiners hatte den Mädchennamen Rev gehabt und war 1903 in Horten, Norwegen, geboren. Zwischen den Buchseiten lag ein zusammengefaltetes Blatt – die Scheidungsurkunde von 1954.

Rike sog an ihrer Unterlippe. Siebenundsiebzig Jahre ist meine Großmutter nun also, stellte sie fest. Immer vorausgesetzt natürlich, dass sie noch lebt. Ich muss das herausfinden. Dieser Satz formte sich in Rikes Kopf, nistete sich ein und ließ sie nicht mehr los. Als sie eine Viertelstunde später zu den Olthoffs hinüberging, war sie in Gedanken nach wie vor bei Johanne und der Frage, was aus ihr geworden war.

»Wisst ihr, ob Johanne noch lebt?«, platzte sie heraus, als sie sich zu Eilert, Swantje und Lieske an den Küchentisch setzte.

Es gab *Insettbohnen*, einen Eintopf aus eingemachten Stangenbohnen, Bauchspeck und Kartoffeln, dessen Duft Rike bereits an der Haustür in die Nase gestiegen und ihren Appetit angeregt hatte.

»Welche Johanne?«, fragte Lieske.

»Sie meint Fietes Frau«, entgegnete Swantje, die gerade die gefüllten Teller herumreichte. »Du kannst dich wahrscheinlich kaum noch an sie erinnern. Du warst gerade mal fünf, als sie weggegangen ist.«

»Oh doch«, widersprach Lieske. »Sie hat mich immer *Töddel* genannt.«

»Erstaunlich, dass du das noch weißt«, sagte Swantje.

Lieske lächelte versonnen. »Und sie hat norwegische Kinderlieder für mich gesungen oder Verse aufgesagt. Ich erinnere mich vor allem an einen Reim, weil in ihm mein Name vorkam.

Bake kake søte,
dyppe den i fløte,
først i sukker, så i vann,
så kom det en gammel mann,
som ville smake kaka
som Lieske har baka!

Erst später hab ich begriffen, dass der Name natürlich beliebig austauschbar ist, je nachdem wie das Kind heißt, dem er vorgesagt wird.«

»Verrückt, was einem im Gedächtnis bleibt«, meinte Swantje. »Und warum man andere Dinge komplett vergisst.«

Rike, die der Unterhaltung der beiden mit wachsender Ungeduld zugehört hatte, wandte sich an Eilert und erkundigte sich, ob ihr Großvater nach der Scheidung von Johanne noch Kontakt zu ihr gehabt hatte.

»In der ersten Zeit schon. Bis Beate von zu Hause ausgezogen ist«, antwortete Eilert. »Johanne hat versucht, Beate zu treffen, und ist deswegen mehrfach nach Deutschland gekommen. Fiete hat das sehr unterstützt. Er wollte unbedingt, dass Beate sich mit ihrer Mutter aussöhnt. Aber Beate hat sich geweigert, sie zu sehen.«

Swantje stellte den Topf zurück auf den Herd und setzte sich. »Johanne war sehr verzweifelt darüber«, sagte sie. »Ich habe auch versucht, Beate zum Einlenken zu bewegen. Aber leider hatte ich keinen Erfolg. Sie war schrecklich zornig auf ihre Mutter.«

»Und auf Fiete«, brummte Eilert. »Hat ihn dafür verantwortlich gemacht.«

»Stimmt«, sagte Swantje. »Du hättest uns nie in dieses Kaff bringen dürfen, hat sie ihm einmal an den Kopf geworfen. Und: Wir hätten in China bleiben sollen. Da waren wir eine glückliche Familie.«

»Ich erinnere mich«, sagte Eilert. »Fiete hat das sehr getroffen. Obwohl es natürlich *dumm Tüg* ist.« Er griff nach seinem Löffel und tauchte ihn in seinen Teller.

»Das denke ich auch.« Swantje nickte ihrem Mann zu. »Aber Beate brauchte einen Blitzableiter. Mit ihrer Mutter wollte sie sich ja nicht auseinandersetzen.«

»Was ist denn damals passiert?«, fragte Lieske, die der Unterhaltung sichtlich irritiert gelauscht hatte. »Wieso hat sich Fietes Frau von ihm getrennt?«

»So genau wissen wir das nicht«, antwortete Swantje. »Fiete hat nicht gern darüber geredet.«

»Aber selbst wenn die Ehe zerrüttet war: Wie konnte sie ihre Tochter einfach so verlassen?« Lieske runzelte die Stirn. »Das ist wirklich heftig. Ich kann verstehen, dass Beate …«

»Sie hat sie nicht einfach so verlassen«, fiel Rike ihr ins Wort. »Ganz im Gegenteil. Sie hat ihr bis vor fünf Jahren regelmäßig geschrieben.«

»Tatsächlich?« Swantje schaute Rike überrascht an. »Woher …«

»Ich hab die Briefe gelesen, die sie Beate geschickt hat. Opa Fiete hat sie aufbewahrt. Meine Mutter wollte sie nicht. Sie hat keinen einzigen davon geöffnet.«

»Ach du meine Güte!« Swantje hob die Brauen. »Das wusste ich nicht.«

Rike zuckte mit den Schultern. »Ich möchte jedenfalls herausfinden, ob meine Großmutter noch lebt. Ich würde sie gern kennenlernen. Ich glaube, sie ist sehr nett.«

»Ja, das war sie. Ich habe Johanne sehr gemocht«, sagte Swantje.

Eilert brummte zustimmend.

»Allerdings war sie ziemlich verschlossen. Ich kann nicht behaupten, dass ich sie wirklich gut gekannt habe«, fuhr Swantje fort. Sie lächelte Rike an. »Ich finde deine Idee gut. Leider können wir dir nicht helfen. Wir haben nie wieder etwas von ihr gehört.«

»Wenn sie lebt, werde ich sie finden«, sagte Rike mit mehr Überzeugung in der Stimme, als sie verspürte. Sie wandte sich an Eilert. »Wäre es für dich in Ordnung, wenn ich in den Osterferien der Berufsschule freinehme? Dann könnte ich nach Norwegen fahren und ver…«

»*Ik bün inverstahn*«, brummte der Kapitän, ohne lange nachzudenken.

Rike – selbst ein wenig überrumpelt von ihrem spontanen Entschluss – merkte, dass sich ihr Herzschlag beschleunigte. Noch nie war sie allein verreist. Obendrein in ein Land, dessen Sprache ihr fremd war. Doch die Aussicht, vielleicht in wenigen Tagen ihrer Großmutter gegenüberzustehen, wischte das mulmige Gefühl beiseite. Die Vorstellung, norwegische Wurzeln zu haben, mutete sie seltsam und zugleich aufregend an. Sie brannte darauf, die Heimat von Johanne kennenzulernen.

»Falls deine Suche vergeblich ist, hast du wenigstens einen kleinen Urlaub gemacht«, sagte Swantje und sprach damit aus, was Rike eben durch den Kopf gegangen war.

Lieske nickte. »Ich glaube, es tut dir ganz gut, ein bisschen Abstand zu gewinnen.« Sie drückte Rikes Arm. »Die letzte Zeit war schließlich nicht einfach für dich.«

Rike fasste nach ihrer Hand. »Danke. Ihr seid so lieb.«

»Wo wirst du denn deine Suche starten?«, fragte Swantje.

»Auf einer kleinen Insel im Oslofjord«, erwiderte Rike. »Johanne hat da ein Ferienhaus, in das sie Beate eingeladen hat. Vielleicht finde ich dort Hinweise, die mir weiterhelfen.«

Eilert schob seinen geleerten Teller beiseite und holte seinen Tabakbeutel aus der Hosentasche. »Dein Großvater war sehr angetan von Norwegen«, sagte er und begann, seine Pfeife zu stopfen. »Und insbesondere vom Oslofjord. In den späten Zwanzigerjahren ist er regelmäßig von seiner Reederei dorthin geschickt worden.«

Rike nickte. »Ich weiß. Er hat Holz aus Skandinavien transportiert.«

Sie löffelte den letzten Bissen Eintopf aus ihrem Teller und ließ ihre Gedanken zu der bevorstehenden Reise wandern, bei der sie auch auf den Spuren ihres geliebten Opa Fiete wandeln würde. Die Vorstellung hatte etwas Tröstliches.

14

Horten, Norwegen, Juni 1926 – Johanne

Die letzten Akkorde von Johann Sebastian Bachs *Air* erfüllten die Garnisonskirche. Der Pastor, ein hagerer Mittfünfziger mit schütterem Haar und blassem Teint, stieg gemessenen Schrittes die Stufen zur Kanzel empor, die letzten Nachzügler nahmen ihre Plätze ein, und das Rascheln, Hüsteln und Murmeln in den Bänken verklang. Die im neugotischen Stil Mitte des neunzehnten Jahrhunderts erbaute Kirche war dank der großen Spitzbogenfenster und mehrerer Kronleuchter in ein freundliches Licht getaucht, das von den weiß gestrichenen Wänden und Galerien an den Längsseiten des Schiffes reflektiert wurde und das Gold der Bilderrahmen sowie das polierte Holz des Gestühls warm schimmern ließ.

Johanne saß zusammen mit ihrer Mutter, ihrem Bruder Finn, Dagny und deren Mann Erling sowie Ingvald Lundalm in der ersten Reihe. Ihren Blick hatte sie auf den Sarg geheftet, der vor dem Altartisch neben dem Taufbecken stand, das einst von Strafgefangenen des Osloer Zuchthauses aus grauem Granit gefertigt worden war. Sie bemühte sich, flach zu atmen und ihren ständigen Begleiter – den Schmerz in ihrer Brust – in Schach zu halten. Die Konzentration auf ihre Atmung half ihr, die Fassung zu wahren und dem Drang zu widerstehen, aufzuspringen und wegzulaufen. Sie fürchtete, dass der Pfarrer streng mit ihrem Vater ins Gericht gehen würde, der sich mit seiner Tat nach dem Verständnis der Kirche eines furchtbaren Vergehens gegen die göttliche Ordnung schuldig gemacht hatte. Zwar hatte der Geistliche im Vorgespräch verständnisvoll und nachsichtig gewirkt, was tatsächlich in ihm vorging und wie er über den Verstorbenen reden würde, wagte Johanne jedoch nicht vorauszusagen. Es war gut möglich, dass er selbst zwar tolerant eingestellt war – die meisten seiner Schäfchen aber verdammten Selbstmord als Sünde und würden von ihrem Seelsorger eine dementsprechende Predigt erwarten.

»Gnade sei mit Euch und Friede von Gott, unserem Vater, und dem Herrn Jesus Christus.«

Die Worte des Pfarrers rissen Johanne aus ihrer Starre. Sie setzte sich aufrechter hin und schaute hinauf zur Kanzel.

»Wir sind zusammengekommen, um Abschied zu nehmen von Olof Rev«, fuhr der Geistliche fort. »Gemeinsam wollen wir ihn in Gottes Hände übergeben und ihn später zu seiner letzten Ruhestätte begleiten.«

Borghild Rev schluchzte laut auf und lehnte sich an ihren Sohn, der zwischen Johanne und ihr saß. Johanne versteifte sich. Das theatralische Benehmen ihrer Mutter war ihr unangenehm. Sie begegnete dem Blick von Dagny, die kaum wahrnehmbar den Kopf schüttelte und die Augen verdrehte. Der kurze Moment schwesterlicher Komplizenschaft verscheuchte das Schamgefühl. Johanne verzog den Mund zu einem winzigen Lächeln. Dagny, die ein figurbetontes Kleid aus schwarzem Seidensatin, lange Handschuhe und ein keckes Hütchen mit Trauerflor trug, schmiegte sich wieder an ihren Mann, der hoch aufgerichtet in seiner Galauniform neben ihr saß und ernst zur Kanzel emporsah. Neben ihm hatte Ingvald Lundalm am Rand der Sitzbank Platz genommen. Er war in sich zusammengesunken und starrte mit geröteten Augen in sein Gesangbuch. Der Kummer in seinen Zügen schnürte Johanne die Kehle zu. Ingvalds Schmerz wirkte echt – im Gegensatz zu der Trauer, die ihre Mutter zur Schau stellte. Finns unbewegte Miene dagegen verriet nicht, wie es in seinem Inneren aussah. Johanne musterte ihren Bruder aus den Augenwinkeln und gestand sich ein, dass er ihr ein Rätsel war. Die alte Vertrautheit aus Kindertagen hatte sich verflüchtigt. Finn, der die zimtbraunen Haare seiner Mutter und die kantigen Gesichtszüge seines Vaters geerbt hatte, saß wie ein Fremder neben ihr.

Seit er am Tag zuvor eingetroffen war, hatte ihn Borghild Rev nicht mehr von ihrer Seite gelassen. »Endlich bist du da! Mein einziger Trost, meine einzige Stütze!« Mit diesen Worten hatte sie den Sechzehnjährigen in Empfang genommen, nachdem Ingvald ihn am frühen Nachmittag vom Bahnhof abgeholt und in die Vestre Braarudgata gebracht hatte.

Johanne, die zu seiner Begrüßung neben ihrer Mutter im Flur gestanden hatte, war sich vorgekommen, als hätte ihr jemand eine Tarnkappe übergezogen. Als wäre sie mit einem Mal unsichtbar oder gar nicht existent. Finn, der seit seinem letzten Besuch zu Weihnachten ein gutes Stück in die Höhe geschossen war und sie nun um eine Handbreit überragte, hatte ihr nur kurz zugenickt, eine wichtige Miene aufgesetzt, einen Arm um seine Mutter gelegt und sie in ihr Zimmer geleitet.

Johanne hatte diese Zurücksetzung achselzuckend hingenommen. Sie vermutete, dass es Finn in seinem Schmerz über den Verlust seines Vaters half, der Mutter beizustehen und nun der starke Mann an ihrer Seite zu sein. Von klein auf war er ihr besonderer Liebling gewesen – mit ein Grund für seinen Vater, ihn in ein Internat im Ausland zu schicken. Abgesehen von der hervorragenden Ausbildung, die seinem Sprössling in der altehrwürdigen Gresham's School in Norfolk zuteilwurde, hatte Olof Rev mit dieser Schulwahl der Verzärtelung Finns durch seine Mutter entgegenwirken wollen. Der zukünftige Chef des Familienunternehmens sollte sich auch in rauem Klima selbst behaupten und seinen Mann stehen können. Ein verwöhntes Muttersöhnchen taugte in Olof Revs Augen nicht für diese Rolle.

Verletzender für Johanne war die Nichtbeachtung seitens ihrer Mutter. Dass es dieser offensichtlich gar nicht in den Sinn kam, wie sehr sie ihre Älteste mit ihrer Äußerung brüskierte. Es war so ungerecht! Seit Tagen tat Johanne nichts anderes, als ihre Mutter zu unterstützen, sie zu trösten und ihr alle anfallenden Erledigungen abzunehmen. Es war nichts wert. Nur der Sohn zählte. In der Welt von Borghild Rev hielten Männer das Ruder in der Hand, boten breite Schultern zum Anlehnen für das schwache Geschlecht und hatten die alleinige Entscheidungsgewalt in allen wirtschaftlichen und familiären Angelegenheiten.

Wie konnte man sich als Frau bloß so abhängig machen? Johanne tat sich schwer, dafür Verständnis aufzubringen. Zumal es sie in die unangenehme Lage versetzte, ihre Mutter anlügen zu müssen. Bislang hatte sie ihr den letzten Willen ihres Mannes vorenthalten, das Geschäft an Sven Gravdal zu veräußern. Johanne bezweifelte, dass ihre Mutter sie bei dem Versuch, die Weinhandlung für die Familie zu retten, unterstützen würde. Zu verlockend wäre wohl das Angebot von Gravdal, zu mächtig die eingefleischte Gewohnheit, schwierigen Entscheidungen aus dem Weg zu gehen – wobei sie sich in diesen Fall auf das Vermächtnis ihres Ehemanns hätte berufen können, dem sie sich als fügsame Gattin beugen musste.

Aus diesem Grund hatte Johanne alles darangesetzt, ihre Mutter über die finanzielle Schieflage im Unklaren zu lassen. Weder vom Besuch des Bankangestellten hatte sie sie unterrichtet noch von dem Brief, den Sven Gravdal geschickt hatte. Der Mann verlor wirklich keine Zeit. Noch bevor ihr Vater beerdigt war, drängte er auf einen raschen Termin zwecks Klärung wichtiger geschäftlicher Fragen. Johanne hatte das Schreiben abgefangen und bislang nicht darauf geantwortet.

»Lasset uns beten!«

Die Aufforderung des Pfarrers, dessen Begrüßungsrede an ihr vorbeigerauscht war, beendete Johannes Überlegungen. Sie faltete ihre Hände und fixierte das Bild über dem Altar, das die Taufe Jesu durch Johannes den Täufer darstellte.

»Wenn du, Herr, Sünden anrechnen willst – Herr, wer wird bestehen?«, begann der Pfarrer mit lauter Stimme. »Denn bei dir ist die Vergebung. Ich harre des Herrn, meine Seele harret, und ich hoffe auf sein Wort. Denn bei dem Herrn ist die Gnade und viel Erlösung bei ihm. Er wird uns erlösen aus allen unseren Sünden.«

»Amen!«, antworteten die Kirchenbesucher.

Der Organist schlug die ersten Takte eines Liedes an, und kurz darauf sang die Gemeinde die erste Strophe:

<table>
<tr><td>Akk hvor flyktig, hvor unyttig</td><td>Ach wie flüchtig, ach wie nichtig</td></tr>
<tr><td>er vårt liv på jorden!</td><td>ist der Menschen Leben!</td></tr>
<tr><td>Slik som skyer fort opprinner,</td><td>Wie ein Nebel bald enstehet</td></tr>
<tr><td>og som atter snart forsvinner,</td><td>und auch wieder bald vergehet,</td></tr>
<tr><td>slik er livets bitre orden.</td><td>so ist unser Leben, sehet!</td></tr>
</table>

Anschließend wurden drei kurze Bibelstellen verlesen, die alle der Gewissheit Ausdruck gaben, auch im größten Leid von Gottes Hand getragen und beschützt zu sein. Johanne presste die Lippen zusammen und senkte den Blick auf ihren Schoß. Es fiel ihr schwer, Zuversicht aus diesen Texten zu schöpfen, die ihr schal und nichtssagend erschienen. Sie fühlte sich verlassen und fand keinen Trost in der Vorstellung, dass ein höheres Wesen über sie wachte. Sie vermisste ihren Vater so sehr! Und Rolf, der sich ohne ein persönliches Wort der Erklärung oder Entschuldigung von ihr abgewandt hatte.

Die Bitterkeit über diese schnöde Abfuhr verstärkte den Druck auf ihrer Brust. Es war so demütigend! Rolfs Mutter hatte ihr in einem Brief vorgeschlagen, als offiziellen Grund für die Absage der Hochzeit den Todesfall und das Trauerjahr anzugeben, das eingehalten werden müsse. Johannes Gedanken schweiften ab zu dem Brief.

Ich denke, es ist in Deinem Sinne, wenn wir uns auf diese Lesart verständigen und die Angelegenheit stillschweigend im Sande verlaufen lassen. Ich möchte Dich bitten, Dich fürderhin von meinem Sohn fernzuhalten. Du hast mit Deinem Vertuschungsversuch genug Schaden angerichtet – auch wenn ich Deine Beweggründe ein Stück weit nachvollziehen kann. Ich bin gewillt, Dein Fehlverhalten dem Schock zugutezuhalten, den Du zweifellos durch die unverzeihliche Tat Deines Vaters erlitten hast. Dennoch kann ich nicht über die zweifelhafte Moral hinwegsehen, die in Dir wurzelt und die ein solches Vorgehen überhaupt erst ermöglicht hat. Die Mutter meiner Enkel muss über jeden Zweifel erhaben sein. Wir haben schließlich auch einen Ruf zu verlieren und müssen die Ehre unserer Familie schützen.

Johanne hatte diesen Absatz zweimal lesen müssen, bis sich ihr seine ganze Bedeutung erschloss: Frau Falkensten war offenbar der Meinung, dass die ehemalige Verlobte ihres Sohnes zu unehrenhaften, anstößigen Handlungen neigte und ihre zweifelhafte Moral ihren Kindern vererben oder diese mit ihrem schlechten Beispiel verderben könnte.

Wieder hatte Johanne keine Antwort darauf gefunden, wie Rolfs Mutter zu dem Schluss gekommen war, sie hätte versucht, die Tat ihres Vaters zu vertuschen. Es konnte sich nur um eine vorgeschobene Vermutung handeln. Johanne hegte nach wie vor den Verdacht, dass es in Wahrheit handfeste finanzielle Gründe waren, die Tomine Falkensten antrieben.

Während sie diese Überlegungen anstellte, rumorte die Frage in ihr, warum sie die Auflösung der Verlobung und Rolfs Abkehr von ihr so kaltließen. War sie zu verletzt von seinem Verhalten? Von seiner mangelnden Liebe? Es konnte ihm nicht allzu schwer gefallen sein, sich dem Diktat seiner Mutter zu beugen. Wenn ihm wirklich an seiner Braut gelegen war, hätte er sich zumindest persönlich von ihr getrennt. Oder einen Weg gefunden, sich gegen den Willen seiner Eltern zu stellen und sich zu ihr zu bekennen.

Oder wurde ihr Liebeskummer von der Trauer um ihren Vater und der Angst, was die Zukunft bringen würde, übertönt? Waren ihre Gefühle aufgebraucht? Johanne biss sich auf die Lippe. Es gab noch eine andere Erklärung: Vielleicht war ihre Liebe zu Rolf nicht so stark gewesen, wie sie es selbst hatte glauben wollen. Sie hatte ihn sehr gemocht und die Vorstellung aufregend gefunden, mit ihm vor den Altar zu treten und als verheiratete Frau einen neuen Lebensabschnitt zu beginnen. Aber wie tief hatte sie für ihn empfunden? War es echte Liebe gewesen? Aber was war »echte« Liebe? Wie wusste man, ob man sie einem anderen Menschen entgegenbrachte?

Die Orgelklänge, die der Lesung folgten, holten Johanne in die Gegenwart zurück. Von der Empore ertönte ein kraftvoller Tenor, dessen Gesang Johanne die Kehle zuschnürte.

»Mein Wandel auf der Welt
Ist einer Schifffahrt gleich:
Betrübnis, Kreuz und Not
Sind Wellen, welche mich bedecken.
Und auf den Tod
Mich täglich schrecken;
Mein Anker aber, der mich hält,
Ist die Barmherzigkeit,
Womit mein Gott mich oft erfreut.
Der rufet so zu mir:
Ich bin bei dir,
Ich will dich nicht verlassen noch versäumen!«

Kaum hatte der Sänger seinen Vortrag beendet, ergriff der Pfarrer wieder das Wort. »Liebe Trauergemeinde! Mein Wandel auf der Welt ist einer Schifffahrt gleich. Johann Sebastian Bach vergleicht in seiner Kantate unser Leben mit einem Schiff, das unterwegs den Stürmen des Lebens ausgesetzt ist. Diese Reise ist geprägt vom Wechsel zwischen ruhigen und rauen Zeiten.«

Er hielt kurz inne, beugte sich ein wenig über die Brüstung und wandte sich direkt an die erste Reihe.

»Sie, liebe Familie Rev, erleben gerade einen der heftigsten Stürme des Lebens überhaupt, den Tod Ihres Gatten und Ihres Vaters. Plötzlich und ohne Vorwarnung hat eine Welle Olof Rev aus Ihrer und unserer Mitte gerissen. Was geschehen ist, können wir nicht verstehen. Aber wir dürfen zu Gott schreien und rufen: Bleibe bei uns, Herr! Sonst sind wir allein auf der Fahrt durch das Meer.« Er machte eine kurze Pause und fuhr mit fester Stimme fort. »Diese Bitte bleibt nicht ohne Antwort. Der gekreuzigte und auferstandene Jesus Christus gibt uns ein Versprechen: Siehe, ich bin bei euch alle Tage bis an der Welt Ende. Im Leben und im Sterben ist Gottes Sohn bei uns, und wir sind in seinen Armen geborgen. Er umgibt uns von allen Seiten und hält seine Hände über uns. Das gilt – bei allem, was und wie es geschehen ist – auch für Olof Rev. Der Tod wird nicht das letzte Wort behalten, sondern der auferstandene Jesus Christus. Ihm befehlen wir unseren Verstorbenen und uns alle an. Denn seine Liebe hört niemals auf.«

Der Pfarrer hob beide Arme und sprach den Segen: »Und der Friede Gottes, der höher ist als alle Vernunft, bewahre

Eure Herzen und Sinne in Jesus Christus, unserem Herrn. Amen.«

Während eine weitere Strophe der Bachkantate intoniert wurde, hallten die Sätze des Pastors in Johanne nach. Sie war ihm dankbar, dass er die Umstände, wie ihr Vater zu Tode gekommen war, nur behutsam angedeutet und nicht verdammt hatte.

»Lasset uns beten!« Mit einer Handbewegung forderte er die Gemeinde nach dem Musikstück auf, sich zu erheben. »Herr Jesus Christus, du hast alle unsere Sünden getragen, wir danken dir für deine Liebe, die stärker als der Tod ist. Lass uns teilhaben an deinem Tod und deiner Auferstehung und führe uns an deiner mächtigen Hand durch Leben, Tod und Gericht hin zu deiner ewigen Freude.«

Abschließend sprachen alle gemeinsam: »In deine Hände, Herr Gott, befehle ich meinen Geist. Du erlöst mich, Herr, du treuer Gott. Ehre sei dem Vater und dem Sohn und dem Heiligen Geist.«

Unter den Klängen des Postludiums traten sechs Herren in langen, schwarzen Gehröcken vor den Altar, schulterten den Sarg und trugen ihn durch den Mittelgang zur Tür. Johanne und ihr Bruder Finn hakten ihre Mutter, die sich kaum auf den Beinen halten konnte, rechts und links unter und folgten dem Pfarrer, der hinter den Sargträgern herschritt. Nach und nach schlossen sich ihnen die anderen Trauergäste an. Das gleißende Licht der hoch stehenden Sonne blendete Johanne, als sie aus der Kirche trat, und sie zog den Schleier, der an ihrem Hut befestigt war, übers Gesicht.

Warum zwitschern die Spatzen so unbekümmert in dem

Busch da drüben? Wieso duftet es so lieblich nach Jasmin? Warum ist so schönes Wetter, fragte sie sich. Sollte der Himmel bei einer Beerdigung nicht bedeckt sein? Wäre Regen nicht passender als strahlender Sonnenschein, der sich nicht um diesen traurigen Anlass schert? Mit diesen Fragen, die sie selbst als kindisch verurteilte, versuchte Johanne, sich von dem Getuschel abzulenken, das sie umwaberte. Es gelang ihr nicht. Waren die Gottesdienstbesucher in der Kirche noch zu pietätvollem Schweigen genötigt gewesen, taten sich viele von ihnen außerhalb keinen Zwang mehr an. Sie standen in kleinen Gruppen auf dem Platz vor dem Portal der Kirche, während die Sargträger ihre Last die Treppe hinunter zum Nedre Vei brachten und in die bereitstehende Kutsche des Bestatters hievten, der den Sarg zum einige hundert Meter entfernten Friedhof in der Bekkegata bringen würde.

In diesen Minuten des Wartens wurde Johannes Hoffnung endgültig zunichtegemacht. Der Selbstmord ihres Vaters war in aller Munde. Über die Gründe, die ihn dazu getrieben hatten, kursierten die unterschiedlichsten Gerüchte. In den Gesprächsfetzen, die an ihre Ohren drangen, war von einem erdrückenden Schuldenberg oder sogar dem bereits erfolgten Bankrott die Rede, der Olof Rev hatte verzweifeln lassen. Es gab aber auch Spekulationen, dass es die geplatzte Hochzeit seiner älteren Tochter gewesen sei, die er nicht verkraftet habe. Die Dame, die diese Version verbreitete, hatte auch eine Erklärung für das Ende der Verlobung parat: Die Braut habe sich unschicklich verhalten und mit einem anderen Mann poussiert.

Konnte Johanne solche absurden Unterstellungen mit einem Kopfschütteln abtun, tat ihr die Verachtung, mit der über den Freitod ihres Vaters gelästert wurde, weh und verursachte ihr Übelkeit. Sie befürchtete, sich übergeben zu müssen. Sie bat Dagny, ihren Platz an der Seite ihrer Mutter einzunehmen, und lief hastig zu dem Grünstreifen neben der Kirche. Schweratmend stützte sie sich mit beiden Armen hinter einem Strebepfeiler an der Ziegelmauer ab. Der Würgereiz ließ nach ein paar Sekunden nach, das Stechen in ihrer Brust jedoch nicht.

Vielleicht habe ich eine unheilbare Lungenkrankheit, kam es Johanne in den Sinn. Möglicherweise folge ich Vater schneller als gedacht. Dann müsste ich das alles nicht mehr aushalten. Alles hätte ein Ende. Kein Liebeskummer mehr. Keine Existenzängste. Kein Schmerz. Ich fange an, Vater zu verstehen.

»Er hat sich nicht umgebracht.«

Johanne zuckte zusammen. Litt sie unter Halluzinationen? Hörte sie Stimmen in ihrem Kopf? Hatte sich ihr Verstand verwirrt?

»Ich bin mir ziemlich sicher«, sprach die Stimme leise weiter. »Ihr Vater war kein Selbstmörder.«

Johanne drehte sich langsam um – und sah in ein Paar grünbraune Augen, die sie voller Anteilnahme betrachteten. Das letzte Mal war sie diesem intensiven Blick fünf Tage zuvor in der Nøtterø Bakeri & Konditori begegnet.

»Wie kommen Sie dazu …«, stammelte sie und wich an die Kirchenmauer zurück.

»Das will ich Ihnen gern erklären«, antwortete der Chauffeur von Sven Gravdal. »Aber nicht hier und jetzt. Können Sie morgen früh um neun Uhr ins Büro Ihres Vaters kommen?«

Johannes Kopf nickte wie von selbst. Der junge Mann tippte sich grüßend an seine Schiebermütze und entfernte sich Richtung Øvre Vei, der parallel zum Nedre Vei hinter dem Kirchengrundstück verlief. Johanne sah ihm benommen nach. Hatte er tatsächlich behauptet, ihr Vater sei nicht von eigener Hand gestorben? Sie massierte sich das Brustbein. Ein ungeheuerlicher Verdacht keimte in ihr auf. War ihr Vater ermordet worden? Die Übelkeit kehrte zurück. Johanne krümmte sich zusammen und schluckte krampfhaft gegen den Würgereiz an.

15

Petkum, Ostfriesland, Frühling 1980 – Rike

Vier Tage nach dem Abendessen bei den Olthoffs saß Rike in der Karwoche erneut an deren Küchentisch und frühstückte mit Swantje. Eilert war auf der *Greetje* im Dienst, Lieske werkelte in ihrer *Rökeree* und bereitete Fische für den Räucherofen vor. Swantje hatte angeboten, Rike zum Bahnhof nach Emden zu fahren – nach einem anständigen Frühstück, ohne das sie nicht gewillt war, Rike auf ihre Reise zu schicken. Das Tischtuch war kaum zu sehen unter all den Wurst- und Schinkenplatten, Weckgläsern mit Leberpastete, Bauernsülze und Griebenschmalz, einem Teller mit Räucherfisch, einem großen Käsebrett, der Butterdose, den Körben mit verschiedenen Brotsorten, Hörnchen und Brötchen sowie mehreren Marmeladen- und Honigtöpfchen. Auch eine Schale mit *Karmelkbreei* – einem Brei aus Buttermilch und Graupen – fehlte nicht, Rikes Lieblingsessen aus Kindertagen.

Rike schnitt sich ein Stück *Wattwurm* ab – eine geräucherte Mettwurst mit einem mild würzigen Aroma, die ihren Namen ihrer Länge von einem halben Meter und dem fingerdünnen Durchmesser verdankte. Ihre Gedanken wanderten zu ihrer Mutter, die sich bei diesem Anblick geschüttelt hätte. Beate mochte morgens nur süße Sachen, am liebsten *Krinthstuut* – feines Hefeweißbrot mit Rosinen.

»Wie alt war meine Mutter eigentlich, als du sie kennengelernt hast?«, fragte Rike unvermittelt.

»Hm, lass mich kurz nachdenken«, antwortete Swantje, die eben einen Klacks von ihrer selbst gemachten Sanddorn-Holunder-Konfitüre auf eine Schwarzbrotscheibe gab, die sie zuvor mit Frischkäse bestrichen hatte. »Dein Großvater kam im Herbst 1950 mit seiner Familie nach Petkum. Kurz vor Beates dreizehntem Geburtstag.«

»Kannten sich unsere Familien schon von früher?«, fragte Rike.

Swantje schüttelte den Kopf. »Das nicht. Aber sie freundeten sich rasch an und halfen sich gegenseitig beim Hausbau. Dein Opa und Eilert waren sich trotz des großen Altersunterschiedes von siebzehn Jahren sehr ähnlich. Und auch Johanne und ich haben uns auf Anhieb gut verstanden.«

»Und Beate? Wie war sie als junges Mädchen?«

»Ausgesprochen liebenswürdig und hilfsbereit«, antwortete Swantje. Sie stand auf. »Der Tee müsste jetzt genug gezogen haben.«

Sie holte zwei Tassen samt Untertellerchen aus einem Hängeschrank. Ihr Teeservice war mit der sogenannten Friesenrose bemalt, einer stilisierten roten Blüte, umgeben von zartgrünem Blattwerk. Opa Fiete dagegen hatte mit blauen Blütenranken verziertes *Dresmer Teegood*, das ebenfalls aus der alteingesessenen Dresdner Manufaktur Wallendorf stammte.

»Beate hat oft auf unsere Lieske aufgepasst, während wir Erwachsenen gearbeitet haben«, erzählte Swantje weiter. »Ich hätte mir kein besseres Kindermädchen wünschen können. Beate war regelrecht vernarrt in ihr *Tøddel.*«

Rike legte die Brötchenhälfte, in die sie gerade beißen wollte, zurück auf den Teller. »Das wollte ich neulich schon fragen, als Lieske es erwähnt hat. Was bedeutet *Tøddel?* Ich habe das Wort noch nie gehört.«

»Kein Wunder, es ist Norwegisch«, antwortete Swantje. »Weil es unserem *Tüttel* so ähnlich ist, hat es sich mir gut eingeprägt. Es hat auch dieselbe Bedeutung.«

»Pünktchen?«

Swantje nickte. Rike presste die Lippen zusammen. Offenbar hatte Beate alle norwegischen Begriffe aus ihrem Wortschatz gestrichen, nachdem ihre Mutter weggegangen war. Warum sonst hätte sie diesen süßen Kosenamen nicht auch ihrer eigenen Tochter geben sollen?

Swantje setzte sich wieder an den Tisch, schob Sahnekännchen und Zuckerdose in Rikes Reichweite und griff nach der bauchigen Kanne, die auf einem Messingstövchen stand. Rike angelte einen Brocken weißes *Kluntje* mit der dafür vorgesehenen filigranen Silberzange aus der Dose und legte ihn in ihre Tasse.

»Unsere Lieske war ja von klein auf ein *piepelig Pöks*, sie kränkelte in einem fort und brauchte viel Pflege«, fuhr Swantje fort und goss Rike gerade so viel Tee ein, dass die Spitze des Kandiszuckers noch herausragte.

Das *Kluntje* knisterte leise. Mit dem gebogenen *Rohmlepel* schöpfte Rike etwas Sahne, ließ sie am Tassenrand entlang langsam gegen den Uhrzeigersinn in die dampfende Flüssigkeit gleiten und beobachtete das Entstehen des *Wulkjes* – des Rahmwölkchens, das vom Grund der Tasse emporstieg.

»Beate kümmerte sich rührend um die Kleine und verlor nie die Geduld.«

»Aber mit ihrer Mutter verstand sie sich nicht so gut, oder?« fragte Rike.

Swantje zog die Brauen hoch. »Aber nein, wie kommst du denn darauf? Die beiden hatten sogar ein ausgesprochen inniges Verhältnis.« Sie hob ihre Tasse an den Mund, pustete und nahm vorsichtig ein Schlückchen. »Die Jahre im Ausland hatten sie eng zusammengeschweißt.«

Rike trank ebenfalls und sah Swantje fragend an.

»Nun, dein Großvater war ja als Frachterkapitän die meiste Zeit auf See und nur selten bei Frau und Tochter. Nach dem Ende des Krieges mussten sie des Öfteren umziehen, bevor sie schließlich hier landeten. Sie hatten also wenig Gelegenheit, irgendwo Fuß zu fassen und engere Kontakte zu anderen Leuten zu knüpfen.«

»Verstehe«, murmelte Rike und setzte die Tasse ab. »Aber wie kam es dann zu dem radikalen Bruch zwischen den beiden?«

»Warte«, sagte Swantje, stand auf, ging in den Flur und kehrte mit einer Spanholzschachtel zurück, die blau lackiert und mit bunten Blüten bemalt war. »Die gehörte Beate. Fiete hatte sie ihr zur Konfirmation geschenkt. Damit sie ihr Tagebuch und andere persönliche Dinge darin aufbewahren konnte.«

»Und wieso hast du sie?«, fragte Rike.

»Ich hab sie aus dem Müll gefischt.«

»Aus dem Müll?«

»Beate hat sie weggeschmissen, als sie Petkum verlassen hat. Sie wollte wohl nichts behalten, was sie an die Vergangenheit erinnerte.«

»Und du hast sie einfach …«

Swantje hob eine Hand. »Ich weiß, man soll nicht in fremdem Müll …« Sie verzog den Mund. »Ich hab damals zufällig gesehen, wie Beate die Schachtel entsorgt hat. Es kam mir nicht richtig vor. Ich dachte, sie würde es vielleicht irgendwann bereuen.«

Rike nickte. »Weißt du, was da drin ist?«, fragte sie und trank den Tee aus.

»Ihr Tagebuch vermutlich. Ich habe nie hineingesehen.« Swantje kratzte sich an der Schläfe. »Ehrlich gesagt, hatte ich das Kästchen ganz vergessen. Bis wir neulich über die alten Zeiten gesprochen haben.«

Rike nahm die Schachtel auf den Schoß und klappte den Deckel auf. Der Geruch von altem Papier stieg ihr in die Nase. Rasch sichtete sie den Inhalt: ein Poesiealbum, einige Fleißbildchen, Broschüren, Fotos, ausgeschnittene Zeitungsartikel und ein in türkisblaue, bestickte Seide eingebundenes Büchlein im DIN-A5-Format, auf dessen erster Seite in Druckschrift stand: *Beates Tagebuch*. Ein Kribbeln stieg Rike den Nacken hoch. Sie sah auf und begegnete Swantjes Augen, die aufmerksam auf ihr ruhten.

»Ich denke, bei dir sind diese Dinge gut aufgehoben. Vielleicht helfen sie dir, ein bisschen Licht ins Dunkel zu bringen und mehr über deine Mutter zu erfahren.«

»Aber darf ich das denn lesen?«, fragte Rike.

Swantje hob die Schultern. »Ich finde schon. Beate weigert sich, mit dir zu reden. Außerdem hat sie die Schachtel weggeworfen.«

Wenige Stunden nach dem Frühstück saß Rike im Zug nach Kiel, wo sie nach Umstiegen in Bremen und Hamburg etwa fünf Stunden später eintreffen würde. Am frühen Nachmittag wollte sie von der schleswig-holsteinischen Landeshauptstadt das Fährschiff nach Oslo nehmen.

Es war ein trüber Tag. An den Scheiben des D-Zuges perlten Regentröpfchen, die sich vom Fahrtwind getrieben erst zu dicken Tropfen, später zu kleinen Bächen vereinten, sich wieder verzweigten und schließlich nach schräg unten abflossen. Nachdem Rike dem Treiben eine Weile zugesehen hatte, zog sie zwei Bücher aus ihrem roten Touren-Rucksack, den sie auf den Platz neben sich abgelegt hatte. Sie hatte das Abteil für sich allein und war froh, das schwere Gepäckstück nicht auf die Ablage hieven zu müssen. In solchen Situationen verfluchte sie ihre kleine Statur, für die die Höhe des Koffergitters ein unüberwindliches Hindernis darstellte.

Die Schachtel von Beate hatte sie zuunterst in ihrem Rucksack verstaut. Sie scheute noch davor zurück, die persönlichen Aufzeichnungen ihrer Mutter zu lesen, und hatte für sich beschlossen, das Tagebuch erst zu öffnen, wenn sie Johanne gefunden hatte. Sobald sie erfahren hätte, was aus Sicht ihrer Großmutter zum Bruch zwischen ihr und Beate geführt hatte, wäre es an der Zeit, auch deren Version kennenzulernen.

Aus der Stadtbücherei hatte Rike sich einen Reiseführer ausgeliehen, der Kultur, Geschichte und Landschaft von Dänemark, Norwegen, Schweden und Finnland behandelte. Swantje verdankte sie ihre zweite Norwegenlektüre. Zum Abschied hatte Eilerts Frau ihr aus der Reihe *Das Hallwag Reisebuch für Anspruchsvolle* den Band *Norwegen* von Axel Patitz geschenkt, das eben druckfrisch im Buchhandel vorlag.

»Damit du einen etwas tieferen Einblick in das Land deiner norwegischen Großmutter bekommst«, hatte sie gesagt, Rike angelächelt und ihr außerdem eine große Tüte mit Proviant überreicht. »Pass gut auf dich auf und schreib uns mal.«

Rike hatte sie fest umarmt und ihre zum wiederholten Mal gestellte Frage, ob sie auch wirklich ihren Pass und die Fahrkarten dabeihätte, mit einem stummen Nicken beantwortet. Swantjes Fürsorglichkeit rührte sie zutiefst – und versetzte ihr zugleich einen Stich. Eigentlich hätte Beate auf dem Bahnsteig stehen und sie mit mütterlichen Ermahnungen und guten Wünschen auf den Weg schicken sollen.

Rike lehnte sich in ihren Sitz zurück und schlug das *Hallwag Reisebuch* auf, dessen Schutzumschlag einen bemoosten Fischkutter vor ein paar hellen Holzhäusern an einem Gewässer zeigte.

Norwegen ist kein Ziel des sogenannten Massentourismus, las sie, *und wird es hoffentlich nie werden. Als Reiseland entdeckt wurde es indes bereits in der Frühzeit des Tourismus, für die Deutschen vor allem dank der Nordlandfahrten Kaiser Wilhelms II., der das Fjordland an Bord seiner Jacht »Hohenzollern« zwischen 1889 und 1914 des öfteren besuchte. Damals entstanden die ersten aus Holz erbauten Hotelpaläste, wie wir sie heute noch etwa in Voss oder Balestrand antreffen.*

Auf meinen Reisen in Norwegen war es eben dieses Naturerlebnis, das mir als der eigentliche Gewinn erscheint. Unrast und Unzufriedenheit fallen von uns ab, ein Prozeß der Erneuerung setzt ein, und es trifft ein, was Alfred Andersch in seinem Buch Wanderungen im Norden *den Augenblick der Wahrheit nennt: wenn wir plötzlich auf unserer Jagd nach dem Neuen, Einmaligen innehalten und erkennen, daß wir nicht nur mechanisch Eindrücke aufnehmen, sondern wieder sehen, fühlen, kurz: leben.*

Das Vorwort schloss mit den Worten:

Das Bild, das wir so von Norwegen gewinnen, ist keineswegs in klassischer Schönheit erstarrt – und es wird durch eine Gegenwart ergänzt, in der sich bereits die Konturen eines neuen Norwegen abzeichnen. Vieles in diesem Land ist im Fluß, vor allem seitdem das Öl zu fließen begonnen hat.

Rike ließ das Buch auf ihren Schoß sinken. Die Erwähnung der Ölförderung rief ihr eine Katastrophe ins Gedächtnis, die sich erst in der Woche zuvor am 27. März auf dem Ekofisk-Feld vor der Küste Norwegens ereignet hatte und seitdem auch in Deutschland durch die Nachrichten geisterte. In ihrer Trauer um Opa Fiete hatte Rike dem nur wenig Beachtung geschenkt. Bei einem schweren Sturm vor der Küste Norwegens war die *Alexander Kielland* gekentert, eine Wohnplattform für Arbeiter an den Ölbohrstellen. Während die Mannschaft in den beiden Kinosälen den Film *Für eine Handvoll Dollar* schaute, war ein maroder Stützpfeiler der Plattform eingeknickt, deren Sturz in die aufgepeitschten Wogen der Nordsee hundertdreiundzwanzig Menschen in den Tod riss.

Es war wohl die Erwähnung des Filmtitels gewesen, die die Meldung in Rikes Erinnerung verankert hatte. Sie liebte die Western mit Clint Eastwood, diesem unnahbaren Raubein, der unbeirrt seinen Weg ging und sich ohne Furcht den finstersten Schurken in den Weg stellte. Vor die Gestalt mit dem Poncho und dem Zigarillo im Mundwinkel schob sich das bärtige Gesicht von Eilert.

»De armen Düvels«, hatte er gebrummt, als sich an jenem Abend, nachdem Rike ihre norwegischen Reisepläne verkündet hatte, das Gespräch den neuesten Nachrichten zugewandt hatte. In Emden war die Meldung von dem Unglück auf besonders reges Interesse gestoßen, war die Stadt doch direkt mit dem Ekofisk-Feld verbunden. Seit dem September 1977 floss Erdgas von dort über die 440 Kilometer lange Norpipe-Gaspipeline zum Norsea Gas Terminal auf dem Rysumer Nacken, das von der norwegischen Gassco AS, Niederlassung Deutschland, betrieben wurde. Bereits in der Grundschule hatten Rike und ihre Klassenkameraden gelernt, dass ihre Heimatstadt der deutsche Seehafen war, über den Eisenerz aus Norwegen zur Verhüttung im Ruhrgebiet und im Saarland umgeschlagen wurde. Außerdem wurden auf den Emdener Werften viele Schiffe für die norwegische Marine gebaut.

Rike strich sich eine Locke hinters Ohr. Seltsam, dachte sie. Früher ist mir gar nicht aufgefallen, dass es so viele Verbindungen zwischen Norwegen und Emden gibt. Geschweige denn zu meinem Leben. Sie streifte ihre Schuhe ab, schlug die Beine unter den Jeansrock und vertiefte sich in den Reiseführer.

16

Horten, Norwegen, Juni 1926 – Johanne

Die Beisetzung des Sarges und die anschließende Prozession der Trauergäste, die in einer schier endlosen Reihe an Olof Revs Witwe und ihrer Familie vorbeizogen, nahm Johanne kaum wahr. Mechanisch schüttelte sie Hände und dankte für die gemurmelten Kondolenzfloskeln. Ihre Gedanken weilten bei dem Chauffeur von Sven Gravdal und seinen Andeutungen. Warum hatte er nicht geradeheraus gesagt, was er wusste oder vermutete? Warum wollte er sich im Büro ihres Vaters mit ihr treffen? Unwillkürlich hielt Johanne nach dem jungen Mann Ausschau. Er war nicht unter den Trauergästen auf dem Friedhof.

»Was will der denn hier?«, flüsterte Dagny neben ihr.

Johanne folgte dem Blick ihrer Schwester und versteifte sich. Sven Gravdal hatte sich in den Zug der Kondolierenden eingereiht und näherte sich ihrer Mutter, die, von Finn und ihrem Schwiegersohn gestützt, neben der Grube stand.

»Du kennst ihn?«, fragte Johanne mit gesenkter Stimme.

»Ein ungehobelter Kerl. Außerdem kriminell. Erling sagt, dass er Schnapsschmuggel in großem Stil betreibt und sich sehr skrupelloser Methoden bedient.«

Bevor Johanne sich erkundigen konnte, woher Dagnys Mann das wusste, hatte Gravdal sich über die Hand ihrer Mutter gebeugt und ihr sein Beileid ausgesprochen. Statt anschließend weiterzugehen, blieb er vor ihr stehen. Johanne hielt den Atem an. Besaß dieser Kerl tatsächlich die Unverschämtheit, die trauernde Witwe am Grab ihres Mannes auf seine geschäftlichen Anliegen anzusprechen?

»Haben Sie über mein Angebot nachgedacht? Wann darf ich mit Ihrer Antwort rechnen?«

Johannes Mutter blinzelte verwirrt und schaute ihn ratlos an. Ohne nachzudenken, trat Johanne vor. »Wir werden zu gegebener Zeit auf Sie zukommen«, sagte sie kühl.

Sven Gravdal richtete seine Augen auf sie und fixierte sie einen Atemzug lang. Johanne spürte, wie sich die Härchen auf ihren Unterarmen aufrichteten.

»Das will ich Ihnen auch geraten haben«, zischte er kaum hörbar. »Meine Verehrung, Fräulein Rev«, fuhr er lauter fort. Er deutete eine Verbeugung an. »Warten Sie nicht zu lange!«, flüsterte er und entfernte sich.

»Was wollte der von Mutter?«, erkundigte sich Dagny, als sich Johanne wieder neben sie stellte.

Johanne zuckte die Schultern. »Wie du selbst gesagt hast: Er ist ein ungehobelter Kerl, der keine Ahnung von anständigem Benehmen hat.«

Der nächste Trauergast forderte ihre Aufmerksamkeit und enthob sie weiterer Erklärungen. Von den Fragen, die sie in ihrem Inneren bestürmten, konnte er sie jedoch nicht ablenken. Der aggressive Unterton in Gravdals Stimme hallte in Johanne nach und flößte ihr Angst ein. Der Mann war gefährlich – das spürte sie mit jeder Faser ihres Körpers. Sich ihm und seinen Begehrlichkeiten in den Weg zu stellen, war ein Wagnis, ihn als Gegner zu unterschätzen, eine unverzeihliche Dummheit. Johanne zweifelte keine Sekunde daran, dass er sich das Geschäft ihres Vaters um jeden Preis unter den Nagel reißen wollte. Dagny hatte ihn als skrupellos beschrieben. War es möglich, dass er sogar vor Mord nicht zurückschreckte, um ans Ziel zu gelangen? Was konnte sie ihm entgegensetzen, um seine Absichten zu vereiteln? Die Kräfte waren sehr ungleich verteilt.

Mittlerweile hatten die letzten Teilnehmer der Beerdigung den Hinterbliebenen kondoliert. Finn geleitete seine Mutter zum Automobil der Weinhandlung. Ingvald Lundalm hatte den grau lackierten Studebaker mit dem Fuchs-Logo auf der Seitentür am Eingang des Friedhofs geparkt. Johanne verabschiedete sich von ihrer Schwester und deren Mann und folgte den anderen. Auf der kurzen Fahrt nach Hause und während des restlichen Tages kreisten ihre Gedanken unablässig um Sven Gravdal. Und um seinen Fahrer. Warum hatte ausgerechnet dieser Zweifel daran, dass ihr Vater durch eigene Hand zu Tode gekommen war? Damit nahm er eine Position ein, die der seines Dienstherrn entgegenstand. Sven Gravdal profitierte am sichersten und schnellsten von Olof Revs Tod, wenn dieser als Suizid zu den Akten gelegt wurde und seine Witwe ihm das Geschäft verkaufte.

Warum wirbelte sein Fahrer Staub auf und setzte wilde Mordtheorien in die Welt? Oder gab er nur vor, nicht an eine Selbsttötung zu glauben? Sollte er im Auftrag von Gravdal das Vertrauen von Olof Revs Tochter erschleichen und herausfinden, warum sie sich dessen Wünschen in den Weg stellte und welche Pläne sie hatte?

Johanne machten die Ungewissheit und die Unsicherheit, wie sie sich am besten verhalten sollte, beinahe verrückt. Lief sie Gefahr, in eine Falle zu tappen, wenn sie sich mit dem Chauffeur traf? Warum wollte er sie am Sonntagmorgen sehen? Das war ein ungewöhnlicher Zeitpunkt. Anständige Leute gingen da in die Kirche. War das der Grund? Wusste er, dass Ingvald nicht im Gebäude sein würde, weil er den Gottesdienst besuchte? Sollte sie den Angestellten bitten, am nächsten Tag eine Ausnahme zu machen und zu Hause zu bleiben? Es wäre wohl das Vernünftigste, dachte Johanne. Oder mache ich mich lächerlich? Was soll mir schon passieren? Gravdals Fahrer muss damit rechnen, dass ich jemandem erzähle, wohin ich gehe und mit wem ich mich treffe. Er hat nicht verlangt, dass ich es geheim halte. Wenn er mir etwas antut, könnte man ihn rasch dingfest machen. Er weiß ja nicht, dass ich niemanden einweihe.

Als Johanne mit ihren Überlegungen an diesem Punkt angelangt war, stand ihr Entschluss fest: Sie würde der Aufforderung des Chauffeurs folgen. Immerhin bestand die Möglichkeit, dass er tatsächlich etwas wusste, was ihren ursprünglichen Verdacht unterstützte, ihr Vater habe sich nicht selbst umgebracht. Ohne einen vernünftigen Grund dafür nennen zu können, war Johanne überzeugt, dass der junge Mann aufrichtig war – auch wenn alles dagegen sprach. Schließlich arbeitete er für einen Verbrecher.

Als Johanne am folgenden Morgen kurz vor neun Uhr beim Laden in der Storgata eintraf, stand der Chauffeur bereits im Schatten der Toreinfahrt und begrüßte sie mit einem festen Händedruck.

»Ich freue mich, dass Sie gekommen sind. Ich war mir nicht sicher, ob …« Er sah sie forschend an. »Sie sehen erschöpft aus.« In seiner Stimme schwang Anteilnahme mit.

Johanne entzog ihm ihre Hand und schlug die Augen nieder – übermannt von einer Verlegenheit, die sie sich nicht erklären konnte. Um sie zu überspielen, bemühte sie sich um einen reservierten Ton. »Folgen Sie mir«, sagte sie, ging ihm voran zum Hintereingang im Hof und schloss die Tür auf.

Schweigend liefen sie die Treppe zum ersten Stockwerk hinauf und betraten das Büro, in dem Johanne seit jenem Abend, an dem sie ihren Vater tot aufgefunden hatte, nicht mehr gewesen war. Nichts erinnerte an die damalige Szenerie. Der Drehstuhl stand ordentlich hinter dem Schreibtisch, das Fläschchen mit dem Waffenöl war weggeräumt, und der von der Polizei konfiszierte Revolver war ebenso verschwunden wie die Blutlache. Johanne drehte sich zu ihrem Begleiter um. »Warum sind wir hier? Und wie heißen …«

»Ich will etwas überprüfen«, fiel er ihr ins Wort. »Ich habe den Verd…«

Johanne hob eine Hand. »Wollen Sie mir nicht erst einmal Ihren Namen verraten?«

»Leif.«

»Und weiter?«

»Tut nichts zur Sache.«

Johanne runzelte die Stirn. »Wie soll ich Ihnen vertrauen, wenn Sie mir nicht einmal Ihren Namen nennen?«

Leif sah ihr direkt in die Augen. »Ob Sie mir vertrauen oder nicht, ist Ihre Sache. Ich stehe bei Ihnen übrigens vor der gleichen Entscheidung.«

»Wohl nicht ganz«, erwiderte Johanne. »Sie wissen offenbar schon sehr viel über mich. Wäre es da nicht gerecht, wenn …«

»Später«, unterbrach er sie. »Ich habe nicht viel Zeit. Wenn ich zu lange wegbleibe, wird er Fragen stellen und …« Er verstummte, ging neben dem Schreibtischstuhl in die Hocke und ließ seinen Blick langsam im Zimmer umherwandern. »Wo genau lag Ihr Vater?«

Johanne beobachtete ihn, hin- und hergerissen zwischen dem Wunsch, zu erfahren, wessen Fragen Leif fürchtete, und der Neugier, was er suchte. Letztere gewann die Oberhand. Sie ging um den Schreibtisch herum. »Hier ungefähr war sein Kopf«, sagte sie und deutete auf eine Stelle neben dem Drehstuhl. »Und die Füße dort. Warum ist das wichtig?«

»Wenn meine Vermutung zutrifft, wurde eine zweite Kugel mit der Pistole abgefeuert. Nachdem Ihr Vater bereits tot war.«

Johanne zog die Stirn kraus. »*Nach* seinem Tod?«

»Ja, damit es Schmauchspuren an seinen Händen gab.«

Johanne riss die Augen auf. »Man sollte denken, dass er sich selbst …«

Leif nickte.

»Sie glauben also, dass mein Vater ermordet wurde?«

Ihren Verdacht laut auszusprechen nahm ihr den Atem. Sie rang nach Luft. Es war ungeheuerlich. Solche Dinge gab es in Kriminalromanen oder in Filmen. Aber doch nicht in einem friedlichen Städtchen wie Horten, wo die Polizei es allenfalls mit Straftaten wie Betrug, Kuppelei, Störung der öffentlichen Ordnung, Diebstahl, Einbrüchen und Raufereien sowie unerlaubtem Schnapsbrennen oder Alkoholschmuggel zu tun hatte. Schwere Verbrechen wie Raubüberfälle mit Körperverletzung oder gar

Tötungsdelikte waren seit Jahren nicht mehr vorgekommen.

»Ich habe Grund, es anzunehmen«, antwortete Leif. »Aber um sicher zu sein, brauche ich einen handfesten Beweis.«

»Sie meinen die zweite Kugel?«

Leif nickte. »Oder zumindest das Einschussloch, falls der oder die Täter so schlau waren, die Patrone zu entfernen.« Wieder unterzog er die Möbel und Wände einer eingehenden Prüfung.

Johanne drängte die Frage zurück, warum ihm daran gelegen war, Beweise für einen Mord zu finden. Das Jagdfieber hatte sie gepackt. Es war befreiend, selbst Licht ins Dunkel um die Umstände bringen zu können, unter denen ihr Vater zu Tode gekommen war.

»Er lag ja auf dem Rücken«, sagte sie nach kurzem Nachdenken. »Wäre es da nicht am einfachsten gewesen, seinen Arm nach oben abzuwinkeln?«

Sie legte den Kopf in den Nacken und musterte die Decke. »Da, sehen Sie!«, rief sie nach einer Weile und deutete auf ein kleines Loch in den Holzbrettern.

»Sie sind genial! Dass ich nicht selbst darauf gekommen bin.« Leif sprang auf, kletterte auf den Schreibtisch und betastete die Stelle. »Es ist tatsächlich ein Einschussloch«, sagte er. »Ich brauche irgendetwas Langes, Spitzes.«

Wortlos griff Johanne nach dem klappbaren Federmesser in dem Stiftehalter, das ihr Vater zum Öffnen von Briefen verwendet hatte, und reichte es Leif. Mit angehaltenem Atem verfolgte sie, wie er damit in dem Loch herumstocherte.

»Da haben wir ihn, unseren Beweis«, sagte er schließlich mit triumphierender Stimme und hielt Johanne ein deformiertes Metallklümpchen hin. Wieder reckte er sich zu dem Loch hoch und untersuchte es. »Es ist eindeutig erst vor Kurzem entstanden«, erklärte er. »Das Holz ist ganz hell, und in den Fasern hängt noch kein Staub.« Er stieg vom Tisch herunter. »Leider kommen wir nicht an die Kugel heran, die die Polizei aus Ihrem Va… äh … sichergestellt hat. Aber ich fresse einen Besen, wenn die beiden nicht am Montagabend aus der Pistole Ihres Vaters abgefeuert wurden. Was für ein Modell hatte er denn?«

Johanne zuckte die Schultern.

»Wo hat er sie aufbewahrt?«, fragte Leif.

Johanne zog die Schublade unter der Schreibplatte auf. Neben dem leeren Waffenkästchen lagen ein Päckchen Patronen und das Putzzeug. Leif öffnete die Schatulle und betrachtete die Inschrift im Deckel. »Ah, ein Kongsberg Colt. Kaliber elf fünfundzwanzig.« Er entnahm der Patronenschachtel eine Kugel und legte sie neben den Metallklumpen aus dem Deckenloch. »Sehen Sie?«

Johanne beugte sich darüber. »Sie sind gleich groß.«

»Genau!« Leif setzte sich auf die Kante des Schreibtisches und schaute Johanne an. Sie spürte, wie ihr das Blut in die Wangen stieg. Der Blick und die Nähe dieses Menschen verwirrten sie. Oder war es nur die Aufregung, dem Rätsel um den Tod ihres Vaters auf der Spur zu sein, die sie aufwühlte?

»Wer hat Ihrer Meinung nach meinen Vater getötet?«

»Ahnen Sie das nicht längst?« Leif legte den Kopf schief. »Wer profitiert am meisten, wenn alles nach seinem Plan läuft?«

»Sie verdächtigen Ihren eigenen Chef?«

»Besser gesagt, laufen würde«, fuhr Leif fort. »Es ist ihm ja jemand gehörig in die Parade gefahren.« Er zwinkerte ihr zu. »Soviel ich weiß, gab es einen Abschiedsbrief, der auf mysteriöse Weise verschwunden ist.«

Johanne verschränkte ihre Arme vor der Brust. Das Misstrauen kehrte zurück. Ihr wurde kalt. War sie allzu gutgläubig gewesen? Hatte dieser Leif den Auftrag, sich der verräterischen Kugel zu bemächtigen? Sollte er herausfinden, wo der Brief abgeblieben war? Hatte er sie deswegen im Büro treffen wollen?

»Um hier hineinzugelangen, hätte ich Sie und Ihren Schlüssel nicht gebraucht«, sagte Leif. »Das Schloss könnten Sie selbst im Handumdrehen mit einer Hutnadel öffnen.«

Johanne zuckte zusammen. Gedanken lesen konnte er also auch. »Sie müssen zugeben, dass es seltsam …«

»Gravdal weiß nicht, dass ich hier bin. Er würde fuchsteufelswild, wenn er …«

»Warum sind Sie dann hier?«, fiel Johanne ihm ins Wort. »Ihr Chef ist ein gefährlicher Mann. Warum riskieren Sie es, ihn gegen sich aufzubringen?«

Leif stieß sich von der Schreibtischkante ab und stellte sich vor sie. »Sie haben allen Grund, mir nicht zu vertrauen. Offensichtlich wissen Sie, was Gravdal für ein Mensch ist. Ich habe das zu spät herausgefunden.«

»Was meinen Sie?«

»Ich bin erst seit knapp zwei Wochen sein Chauffeur.«

»Warum arbeiten Sie überhaupt für einen Schurken?«, platzte Johanne heraus.

»Anstatt meine Brötchen mit einem ehrbaren Beruf zu verdienen?« Leif kniff leicht die Augen zusammen.

»Aus Ihrem Mund klingt das so abschätzig. Als wäre es …«

»Langweilig. Ganz genau.« Leif grinste spöttisch.

»Verstehe, Sie sind ein Abenteurer, der sich nicht um Regeln schert, die ihn einengen.«

Leif hob die Brauen. »Volltreffer.« Er musterte Johanne mit einem anerkennenden Gesichtsausdruck. »Sie haben einen guten Blick für Menschen.«

»Das war ja nun nicht schwer«, sagte Johanne.

»Ich hasse Bevormundungen«, erklärte Leif »Und nichts anderes ist dieses lächerliche Alkoholverbot. Es mag ja gut gemeint sein. Letztendlich verfehlt es aber weitgehend sein Ziel. Obendrein wird man als Bürger entmündigt und gegängelt – und wohin das führt, sieht man ja: zu Schmuggel, Schwarzbrennerei, Ärzten, die sich eine goldene Nase verdienen, indem sie Alkohol in rauen Mengen auf Rezept verschreiben, und anderen Betrügereien.«

»Aha. Sie sind also förmlich gezwungen worden, vom rechten Weg abzuweichen und kriminell zu werden.«

Johanne erschrak über ihren ätzenden Tonfall und ärgerte sich gleichzeitig, dass sie sich vor diesem Mann eine Blöße gab. Er musste sie für eine Spießerin halten, die selbstgerecht über andere urteilte. Dabei gab sie ihm insgeheim recht. Die Prohibition trieb in der Tat seltsame Blüten. In Oslo hatte ein Arzt über fünfhundert Rezepte ausgestellt für Patienten mit einer seltenen Erkrankung, die nur mit Scotch Whisky kuriert werden konnte. Der Rekordhalter in dieser Disziplin war jedoch ein Mediziner in Trondheim, der in zehn Monaten siebenundzwanzigtausend Mal Branntwein verschrieben hatte.

Leif ließ sich nicht provozieren. Er lächelte Johanne freundlich an. Verwirrt schlug sie die Augen nieder.

»Ich hätte natürlich weiterhin bei meinem Onkel arbeiten können. Er ist Fischer«, sagte er nach kurzem Schweigen. »Aber in den letzten Jahren sind die Heringsbestände drastisch zurückgegangen. Und auch das Alkoholverbot hat die Fischer schwer getroffen.«

»Wie bitte? Wieso das denn?«, fragte Johanne.

»Sie als Tochter eines Südweinhändlers wissen doch, dass Spanien und Italien ziemlich verschnupft waren, als Norwegen die Einfuhr ihrer Spirituosen drastisch gedrosselt hat. Also haben sie mit Strafzöllen auf norwegischen Fisch reagiert und …«

»Verstehe!«, rief Johanne. »Weil diese Länder die Hauptabnehmer von unserem Stockfisch sind, wurden die norwegischen Fischer ihren Fang nicht mehr los.«

Leif nickte. »Deshalb habe ich – wie viele andere – bei Ole Ervik angeheuert und …«

»Ole Ervik?«, unterbrach ihn Johanne. »Der Schmugglerkönig von Trøndelag?«

»Genau der. Er war übrigens nicht immer Schmuggler, sondern hatte eine Fischfangflotte auf der Insel Frøya im Trondheimfjord.«

»Sie kommen auch daher?«

Leif nickte. »Meine Familie lebt dort. Mein Vater und mein Onkel haben früher für Ervik gefischt. Aber als die Erträge zurückgingen und Erviks Männer ihre Familien kaum noch ernähren konnten, hat er umgesattelt.«

»Und Alkohol geschmuggelt«, stellte Johanne fest.

Leif nickte. »Die Boote dafür hatte er ja. Und genügend Arbeiter auch, denen er nun wieder ein gutes Auskommen sichern konnte.«

Johanne presste die Lippen zusammen. Sie stieß sich an der Bewunderung in Leifs Stimme. Schließlich hatte dieser Ervik gegen das Gesetz verstoßen und sich mit seinen illegalen Geschäften eine goldene Nase verdient.

»Haben sie ihn nicht letzten Herbst verhaftet und ins Gefängnis gesteckt?«, fragte sie und sah wieder die Zeitungsseite vor sich, auf der unter einer dicken Schlagzeile die Meldung samt dem Porträtfoto eines schnurrbärtigen Mannes abgedruckt gewesen war. Über das Ende des berühmt-berüchtigten Schmugglerkönigs war im ganzen Land berichtet worden.

Leif nickte. »Sehr bedauerlich. Er war ein großartiger Chef.«

Johanne rümpfte die Nase. Leif musterte sie mit einem spöttischen Lächeln.

»Nur weil jemand abseits der legalen Wege unterwegs ist, kann er doch ein guter Mensch sein. Ole Ervik hat sich für seine Leute verantwortlich gefühlt. Ohne ihn wären viele Inselbewohner zugrunde gegangen. Meine Familie eingeschlossen. Wir sind ihm sehr dankbar.«

Johanne biss sich auf die Lippe. Sie erinnerte sich wieder an die Empörung des Zeitungsreporters, der von der Gerichtsverhandlung berichtet hatte. Bei der Befragung der Nachbarn und Angestellten, die als Zeugen der Anklage geladen waren, hatte sich der Anwalt die Zähne ausgebissen. Keiner wollte belastende Aussagen gegen Ole Ervik machen, alle stellten sich unwissend oder gaben schnippische Antworten.

»Außerdem ist Ole Ervik strikt gegen Gewalt«, fuhr Leif fort. »Er hat die Mannschaft nie bewaffnet, obwohl die Polizei und die Zollbehörden im Lauf der Jahre ihre Treibjagd auf die Frøya-Schmuggler stetig verschärft haben. Seine Devise war immer: Verteidigung nur mit der bloßen Faust!«

»Davon hält Gravdal nicht viel, nach allem, was man hört«, sagte Johanne.

Leifs Gesicht verfinsterte sich. »Das habe ich leider zu spät begriffen.«

»Warum gehen Sie dann nicht einfach weg?«, fragte Johanne. »Was hält Sie noch hier?«

Leif sah ihr in die Augen. Der Ausdruck darin beschleunigte Johannes Herzschlag. War es möglich, dass er ihretwegen blieb und sich gegen seinen Chef stellte?

»Ich glaube, Gravdal ist in den Tod Ihres Vaters verwickelt«, entgegnete Leif. »Es spricht einiges dafür. Wenn ich gewusst hätte, wie weit zu gehen er bereit ist, wäre ich nie in seine Dienste … Egal. Ich konnte es nicht verhindern. Aber ich möchte es wiedergutmachen. Wenn Sie mich lassen.«

Die Bitte in seinem Blick verscheuchte Johannes Misstrauen. Die Tat seines Chefs ging Leif unübersehbar an die Nieren. Den Mord aufklären zu wollen entsprang wohl nicht nur dem Wunsch, ihr einen Gefallen zu tun, sondern ebenso dem Bedürfnis, mit seinem Gewissen ins Reine zu kommen – auch wenn er selbst nichts verbrochen hatte. Offenbar belastete ihn allein der Umstand, sich im Umfeld eines Gangsters aufzuhalten, dessen Taten auch ihn befleckten.

»Was haben Sie vor?«, fragte sie.

»Als Nächstes sollten wir ...« Leifs Miene fror ein. Er sah zur Tür. Als Johanne den Mund öffnete, hob er eine Hand. Sie schluckte ihre Frage hinunter und erstarrte. Die Stufen der Holztreppe knarzten. Erschrocken schaute sie zu Leif.

»Der Angestellte?«, formulierte er lautlos.

Johanne schüttelte den Kopf. Ingvalds Schritte klangen anders. Außerdem war es noch zu früh für seine Rückkehr. Der Gottesdienst dauerte noch eine gute halbe Stunde.

Leif packte Johanne am Arm und zog sie hinter den Schreibtisch. Ohne nachzudenken, duckte sie sich und kauerte sich neben ihn. Ihr Herz klopfte wild in ihrem Hals. Ihre Hand zitterte. Nein, nicht ihre Hand. Es war die von Leif, mit der er sich am Boden abstützte, dicht neben ihrer. Sie spürte seine Anspannung so deutlich wie ihre eigene. Auch er hatte den Atem angehalten und lauschte. Auf dem Flur vor dem Büro näherten sich Schritte. Johannes Gedanken rasten. Wer war da draußen? Wer verirrte sich an einem Sonntagmorgen ins Kontor eines Händlers? Leifs spürbarer Nervosität nach zu schließen, fürchtete er dasselbe wie sie: Gravdal war seinem Chauffeur gefolgt oder hatte ihn beschatten lassen. Wie würde er reagieren, wenn er sie beide hier vorfand? Johanne begann zu frösteln. Sie saßen in der Falle. Es gab keinen Ausweg. Sie spürte, wie sich Leifs Hand um ihre schloss. Die Berührung und die Wärme seines Körpers direkt neben ihrem beschleunigten ihren Puls. Zu ihrer Furcht gesellte sich ein unbekanntes Prickeln, das ihren inneren Aufruhr verstärkte. Die Schritte machten vor der Tür Halt. Johanne umklammerte Leifs Hand und schloss die Augen.

»Ich werde nicht zulassen, dass er Ihnen etwas zuleide tut!«, hörte sie Leif wispern.

Johanne holte tief Luft – zum ersten Mal seit Tagen, ohne dass das verhasste Stechen ihre Brust durchzuckte. Sie wandte den Kopf zur Seite und sah Leif in die Augen. Schweigend besiegelten sie einen Pakt.

17

Kiel, Frühling 1980 – Rike

Als Rike einige Stunden später auf dem Fährschiff *M / S Kronprins Harald* eincheckte, hatte der Regen nachgelassen. Ein böiger Wind ließ die dreieckigen Wimpel flattern, die an einer Schnur vom Signalmast über den Kamin bis zum Heck aufgespannt waren. Die Luft war feucht und kalt, und der graue Himmel hing tief über den Dächern der Hafengebäude am Oslokai, vor dem die Fähre vertäut war. Die Warteschlange der Passagiere, die wie Rike ohne Auto reisten, war zu ihrer Erleichterung nur kurz. Fröstelnd trat sie von einem Bein aufs andere und war froh, als sie an der Reihe war, dem Steward ihren Namen zu nennen und sich von ihm den Schlüssel zu ihrer Kabine geben zu lassen, die sie für die Nacht gebucht hatte.

Nachdem sie ihren Rucksack in der kleinen Kajüte abgestellt hatte, kaufte Rike an einem Bord-Kiosk eine Postkarte, mit der sie den Olthoffs einen ersten Gruß von ihrer Nordlandfahrt schicken wollte. Sie wählte eine mit drei Motiven: einer Seitenansicht des einhundertsechzig Meter langen Schiffes und zwei elegant gestalteten Innenräumen der ersten Klasse *(M / S Kronprins Harald; Spisesal og bar 1. klasse).* Sie selbst hatte zweiter Klasse gebucht und begab sich in die dortige Cafeteria. Sie war schlichter möbliert, hatte jedoch eine freundliche Atmosphäre mit ihrem hellen Teppichboden und den großen Fenstern. Nur wenige Tische waren belegt.

Unschlüssig blieb Rike am Eingang stehen. Mit einem Mal kam sie sich verloren vor. Was mache ich hier, schoss es ihr durch den Kopf. Warum bin ich nicht in Petkum geblieben? Was hat mich geritten, ausgerechnet über Ostern ganz allein in ein Land zu reisen, in dem ich keine Menschenseele kenne? All die guten Gründe, die sie noch am Morgen angespornt und in eine vorfreudige Stimmung versetzt hatten, hatten ihre Überzeugungskraft eingebüßt. Ich werde an den Feiertagen ganz allein auf der Suche nach einer Frau umherirren, die vielleicht schon lange tot ist. Anstatt bei Swantje, Lieske und Eilert zu sitzen, dachte sie und biss sich auf die Unterlippe, die zu zittern begonnen hatte. Reiß dich gefälligst zusammen, meldete sich ihr strenges Ich zu Wort. Wenn du zu Hause geblieben wärst, würde dich nur alles ständig an Opa Fiete und die vielen Osterfeste erinnern, die du dort mit ihm gefeiert hast.

Rike straffte sich und steuerte auf einen Platz am Fenster zu. Beim Hinsetzen erwiderte sie das freundliche Nicken eines älteren Herrn, der am Nachbartisch Zeitung las. Sein weißes Haar war kurz geschoren. Zu einer dunkelblauen Cordhose mit Bügelfalte trug er einen hellblauen Pullover mit V-Ausschnitt. Er musterte sie kurz über den Rand seiner Brille, bevor er sich wieder in seine Lektüre vertiefte. Rike kramte einen Kugelschreiber aus ihrer Umhängetasche und schrieb ein paar Zeilen auf die Karte. Anschließend schlug sie den Kriminalroman *Feines Ohr für falsche Töne* von Ngaio Marsh auf, den sie als Reiselektüre mitgenommen hatte.

Sie liebte die Bücher der neuseeländischen Schriftstellerin und ihren smarten Ermittler, der trotz seiner adligen Herkunft im Polizeidienst stand und mittlerweile – nach knapp dreißig Fällen – zum Chief Superintendent befördert worden war. Laut Klappentext musste er dieses Mal in einem malerischen Fischerdorf den Tod einer jungen Frau untersuchen, die bei einem Reitunfall ums Leben gekommen war.

Eine gute halbe Stunde nach der Ausfahrt aus dem Kieler Hafen bemerkte Rike, wie der Herr am Nebentisch seine Zeitung weglegte, aufstand, vor dem Fenster Haltung annahm und salutierte. Irritiert schaute sie hinaus und erblickte an der Kieler Außenförde direkt am Ufer einen hohen Backsteinturm, der sie mit seiner von der Landseite kühn aufschwingenden Linie an ein schmales Segel oder einen Schiffsbug erinnerte. Das musste das Marine-Ehrenmal von Laboe sein, von dem ihr Opa Fiete erzählt hatte. 1936 war das Denkmal, mit dem der Architekt Gustav August Munzer eine »gen Himmel steigende Flamme« symbolisieren wollte, eingeweiht worden. Die martialische Widmung *Für deutsche Seemannsehr' / Für Deutschlands schwimmende Wehr / Für beider Wiederkehr* war neun Jahre nach dem Zweiten Weltkrieg bei der Rückgabe des Ehrenmals an den Deutschen Marinebund, bei dem Opa Fiete Mitglied gewesen war, im Sinne der Versöhnung mit den ehemaligen Kriegsgegnern geändert worden.

Der Herr, den Rike auf siebzig Jahre schätzte, setzte sich wieder und bemerkte ihren Blick, den sie nicht schnell genug abgewandt hatte. Sie spürte, wie ihr das Blut in die Wangen stieg. Es war ihr peinlich, beim Anstarren erwischt zu werden.

»Sie halten mich gewiss für einen verschrobenen Kauz«, sagte der Mann mit einem verschmitzten Lächeln. Bevor

Rike etwas erwidern konnte, deutete er auf das U-Boot, das zu Füßen des Turms am Strand aufgebockt war. »Darauf bin ich als junger Mann gefahren. Und jedes Mal, wenn ich hier vorbeikomme, sende ich meinen Kameraden, die nicht aus dem Krieg zurückgekehrt sind, einen Gruß.«

»Mein Großvater ist auch zur See gefahren«, sagte Rike leise, die in Gedanken noch bei Opa Fiete war.

»Welchem Verband hat er angehört?«, erkundigte sich der alte Herr.

»Äh, keinem ... er war Kapitän eines zivilen Frachters.«

Während sie das sagte, fragte sich Rike, wieso Opa Fiete nicht von der Wehrmacht eingezogen worden war. Warum hatte er Anfang der Dreißigerjahre seiner Heimat den Rücken gekehrt und im fernen Asien als Kapitän gearbeitet? Hätte man ihn dennoch zum Kriegsdienst verpflichten können? Oder hatte er im Pazifik kriegswichtige Rohstoffe für Deutschland transportiert? So unbedeutend diese Fragen Jahrzehnte nach dem Kriegsende auch waren – es schmerzte sie, einen weiteren weißen Fleck im Leben ihres Großvaters entdeckt zu haben, den er persönlich nicht mehr für sie ausfüllen konnte.

»Ich bin leider nach dem Krieg nie mehr zur See gefahren«, sagte der Mann mit hörbarem Bedauern in der Stimme. »Für uns junge Kerle war das damals eine großartige Gelegenheit, ein bisschen was von der Welt zu sehen.«

Rike verkniff sich gerade noch die Frage, wie das an Bord eines U-Bootes und noch dazu im Krieg möglich gewesen sein sollte. »Wo waren Sie denn stationiert?«, erkundigte sie sich stattdessen.

»In Norwegen.«

Rike richtete sich auf. »In Norwegen? Da ist mein Großvater vor dem Krieg oft von seiner Reederei hingeschickt worden.«

»In welche Gegend?«

»Vor allem wohl zu Häfen im Oslofjord und an der Südküste«, antwortete Rike. »Und wo waren Sie?«

»Unser grauer Wolf, wie wir ihn nannten«, der alte Herr nickte mit einem wehmütigen Lächeln zu dem U-Boot hin, »gehörte seit Sommer 44 der dreizehnten U-Boot-Flottille an, die in Trondheim stationiert war. Wir jedoch …« Er unterbrach sich. »Verzeihen Sie einem alten Mann seine Weitschweifigkeit. Für Sie ist das sicher langweilig.«

»Aber nein, ganz und gar nicht!«, widersprach Rike. »Bitte, erzählen Sie weiter.« Sie rückte mit ihrem Stuhl näher zu seinem Tisch.

Auf dem Gesicht ihres Nachbarn breitete sich ein erfreutes Lächeln aus. »Unser Stützpunkt lag noch viel weiter nördlich als Trondheim«, fuhr er fort. »In Narvik, um genau zu sein. Von dort ging es im Nordmeer vor allem gegen britische und amerikanische Geleitzüge, die Kriegsmaterial in die Sowjetunion bringen sollten.«

»Sind Sie mal getroffen worden?«, fragte Rike.

»Oh, mehr als einmal! Aber wir hatten Glück, wir konnten immer entkommen und wurden nie versenkt.«

Rike versuchte, sich vorzustellen, wie es sich anfühlen mochte, in einer engen, vermutlich stickigen Röhre zu stecken, womöglich tagelang unter Wasser, stets bangend, von einem feindlichen Torpedo getroffen zu werden und jämmerlich zu ertrinken, wenn das U-Boot leck geschossen wurde. Sie schüttelte sich.

»Wie ist denn Ihr U-Boot in Laboe gelandet?«, fragte sie. »Sind Sie damit nach dem Krieg hierher zurückgefahren?«

Der alte Herr lachte kurz auf. Rike biss sich auf die Lippe. Wie dämlich war sie eigentlich? Als ob die Alliierten die besiegten Wehrmachtssoldaten einfach durch die Gegend hätten schippern lassen. »Entschuldigung«, murmelte sie. »Das war eine dumme Frage. Sie waren sicher in Gefangenschaft.«

»Oh bitte, Sie müssen sich doch nicht entschuldigen«, rief er. »Ich freue mich, dass sich ein so junger Mensch für diese alten Geschichten interessiert. Das ist selten.«

Rike zuckte mit den Schultern. »Ich fand es immer schon spannend, von früher erzählt zu bekommen.«

Ihr Hals wurde eng. Nie wieder würde sie Opa Fietes Geschichten lauschen können, nie wieder die Möglichkeit haben, ihn über seine Erlebnisse aus der Zeit vor ihrer Geburt zu befragen.

»Wie Sie richtig vermutet haben, verbrachten meine Kameraden und ich einige Monate in britischer Gefangenschaft«, hörte sie den Herrn weitersprechen.

Rike zwinkerte eine Träne weg und konzentrierte sich wieder auf seine Ausführungen.

»Ende März 45 kam unser U-995 zu Wartungsarbeiten in die Werft von Trondheim. Dort erlebten wir das Kriegsende. Wir, also die Mannschaft, wurden danach in ein von den Briten eingerichtetes Gefangenenlager am Trondheimfjord gesteckt. Das Boot mussten wir vorher an die norwegische Marine übergeben.«

»Als Kriegsbeute?«

Der alte Herr nickte. »Sie gaben ihm den Namen *Kaura* und setzten es nach einigen Umbauten noch zehn Jahre lang für die Küstensicherung und als Schulboot ein.«

»Und wie ist es schließlich hierhergekommen?«, wiederholte Rike ihre frühere Frage.

»Die Norweger haben uns das Boot als Zeichen der Versöhnung zurückgegeben, damit es als Mahnmal für Frieden und Verständigung eine würdige Nutzung findet. Das war Mitte der Sechzigerjahre. Es hat noch eine Weile gedauert, bis es in seinen ursprünglichen Zustand zurückversetzt war. Vor acht Jahren dann wurde U-995 am Strand von Laboe aufgestellt.«

Mittlerweile war das Mahnmal längst aus ihrem Sichtfeld verschwunden. Durch den Regenschleier erspähte Rike eine winzige L-förmige Betoninsel mit einem rot-weiß-rot bemalten Turm, der mitten in der Förde ungefähr dreißig Meter hoch aufragte.

Sie streckte den Arm aus. »Wussten Sie, dass das der einzige Leuchtturm in Deutschland ist, der eine Lotsenstation beherbergt?«, fragte sie. »Jedes große Schiff, das durch den Nord-Ostsee-Kanal oder in die Kieler Förde will, muss sich vorher hier anmelden. Wenn nötig, werden dann Lotsen geschickt, um die Pötte sicher durchs Fahrwasser zu bringen.«

Rike sah sich wieder als kleines Mädchen auf Opa Fietes Schoß sitzen und in einem großen Bildband blättern, in dem die Leuchttürme an Deutschlands Küsten vorgestellt wurden. Ihr Großvater kannte sie alle und hatte früh Rikes Ehrgeiz geweckt, es ihm gleichzutun. In ihrer Kindheit hatte es beiden großes Vergnügen bereitet, sich gegenseitig ihr Wissen abzufragen.

»Nein, das war mir nicht bekannt«, antwortete ihr Gesprächspartner. »Ich erinnere mich vage, dass hier früher mal ein Feuerschiff als Orientierungspunkt lag.«

Rike nickte. »Bis Mitte der Sechzigerjahre. Aber weil das immer wieder gerammt wurde, hat man beschlossen, einen Turm zu bauen.«

»Hm, ein schwieriges Unterfangen, würde ich sagen. Die See kann hier sehr rau werden.«

»Stimmt. Aber ein junger Ingenieur, der bei einer Wasserbaufirma angestellt war, hatte eine Idee«, erwiderte Rike. »Er schlug seinem Chef vor, den Turm aus Aluminium zu bauen.«

»Aus Aluminium?« Der alte Herr zog die Brauen hoch. »Ist das nicht viel zu instabil?«

Rike grinste. »Das hat der Chef des Ingenieurs wohl auch gedacht, denn er hat ihn für verrückt erklärt und ihm geraten, sich sein Lehrgeld zurückzahlen zu lassen.«

Ihr Gegenüber schmunzelte. »Offenbar hat sich der Gute mit seiner Idee aber doch durchgesetzt.« Er nickte zu dem Turm hin. »Er steht jedenfalls noch immer und sieht nicht so aus, als würde sich das so bald ändern.«

»Er ist gut verankert«, sagte Rike eifrig. »Bei seinem Bau wurde ein ganz neues Verfahren eingesetzt. Man hat die drei an Land hergestellten Beton-Schwimmkästen über den zuvor planierten Meeresboden geschleppt, zentimetergenau versenkt und dann mit Sand gefüllt. Anschließend wurde der ebenfalls vorgefertigte Turm darauf montiert. Die Spitze der Plattform weist übrigens genau nach Nordosten, da von hier der höchste Seegang zu erwarten ist.«

»Beeindruckend«, murmelte der alte Herr. Er räusperte sich. »Ich meine damit nicht so sehr die Ingenieurleistung, sondern Ihr Wissen.«

Rike wurde rot.

»Ihr Großvater ist gewiss sehr stolz auf seine Enkelin.«

Rike spürte, wie sich erneut ein Kloß in ihrem Hals bildete. Sie rang sich ein Lächeln ab.

»Stellen Sie Ihr Licht bloß nicht unter den Scheffel«, fuhr er fort. »Ich finde es großartig, dass junge Frauen heutzutage die Möglichkeit haben, ihre Fähigkeiten zu entfalten. Auch solche, die traditionell nur Männern zugetraut werden.«

Rike sah ihn an.

»Es erstaunt Sie, das aus dem Munde eines alten Mannes wie mir zu hören?«

Rikes Röte vertiefte sich. Diesmal aus Scham darüber, dass er ins Schwarze getroffen hatte.

Er zwinkerte ihr zu. »Sie können ja nicht wissen, dass meine Mutter eine glühende Verfechterin der Frauenrechte war«, sagte er. »Sie fand es unerträglich, wie nach dem Krieg und natürlich auch schon unter den Nazis, viel von dem, was sie und ihre Mitstreiterinnen in den Jahrzehnten zuvor erkämpft hatten, wieder drangegeben wurde.« Er schüttelte den Kopf und sah eine Weile versonnen vor sich hin. »Darf ich fragen, was Sie beruflich machen?«

»Ich bin noch in der Ausbildung. Ich werde Schlepperkapitänin.«

Seine Augen weiteten sich. »Sie sind wirklich eine ungewöhnliche junge Frau!« Er legte den Kopf schief und musterte sie nachdenklich. »Vermutlich haben Sie es nicht immer leicht? Die Schifffahrt ist schließlich nach wie vor weitgehend eine Männerdomäne.«

Rike zuckte die Achseln. »Stimmt schon. Aber ich komme zurecht.«

Bei der Erwähnung ihres Berufziels überkam Rike heftige

Sehnsucht nach der *Greetje*. Die Fahrten auf dem Schlepper fehlten ihr.

»Das freut mich sehr!«

Die Aufrichtigkeit in seiner Stimme und das freundliche Lächeln berührten Rike. Es erinnerte sie an ihren Großvater. Für einen kurzen, verrückten Moment lang war sie versucht zu glauben, dass Opa Fiete ihr diesen netten Herrn als Begleitung für die Fahrt nach Oslo geschickt hatte. Als tröstliches Zeichen aus dem Jenseits, dass er sie nicht vergessen hatte. Sie erwiderte das Lächeln und beschloss, diese Begegnung als gutes Vorzeichen für ihre Norwegenreise zu nehmen.

18

Horten, Norwegen, Juni 1926 – Johanne

Es klopfte halblaut an der Tür. Johanne sah Leif an, auf dessen Gesicht sich ihre eigene Überraschung spiegelte. Sie hatte damit gerechnet, dass Gravdal ohne Umschweife hereinstürmen und seinen Chauffeur zur Rede stellen würde. Warum sollte er vorher anklopfen? Noch dazu so zurückhaltend? Sie stand auf, gab Leif stumm zu verstehen, das Versteck hinterm Schreibtisch nicht zu verlassen, und ging zur Tür. Es klopfte erneut.

»Herein!«, rief Johanne und ballte unwillkürlich die Hände zu Fäusten.

Die Klinke wurde heruntergedrückt, und ein hochgewachsener, schlanker Mann in einer gut sitzenden blauen Uniform und einer weißen Schirmmütze erschien auf der Schwelle. Bei ihrem Anblick blinzelte er irritiert. Er nahm seine Mütze ab, unter der kurz geschorene, hellblonde Haare zum Vorschein kamen, und versuchte, an ihr vorbei in den Raum zu schauen.

»Äh … *God morgen!*«, sagte er mit hartem Akzent. »*Kan jeg* … ähm … *tale med Olof Rev?*«

»Das ist leider nicht möglich«, antwortete Johanne. »Worum geht es denn, wenn ich fragen darf?«

»*Unnskyld* … ähm … *jeg forstår Dem ikke. Taler De tysk? Eller engelsk?*«

Johanne stutzte kurz. »Wir können Deutsch sprechen«,

erwiderte sie ein wenig stockend und dankte im Stillen ihrer ehemaligen Lehrerin, die ihr die Liebe zur deutschen Literatur vermittelt hatte.

Die Werke von Kleist, Eichendorff, Fontane oder Storm nicht im Original zu lesen wäre für diese undenkbar gewesen. Als Schülerin hatte Johanne anfangs oft geflucht, wenn sie bei der Lektüre über unbekannte Vokabeln oder Redewendungen stolperte, die sie nötigten, zum Wörterbuch zu greifen. Mit der Zeit konnte sie die meisten Texte jedoch ohne Probleme lesen und genoss es, nicht nur in fremde Welten einzutauchen, sondern dies in der Originalsprache tun zu können, die ihr immer vertrauter wurde.

»Ich bin Kapitän Meiners«, sagte der Mann, den Johanne auf Ende zwanzig schätzte, und verbeugte sich leicht. »Ich bin im Auftrag der Reederei Schulte & Bruns hier. Herr Rev hat vor ein paar Tagen dort angerufen wegen einer Lieferung und gemeint, dass ich ihn heute Vormittag hier aufsuchen soll.« Er drehte seine Mütze zwischen den Händen. »Aber vielleicht liegt ein Missverständnis …«

»Nein, nein«, fiel ihm Johanne ins Wort. »Das hat gewiss seine Richtigkeit.« Sie streckte ihm ihre Rechte entgegen. »Ich bin Johanne Rev, seine Tochter.«

Kapitän Meiners ergriff sie und drückte sie fest, aber nicht zu hart. »Sehr erfreut.«

Johanne war unschlüssig, wie sie weiter vorgehen sollte. Sein Erscheinen hatte sie überrumpelt. Einerseits wirkte der Deutsche vertrauenswürdig auf sie. Andererseits riet der Teil in ihr, der eben noch den Auftritt des rachsüchtigen Gravdal befürchtet hatte, zu äußerster Vorsicht. Es war immerhin möglich, dass er den Kapitän geschickt hatte, um sie auszuspähen. Dann durfte dieser unter keinen Umständen erfahren, wer hinter dem Schreibtisch kauerte. Dass sich dort jemand versteckte, hätte ohnehin einen seltsamen, um nicht zu sagen, anrüchigen Eindruck gemacht. Kurzentschlossen fasste sie Meiners am Ellenbogen und zog ihn sanft, aber bestimmt auf den Gang. Er ließ es widerstandslos geschehen.

»Um was für eine Lieferung handelt es sich?«, fragte Johanne und warf einen kurzen Blick Richtung Sekretär. Von Leif war nichts zu sehen. Erleichtert schloss sie die Tür und ging zur Treppe.

»Das weiß ich nicht«, antwortete der Kapitän, der ihr zögernd folgte. »Ich habe lediglich die Anweisung, das Frachtgut zu überbringen und den Empfang quittieren zu lassen.« Er blieb stehen. »Wann kommt denn Ihr Vater? Vielleicht sollte ich doch besser auf ihn wa…«

»Er wird nicht kommen«, sagte Johanne und drehte sich zu ihm um. »Er ist tot.«

Wenn Gravdal ihn geschickt hat, weiß er das natürlich, überlegte sie und beobachtete aufmerksam seine Reaktion.

Kapitän Meiners erstarrte. »Er … er ist tot?«, stammelte er. »Mein Gott, wie furchtbar! Sie Arme!« Er sah sie voller Mitgefühl an. »Und da platze ich Tollpatsch einfach so herein und belästige Sie mit Geschäftskram. Es tut mir sehr leid! Bitte verzeihen …«

»Sie konnten es ja nicht wissen«, unterbrach ihn Johanne, die keine Sekunde an seiner Aufrichtigkeit zweifelte. »Es war ein Unfall.«

Ohne weitere Erklärung lief sie die Stufen hinunter. Sie musste den Kapitän so rasch wie möglich abwimmeln, damit Leif das Büro unbemerkt verlassen und zu Gravdal zurückkehren konnte, bevor diesem seine Abwesenheit auffiel.

Kapitän Meiners hielt ihr die Tür zum Hof auf und führte sie in eine Ecke, wo sechs große Holzkisten aufeinandergestapelt waren.

»Ich habe mir erlaubt, sie vorerst dort abzustellen«, sagte er. »Aber da können sie selbstverständlich nicht bleiben. Wenn Sie mir sagen, wohin ich sie bringen soll …« Er sah sie mit seinen hellen Augen an, die Johanne an die Farbe des Himmels an einem klaren Wintertag erinnerten.

Sie beugte sich zu einer der Kisten. Ein Papieraufkleber am oberen Rand verriet, dass sie im Hafen von Papenburg abgefertigt worden war, ein weiterer wies darauf hin, dass sie zerbrechliche Ware enthielt. Johanne richtete sich wieder auf, zupfte an einer Haarsträhne, die sich aus ihrem Zopf gelöst hatte, und betrachtete ratlos die Lieferung. Was mochte ihr Vater in Deutschland bestellt haben?

»Am besten sehen wir einfach nach«, sagte eine Stimme in ihrem Rücken.

Johanne versteifte sich. Wie hatte es Leif geschafft, ihnen so schnell und vor allem geräuschlos zu folgen? Und wie kam es, dass er immer zu wissen schien, was sie gerade dachte? Er stellte sich neben sie. Seine Nähe löste ein Kribbeln in ihrem Magen aus und machte es ihr schwer, sich zu konzentrieren.

Sie wandte sich an den Kapitän. »Ähm, das ist … äh, ein Fahrer«, sagte sie bewusst vage. Sie wollte den Deutschen nicht anlügen und so tun, als sei Leif ein Angestellter. Andererseits verbot es sich, ihm die Wahrheit zu sagen.

Sie drehte sich zu Leif. »Warum sind Sie hier?«, fragte sie leise auf Norwegisch. »Sollten Sie nicht längst bei Ihrem Chef sein?«

»Ich wollte mich vergewissern, dass alles in Ordnung ist. Und ob er möglicherweise von Gravdal geschickt wurde«, entgegnete er.

Also war meine Angst diesbezüglich gar nicht so abwegig, dachte Johanne. Ein Schauer überlief sie, obwohl sie ihre Bedenken dem Kapitän gegenüber längst abgelegt hatte. Sie hielt ihn für integer und vertrauenswürdig.

»Vielleicht kann er helfen, die Kisten ins Haus zu tragen?«, fragte Meiners und sah Leif auffordernd an.

»Was will er?«, erkundigte sich dieser bei Johanne. Offensichtlich verstand er kein Deutsch.

»Nein, er muss dringend weg«, erklärte sie dem Kapitän. Leif durfte nicht länger hierbleiben. Die Gefahr, dass Gravdal ihn vermisste und misstrauisch wurde, war zu groß. »Um die Lieferung kann sich gleich ein Angestellter kümmern, den ich jeden Moment zurückerwarte«, fuhr sie fort.

Meiners nickte und zog zwei zusammengefaltete Papierbögen und einen Umschlag aus der Brusttasche seiner Uniformjacke, während Johanne sich an Leif wandte.

»Gehen Sie jetzt«, sagte sie zu ihm. »Bitte! Ich will nicht, dass Sie Ärger mit Gravdal bekommen.«

»Na gut«, antwortete er. »Aber wir sollten uns so bald wie möglich wieder treffen. Es gibt noch viel zu besprechen. Ich melde mich.«

Bevor Johanne fragen konnte, wie und wann er das zu tun gedachte, tippte er sich an seine Schiebermütze und ging zur Toreinfahrt.

»Ich muss leider auch weiter«, sagte der Kapitän und hielt ihr die Blätter, zwischen denen ein Kohlepapier steckte, und das Kuvert hin. »Mein Schiff läuft bald aus.«

»Was ist darin?«, fragte Johanne und tippte auf den Umschlag.

»Die Rechnung. Ihr Vater hatte wohl mit der Reederei vereinbart, sie mit einem Scheck zu begleichen.« Er kratzte sich am Kinn und stellte wohl erst in diesem Augenblick fest, dass diese Abmachung hinfällig war. »Ach, was soll's«, murmelte er und fuhr lauter fort: »Ich schlage vor, Sie sichten die Lieferung in Ruhe und überlegen, was damit geschehen soll. Und wenn ich das nächste Mal in Horten bin, zahlen Sie entweder oder geben mir die Kisten wieder mit.«

Johanne, die sich bereits voller Unbehagen gefragt hatte, wie sie die Zahlung bewerkstelligen sollte, fiel ein Stein vom Herzen. »Das ist aber wirklich sehr kulant, vielen Dank!« Sie sah ihn prüfend an. »Aber werden Sie deswegen keine Schwierigkeiten bekommen?«

Der Kapitän hob die Schultern. »Sie werden mir schon nicht den Kopf abreißen.«

Sie entfaltete die Quittung und legte sie auf die oberste Kiste. »Hätten Sie vielleicht einen Stift?«

Er nickte, steckte seine Hand in die Brusttasche und förderte einen Drehbleistift aus grau marmoriertem Bakelit zutage.

Johanne unterschrieb das Blatt. »Wissen Sie schon, wann Sie wieder herkommen?«

»Nicht genau. Vermutlich in zehn Tagen.«

»Warten Sie, ich schreibe Ihnen noch unsere Privatadresse auf«, sagte Johanne. »Dort erreichen Sie mich vermutlich eher als hier.«

»Gute Idee«, sagte er.

Nachdem sie die Anschrift auf die Rückseite des Durchschlags notiert hatte, gab sie ihm diesen samt Kohlepapier und Stift zurück. »Ich wünsche Ihnen eine gute Fahrt.«

»Danke. Auf Wiedersehen.« Er machte eine kleine Verbeugung und verließ den Hof.

Kaum hatte sich Johanne wieder den Kisten zugewandt, hörte sie leicht schlurfende Schritte hinter sich. Sie drehte sich um und sah Ingvald in seinem Sonntagsstaat – dunkler Anzug, weißes Hemd und Filzhut – auf sich zukommen.

»Fräulein Rev! Was machen Sie denn hier?«, fragte er erstaunt. »Und was sind das für Kästen?«

»Guten Morgen, Ingvald«, sagte Johanne. »Sie kommen gerade recht. Mein Vater hat das bestellt. Ich wollte eben nachsehen, was sich darin befindet.«

Ingvald warf einen Blick auf die Kisten, deren Deckel mit Nägeln verschlossen waren. »Warten Sie, ich hole eine Brechstange«, sagte er und verschwand in der Garage, in der er Werkzeug und andere nützliche Utensilien aufbewahrte.

Einen Augenblick später kehrte er mit einer armlangen Metallstange zurück. Die Enden waren abgeflacht und etwas nach oben gebogen, eines hatte zudem einen keilförmigen Spalt, der Johanne an den Huf einer Ziege oder Kuh erinnerte. Ingvald presste das meißelartige Ende zwischen Kiste und Deckel, stemmte Letzteren ein Stück weit auf, drückte ihn zurück, schob das gespaltene Ende der Stange unter den Kopf des ersten Nagels und hebelte diesen aus dem Holz. Nachdem er alle Nägel entfernt hatte, nahm er den Deckel und eine Schicht Holzwolle ab, die mehrere längliche Schachteln bedeckte, und hob eine davon heraus.

Johanne kam näher und zog die Stirn kraus. »Weingläser?« Irritiert deutete sie auf die rote Beschriftung der ihr zugewandten Seite, auf der neben einem stilisierten Kelchglas die Warnung *Glas! / Glass, care! / Verre, fragile!* gedruckt war.

Ingvald schüttelte den Kopf und drehte die Kiste so, dass sie die andere Seite sehen konnte. Darauf war ein Glaszylinder abgebildet, in dessen Innerem ein Gewirr von Drähten und feinen Glasröhrchen zu sehen war. Er war auf ein Holzkästchen montiert, an dessen Front sich drei Drehschalter befanden. Mittig wand sich eine blaue Banderole über die Grafik *LOEWE AG DS RADIO*, geteilt von einem Kreis mit einem liegenden Z. Während Johanne noch rätselte, was es mit der Apparatur auf sich hatte, öffnete Ingvald die Schachtel.

»Das wird die Bedienungsanleitung sein«, sagte er und hielt ihr mehrere zusammengeheftete Blätter hin. Johanne las die Überschrift auf der ersten Seite.

LOEWE RADIO

BERLIN – FRIEDENAU – NIEDSTRASSE 5

Loewe – Ortsempfänger OE 333

Eine Neuschöpfung der Empfangstechnik

Sie überflog die Texte, in denen die einzigartige Bauart, die hervorragende Tonqualität und einfache Bedienung der Geräte angepriesen wurden. Außerdem gab es Hinweise zur Inbetriebnahme und Bedienung sowie zur Behebung möglicher Störungen. Mehrere Zeichnungen erläuterten die Einzelteile und den Zusammenbau.

»Es sind Radioempfänger«, sagte Johanne.

Ingvald zog die Brauen hoch. »Warum um alles in der Welt hat Ihr Vater so viele davon bestellt?« Ratlos glitt sein

Blick über den Kistenstapel, den der deutsche Kapitän gebracht hatte. »Das müssen gut zwei Dutzend sein.«

Johanne, die sich dasselbe gefragt hatte, sog scharf die Luft ein. »Die Lösung!«, rief sie.

Das Befremden auf Ingvalds Gesicht verstärkte sich.

»Mein Vater hat Ihnen gegenüber am Tag seines Todes doch angedeutet, dass er eine Lösung für seine finanziellen Probleme gefunden habe, nicht wahr?«

Ingvald nickte. »Ja, aber wieso glauben Sie, dass …«

»Verstehen Sie denn nicht? Er wollte sein Geschäft auf ein zweites Standbein stellen!«

Ingvalds Miene erhellte sich. »Das ist wahrlich eine brillante Idee!«, rief er und strahlte sie an. »Dieser neuen Technik gehört die Zukunft!«

Johanne spürte, wie ihr Herz schneller zu schlagen begann. Zum einen keimte die Hoffnung in ihr auf, die Idee ihres Vaters könnte sich als solider Weg aus der Misere erweisen. Zum anderen erschütterte es sie, nun endgültig Gewissheit zu haben, dass ihr Vater niemals Hand an sich gelegt hätte. Der deutsche Kapitän hatte den letzten Beweis geliefert, dass ihr Vater alles andere als verzweifelt und lebensmüde gewesen war: Die Bestellung der Radioapparate sprach für eine positive Einstellung und Zuversicht. Es war so grausam, dass er seine Idee nicht mehr umsetzen und die Früchte seiner Anstrengungen ernten konnte. Johanne sandte einen stummen Gruß an ihren Vater: Ich werde alles tun, um deine Pläne zu verwirklichen. Das verspreche ich dir!

19

Oslofjord, Norwegen, Frühling 1980 – Rike

Am folgenden Morgen wachte Rike kurz nach sieben Uhr auf. Sie hatte gut geschlafen und fühlte sich ausgeruht und voller Tatendrang. Als sie ihre Kabine verließ und nach vorn aufs Besucherdeck lief, war die Sonne schon aufgegangen. Die Wolken, die am Tag zuvor den Himmel verdüstert und alles in ein trübes Grau getaucht hatten, waren verschwunden. Rike sog in tiefen Zügen die klare Luft ein und schmeckte der metallischen Note des Jods nach, mit dem diese vom Seewasser geschwängert war. Das Fährschiff hatte in der Nacht das Kattegat, die Meerenge zwischen Dänemark und Schweden passiert, das Skagerrak durchquert und nun den äußeren Oslofjord erreicht. Zwischen felsigen Schären und bewaldeten Inseln ging es der norwegischen Hauptstadt entgegen, die sie um zehn Uhr erreichen würden.

Im Speisesaal, den sie wenig später zum Frühstücken aufsuchte, saß bereits der ältere Herr, mit dem sie am Vortag ins Gespräch gekommen war. Herr Bausch, wie er sich ihr beim gemeinsamen Abendessen vorgestellt hatte, winkte ihr fröhlich zu.

»Guten Morgen! Leisten Sie mir wieder Gesellschaft?«

Rike erwiderte sein Lächeln und nahm ihm gegenüber Platz. Mittlerweile wusste sie, dass er in Oslo mit einem Freund verabredet war, der mit dem Flugzeug aus Süddeutschland anreiste. Seit vielen Jahren trafen sie sich regelmäßig zu gemeinsamen Urlauben in Skandinavien.

Während sie frühstückten, rückten die Ufer zu beiden Seiten des Fjords allmählich näher. Im Osten bestimmten bewaldete Hügelketten das Bild, im Westen breitete sich eine liebliche Landschaft mit Feldern, Wiesen und niedrigen Bergen aus – laut Herrn Bausch das Kernland der norwegischen Wikingerkultur mit Tønsberg als ältester Stadt des Landes. Aber auch in späteren Zeiten war es in dieser Gegend hoch hergegangen. Gebannt lauschte Rike seinen Ausführungen über die Jahre des Alkoholverbots nach dem Ersten Weltkrieg, in denen Schmuggel und Schwarzbrennerei eine Hochblüte erlebt hatten.

»Vor allem entlang der Küsten im Süden, wo die Abstände zu Dänemark und Schweden kurz sind, etablierten sich die Schmuggler und Schwarzhändler, die die weitere Verteilung der Ware übernahmen«, erklärte Herr Bausch und fügte mit einem vielsagenden Grinsen hinzu: »Es gab aber auch viele englische und deutsche Seeleute, die ein lukratives Nebengeschäft witterten, in großem Stil Whisky oder Schnaps mitbrachten und hier verscherbelten.«

»Ich dachte immer, die Prohibition hätte es nur in den USA gegeben«, sagte Rike und dachte an einen ihrer Lieblingsfilme: *Manche mögen's heiß*, dessen Handlung 1929 in Chicago begann. Eine Mafiabande schmuggelte den verbotenen Whiskey in Särgen und schenkte ihn in einem als Beerdigungsinstitut getarnten Nachtklub aus – bis sie von einem Spitzel der Konkurrenz an die Polizei verraten wurde. Die blutige Vergeltungsaktion in einer Garage und die anschließende Flucht der zufällig anwesenden beiden Zeugen, die sich als Frauen verkleidet in einer Damenkapelle versteckten, hatten Rikes Bild von jener Epoche geprägt. Sie konnte kaum glauben, dass auch im friedlichen Norwegen solche Gangster ihr Unwesen getrieben haben sollten.

»Nun, gar so wild wie in Amerika ging es hier wohl nicht zu«, sagte Herr Bausch. »Aber es gab durchaus spektakuläre Verfolgungsjagden, da sich Polizei und Zollbehörde mit der Zeit immer schnellere Boote zulegten. Und einige der Schmuggler brachten es zu einiger Bekanntheit, um nicht zu sagen Ruhm und Ehre. Zum Beispiel Ernst Bremer aus dem schwedischen Grenzstädtchen Strömstad. Er war wohl so etwas wie eine gemäßigte Version von Al Capone und wurde von vielen als Volksheld verklärt.« Herr Bausch griff in den Brotkorb. »Wenn es Ihre Zeit erlaubt, sollten Sie das Zollmuseum in Oslo besuchen. Da erfährt man einige interessante Details übers Schmuggeln«, fuhr er fort, während er eine Scheibe Graubrot mit Leberwurst bestrich. »Es ist nicht weit vom Hauptbahnhof, und der Eintritt ist umsonst.«

»Wenn ich all Ihre Tipps beherzigte, würde ich allein für Oslo und Umgebung eine Woche benötigen«, sagte Rike mit schiefem Grinsen.

»Sie müssen ja nicht alles bei diesem Besuch ansehen«, sagte Herr Bausch. »Ich bin sicher, auch Sie werden vom nordischen Virus infiziert und haben die Reise nach Norwegen nicht das letzte Mal angetreten.« Er tätschelte ihre Hand. »Jetzt finden Sie aber erst einmal Ihre Großmutter. Sie sind ja vor allem deswegen hier.«

Rike nickte. Als sie ihm am Abend zuvor von ihrem Vorhaben erzählt hatte, war er sehr bewegt gewesen.

»Ich wünsche Ihnen von Herzen, dass Sie sie finden«,

hatte er gerufen. »Rechtzeitig«, hatte er leiser hinzugefügt, tief geseufzt und Rike anvertraut, dass er sich bis zu diesem Tage Vorwürfe machen würde, seinen Großvater vor dessen Tod nicht mehr besucht zu haben. Den Wunsch des alten Mannes, seinen Enkel noch einmal zu sehen, nicht ernst genommen zu haben. »Ich hielt seine Behauptung, er fühle sein Ende nahen, für einen Erpressungsversuch und bin wie geplant mit meinen Klassenkameraden in ein Ferienlager gefahren. Als ich zurückkam, war er tot.« Herr Bausch hatte Rike ernst angesehen. »Verlorene Zeit fängt man nie wieder ein. Das ist eine der bitteren Erkenntnisse, die einen das Leben lehrt.«

Rike biss in ein Hörnchen und sah aus dem Fenster. Mittlerweile hatte sich die Fahrrinne noch weiter verengt. Das Schiff glitt zwischen dem Ostufer und zwei Inseln hindurch – mitten in eine Nebelbank hinein, die sich vor ihm aufbaute. Binnen Sekunden war der Dunst so undurchdringlich, dass Rike kaum noch die Wasseroberfläche ausmachen konnte. Ein Schauer lief ihr den Rücken hinunter.

»Richtig unheimlich, nicht wahr?«, sagte Herr Bausch. »Zumal wenn man bedenkt, was sich just in diesem Augenblick unter uns befindet.«

Rike zog die Stirn kraus. »Was denn?«

»Das Wrack der *Blücher*. Ungefähr in neunzig Metern Tiefe.«

»Sie sprechen von dem deutschen Kriegsschiff?«, fragte Rike.

Er nickte. »Wir sind jetzt in der Drøbak-Enge auf der Höhe von Oscarsborg, der Festung, von der aus die *Blücher* beschossen wurde. Übrigens ziemlich auf den Tag genau vor vierzig Jahren am 9. April 1940.«

»Bei der Invasion der Wehrmacht in Norwegen?«

Herr Bausch nickte.

Rike spähte hinaus, konnte aber wegen des Nebels die vorbeigleitenden Ufer nur schemenhaft erkennen – geschweige denn Gebäude, Mauern oder Gefechtsstationen ausmachen.

»Mein Großvater hat einen Maschinengefreiten gekannt, der damals auf der *Blücher* gedient hat«, sagte Rike. »Er stammte auch aus Emden.«

Sie nippte an ihrem Orangensaft. Die Erwähnung von Opa Fietes Bekanntem und dem Schicksal der *Blücher* weckte Erinnerungen. Ihr Großvater hatte mit einer gewissen Bewunderung von dem norwegischen Offizier erzählt, der den folgenreichen Befehl zum Feuern gegeben hatte – auf eigene Faust, da er von seinen Vorgesetzten abgeschnitten gewesen war, als der deutsche Flottenverband auftauchte.

»… könnte man als besondere Ironie des Schicksals betrachten«, drang Herrn Bauschs Stimme in Rikes Erinnerungen.

Sie richtete sich auf. »Entschuldigen Sie, ich war in Gedanken und habe nicht mitbekommen …«

»Nicht so wichtig«, sagte Herr Bausch freundlich. »Ich meinte nur, dass es ausgerechnet alte Geschütze der deutschen Firma Krupp waren, mit denen die *Blücher* versenkt worden ist.«

»Oh, sehen Sie«, rief Rike einen Atemzug später. »Der Nebel ist weg.«

Tatsächlich hatte das Schauspiel keine Viertelstunde gedauert. Der graue Schleier war wie weggeblasen. Glatt und blau breitete sich das Wasser um die *M / S Kronprins Harald* aus, die nun in den inneren Oslofjord einfuhr.

»Da vorn liegt bereits unser Ziel«, sagte Herr Bausch und deutete auf das Ende des Fjords, wo die Silhouette von Norwegens Hauptstadt im Schein der Morgensonne zu sehen war.

Drei Stunden später stieg Rike in einen Zug nach Holmestrand. Die eindringliche Ermahnung von Herrn Bausch, keine Zeit zu verschwenden, hatte sie darin bestärkt, sich umgehend auf die Suche nach ihrer Großmutter zu begeben – so verlockend ihr die Erkundung der Stadt nach den anregenden Schilderungen und Sightseeing-Tipps ihres Begleiters auch erschien. Das lief ihr nicht davon und konnte warten.

Nachdem die drei grün gestrichenen Waggons der Vestfoldbanen das Zentrum und die Vororte von Oslo hinter sich gelassen hatten, ging es durch eine von Wiesen, Äckern und Wäldern geprägte Landschaft und schließlich direkt am Ufer eines Fjordarms entlang. Eine steile Granitwand säumte die Gleise und ragte auch hinter dem ockergelb gestrichenen Bahnhofsgebäude von Holmestrand auf, das sie nach einer guten Stunde erreichten. Rike schulterte ihren Rucksack, überquerte die Langgata und lief hinunter zur Havnegata, die direkt zum Kleinboothafen führte, einem rechteckigen Areal, in dem Dutzende kleiner Jachten, Segelschiffe und Motorboote lagen. Die meisten waren mit Schutzplanen abgedeckt und warteten wohl auf ihren Einsatz in den Sommermonaten.

Rike sah sich suchend um und entdeckte eine Frau in einem rot-weiß gestreiften Pullover, die auf einem der Boote stand, die am ersten Steg vertäut waren, und auf dem Deck herumwerkelte. Während sie zu ihr lief, zog Rike ein handgroßes Norwegisch-Wörterbuch aus ihrer Umhängetasche und suchte sich die Vokabeln zusammen, die sie für ihre Frage benötigte.

»*God dag!*«, rief sie, als sie vor dem Boot stand.

Die Frau richtete sich auf und trat an die Reling.

»*Unnskyld. Hvor kan jeg...* ähm ... *låne en båt?*«, fuhr Rike fort.

Die Frau runzelte die Stirn und sah Rike verständnislos an.

Diese blätterte erneut in ihrem Wörterbuch. »Äh ... *båtutleie?*«

Die Miene der Frau erhellte sich. Sie streckte den Arm aus und zeigte auf drei Männer, die zwei Anlegestege weiter zusammenstanden.

Sie legte die Hände trichterförmig an den Mund. »*Hei, Persson. En kunde for deg!*«, rief sie laut.

Einer der drei Männer drehte sich zu ihnen um. Die Frau lächelte Rike zu und forderte sie mit einer Geste auf, zu dem Mann zu gehen.

»*Takk*«, sagte Rike und folgte der Aufforderung.

Persson, ein stämmiger Bursche, den Rike auf Mitte dreißig schätzte, und die beiden anderen, etwas älteren Männer schauten ihr mit unverhohlener Neugier entgegen. Der eine hatte einen mächtigen rotblonden Vollbart, der andere trug eine Schiffermütze. Rike fühlte sich ein wenig unbehaglich und senkte den Kopf. Dabei nahm sie aus den Augenwinkeln ein rotbraunes Glänzen wahr. Sie stockte. Ihr Blick fiel auf ein Boot, das sich mit seinem eleganten Körper, der fugenlosen Mahagonibeplankung, den Chrombeschlägen und dem schlank auslaufenden Heck neben den einfachen Außenbordern, kleinen Segeljachten und Freizeitschiffen ausnahm wie ein rassiges Rennpferd unter Ponys und Kaltblütern.

Kein Zweifel, dort lag eine Riva Ariston! Ein Boot aus der Werkstatt des italienischen Konstrukteurs und Werftbetreibers Carlo Riva. Eines seiner legendären Runabouts, die sich beim internationalen Jetset seit den Fünfzigerjahren großer Beliebtheit erfreuten. Stars wie Brigitte Bardot, Sean Connery oder Sophia Loren besaßen Riva-Boote, die es in diversen Größen und Modellen gab.

Im Magazin *Boote* wurden immer wieder Artikel über diese und andere Freizeitboote der Luxusklasse veröffentlicht, von denen die meisten Leser der Zeitschrift nur träumen konnten. So wie Eilerts Bordmechaniker Marten, der *Boote* abonniert hatte und las, wenn die *Greetje* auf den nächsten Schleppereinsatz wartete. Auch Rike blätterte gern in den Heften und hatte sich mehrfach ans Steuer eines dieser – gern als »Rolls-Royce der Meere« titulierten – schnellen Flitzer fantasiert, die förmlich übers Wasser flogen.

»*God dag*«, drang eine tiefe Stimme ans Ohr von Rike, die in den Anblick der Ariston Riva versunken war und alles um sich herum vergessen hatte. Sie hob den Kopf und sah sich dem Bootsverleiher gegenüber, der ihr entgegengegangen war.

»*Vil du leie en båt?*«

Irritiert durch das vertrauliche Du, starrte Rike ihn wortlos an. Persson deutete auf zwei Außenborder aus Fieberglas und einen Holzkutter mit Kabinenaufbau, die rechts und links von dem Riva-Boot vertäut waren. Ohne nachzudenken, schüttelte Rike den Kopf und zeigte auf die Ariston, die laut der Beschriftung am Heck *Terna* hieß. Persson grinste, als habe sie einen guten Witz gemacht.

Rike sah ihm in die Augen. »*Jeg vil denne båt!*«, sagte sie mit fester Stimme.

»*Aldri!*«, brummte er.

Seinem unwirschen Tonfall entnahm sie, dass er ihr Ansinnen ablehnte. Ihr Disput hatte die beiden anderen Männer angelockt. Der Rotbart hieb Persson auf die Schulter und sagte etwas, das den mit der Mütze zum Lachen brachte. Perssons Miene dagegen verfinsterte sich. Er machte Anstalten, Rike den Rücken zu kehren.

»*Please wait*«, rief sie. »*Do you speak English?*«

»*Yes*«, antwortete der Rotbart an Perssons Stelle. »Warum ausgerechnet dieses Boot?«, erkundigte er sich in fließendem Englisch.

»Vielleicht verwechselt sie unseren Fjord mit der Côte d'Azur und sich selbst mit Anita Ekberg«, sagte die Schiffermütze und grinste anzüglich. »Wobei … ich hätte nichts dagegen, wenn sie sich ein bisschen auf dem Verdeck rekelt.«

Mittlerweile hatte sich auch die Frau im gestreiften Pullover zu ihnen gesellt, die Rike zu dem Bootsverleiher geschickt hatte. Sie stieß ihn in die Seite und zischte etwas auf Norwegisch.

»War doch nur ein Spaß«, murmelte die Schiffermütze in Rikes Richtung.

»Also, warum die *Terna?*«, wiederholte der Rotbart seine Frage. »Ist die nicht eine Nummer zu schnell für dich?« Er musterte sie mit einem halb spöttischen, halb mitleidigen Blick.

Rike hielt ihm, ohne mit der Wimper zu zucken, stand. *Laat di blot nich stökeln* – lass dich bloß nicht provozieren, hätte Opa Fiete jetzt gesagt.

»Sie finden also eine Höchstgeschwindigkeit von 75 Kilometern pro Stunde schnell?«, fragte Rike betont kühl. Sie zuckte mit den Schultern. »Ich habe normalerweise einiges mehr unter der Haube.«

»Tatsächlich?« Er zog skeptisch die Brauen hoch. »Wie viel denn?«

»2400 PS«, entgegnete Rike. »Da sollte ich mit einem Crusader-V8-Motor, der in der Ariston verbaut ist, und seinen rund 220 PS wohl locker fertigwerden.«

Der Rotbart und die Schiffermütze wechselten ungläubige Blicke.

»Was fährst du denn normalerweise?«, fragte Letzterer.

Rike brauchte einen Moment, bis ihr das englische Wort *tugboat* für Schlepper einfiel.

Die Frau im Ringelpullover mischte sich ein und fragte etwas auf Norwegisch.

»En bukserbåt«, dolmetschte der Rotbart Rikes Antwort.

Die Frau zog die Brauen hoch, während der Bootsverleiher, der den Wortwechsel stumm verfolgt hatte, den Mund verzog und ungläubig schnaubte.

Rike kramte in ihrer Umhängetasche nach ihrem Portemonnaie, in dem sie drei Fotos aufbewahrte: eines von Opa Fiete in seinem Schaukelstuhl, ein Gruppenbild von ihnen beiden und Familie Olthoff und eines, das Swantje wenige Wochen zuvor von ihr am Steuer der *Greetje* gemacht hatte. Letzteres zog sie heraus und reichte es Persson. Die Frau schaute ihm über die Schulter, betrachtete das Bild und nickte Rike mit einem anerkennenden Lächeln zu. Auch der Rotbart und die Schiffermütze schienen beeindruckt und begannen, auf Persson einzureden, der mit vor der Brust verschränkten Armen dastand und grimmig schaute.

»Vermieten wird er dir seine *Terna* sicher nicht«, erklärte der Bärtige nach einer Weile an Rike gewandt. »Der Sturkopf würde eher seine Frau verleihen als sein Boot. Wir wollen ihn aber überreden, wenigstens eine Probefahrt mit dir zu machen.«

Rike, die bereits die Hoffnung aufgegeben hatte, spürte ein Kribbeln im Magen. »Sagen Sie ihm bitte, dass ich wahnsinnig dankbar wäre für eine noch so kurze Fahrt. Er würde mir einen Traum erfüllen und mich unsagbar glücklich machen.« Sie suchte Perssons Blick und sah ihn flehend an. »Einmal am Steuer einer Legende stehen. Das wäre das Größte für mich!«

Offensichtlich war Perssons Englisch besser, als er vorgab. Der Unmut in seinem Gesicht schwand und machte einem geschmeichelten Ausdruck Platz. Auch das spöttische Drängen seiner Freunde, die ihn vermutlich mit seiner Sorge um seinen Liebling aufzogen, mochte dazu führen, dass er Rike nach kurzem Zögern mit einer Handbewegung bedeutete, in das Boot zu klettern. Bevor er es sich anders überlegen konnte, entledigte sie sich hastig ihres Rucksacks, zog den Reißverschluss ihrer Windjacke zu und stülpte ihre rot-blau geringelte Strickmütze über, die sie in der Umhängetasche verstaut hatte. Auf dem Wasser war es gewiss kühler als an

Land, und der Fahrtwind würde ein Übriges tun, um dankbar für Swantjes Rat zu sein: »Nimm unbedingt warme Kleidung mit«, hatte sie ihr ans Herz gelegt. »Da oben ist es um diese Jahreszeit sicher noch um einiges frischer als bei uns.«

Das Zittern ihrer Hände war jedoch nicht der Kälte geschuldet, sondern der Aufregung. In wenigen Sekunden würde sie – die kleine Rike Meiners – mit einer Riva durch die Wellen pflügen. Unwillkürlich schaute sie zum Himmel und sandte einen stummen Gruß an Opa Fiete. Sie war sicher, dass er sie in diesem Augenblick sah und sich mit ihr freute.

20

Horten, Norwegen, Juni 1926 – Johanne

»Dann wollen wir das Teil mal zusammenbauen«, sagte Ingvald.

Er stand mit aufgekrempelten Hemdsärmeln neben Johanne vor dem Schreibtisch ihres Vaters, auf dessen Platte die einzelnen Komponenten des Radioapparates aufgereiht lagen: das Holzgehäuse mit dem Ein- / Aus-Schalter und einem Drehknopf für die Senderabstimmung, der Glaszylinder mit der Dreifachröhre, zwei flache Spulen, die Johanne an geflochtene Korbböden erinnerten, ein Batterie- und ein Akkumulatorkästchen, eine Miniaturversion eines Schalltrichters, wie Johanne sie von Grammophonen kannte, eine Antenne sowie mehrere stoffummantelte Kabelschnüre.

Nachdem Ingvald die sechs Kisten, die von dem deutschen Kapitän geliefert worden waren, mittels einer Sackkarre in die Garage befördert, mit einer Plane abgedeckt und das Tor sorgfältig verriegelt hatte, war er Johanne mit der geöffneten Schachtel nach oben ins Büro gefolgt. Gemeinsam studierten sie nun die Gebrauchsanleitung.

Während Johanne die Antenne zusammenstöpselte und auf den einfachen Kreuzfuß stellte, schraubte Ingvald den Zylinder in die runde Vertiefung auf dem Holzgehäuse, setzte die beiden Spulen in die schwenkbaren Spulenkoppler ein, steckte die Erdungs- und Antennenkabel in die dafür vorgesehenen Buchsen an der Seite, verband Batterie und

Akkumulator mit dem Empfänger und schloss zu guter Letzt den Lautsprechertrichter an.

Ingvald richtete sich auf. »Nun bin ich gespannt, ob er funktioniert«, sagte er und drückte auf den Einschalter. In der Glasröhre glomm ein Licht auf, aus dem Lautsprecher knackte und rauschte es.

»… this is London calling«, ertönte eine Stimme.

Johanne schrak zusammen und sah sich unwillkürlich nach dem Sprecher um, so deutlich war sie zu hören. Viel klarer als bei Dagny, die sich als eine der Ersten in Horten einen sogenannten *krystalmottaker* – einen Radioempfänger mit Kopfhörer – zugelegt hatte, nachdem im Dezember 1924 die Kringkastingselskapet A / S, die erste offizielle Rundfunkstation Norwegens, in Oslo auf Sendung gegangen war. Nach der anfänglichen Begeisterung war Dagny des Gerätes jedoch bald überdrüssig geworden. Zum einen bot es nur selten störfreien Hörgenuss, zum anderen zog Johannes Schwester es vor, unter Leute zu gehen und sich in Gesellschaft zu amüsieren, anstatt still zu Hause zu sitzen und allein dem Radioprogramm zu lauschen.

Der englische Sprecher hatte unterdessen seine Anmoderation beendet. Nach einer kurzen Pause erklangen die ersten Takte eines klassischen Orchesterstücks. Ein Schauer lief über Johannes Körper. Langsam drehte sie an dem Suchknopf. Der Raum füllte sich mit Stimmen in den unterschiedlichsten Sprachen, Musikfetzen, Gelächter, Gongtönen und anderen Signalen – unterbrochen jeweils von atmosphärischem Rauschen und Pfeifen, während sie die nächste Frequenz einstellte. Eine feierliche Stimmung machte sich in Johanne breit. Hier stand sie in einem kleinen norwegischen

Städtchen und konnte mittels dieses unscheinbaren Kastens auf akustische Weltreise gehen.

»Dieses Gerät ist von erstaunlicher Qualität«, sagte Ingvald. »Und dabei verhältnismäßig preiswert.« Er hielt Johanne einen Werbeprospekt hin, der zusammen mit der Betriebsanleitung in der Schachtel gelegen hatte. »Der Empfänger kostet knapp vierzig Reichsmark«, fuhr er fort.

»Wissen Sie, wie viel das umgerechnet in Kronen sind?«, fragte Johanne.

»Einen Augenblick, ich sehe den aktuellen Wechselkurs nach«, erwiderte er, griff in den Zeitungsständer neben dem Schreibtisch, zog eine Ausgabe des *Gjengangeren* heraus und schlug den Finanzteil auf. »Es ist zwar nicht die neueste Ausgabe, aber gravierend werden sich die Werte in den letzten Tagen wohl nicht verändert haben.« Er ließ seine Augen über die Spalten wandern. »Ah, da steht es. Für eine Krone erhält man derzeit ungefähr fünfundsechzig Pfennig.«

»Also kostet so ein Empfänger rund sechsundzwanzig Kronen«, sagte Johanne, die den Betrag rasch im Kopf umgerechnet hatte. »Das ist wirklich günstig.«

Ihre Schwester hatte für ihren *Småen* vierzig Kronen bezahlt. Das kleine *krystalradio* verdankte seinen Namen *Der Kleine* dem Kinderstar Jackie Coogan, der an der Seite von Charlie Chaplin im Film *Småen – The Kid* zu Ruhm gelangt war.

Ingvald nickte. »Vor allem wenn man bedenkt, dass herkömmliche Modelle dieser neuartigen Technik nicht das Wasser reichen können.«

»Neuartige Technik?«, fragte Johanne.

Ingvald deutete auf den Glaszylinder. »Diese Röhre verfügt meines Wissens als erste über eine Art integrierten Schaltkreis.«

Seine leuchtenden Augen und die Begeisterung in seiner Stimme zeigten ihr, dass es sich um eine spektakuläre Erfindung handeln musste. Ihr Vater hatte das offensichtlich ebenso gesehen – sonst hätte er nicht auf einen Schlag zwei Dutzend Radiogeräte samt Lautsprechern, Akkumulatoren, Batterien und Antennen bestellt.

Bereits 1920 hatte in Norwegen die erste Demonstration einer drahtlosen Sendung stattgefunden – und zwar ausgerechnet von der Hauptstadt nach Horten. Johanne erinnerte sich gut, wie angetan ihr Vater von der neuen Technik gewesen war. Geradezu ins Schwärmen war er geraten ob der Möglichkeiten, die sie bot.

»Überleg mal, wie leicht es dank der Radiowellen sein wird, auch die entlegensten Winkel unseres Landes zu erreichen«, hatte er zu Johanne gesagt, die mit ihm zu der öffentlichen Veranstaltung gegangen war. »Was das allein für die Volksbildung bedeutet! Kulturerlebnisse und Wissen werden leicht zugänglich, sind nicht länger ein Privileg einer Elite, sondern können alle Bevölkerungsschichten erreichen. Zudem kann auf diesem Wege die Einheit unserer Nation verstärkt und darüber hinaus auch die Völkerverständigung vorangetrieben werden! Der ganze Erdball wird vernetzt! Und das alles direkt und unmittelbar und nicht wie im Kino als Aufzeichnung.«

Der Abscheu seiner Frau gegen den – ihrer Ansicht nach – neumodischen Firlefanz wie Telefone und andere elektrische Geräte hatte Olof Rev jedoch davon abgehalten, sich einen

Radioapparat zuzulegen. Dazu kamen die drückenden Sorgen, die den Wunsch in den Hintergrund gedrängt hatten – bis er offensichtlich einige Tage vor seinem Tod Kenntnis von dem neuartigen Radioempfänger aus Deutschland erhalten und sich entschlossen hatte, diesen nach Norwegen zu importieren.

Johanne sah ihren Vater förmlich vor sich, wie er mit einem zuversichtlichen Lächeln zum Telefonhörer griff und die Bestellung aufgab. Ihr Blick wanderte zu dem Fernsprecher, der rechts neben der Schreibunterlage auf dem Sekretär stand. Er bestand aus einem würfelförmigen Gehäuse aus schwarz lackiertem Stahlblech. Vorn war eine Messing-Wählscheibe angeschraubt, oben thronte auf einer ausladend geschwungenen Gabel der vernickelte Handapparat mit flacher, kreisrunder Hörmuschel und einem trichterförmigen Mikrofon zur Einsprache.

»Ihr Vater hatte gewiss schon Pläne, wie er die Geräte verkaufen wollte«, drang Ingvalds Stimme in ihre Erinnerungen.

Johanne nickte. Aufs Geratewohl hätte er eine Lieferung dieses Umfangs nicht bestellt. Sie durchsuchte den flachen Metallkorb, in dem ihr Vater die Unterlagen aufbewahrt hatte, die noch ihrer Bearbeitung harrten, und fand eine Liste mit Namen. Die Überschrift *Mögliche Interessenten für den OE 333* bestätigte Ingvalds Vermutung.

Beim Anblick der Schrift ihres Vaters spürte Johanne einen Kloß im Hals. Gleichzeitig erfüllte er sie mit dem tröstlichen Gefühl, ihm nahe zu sein. Als wache er über sie und führe ihre Hand.

Die Nacht von Sonntag auf Montag verbrachte Johanne weitgehend schlaflos – geplagt von Ängsten, die in der Einsamkeit ihres Zimmers auf sie einstürmten. Der Optimismus, mit dem sie – ermutigt von Ingvald – beschlossen hatte, den Plan ihres Vaters umzusetzen und den Weinladen mit dem Verkauf von Radioempfängern auf ein zweites Standbein zu stellen, wurde von der Frage verdrängt, ob sie das überhaupt stemmen konnte: eine junge Frau ohne kaufmännische Ausbildung oder nennenswerte geschäftliche Erfahrung. Obendrein mit einem mächtigen Gegner im Genick, der alles, was sich ihm in den Weg stellte, ohne Skrupel beseitigte. Konnte sie es riskieren, Sven Gravdal noch weiter zu provozieren? Brachte sie sich nicht in große Gefahr? Und – schlimmer noch: ihre ganze Familie? Durfte sie diese der Rachsucht eines unberechenbaren Kriminellen aussetzen?

Diese Grübeleien und der Druck auf ihrer Brust, der mit den bangen Fragen zurückgekehrt war, scheuchten Johanne früh aus dem Bett – lange bevor das Hausmädchen sein Tagewerk begann. Auf dem Weg in den Garten, wo sie an der frischen Luft Linderung ihrer Atembeschwerden suchen wollte, durchquerte Johanne den Salon. Vor dem Vitrinenschrank mit den mundgeblasenen und geschliffenen Gläsern und Karaffen, die ihr Vater gesammelt hatte, hielt sie inne. Sie öffnete eine Schublade unter den Glastüren und entnahm ihr einen schlichten Korkenzieher – eine fingerlange Schraube aus Eisen, die an einen kreisförmigen Handgriff geschmiedet war, in den man sie einklappen konnte. Seit Johanne denken konnte, hatte ihr Vater damit seine Flaschen geöffnet – sehr zum Missfallen seiner Frau, der das unscheinbare Stück ein Dorn im Auge war. Vergeblich hatte sie ihn bekniet, wenigstens in Anwesenheit von Gästen auf einen der kunstvoller gestalteten Korkenzieher zurückzugreifen, die sie im Lauf der Jahre angeschafft hatte. Olof Rev, der seiner Frau in den meisten Dingen zu Willen war, hatte sich nicht erweichen lassen. Das Erbstück seines Vaters hielt er heilig, da konnte seine Frau schimpfen und jammern, so viel sie wollte.

Johanne drückte den Korkenzieher an ihre Brust. »Das wird mein Glücksbringer sein, Vater«, sagte sie leise.

Nach dem Frühstück machte sich Johanne als Erstes auf den Weg zur Horten & Omegns Privatbank. Es musste ihr gelingen, den Direktor davon zu überzeugen, den Kredit ihres Vaters weiterlaufen zu lassen oder ihr zumindest eine längere Kulanz für die Rückzahlung zu gewähren. Andernfalls hätte sie keine Chance, die Radioempfänger aus Deutschland zu bezahlen, geschweige denn, weitere Geräte zu bestellen.

Es war ein windiger Morgen. Der Himmel, an dem die Sonne bereits hoch stand, war von kleinen Wölkchen übersät, deren Formen sich unablässig änderten. Auf den Wellen des Fjords tanzten Schaumkrönchen, und die Segel eines Sportbootes, das vor der Küste kreuzte, bauschten sich in der Brise. Johanne, die ein wadenlanges, schlichtes Kleid aus schwarzer Baumwolle trug, hatte sich ein kurzes Cape aus seidig glänzendem Crêpe de Chine um die Schultern gelegt und ihren Glockenhut tief in die Stirn gezogen. Vor dem Gebäude der Bank angekommen, schob sie ihre rechte Hand unter den Umhang, schloss ihre Finger um den Korkenzieher, den sie an einer Kordel um ihren Hals gehängt hatte, sandte ein stummes Stoßgebet um Beistand an ihren Vater und eilte forschen Schrittes in die Eingangshalle.

Ohne auf den Protest des Portiers am Empfangstresen zu achten, der sie aufhalten und nach ihrem Begehr fragen wollte, lief sie in die erste Etage, wo sie das Zimmer von Direktor Ludvigsen vermutete. Sie hatte beschlossen, sich direkt an ihn zu wenden und nicht an Herrn Grus, der ihr nach dem Tod ihres Vaters das Angebot von Sven Gravdal überbracht hatte. Seinem herablassenden Verhalten ihr gegenüber nach zu schließen, würde er sie abwimmeln, bevor sie ihr Anliegen zu Gehör bringen konnte. Ob ihre Hoffnung berechtigt war, sein Vorgesetzter wäre in dieser Hinsicht aufgeschlossener? Ihr Vater hatte ihn als integren, liberal gesinnten Mann geschätzt.

Johanne erreichte den oberen Treppenabsatz, als sie Schritte hinter sich hörte und die empörte Aufforderung des Portiers, unverzüglich stehen zu bleiben. Sie hastete in den Flur, von dem mehrere Türen abgingen. Eine von ihnen war mit rotem Leder gepolstert. Ohne nachzudenken, hielt sie auf diese zu und stand einen Atemzug lang später in einem kleinen Durchgangszimmer.

»Du meine Güte, haben Sie mich erschreckt!«

Hinter einem Tisch saß eine füllige Dame mit sorgfältig frisiertem Dutt, rosigen Wangen und braunen Augen, mit denen sie Johanne neugierig anstarrte.

»Entschuldigen Sie bitte vielmals«, stieß Johanne hervor. »Aber ich muss unbedingt mit Direktor Ludvigsen sprechen.«

Die Dame, die um die vierzig Jahre alt sein mochte, hob die Augenbrauen und öffnete den Mund zu einer Entgegnung.

»Ich bin mir bewusst, dass mein Verhalten ungehörig ist«, fuhr Johanne rasch fort. »Aber ich bin in einer Lage, die mir …«

Die Dame stand auf. »Sie sind die Tochter von Olof Rev, nicht wahr?« Sie umrundete den Schreibtisch und streckte Johanne ihre Hand entgegen. »Mein allerherzlichstes Beileid!«

»Äh … danke«, stammelte Johanne, die damit gerechnet hatte, sich ausführlich rechtfertigen zu müssen.

»Ich war bei dem Trauergottesdienst«, erklärte die Dame. »Ich hatte stets große Hochachtung vor Ihrem Vater und möchte Ihnen versichern, dass ich nichts auf die Gerüchte gebe, die …«

In der Tür erschien der Portier und sah Johanne finster an. »Ich muss Sie bitten, mir zu folgen!«, sagte er und machte Anstalten, sie am Ellenbogen zu fassen. »Sie können hier nicht einfach nach Belieben herein …«

»Beruhigen Sie sich«, fiel ihm die Dame ins Wort und lächelte ihn freundlich an. »Das hat alles seine Richtigkeit. Fräulein Rev hat einen Termin.«

Der Portier runzelte die Stirn. »Wieso sagt sie das dann nicht?«, brummte er nach kurzem Zögern, zuckte die Schultern und verließ das Zimmer.

»Ich danke Ihnen«, sagte Johanne. »Es ist sonst nicht meine Art, so …«

Die Dame machte eine abwinkende Handbewegung. »Nehmen Sie doch bitte Platz«, sagte sie und deutete auf eine Bank, die dem Schreibtisch gegenüber an der Wand neben der Tür stand. »Der Herr Direktor ist noch nicht da. Ich erwarte ihn jedoch in der nächsten halben Stunde. Sie können gern hier auf ihn warten.«

»Das ist sehr freundlich von Ihnen, Frau … äh …«
»Fräulein Solstad.«
»Danke, Fräulein Solstad«, wiederholte Johanne und ließ sich auf der Bank nieder.
»Warten Sie einen Moment, ich hole Ihnen einen Kaffee«, rief Fräulein Solstad und eilte hinaus.
Johanne atmete durch und beglückwünschte sich, dass der Bankdirektor eine so nette Vorzimmerdame hatte. Die erste Hürde war genommen. Sie öffnete ihre Handtasche und zog die aktuelle Ausgabe von *Hallo-Hallo!* heraus, der Zeitschrift des Osloer Radiosenders, die sie auf dem Weg zur Bank für fünfunddreißig Øre erstanden hatte. Seit sie am Vortag einen ersten Einblick in die Radiowelten gewonnen hatte, war sie neugierig, welche Programme sie den Hörern boten – insbesondere die norwegischen Sender.
Gleich auf der ersten Seite fiel ihr eine Anzeige der Firma Elektrisk Bureau A / S auf, die für den Radioempfänger »Onkel B« warb. Ingvald hatte ihn bei der Aufzählung möglicher Konkurrenzprodukte auf dem heimischen Markt erwähnt. Der Name war eine Huldigung an Carl Bødtker, den beliebten Moderator der samstäglichen Kinderstunde.
Johanne blätterte durch die Seiten, auf denen neben dem Osloer Programm und anderen norwegischen Sendern auch viele Empfehlungen für ausländische Stationen gedruckt waren, die unter anderem von London, Stockholm, Kopenhagen, Hamburg, Berlin, Frankfurt, Prag, Paris, Wien, Warschau, Rom und Bukarest ausstrahlten. Auch bei den heimischen Sendern gab es viel internationales Programm mit fremdsprachigen Lesungen und Beiträgen. Amüsiert las Johanne, welche Fragen ein gewisser Dr. Müller

dem deutschen Publikum zu beantworten gedachte: *Warum sind die reizvollsten Frauen so entzückend unlogisch?* Oder: *Gibt es Freundschaft zwischen Mann und Frau?*

Johanne schlug die Seite mit dem Programm der laufenden Woche auf und überflog das Angebot der Kringkastingselskapet. Während das Zeitsignal, Nachrichten, die Wettervorhersage und Börsenmeldungen zum festen Repertoire zählten und regelmäßig mittags und am frühen Abend zu hören waren, verzichtete der Osloer Sender an manchen Tagen mit sogenannten stillen Abenden bewusst auf eine eigene Ausstrahlung. So wollte man den Norwegern das Hören ausländischer Programme ermöglichen, ohne dass die Funkwellen des heimischen Senders den Empfang störten. Ansonsten wurde von acht bis zehn Uhr abends Musik – überwiegend klassische – gespielt, anschließend gab es vor dem Sendeschluss um viertel vor elf eine halbstündige Lesung. Die Auswahl der Texte fand Johanne irritierend. Offenbar sollte innerhalb dieser kurzen Zeit eine möglichst große Vielfalt geboten werden – in ihren Augen eine wilde Mischung aus Gedichten, Novellen, Märchen und Auszügen aus Theaterstücken. Insbesondere Letzteres hielt sie für gewagt, setzte es doch voraus, dass den Hörern das Gesamtwerk bekannt war.

An diesem Abend sollte eine kurze Novelle der norwegischen Schriftstellerin Barbra Ring den Auftakt bilden. Gefolgt von je einer Szene aus Henrik Ibsens *Peer Gynt* und eines Dramas von Bjørnstjerne Bjørnson. Nach einem Gedicht des schwedischen Lyrikers Gustaf Fröding war eine Lesung von Fridtjof Krohn angekündigt – ohne Angabe zum Inhalt. Dafür war ein Porträt des Sprechers abgebildet.

Johanne zog die Brauen hoch. Wollten die Hörer denn nicht erfahren, was er lesen würde?

Fräulein Solstad kehrte mit einer Tasse Kaffee zurück, stellte sie auf das Beistelltischchen neben der Bank und warf einen Blick in die Zeitschrift.

»Lauschen Sie ihm auch so gern?«, fragte sie und tippte mit einem verzückten Lächeln auf das Bild. »Er deklamiert so bewegend. Ich könnte ihm ewig zuhören.«

Einer Intuition folgend nickte Johanne. »Oh ja! Er ist ein beeindruckender Mann.«

»Nicht wahr.« Fräulein Solstad strahlte sie an. »Ein wahrer Künstler.«

»Die Worte meines Vaters!«, rief Johanne und bat diesen im Stillen um Vergebung für die Flunkerei. »Er sagte immer: Einem Abend ohne Krohn fehlt der krönende Abschluss.«

»Das hätte ich nun nicht besser ausdrücken können«, sagte Fräulein Solstad, ließ sich neben Johanne nieder und sah sie teilnahmsvoll an. »Sie müssen ihn sehr vermissen … äh, ich meine natürlich Ihren werten Herrn Vater.«

»Ja, das tue ich«, entgegnete Johanne und fuhr mit gesenkter Stimme fort: »Umso wichtiger ist es mir, sein Vermächtnis zu erfüllen.«

»Sein Vermächtnis?«, fragte Fräulein Solstad. »Das klingt so … gewichtig. Und nach einer großen Aufgabe.«

Johanne nickte mit ernstem Gesicht. »Das ist es. Es war sein Traum, dass so viele Norweger wie möglich in den Genuss von Krohns unvergleichlicher Stimme kommen.«

Fräulein Solstad legte eine Hand auf ihren Busen. »Wie wundervoll!« Ihre Augen schimmerten feucht. »Jetzt verstehe ich!«, rief sie nach einer kurzen Pause. »Es ging um Radioapparate!«

»Wie bitte? Was meinen Sie?«, fragte Johanne.

»Bei dem letzten Termin, den Ihr Vater bei Direktor Ludvigsen hatte. Da hat er diesem eine Idee unterbreitet, von der der Direktor überaus angetan war.«

»Er hat Ihnen davon erzählt?«, rutschte es Johanne heraus.

»Äh, nein ... natürlich nicht«, stammelte Fräulein Solstad. »Er würde selbstverständlich niemals über vertrauliche Gespräche mit ...«

»Natürlich nicht, verzeihen Sie«, fiel ihr Johanne rasch ins Wort.

Fräulein Solstad räusperte sich. »Ich habe es rein zufällig mitbekommen, als ich den Herren Kaffee servierte.«

Johanne verbiss sich ein Lächeln. Sie war überzeugt, dass die Vorzimmerdame sehr vieles »rein zufällig« mitbekam und bestens über alles informiert war, was im Zimmer des Direktors vor sich ging. Und das macht sie sehr wertvoll für mich, schoss es ihr durch den Kopf. Ihre Befürchtung, Fräulein Solstad durch ihre unbedachte Frage verschreckt und diese ergiebige Informationsquelle zum Versiegen gebracht zu haben, erwies sich als nichtig.

Nachdem sich die Dame vergewissert hatte, dass niemand in der Nähe war, beugte sie sich zu Johanne. »Der Herr Direktor hat Ihrem Vater zu seiner guten Nase für zukunftsweisende Investitionen gratuliert.« Sie senkte die Stimme. »Und deshalb war er bereit, seinen Kreditrahmen zu erweitern.«

Johanne rutschte an die Kante der Bank vor. »Sind Sie sicher?«

Fräulein Solstad nickte.

»Aber Herr Grus hat mir vor einigen Tagen mitgeteilt, dass wir den Kredit binnen vier Wochen zurückzahlen müssen. Es gibt da wohl eine entsprechende Klausel, die im Todesfall zur Geltung kommt.«

Fräulein Solstad zog die Stirn kraus. »Nun, das mag schon sein. Aber wenn Sie die Geschäfte Ihres Vaters weiterführen, sehe ich keinen Grund, warum der Herr Direktor seine Meinung ändern sollte.« Sie beugte sich zu Johanne und berührte sie sacht am Knie. »Unter uns: Herr Grus ist sehr ehrgeizig und ständig bemüht, dem Herrn Direktor zu beweisen, wie sehr ihm das Wohl der Bank am Herzen liegt. Wenn Sie verstehen, was ich meine.«

»Durchaus«, sagte Johanne. Sie sah Fräulein Solstad in die Augen. »Halten Sie es für möglich, dass Direktor Ludvigsen gar keine Kenntnis von dem Besuch seines Angestellten bei uns hat?«

»Absolut!«, rief Fräulein Solstad. »Es wäre nicht das erste Mal, dass Herr Grus ohne vorige Absprache vorprescht in der Hoffnung, ein günstiges Geschäft für die Bank zu tätigen, das er dann stolz präsentieren kann.«

»Und wie stehen die Chancen, dass er dieses Mal …«

»In diesem Fall bin ich sicher, dass er sich vergaloppiert hat«, fiel ihr Fräulein Solstad ins Wort. »Seine Alleingänge sind dem Herrn Direktor ohnehin ein Dorn im Auge. Da Herr Grus bislang jedoch gute Erfolge vorweisen konnte … wie dem auch sei, bei Ihrem Vater liegt die Sache anders. Er war schließlich schon sehr lange ein guter Kunde, und Direktor Ludvigsen hat ihn auch als Mensch sehr geschätzt. Ich müsste mich sehr in ihm täuschen, wenn er auf einer Erfüllung dieser Klausel besteht. Ich würde einiges darauf wetten, dass er Ihnen entgegenkommen wird.«

»Das wäre großartig«, sagte Johanne heiser und spürte ihren Hals eng werden. Vielleicht wendet sich ja nun doch alles zum Guten, dachte sie und kreuzte Mittel- und Zeigefinger übereinander, um das Glück zu beschwören.

21

Oslofjord, Norwegen, Frühling 1980 – Rike

Rike nahm den Platz vor dem weißen Lenkrad hinter der Panoramascheibe ein. »Was bedeutet eigentlich *Terna?*«, fragte sie, um ihre Nervosität zu überspielen. »Ist das ein norwegischer Mädchenname?«

Persson schüttelte den Kopf. »Seeschwalbe«, sagte er knapp, stellte sich neben sie und reichte ihr den Zündschlüssel.

Rikes Hand zitterte noch immer, als sie ihn entgegennahm und ins Schloss steckte. Sie spürte die Anspannung des Bootsverleihers und seine Bereitschaft, sie beim kleinsten Schnitzer beiseitezustoßen und das Steuer zu übernehmen. Seine unverhohlene Skepsis ihr gegenüber verunsicherte sie. Was, wenn er recht hat, schoss es ihr durch den Kopf. Was, wenn ich Mist baue? Für einen Kratzer im Lack reicht es schon, wenn ich einen Tick zu hart gegen den Steg stoße. Einen winzigen Moment lang war Rike drauf und dran, einen Rückzieher zu machen und auf die Fahrt zu verzichten.

»*De sik sülvst to'n Pannkoken maakt, warrt dorför opeten* – Wer sich selbst zum Pfannkuchen macht, wird dafür aufgegessen«, hörte sie Eilerts Stimme in sich. Mit diesem Spruch pflegte der Schlepperkapitän seine Schülerin zu ermahnen, sich nicht unter Wert zu verkaufen, wenn Rike sich etwas nicht zutraute oder an ihren Fähigkeiten zweifelte, weil sie wieder einmal wegen ihrer kleinen Statur gehänselt oder als

Frau für untauglich in einem seemännischen Beruf gehalten wurde.

Sie atmete tief durch und drehte den Schlüssel um. Die Instrumentennadeln am Armaturenbrett zuckten, und der Motor sprang mit einem schmatzenden Geräusch an, gefolgt von einem Brummen, das in Rikes Ohren wie eine Mischung aus Donnergrollen und tiefem Brabbeln klang. Behutsam manövrierte sie die *Terna* aus ihrer Parklücke vor dem Anleger, auf dem Perssons Bekannte das Geschehen aufmerksam verfolgten, und steuerte das Boot langsam zum Ausgang der Hafenanlage. Vor ihnen lag der Holmestrandfjord im Sonnenschein. In dem Seitenarm des Oslofjords waren an diesem böigen, kühlen Tag nur wenige Schiffe unterwegs. Ein Fischkutter tuckerte weiter draußen vorüber, eine Jacht glitt mit geblähten Segeln am Ufer entlang Richtung Süden, und weiter im Norden kreuzte eine weitere im Wind. Gegenüber dem Ort erstreckte sich in ungefähr drei Kilometern Entfernung eine längliche Insel, auf die sie laut Perssons Anweisung zuhalten sollte.

Rike gab Gas. Kaum merklich hob sich der wie ein V geformte Bug aus dem Wasser. Ihre Nervosität und Versagensangst lösten sich im Nu auf. Sie vergaß Persson neben sich und seinen finsteren Blick. Sie fragte sich nicht länger, ob sie mit ihrer Norwegenreise die richtige Entscheidung getroffen hatte. Sogar die Trauer um Opa Fiete und der Schmerz über die Zurückweisung durch ihre Mutter, die ihr unterschwellig zu schaffen machten, traten in den Hintergrund. In diesem Moment gab es nur sie und das Boot. Ein Jauchzen stieg ihr in die Kehle. Ihr war nicht bewusst gewesen, wie sehr sie das vermisst hatte: ein Lenkrad in den Händen zu halten. Im Ohr das satte Bollern des Motors, das kraftvoll anschwoll, als sie beschleunigte. Die Verschmelzung mit der Maschine und der Rausch der Geschwindigkeit, der ihre Sinne schärfte und jede Faser ihres Körpers vibrieren ließ. Sie beschleunigte nochmals. Das Boot flog nun übers Wasser, weiße Gischt hinter sich herziehend, jedoch ohne Spritzwasser – dank der speziellen Rumpfform der Riva.

Sie lachte auf. »Wunderbar!«, rief sie und strahlte Persson an. Zu ihrer Überraschung wirkte er nicht länger grimmig. Ein Lächeln huschte über sein Gesicht. Er streckte den Arm aus, deutete auf die nördliche Spitze der Insel, auf die sie zusausten, und machte eine drehende Bewegung mit der Hand. Rike nickte zum Zeichen, dass sie verstanden hatte. Dort sollte sie also kehrtmachen.

Einige Meter vor dem Wendepunkt tauchte hinter einem Felsen etwas Großes, Gelbes auf, das direkt auf sie zutrieb. Rikes Herzschlag setzte aus. Es war ein Schlauchboot, das antriebslos in den Wellen dümpelte. Darin saßen vier – in ihren Augen – hünenhafte Gestalten, die sie an die legendären Wikinger erinnerten. Offenbar streikte ihr Außenbordmotor. Ein Mann kniete im Heck und zog wild fluchend an der Anlasserschnur.

Das alles nahm Rike im Bruchteil einer Sekunde wahr, während ihr der Schreck bis in die Zehenspitzen fuhr. Ihre Hände krampften sich um das Lenkrad, ihre Augen weiteten sich, und ihr Atem stockte. Ruhig Blut!, hörte sie Eilerts Stimme in sich. Ohne zu zögern, bremste sie ab, legte die *Terna* in eine enge Linkskurve und zog haarscharf an dem Schlauchboot vorbei. Die Insassen schrien auf. War jemand über Bord gegangen? Persson stellte sich wohl dieselbe Frage.

Er drehte sich ruckartig um und sah zurück. Rike drosselte den Motor, machte kehrt und hielt nach Körpern im Wasser Ausschau. Beim Näherkommen erkannte sie, dass ihre Bugwelle das andere Boot zwar heftig zum Schaukeln gebracht, jedoch weder umgeworfen noch einen seiner Insassen ins Wasser geschleudert hatte.

»Gott sei Dank!«, stieß sie hervor. Ihre Knie wurden weich vor Erleichterung.

»Gut gemacht!« Persson klopfte ihr auf die Schulter. »Du kannst weiterfahren.«

»Sollten wir ihnen nicht unsere Hilfe anbieten und sie abschleppen?«

»Nicht nötig«, antwortete er. »Bei denen ist alles in Ordnung.«

Tatsächlich war es dem Mann im Heck gelungen, den Motor endlich in Gang zu bringen und das Boot, das gefährlich nah ans Ufer geraten war, auf den Fjord hinauszusteuern. Als sie den Kopf wieder nach vorn drehte, sah sie, dass Persson sie mit einem anerkennenden Gesichtsausdruck betrachtete. Feuerprobe bestanden, dachte Rike und ließ die *Terna* erneut übers Wasser jagen.

Als sie eine Viertelstunde später wieder im Kleinboothafen von Holmestrand eintrafen, hatten sich dort zu Perssons drei Bekannten – der Frau im gestreiften Pullover, dem Rotbart und der Schiffermütze – eine Handvoll Schaulustiger gesellt. Die Neuankömmlinge empfingen Persson mit – dem Tonfall nach zu schließen – spöttischen Zurufen. Rike sah, wie sich seine Miene verfinsterte. Bau jetzt keinen Scheiß, ermahnte sie sich. Sie klemmte die Zunge in den Mundwinkel und parkte die *Terna* schwungvoll und zugleich behutsam in ihre Lücke am Anleger. Nachdem sie den Motor ausgeschaltet hatte, fing die Frau an zu klatschen. Der Rotbart und die Schiffermütze fielen in den Applaus ein. Die anderen Zuschauer starrten Rike verblüfft an.

Persson schnaubte verächtlich, vertäute sein Boot und half Rike beim Aussteigen. Auf dem Steg rief er den Spöttern etwas auf Norwegisch zu und begann ein Gespräch mit der Frau und der Schiffermütze. Während Rike sich noch fragte, was er gesagt hatte, grinste der Rotbart sie an.

»Er meint, wir alle könnten uns eine dicke Scheibe bei dir abschneiden«, sagte er auf Englisch. »Du musst es echt draufhaben. So ein Lob habe ich aus Perssons Mund noch nie gehört.«

Rikes Fahrt zu dem Inselchen, das Großmutter Johanne im letzten Brief an Beate auf ihrer Skizze vom äußeren Oslofjord mit einem Kreuz markiert hatte, verzögerte sich um eine weitere Stunde. Persson und seine drei Bekannten bestanden darauf, sie zu Kaffee und Waffeln einzuladen, mit ihr über Boote zu fachsimpeln und mehr über ihre ungewöhnliche Berufswahl zu erfahren.

Erst am späten Nachmittag kam Rike von Holmestrand los. Vom Städtchen aus nicht sichtbar, lag ihr Ziel hinter Langøya, der lang gestreckten Insel. Rike musste das mit Birken und Kiefern bewachsene Eiland zweimal umrunden, bevor sie den hölzernen Anlegesteg entdeckte, der im Schatten der Bäume kaum auszumachen war. Sie vertäute die *Måke*, einen Außenborder aus Fieberglas, an einem Pfosten und kletterte die daneben angeschraubte Leiter hinauf, nachdem sie ihren Rucksack geschultert hatte. Bei allem Respekt, die Persson ihren Fahrkünsten entgegenbrachte – seinen Augapfel hatte er Rike nicht verleihen wollen und ihr stattdessen eines der Boote gegeben, die er im Sommer an Touristen und Tagesausflügler vermietete und alle nach Vögeln benannt hatte. Für Rike hatte er mit der *Måke* (Möwe) das schnellste ausgesucht und es ihr zu einem günstigen Preis überlassen.

Rike folgte einem schmalen Pfad, der vom Ufer in das Wäldchen führte. Das Plätschern der Wellen auf dem kiesigen Ufer wurde nach wenigen Schritten vom feinen Rauschen des Windes in den Nadelzweigen der Kiefern abgelöst. Die Birken waren noch ohne Blätter, die Heidelbeersträucher dagegen, die große Teile des Bodens bedeckten, trieben schon kräftig aus. Zwischen ihnen reckten sich Gräser und Farne dem Licht entgegen. Rike hörte das Klopfen eines Spechtes, das das Tirilieren eines Rotkehlchens untermalte. Der würzige Duft von Harz lag in der Luft, in den sich der scharfe Geruch vermodernder Blätter und ein Hauch Bärlauch mischten.

Nach rund hundert Metern mündete der Pfad in eine Lichtung, in deren Mitte ein kleines Holzhaus stand. Rike blieb stehen und ließ den Anblick ein paar Atemzüge lang auf sich wirken. Das Haus mit seinem Sockel aus Natursteinen, den weiß getünchten Wänden und dem dunklen Schindeldach, die akkurat rechts und links neben der Eingangstür aufgestapelten Holzscheite, die einladende Bank unter einem der beiden Fenster, deren blank geputzte Scheiben das Sonnenlicht reflektierten, sowie das Bewusstsein, sich allein in diesem abgeschiedenen Idyll aufzuhalten – das alles versetzte Rike in eine eigentümliche, träumerische Stimmung.

Ihr war, als sei sie durch ein unsichtbares Tor gegangen und in einer verwunschenen Parallelwelt gelandet. Oder in der Vergangenheit, genauer in den Fünfzigerjahren, als ihre Großmutter nach Norwegen zurückgekehrt war. Fast erwartete sie, dass Johanne in ihrer damaligen Gestalt in der Tür erscheinen und sie mit einem freundlichen Lächeln zu sich winken würde.

Der Schrei eines Raubvogels riss Rike aus ihren Fantasien. Sie setzte sich wieder in Bewegung und rief sich Johannes Brief ins Gedächtnis:

Den Schlüssel findest Du im Astloch der großen Kiefer, die ein paar Schritte rechts neben dem Haus steht.

Sie stellte den Rucksack auf der Bank ab, ging zu dem Baum und suchte den Stamm nach dem Astloch ab.

»*Blixem!*«, fluchte sie laut.

Die Öffnung lag in für sie unerreichbarer Höhe – da konnte sie sich auf die Zehenspitzen stellen und sich strecken, so viel sie wollte. Rike sah sich um und bemerkte einen Holzklotz, in dem eine Axt steckte. Sie zog sie heraus, rollte den Klotz vor die Kiefer, stellte sich darauf, steckte ihre Hand in das Astloch und tastete die Mulde dahinter ab. Bis auf ein paar Rindenstückchen befand sich nichts darin.

Na toll, dachte Rike. Das fängt ja gut an.

»*Se på det!*«, rief eine tiefe Stimme in ihrem Rücken.

Rike fuhr zusammen und wurde starr vor Schreck. Beim Versuch, sich auf dem wackeligen Holzklotz umzudrehen, geriet sie ins Schwanken, verlor das Gleichgewicht und fiel rücklings ins Gras. Ihr Kopf schlug gegen einen harten Gegenstand. Der Aufprall raubte ihr den Atem. Keuchend lag sie da, unfähig, sich zu rühren. Sie hörte Schritte und spürte das Auftreten sich nähernder Füße. Gleich darauf tauchte hoch über ihr ein zotteliges Ungetüm in ihrem Gesichtsfeld auf. Ein Troll, kam es ihr in den Sinn. Ich wusste gar nicht, dass es die wirklich gibt. Ich dachte, das sind Fabelwesen. Stechende Schmerzen durchzuckten ihren Schädel. Das Rauschen des Bluts in ihren Ohren wurde unerträglich laut. Vor ihren Augen waberten Schleier, wurden immer dichter und dunkler. Rike konnte sie nicht länger offen halten. Ein Strudel erfasste sie, sog sie unerbittlich ein und schleuderte sie in ein schwarzes Nichts.

22

Horten, Norwegen, Juni 1926 – Johanne

Wie von Fräulein Solstad vorhergesagt, musste Johanne eine knappe halbe Stunde auf das Eintreffen von Direktor Ludvigsen warten. Er kam nicht allein. Sven Gravdal begleitete ihn. Als er das Zimmer betrat, versteifte sich Johanne und presste ihre Hände ineinander. Auch die Sekretärin schrak zusammen und sah unsicher zu ihrem Chef, den Johannes Anwesenheit sichtlich in Verlegenheit stürzte. Auf seiner Stirn bildeten sich feine Schweißtröpfchen, die er mit einer fahrigen Bewegung wegwischte. Dabei murmelte er eine kaum verständliche Begrüßung und mied ihren Blick. Gravdal dagegen gab sich jovial. Er verbeugte sich vor Johanne, nickte Fräulein Solstad zu und öffnete die Tür zum Büro, als sei er der Herr im Hause.

Er hat den Direktor in der Hand, erkannte Johanne. Ihr wurde kalt. Wie hat er das bloß bewerkstelligt? Womit könnte er diesen unbescholtenen Mann kompromittieren oder erpressen? Oder täusche ich mich, was den guten Ruf von Ludvigsen angeht? Ist das alles nur Fassade? So wie mir Dagny bei Frau Trulsen die Augen geöffnet hat? Dass ausgerechnet die Gattin des Vorsitzenden vom Temperenzlerverein eine Vorliebe für Branntwein hat, dem sie hinter seinem Rücken frönt, hätte ich auch nie für möglich gehalten. Aber haben nicht die meisten Menschen ein Geheimnis oder einen wunden Punkt, an dem Leute wie Gravdal sie packen können? Und sei es die pure Gier nach Geld, Macht und Ansehen?

Gravdal machte Johanne ein Zeichen, ihm und dem Bankier voran ins Büro zu gehen.

Sie stand auf und räusperte sich. »Ich möchte mit Herrn Direktor Ludvigsen unter vier Augen sprechen«, sagte sie mit mehr Festigkeit in der Stimme, als sie verspürte.

Der Bankdirektor sah zu Boden und fragte heiser nach ihrem Begehr.

»Das kann ich Ihnen sagen, mein Bester«, antwortete Gravdal, bevor Johanne den Mund öffnen konnte. Er zwirbelte die Enden seines sorgfältig getrimmten Schnurrbärtchens. »Fräulein Rev hat sich endlich dazu durchgerungen, mein Angebot anzunehmen, und ist gekommen, um …«

»Was erlauben Sie sich!«, unterbrach ihn Johanne und hoffte, dass er ihr Zittern nicht bemerkte.

Sie ballte ihre Hände zu Fäusten und kämpfte gegen die Panik an, die in ihr hochkroch. Bist du noch zu retten, rief die vorsichtige Seite in ihr. Willst du dich allen Ernstes mit Gravdal anlegen?

Sie hörte, wie der Bankier nach Luft schnappte und Fräulein Solstad einen erschrockenen Laut von sich gab. Johanne straffte sich. Die ängstliche Reaktion der beiden nahm ihr für einen Augenblick die eigene Furcht. Alles, was sie in den letzten Tagen unterdrückt oder verdrängt hatte, brach sich Bahn: die Enttäuschung über Rolfs Entlobung und die Art, wie er sich ohne ein persönliches Wort aus ihrem Leben davongemacht hatte. Die Verärgerung über ihre Schwester Dagny, die sie bislang kaum unterstützt und sich in ihr neues Leben in Oslo gestürzt hatte. Die Gereiztheit über ihre Mutter, die sich mithilfe von Beruhigungsmitteln seit Tagen in einem Dämmerzustand befand, in dem sie alles ausblendete, was ihr Entscheidungen abverlangt hätte oder auch nur die Beschäftigung mit der Frage, wie ihre Zukunft aussehen sollte. Der Unmut über die egoistische Haltung ihres Bruders, dessen einzige Sorge es war, ob er seine teure Ausbildung in dem englischen Internat würde beenden können. Vor allem aber der glühende Zorn auf Gravdal, auf diesen widerwärtigen Menschen, der sich dreist nahm, was er wollte – und dabei nicht einmal vor Mord zurückschreckte! Das Bewusstsein, dem Mann gegenüberzustehen, der mit großer Wahrscheinlichkeit für den Tod ihres Vaters verantwortlich war, fegte die letzten Hemmungen weg. Sie schluckte die Tränen der Wut hinunter, die ihr in die Augen gestiegen waren.

»Nehmen Sie ein für alle Mal zur Kenntnis, dass ich mir Ihre Übergriffe verbitte!«, sagte sie laut.

Der Direktor sah sie beschwörend an und legte einen Finger an die Lippen. Johanne zögerte kurz. Nein! Sie würde sich nicht länger den Mund verbieten lassen! Dann gehe ich eben unter – aber nicht kampflos und erhobenen Hauptes, wie Vater gesagt hätte. Sie umklammerte seinen Korkenzieher und stellte sich kerzengerade vor Gravdal hin.

»Ich bin keineswegs gewillt, das Lebenswerk meines Vaters zu verscherbeln. Ich werde alles tun, was in meiner Macht steht, um sein Andenken zu ehren und sein Geschäft weiterzuführen.« Sie fixierte ihren Widersacher, ohne mit der Wimper zu zucken, und fuhr nach einer winzigen Pause fort: »Das er im Übrigen niemals freiwillig aufgegeben hätte.«

In Gravdals Augen glomm ein wütendes Funkeln auf.

»Fräulein Rev meint das gewiss nicht so«, sagte Direktor Ludvigsen mit bebender Stimme. »Der Tod ihres Vaters hat sie aus der Bahn geworfen und ihr Urteilsvermögen getrübt. Wenn sie wieder klar denken kann, wird sie …«

»Ich habe nie klarer gedacht«, fiel ihm Johanne ins Wort, ohne die Augen von Gravdal abzuwenden. »Und jetzt wollen mich die Herren bitte entschuldigen. Ich habe eine arbeitsreiche Woche vor mir.« Sie ging zur Tür.

»Das letzte Wort in dieser Angelegenheit ist noch nicht gesprochen«, zischte Gravdal.

Johanne rauschte an ihm vorbei, ohne ihn eines weiteren Blickes zu würdigen. Kaum war sie auf dem Gang, rang sie keuchend nach Luft. Das Triumphgefühl verflog. Sie griff sich an den Hals. Was hast du getan, schrie es in ihr. Du hast einen Krieg angezettelt, den du unmöglich gewinnen kannst! Die Panik kehrte zurück. Johanne stützte sich an der Wand ab und taumelte Richtung Treppe.

Eine Hand legte sich auf ihre Schulter. Johanne erstarrte. »Warten Sie, ich lasse Ihnen eine Droschke rufen«, hörte sie Fräulein Solstads Stimme sagen. Die Sekretärin war ihr gefolgt. Sie trug eine Kaffeekanne, die sie wohl für den Direktor und Gravdal auffüllen sollte. »Ich bewundere Ihren Mut«, fuhr sie leise fort. »Ich würde mich so etwas nie im Leben getrauen.«

»Ich bin mir nicht sicher, ob ich mutig oder einfach nur furchtbar dumm war«, sagte Johanne.

»Geben Sie bitte nicht auf! Ihr Vater wäre sehr stolz auf Sie! Und gewiss sehr dankbar, dass Sie sein Erbe so hochhalten und dafür kämpfen.«

Johanne rang sich ein Lächeln ab. »Ich danke Ihnen. Sie haben recht. Ich darf jetzt nicht klein beigeben.«

»Bitte zögern Sie nicht, mich um Hilfe zu fragen«, sagte die Sekretärin. »Viel kann ich zwar nicht ausrichten. Aber …«

»Vielen Dank! Allein Ihr Zuspruch hat mir schon sehr geholfen.« Johanne nickte ihr zu, ging zur Treppe, hielt nach einem Schritt inne und drehte sich um. »Eine Frage hätte ich doch noch«, sagte sie. »Ich mag mich täuschen. Aber ich hatte den Eindruck, dass Direktor Ludvigsen diesem Herrn Gravdal in irgendeiner Weise ausgeliefert ist. Anders kann ich mir nicht erklären, dass er …«

Fräulein Solstad hob eine Hand, vergewisserte sich, dass sie nach wie vor allein auf dem Flur waren, und trat nahe an Johanne heran.

»Wie Sie vielleicht wissen, war Gravdal nicht immer so gut gestellt«, wisperte sie. »Noch vor wenigen Jahren war er vollkommen pleite.«

Johanne nickte. »Er hat den Hof seiner Eltern verspielt, wenn man den Gerüchten glauben darf.«

»Das dürfen Sie getrost«, antwortete Fräulein Solstad. »Der Herr Direktor hat sich damals geweigert, ihm einen Kredit zu gewähren.«

»Verständlich«, murmelte Johanne. »Gravdal besaß ja nichts mehr, was er als Sicherheit hätte bieten können.«

»Es kam zu einer sehr unschönen Szene. Wir waren gezwungen, die Polizei zu rufen und ihn abführen zu lassen«, flüsterte die Sekretärin.

»Das war nicht das erste Mal«, erwiderte Johanne. »Ich habe einmal miterlebt, wie er vor der Kirche randaliert hat.

Da wurde er ebenfalls von zwei Wachtmeistern in Gewahrsam genommen.«

»Jedenfalls hat sich seither ganz offensichtlich das Blatt für ihn gewendet«, fuhr Fräulein Solstad leise fort. »Vor einigen Wochen hat der Herr Direktor vom Vorstand erfahren, dass Gravdal ein großes Aktienpaket der Bank erworben hat.«

Johanne runzelte die Stirn. »Und da er ein sehr nachtragender Mann ist, fürchtet Direktor Ludvigsen nun vielleicht, dass er ihm schaden könnte?«

»Sie haben es erfasst. Selbstverständlich hat er nicht mit mir darüber gesprochen. Aber der Auftritt eben hat mir gezeigt, dass das durchaus im Bereich des Möglichen liegt.«

Das Auftauchen eines Angestellten beendete ihr Gespräch. Fräulein Solstad setzte eine neutrale Miene auf. »Soll ich Ihnen eine Droschke rufen lassen, Fräulein Rev?«

»Nein, vielen Dank, das ist nicht nötig. Ein Spaziergang wird mir guttun.«

Der Angestellte verschwand in einem Zimmer.

Fräulein Solstad drückte Johannes Schulter. »Ich wünsche Ihnen von Herzen alles Gute«, sagte sie und eilte in einen Seitengang, während Johanne ins Foyer hinunterging.

Vor dem Bankgebäude parkte Gravdals rot-schwarz lackierte Limousine mit dem Adler auf der Kühlerhaube. Johannes Herz machte einen Sprung. Sie sah sich nach Leif um, konnte ihn jedoch weder im Wagen noch auf dem Gehweg entdecken. Die Enttäuschung darüber war ihr vor ihr selbst peinlich. Hatte sie nicht gerade ihren Vater verloren? Steckten sie und ihre Familie nicht in Schwierigkeiten, die ihre Existenz bedrohten? Und sie hatte nichts Besseres zu tun, als sich nach einem jungen Mann umzuschauen? Johanne schüttelte sich und lenkte ihre Schritte Richtung Marktplatz. Als sie eine Toreinfahrt passierte, nahm sie aus den Augenwinkeln eine Bewegung im Schatten wahr.

»In zehn Minuten am Schwanenteich«, flüsterte einen Atemzug später eine Stimme in ihrem Rücken. *Seine* Stimme.

Johanne überlief ein Schauer. Sie blieb stehen.

»Nicht umdrehen!«

Zögernd lief sie weiter. Die Aussicht, in wenigen Augenblicken dem Mann gegenüberzutreten, der ihren Puls beschleunigte – aus Gründen, über die sie sich lieber keine Rechenschaft abverlangen wollte –, verbunden mit der konspirativen Note, die ihrem Treffen anhaftete, versetzte Johanne in eine unwirkliche Stimmung. War das tatsächlich sie, der das alles widerfuhr? Sie kam sich vor wie die Heldin einer Räuberpistole, einer jener Heftchenromane, über deren fantastische Handlung und an den Haaren herbeigezogene Wendungen sie sich bei der Lektüre köstlich amüsiert hätte. Johanne verzog den Mund zu einem schiefen Grinsen. Wie hatte Oscar Wilde es so schön ausgedrückt: »Ich liebe es, Theater zu spielen. Es ist so viel realistischer als das Leben.«

An der Ecke zum Torvet ließ Johanne den Platz links liegen und bog in einen schmalen Weg ein, der nach wenigen Metern in den Lystlunden Park mündete, eine mit zahlreichen Laubbäumen bestandene Grünanlage. Mitte des neunzehnten Jahrhunderts war sie Horten von der Marine gestiftet worden *for at byens innbyggere skulle få hvile sine mødige lemmer* – damit die Bewohner der Stadt ihre müden Glieder ausruhen konnten, wie es ausdrücklich im Schenkungsschreiben hieß. Diese großzügige Geste war nicht ganz frei von Eigennutz gewesen, verdienten doch die meisten Hortener Bürger zu jener Zeit mehrheitlich im Hauptquartier der Königlich Norwegischen Marine ihren Lebensunterhalt – als Arbeiter und Angestellte in Werften, Erzgießereien, Werkstätten und anderen zivilen Bereichen auf der nur durch einen Kanal vom Park getrennten Halbinsel Karljohansvern.

Neben einem Sportplatz, der unter anderem dem 1904 gegründeten Ørn Fotballklubb als Trainingsbasis und zur Austragung von Turnieren diente, gab es auf dem weitläufigen Gelände einen runden Säulen-Pavillon, in dem das Marine-Musikkorps in der warmen Jahreszeit seine wöchentlichen Konzerte spielte, sowie einen kleinen Weiher – den *Svanedam*. Zu diesem lenkte Johanne ihre Schritte durch den Park, in dem an diesem Werktagsmorgen kaum Spaziergänger unterwegs waren. Abgesehen von einer Frau, die einen Kinderwagen vor sich herschob, begegnete Johanne niemandem.

In den Sonnenstrahlen, die hie und da durch die dicht belaubten Kronen der Bäume drangen, tanzten Mückenschwärme, in einem Gebüsch sang eine Mönchsgrasmücke, zwei Eichhörnchen jagten sich keckernd um den Stamm einer Buche herum, und eine Amsel stocherte im Rasen nach Regenwürmern. Die laue Luft war gesättigt vom betörenden Duft der in voller Blüte stehenden Linden. Das ist wahrlich ein idyllisches Fleckchen, dachte Johanne. Wenn nur der Krach nicht wäre. Die beschauliche Stimmung im Park wurde vom lauten Knallen der Niethämmer beeinträchtigt, das unablässig von den Schiffs- und U-Boot-Werften auf Karljohansvern über die Hafenbucht herüberhallte.

Mittlerweile hatte sie den Schwanenteich erreicht. In der Mitte war ein winziges Inselchen aufgeschüttet, ein paar Meter daneben schoss eine Wasserfontäne in die Höhe. Johanne nahm auf einer Bank Platz und beobachtete ein paar Stockenten, die in Ufernähe nach kleinen Krebsen, Larven und anderem nahrhaften Getier gründelten. Die namengebenden Schwäne dagegen fehlten. Johanne legte ihren Kopf in den Nacken und sah in die Wipfel der Weiden und Pappeln, die den Teich säumten. In einigen hingen dicke Mistelballen. Ihr Anblick versetzte Johanne in ihre Schulzeit zurück. Der Naturkundelehrer hatte sie und ihre Mitschüler eines Tages auf die immergrünen Ballen aufmerksam gemacht, die in der Nähe des Pausenhofs in den Zweigen eines Apfelbaums wuchsen. Dabei hatte er darauf hingewiesen, dass Misteln in Norwegen nur am Oslofjord zu finden waren – und insbesondere in ihrer Heimatstadt Horten, wo es das größte Vorkommen gab.

Johanne erinnerte sich gut, wie fasziniert sie von den Eigenheiten dieser Schmarotzerpflanze gewesen war, die sich mittels Senkerwurzeln mit den Leitungsbahnen der von ihr befallenen Bäume verband und so deren Wasser und die darin gelösten Mineralsalze nutzen konnte. Der dauerhafte Mistelbefall eines Baumes schwächte dessen Vitalität und führte manchmal sogar zu seinem Absterben.

Im Grunde ist Gravdal nichts anderes als eine menschliche Mistel, kam es Johanne beim Anblick der dunkelgrünen Büschel in den Sinn: Er ist nicht in der Lage, aus eigener Kraft für seinen Lebensunterhalt zu sorgen. Stattdessen sucht er sich ein bereits geschwächtes Opfer, geht mit ihm eine einseitige Partnerschaft ein, zapft es an, entzieht ihm stetig lebenswichtige Stoffe und schafft sich so die Basis für sein eigenes Auskommen. Dabei ist er durchaus darauf bedacht, seinem unfreiwilligen Wirt nicht vollständig den Garaus zu machen. Zumindest, solange er ihm von Nutzen ist.

Leif hatte einen Umweg gewählt und erschien am gegenüberliegenden Ufer. Johanne sprang auf und lief ihm entgegen.

Er sieht beunruhigt aus, dachte sie. Steckt er in Schwierigkeiten? Hat Gravdal Wind von unserem Treffen gestern bekommen?

Noch bevor sie ihn begrüßen und fragen konnte, fasste Leif sie am Ellenbogen, führte sie ein paar Schritte vom Teich weg zu einer mächtigen Eiche und gab ihr mit einer Kopfbewegung zu verstehen, sich auf einer der moosbewachsenen Wurzelwülste niederzulassen, die zu Füßen des breiten Stammes aus dem Boden ragten. Nachdem er sich nach allen Seiten umgesehen hatte, setzte er sich ebenfalls.

»Habe ich das richtig gesehen? Warst du eben in der Bank?«, fragte er leise.

Johanne nickte.

Leif wurde blass. »Bist du ihm etwa begegnet?«

Er brauchte Gravdals Namen nicht zu nennen, die Sorge in seiner Stimme sprach für sich. Die Erkenntnis, dass Leif Angst um sie hatte, wischte das Befremden über die Selbstverständlichkeit weg, mit der er sie ungefragt duzte. Das sind unbedeutende Anstandsregeln aus einer Welt und einer Zeit, die für dich der Vergangenheit angehören, dachte Johanne. Verblüfft stellte sie fest, dass der Gedanke sie nicht bedrückte. Im Gegenteil, er hatte etwas Befreiendes.

»Ja, wir sind uns begegnet«, antwortete sie. »Wobei, aneinandergeraten trifft es wohl besser.«

Leif sah sie alarmiert an. »Was meinst du damit?«

»Ich habe ihm klipp und klar gesagt, dass ich ihm das Geschäft meines Vaters nicht überlassen werde.«

Leif spannte seine Kiefermuskeln an.

Sicher macht er mir jetzt gleich Vorwürfe, weil ich mich so weit aus dem Fenster gelehnt habe, dachte Johanne. Ich weiß selbst, dass das vielleicht nicht die klügste Taktik war.

»Ich habe es einfach nicht ertragen, wie dieser anmaßende Widerling alle herumkommandiert«, fügte sie hinzu und schob die Unterlippe vor.

Leif öffnete den Mund.

Rasch sprach Johanne weiter. »Verlange nicht von mir, künftig die Füße stillzuhalten! Das kann und will ich nicht. Und erzähle mir auch nicht, dass eine direkte Konfrontation Männersache ist und Frauen gefälligst im Hintergrund abwarten sollen.«

Leif zog die Brauen hoch.

»Mir ist bewusst, wie gefährlich Gravdal ist«, fuhr Johanne ruhiger fort. »Und ich kann verstehen, wenn du dich nicht mit ihm … schließlich ist es ja nicht dein Kampf und …«

»Doch, ist es«, unterbrach er sie. »Und ich werde dir helfen.«

»Das kann ich unmöglich von dir …«

Leif legte ihr einen Finger auf die Lippen. »Keine Widerrede!«

Johanne schluckte. Die flüchtige Berührung machte sie befangen. Und gab ihr gleichzeitig neue Zuversicht. Sie stand Gravdal nicht allein gegenüber.

23

Oslofjord, Norwegen, Frühling 1980 – Rike

Rikes Ohnmacht währte nur Bruchteile von Sekunden. Als sie die Augen öffnete, sah sie nach wie vor das zottelige Wesen über sich. Das Gefühl, in einer anderen Welt gelandet zu sein, erfasste sie erneut. Ihr war schwindelig und zugleich seltsam leicht zumute. Sie blinzelte. Das ist wohl doch kein Troll, der sich da über mich beugt, dachte sie. Es sei denn, die norwegischen Trolle haben vier Köpfe. Nein, das müssen Riesen sein. Sie musste unwillkürlich grinsen. Hier liege ich nun hilflos wie ein Käfer auf dem Rücken, umringt von Hünen. So muss sich Gulliver in Brobdingnag, dem Land der Riesen, vorgekommen sein. Sie stutzte. Ich kenne die doch von irgendwoher. Aber natürlich! Es sind die Wikinger mit dem Schlauchboot. Ausgerechnet! Die sind sicher nicht gut auf mich zu sprechen. Schließlich hätte ich sie vorhin um ein Haar ins Wasser befördert. Spitzenmäßig! Da bin ich zielsicher in die Höhle des Löwen gefahren. Das ist wirklich zu komisch. Rike prustete los.

Die vier Norweger, die sie auf Mitte zwanzig schätzte, tauschten irritierte Blicke. Bei näherem Hinsehen entpuppten sich zwei von ihnen als Frauen. Der größere der beiden Männer, den Swantje wegen seines schmalen Körperbaus vermutlich als *Sprick* bezeichnet hätte, kniete sich neben sie ins Gras.

»Er alt i orden med deg?«, fragte er.

»Sorry, I don't speak Norwegian«, nuschelte Rike.

»Ist alles in Ordnung mit dir?«, wiederholte er seine Frage auf Englisch.

»Ich denke schon«, antwortete sie und wollte sich aufrichten.

»Bleib bitte liegen«, sagte er. »Gut möglich, dass du eine Gehirnerschütterung hast.« Er musterte sie besorgt.

In seinen Augen funkeln goldene Sprenkel, die die gleiche Farbe haben wie seine Haare, dachte Rike. Der Schwindel in ihrem Kopf wurde stärker.

»Lass mich kurz nachsehen, Bjørn.« Eine der Frauen beugte sich über sie. »*Hei*, ich bin Linda. Ich studiere Medizin und möchte dich gern kurz untersuchen. Einverstanden?«

Rike nickte, ohne den Blick von Bjørn abzuwenden. Linda tastete vorsichtig ihren Kopf ab. Rike zuckte kurz, als sie eine schmerzende Stelle berührte.

»Das wird eine ordentliche Beule«, sagte Linda. »Zum Glück blutet es aber nicht.« Sie hielt Rike einen Zeigefinger vors Gesicht. »Kannst du ihm folgen?«, fragte sie und bewegte den Finger langsam von rechts nach links.

Rikes Augen lösten sich nur zögernd von dem goldenen Funkeln. Gibt es eigentlich Augenmagnete?, schoss es ihr durch den Kopf. Ich könnte schwören, dass dieser Bjørn welche hat.

»Wie heißt du?«, fragte Linda.

»Rike.«

»Weißt du, welchen Tag wir heute haben?«

»Einen sehr seltsamen.«

Linda runzelte die Stirn.

»Mittwoch, den zweiten April«, sagte Rike schnell und stützte sich mit den Ellenbogen auf.

Alles drehte sich. Sie ließ sich zurücksinken und schloss die Lider. Sie hörte noch, wie Linda und Bjørn auf Norwegisch beratschlagten, spürte, wie sich Hände unter ihre Schultern und Kniekehlen schoben und sie hochgehoben wurde – dann schwanden ihr erneut die Sinne.

Als Rike das nächste Mal die Augen aufschlug, lag sie auf einer Bank, die sich fast an der gesamten Längsseite eines Raumes entlangzog, dessen Wände und Decke aus breiten Holzbalken gezimmert waren. Hinter den beiden Fenstern, die in die gegenüberliegende Wand rechts und links einer Tür eingelassen waren, herrschte Dunkelheit. Rike blinzelte verwirrt. Wo war sie? Wie lange lag sie schon hier? Sie musste geschlafen haben, aber warum? Ein feines Pochen hinter ihren Schläfen brachte die Erinnerung an die Suche nach dem Schlüssel im Astloch, ihren Sturz vom Holzklotz und das Auftauchen der vier Norweger zurück.

Sie setzte sich auf. Während sie die Schwellung betastete, die sich an ihrem Hinterkopf gebildet hatte, sah sie sich um. Rechts von ihr standen ein alter Ofen aus Gusseisen in der Ecke und ein hüfthoher Schrank an der Schmalseite der Hütte. Neben diesem lehnte eine Leiter in einer Deckenluke. Zu ihrer Linken befanden sich ein großer Tisch vor einem Teil der Bank und vier einfache Holzstühle. An dieser Schmalseite führte ein Durchgang in einen Nebenraum, in dem sich – dem würzigen Geruch nach angebratenen Zwiebeln und Speck nach zu schließen, der von dort hereinwaberte – eine Küche befand. Erhellt wurde der Raum von einer Petroleumlampe, die in der Mitte von der Decke hing, sowie mehreren Kerzen auf dem Tisch und dem niedrigen Schrank, die auf bauchigen Weinflaschen steckten. Gedämpfte Stimmen und Geklapper aus der Küche rundeten den Eindruck eines behaglichen Heims ab.

En mackelk Nüst – ein gemütliches Nest, hätte Opa Fiete es genannt, dachte Rike und war überzeugt, dass es ihm hier genauso gut gefallen hätte wie ihr. Um sein Glück vollkommen zu machen, hätte allerdings noch sein geliebter Schaukelstuhl vor dem Ofen stehen müssen. Rike konnte gut nachvollziehen, warum es ihre Großmutter Johanne immer wieder an diesen Ort zog. Sie runzelte die Stirn. Befand sie sich überhaupt im Häuschen von Johanne? Rike massierte sich die Schläfen. Sie fühlte sich nach wie vor etwas benebelt und hatte Mühe, ihre Gedanken zu ordnen.

In ihren Briefen an Beate hatte ihre Großmutter nicht erwähnt, dass diese damit rechnen musste, bei ihrem Besuch auf andere Leute zu stoßen. Wer also waren die vier jungen Norweger, die hier wohnten? Rikes Magen zog sich zusammen. Wenn sie sich nicht verfahren hatte und auf der falschen Insel gelandet war, gab es nur eine Erklärung für deren Anwesenheit: Ihre Großmutter war nicht länger die Besitzerin der Hütte. Weil sie gestorben war. Was auch erklärte, warum seit ihrem letzten Brief an Beate fünf Jahre vergangen waren. Diese Möglichkeit hatte Rike zwar durchaus bereits in Erwägung gezogen, es hatte in ihren Augen aber auch andere plausible Erklärungen für die Sendepause gegeben. Angefangen damit, dass Johanne schlicht die Hoffnung aufgegeben hatte, jemals eine Antwort von ihrer Tochter zu erhalten, und deshalb keinen Sinn mehr darin sah, sich weiterhin bei ihr zu melden. Vielleicht war sie aber auch nicht mehr in der Lage, Briefe zu schreiben.

Ein Schwall kühler Luft, der die Kerzenflammen zum Flackern brachte, beendete ihre Überlegungen. Die Eingangstür schwang auf, und Bjørn kam mit einem Stapel Holzscheite in den Armen herein. Rikes Herz begann, schneller zu schlagen. Sie stand auf.

»Ah, du bist aufgewacht«, sagte er und lächelte erfreut. »Geht es dir besser?«

Das dunkle Timbre seiner Stimme erinnerte Rike an den Klang eines Violoncellos. Sie liebte dieses Instrument, dessen Tonlage nicht so hell und hoch wie eine Geige war, das aber durchaus über ein breites Spektrum verfügte. Ihr Mund wurde trocken. Sie würde keinen geraden Satz herausbringen. Sie nickte stumm und beobachtete, wie Bjørn einen Teil des Holzes in einem Korb neben dem Ofen verstaute und zwei Scheite in die Feuerklappe schob. Mit dem Rest ging er zur Küche, aus der ihm der andere junge Mann entgegenkam. Offensichtlich hatte er schon auf das Holz gewartet, denn er nahm es Bjørn mit einem norwegischen Kommentar ab, der in Rikes Ohren vorwurfsvoll klang. Bjørn murmelte etwas Entschuldigendes und sah ihm mit einem Schulterzucken nach.

»Darf ich vorstellen: Knut alias Oscar the Grouch«, sagte er auf Englisch zu Rike. »Du weißt schon, der …«

»… zottelige grüne Griesgram aus der Sesamstraße.« Rike kicherte und setzte sich auf die Bank.

Bjørn zwinkerte ihr zu und verschwand wieder nach draußen.

»Das habe ich gehört«, rief Knut aus der Küche.

Im Hintergrund hörte Rike zweistimmiges Frauengelächter. Im Türrahmen erschienen Linda und die zweite Norwegerin mit Tellern, Besteck und einer großen Salatschüssel.

»*Hei*, ich bin Marit«, sagte Letztere, nachdem sie ihre Last auf den Tisch gestellt hatte, und streckte Rike die Hand hin. »Vorhin hatte ich gar keine Gelegenheit mehr, mich vorzustellen.«

»Tut mir leid«, murmelte Rike.

»Dafür musst du dich doch nicht entschuldigen«, sagte Marit. »Dein Sturz war echt heftig.«

Linda, die mittlerweile die Teller verteilt und ein Brett mit einem Brotlaib sowie eine Butterschale aus der Küche geholt hatte, sah Rike prüfend an. »Wie fühlst du dich denn jetzt?«, fragte sie. »Hast du arge Kopfschmerzen?«

»Es geht so.«

»Und hast du Appetit? Oder ist dir übel?«

»Nein, mein Magen ist in Ordnung«, antwortete Rike.

»Gut. Dann ist es wohl keine schwere Gehirnerschütterung. Aber vorsichtig solltest du trotzdem sein.«

Rike nickte. Diese Linda schüchterte sie ein und machte sie befangen. Auf eine andere Art als Bjørn, der in diesem Moment mit einem dicken Bündel Kienspäne zurückkam. Er legte sie in die Holzkiste, entledigte sich seiner Jacke, setzte sich Rike gegenüber auf einen Stuhl, zog das Brett mit dem Brot zu sich und griff nach einem großen Messer mit gezackter Klinge. Seine Bewegungen waren ruhig und konzentriert. Es bereitete Rike Vergnügen, ihm zuzusehen, wie er das Messer mit kraftvollen Schwüngen durch das Brot führte und dieses in gleichmäßige Scheiben zerteilte, die er anschließend wie einen Fächer auf dem Brett anordnete – mit leichter Hand, ohne penibel zu wirken.

Linda nahm an der Kopfseite zwischen ihnen Platz, Marit neben Rike auf der Bank über Eck mit Knut, der die Küche verlassen und eine große Pfanne auf der Mitte des Tisches abgestellt hatte, in der sich ein Berg goldbrauner Bratkartoffeln türmte, die mit Speckwürfeln und in Röllchen geschnittenen Frühlingszwiebeln vermengt waren. Obenauf waren fünf Spiegeleier drapiert.

Marit nahm Rikes Teller. »Darf ich?«, fragte sie und häufte eine Portion darauf. »Knuts *Pytt i panne* ist legendär.«

»Sie übertreibt mal wieder«, brummte Knut. »Ist doch nur ein Resteessen.«

Marit stellte den Teller vor Rike ab. »Aber absolut köstlich. Wie alles, was du kochst«, sagte sie, beugte sich zu ihm und gab ihm einen Kuss auf den Mund.

Rike wandte sich verlegen ab und begegnete Bjørns Blick. Wie lange er sie wohl bereits ansah? Das goldene Funkeln in seinen Augen versetzte ihren Magen in Aufruhr. Hastig schaute sie auf ihren Teller. Dabei bemerkte sie, wie Linda ihre Hand auf Bjørns Knie legte. Der Knoten in ihrem Bauch verhärtete sich. Die beiden waren also wie Knut und Marit ein Paar. Die Erkenntnis gab ihr einen Stich.

Warum erstaunt dich das?, meldete sich eine kühle Stimme in ihr zu Wort. Liegt das nicht auf der Hand? Zwei Pärchen verbringen die Ostertage zusammen in einem Ferienhaus. Anstatt dich von goldenem Augengefunkel ablenken zu lassen, solltest du lieber allmählich herausfinden, wer die vier sind und wo genau du dich befindest. Rike schluckte. Sie ärgerte sich über sich selbst.

»Sag mal, das warst du doch heute Nachmittag auf der Ariston Riva, oder?«, drang Marits Stimme in ihren inneren Dialog.

Rike nickte automatisch.

»Ha! Ich hatte also doch recht!«, sagte Marit zu den anderen.

Knut zog die Brauen hoch. »Unglaublich! Wie hast du das angestellt?«

»Äh … ich … es tut mir leid, dass ich euer Boot fast ge…«, stammelte Rike.

»Das war ein tolles Manöver!«, fiel ihr Bjørn ins Wort und strahlte sie an.

»Stimmt. Das meinte ich aber nicht.« Knut beugte sich an Marit vorbei zu Rike. »Wie um alles in der Welt hast du Persson dazu bewegt, dich mit seiner *Terna* fahren zu lassen?«

»Kennst du ihn schon länger?«, erkundigte sich Marit. »Hast du schon früher hier Urlaub gemacht?«

Rike schüttelte den Kopf. »Ich bin zum ersten Mal in Norwegen«, sagte sie leise. Es war ihr peinlich, im Mittelpunkt zu stehen. Sie stocherte in ihren Bratkartoffeln.

»Bitte, verrate mir, wie du Persson überredet hast«, sagte Knut.

Seine Brummigkeit war wie weggeblasen. Er wirkte aufgekratzt und sah Rike erwartungsvoll an.

Marit verdrehte leicht die Augen. »Du musst wissen, dass es für ihn das Größte wäre, mal so ein Boot zu fahren«, erklärte sie Rike.

»Das kann ich sehr gut verstehen«, antwortete diese. »Es ist wirklich ein unbeschreibliches Gefühl.« Sie lächelte Knut zu.

»Und, wie hast du ihn nun überredet?«, wiederholte er.

»Jeg tipper at hun flørtet med ham«, sagte Linda halblaut.

Der abfällige Ton wischte Rikes Lächeln weg. Die Antwort blieb ihr im Halse stecken.

Marit schüttelte den Kopf. »Da kennst du Persson aber schlecht, Linda! Ihm schöne Augen zu machen bringt rein gar nichts.«

Linda zuckte die Achseln und flüsterte Bjørn etwas zu. Seine Reaktion darauf entging Rike, sie traute sich nicht, ihn direkt anzusehen.

»Marit hat recht«, sagte Knut. »Bezirzen lässt sich Persson nicht. Erinnert ihr euch an die englische Touristin, die letzten Sommer versucht hat, ihn im Preis für ein Mietboot zu drücken?«

Marit kicherte. »Das war fast schon filmreif.« Sie richtete sich auf, streckte ihren Busen vor, schaute Knut schmachtend an, klimperte mit den Wimpern und machte einen Kussmund.

Knut ging auf das Spiel ein, verschränkte die Arme vor der Brust, wich vor Marit zurück und sah sie mürrisch an. »Du verschwendest deine Talente an den Falschen«, knurrte er.

Bjørn lachte herzlich. »Genau so war es«, sagte er zu Rike.

Wenn sie Persson so gut kennen, kommen sie wohl regelmäßig her, ging es Rike durch den Kopf und erinnerte sie daran, dass sie sich vermutlich auf der falschen Insel befand. In Lindas Augen zumindest ist das gewiss der Fall, wenn auch aus anderen Gründen, dachte Rike. Ich glaube, sie hätte nichts dagegen, wenn ich mich auf der Stelle in Luft auflösen würde. Oder bilde ich mir das nur ein? Weil ich Bjørn nett finde und deshalb vermute, dass sie eifersüchtig ist? Wie dem auch sei, ich habe hier nichts verloren.

Rike stand auf. »Ich danke euch sehr für eure Gastfreundschaft«, stieß sie hervor. »Aber ich muss jetzt gehen.«

Die vier starrten sie überrascht an.

»Was? Wieso denn?«, rief Marit.

»Im Dunkeln mit dem Boot auf dem Fjord?«, fragte Knut. »Entschuldige, aber das ist keine gute Idee!«

Bjørn schüttelte energisch den Kopf. »Kommt gar nicht in Frage«, sagte er zu Rike. »Erstens hat Knut recht. Und zweitens solltest du nicht mit deiner Gehirnerschütterung spaßen.«

»Mir geht es gut«, sagte Rike. »Und ich muss wirklich los.« Ihre Stimme drohte zu kippen.

Marit griff nach ihrer Hand. »Das kannst du morgen immer noch«, sagte sie und zog sie sanft auf die Bank zurück. »Es ist wirklich zu gefährlich, nachts in unbekannten Gewässern zu fahren.«

»Was hat dich überhaupt hierher verschlagen?«, fragte Knut.

Rike nestelte ihren Brustbeutel hervor und holte Johannes Brief heraus. »Ich bin auf der Suche nach dieser kleinen Insel. Ich dachte, ich wäre hier richtig.« Sie legte die Seite mit der Skizze vom Oslofjord auf den Tisch und tippte auf das Kreuz.

»Bist du auch«, sagte Marit. »Auf dieser Seite von Langøya gibt es nur dieses Inselchen.«

Bjørn nahm das Blatt und warf einen Blick darauf.

»Und warum hast du es gesucht?«, fragte Marit.

Die Fassungslosigkeit auf Bjørns Gesicht lenkte Rike ab.

»Das ist unmöglich«, murmelte er.

»Wieso?«, widersprach Marit.

Bjørn antwortete ihr nicht. Er drehte sich zu Rike. »Woher hast du diesen Brief?«

»Äh … das ist eine längere Ge…«, stammelte sie.

»Bjørn, was ist los?«, fragte Linda.

Bjørn ignorierte auch sie. Unverwandt sah er Rike an. »Wer bist du?«

»Rike … Rike Meiners.«

Bjørn ließ sich gegen die Lehne seines Stuhls fallen. »Ich fasse es nicht!«, rief er.

»Jetzt komm mal wieder runter«, knurrte Knut. »So kenne ich dich gar nicht. Was ist denn so besonders an dem Wisch?«

Bjørn fuhr sich mit einer Hand durch die Haare. »Dass ich weiß, wer ihn geschrieben hat.«

»Nämlich?«

»Die Frau meines Onkels!«

24

Horten, Norwegen, Juni 1926 – Johanne

»Wenn wir Gravdal die Stirn bieten wollen, müssen wir stichhaltige Beweise beschaffen, dass er für den Tod deines Vaters verantwortlich ist«, sagte Leif. »Selbst dann wird es alles andere als einfach, ihn zur Strecke zu bringen.«

Der nüchterne Ton seiner Feststellung vertrieb die gefühlvolle Anwandlung, die Johanne zuvor ergriffen hatte. Sie setzte sich aufrechter. »Ich weiß«, entgegnete sie. »Ich habe langsam den Eindruck, dass er halb Horten in der Hand hat.«

»Oder auf seiner Lohnliste.« Leif zuckte mit den Schultern. »Aber auch ihm kann man beikommen. Niemand ist gegen alles gefeit«, fuhr er fort. »Als Erstes sollten wir den angeblichen Abschiedsbrief deines Vaters überprüfen lassen. Du hast ihn doch an dich genommen, oder?«

Johannes Magen zog sich zusammen. Die warnende Stimme meldete sich zurück und ermahnte sie, auf der Hut zu sein. Wenn sogar ein integrer Mann wie Bankdirektor Ludvigsen vor Gravdal kuschte, war es auch denkbar, dass Leif ihr seine Hilfsbereitschaft nur vorspielte und eigentlich nach wie vor für den Schmuggler arbeitete. Johanne überlief ein Schauer. Vielleicht hat er sogar von ihm den Auftrag, sich an mich heranzumachen und mich auszuhorchen? Noch während sie das dachte, schoss ihr die Schamesröte ins Gesicht. Gravdal war wie ein schleichendes Gift, das ihr Vertrauen in die Menschen zersetzte und sie überall böse Absichten und Verrat vermuten ließ.

»Keine Angst, ich will den Brief gar nicht haben«, sagte Leif. »Aber du solltest ihn einem Grafologen zeigen. Wenn er die Fälschung der Schrift bestätigt, hätten wir ein weiteres Indiz dafür, dass der Selbstmord inszeniert war.«

Johanne wich seinem Blick aus und schaute beschämt auf die bemooste Wurzel, auf der sie saß. Er musste sie für eine argwöhnische und vor allem undankbare Zicke halten. Vermutlich bereute er es bereits, ihr seine Unterstützung angeboten zu haben.

»Und du tust gut daran, vorsichtig zu sein. Ich nehme das nicht persönlich«, hörte sie Leif leise sagen. Es klang aufrichtig.

Johanne schluckte, hob den Kopf und begegnete seinem Blick, der voller Anteilnahme auf ihr ruhte. Die Härchen in ihrem Nacken stellten sich auf. Leif konnte in ihr lesen wie in einem offenen Buch. Das war ihr peinlich. Gleichzeitig genoss sie die ungewohnte Erfahrung, dass jemand sie nicht mit abgedroschenen Floskeln abspeiste, sondern sich wirklich auf sie einließ, sich in sie hineinversetzte und Rücksicht auf ihre Bedenken und Gefühle nahm. Dass dieser Jemand ausgerechnet ein Ganove war, gab dem Ganzen einen pikanten Anstrich. Johanne war sich bewusst, dass sie als anständige junge Frau aus gutem Hause keinen Umgang mit einem wie Leif pflegen sollte.

Unwillkürlich schob sie die Unterlippe vor und vermied es, sich über die Empfindungen Rechenschaft abzulegen, die seine körperliche Nähe auslösten. Ihren imaginären Kritikern – einschließlich ihres eigenen – hielt sie entgegen, dass Leif der Einzige war, der ihr helfen konnte und wollte, es mit Sven Gravdal aufzunehmen.

Mein feiner Verlobter hat sich beim ersten Hauch von Widrigkeiten aus dem Staub gemacht, dachte Johanne voller Trauer und Wut. Ich werde Leifs Angebot nicht zurückweisen! Ich kann und werde nicht zulassen, dass das Erbe von Vater von einem Aasgeier wie Gravdal besudelt wird! Und dank Leif habe ich zumindest eine kleine Chance, seinen Machenschaften etwas entgegenzusetzen. Vielleicht gelingt es uns sogar, ihm den Mord nachzuweisen. Er wird sich gewiss nicht selbst die Hände schmutzig gemacht haben. Aber auch die Anstiftung zu einem Kapitalverbrechen wird hart bestraft.

Vor Johannes innerem Auge erschien ein Gerichtssaal, in dem Sven Gravdal auf der Anklagebank saß und zu einer langen Haft verurteilt wurde.

»Was hat dich eigentlich dazu gebracht, deinen Boss zu verdächtigen?«, fragte sie. »Er wird ja kaum herumposaunt haben, dass er meinen Vater beseitigen will.«

»Nein, und schon gar nicht einem Neuling wie mir gegenüber«, entgegnete Leif. »Gravdal ist äußerst misstrauisch. Im Grunde weiß ich gar nicht, wen er in seine Pläne einweiht. Und ob er das überhaupt tut.«

»Du hältst es für möglich, dass er meinen Vater selbst …«

Leif schüttelte den Kopf. »Das kann ich mir nicht vorstellen. So ein Risiko würde Gravdal nicht ohne Not eingehen. Ich vermute, er hat einen Mörder von weit außerhalb gedungen, der nach der Tat die Gegend wieder verlassen hat.«

»Und wie hast du nun herausgefunden, dass er etwas im Schilde führt?«, wiederholte Johanne ihre Frage.

Leif hielt den Zeigefinger der rechten Hand vor seine Lippen und deutete mit dem Kopf zu dem Weg, der in etwa zehn Metern Entfernung von ihnen hinter dem Teich verlief. Johanne erstarrte, spähte am Stamm der Eiche vorbei durch die Büsche und sah zwei ältere Herren, die ins Gespräch vertieft an ihnen vorbeischlenderten. Unwillkürlich hielt sie den Atem an und verharrte regungslos, bis die beiden außer Sichtweite waren.

Leif sah sich aufmerksam um, bevor er antwortete. »Gravdal hat deinen Vater schon eine ganze Weile beschatten lassen. Von einem Kerl, der wohl schon länger für ihn arbeitet. Ich habe das nur durch Zufall mitbekommen, Gravdal achtet nämlich sehr darauf, dass seine Leute so wenig Kontakt wie möglich miteinander haben oder wissen, was die anderen so treiben.«

»Warum das?«

»Vermutlich, damit wir nichts ausplaudern können, wenn wir von der Polizei verhört werden.«

»Ganz schön gerissen«, murmelte Johanne.

»Das ist er«, sagte Leif.

Johanne warf ihm einen prüfenden Blick zu. »Hast du eigentlich gar keine Angst vor ihm? Er ist furchtbar rachsüchtig. Wenn er herausfindet, dass du ihn hintergehst und ausgerechnet mit mir gemeinsame Sa…«

Leif schüttelte den Kopf. »Es wäre dumm von mir, keine Angst zu haben und Gravdal zu unterschätzen. Das kann schnell übel ausgehen. Aber er bedroht dich. Und der Gedanke, er könnte dir Schaden zufügen …« Leifs Stimme schwankte. Er räusperte sich und fuhr energisch fort: »Jedenfalls hat sich der Spion letztens derart besoffen, dass er kaum ansprechbar war. Deshalb musste ich für ihn einspringen und das Gebäude mit eurem Laden in der Storgata beschatten.«

Johanne runzelte die Stirn. »Was wollte Gravdal denn herausfinden?«

»Ich sollte ihm melden, wer zu welchem Zeitpunkt das Haus verließ oder betrat und ob es ›irgendwelche ungewöhnlichen Vorkommnisse gab‹, wie er sich ausdrückte. Ich dachte, dass er rauskriegen wollte, was dein Vater plante, nachdem er sich geweigert hatte, mit ihm zu kooperieren. Oder ob es Schwachpunkte gab, die er gegen ihn ausspielen konnte. Eine Geliebte zum Beispiel oder illegales Glücksspiel. Das ist nämlich eine seiner Strategien, um Leute gefügig zu machen.«

»Erpressung also«, murmelte Johanne. »Da war er bei meinem Vater an den Falschen geraten. Du oder dieser andere Spion hättet euch die Beine bis zum Sankt-Nimmerleins-Tag in den Bauch stehen können.«

Leif verzog den Mund. »Ich fürchte, genau das hat Gravdal zum Äußersten getrieben. Er erträgt es nicht zu verlieren.«

Johanne rieb sich die Stirn. »Und wann genau hast du unser Geschäft observiert?«

»Letzten Dienstag. Morgens ab sieben Uhr.«

»Wie bitte?« Johanne riss die Augen auf. »Am Dienstag?«

»Genau. An dem Morgen, an dem dein Vater in seinem Büro gefunden wurde. Was ich zu dem Zeitpunkt natürlich noch nicht ahnte. Ich hatte mich auf eine ereignislose Warterei eingerichtet. Umso überraschter war ich, als, kurz nachdem ich meinen Posten bezogen hatte, der Angestellte deines Vaters einen Arzt in Empfang nahm und wenig später einen Botenjungen zu euch nach Hause schickte.«

Johanne hob eine Hand. »Moment, woher wusstest du, wohin …«

»Ich habe ihn abgefangen und ihm seine Nachricht entlockt.« Leif hob die rechte Hand und rieb Zeige- und Mittelfinger gegen seinen Daumen. »Als ich vom Tod deines Vaters hörte, schrillten meine Alarmglocken. Die besonderen Vorkommnisse, die ich Gravdal melden sollte, erschienen mir nun in einem speziellen Licht. Konnte es sein, dass er damit gerechnet hatte? Wenn ja, dann konnte es eigentlich nur einen Grund geben: Er wusste, was deinem Vater zugestoßen war.«

»Weil er dahintersteckte«, sagte Johanne und legte eine Hand auf ihre Brust, die sich heftig hob und senkte. Das Stechen war zurückgekehrt und machte ihr das Atmen schwer. Einen vagen Verdacht gegen Gravdal zu haben war eine Sache. Zunehmende Gewissheit zu erhalten war eine andere. Furcht kroch in ihr hoch und ballte sich in ihrem Bauch zu einem kalten Klumpen.

»Gravdal hat sehr unwirsch auf die Traueranonnce letzten Mittwoch in der Zeitung reagiert, in der von einem tragischen Unfall als Todesursache die Rede war«, fuhr Leif fort. »Als er herausfand, dass die Polizei diese Ansicht bestätigte und keine weiteren Ermittlungen durchführte, wurde er sehr zornig. Er hatte offenbar fest mit einem anderen Vorgehen der Behörden gerechnet.«

»Da muss ihm klar geworden sein, dass jemand den Abschiedsbrief hat verschwinden lassen«, sagte Johanne. Für einen kurzen Moment flackerte ein Triumphgefühl in ihr auf. Sie hatte Gravdal ein Schnippchen geschlagen und seine Pläne durchkreuzt. Was diesen Verbrecher aber keineswegs davon abgehalten hat, sein Ziel weiter zu verfolgen, dachte sie und biss sich auf die Lippe. »Was hat er als Nächstes unternommen?«, fragte sie.

»Er hat sich von mir zu einem Privathaus fahren lassen«, erwiderte Leif. »Wo niemand Geringeres wohnt als Polizeimeister Rettmann.«

Johanne sog scharf die Luft ein. »Der sich daraufhin höchstpersönlich in die Ermittlungen eingeschaltet hat«, stieß sie hervor. »Und verkündete, dass es Selbstmord war.«

»Pst«, machte Leif und legte ihr eine Hand aufs Knie. »Da hinten kommen ein paar Leute.«

Johanne folgte seinem Blick und sah eine Gruppe Halbwüchsiger in kurzen Hosen und Trikots auf einem der breiteren Wege Richtung Sportplatz laufen.

»Womit hat Gravdal den Polizeichef wohl in der Hand?«, flüsterte sie.

Leif hob die Schultern. »Schnöde Bestechung, vermute ich mal. Rettmann befände sich da in guter Gesellschaft. Es gibt einige Polizisten und Zöllner, die mit Schmugglern und Schwarzbrennern unter einer Decke stecken.«

Johanne massierte sich die Schläfe. »Glaubst du, dass Gravdal auch das Gerücht gestreut hat, ich hätte die Versicherung betrügen wollen?«, fragte sie nach kurzem Schweigen.

»Das wird behauptet?« Leif schüttelte ungläubig den Kopf. »Aber es passt zu Gravdal. Ihm ist jedes Mittel recht, wenn er jemanden in die Knie zwingen will.«

»Meine Schwieger… die Frau von Hotelbesitzer Falkensten hat mir das unterstellt«, erklärte Johanne. »Ich habe mich immer gefragt, wie sie darauf gekommen ist.«

Leif kniff die Augen leicht zusammen. »Falkensten, sagst du? Warte … ja genau! Letzten Mittwoch hat Gravdal im Hotel Falkensten zu Mittag gegessen. Er machte einen sehr zufriedenen Eindruck, als ich ihn dort wieder abholte.«

Johanne überlief ein eisiger Schauder beim Gedanken, in ein Netz aus Intrigen, böswilligen Verleumdungen und Manipulationen verstrickt zu sein, das Gravdal um sie und ihre Familie gesponnen hatte. Er erschien ihr wie eine bedrohliche Riesenspinne, die nur darauf lauerte, sie einzuwickeln und zu fressen.

»Da wird er sich aber die Zähne ausbeißen!«

»Was meinst du?«

Leifs Frage machte Johanne bewusst, dass sie ihren letzten Gedanken, mit dem sie sich selbst Mut machen wollte, laut ausgesprochen hatte. Sie winkte mit einer Hand ab. »Nichts weiter. Ich werde jedenfalls nicht klein beigeben.«

»Etwas anderes von dir zu hören hätte mich auch enttäuscht«, sagte Leif. Er sah ihr in die Augen. Einen Atemzug lang gab sich Johanne der Zärtlichkeit in seinem Blick hin, die ihr durch und durch ging und den eisigen Klumpen in ihrem Bauch zum Schmelzen brachte.

»Aber leicht wird es nicht«, fuhr Leif fort. »Zumal du ja auch für deine Mutter und deinen Bruder sorgen musst.«

Johanne riss sich von seinen Augen los. Leifs selbstlose Hilfsbereitschaft und die Nähe zu diesem Menschen, zu dem sie sich auf eine beunruhigende, ihr bis dahin nie gekannte Weise hingezogen fühlte, brachten sie aus dem Konzept. Der Drang, sich in seine Arme zu werfen, sich an seine Brust zu schmiegen und seine Wärme zu spüren, wurde immer stärker.

»Ich möchte dir helfen«, sprach Leif indessen weiter. »Viel Geld habe ich allerdings nicht auf der hohen Kante, und auf Dauer braucht ihr eine …«

»Ich würde gern den Plan meines Vaters verwirklichen«, unterbrach ihn Johanne, die krampfhaft nach einem unverfänglichen Thema gesucht hatte, das sie von ihrem inneren Chaos ablenkte. »In den Kisten, die der deutsche Kapitän gestern gebracht hat, sind Radioempfänger. Mein Vater wollte sie wohl in größerem Stil importieren und hier verkaufen.«

Leifs Miene erhellte sich. »Das ist eine prima Idee!«

»Ja, schon. Die Sache hat nur einen Haken: Ich habe kein Geld, um die Ware zu bezahlen. Kapitän Meiners ist zwar sehr kulant. Er will eine erste Anzahlung erst bei seinem nächsten Besuch. Aber selbst diese Gnadenfrist hilft mir nicht wirklich weiter.« Johanne verzog den Mund.

Leif legte den Kopf schief und sah sie nachdenklich an. Ein Funkeln glomm in seinen Augen auf. »Ich habe da eine Idee, wie du an das nötige Kapital rankommst. Ist allerdings riskant und nicht das, was in deinen Kreisen als korrekt …«

»Soll ich etwa eine Bank überfallen?«, platzte Johanne heraus. Sie sah sich maskiert in den Empfangsraum der Horten & Omegns Privatbank stürmen, wo sie eine Pistole zückte, die anwesenden Kunden aufforderte, sich auf den Boden zu legen, und einen Angestellten, ihr den Tresor zu öffnen und einen großen Sack mit Geldbündeln zu füllen.

»Das würde ich dir glatt zutrauen«, sagte Leif mit einem Schmunzeln. »Wenn alle Stricke reißen, wer weiß … ich könnte den Fluchtwagen fahren.« Er zwinkerte ihr zu.

Johanne kicherte und genoss diesen winzigen Augenblick der Unbeschwertheit.

»Mein Vorschlag ist nicht ganz so spektakulär«, fuhr Leif ernster fort. »Er hätte aber einen reizvollen Nebeneffekt: Wir könnten Gravdal einen Denkzettel verpassen und ihn da treffen, wo es ihm am meisten wehtut: an seinem Geldbeutel.«

Johanne spürte, wie sich der Puls in ihrem Hals beschleunigte. Das »Wir« in Leifs Satz ließ ihr Herz buchstäblich höherschlagen. Verstärkt durch die Aussicht, Gravdal eins auszuwischen. »Erzähl mehr!«, rief sie. »Das klingt verlockend.«

Hinter ihr raschelte es. Erschrocken schlug sie die Hand vor den Mund und sah sich um. Zu ihrer Erleichterung war kein Mensch in der Nähe, nur eine Amsel, die das welke Laub zwischen den Büschen nach Insekten durchwühlte. Von der Garnisonskirche schallten Glockentöne herüber. Leif zog eine Taschenuhr hervor, ließ sie aufklappen und runzelte die Stirn.

Johanne beugte sich näher zu ihm. »Also? Was wolltest du vorschlagen?«

»Gravdal erwartet in der Nacht auf Donnerstag eine große Whiskylieferung in der Bucht beim Ruseberg in der Nähe von Holmestrand. Ich fange sie ab, du verkaufst sie und investierst den Gewinn in Radios.«

»Halt, nicht so hastig!« Johanne zog die Augenbrauen hoch. »Hab ich das richtig verstanden? Du willst ihn bestehlen?«

»Ja. Ist das ein Problem für dich?«

»Äh, nein, eigentlich nicht. Aber wie willst du das denn … Entschuldige, aber das hört sich etwas zu einfach …«

»Das war die Kurzversion«, unterbrach Leif sie und stand auf. Seit er auf die Uhr gesehen hatte, war er angespannt und nervös. »Ich muss schleunigst los. Es ist schon elf. Gravdal erwartet mich in einer Viertelstunde. Ich soll ihn auf einer Dienstreise, wie er es nennt, chauffieren.«

Er streckte Johanne die Hand hin und zog sie hoch. Die Berührung durchzuckte sie wie ein elektrischer Schlag. Sie stützte sich mit der anderen Hand am Stamm der mächtigen Eiche ab, unter der sie gesessen hatten, und kämpfte gegen den Schwindel an, der sie erfasste.

»Denk in Ruhe über meinen Vorschlag nach«, sagte Leif, ohne ihre Hand loszulassen. »Mittwochabend sind wir zurück. Wenn du einverstanden bist, knotest du übermorgen nach Sonnenuntergang ein weißes Taschentuch ans Geländer eures Balkons. Alles Weitere besprechen wir, wenn ich die Ware habe.«

»Aber ich … wie kann ich darüber … ich weiß doch viel zu wenig und … und außerdem ist das …«, stammelte Johanne, nach wie vor verwirrt von dem Aufruhr, in den Leifs Berührung ihr Innerstes versetzt hatte.

»Je weniger Einzelheiten du kennst, desto besser«, sagte Leif und drückte zärtlich ihre Hand, bevor er sie losließ. »Du musst nur entscheiden, ob du unerlaubten Handel mit Schnaps treiben willst.«

Bevor Johanne weitere Einwände vorbringen konnte, drehte er sich um und eilte federnden Schrittes davon.

Das »Warte!«, das sie ihm nachrufen wollte, blieb ihr im Hals stecken. Am gegenüberliegenden Ufer erschien eine ältere Dame mit zwei kleinen Kindern, die mit Papiertüten ans Wasser liefen und begannen, die Enten mit Brotstückchen zu füttern. Johanne strich ihren Rock glatt, zupfte ein paar Halme und Blätter ab und lief zu dem Weg, der aus dem Park in die Stadt führte. Langsam beruhigte sich ihr wild klopfendes Herz, und ihr Kopf war wieder imstande, klare Gedanken zu fassen.

Sie musste nicht mit sich zurate gehen, ob sie Leifs Angebot annehmen sollte oder nicht. Ihre Entscheidung war gefallen, als er ganz selbstverständlich davon gesprochen hatte, zusammen mit ihr Gravdal einen Denkzettel verpassen zu wollen. Sie wunderte sich über sich selbst. Sie verspürte keine Furcht, sich nicht nur mit dem gefährlichsten Menschen anzulegen, den sie kannte, sondern zudem ein Terrain zu betreten, von dem sie bis vor wenigen Tagen allenfalls in Kriminalgeschichten und Zeitungsmeldungen gelesen hatte. Sie erkannte sich selbst nicht wieder. War das wirklich noch sie? Die Johanne, der ethische Integrität, Ehrlichkeit und Gesetzestreue nicht nur leere Worthülsen waren, sondern Werte, die ihr viel bedeuteten?

Johanne verlangsamte ihre Schritte, während sie in sich hineinhorchte. Auch wenn es von außen anders aussehen mochte: Sie verriet ihre Überzeugungen nicht grundlegend. Es galt, einem Mann die Stirn zu bieten, dem nichts heilig war und dem es binnen kurzer Zeit gelungen war, aufrechte Mitglieder der Hortener Bürgerschaft zu korrumpieren oder derart einzuschüchtern, dass sie die Augen vor seinen kriminellen Machenschaften verschlossen oder sogar selbst davon profitierten. Ihm auf legalem Wege beizukommen war ihr – zumal als einflussloser Frau – so gut wie unmöglich. Darüber hinaus stand die Existenz ihrer Familie auf dem Spiel. Johanne blieb stehen. Ihre Familie! Sie musste sie in Sicherheit bringen! Bevor sie sich auf ihr Abenteuer einließ, musste sie ihre Mutter und Finn aus Gravdals Schusslinie entfernen. Abgesehen davon wollte sie freie Bahn haben und nicht zu Hause zu Heimlichkeiten gezwungen sein. Die beiden einzuweihen kam nicht in Frage. Es bedurfte keiner ausgeprägten Fantasie, um sich die hysterische Reaktion ihrer Mutter auszumalen, wenn sie von ihren Plänen erfuhr. Nein, sie musste so rasch wie möglich aus Horten verschwinden und sich so lange an einem sicheren Ort aufhalten, bis Johanne ihre Rechnung mit Gravdal beglichen hatte. Johanne reckte ihr Kinn vor und lief zügig zur Weinhandlung in der Storgata. Es gab einige Telefonate zu erledigen.

25

Oslofjord, Norwegen, Frühling 1980 – Rike

»Bist du sicher?«, fragte Marit. »Die Frau deines Onkels?«

»Wie kommst du denn darauf?«, wollte Linda gleichzeitig wissen.

»Das ist doch verrückt!«, brummte Knut.

Bjørn hob beide Hände. »Ich weiß! Aber es ist ihre Schrift. Außerdem …«

»Schriften können sich sehr ähneln. Du verwechselst da bestimmt …«, unterbrach ihn Knut.

Bjørn schüttelte den Kopf. »Es ist ja nicht nur die Schrift. Rike hat doch gesagt, dass sie mit Nachnamen Meiners heißt und …«

Die Erwähnung ihres Namens riss Rike aus ihrer Erstarrung, in die Bjørns Entdeckung sie versetzt hatte. Hatte sie einen Moment zuvor noch angenommen, sich auf der falschen Insel zu befinden und eine beschwerliche, wenn nicht gar aussichtslose Suche nach ihrer Großmutter vor sich zu haben, sah sie sich nun unvermittelt ans Ziel katapultiert. Sie begriff zwar den Zusammenhang nicht, zweifelte jedoch keine Sekunde daran, dass Bjørn von Johanne sprach. Und dass diese noch lebte. Ihre Kehle wurde eng.

»Stimmt das?«, fragte Marit und berührte Rike am Unterarm. »Hast du den Brief von Bjørns Tante bekommen?«

Rike zuckte zusammen und bemerkte, dass alle sie erwartungsvoll anschauten. »Äh, nein. Er ist von meiner Großmutter.«

»Na siehst du«, sagte Knut zu Bjørn. »Du hast dich getäuscht.«

»Nicht, wenn seine Tante Johanne Kravik heißt.« Rike griff nach dem Briefumschlag und deutete auf die Absenderadresse auf der Rückseite.

Bjørn warf einen Blick darauf. »Ja, das ist sie.«

»Wie aufregend!«, rief Marit, rutschte an die Kante der Bank und beugte sich zu Bjørn vor. »Habe ich das richtig verstanden? Du hattest keine Ahnung, dass deine Tante eine Enkelin in Deutschland hat?«

Er schüttelte den Kopf. »Sie weiß es übrigens auch nicht.«

»Das wird ja immer geheimnisvoller«, sagte Linda, die ihren Freunden bislang stumm zugehört hatte. Sie wandte sich an Rike. »Warum suchst du deine Großmutter eigentlich hier, wenn du doch ihre Adresse hast?«

»Ich nehme an, weil sie herausgefunden hat, dass Johanne nicht mehr in Rødberg wohnt«, erwiderte Bjørn an Rikes Stelle und lächelte ihr zu.

Rike nickte. »Der Brief ist schon ein paar Jahre alt. Bei der Telefonauskunft sagte man mir, dass niemand mit dem Namen Kravik mehr in diesem Ort gemeldet ist. Deshalb bin ich hierhergekommen. Ich hatte gehofft, in Johannes Ferienhaus einen Hinweis zu finden, wo sie jetzt wohnt. Und ob sie überhaupt noch lebt.«

»Das ist ja der reinste Krimi«, sagte Marit und sah Rike und Bjørn mit leuchtenden Augen an. »Ehrlich gesagt, steige ich aber noch nicht ganz durch.«

»Da bist du nicht die Einzige«, grummelte Knut. »Rike, verrätst du uns, wie das alles zusammenhängt?«

Erneut richteten sich alle Blicke auf sie. Ihr wurde heiß.

Nu man to, körtweg! – Nun mach schon, kurz und knapp!, würde Eilert jetzt sagen, dachte sie und holte tief Luft. »Also … mein Großvater war in den Zwanzigerjahren oft in Norwegen. Damals hat er Johanne kennengelernt und sie später geheiratet. Sie bekamen eine Tochter und …«

»Beate, nicht wahr?«, fragte Bjørn leise.

Gleichzeitig beschwerte sich Marit über den Telegrammstil, in dem Rike ihre Geschichte vortrug.

Rike ging nicht darauf ein. Sie nickte Bjørn zu. »Genau. Beate ist meine Mutter.«

»Also hast du doch gewusst, dass deine Tante früher schon einmal verheiratet war«, sagte Linda und schaute Bjørn verwirrt an.

»Ja, das schon. Und dass sie Mitte der Fünfzigerjahre geschieden wurde und wieder nach Norwegen kam. Aber sehr viel mehr auch nicht. Sie spricht nicht gern darüber.«

»Das wundert mich nicht«, sagte Marit. »Schließlich war ihr erster Ehemann ein Deutscher.« Sie berührte Rike am Arm. »Versteh mich bitte nicht falsch. Aber nach dem Krieg war das ein heikles Thema.«

Rike rieb sich die Stirn. Darüber hatte sie sich bislang noch gar keine Gedanken gemacht. Dabei lag es auf der Hand. Schließlich war Norwegen trotz seiner Neutralität von Hitlers Truppen überfallen und okkupiert worden. Wie hatten sich diese den Besetzten gegenüber verhalten? Beschämt gestand sich Rike ein, dass sie nur eine vage Kenntnis von diesem dunklen Kapitel hatte. Für sie mochten die fünfunddreißig Jahre, die mittlerweile vergangen waren, eine lange Zeit sein – für die Betroffenen und ihre Nachkommen dagegen vermutlich nicht. Traumatische Erfahrungen saßen tief und warfen ihre Schatten weit in die Zukunft und auf die folgenden Generationen. Welche Narben mochten sie wohl bei den Familien von Knut, Bjørn, Linda und Marit hinterlassen haben?

»Dabei war das gar nicht mal so selten«, sagte Knut. »Also Ehen zwischen ehemaligen Wehrmachtssoldaten und norwegischen Frauen. Die hatten es allerdings nicht gerade leicht.«

Marit zog die Brauen hoch. »Nicht gerade leicht? Ich bitte dich! Das ist die Untertreibung des Tages! Die meisten von ihnen haben ihre norwegische Staatsbürgerschaft verloren und wurden des Landes verwiesen.«

»Aber im Vergleich zu denen, die ›nur‹ ein Liebesverhältnis gehabt hatten und hiergeblieben sind, kamen sie noch glimpflich davon«, sagte Knut.

Marit verzog den Mund. »Da hast du natürlich recht. Die wurden furchtbar schikaniert.«

Rike schaute sie erschrocken an. Vor ihrem inneren Auge tauchten Bilder von Frauen und Mädchen auf, denen unter dem Gejohle einer aufgebrachten Menge die Köpfe kahl geschoren wurden. Als im Geschichtsunterricht das Dritte Reich und die Nachkriegszeit behandelt wurden, hatte ihnen ihr Lehrer einen Zusammenschnitt alter Wochenschauen aus verschiedenen Ländern gezeigt. Die Szenen aus einem französischen Ort, in dem sogenannte Deutschenflittchen bestraft wurden, hatten sich Rike besonders eingebrannt. Dass es auch in Norwegen ähnliche Aktionen gegeben hatte, wäre ihr nie in den Sinn gekommen. In seinen Erzählungen hatte Opa Fiete die Einwohner dieses Landes stets als besonders friedliebend und mit einem ausgeprägten

Sinn für Gerechtigkeit beschrieben. Wobei er Norwegen nur vor dem Krieg und der Besatzungszeit gekannt hatte. Fünf Jahre der Willkür eines faschistischen Regimes ausgeliefert zu sein konnte ja wohl nicht spurlos an einem Land vorübergehen.

»Wusstet ihr, dass Tausende von Frauen in Lagern interniert wurden, weil sie sich während des Krieges mit einem Deutschen eingelassen hatten?«, fragte Linda.

Bjørn nickte. »Ein großes befand sich gar nicht weit von hier. Auf der Insel Hovedøya vor Oslo.«

»Stellt euch das mal vor«, fuhr Linda mit vor Empörung bebender Stimme fort. »Diese Frauen wurden ohne Gerichtsverfahren monatelang eingesperrt und wie Schwerverbrecher behandelt. Obwohl die allermeisten von ihnen gar keine Kollaborateure oder Vaterlandsverräterinnen waren. Sondern sich einfach nur in den Falschen verliebt hatten.«

»Aber am schlimmsten hat es die Kinder aus solchen Verbindungen getroffen«, sagte Bjørn. »Die sind im Grunde die Hauptleidtragenden.«

Marit verzog das Gesicht. »Eine Schande ist das! *Tyskerbarna* ist immer noch ein Schimpfwort.«

»Tyskerbarna?«, wiederholte Rike.

»Deutschenkinder«, übersetzte Bjørn.

»Die werden bis heute diskriminiert. Wenn sie und ihre Familien es nicht peinlichst geheim halten«, erklärte Marit.

»Aber sie können doch nichts dafür, dass …«, begann Rike, unterbrach sich und biss sich auf die Lippe. Wie naiv das klang! Als ob es bei sozialer Ächtung und Ausgrenzung je darum ging, ob sie gerechtfertigt waren.

»Das macht es ja so unerträglich«, sagte Linda mit belegter Stimme. Sie räusperte sich. »In unserer Straße wohnte eine Familie. Irgendwann kam das Gerücht auf, dass der Halbbruder der Mutter einen deutschen Vater hatte. Als es sich erhärtete, brach ein endloses Getratsche aus. Der arme Mann sah sich plötzlich isoliert und zur Zielscheibe böswilliger Unterstellungen verdammt. Die Leute boykottierten seine Schreinerei, seine Kinder wurden in der Schule gehänselt, und seine Frau erlitt einen Nervenzusammenbruch.«

»Wie furchtbar!«, rief Rike. »Was ist aus ihnen geworden?«

»Sie sind in eine andere Stadt gezogen«, antwortete Linda. »Ich kann nur hoffen, dass sie dort in Frieden leben. Und nicht wieder von der Vergangenheit eingeholt werden.«

Rike zog die Brauen zusammen. Lindas Bericht hatte sie erschüttert. »Was genau wirft man eigentlich den *tyskerbarna* vor?«, fragte sie.

Linda hob die Schultern. »Wahrscheinlich genügt die Tatsache, dass ihre Mutter mit dem Feind im Bett war.«

»Nicht ganz«, sagte Knut. »Kurz nach Kriegsende gab es Überlegungen, diese Kinder nach Australien zu verfrachten. Weil sie ›minderwertige Gene‹ hätten, von denen eine permanente Gefahr für die norwegische Gesellschaft ausgehen könnte.«

Marit nickte. »Ein Doktor Sowieso hat ihre Mütter untersucht und kam zu dem Ergebnis, dass sie allesamt entweder schwachsinnig waren oder asoziale Psychopathen. Denn nur solche Individuen würden sich freiwillig mit dem Feind einlassen. Dieser Arzt ging ganz selbstverständlich davon aus, dass sie diese Veranlagung ihren Kindern vererbt hatten.«

»Kein Wunder, dass sie versucht haben, den Vater zu verschweigen«, murmelte Rike.

Sie senkte den Blick auf ihren Teller, auf dem die Bratkartoffeln unberührt erkalteten. Nicht zum ersten Mal stellte sie sich die Frage, ob es für sie selbst einfacher gewesen wäre, gar nichts über ihren Vater zu wissen. So wie er nicht wusste, dass es sie überhaupt gab. Das kann man doch nicht vergleichen, dachte sie. Er hat Beate verlassen. Für ihn war sie nur eine unbedeutende Affäre. Warum hätte er mich in seinem Leben haben wollen? Für mich dagegen wird er immer eine Rolle spielen. Auch wenn ich ihn nie kennenlernen werde. Aber ich stamme nun einmal zu fünfzig Prozent von ihm ab.

»Für die Kinder hat das die Sache aber nicht unbedingt besser gemacht«, hörte sie Bjørn sagen.

Sie hob den Kopf und nickte ihm zu. »Ja, es ist wichtig, zu wissen, woher man kommt«, sagte sie. »Sonst bleibt da ein Leben lang eine Lücke.«

»Noch schlimmer finde ich es, wenn man belogen wird. Und dann irgendwann die Wahrheit erfährt«, sagte Marit. »So wie es Anni-Frid Lyngstad ergangen ist.«

Knut verdrehte die Augen. »Endlich ist sie bei ihrem Lieblingsthema: ABBA!« Er grinste Rike an. »Sie weiß alles über diese Band mit ihren Schmachtsongs.«

Marit schlug spielerisch nach ihm. »Kann ja nicht jeder das Gegröle mögen, das AC / DC als Musik verkaufen.«

»Was ist denn nun mit Anni-Frid?«, unterbrach Linda das Geplänkel der beiden.

Marit wurde wieder ernst. »Sie hat erst vor drei Jahren erfahren, dass ihr Vater ein deutscher Wehrmachtssoldat war«, sagte sie. »Und dass er noch lebt. Als Kind hat man ihr weisgemacht, er sei im Krieg gefallen. Nach dem frühen Tod der Mutter zwei Jahre nach ihrer Geburt wuchs die kleine Anni-Frid bei ihrer Großmutter in Schweden auf – im Glauben, sie sei eine Waise.«

»Und wie kam die Wahrheit ans Licht?«, fragte Bjørn.

»Durch die Presse«, antwortete Marit. Sie drehte sich zu Rike. »Es gibt bei euch doch diese Jugendzeitschrift. Mir fällt der Name gerade nicht …«

»Du meinst die *Bravo?*«

»Genau die!«

Rikes Augen weiteten sich. »Jetzt erinnere ich mich!«, rief sie. »In einem Artikel über ABBA stand mal vor einigen Jahren, dass eine der beiden Sängerinnen einen deutschen Vater hat.«

Marit nickte. »Ich weiß nicht, wie die Journalisten das rausgefunden haben. Jedenfalls wurde erwähnt, dass ein gewisser Alfred Haase als Soldat ein Verhältnis mit der damals neunzehnjährigen Synni Lyngstad gehabt hatte, als er in ihrem Heimatort in der Nähe von Narvik stationiert war.«

»Stimmt!«, sagte Rike, der die Einzelheiten dieser Geschichte wieder einfielen, die sie beim Lesen in manchem an ihre eigene erinnert hatte. »Ich glaube, es war seine Nichte, die den Beitrag damals gefunden hat. Sie amüsierte sich über die Namensgleichheit und erzählte ihrem Onkel davon. Als er den Namen Synni Lyngstad hörte, fiel er aus allen Wolken. All die Jahre hatte er keine Ahnung, dass er sie geschwängert hatte, bevor er mit seiner Truppe aus Norwegen abgezogen wurde.«

»Hat er denn nie versucht, nach dem Krieg Kontakt zu ihr aufzunehmen?«, fragte Linda. »Wollte er nicht wissen, was aus ihr geworden war?«

Marit zuckte die Schultern. »Wohl nicht. Er hatte in Deutschland bereits Frau und Kind, als er Anni-Frids Mutter kennenlernte.«

Linda schnaubte. »So ein Schuft!«

»Aber als er von seiner Tochter erfuhr, hat er alles darangesetzt, sie kennenzulernen«, sagte Marit.

»Na toll! Nach über dreißig Jahren!«, stieß Linda hervor. »Und wer schmückt sich nicht gern mit einem weltberühmten Musikstar?« Ihre Stimme triefte vor Verachtung.

Rike stimmte ihr insgeheim zu. So hatte sie die Sache noch gar nicht betrachtet. Drei Jahre zuvor hatte die Geschichte in der *Bravo* sie beim Lesen zu Tränen gerührt. Sie hatte sich vorgestellt, wie es wäre, wenn ihr eigener Vater von ihrer Existenz erfahren und sich umgehend auf die Suche nach ihr begeben würde. Endlich hätten die gehässigen Sticheleien ein Ende gehabt, sie wäre nicht länger die uneheliche Tochter eines französischen *poggenfreeters* gewesen – eines Froschfressers, der ihr außer den auffälligen dunklen Locken und den tiefblauen Augen nichts vermacht und sie und ihre Mutter sitzengelassen hatte. Das Wiedersehen hatte sich Rike in den schönsten Farben ausgemalt und die ABBA-Sängerin beneidet, der dieses Geschenk zuteilgeworden war. Damals hatte sie deren Vorbehalte nicht verstanden.

Die persönliche Begegnung von Vater und Tochter war zwar sehr bewegend gewesen. Anni-Frid Lyngstad tat sich dennoch schwer, diesen Fremden in ihr Leben zu lassen. Zumal sie seiner Behauptung, er habe nichts von der Schwangerschaft ihrer Mutter gewusst, keinen Glauben schenkte. In ihren Augen hatte er diese im Stich gelassen und sich nicht um ihr weiteres Schicksal geschert. Während er in die Arme seiner deutschen Familie zurückgekehrt war, wurde seine norwegische Geliebte mit dem Neugeborenen mit Schimpf und Schande aus ihrem Heimatort vertrieben und konnte noch froh sein, dass sich ihre Mutter ihrer annahm und mit ihr nach Schweden zog.

»Darf ich fragen, wie das bei euch war?«

Marits Frage riss Rike aus ihren Grübeleien. Sie hob den Kopf und bemerkte, dass auch Bjørn sie gespannt ansah. Linda und Knut dagegen waren in einen heftigen Disput über Väter verstrickt, die sich nicht zu ihren Kindern bekannten, und die Auswirkungen, die das auf diese und ihre Mütter hatte.

»Warum suchst du erst jetzt nach deiner Großmutter?«, fuhr Marit fort.

»Weil ich erst vor Kurzem von ihr erfahren habe«, erwiderte Rike. »Ich dachte, sie sei schon lange tot.«

Marit runzelte die Stirn. »Wollte sie keinen Kontakt?«

Rike schüttelte den Kopf. »Im Gegenteil. Sie hat jahrelang Briefe an Beate geschickt und sie immer wieder gebeten, sie in Norwegen zu besuchen.«

»Aber ihr Vater hat das verhindert?«, fragte Bjørn.

»Nein, das hätte Opa Fie… ich meine, mein Großvater hätte sich nie zwischen die beiden gestellt. Es war meine Mutter, die nichts mehr von Johanne wissen wollte.«

»Deine Mutter?« Marit zog die Stirn kraus.

»Ja, Beate. Sie hat die Briefe nicht mal gelesen. Für sie war Johanne gestorben. Sie hat es ihr nie verziehen, dass sie fortgegangen ist.«

26

Horten, Norwegen, Juni 1926 – Johanne

Zwei Stunden nach dem Treffen mit Leif saß Johanne im Büro ihres Vaters an dessen Schreibtisch. Vor ihr lag ein dicht beschriebener Papierbogen, auf dem sie eine lange Erledigungsliste notiert hatte. Sie half ihr, Ordnung in ihre Gedanken zu bringen, ihre nächsten Schritte zu planen und einen Überblick über die anstehenden Aufgaben zu gewinnen. Unter dem Unterpunkt *Telefonate* waren bereits einige Posten abgehakt. Sie hatte die Schiffspassage für ihren Bruder nach England auf einen früheren Termin umgebucht, die Internatsschule über seine vorzeitige Rückkehr Mitte der Woche informiert und ein Telegramm an ihre Schwester aufgegeben, die in ihrer neuen Wohnung in Oslo noch keinen Telefonanschluss hatte.

Dringend! Komme bitte so schnell wie mögl. Brauche deine Hilfe. Erwarte rasche Antwort. Johanne

Johanne hatte vor, Dagny beim Wort zu nehmen und die Unterstützung einzufordern, die sie ihr zugesichert hatte. Sie sollte ihre Mutter abholen und zu Tante Magnhild begleiten, die mit ihrer Familie in Lillestrøm lebte, einem zwanzig Kilometer östlich der Hauptstadt gelegenen Städtchen. Auf der Beerdigung hatte Tante Magnhild ihre Schwester Borghild herzlich eingeladen, sie endlich einmal zu besuchen. Johannes Mutter, die nur ungern ihr behagliches Zuhause verließ und Reisen hasste, hatte ihre Schwester damals auf unbestimmte Zeit vertröstet. Johanne wollte jedoch unbedingt, dass sie das Angebot von Tante Magnhild dieses Mal wahrnahm. Es war der perfekte Weg, ihre Mutter dem Zugriff Gravdals in Horten zu entziehen. Sie wollte nicht riskieren, dass sie sich doch noch von ihm zum Verkauf des Ladens überreden ließ. Oder schlimmer noch – von ihm bedroht oder gar tätlich angegangen wurde. Außerdem verschaffte ihr die Abwesenheit ihrer Mutter freie Bahn für die Durchführung ihrer Vorhaben. Und nicht zuletzt entstanden – abgesehen von der Zugfahrt – keine nennenswerten Kosten. Johanne war zuversichtlich, dass es Dagny gelingen würde, ihrer Mutter diese Reise schmackhaft zu machen. Sie hatte von klein auf ein besonderes Geschick darin bewiesen, sie um den Finger zu wickeln und zu Dingen zu überreden, die sie eigentlich ablehnte.

Johanne überflog ihre Liste und blieb an einem Punkt hängen, der ihr besonderes Magendrücken bereitete: *Kosten reduzieren: Personal entlassen.*

Sie biss sich auf die Lippe. Der Zugehfrau, die an Waschtagen und zu Großputzeinsätzen geholt wurde, bis auf Weiteres abzusagen, würde ihr vergleichsweise leichtfallen. Anders sah es bei den festangestellten Dienstboten aus. Sowohl die Köchin als auch das Hausmädchen arbeiteten schon seit Jahren für die Revs und gehörten in Johannes Augen zur Familie. Von Ingvald ganz zu schweigen. Diesen treuen Menschen den Laufpass geben zu müssen schmerzte sie sehr. Ebenso die Vorstellung, in den kommenden Wochen, vielleicht gar Monaten mutterseelenallein in dem Haus in der

Vestre Braarudgata zu wohnen. Sie würde sich wie ein vergessenes Gespenst vorkommen, das einsam durch die Räume und Flure geisterte, in denen alles an vergangene Zeiten gemahnte, als hier noch das Leben pulsiert hatte.

Johanne stützte den Kopf in beide Hände und starrte blicklos vor sich hin. Eigentlich ist es Unfug, das Haus zu behalten, überlegte sie. Ich kann es unmöglich allein in Schuss halten. Und selbst wenn ich mich einschränke, bleiben die laufenden Kosten. Johanne stand auf und begann, im Zimmer auf und ab zu laufen. Soll ich es vermieten, fragte sie sich. Nein, das würde Mutter niemals gestatten. Außerdem finde ich selbst die Vorstellung unangenehm, dass sich fremde Menschen in unseren Zimmern aufhalten, in unseren Betten schlafen und all unsere Gegenstände benutzen und betrachten, die mit persönlichen Erinnerungen behaftet sind. Verkaufen kann ich es erst recht nicht. Abgesehen davon, dass das ohne Mutters Einverständnis – das sie mir nie geben würde – nicht möglich ist, will ich es selbst auch nicht. Es ist schließlich das Haus, das Vater einst für uns hat bauen lassen. Und wo sollen wir später wohnen, wenn der ganze Spuk mit Gravdal hoffentlich glücklich überstanden ist? Schließlich kann Mutter nicht ewig bei ihrer Schwester unterkommen, und Finn wird nach seiner Internatszeit auch wieder hierher zurückkehren.

Johanne ging zum Schreibtisch zurück. Es gab so furchtbar viel zu entscheiden. Je mehr sie nachdachte, desto größer schien ihr der Berg von Problemen, der sich vor ihr auftürmte. Konzentriere dich auf das Wesentliche, rief sie sich zur Ordnung. Du kannst nicht alles auf einmal in den Griff bekommen. Grübelnd betrachtete sie den Radioempfänger, den Ingvald und sie am Vortag zusammengebaut hatten. Wie konnte sie die Geräte, die Kapitän Meiners geliefert hatte, zügig und gewinnbringend veräußern? Die naheliegendste Lösung – sie im Laden unten anzubieten – schied fürs Erste aus. Gravdal würde versuchen, ihr die Tour zu vermasseln. Er würde alles torpedieren, was ihr Geld und damit Unabhängigkeit einbrachte. Die entscheidende Frage lautete daher: Wie konnte sie hinter seinem Rücken Geschäfte machen? Johanne zog die Brauen zusammen. Sollte sie einen anderen Händler mit dem Verkauf betrauen? Eine wenig verlockende Option. Zum einen müsste sie ihn am Gewinn beteiligen. Zum anderen war es gut möglich, dass er ihre Idee aufgreifen und auf eigene Kappe Radios aus Deutschland importieren würde.

Ein Klopfen unterbrach ihre Überlegungen. Auf ihr »Herein« wurde die Tür geöffnet, und Ingvald kam ins Büro.

»Entschuldigen Sie die Störung«, sagte er. »Ich wollte nur Bescheid geben, dass ich jetzt losfahre und den Wein ausliefere, den ein Wirt in Ramnes noch bei Ihrem Vater bestellt hatte. Gibt es irgendetwas, was ich auf dem Weg für Sie besorgen kann?«

»Nein, danke«, antwortete Johanne. Sie schlug das in schwarze Pappe eingebundene Kontorbuch auf, in dem ihr Vater Kundenwünsche und Liefertermine notiert hatte. »Gibt es noch weitere offene Bestellungen?«

»Nein, das ist die letzte.« Seine Stimme klang bekümmert.

Johanne wich seinem Blick aus. Sollte sie ihm jetzt mitteilen, dass sie ihn nicht länger beschäftigen konnte? Es hatte doch keinen Zweck, das vor sich herzuschieben. Je früher er

Bescheid wusste, desto eher konnte er sich nach einer anderen Anstellung umsehen. Sie presste ihre Hand auf den Brustkorb und suchte nach den richtigen Worten.

»Ich … wenn Sie erlauben … ich habe einen Vorschlag«, sagte Ingvald leise und trat an den Tisch. »Ich könnte dem Wirt eines der Radiogeräte anbieten. Als ich ihm die letzte Lieferung gebracht habe, hat er sich gerade sehr über den schlechten Empfang des Apparats aufgeregt, der in seiner Gaststube steht.«

Johanne hob den Kopf und strahlte. »Das ist es!«, rief sie und sprang auf. »Ingvald, Sie sind großartig!«

»Äh, ich fürchte, ich verstehe nicht, was …«, begann er und kratzte sich am Kinn.

»Ich hatte mir gerade den Kopf zerbrochen, wie ich ohne Gravdals Wissen Geschäfte treiben und Geld verdienen kann«, erklärte Johanne. »Sie wissen ja, dass er mich daran hindern will, unseren Ruin abzuwenden. Damit ich ihm doch noch zu Willen bin und den Laden überlasse.«

Ingvald nickte und verzog grimmig das Gesicht.

»Aber wenn wir die Radios nicht hier in Horten verkaufen, bekommt er das gar nicht mit.«

»Das stimmt«, sagte Ingvald und warf ihr einen anerkennenden Blick zu.

»Ich bin sicher, dass es viele abgelegene Täler, Berge, Gehöfte und Dörfer gibt, in denen die Menschen sich sehnlichst wünschen, mehr von der Welt da draußen zu erfahren«, fuhr Johanne eifrig fort. »Dank unserer Radioempfänger könnten sie teilhaben an kulturellen Darbietungen, Nachrichten, Informations- und Unterhaltungssendungen.«

Ingvald nickte. »Ich bin sicher, dass Sie einen Nerv treffen.« Er lächelte ihr zu. »Ihr Vater wäre sehr stolz auf Sie, wenn ich mir die Bemerkung erlauben darf. Sie sind eine würdige Erbin seines Geschäfts.«

Johanne spürte, wie ihr das Blut ins Gesicht stieg. Ingvalds Lob bedeutete ihr viel. »Ich weiß, dass das eigentlich nicht zu Ihren Aufgaben gehört«, sagte sie nach einer kleinen Pause. »Aber könnten Sie sich vorstellen, für mich über Land zu fahren und die Radios zu verkaufen?« Sie sah ihn gespannt an.

Ingvald zog überrascht die Brauen hoch. »Ich soll … meinen Sie wirklich, dass ich dafür der Richtige …«

»Davon bin ich überzeugt«, unterbrach ihn Johanne. »Sie mögen kein Marktschreier sein, der die Kunden mit reißerischen Sprüchen und raffinierten Überredungskünsten dazu bringt, etwas zu kaufen. Sie bestechen durch Ihre Aufrichtigkeit und seriöse Ausstrahlung. Ihnen vertraut man auf Anhieb und damit auch dem Produkt, für das Sie werben.«

Ingvald fuhr sich durch die Haare. »Ich fühle mich geehrt, dass Sie mir das zutrauen«, sagte er leise.

»Wegen der Bezahlung …« Johanne stockte. »Wäre es in Ordnung, wenn ich Sie am Umsatz beteilige … momentan kann ich leider Ihr Gehalt nicht …«

Ingvald hob eine Hand. »Machen Sie sich bitte darüber keine Gedanken. Solange ich hier ein Dach über dem Kopf habe und die Gewissheit, dass Sie nicht aufgeben und weiter …« Er wandte sich rasch ab und wischte sich über die Augen. »Ich fahre dann mal los«, fuhr er heiser fort.

»Und ich überlege mir, wie wir die Radios bewerben können«, sagte Johanne. »Auf Dauer ist es sicher nicht verkehrt, wenn wir Prospekte haben, die wir verschicken können. Auch über Annoncen in Zeitungen sollten wir nachdenken.«

Ingvald nickte ihr zu, tippte sich an seine Mütze und verließ das Büro. Johanne setzte sich wieder auf den Drehstuhl, griff zu einem Bleistift und schrieb nach kurzem Nachdenken zwei Werbesprüche auf den Notizblock.

Holen Sie sich die Welt in Ihr Wohnzimmer!

Rev bringt die ganze Welt in Norwegens entlegenste Winkel.

Darunter skizzierte sie den Fuchs in Frack und Zylinder aus dem Logo der Weinhandlung. Anstelle des Kelchglases malte sie ihm ein Radiogerät in die Pfote, das er an sein Ohr hielt. Mit einem zufriedenen Lächeln legte Johanne die Zeichnung zur Seite. Für den ersten Versuch gefiel ihr das gar nicht schlecht. Und es machte Spaß, sich Ideen für die Vermarktung eines Produktes auszudenken. Dass sie zudem einen Weg gefunden hatte, Ingvalds Entlassung zu umgehen, erleichterte sie sehr. Sie beugte sich über ihre Liste und machte ein Häkchen hinter *Verkaufsstrategie für Radios überlegen*. Bereits der nächste Punkt versetzte ihrer gehobenen Stimmung jedoch einen Dämpfer: *Abnehmer für Whisky finden.*

Johanne stand auf und lief im Zimmer auf und ab. In diesem Fall war sie auf sich allein gestellt und konnte Ingvalds Hilfe nicht in Anspruch nehmen. Leifs Worte »Je weniger Einzelheiten du kennst, desto besser« hallten in ihr nach. Sie ließen sich eins zu eins auf den Angestellten übertragen. Sie durfte seine Loyalität nicht über die Maßen strapazieren.

Zum einen galt es, Ingvald so weit wie möglich aus Gravdals Schusslinie herauszuhalten. Zum anderen wollte sie ihn nicht in Gewissenskonflikte stürzen – die diesen aufrechten Mann ohne Zweifel befallen würden, wenn er von ihren und Leifs Plänen erfuhr. Selbst wenn es ein Verbrecher war, den sie um sein Schmugglergut brachten – Diebstahl blieb Diebstahl. Dazu kam, dass sie ein staatliches Verbot ignorierten und geltendes Recht brachen, wenn sie hochprozentigen Alkohol verkauften.

Johanne blieb stehen und rieb sich die Stirn. Das war der nächste Punkt, der ihr Kopfzerbrechen bereitete. An wen und wie sollte sie den Whisky verkaufen? Und würde es Gravdal nicht misstrauisch machen, wenn sie auf einmal über die Mittel verfügte, ihre Schulden abzubezahlen? Würden er und auch andere sich nicht fragen, woher sie das Geld hatte?

Johanne nahm ihre Wanderung wieder auf. Sollte sie einen Gewinn beim Glücksspiel vorgeben? Nein, das war keine gute Idee. Abgesehen von dem Gerede der Leute, die sich das Maul über eine junge Frau aus gutem Hause zerreißen würden, die sich im Trauerjahr einem illegalen Laster hingab – wer würde ihr schon abnehmen, dass sie wie bestellt enorme Gewinne einstrich? Genauso wenig konnte sie eine überraschende Erbschaft glaubhaft behaupten.

Aber einen Verkauf unseres Hauses könnte man vortäuschen. Der Gedanke war aus dem Nichts aufgetaucht und widersetzte sich Johannes Impuls, ihn als unsinnig abzutun. Überleg doch mal, forderte sie sich selbst auf. Wenn es nun einen Interessenten gäbe, der gar nicht persönlich in Erscheinung tritt, weil er sich zum Beispiel im Ausland aufhält. Ja genau, ein Norweger, der vor Jahren nach Übersee emigriert ist, dort ein Vermögen verdient hat und nun von Sehnsucht nach der alten Heimat getrieben ein Haus in Horten erwerben will. Er wird erst in einigen Monaten herüberkommen – das würde erklären, warum das Haus erst einmal leer steht.

Johanne lächelte. Die Idee gewann an Kontur und überzeugte sie von Minute zu Minute mehr. Ich werde in dieser Zeit hierher ins Büro umziehen und auf der Couch schlafen, spann sie ihre Vision weiter. Ich werde das verarmte Fräulein mimen, das mit Ach und Krach über die Runden kommt. Mit der Anzahlung, die der geheimnisvolle Exilnorweger leistet, könnte ich den Kredit der Bank bedienen – zumindest einen Teil der dreißigtausend Kronen. Ich weiß ja noch nicht, wie viel der Verkauf des Whiskys einbringen wird. Aber wie soll das Geld dieses Phantomkäufers auf unser Konto gelangen, ohne dass der Schwindel sofort auffliegt?

Johanne ließ sich in den Drehstuhl hinter dem Sekretär fallen und trommelte mit den Fingern auf die Tischplatte. Ich brauche Verbündete, dachte sie. Ohne Hilfe wird es nicht gehen. Vor ihrem inneren Auge erschien das Gesicht von Fräulein Solstad. Die Vorzimmerdame von Bankdirektor Ludvigsen hatte ihr ihre Hilfe angeboten. Durfte sie es wagen, sie in Anspruch zu nehmen und sie um einen Gefallen zu bitten, den sie vielleicht unmoralisch fand? Schließlich würde sie falsche Tatsachen vortäuschen müssen, wenn sie eine Überweisung des angeblichen Käufers aus Amerika dokumentierte. Andererseits kam dadurch niemand zu Schaden. Und da Fräulein Solstad niemals erfahren würde, woher das Geld in Wirklichkeit stammte, konnte sie auch nicht in tiefere Gewissenskonflikte gestürzt werden.

Auf dem Flur vor dem Büro klackten Absätze. Johanne schrak zusammen. Einen Atemzug später wurde die Tür aufgerissen, und die blumige Note eines Parfüms wehte herein – gefolgt von einer schlanken Gestalt in einem schwarzen Kleid aus mehreren Lagen Georgette-Krepp, einem feinen, transparenten Seidenstoff.

»Dagny!«, rief Johanne und sprang auf. »Was tust du denn hier?«

»Na, du bist gut«, sagte Dagny und umarmte sie. »Du hast mich doch gerufen. Ich bin sofort losgefahren, nachdem ich dein Telegramm erhalten hatte. Ich wäre noch früher hier gewesen, wenn ich gewusst hätte, dass du im Büro und nicht zu Hause bist.«

Johanne löste sich von ihrer Schwester. »Wie spät ist es denn?«

»Vier Uhr durch.«

»Was, so spät?« Johanne sah ungläubig auf ihre Armbanduhr. »Ich habe überhaupt nicht bemerkt, wie die Zeit verfliegt.«

»Das ist Mutter auch aufgefallen. Sie ist ziemlich ungehalten, weil du dich seit dem Frühstück nicht mehr hast blicken lassen.«

Johanne zuckte mit den Schultern. »Es gibt so wahnsinnig viel zu erledigen.«

Dagny ließ sich auf einem der beiden Ledersessel nieder und klopfte mit einer Hand auf den anderen. »Also, was ist passiert?«, fragte sie. »Warum sollte ich so dringend herkommen?«

Johanne folgte ihrer Aufforderung und setzte sich. »Ich brauche deine Hilfe.«

»Das hast du geschrieben. Deshalb bin ich ja losgesaust, als wäre der Teufel hinter mir her.«

»Und dafür bin ich dir sehr dankbar«, sagte Johanne. »Ich hatte nur nicht damit gerechnet, dass du so schnell …«

»Aber selbstverständlich!« Dagny zwinkerte spitzbübisch. »Allein die Neugier, was dich dazu gebracht hat, ausgerechnet mich zu rufen!«

Täuschte sie sich, oder schwang da ein kaum wahrnehmbarer bitterer Unterton mit? Johanne sah Dagny in die Augen.

»Nein, im Ernst«, sagte diese und legte eine Hand auf Johannes Oberschenkel. »Ich möchte dir von Herzen gern helfen. Ich bin froh, dass du dich an mich gewandt hast. Ich hatte so ein schlechtes Gewissen, dass ich dich mit dem ganzen Schlamassel allein gelassen habe.«

Johanne drückte Dagnys Hand. »Und ich bin froh, dass du hier bist.« Während sie es aussprach, wurde ihr klar, wie sehr diese Aussage der Wahrheit entsprach. Es tat gut, eine enge Vertraute an ihrer Seite zu wissen. Jemanden, vor dem sie sich nicht verstellen musste. Der ihr – bei allen Unterschieden und Differenzen, die ihr Verhältnis zuweilen beschwerten – zugetan war und sie unterstützen würde.

27

Oslofjord, Norwegen, Frühling 1980 – Rike

Die Ereignisse des Tages, die aufwühlenden Informationen über ihre Großmutter, die Auswirkungen ihres Sturzes und nicht zuletzt das Gefühlschaos, in das Bjørn sie versetzte, hatten ihren Tribut gefordert. Rike hatte sich nach dem Abendessen kaum noch aufrecht auf der Bank halten können und dankbar den Vorschlag von Marit angenommen, zu Bett zu gehen und alles Weitere am nächsten Tag zu besprechen. Nach einem Besuch des Plumpsklos hinter der Hütte und einer Katzenwäsche am Spülstein in der Küche hatte Rike die steile Leiter zur Deckenluke erklommen, ihren Schlafsack in einer Ecke des mit Matratzen ausgelegten Raumes unter dem Dach entrollt, sich darin eingemummelt und war sofort eingeschlafen.

Als sie aufwachte, fühlte sie sich ausgeruht und frisch. Ein Blick auf ihre Uhr zeigte ihr, dass es bereits zehn war. Rike konnte sich nicht erinnern, wann sie das letzte Mal so spät aufgestanden war. Sie gähnte herzhaft, schälte sich aus ihrem Daunensack und sah sich um. Durch die Ritzen des Ladens, der das einzige Fenster unter dem Giebel verdunkelte, drangen Sonnenstrahlen, in denen Staubteilchen schwebten. Der Raum unter dem Schindeldach nahm die gesamte Fläche der Hütte ein. An den Längsseiten reichten die Schrägen fast bis zum Boden. Jeweils fünf Matratzen lagen zu beiden Seiten eines Mittelganges, der sich von der Bodenluke an der einen Schmalseite bis zur gegenüberliegenden Wand erstreckte. An dieser befand sich unter dem Fenster ein Regal mit großen Fächern, in denen Schuhe, Kleidungsstücke, Waschbeutel, Handtücher und andere Utensilien des täglichen Gebrauchs verstaut waren. Die vier Schlafsäcke, die Rike im Dämmerlicht auf den Matratzen entdeckte, waren leer.

Sie ging zum Fenster, stieß den Laden auf und steckte den Kopf hinaus. Ein paar Meter von ihr entfernt ragte die mächtige Kiefer in den Himmel, in deren Astloch sie tags zuvor vergeblich nach dem Schlüssel gesucht hatte. Dahinter erspähte sie durch die Lücken zwischen den Bäumen des Wäldchens das Wasser des Fjords, das den wolkenlosen Himmel blau reflektierte. Die Luft war kalt und gesättigt vom Salz des Meeres. Der Wind verwirbelte den Rauch eines Holzfeuers, der aus einem – für Rike unsichtbaren – Kamin stieg. In den würzigen Geruch mischte sich der Duft von geröstetem Brot und frisch gebrühtem Kaffee. Rike beugte sich weiter hinaus und sah, dass sich direkt unter ihr das offen stehende Fenster der Küche befand. Nachdem sie das Abendessen kaum angerührt hatte, verspürte sie nun großen Hunger. Die Aussicht auf ein herzhaftes Frühstück trieb sie vom Fenster zu ihrem Rucksack.

Mit ihrem Appetit war auch ihre Unternehmungslust erwacht. Sie konnte es kaum erwarten, Bjørn mit Fragen über ihre Großmutter zu löchern und endlich zu erfahren, wo diese mittlerweile lebte. So schnell sie konnte, schlüpfte Rike in eine Jeans, streifte einen von Swantjes selbst gestrickten Pullovern über, fuhr sich mit den Händen kämmend durch die Locken und öffnete die Bodenluke. Die

Stimmen von Knut und Marit tönten ihr aus dem Wohnraum entgegen. Rike stieg die Leiter hinunter und sah die beiden am Tisch sitzen. Von Bjørn und Linda dagegen keine Spur. Knut war in ein dickes Buch vertieft, Marit schrieb etwas in einen Ringordner. Sie bemerkte Rike als Erste.

»Guten Morgen. Hast du gut geschlafen?«

»Oh ja, ganz wunderbar«, antwortete Rike.

»Setz dich«, sagte Marit und deutete auf eine unbenutzte Garnitur Teller, Besteck und Becher, die auf dem Tisch vor dem Platz standen, an dem Rike am Vorabend gesessen hatte.

Rike ließ sich auf der Bank nieder.

»Kaffee ist hier.« Knut schob ihr eine Thermoskanne hin. »Die anderen Sachen haben wir schon weggeräumt. Ich hol sie dir rasch.«

Seine Bemerkung versetzte Rikes Euphorie einen Dämpfer. Sie hatte angenommen, dass Bjørn und Linda jeden Moment zum Frühstück hereinkommen würden. Wo sie wohl steckten?

»Ich kann mir doch selbst was holen«, sagte sie zu Knut. »Ich hab eh schon ein ganz schlechtes Gewissen, weil ich so spät dran bin.«

»Wieso denn? Du hast doch Ferien«, widersprach Marit und klappte ihren Ordner zu.

»Ihr ja wohl auch. Und trotzdem seid ihr schon …«

»Arbeitsferien trifft es besser«, brummte Knut. »Möchtest du Rühreier?«

»Mach dir bitte keine Umstände«, bat Rike.

Knut stand auf.

Marit knuffte ihn in die Seite. »Gib's zu, dir ist jeder Vorwand recht, das da beiseitezulegen.« Sie tippte auf sein Buch.

Knut knurrte etwas Unverständliches und entschwand in die Küche.

»Arbeitsferien?« Rike sah Marit fragend an.

»Ja, wir haben uns alle was zum Lernen mitgenommen«, erklärte Marit. »Knut bereitet die theoretische Abschlussprüfung seiner Ausbildung zum Forstwirt vor, ich muss bald ein Referat über die Herausforderungen moderner Städteplanung halten, Linda büffelt für ihr Medizinexamen, und Bjørn schreibt an seiner Diplomarbeit über Anlagentechnik.«

»Draußen?«, entfuhr es Rike, die sich immer noch wunderte, wo Linda und vor allem Bjørn blieben.

Marit schmunzelte. »Das wäre selbst für einen kälteresistenten Norweger etwas zu frisch. Heute früh hatte es gerade mal knapp über null Grad.«

Knut kam mit einem Tablett zurück, das mit einem Brotkorb, einem Brett mit gekochtem Schinken und Wurst, Marmeladengläsern, einer Butterdose, einem Schälchen Obstsalat und einem Teller mit einem honigbraunen Quader beladen war.

»Sie sind rüber nach Holmestrand gefahren«, beantwortete er Rikes unausgesprochene Frage und stellte das Tablett vor ihr ab. »Die Eier kommen gleich«, verkündete er und eilte wieder in die Küche.

»Sind sie zum Einkaufen dort?«, erkundigte sich Rike und hoffte, dass ihre Neugier nicht allzu entlarvend war.

Marit schüttelte den Kopf. »Heute sind alle Geschäfte zu. Es ist doch *Skjærtorsdag*.«

Rike goss sich Kaffee in ihren Becher. »Das wusste ich nicht«, sagte sie. »Bei uns ist der Gründonnerstag ein gewöhnlicher Werktag.«

»Bjørn wollte zu Persson und ihm erklären, warum du das Boot gestern nicht zurückgebracht hast«, erklärte Marit.

»Oh nein, Persson!« Rike schlug sich vor die Stirn. »Den hab ich komplett vergessen! Der denkt sicher, dass ich eine Diebin bin und mich mit seinem Boot aus dem Staub gemacht habe.«

»Oder gekentert bist und irgendwo in den Fluten des Oslofjords treibst.« Marit kicherte.

Rike zupfte an ihren Haaren. »Dass Bjørn extra ... ich hätte doch selbst nach Holmestrand ... er hat sicher Besseres zu tun und ...«, Rike verstummte, peinlich berührt von ihrem Gestammel.

Marit zuckte mit den Schultern. »Denk dir nichts, er wäre so oder so rübergefahren. Hier haben wir ja kein Telefon, und er wollte ein paar Anrufe erledigen.«

Rike bemühte sich um einen neutralen Gesichtsausdruck. Sie hätte sich zu gern erkundigt, wann Bjørn zurückerwartet wurde, warum Linda ihn begleitet hatte und ob das zwischen den beiden etwas Ernstes war. Untersteh dich, zu fragen, fauchte die strenge Stimme in ihr. Oder willst du dich vollends zum Trottel machen? Außerdem liegt das doch auf der Hand. Die beiden sind ein Paar und brauchen keinen besonderen Grund, um gemeinsam irgendwohin zu fahren. Vermutlich sind sie froh um jede Gelegenheit, bei der sie ungestört Zeit miteinander verbringen können. Und jetzt wechsle gefälligst das Thema, befahl sie sich.

»Was ist das?«, fragte Rike und deutete auf den bräunlichen Klotz, den Knut auf das Frühstückstablett gestellt hatte.

»Das ist *brunost*«, antwortete Marit. »Wörtlich übersetzt bedeutet das Braunkäse. Das ist der Oberbegriff für Käsesorten, die aus Molke hergestellt werden.«

»Aus Molke?« Rike zog die Brauen hoch. »Wie kann man aus dem dünnflüssigen Zeug denn Käse herstellen?«

»Die Molke wird sehr lange eingekocht, ungefähr auf ein Viertel ihres ursprünglichen Volumens. Dabei karamellisiert der Milchzucker, und es entsteht *prim*, eine braune Paste«, erklärte Marit. »Die feste Konsistenz erhält man, wenn man anschließend Sahne oder Milch hinzufügt. In früheren Zeiten wurde vor allem Ziegen- oder Schafsmilch verwendet. Das hier ist ein *gudbrandsdalsost*, der besteht vorwiegend aus Kuhmolke und nur ein bisschen Ziegenmilch. Deshalb ist er eher süßlich und weniger streng als reiner *geitost*. Schmeckt prima zu Johannisbeergelee oder Waldbeermarmelade.« Sie reichte Rike einen Käsehobel. »Du musst dir ganz dünne Scheibchen runterraspeln. Ich mag ihn am liebsten auf *flatbrød*.« Sie deutete auf ein paar runde Fladen im Brotkorb, die Rike an Knäckebrot erinnerten, jedoch sehr viel dünner und knuspriger aussahen.

Rike folgte Marits Anweisung, brach sich ein Stück *flatbrød* ab, belegte es mit etwas *brunost*, gab einen Klecks Konfitüre darauf und biss hinein.

Knut kam mit einem Teller Rührei an den Tisch und grinste, als er Rikes überraschten Gesichtsausdruck bemerkte. »Du kostest soeben ein norwegisches Nationalgericht«, sagte er. »Schon die alten Wikinger haben *brunost* auf ihren Fahrten über die Meere als Proviant mitgenommen.«

Rike kaute tapfer und spülte den Bissen mit einem großen Schluck Kaffee hinunter.

Marit grinste. »Gewöhnungsbedürftig?«

Rike lächelte verlegen. »Ein bisschen. Bei Käse denke ich doch eher an etwas Herzhaftes mit würzigem Geschmack.«

Knut setzte sich und vertiefte sich wieder in sein Lehrbuch. Rike machte sich mit großem Appetit über die Rühreier her, die mit in Butter angebratenen Pilzscheiben, frischen Kräutern und geschmorten Tomatenstückchen angereichert waren.

Marit beobachtete sie mit einem Lächeln. »Lecker, oder?«

Rike nickte. »Absolut köstlich!«, nuschelte sie mit vollem Mund. »Knut sollte Koch werden.«

»Keine Chance«, sagte Marit. »Dazu ist er viel zu gern draußen. Den ganzen Tag in einer stickigen Küche, das wäre nichts für ihn.«

»Das kann ich verstehen.« Rike wischte die letzten Eierbröckchen mit einem Stück Weißbrot auf. »Ich fühle mich auch am wohlsten, wenn mir eine frische Meeresbrise um die Nase weht.« Sie schob ihren Teller beiseite. »Woher kennt ihr vier euch eigentlich?«

»Linda und ich teilen uns mit zwei anderen Mädels eine Wohnung«, erwiderte Marit. »Und Bjørn und Knut sind Zimmernachbarn im Studentenwohnheim und haben sich dort angefreundet.«

Rike bemerkte, dass Knut das Gesicht verzog. Sie stand auf. »Ich lass euch jetzt mal in Ruhe lernen und sehe mir die Insel an.«

Fünf Minuten später trat Rike aus der Hütte. Marits Rat folgend, sich warm einzupacken, hatte sie ihren Anorak angezogen, einen dicken Schal um ihren Hals gewickelt und eine Wollmütze aufgesetzt. Der kühle Wind, der ihr entgegenblies, strafte den hellen Sonnenschein Lügen. Es lag trotz der fortgeschrittenen Vormittagsstunde ein frostiger Hauch in der Luft. Laut Marit hatte es in den vergangenen Tagen in den Bergen noch einmal kräftig geschneit – sehr zur Freude der Wintersportler, die die Feiertage in einem der zahlreichen Skigebiete verbrachten. Der Frühling hielt in Norwegen spät Einzug, vor allem im Osten des Landes ließ er sich nicht selten erst im Mai blicken, während der Golfstrom dem Süden und den Fjordtälern der Westküste schon eher milde Temperaturen bescherte.

Rike schlug den Weg zum Steg an der Ostseite ein, an dem sie am Vortag die *Måke* vertäut hatte. Nun dümpelte dort das Schlauchboot im Wasser, Bjørn und Linda waren also mit dem schnelleren Außenborder von Persson nach Holmestrand gefahren. Rike beschattete ihre Augen und ließ sie über den Fjord wandern. Gegenüber erstreckte sich Langøya. Persson hatte ihr erzählt, dass dort bereits im siebzehnten Jahrhundert Kalk abgebaut worden war. Später hatte ein Zementwerk die Insel erworben und ließ seither das Gestein in großem Stil zur Weiterverarbeitung abtransportieren. Bis Mitte der Sechzigerjahre hatten noch rund zwanzig Arbeiterfamilien auf der Insel gewohnt, deren Kinder täglich mit einem Schiff zur Schule nach Holmestrand gebracht wurden. Mittlerweile hatten sich die Bagger bis zu vierzig Meter unter Meeresspiegelniveau in den Fels gegraben und auf der südlichen Hälfte des Eilands zwei gigantische Krater geschaffen, die an eine Wüstenlandschaft erinnerten. Von Rikes Standort aus war davon nichts zu sehen. Buschwerk und Bäume, die die Ränder von Langøya säumten, verdeckten den Blick auf das Innere der Insel.

Nachdem Rike vergeblich nach der *Måke* Ausschau gehalten hatte, wandte sie sich vom Steg ab und folgte einem Trampelpfad, der sich zwischen den Stämmen der Kiefern und Birken rund um das Inselchen schlängelte. Am westlichen Ufer formten mehrere Felsen eine kleine Bucht. Gegenüber lag die Halbinsel Hurum, die vom Drammenfjord und dem Meeresarm eingerahmt wurde, der durch die Enge bei Døbrak und der Festung Oscarsborg zum inneren Oslofjord führte. Der Anblick eines Fährschiffes, das in einiger Entfernung vorbeiglitt, erinnerte Rike daran, dass auch sie die Stelle mit der *M / S Kronprins Harald* auf ihrer Fahrt von Kiel zwei Nächte zuvor passiert hatte – ohne damals freilich zu ahnen, wie nah sie Großmutter Johannes Inselchen gewesen war.

Rike setzte sich zwischen zwei Felsbrocken, schloss die Augen und hielt ihr Gesicht in die Sonne. Die Nische war windgeschützt und wie geschaffen für einen bequemen Rückzugsort. Bis auf das leise Plätschern der Wellen auf dem kiesigen Strand und das Säuseln des Windes drang kein Laut an ihr Ohr. Eine tiefe Ruhe breitete sich in Rike aus. Die Ungeduld, mit der sie Bjørns Rückkehr und die weitere Planung ihrer Reise herbeigesehnt hatte, fiel von ihr ab. Sie genoss diesen Moment, der ganz ihr gehörte – frei von Ängsten, belastenden Erinnerungen oder Erwartungen.

Nach einer Weile zog sie den Krimi *Feines Ohr für falsche Töne* von Ngaio Marsh aus der Innentasche ihres Anoraks und ließ sich von der Autorin in das Fischerdorf entführen, wohin sich Rickey, der Sohn von Chief Superintendent Alleyn, zurückgezogen hatte, um in Ruhe einen Roman zu schreiben. Wie nicht anders zu erwarten, wurde er prompt in einen mysteriösen Mordfall verwickelt und geriet in höchste Gefahr, was seinen Vater als Ermittler auf den Plan rief.

»Hier hast du dich versteckt!«

Rike fiel vor Schreck das Buch aus der Hand. Sie hob den Kopf und erwartete einen Lidschlag lang, die finstere Gestalt des ominösen Künstlers zu erblicken, den Rickey im Verdacht hatte, der Täter zu sein, und der soeben versucht hatte, ihn zu beseitigen. Rike nahm zumindest an, dass er es gewesen war, der Rickey im Schutze der Dunkelheit ins Hafenbecken gestoßen hatte.

Es war jedoch Bjørn, der neben ihr in die Hocke ging und sie freundlich anlächelte. »Marit sagte mir, dass du unser Inselchen erkunden wolltest.«

Rike sah sich unwillkürlich nach Linda um, konnte sie aber nicht entdecken.

»Und nun bist du ausgerechnet hier gelandet«, fuhr Bjørn fort.

Rike, deren Herz heftig pochte, sah ihn verwirrt an.

»Das ist der Lieblingsplatz von Johanne«, erklärte Bjørn.

Rike atmete durch. »Das wundert mich nicht«, sagte sie. »Es ist ein herrliches Eckchen, geradezu ideal zum Lesen.«

Bjørn hob das Taschenbuch vom Boden auf. »Ah, ein Krimi von Ngaio Marsh. Die mag ich auch sehr. Aus welcher Reihe ist der hier?«

»Roderick Alleyn«, antwortete Rike, deren Herzschlag sich mittlerweile einigermaßen beruhigt hatte.

Bjørn schlug die Seite mit dem Impressum auf. »*Last Ditch*. Den kenne ich!« Er zog die Brauen hoch. »Da hast du ja genau die passende Lektüre gewählt.«

»Wieso? Passend wozu?«

»Na, zu dieser Insel. In dem Buch geht es doch auch um Schmuggler, wenn auch mit Drogen und auf den Kanalinseln vor Frankreichs Küste.«

»Auf dieser Insel hier gab es auch Schmuggler?« Rike sah Bjørn skeptisch an. »Du nimmst mich auf den Arm, oder?«

Er schüttelte den Kopf. »So klein und unscheinbar es auch sein mag: Unser Feriendomizil hat eine sehr bewegte Vergangenheit.« Er richtete sich auf. »Komm, ich zeig es dir.«

Rike stand auf. »Was denn?«

»Das Versteck, das als Lager für Hehlerware diente.«

»Während der Prohibition in den Zwanzigerjahren?«

Bjørn nickte.

»Wie aufregend!«, rief Rike und steckte den Krimi in die Anoraktasche. »Glaubst du, dass meine Großmutter das wusste?«

Bjørn lachte auf. »Das will ich doch meinen. Es war schließlich ihre Idee.«

28

Horten, Norwegen, Juni 1926 – Johanne

Johanne befand sich bei der Frage, wie umfassend sie ihre Schwester in ihre Pläne einweihen sollte, in einem Zwiespalt. Bevor Dagny früher als gedacht im Büro erschienen war, hatte Johanne kaum Gelegenheit gehabt, gründlich darüber nachzudenken. War es klug, Dagny zur Mitwisserin zu machen? Konnte sie es wagen, ihr Leifs kühne Idee anzuvertrauen, ausgerechnet Gravdal zu bestehlen und den Erlös für den Verkauf des verbotenen Alkohols zur Tilgung der Kreditschuld zu verwenden? Brachte sie sie dadurch nicht in Gefahr? Und sich und Leif dazu, wenn ihre Schwester sich verplapperte? Johanne hielt es zwar für ausgeschlossen, dass Dagny sie mit Vorsatz verraten oder gar bei der Polizei anzeigen würde. Wie sie selbst hielt sie wenig von dem Alkoholverbot und seine Verfechter für moralinsaure und oftmals heuchlerische Spießer. Dagnys Freude an sensationellen Neuigkeiten konnte sie jedoch dazu verleiten, ihren Freundinnen und Bekannten von dem abenteuerlichen Schelmenstreich zu erzählen oder zumindest vielsagende Andeutungen zu machen. Und da Gerüchte rasch die Runde machten, wäre es nur eine Frage der Zeit, bis auch Gravdal davon Wind bekommen würde.

Das hättest du dir überlegen müssen, bevor du sie um Hilfe gebeten hast, stellte die nüchterne Seite in Johanne fest. Wenn du Dagnys Unterstützung in Anspruch nimmst, hat sie das Recht zu erfahren, wobei sie dir helfen soll. Sie muss selbst entscheiden dürfen, ob sie sich darauf einlassen will oder nicht. Du musst ihr ja nicht alle Einzelheiten mitteilen. Es reicht, wenn sie die wichtigsten Punkte erfährt.

Johanne holte tief Luft und skizzierte Dagny zunächst die prekäre finanzielle Lage, die durch die Forderung der Bank verschärft wurde, die dreißigtausend Kronen binnen vier Wochen zurückzuzahlen. Anschließend berichtete sie von der Idee ihres Vaters, das Geschäft mit dem Verkauf von Radioapparaten auf ein zweites Standbein zu stellen. Als sie erwähnte, dass er wenige Stunden vor seinem Tod eine erste Lieferung von Loewe-Empfängern aus Deutschland geordert hatte, zog Dagny die Stirn kraus.

»Moment mal!«, rief sie. »Das passt doch alles nicht zusammen. Warum hat er nachmittags noch eine so große Bestellung aufgegeben und sich dann abends er…«

»Hat er eben nicht!«, fiel ihr Johanne ins Wort. »Ich bin mittlerweile sicher, dass er nicht selbst Hand an sich gelegt hat. Sondern ermordet wurde.«

Dagny entfuhr ein Überraschungslaut. »Was? Das ist ja …«

»Ungeheuerlich, ich weiß«, sagte Johanne. »Aber abgesehen davon, dass ein Suizid einfach nicht zu Vater passt, gibt es einiges, was auf einen Mord hindeutet.«

Dagny schlug sich eine Hand vor den Mund und sah Johanne aus großen Augen an, die sich mit Tränen füllten. »Ermordet?«, hauchte sie. »Wer würde denn so was …« Sie sackte in sich zusammen.

Johanne beugte sich zu ihr und streichelte ihre Schulter. »Ich finde den Gedanken auch entsetzlich.«

Dagny hob den Kopf und schniefte. »Wie bist du denn darauf gekommen?«

Johanne zählte die Indizien auf, die sie hatten stutzig werden lassen: die Zuversicht, die ihren Vater am Nachmittag vor dem tödlichen Schuss beseelt hatte, der seltsame Abschiedsbrief, die zweite Kugel in der Decke des Büros und nicht zuletzt das verdächtige Verhalten von Sven Gravdal, der keinen Hehl aus seinem Interesse an Revs Vinhandel machte und alles daransetzte, dass Johanne keinen Fuß mehr auf den Boden bekam und seinen Forderungen nachgab. »Es spricht einiges dafür, dass er sowohl den Polizeichef als auch den Bankdirektor in der Hand hat und sie nach seiner Pfeife tanzen lässt«, schloss Johanne.

Dagny hatte Johanne stumm zugehört. Nun lehnte sie sich zurück und sah sie verwundert an. »Ich bin beeindruckt«, sagte sie nach einer kleinen Pause. »Was du in der kurzen Zeit alles herausgefunden hast! Und wie gut du kombinieren kannst!« Sie schüttelte den Kopf. »Mir kam dieser Gravdal ja auch nicht geheuer vor. Allein schon sein unverschämtes Auftreten bei der Beerdigung. Aber …« Sie unterbrach sich und fuhr stockend fort. »Versteh mich bitte nicht falsch. Der Mann ist ohne Zweifel skrupellos und gewaltbereit. Aber ist er auch zu einem Mord fähig? Und warum sollte er unseren Vater umbringen?« Dagnys Stimme wurde brüchig, ihre Unterlippe begann zu zittern. »Was hat der ihm denn getan?«

Johanne fiel es schwer, die Fassung zu bewahren. Dagnys Fragen wühlten ihre eigene Trauer und Bestürzung über das Schicksal ihres Vaters wieder auf. Dass Gravdal ihn aus dem Weg geräumt hatte, um ungestört seinen Geschäften nachgehen zu können, erschien ihr in diesem Augenblick noch ungeheuerlicher als je zuvor. Hilflos zuckte sie mit den Schultern. »Vater hat ihm nichts getan«, antwortete sie leise. »Er war nur nicht bereit, seine Werte und Moralvorstellungen aufzugeben.«

»Aber deswegen bringt man doch niemanden um«, rief Dagny und schluchzte auf.

Die Verzweiflung in ihrer Stimme ging Johanne nah. Sie fasste nach Dagnys Hand. Diese erwiderte den Druck und sah ihr forschend in die Augen. »Das ist eine schwere Anschuldigung. Was macht dich so sicher, dass er …«

»Absolut sicher sind wir nicht. Noch nicht«, unterbrach Johanne ihre Schwester. »Und wir glauben auch nicht, dass Gravdal selbst Hand ange…«

»Moment mal!« Dagny hob die Brauen. »Wir? Wer ist wir?«

»Äh … das sind … äh … Ingvald und ich.« Johanne wich Dagnys Blick aus. Die Notlüge war ihr wie von selbst über die Lippen geschlüpft.

»Ingvald? Vaters Faktotum?« Ungläubiges Staunen stand Dagny ins Gesicht geschrieben. »Wer hätte gedacht, dass in unserem guten alten Ingvald ein Detektiv steckt.«

Johanne zuckte vage mit den Achseln. Es war ihr unangenehm, Dagny keinen reinen Wein einzuschenken. Stärker als das Unbehagen war jedoch die warnende Stimme, die sie davon abhielt, die wahre Quelle ihrer Erkenntnisse preiszugeben. Zum einen, um Leif zu schützen. Je weniger Leute von ihrer Verbindung wussten, umso geringer war die Gefahr, dass Gravdal davon erfuhr. Schwerer wog jedoch ein weiterer Grund: Dagny würde sehr wahrscheinlich darauf bestehen, Leifs Bekanntschaft zu machen. Sie hatte ein Faible für Abenteurer und unkonventionelle Menschen, die ihr interessanter vorkamen als die Angehörigen »ihrer Kreise«, die sie für gewöhnlich ermüdend und selten inspirierend fand. Wie lange würde es dann wohl dauern, bis Dagny die richtigen Schlüsse zog und erkannte, dass den Chauffeur von Gravdal und ihre ältere Schwester weit mehr verband als ein rein geschäftliches Interesse?

Allein beim Gedanken an Leif, an die wenigen flüchtigen Berührungen, an seine Hand, die ihre Finger umschloss, zog sich Johannes Unterleib in einem süßen Schmerz zusammen. Die Intensität dieser Empfindung verunsicherte sie. Rolf hatte nie etwas Vergleichbares in ihr ausgelöst. Einen wohligen Schauer allenfalls, wenn sie seinen begehrlichen Blick bemerkte, mit dem er sie zuweilen gemustert hatte. Oder ein leises Prickeln, wenn sie sich ihre Hochzeitsnacht und die unaussprechlichen Dinge ausmalte, die sie als frischgebackene Ehefrau erleben würde. Wobei Rolf in ihren Tagträumen lediglich als vager Schatten aufgetaucht war. Erst im Nachhinein wurde Johanne bewusst, dass es sie nie gelüstet hatte, ihn nackt zu sehen und ihm so nahe zu kommen, wie sich zwei Liebende nur kommen konnten.

Leif dagegen war ihr von Kopf bis Fuß präsent. Es verlangte sie nach ihm mit einer Wucht, von der sie nie geglaubt hätte, dass sie in ihr schlummerte. Sie wollte ihn spüren, seine Arme um sich haben, seinen Mund auf ihren Lippen, ihre Hände in seine Haare wühlen. Das Ziehen in ihrem Bauch wurde stärker, ihr wurde heiß – auch vor Scham. War es nicht pietätlos, ausgerechnet jetzt von solchen Empfindungen übermannt zu werden, in einer Zeit, die der

Trauer um ihren Vater hätte vorbehalten sein sollen? Machte sie sich damit nicht schuldig vor Gott? Nein, nicht vor Gott. Eher vor selbst ernannten Moralaposteln, die sich als sein Sprachrohr aufspielten und zu wissen glaubten, was Er guthieß oder verdammte. Die mit Argusaugen über das Benehmen ihrer Mitmenschen wachten und kleinste Verfehlungen zum Anlass nahmen, sich als Richter über sie aufzuspielen. Ob sie damit tatsächlich Gottes Willen entsprachen, wusste doch eigentlich niemand.

Johanne runzelte die Stirn. Das mag ja alles stimmen, sagte sie sich. Dennoch verstehe ich nicht, warum Rolf niemals solches Verlangen in mir hervorgerufen hat, das der Pfarrer ohne Zweifel als unzüchtig und nicht gottgefällig brandmarken würde. Warum habe ich meinen ehemaligen Verlobten nicht auf diese Weise begehrt?

Weil du ihn nicht wirklich geliebt hast, meldete sich eine nüchterne Stimme in ihr zu Wort. Du hast es angenommen, weil du gar nicht wusstest, was Liebe ist. Wobei dieses betörende Gefühl wohl eher Verliebtheit ist, die nach einer Weile wieder vergeht. Johanne horchte in sich hinein. Nein, sie war nicht nur verliebt, befand sich nicht nur in einem flüchtigen Sinnesrausch. Leif war zu ihrem Fixstern geworden, der ihrem Leben Orientierung bot. An seiner Seite fühlte sie sich vollständig und stark, bereit, allen Widrigkeiten die Stirn zu bieten. Die Vehemenz dieser Erkenntnis traf Johanne wie ein Schlag. Es fiel ihr schwer, ruhig sitzen zu bleiben.

»Eine Krone für deine Gedanken«, drang Dagnys Stimme in ihre Überlegungen. Johanne straffte sich. »Entschuldige bitte«, sagte sie mit fester Stimme. »Mir geht so vieles im Kopf herum.« Sie seufzte und hoffte, dass es überzeugend zerknirscht klang. »Noch nie im Leben hatte ich so viel gleichzeitig zu bedenken, zu organisieren und zu erledigen.«

»Und das machst du ganz prima«, sagte Dagny voller Bewunderung. »An dir ist ein Stratege verloren gegangen.« Sie sah Johanne lächelnd an. »Ich gestehe, ich hätte es nie für möglich gehalten, dass du so risikobereit und abenteuerlustig bist.«

Johanne hob die Schultern. »Bleibt mir ja nichts anderes übrig.«

Dagny legte den Kopf schief. »Wie kann ich dir denn nun helfen? Was hast du vor?«

»Ich will Vaters Geschäft weiterführen«, antwortete Johanne.

»Hast du nicht eben gesagt, dass Gravdal genau das verhindern will? Und sogar über Leichen geht, um seine Interessen durchzusetzen?«

»Ja, es wäre ein schlimmer Fehler, ihn zu unterschätzen«, sagte Johanne. »Aber ich werde mich nicht von ihm einschüchtern lassen.«

Dagny öffnete den Mund.

Johanne hob eine Hand. »Ich gebe zu, dass ich Angst vor Gravdal habe. Nicht so sehr meinetwegen. Ich fürchte vor allem, dass er sich an Mutter oder Finn vergreifen könnte, um mich in die Knie zu zwingen. Und deswegen möchte ich die beiden aus seiner Reichweite schaffen und in Sicherheit bringen.«

»Geht Finn nicht ohnehin bald wieder ins Internat?«, fragte Dagny.

»Ja, zum Glück ist das Schulgeld für dieses Jahr bereits bezahlt«, antwortete Johanne. »Außerdem wird er sogar schon übermorgen nach England zurückkehren, das habe ich schon in die Wege geleitet. Und Mutter … ich wollte dich bitten, sie zu Tante Magnhild nach Lillestrøm zu bringen.«

Johanne sah Dagny gespannt an, insgeheim gefasst auf Ausflüchte oder eine glatte Abfuhr. Sie wusste, dass ihre Schwester die Familie von Tante Magnhild für einen Haufen nervtötender Langweiler hielt und Besuche in Lillestrøm vermied.

»Das mache ich gern«, sagte Dagny, ohne nachzudenken. »Dort ist sie fürs Erste gut aufgehoben.«

Johanne schluckte. Sie war beschämt von ihrer eigenen Skepsis, ob es Dagny wirklich ernst mit ihrem Hilfsangebot meinte. Sie griff nach ihrer Hand und drückte sie. »Ich danke dir. Das ist wirklich eine große Erleichterung für mich.«

»Ich bitte dich!« Dagny erwiderte Johannes Händedruck. »Das ist doch das Mindeste. Was kann ich sonst noch tun?«

»Vielleicht hast du eine Idee, wie ich einen Grafologen finden kann«, antwortete Johanne.

»Wozu brauchst du den denn?«

»Ich versuche, möglichst stichfeste Beweise gegen Gravdal in die Hand zu bekommen«, entgegnete Johanne. »Wenn ein Fachmann bestätigt, dass der Abschiedsbrief eine Fälschung ist …«

»Ah, verstehe! Eine gute Idee!«, rief Dagny und zog gleich darauf die Mundwinkel hinunter. »Ich bezweifle allerdings, ob so ein Gutachten vor Gericht als Beweis zugelassen wird. Denk nur an die ungerechten Urteile, die aufgrund von fehlerhaften Schriftanalysen gefällt wurden. Wie zum Beispiel bei der Dreyfus-Affäre in Frankreich.«

Der hochdekorierte Hauptmann Alfred Dreyfus war wegen angeblicher Spionage und Landesverrats degradiert und zu einer lebenslangen Haftstrafe verdonnert worden. Das Urteil war von Anfang an umstritten, basierte es doch auf rechtswidrigen Beweisen und zweifelhaften Handschriftengutachten. Der Skandal war über Frankreichs Grenzen hinaus das Sinnbild für einen waschechten Justizirrtum.

Johanne ließ die Schultern hängen. Es dämmerte ihr, dass ein Gutachten nur bedingt von Nutzen war. Selbst wenn es eine Nachahmung bewies, konnte damit allenfalls belegt werden, dass Olof Rev den Brief nicht selbst geschrieben hatte. Dass Sven Gravdal die Fälschung in Auftrag gegeben hatte und wer sie verfasst hatte, würde jedoch weiterhin offenbleiben.

»Ich finde es trotzdem wichtig, dass wir uns Gewissheit verschaffen«, sagte Dagny.

Johanne sah auf. Die Entschlossenheit in Dagnys Gesicht vertrieb ihre resignierte Anwandlung. »Du hast recht«, sagte sie. »Je mehr Anhaltspunkte wir gegen ihn sammeln, umso selbstbewusster können wir Gravdal gegenübertreten.«

»Vielleicht weiß er ja nicht, dass ein Schriftvergleich juristisch nicht verwertbar ist«, sagte Dagny und grinste. »So ein kleiner Bluff kann Wunder wirken.«

Johanne nickte. »Genau, dann hätten wir einen Trumpf in der Hand. Wenn man ihn damit konfrontiert, lockt ihn das vielleicht aus der Deckung.«

»Und vielleicht lässt sich herausfinden, wen er mit der Fälschung beauftragt hat. Dann hätten wir sogar einen Zeugen.« Dagny strahlte Johanne an. »Ach, das ist alles so herrlich aufregend!«

Johanne verkniff sich die Bemerkung, dass das kein Spiel, sondern blutiger Ernst war. »Ich will vor allem wissen, ob der Brief eine Fälschung ist«, sagte sie stattdessen.

Dagnys Züge wurden wieder ernst. »Das verstehe ich sehr gut«, sagte sie. »Ich konnte mich auch nicht mit dem Gedanken abfinden, Vater hätte sich selbst getötet. Ich bin sehr erleichtert, dass es nicht so ist. Wobei ich natürlich die Vorstellung, dass ihn jemand kaltblütig ermordet hat, auch fürchterlich finde.« Sie massierte sich die Stirn. »Eigentlich hat dieser Gravdal unseren Vater zweimal getötet«, murmelte sie nach einer Weile. »Zuerst hat er ihm das Leben genommen oder nehmen lassen. Und dann hat er seinen guten Ruf gemeuchelt.«

Johanne stutzte. »So habe ich das noch gar nicht betrachtet. Aber es stimmt! Ich will diesem Verbrecher unbedingt das Handwerk legen.«

Dagny richtete sich auf. »Und ich werde dir dabei helfen! Ich habe auch schon eine Idee, wie wir an ein Schriftgutachten herankommen können. An der Universität in Oslo gibt es doch einen Lehrstuhl für Altnordische Sprachen. Die befassen sich von Berufs wegen mit Handschriften. Sie müssen Fälschungen entlarven, Verfasser identifizieren, Originale von Kopien unterscheiden, Datierungen vornehmen und so weiter. Vielleicht können sie uns weiterhelfen.«

»Das ist eine großartige Idee!«, rief Johanne. »Einen Versuch ist es auf alle Fälle wert.«

»Ich kümmere mich darum, sobald ich Mutter bei Tante Magnhild abgeliefert habe«, sagte Dagny.

Johanne stand auf. »Dann gebe ich dir am besten gleich

den Brief und eine Schriftprobe von Vater, bevor ich es vergesse.« Sie ging zum Schreibtisch.

»Sag mal, brauchst du nicht Geld?«, fragte Dagny. »Du hast mir noch nicht gesagt, wie du diese Radioempfänger bezahlen willst. Ganz zu schweigen von dem Kredit. Ich bin sicher, dass Erling dir etwas leihen könnte. Ob es allerdings ausreicht …«

»Das ist lieb von dir«, unterbrach Johanne sie. »Aber wenn alles nach Plan läuft, werde ich bald wieder flüssig sein.«

»Flüssig sein«, wiederholte Dagny und hob eine Augenbraue. »Du redest so … irgendwie anders.«

»Nicht so bieder und comme il faut, wie du es von mir erwartest?«

»So hab ich das nicht gemeint.« Dagny erhob sich ebenfalls. »Aber ich kann mich nicht erinnern, dass du früher solche Ausdrücke verwendet hast.«

»Früher ist vorbei«, antwortete Johanne. »Und um auf deine Frage zu antworten: Auch mein Plan passt nicht in das Bild, das du von mir hast. Die Johanne von früher hätte so etwas nicht einmal im Traum getan.«

»Was denn, um alles in der Welt?« Dagny fasste Johanne am Arm. Die Neugier sprühte ihr förmlich aus allen Poren.

»Tut mir leid, darüber rede ich erst, wenn es gelungen ist. Du weißt ja, es bringt Unglück, vorab über ungelegte Eier zu sprechen.« Johanne beglückwünschte sich im Stillen, dass ihr dieser abergläubische Vorwand eingefallen war. Er verschaffte ihr einen kleinen Aufschub und Zeit, sich zu überlegen, wie viel sie zu einem späteren Zeitpunkt preisgeben sollte.

»Na gut«, grummelte Dagny.

Johanne, die sich auf eine längere Abwehrdiskussion eingestellt hatte, war erleichtert. Offenbar strahlte sie ausreichend Entschlossenheit aus, um Dagny von weiterem Nachbohren abzuhalten. Deren Augen ruhten dagegen nach wie vor forschend auf Johanne, der es schwerfiel, unter diesem Röntgenblick gelassen zu bleiben. Sie beugte sich zu einer Schreibtischschublade hinunter und zog sie auf.

»Du kommst mir überhaupt verändert vor«, hörte sie Dagny sagen. »Du leuchtest von innen heraus. Wenn es nicht so absurd klänge, würde ich sagen, du bist verliebt.«

Johanne zuckte zusammen. »Das ist wirklich absurd«, sagte sie und wühlte in den Notizzetteln, Briefentwürfen und handschriftlichen Listen, die ihr Vater in dieser Schublade aufbewahrte. Sie hoffte, dass Dagny die Röte nicht bemerkte, die ihr ins Gesicht gestiegen war, und fragte sich, ob ihre veränderte Ausstrahlung nur den scharfen Augen ihrer Schwester aufgefallen war. Oder standen ihr ihre Gefühle für alle sichtbar auf die Stirn geschrieben? Sie musste sich in Acht nehmen. Getuschel und Gerede waren jetzt nicht dienlich. Sie musste so unauffällig wie möglich sein, durfte keine Aufmerksamkeit erregen und musste alles unterlassen, was sie und Leif miteinander in Verbindung bringen konnte. Gravdal durfte um keinen Preis jemals erfahren, dass sie unter einer Decke steckten und Ränke gegen ihn schmiedeten. Die Vorstellung, was dieser Verbrecher seinem abtrünnigen Chauffeur antun würde, verursachte Johanne Übelkeit.

»Jetzt siehst du aus, als hättest du etwas Ungenießbares gegessen«, sagte Dagny.

Johanne ging nicht darauf ein. Sie holte den Abschiedsbrief, den sie in den vergangenen Tagen stets bei sich getragen hatte, aus ihrer Handtasche, steckte ihn zusammen mit einem Schriftstück ihres Vaters in einen Umschlag und hielt diesen ihrer Schwester hin.

»Apropos essen«, sagte sie. »Ich habe seit heute früh nichts mehr zu mir genommen. Lass uns nach Hause gehen. Dann kommen wir gerade rechtzeitig zu der Putenbrust in Senfkruste, die es heute gibt.«

»Putenbraten an einem gewöhnlichen Montag?«

»Ja, solange unser Bruder zu Hause ist, gibt es jeden Tag eine seiner Lieblingsspeisen.«

Dagny rollte mit den Augen. »Vater hatte recht. Unsere Mutter verwöhnt Finn viel zu sehr. Wenn sie nicht aufpasst, wird ein unausstehlicher Egoist aus ihm.«

»Er ist eben Mutters Ein und Alles.« Johanne verzog den Mund. »Hoffentlich macht sie keinen Aufstand, weil ich ihn früher als geplant ins Internat zurückschicke.« Sie rieb sich die Stirn. »Und was machen wir, wenn sie sich weigert, zu Tante Magnhild zu fahren?«

Dagny zwinkerte ihr zu. »Lass das meine Sorge sein. Ich werde ihr die Reise nach Lillestrøm schon schmackhaft machen.«

Johanne holte ihren Mantel und ging zur Tür. »Ich bin wirklich froh, dass du gekommen bist.«

»Ich auch«, sagte Dagny. »Es tut gut, gebraucht zu werden.«

Johanne senkte den Kopf und leistete ihrer Schwester stumm Abbitte. Sie hatte immer nur »die Kleine« in ihr gesehen, die nach dem Lustprinzip ihren Neigungen nachging, ohne sich um die Belange von anderen zu scheren. Dass sich Dagny gewünscht hätte, mehr gefordert und eingebunden zu werden, war Johanne nie in den Sinn gekommen. Vielleicht ist sie aber auch erst durch die Ereignisse der letzten Zeit gereift, überlegte sie. So wie du selbst dich seit Vaters Tod verändert hast und Dinge tust, die du vorher nie für möglich gehalten hättest.

Sie lächelte Dagny zu, hakte sich bei ihr unter und verließ an ihrer Seite das Büro.

29

Oslofjord, Norwegen, Frühling 1980 – Rike

Rike folgte Bjørn zurück zur Hütte. Sie war froh über die Enge des Pfades, die ein Nebeneinanderlaufen ausschloss und eine Unterhaltung erschwerte. Ihre Befangenheit Bjørn gegenüber hatte sie erneut im Griff – ein Zustand, der sie verwirrte. Der Norweger hatte nichts Einschüchterndes an sich, er gab ihr keinen Grund, sich für irgendetwas zu schämen oder sich minderwertig zu fühlen – ganz im Gegensatz zu den Mitschülern, Seemännern und anderen Leuten, die sie im Lauf der Jahre immer wieder wegen ihrer geringen Körpergröße, der schwarzen Locken sowie ihrer Berufswahl gehänselt, verurteilt oder von oben herab behandelt hatten. Sich ihnen gegenüber durchzusetzen und ihnen die Stirn zu bieten hatte Rike abgehärtet und ihr Selbstbewusstsein gestärkt. Das hatte sie zumindest geglaubt. Bis sie das erste Mal in die Augen mit dem goldenen Funkeln gesehen hatte.

Du büst heel un dall weg in hüm – Du bist über beide Ohren in ihn verliebt. Lieske Olthoffs Gesicht war unverhofft vor Rikes innerem Auge aufgetaucht und lächelte sie verschmitzt an. Die Tochter von Eilert und Swantje hatte immer schon die Gabe besessen, Rikes Gemütszustände mit einem Blick zu erkennen – oft noch, bevor sich diese selbst über ihre Gefühle im Klaren war. Nein, widersprach sie im Stillen. Das kann nicht sein. Ich kenne Bjørn überhaupt nicht. Außerdem verliebe ich mich nicht so leicht. Und schon gar nicht Hals über Kopf. Ich glaube nicht an dieses »Auf den ersten Blick«- und »Wie vom Blitz getroffen«-Zeugs. Das ist was für Groschenromane und Fernsehschnulzen. Und wenn es im echten Leben passiert, geht es meistens schief. Wie bei Beate, die meinem Vater auf Anhieb mit Haut und Haar verfallen war und auf der berühmten rosaroten Wolke schwebte – bis zur schmerzhaften Bruchlandung in der Realität. Und auch Opa Fiete war kein dauerhaftes Beziehungsglück beschieden. Vielleicht taugt unsere Familie einfach nicht für die Liebe.

Rike schob unwillkürlich die Unterlippe vor. Tatsächlich hatte sie sich das einzige und letzte Mal drei Jahre zuvor in einen Jungen verguckt, der auf der Schule die Klasse über ihr besuchte. Er war für sie der Inbegriff von Coolness und Lässigkeit gewesen – den Eigenschaften, die sie bei sich vermisst hatte. Allein die Bewegung, mit der er seine Lederjacke über die Schulter warf oder auf dem Pausenhof seine ausgerauchte Zigarette wegschnippte, hatte ihr als Siebzehnjähriger die Knie in Wackelpudding verwandelt. Ganz zu schweigen vom Aufruhr in ihrem Magen, in den sie der Anblick seiner athletischen Figur versetzt hatte und seiner eisblauen Augen. Die er jedoch nie auf sie gerichtet hatte, sondern ausgerechnet auf ein Mädchen aus der Vierer-Clique, die Rike bei jeder Gelegenheit triezte und verhöhnte.

Diese *füünsken Piesackers*, wie Rike ihre boshaften Quälgeister nannte, besaßen all das, was ihr selbst fehlte: Sie waren hochgewachsen mit biegsamen Gliedern, hatten lange Beine, die sie abwechselnd in knallengen Jeans oder Hotpants zur Geltung brachten, erfreuten sich blonder Mähnen, die dank Haarspray und Dauerwellen perfekt saßen, und waren stets makellos geschminkt. Sie trugen die »richtigen« Modemarken und eiferten äußerlich ihren Idolen nach, damals dem *Bravo*-Girl Ute Kittelberger sowie der amerikanischen Schauspielerin Farrah Fawcett-Majors aus der TV-Serie *Drei Engel für Charlie*. Die vier Teenager wurden zu jeder Party eingeladen und als Erste aufgerufen, wenn im Sportunterricht Mannschaften für Volleyball oder andere Spiele zusammengestellt wurden. An den Wochenenden besuchten sie Diskotheken und Musikschuppen wie das Holtenpoort in der Neutorstraße oder das Madison am Neuen Markt, wo zahlreiche Rockbands der Gegend auftraten oder angesagte Discjockeys wie die Holländer Peter van Campenhout und Peter Franke auflegten. Mit einem Wort: Diese Mädchen waren hip und von Verehrern umschwirrt wie Swantjes Zwetschgenkuchen im Sommer von den Wespen.

Rikes sehnsüchtige Blicke waren zu ihrem Leidwesen nicht unbemerkt geblieben. Die *Piesackers* wachten mit Argusaugen darüber, dass sich niemand an Jungs heranmachte, die in ihr Beuteschema passten. Sie hatten Rike mit ätzendem Spott überzogen. Ob sie ernsthaft angenommen hatte, mit ihrer kurz geratenen, stämmigen Statur und ihrem widerspenstigen dunklen Kraushaar begehrenswert zu sein? Bei der Frage war die Clique in gehässiges Gekicher ausgebrochen, das Rike noch lange in den Ohren gegellt hatte. Damals hatte sie sich geschworen, sich niemals wieder eine solche Blöße zu geben. Das Thema Jungs und Liebe hatte sie bis auf Weiteres auf Eis gelegt und sich ganz auf ihre größte Leidenschaft konzentriert: auf die *Greetje* und alles, was mit der Schifffahrt im Allgemeinen und der Arbeit auf dem Schleppschiff im Besonderen zusammenhing.

Rike war so in ihre Gedanken versunken, dass sie fast gegen Bjørn geprallt wäre, als dieser stehen blieb. Sie hatten die Lichtung mit dem Holzhaus erreicht. Auf der Bank davor saß Linda, eingewickelt in eine Decke und über ein dickes Buch gebeugt, das sie auf ihre Oberschenkel gelegt hatte. Der Anblick ihrer schlanken Gestalt, der ebenmäßigen Gesichtszüge und der blonden Haare bestärkte Rike darin, sich Bjørn aus dem Kopf zu schlagen. Die beiden passten perfekt zueinander und gaben ein schönes Paar ab. Es wunderte sie nicht, dass sie zueinandergefunden hatten.

Linda hob den Kopf, nickte Rike flüchtig zu und sah Bjørn an. »Wo warst du denn?« Sie hob das Buch hoch. »Du wolltest mich doch abfragen.«

Der Vorwurf in ihrer Stimme bereitete Rike Unbehagen. Sie senkte den Kopf und ging rasch zur Tür.

Bjørn streckte eine Hand aus und berührte sie am Arm. »Ich komm gleich nach.«

Im Vorbeigehen bemerkte Rike, wie Linda kaum merklich die Brauen zusammenzog. War sie tatsächlich eifersüchtig? Die Vorstellung kam Rike absurd vor. Und entzündete gleichzeitig ein Fünkchen Genugtuung. Nicht im Traum wäre sie darauf gekommen, eine Frau wie Linda könnte sie für eine Konkurrentin halten.

In der Hütte saßen Marit und Knut nach wie vor am Tisch. Bücher und Ringordner waren jedoch beiseitegeräumt und hatten Schneidebrettern und Schüsseln Platz gemacht. Marit schälte Kartoffeln, Knut schnippelte eine Sellerieknolle in kleine Stückchen. Aus einem Radiogerät, das auf einem Wandbord in der Ecke über dem Tisch stand, dudelte leise Popmusik. Rike zog ihren Anorak aus, setzte sich zu ihnen und deutete auf ein Bund Karotten. »Soll ich die klein schneiden?«

»Gern«, antwortete Knut. »Bitte in Würfel.« Er schob ihr ein Brett samt Messer hin.

Ein paar Minuten werkelten sie still vor sich hin. Rike war dankbar für die Selbstverständlichkeit, mit der sie von den beiden einbezogen wurde. Als gehörte sie dazu. Nach einer Weile erhob sich Marit halb von der Bank, drehte das Radio lauter und sang den Refrain des Liedes mit, das von einer sanften Frauenstimme gesungen wurde.

Dans med meg, Oliver, Oliver
Dans, nå er sjansen din
Dans med meg, Oliver, Oliver
La neste dans, la neste dans bli min.

»Och nee«, maulte Knut und hielt sich demonstrativ die Ohren zu. »Nicht schon wieder diese Schnulze.«

»Immerhin hat es diese Schnulze letztes Jahr zum Eurovision Song Contest geschafft«, sagte Marit.

»Pft, auf den elften Platz.«

»Der Song ist von Anita Skorgan, nicht wahr?«, fragte Rike. »Es gibt auch eine deutsche Version davon, die bei uns ab und zu im Radio gespielt wird.«

»Siehste«, sagte Marit zu Knut. »Man hört *Oliver* sogar in Deutschland.«

Rike sah, wie Knut sich eine weitere Bemerkung verkniff. Insgeheim pflichtete sie ihm bei. Den Text des Liedes, in dem eine junge Frau ihrem ehemaligen Freund in der Disco den nächsten Tanz anbietet, weil sie glaubt, er sei nach wie vor in sie verliebt, fand sie befremdlich.

»Dieses Jahr gehen wir zum Glück mit etwas Anspruchsvollerem ins Rennen«, sagte Knut.

Marit rollte mit den Augen. »Popsongs müssen nicht anspruchsvoll sein.« Sie zuckte mit den Achseln. »Aber du hast recht«, fuhr sie versöhnlich fort. »Ich finde es auch gut, dass Sverre Kjelsberg und Mattis Hætta uns beim Grand Prix in Den Haag vertreten. Es geht schließlich um ein wichtiges Anliegen, das Gehör finden sollte.«

»Von denen habe ich noch nicht gehört«, sagte Rike. »Über was singen die denn?«

»Der Song heißt *Sámiid ædnan*, das bedeutet samische Erde«, antwortete Marit.

Knut stand auf und nahm die Schüssel mit den gewürfelten Karotten und dem Sellerie. »Grob gesagt geht es um den Kampf der Samen um mehr politische Autonomie«, erklärte er und ging in die Küche.

Rike zog die Stirn kraus. »Die Samen? Das ist eine andere Bezeichnung für Lappen, nicht wahr?«

»Ja, so hat man sie früher genannt«, erwiderte Marit. »Aber weil es eher abfällig klingt, verwenden wir heute lieber die samische Bezeichnung.«

Das Erscheinen von Bjørn unterbrach die Unterhaltung. Er winkte Rike zu sich. »Ich wollte dir doch das Versteck zeigen«, sagte er und ging zu dem hüfthohen Schrank neben dem Ofen.

Rike folgte seiner Aufforderung und stand auf.

Marit ließ ihr Schälmesser sinken und sah Bjørn verwundert an. »Welches Versteck?«

Bjørn rückte das Möbelstück zur Seite und zog an einer Bodendiele. Knarzend löste sie sich und gab den Blick frei auf einen etwa einen Meter tiefen, rechteckigen Hohlraum, der ins Erdreich gegraben und mit Holzlatten ausgekleidet war.

»Ein Keller, wie praktisch«, sagte Knut, der gerade aus der Küche zurückkam, um die Kartoffeln zu holen. »Der ist doch für Lebensmittelvorräte, oder?«

»Ursprünglich nicht«, antwortete Bjørn. Er grinste. »Oder eigentlich schon. Allerdings nur für hochprozentige.« Er kniete sich vor die Öffnung und hob einen verbeulten Kanister heraus. »Ein Andenken aus alten Zeiten.«

»Ich werd verrückt!«, rief Marit. »Solche Behälter haben doch die Alkoholschmuggler benutzt.« Sie wandte sich an Knut. »Erinnerst du dich? Im Zollmuseum haben sie auch welche ausgestellt.«

Knut nickte. Er sah Bjørn skeptisch an. »Willst du etwa behaupten, dass dieses Haus von Schmugglern benutzt wurde?«

Bjørn hob in gespielter Verzweiflung die Arme. »Warum denkt ihr alle, dass ich euch auf den Arm nehme?« Er zeigte auf Rike. »Sie hält mich auch für einen Lügner. Dabei ist ihre eigene Großmutter darin verwickelt.« Er zwinkerte ihr zu. »Aber wir können sie ja bald selbst fragen. Dann wirst du mir hoffentlich glauben.«

Knut brummte etwas Unverständliches und verzog sich in die Küche.

Rikes Herz schlug schneller. Hatte Bjørn »wir« gesagt?

»Ich habe meinen Onkel zwar am Telefon nicht erreicht«, fuhr er fort. »Aber ich weiß, dass sie am Osterwochenende auf jeden Fall zu Hause sind. Wenn du also möchtest, können wir morgen hinfahren.«

Rike schluckte. »Du meinst, du würdest … äh … musst du nicht für dein Studium … und was ist mit …«

Rike getraute sich nicht, nach Linda zu fragen. Was hielt sie von Bjørns Vorschlag? Rike konnte sich nicht vorstellen, dass sie davon besonders angetan war. Und ihr selbst bereitete die Aussicht, zu dritt unterwegs zu sein, Unbehagen.

»Dann kommt ihr also nicht mit zum Skifahren, du und Linda?«, erkundigte sich Marit. »Wir wollen uns nämlich zur Belohnung für die Paukerei drei Tage in den Bergen gönnen«, fügte sie an Rike gewandt hinzu.

»Nein, ich nicht«, sagte Bjørn. »Natürlich nur, wenn Rike möchte, dass ich sie begleite.«

Rike hielt den Atem an. Ihr Herz schlug ihr mittlerweile bis zum Hals.

»Und was ist mit Linda?«, fragte Marit.

»Was ist mit mir?« Linda stand auf der Türschwelle und sah Bjørn an.

»Marit wollte wissen, ob du mit zum Skifahren gehst.«

Rike bemerkte, dass Linda ihre Kiefermuskeln anspannte und Bjørn intensiv in die Augen schaute, bevor sie sich zu Marit drehte. »Warum denn nicht?«, sagte sie in betont munterem Ton. »Nur weil Bjørn seine Pläne ändert …« Sie zuckte mit den Schultern.

»Ich dachte nur, dass du vielleicht auch …«

Linda schüttelte energisch den Kopf. »Ich will mit in die Berge. Oder spricht was dagegen?«

»Aber nein, natürlich nicht!«, rief Marit. »Was für eine Frage!«

»Na, dann ist doch alles bestens«, sagte Linda.

Der kühle Blick, mit dem sie Bjørn streifte, strafte ihre Worte Lügen. Rikes Magen zog sich zusammen. Bjørn dagegen lächelte unbefangen.

Merkt er gar nicht, dass Linda unzufrieden ist, fragte sich Rike. Oder ist es ihm gleichgültig? Und warum will sie nicht mit uns fahren? Meinetwegen? Rike presste die Lippen aufeinander. Es war ihr unangenehm, der Grund für eine Missstimmung zu sein. Schwerer wog jedoch, dass Bjørn ihr den Vorrang gab. Sie konnte es kaum glauben. Auch wenn er es vielleicht aus reiner Höflichkeit tat. Oder der Frau seines Onkels zuliebe. Die Tatsache, dass er Lindas Verärgerung in Kauf nahm, erschien Rike bedeutungsvoll. Gleichzeitig wurde ihr flau. Hatte sie sich eben noch nichts sehnlicher gewünscht, als Bjørn näherzukommen, flößte ihr nun die Möglichkeit, allein mit ihm unterwegs zu sein, Furcht ein. Die widersprüchlichen Gefühle schlugen ihr auf den Magen. Aus dem flauen Gefühl wurde Übelkeit. Sie stand auf.

»Rike, ist dir nicht gut?« Marit sah sie besorgt an. »Du bist ganz weiß im Gesicht.«

»Ich brauche nur ein bisschen frische Luft«, murmelte Rike und rannte hinaus.

Schwer atmend lehnte sie sich gegen den Stamm der alten Kiefer und kämpfte gegen den Würgereiz an. Was ist bloß los mit mir, dachte sie. Ich habe doch sonst einen robusten Magen. Das hier ist keine Fahrt auf aufgewühlter See, hielt die Vernunftstimme dagegen. Es fühlt sich aber genauso an. Als wäre ich in einen tosenden Sturm geraten, in dem alle Navigationsgeräte versagen und ich keine Orientierungspunkte mehr habe.

Ein Quietschen verriet ihr, dass die Eingangstür der Hütte geöffnet wurde. Wie von selbst machten ihre Beine zwei Schritte hinter den Baumstamm. Sie wollte jetzt mit niemandem sprechen. Am liebsten wäre sie fortgelaufen. Sie kauerte sich auf den Boden zwischen die dicken Wurzeln und lugte vorsichtig aus ihrem Versteck zur Hütte. Dort stand Bjørn auf der Schwelle und sah sich suchend um. Rikes Herz schlug hart gegen ihre Rippen. Mit angehaltenem Atem beobachtete sie, wie Linda zu ihm trat, etwas zu ihm sagte und ihn an der Hand wieder ins Innere zog. Nach einem letzten Blick in die Runde folgte ihr Bjørn.

Rike stieß die Luft aus und lehnte ihre Stirn gegen die raue Rinde des Nadelbaums. Das Bedürfnis, einfach abzuhauen, zum Anlegesteg zu rennen und mit der *Måke* das Weite zu suchen, wurde schier übermächtig. Rike presste ihre Stirn fester gegen den Baumstamm. Der Schmerz brachte sie zur Besinnung. Sei nicht albern!, wies sie sich zurecht. Du kannst jetzt nicht weglaufen, *du olle Bangbüx!* Unwillkürlich war ihr der Ausdruck für Angsthasen in den Sinn gekommen, den Opa Fiete verwendet hatte – und mit ihm sein Gesicht. Es verscheuchte ihre Panik. Was hatte er immer zu ihr gesagt, wenn sie sich vor etwas oder jemandem fürchtete? *Laat di keen Swackheid marken!* Lass dich nicht unterkriegen! Rike holte tief Luft und ging zur Hütte zurück.

30

Horten, Norwegen, Juni 1926 – Johanne

In den beiden Tagen bis zu Leifs Rückkehr kam Johanne kaum zur Besinnung. Mit Dagnys Hilfe bereitete sie die Abreise ihrer Mutter nach Lillestrøm vor. Tante Magnhild, der sie den Besuch ihrer Schwester telefonisch angekündigt hatten, versprach, sich gut um die trauernde Witwe zu kümmern, und wollte sie in den Sommerurlaub mitnehmen, den sie mit ihrer Familie im Juli und August in einem Badeort an der Südküste bei Arendal verbringen wollte. Dagny hatte nicht zu viel versprochen. Ihrer Überredungskunst konnte Ragnhild Rev nicht lange widerstehen. Es dauerte nicht einmal einen halben Tag, bis sie überzeugt war, die Reise würde ihr guttun, sie von ihrem Kummer ablenken und auf andere Gedanken bringen. Da sie ihren geliebten Sohn in seinem Internat gut umsorgt wusste, fiel ihr der Abschied nicht so schwer, wie Johanne es befürchtet hatte. Finn selbst schien ebenfalls nicht traurig über seine vorzeitige Rückkehr nach England. Im Gegenteil, Johanne hatte den Verdacht, dass er sogar erleichtert darüber war. Offenbar war ihm die Rolle als »einziger Trost und einzige Stütze« seiner Mutter, die ihn anfangs mit Stolz erfüllt hatte, mittlerweile lästig geworden.

Am späten Mittwochabend herrschte nach dem Trubel der vergangenen Tage ungewohnte Stille im Haus. Finn hatte bereits am Vormittag seine Reise angetreten, Dagny und ihre Mutter waren nachmittags mit dem Zug nach Oslo gefahren. Zuletzt hatte Johanne dem Dienstmädchen und der Köchin Lebewohl gesagt. Während Letztere die Stadt verließ und nach Tønsberg zu ihrem Bruder zog, der nach dem Tod seiner Frau Hilfe in seinem kinderreichen Haushalt benötigte, hatte Karin Aussicht auf eine Anstellung in der Wäscherei der Garnison. Dagny hatte ihre Beziehungen zu Erlings ehemaligen Kollegen im Hauptquartier der Marine auf Karljohansvern spielen lassen und sich für das Dienstmädchen eingesetzt. Karin war der Abschied sichtlich schwergefallen. Gerührt von ihrer Anhänglichkeit hatte Johanne ihr versprochen, sie umgehend wieder zu sich zu holen, sobald es ihre finanzielle Lage erlaubte.

Gegen acht Uhr abends war Johanne allein – zum ersten Mal in ihrem Leben. Auf ihrem letzten Rundgang durch die Räume und Flure ertappte sie sich dabei, wie sie auf Zehenspitzen ging – als fürchte sie, den Dornröschenschlaf zu stören, in den das verwaiste Haus versunken war. Die Schrankkoffer, Hutschachteln und Reisetaschen ihrer Mutter waren aus der Eingangshalle verschwunden, nur zwei Koffer von Johanne standen noch vor der Garderobe. Sie würde sie später von Ingvald abholen lassen. In den Schlafzimmern, dem Salon und den anderen Räumen waren die Möbel, Bilder und Spiegel mit Leintüchern zum Schutz vor Staub abgedeckt, in der Küche waren das Ofenfeuer gelöscht und der Aschekasten geleert worden, und überall waren die Fensterläden geschlossen.

Schließlich trat Johanne auf den Balkon, der sich zur Straße hin über der Eingangstür befand. Bei ihrem Treffen im Lystlunden Park hatte Leif sie aufgefordert, nach Sonnenuntergang ein weißes Taschentuch an das Geländer zu knoten, wenn sie in seinen Vorschlag einwilligte. Johanne entfaltete ein gebügeltes Schnupftuch ihres Vaters, das ihr wegen seiner Größe als Signal geeigneter schien als ihre mit Spitzen umhäkelten Tüchlein. Bis zum Untergang der Sonne gegen halb elf waren es noch beinahe zwei Stunden hin. Johanne wollte jedoch nicht länger warten.

Leif hatte zwar gesagt: »Alles Weitere besprechen wir, wenn ich die Ware habe«, und damit deutlich gemacht, dass er nicht vorhatte, sie mitzunehmen. Zweifellos, weil die Aktion gefährlich war. Johanne dachte allerdings nicht im Traum daran, sich an seine Weisung zu halten und in Deckung zu gehen, während er die Kastanien für sie aus dem Feuer holte. Es schien ihr unrecht, ihn Kopf und Kragen für sich riskieren zu lassen, während sie in Ruhe abwartete, bis sie die Früchte seines halsbrecherischen Einsatzes ernten konnte. Nein, sie wollte das Risiko mit ihm teilen. Außerdem reizte es sie, selbst einen Blick in die Welt der Schmuggler zu werfen, die Leif so sehr schätzte, dass er seine »anständige« Existenz dafür aufgegeben hatte. Sie wollte den Kitzel spüren, der ihn lockte, wollte seine Erfahrung teilen und ihn besser kennenlernen.

Da Leif sie niemals freiwillig mitnehmen würde, wenn er die Whiskylieferung, die Gravdal in dieser Nacht erwartete, abfangen und wegschaffen wollte, musste sie ihn eben vor vollendete Tatsachen stellen und am Ort des Geschehens erscheinen, wo er keine Möglichkeit hatte, sie abzuwimmeln. Es hatte Johanne einiges Kopfzerbrechen bereitet, wie sie zu der von Leif erwähnten Bucht beim Ruseberg in der Nähe von Holmestrand gelangen sollte. Auf einer Landkarte der Provinz Vestfold, die ihr Vater angeschafft hatte, um Fahrten zu auswärtigen Kunden planen zu können, hatte Johanne die Stelle gefunden. Der Ruseberg, eine Anhöhe von knapp zwölf Metern, lag auf der Landzunge Mulåsen anderthalb Kilometer südöstlich von Holmestrand. Ein Weg dorthin war nicht verzeichnet – was die Wahl des Ortes erklärte. Die Landstraße von Horten nach Holmestrand führte in einiger Entfernung daran vorbei, von dort musste man sich buchstäblich durch die Büsche schlagen. Aber wie sollte sie die etwa fünfzehn Kilometer auf der Straße bewältigen? Mit einem Automobil wäre sie gut zwanzig Minuten unterwegs. Sich von Ingvald chauffieren zu lassen kam nicht in Frage. Ebenso wenig von einem Taxifahrer. Wie hätte sie erklären können, was sie mitten in der Nacht allein an einem Ort suchte, der im Nirgendwo lag?

Der Anblick des Postboten, der auf seiner morgendlichen Runde durch die Vestre Braarudgata geradelt war, hatte Johanne schließlich auf die Lösung gebracht: Sie würde Finns Fahrrad nehmen, das im Keller vor sich hin verstaubte. Als es einige Jahre zuvor für ihren Bruder angeschafft worden war, hatte Johanne die Gelegenheit genutzt, um sich das Fahren darauf beizubringen. Hinter dem Rücken ihrer Mutter, die es als undamenhaft verurteilte, allein schon der sportlichen Hosenröcke oder Pluderhosen wegen, die Radfahrerinnen anstelle von langen Röcken trugen. Derart unschickliche Bekleidung sowie sportliche Betätigungen, bei denen man Gefahr lief, zu viel Bein zu zeigen oder gar ins Schwitzen zu geraten, hatte sie ihren Töchtern untersagt, solange sie unter ihrem Dach wohnten. Johanne hatte sich dem Verbot weitgehend gefügt und mit der Aussicht getröstet, als Ehefrau mehr Freiheiten zu genießen. Die Anschaffung eines Fahrrads hatte dabei zuoberst auf ihrer Wunschliste gestanden.

Die Sonne stand tief im Westen und ließ die Wellen des Fjords in einem kräftigen Orangeton leuchten, als Johanne das Herrenrad der Marke Diamant des Osloer Fabrikanten A. Gresvig auf die Straße schob. In Ermangelung geeigneter Kleidung hatte sie eine Hose sowie eine Joppe ihres Bruders angezogen und ihre Haare unter einer seiner Schirmmützen verborgen. Bei flüchtiger Betrachtung mochte sie als junger Bursche durchgehen. Sie schwang sich auf den Sattel und stieß sich von der Bordsteinkante ab. Nach kurzem Schlingern hatte sie ihr Gefährt unter Kontrolle und trat kräftig in die Pedale. Während sie der Straße stadtauswärts folgte, bemächtigte sich ihrer ein Gefühl, das sie lange vermisst hatte: die Freude an der Geschwindigkeit. Sie genoss den Wind in ihrem Gesicht, den Anblick der vorbeisausenden Häuser, Bäume, Laternenpfähle und Zäune und das feine Brausen in ihren Ohren. Ein Jauchzen stieg ihr in die Kehle. Für den Augenblick fiel die Schwere von ihr ab. Die Sorgen, die sie in den vergangenen Tagen kaum hatten schlafen lassen, traten in den Hintergrund, die Trauer um ihren Vater verblasste, ihr Körper wurde eins mit der rollenden Bewegung. Johanne hätte ewig durch die helle Nacht fahren mögen, ungebunden und aller Verpflichtungen ledig.

Eine knappe Stunde nach ihrem Aufbruch näherte sie sich ihrem Ziel. Eben hatte sie die Abzweigung zu einem Feldweg passiert, der laut ihrer Karte zu einem Anwesen am Ufer führte – der letzten menschlichen Behausung vor der in den Oslofjord ragenden Landspitze Mulåsen, hinter der sich das Städtchen Holmestrand befand. Sie verlangsamte ihre Fahrt, hielt an und sah sich um. Längst hatte sie die Ausläufer von Horten hinter sich gelassen und war kilometerlang an Feldern, Wiesen und kleinen Waldstücken vorbei in nördlicher Richtung geradelt. Einige Minuten zuvor war die Sonne untergegangen, der Himmel war jedoch nach wie vor hell. Richtig finster würde es in diesen Nächten wenige Tage vor Sankt-Hans-Abend, dem Mittsommernachtfest, nicht werden.

Johannes Gedanken wanderten zurück in die Vestre Braarudgata, wo Leif mittlerweile das weiße Tuch am Balkon bemerkt haben würde. Ob er sich bereits auf den Weg zur Bucht gemacht hatte? Und wie? Er würde kaum mit der Limousine von Gravdal vorfahren. Sie stieg ab, legte das Fahrrad unter einen Busch am Straßenrand und lief querfeldein zum Rand des Waldes, der die Landzunge bedeckte. Es dauerte einige Sekunden, bis sich ihre Augen an das schummrige Licht gewöhnt hatten, das zwischen den Baumstämmen herrschte. Das Hochgefühl, das Johanne während der Fahrt beseelt hatte, wich nervöser Beklommenheit. Vorsichtig bahnte sie sich ihren Weg durchs Unterholz, das weitgehend aus Blau- und Preiselbeersträuchern bestand. Alle paar Schritte hielt sie lauschend inne. Sie war erstaunt, wie viele Geräusche zu hören waren. Den Grundton bildete das feine Rauschen des Windes in den Kronen der Eschen, Birken, Ahorne und Kiefern. In ihn stimmte eine Komposition aus Knacken, Fiepen, Rascheln, Klopfen und Zirpen ein, die Johannes Herzschlag beschleunigte. Hinter jedem Gebüsch vermutete sie ein wildes Tier, das nur darauf lauerte, sich auf sie zu stürzen. Sie sah sich umringt von bedrohlichen Ungeheuern, die sich beim Näherkommen als Baumstümpfe, knorrige Äste oder Ameisenhaufen entpuppten. Ihre Nerven waren aufs Äußerste angespannt. Etwas streifte ihren

Nacken. Johanne schrie auf, schlug um sich und machte einen Sprung nach vorn. Keuchend blieb sie stehen. Ein großer Nachtfalter taumelte an ihr vorbei. Ihr wurde flau vor Erleichterung.

So geht das nicht weiter, ermahnte sie sich. Du stellst dich an wie ein verschrecktes Kleinkind. Es gibt hier keine Tiere, die dir gefährlich werden könnten. Bären und Wölfe leben in den Urwäldern hoch im Norden und Osten des Landes. Aber doch nicht hier bei uns. Johanne atmete durch und lief weiter. Nach einigen Metern lichtete sich der Wald. Leises Plätschern verriet ihr, dass sie sich dem Ufer näherte. Der Untergrund wurde felsiger, die Bäume verschwanden und machten niedrigen Sträuchern Platz. Johanne kauerte sich hinter einen großen Stein und spähte zum Strand der Bucht, die sich einige Meter unterhalb von ihr befand. Sie war menschenleer.

Johanne biss sich auf die Lippe. War sie zu spät gekommen? Oder am falschen Ort? Sollte sie weitergehen? Nein, es hatte keinen Sinn, planlos herumzuirren und dabei womöglich Gravdals Männern in die Arme zu laufen. Oder anderen finsteren Gesellen. Vor ihrem geistigen Auge tauchten grimmig aussehende Burschen auf, die die unwillkommene Zeugin ihrer nächtlichen Geschäfte für immer zum Schweigen bringen würden. Sie sah sich bereits mit einer Kugel in der Brust oder eingeschlagenem Schädel in ihrem Blut liegen oder gefesselt in den Fluten des Fjords versinken. Johanne presste die Lippen zusammen und kämpfte die Panik nieder, die in ihr hochstieg.

Ein Tuckern lenkte sie ab. Sie verengte die Augen und schaute aufs Wasser. Ein kleines Fischerboot hielt, von Horten kommend, auf die Bucht zu. Wenige Augenblicke später sprang eine Gestalt ins seichte Wasser, zog den Nachen an Land und sah sich um. Johannes Herz machte einen Hüpfer. Es war Leif! Sie stand auf, trat hinter dem Stein hervor und lief zu ihm hinunter.

Leif zuckte zusammen und fuhr herum. »Wer da?«

»Ich bin's, Johanne.«

»Was zum Teufel … wie kommst du denn … verdammt!« Leif fasste sie am Ellenbogen und zog sie in den Schatten der Felsen am Rand der Bucht. »Was machst du hier?«, zischte er.

»Ich freue mich auch, dich zu sehen«, sagte Johanne.

Leif ließ sie los und musterte sie mit gerunzelter Stirn. »Hatten wir nicht ausgemacht, dass du wartest, bis ich mich melde?«

Johanne schüttelte den Kopf. »Wir haben gar nichts ausgemacht. Du hast das so bestimmt.«

»Aus gutem Grund! Herrgott, Johanne, das hier ist kein Sonntagsausflug ins Grüne. Wie konntest …«

»Deine Sorge um mich in allen Ehren«, fiel ihm Johanne ins Wort. »Aber die Aktion steigt entweder mit mir oder gar nicht. Schließlich brauche *ich* das Geld. Und *ich* bin es, die ein Hühnchen mit Gravdal zu rupfen hat. Da ist es nur fair, wenn ich das Risiko mittrage.«

»Aber …«, begann Leif.

»Nix aber! Ich habe es satt, als schwache Frau behandelt zu werden. Ich kann selbst beurteilen, was ich mir zutrauen darf. Ich weiß deine Hilfe wirklich sehr zu schätzen. Aber ich werde nicht zulassen, dass du dich allein in Gefahr begibst!« Sie sah Leif beschwörend an.

In seinem Gesicht arbeitete es. Er öffnete den Mund, schloss ihn wieder und nickte kaum merklich. »In Ordnung«, sagte er leise. »Ich kann es auch nicht leiden, wenn man mir Vorschriften macht.«

Johanne, die ihn mit angehaltenem Atem beobachtet hatte, stieß die Luft aus und lächelte.

»Aber wenn es nachher losgeht, tust du, was ich dir sage«, fuhr Leif fort.

»Versprochen«, sagte Johanne schnell, froh, keine weiteren Diskussionen führen zu müssen.

Leif hob das Fernglas, das er um den Hals gehängt hatte, an seine Augen und blickte hinaus auf den Fjord. »Ah, da ist er«, murmelte er nach einer Weile und streckte einen Arm aus.

Johanne schaute in die Richtung und nahm einen kurzen Lichtschein war, der weit draußen aufblitzte. Leif ging zu seinem Boot, holte eine Petroleumlaterne, zündete den Docht an und schwenkte die Lampe über seinem Kopf hin und her. Der Lichtblitz antwortete, und wenige Sekunden später konnte Johanne die Umrisse eines Frachtdampfers erkennen, der sich der Bucht näherte.

»Wird man dir den Whisky überhaupt geben? Musst du dich nicht irgendwie ausweisen?«, fragte sie.

»Das vereinbarte Geld ist Ausweis genug«, erklärte Leif.

»Wo ist Gravdal eigentlich?« Johanne sah sich unwillkürlich um. »Hast du keine Angst, dass er jeden Moment hier auftaucht und uns erwischt?«

»Er selbst wird nicht kommen«, antwortete Leif. »Und seine Männer ärgern sich gerade mit einer verstopften Benzinleitung herum.« Ein spitzbübisches Lächeln huschte über seine Züge. Er löschte die Lampe, stellte sie zurück ins Boot und schob dieses ins Wasser. »Wir sollten uns trotzdem sputen. Ich habe keine Ahnung, wie lange sie für die Reparatur brauchen.«

Er machte Johanne ein Zeichen, in das Boot zu klettern. Sobald sie sich auf die Bank in der Mitte gesetzt hatte, folgte er ihr, stellte sich vorn ans Lenkrad und ließ den Motor an. Kurz darauf erreichten sie den Dampfer, der hoch über ihnen aufragte.

Leif ging längsseits und nickte Johanne zu. »Jetzt musst du das Steuer übernehmen.«

»Ich?« Johanne riss die Augen auf. »Aber ich kann doch gar …«

»Du musst nur darauf achten, dass wir nicht vom Frachter abgetrieben werden und gegen die Strömung halten«, sagte Leif, stand auf und streckte einen Arm aus. Johanne ergriff seine Hand und balancierte nach hinten.

An der Reling über ihnen erschien ein Kopf mit Matrosenmütze. *»Do you come from Mister Gravdal?«*

»Yes«, rief Leif.

»Thirty, right?«

Wieder bejahte Leif.

»First the money, please!« Der Seemann warf ihm das Ende eines dünnen Taus zu, an das Leif ein in Ölpapier eingeschlagenes Päckchen band.

Johanne umklammerte derweil das Steuerrad und heftete ihren Blick auf die Fender an der Schiffswand, aus Tauwerk geflochtene Bündel, die dort zum Schutz gegen Stöße befestigt waren. Auf der kurzen Fahrt hatte sie die See als ruhig wahrgenommen. Nun spürte sie den Sog der Dünung, die das Boot in Bewegung hielt. Johanne musste es immer wieder ausrichten, möglichst nah und parallel zum Schiff, ohne dieses zu rammen. Sie spürte, wie sich ein feiner Schweißfilm auf ihrer Stirn bildete.

Währenddessen hatte der Matrose das Geldpäckchen nach oben gezogen. Keine Minute später rief er *»Attention!«* und seilte den ersten von dreißig Blechkanistern zu ihnen ab. Leif knotete sie einen nach dem anderen los und verstaute sie in einer Vertiefung unter den Bodenplanken. Sobald der letzte an Bord war, verabschiedete sich der Matrose mit einem *»Goodbye«*.

Der Frachter erzitterte unter dem Dröhnen der Turbinen, die aufgedreht wurden, und glitt langsam auf den Fjord hinaus. Leif übernahm das Steuer von Johanne. Als sie sich wieder auf die Mittelbank setzte, nahm sie aus den Augenwinkeln ein Boot wahr, das vom anderen Ende der Bucht auf sie zuhielt. Sie schrie auf. Leif sah sich um und fluchte halblaut. Er drehte ab und fuhr auf den Fjord hinaus. Das andere Boot änderte ebenfalls seine Richtung und nahm die Verfolgung auf. Johannes Magen krampfte sich zusammen. Leif hatte die Kiefermuskeln angespannt, die Knöchel der Hand, mit der er die Ruderpinne umfasste, schimmerten weiß. Der Abstand zwischen den beiden Booten wurde kleiner.

»Gravdals Männer?«, fragte Johanne.

Leif nickte. Johanne unterdrückte ein Stöhnen. Leif gab Gas, ihre Geschwindigkeit erhöhte sich jedoch kaum. Die Ladung war zu schwer. Es war nur eine Frage von Minuten, bis ihre Verfolger sie eingeholt haben würden.

31

Numedal, Norwegen, Frühling 1980 – Rike

Der Karfreitag ließ sich grau und regnerisch an. Als Rike, Bjørn, Linda, Marit und Knut nach dem Frühstück die Hütte verließen, war die kleine Lichtung in diffuses Dämmerlicht getaucht. Der Himmel war wolkenverhangen, der Wind hatte aufgefrischt und trieb kalte Schauer vor sich her. Mit gesenkten Köpfen eilten die fünf – beladen mit Rucksäcken und Taschen – zum Anlegesteg. Die *Måke* und das große Schlauchboot tanzten auf den Wellen und zerrten an den Seilen, mit denen sie vertäut waren.

»Das wird eine ungemütliche Überfahrt«, stellte Linda fest.

»Sollten wir nicht abwarten, bis der Sturm abflaut?«, fragte Marit. »Ist es nicht zu gefährlich?«

»Ach wo«, sagte Rike und sprang, ohne zu zögern, an Bord. Wie von selbst balancierten ihre Beine das Geschaukel des Bootes aus. Sie hielt Marit ihre Hand hin. »Komm, du musst wirklich keine Angst haben.«

Marit verzog das Gesicht. »Ich fürchte, ich bin eine echte Landratte. Vor Wasser habe ich einen Heidenrespekt.«

Sie presste die Lippen zusammen, ergriff Rikes Hand und ließ sich von ihr auf das Boot ziehen, wo sie sich umgehend auf den Boden kauerte und an der Reling festklammerte. Rike warf ihr eine Rettungsweste zu, band sich selbst eine um, löste das Tau und startete den Motor. Knut und Bjørn hatten derweil die Schutzplane des Schlauchboots entfernt und verstauten das Gepäck, das Linda ihnen anreichte. Wenige Augenblicke später legten sie ab und folgten Rike, die Kurs auf Langøya nahm. Als sie die Spitze der langen Insel umrundete, wurde die *Måke* von einer Böe erfasst. Marit schrie erschrocken auf. Rike umfasste das Steuerrad fester und stellte sich breitbeiniger hin, um besseren Halt auf den rutschigen Planken zu finden. Sie spürte, wie sich ihr Gesicht zu einem breiten Grinsen verzog. Sie war in ihrem Element! Sie sah sich nach Marit um, die die Augen geschlossen hatte und stumm die Lippen bewegte. Betete sie?

»Es ist nicht mehr weit!«, rief Rike.

Leider, fügte sie in Gedanken hinzu. In ihre Freude über die stürmische Fahrt mischte sich Nervosität. Nicht mehr lange, und sie würde mit Bjørn allein sein. Sie warf einen Blick auf das Schlauchboot, das einige Meter hinter ihr zurückgefallen war. Knut, der im Heck an der Steuerpinne kniete, musste sich sichtlich anstrengen, den Kurs zu halten. Der breite Bug bot dem Wind mehr Angriffsfläche als die *Måke*. Von Bjørn und Linda, die rechts und links von Knut an die Seitenwände gelehnt saßen, sah Rike nur die Kapuzen ihrer Regenjacken. Sie drehte sich wieder nach vorn und hielt ihr Gesicht in die steife Brise. Die *Måke* sicher in den Hafen von Holmestrand zu navigieren schien ihr ein Kinderspiel im Vergleich mit den Unwägbarkeiten, die die kommenden Tage für sie bereithalten würden. Sie hätte einiges darum gegeben, einfach stundenlang weiterzufahren und sich nicht den widersprüchlichen Gefühlen stellen zu müssen, die von ihrem Herzen Besitz ergriffen hatten.

»Du fährst wie der Teufel«, sagte Knut. In seiner Stimme schwang Bewunderung.

»Ja, sehr beeindruckend.« Bjørn strahlte Rike an. »Rike könnte glatt als Wikingerin durchgehen. Sie am Steuer eines Drachenbootes in tosender See – das kann ich mir gut vorstellen.«

Rike sah verschämt zu Boden. Die Gruppe hatte Holmestrand erreicht und war auf dem Weg zu einem Parkplatz, auf dem Knut seinen VW-Bus abgestellt hatte.

Marit, noch etwas wackelig auf den Beinen, hatte sich bei Knut eingehakt. »Woher hast du nur diese Nerven?«, fragte sie Rike. »Hattest du gar keine Angst?«

Rike zuckte mit den Schultern. Angst vor dem bisschen strammen Wind? Sie verzichtete auf die Antwort, die überheblich klingen würde. »Ich bin quasi auf dem Wasser aufgewachsen«, sagte sie stattdessen. »Mein Opa hat mich als Kind oft mitgenommen, wenn er mit dem Lotsenboot unterwegs war. Da waren wir häufig bei stürmischem Wetter auf dem Meer.«

Mittlerweile hatten sie den Parkplatz und den hellblauen VW-Bus erreicht, auf dessen Dach vier Paar Ski geschnallt waren. Sie verstauten ihr Gepäck und stiegen ein. Marit setzte sich neben Knut auf den Beifahrersitz, Linda, Bjørn und Rike verteilten sich auf die beiden hinteren Sitzbänke. Knut hatte angeboten, Bjørn und Rike bis Kongsberg mitzunehmen. Von dort würden er, Marit und Linda wie geplant zum Kongsberg Skisenter fahren, einem gut erschlossenen Wintersportgebiet mit vielen Abfahrten und Loipen, wo sie in einem Wanderheim Betten reserviert hatten. Bjørn und Rike dagegen würden ihre Reise mit der Numedalbahn fortsetzen, die von dem Bergbaustädtchen hinauf nach Rødberg fuhr.

In Kongsberg parkte Knut den Bulli vor dem Bahnhofsgebäude. Der Regen hatte nachgelassen. In den Pfützen auf der Straße spiegelten sich die langsam dahinziehenden Wolken, in die der Wind einige Löcher gerissen hatte. Rike stieg aus und folgte Bjørn, der die Heckklappe öffnete und ihre Rucksäcke heraushievte.

»Bist du sicher, dass du nicht doch lieber mit den anderen zum Skifahren willst?« Während der gut einstündigen Autofahrt hatte sie sich unablässig mit dieser Frage geplagt, die nun aus ihr herausplatzte.

Ein Teil in ihr sehnte sich danach, allein mit Bjørn zu sein, ihn ganz für sich zu haben. Ein anderer Teil fürchtete sich genau davor und hoffte, dass er sich im letzten Moment anders entscheiden würde. Rike verstand sich selbst nicht und hasste sich dafür. Warum ließ sie es zu, dass dieser Mann sie derart verunsicherte? Und gleichzeitig eine Gewissheit in ihr auslöste, die sie nicht weniger befremdlich fand: Eine Stimme in ihr wiederholte beharrlich einen Satz: Bjørn ist es, auf den du schon immer gewartet hast. Er ist *der* Richtige! Wie war das möglich? Sie kannte ihn doch gar nicht.

»Willst du mich loswerden?«, fragte Bjørn und sah sie forschend an.

Rike schluckte und schüttelte stumm den Kopf.

»Da bin ich aber froh.« Das goldene Funkeln in seinen Augen blitzte auf. Er schloss die Heckklappe und schulterte seinen Rucksack.

Knut, Marit und Linda waren ebenfalls ausgestiegen und verabschiedeten sich von Rike und Bjørn.

»War nett, dich kennenzulernen«, brummte Knut und gab Rike die Hand.

Marit schob ihn beiseite und drückte Rike an sich. »Wir sehen uns ja sicher bald wieder.«

»Ich glaube nicht«, antwortete Rike. »Ich muss nach den Feiertagen schon wieder zurück nach Petkum.«

»Das weiß ich doch.« Marit löste sich von ihr. »Ich meine deinen nächsten Besuch. Da kommst du bei uns vorbei, versprochen?«

»Äh, ja ... falls ich noch mal ... äh ...«, stotterte Rike.

»Natürlich kommst du wieder«, sagte Marit und nickte vielsagend zu Bjørn hin, dem Linda eben einen Kuss auf die Wange gab.

»Aber was ist mit Linda? Ist sie nicht mit Bjørn zusa...?«, Rike biss sich auf die Lippe. Ohne es zu wollen, war ihr die Frage rausgerutscht, die ihr auf der Seele brannte. Das Blut schoss ihr ins Gesicht. Sie wagte kaum, Marit anzusehen.

»Ist sie nicht. Sie wäre es gern. Aber bei Bjørn ist der Funke nie übergesprungen.« Marit drückte Rikes Arm, lächelte ihr zu und stieg wieder in den Bulli, in dem Knut bereits auf dem Fahrersitz saß und ungeduldig mit den Fingern auf das Lenkrad trommelte.

Auch Linda hatte sich mittlerweile von Bjørn verabschiedet. Sie winkte Rike zu, rief *»Bye-bye«* und verschwand im VW-Bus, der gleich darauf startete und davonfuhr.

Rike sah ihm nach. Das Herz schlug ihr bis zum Hals. Marits Worte hallten in ihr nach. Für diese schien es keinen Zweifel an Bjørns Gefühlen zu geben. Was machte sie so sicher? Hatte sie ihn vielleicht schon öfter verliebt erlebt? War Bjørn leicht entflammbar und flatterte wie ein Schmetterling von einer Blüte zur nächsten? Rikes Magen zog sich zusammen. Nimm dich in Acht, mahnte ihre Vernunftstimme. Liebeskummer ist das Letzte, was du jetzt gebrauchen kannst.

»Wollen wir erst einmal einen Kaffee trinken?«, drang Bjørns Stimme in Rikes Gedanken. »Dann können wir in Ruhe Pläne machen.«

»Pläne? Fahren wir denn nicht gleich weiter zu meiner Großmutter?«

»Der Zug braucht nur knapp zwei Stunden«, entgegnete Bjørn. »Es ist gut möglich, dass Johanne und Leif erst am Nachmittag wieder zu Hause sind. Wir haben also noch viel Zeit.«

»Sollten wir nicht doch vorher anrufen?«, fragte Rike. »Mir ist nicht wohl bei dem Gedanken, einfach so bei ihnen reinzuplatzen.«

Bjørn sah sie aufmerksam an. »Du befürchtest, dass du Johanne nicht willkommen bist?«

Rike schlug die Augen nieder. »Ich weiß, ich sollte mehr Vertrauen haben. Aber schließlich hat sie vor fünf Jahren das letzte Mal an Beate geschrieben. Es ist doch möglich, dass sie mit diesem Kapitel abgeschlossen hat und …«

»Nein, ganz bestimmt nicht!« Bjørn nahm Rikes Hand und drückte sie leicht. »Johanne hat vielleicht resigniert, weil ihre Tochter sich all die Jahre nie gemeldet hat. Aber deswegen hat sie sie nicht aus ihrem Leben verbannt.«

Rike hob den Kopf. »Ich bin so schrecklich nervös«, sagte sie leise.

»Das verstehe ich gut. Aber ich bin mir absolut sicher, dass Johanne dich mit offenen Armen empfangen wird. Sie ist eine großherzige Frau. Sie hat mich ganz selbstverständlich an Kindes statt aufgenommen und sehr liebevoll aufgezogen.«

Er deutete auf einen mehrstöckigen Backsteinbau, der schräg gegenüber auf der anderen Seite des Bahnhofplatzes stand. Auf einem Schild am Vordach über dem Eingang las Rike *Gyldenløve Hotell.*

»Wollen wir? Die machen guten Kaffee. Und später würde ich dir gern ein bisschen die Stadt zeigen. Ich war hier auf dem Gymnasium.«

Rike nickte und lief neben Bjørn her, der ihre Hand nicht losgelassen hatte. Ein Kribbeln überlief ihren Körper. Ihre Finger verschränkt mit seinen – das fühlte sich so richtig an und wühlte sie gleichzeitig bis ins Innerste auf.

»Alles in Ordnung?«, fragte Bjørn. »Du zitterst.«

»Mir ist nur ein bisschen kühl«, flunkerte Rike. »Erinnerst du dich eigentlich noch an deine Eltern?«, fuhr sie rasch fort, um von sich abzulenken.

Bjørn schüttelte den Kopf. »Sie sind kurz nach meiner Geburt verunglückt.«

»Vermisst du sie?«

»Nein, eigentlich nicht. Ich hab sie ja gar nicht gekannt. Für mich sind Leif und Johanne meine Eltern.«

Er hielt Rike die Tür zum Hotel auf und führte sie in das Restaurant, das sich wie die Rezeption im Erdgeschoss befand. Bis auf einen Gast, der Zeitung las, und ein älteres Paar, das eben sein Frühstück beendete, war der Raum leer.

»Hast du ein gutes Verhältnis zu deinen Eltern?«, fragte Bjørn, nachdem sie sich einen Tisch in einer Ecke ausgesucht und ihre Bestellung bei einem Kellner aufgegeben hatten.

Rike verzog den Mund.

»Falsche Frage? Ich wollte dich nicht …«

»Schon okay«, sagte Rike. »Meinen Vater kenne ich nicht. Der hat sich schon lange vor meiner Geburt aus dem Staub gemacht. Und meine Mutter fand, dass ich bei meinem Großvater besser aufgehoben wäre als bei ihr.«

Bjørn runzelte die Stirn. »Das tut mir leid.«

»Muss es nicht. Mein Opa hat ganz wunderbar für mich gesorgt.«

»Trotzdem tut es sicher weh, wenn einen die eigene Mutter weggibt.«

Die Anteilnahme in seinen Augen ließ Rikes warnende Stimme verstummen. Bjørn war kein oberflächlicher Schnösel. Sein Interesse an ihr war nicht vorgetäuscht.

»Ja, das tut es«, sagte sie. »Noch schlimmer finde ich aber, dass Beate so endgültig mit ihrer Mutter gebrochen hat. Das kann ich ihr weniger verzeihen. Denn so hat sie verhindert, dass Johanne und ich uns früher kennenlernen konnten.«

Bei der Erinnerung an Beates heftige Reaktion auf Johannes Briefe, die Opa Fiete aufbewahrt hatte, kochte die Wut in Rike wieder hoch. »Ich bin deswegen noch immer total sauer auf sie«, stieß sie hervor. »Sie hatte kein Recht, mir meine Großmutter vorzuenthalten.«

Es tat gut, die Wahrheit zu sagen. Rike hatte keine Erklärung für das Vertrauen, das sie Bjørn entgegenbrachte. Sie fürchtete nicht einen Augenblick, er könnte sie wegen ihrer Haltung verurteilen oder kindisch finden.

Der Kellner, bei dem sie bestellt hatten, kehrte an ihren Tisch zurück, brachte zwei Becher und schenkte ihnen aus einer Thermoskanne Kaffee ein. Rike nahm sich etwas Milch, Bjørn trank seinen Kaffee schwarz.

Er lächelte Rike an. »Auf unsere Ersatzeltern! Die besten der Welt!« Er hob prostend seinen Becher.

Rike stieß mit ihm an.

»Deinen Großvater möchte ich sehr gern kennenlernen«, fuhr Bjørn fort. »Er muss ein bemerkenswerter Mann sein. Allein schon, dass er dich ermutigt hat, so einen außergewöhnlichen Beruf zu ergreifen. Das ist ...«

Rike versteifte sich und blinzelte die Tränen weg, die ihr in die Augen geschossen waren.

Bjørn setzte seinen Becher ab. »Oh nein! Bin ich schon wieder ins Fettnäpfchen getreten?«

Rike schüttelte den Kopf. »Es ist nur ... mein Opa ... er ist vor Kurzem gestorben.«

Bjørns Augen weiteten sich. Er wechselte auf den Stuhl über Eck von Rikes und berührte sie sanft am Oberarm. »Deswegen schaust du oft so traurig. Ich habe mich schon gefragt, was ...«

Rike schluchzte auf. Bjørns Mitgefühl war zu viel. Es öffnete die Tür, hinter die sie den Kummer über Opa Fietes Verlust verbannt hatte, um zu funktionieren. Vergeblich versuchte sie, sich zusammenzureißen. Sie drehte den Kopf weg und rang um Fassung. Bjørn legte einen Arm um ihre Schultern. Die körperliche Nähe brach den letzten Damm. Das Weinen wurde stärker. Bjørn murmelte etwas Beruhigendes und zog sie an sich. Rike barg ihr Gesicht an seiner Brust und ließ ihren Tränen freien Lauf.

32

Horten, Norwegen, Juni 1926 – Johanne

Ein heller Lichtstrahl lenkte Johannes Blick ab, der starr auf das Boot ihrer Verfolger gerichtet war. Sie verengte ihre Augen und schrie entsetzt auf. Von Horten kommend näherte sich ihnen ein größeres Schiff.

»Was ist?«, rief Leif.

»Da hinten kommt ein Zollboot!«

»Bist du sicher?«

»Ja. Das ist die *Draug*, ein Torpedojagdboot, das für den Zoll fährt.«

»Mist!«, fluchte Leif.

Von ihrem Schwager Erling wusste Johanne, dass die *Draug* 1908 auf einer Werft in Karljohansvern gebaut worden war. Der Name hatte sich ihr eingeprägt. Im alten Volksglauben waren *drauger* untote Wiedergänger mit übermenschlichen Kräften und magischen Fähigkeiten. Die alten Skandinavier hatten sich sehr vor ihnen gefürchtet und sie für allerlei Unheil verantwortlich gemacht. Johanne fand, dass der Name gut zu einem Kriegsschiff passte. Die *Draug* war mit sechs Schnellfeuerkanonen, einem Maschinengewehr sowie drei schwenkbaren Torpedorohren bewaffnet. In Friedenszeiten wurde sie zum Aufbringen von Schmugglern eingesetzt.

Johanne biss sich auf die Lippe. So musste sich Odysseus auf seiner Fahrt in der Meerenge zwischen Skylla und

Charybdis vorgekommen sein. Bedroht von zwei Übeln, die beide gleichermaßen verhängnisvoll waren. Johanne hätte nicht sagen können, wovor sie sich mehr fürchtete: Gravdals Männern in die Hände zu fallen, die zweifellos wenig Skrupel haben würden, sich blutig an ihnen zu rächen. Oder den Zollbeamten, die gehalten waren, gegenüber Schmugglern hart durchzugreifen. Johanne sah sich bereits in Handschellen vor Gericht stehen. Auch wenn sie mit einer glimpflichen Strafe davonkäme – ihr Ruf wäre endgültig ruiniert und all ihre Pläne wären hinfällig, sich und ihre Familie wieder auf einen grünen Zweig zu bringen. Nein! Das durfte nicht geschehen!

»Sollen wir die Kanister über Bord werfen?«, fragte sie. »Dann wären wir schneller und könnten vielleicht entkommen.«

Leif schüttelte den Kopf. »Zu spät. Wir werden gleich von ihrem Scheinwerfer erfasst.«

»Wenn wir sie doch nur irgendwie von uns ablenken könnten.«

»Das ist es!«, rief Leif. »Schnell, öffne die Kiste dort«, fuhr er fort und deutete ins Heck.

Johanne kroch auf allen vieren nach hinten und hob den Deckel eines großen Blechkastens an.

»Hol die Pistole raus!«

»Was? Du willst doch nicht etwa schießen?«

»Tu's einfach!«

Johanne schluckte eine Erwiderung hinunter, beugte sich über die Kiste, tastete darin herum und zog einen schweren Gegenstand heraus, der in ein Tuch gewickelt war.

»Schnell! Halt sie hoch! Mit beiden Händen«, befahl Leif.

»Aber ich habe noch nie geschossen. Ich …«

»Hab keine Angst. Du kannst nichts falsch machen. Ziele einfach schräg nach oben über Gravdals Boot, spann den Hahn! Und Feuer!«

Johanne schluckte, klemmte ihre Zunge zwischen die Zähne und folgte Leifs Anweisungen. Sie hob die Pistole hoch und drückte ab. Dem Knall folgte nach einer Sekunde ein greller Lichtblitz. Geblendet schloss sie die Augen. Als sie sie blinzelnd wieder öffnete, sah sie das Boot ihrer Verfolger gut sichtbar im Schein der Leuchtmunition, mit der die Pistole geladen gewesen war. Johanne hielt den Atem an. Würde Leifs Rechnung aufgehen? Einen Lidschlag später änderte das Zollboot seinen Kurs und hielt nun auf Gravdals Männer zu. Johanne stieß die Luft aus und drehte sich zu Leif, der das Manöver mit zusammengepressten Kiefern verfolgt hatte. Er grinste, gab Johanne ein Daumen-hoch-Zeichen und steuerte auf das nordöstliche Ende einer lang gezogenen Insel zu, die vor ihnen im Fjord lag.

»Wohin fährst du?«

»Eigentlich wollte ich nördlich von Holmestrand an Land gehen«, antwortete Leif. »Aber so viel Zeit bleibt uns nicht.«

Johanne blickte zurück. Die *Draug* hatte das Boot von Gravdals Männern erreicht, ihm den Weg abgeschnitten und es gezwungen, längsseits zu gehen. Die Zöllner würden bei ihrer Inspektion schnell merken, dass sich keine Schmuggelware an Bord befand. Und dann würden Gravdals Leute ihre Jagd auf Leif und sie fortsetzen. Johannes Euphorie über das gelungene Ablenkungsmanöver zerstob. Mit klopfendem Herzen spähte sie auf die Lichter der *Draug*. Wann würde diese sich wieder in Bewegung setzen? Würde der Vorsprung reichen?

Ihr Boot befand sich nun auf Höhe des nördlichen Endes der Insel – bei der es sich, wenn sich Johanne recht erinnerte, um Langøya handelte. Leif fuhr um die Spitze herum und nahm Johanne die Sicht auf das Zollschiff. Angestrengt lauschte sie. Außer dem Tuckern ihres Motors war nichts zu hören. Leif drosselte ihn und lenkte das Boot dicht am Ufer entlang.

»Willst du hier an Land gehen?«, fragte Johanne.

Leif schüttelte den Kopf. »Zu wenig Deckung. Man würde das Boot auf dem hellen Strand sofort sehen.«

Johanne hörte ein anschwellendes Brummen. Sie erstarrte und schaute zurück – in der Erwartung, Gravdals Männer jeden Moment um die Inselspitze biegen zu sehen. Das Geräusch wurde jedoch nicht lauter. Das Boot ihrer Verfolger fuhr offenbar geradeaus weiter. Wie lange würde es dauern, bis sie bemerkten, dass die Diebe von Gravdals Whisky nicht Richtung Holmestrand unterwegs waren? Wann würden sie umkehren und hier nach ihnen suchen? Hektisch sah sich Johanne um. Wo konnten sie sich verstecken? Ein dunkler Fleck im Fjord erregte ihre Aufmerksamkeit. Sie streckte den Arm aus.

»Was ist da hinten?«, fragte sie.

Leif spähte in die Dunkelheit. »Sieht aus wie eine kleine Insel.«

»Lass uns dorthin fahren.«

Leif nickte, gab Gas und hielt auf den Schatten zu. Wenige Augenblicke später tauchte das bewaldete Ufer eines runden Eilandes vor ihnen auf.

»Schnell! Auf die andere Seite!«, rief Johanne, die nach wie vor im Heck saß. »Sie kommen!«

Gravdals Männer hatten kehrtgemacht. Johanne hatte jedenfalls keinen Zweifel daran, dass es ihr Boot war, das soeben hinter Langøya hervorschoss.

Leif fuhr um die kleine Insel.

»Da!«, rief Johanne und deutete auf eine felsige Bucht.

Leif steuerte hinein und schaltete den Motor aus. Sie sprangen gleichzeitig rechts und links von Bord ins seichte Wasser, zerrten das Boot zwischen zwei mächtige Felsbrocken und duckten sich hinter diese. In der plötzlichen Stille, die nur vom Rieseln des Wassers auf den Strandkieseln untermalt wurde, glaubte Johanne, das Hämmern ihres Herzens zu hören. Oder war es das von Leif, der dicht neben ihr kauerte? Sie konnte seine Anspannung spüren.

Das Geräusch eines Motors ließ sie beide zusammenzucken. Gravdals Männer suchten offenbar die Rückseite von Langøya nach ihnen ab. Johanne griff nach Leifs Unterarm. Gebannt verfolgten sie, wie Gravdals Männer eine Runde um ihr Inselchen drehten. Mit Taschenlampen leuchteten sie das Ufer ab. Johanne zog den Kopf ein und wagte es nicht zu atmen. Hatten sie ihr Boot tief genug in den Schatten der Felsen gezogen? Wie weit reichte der Schein der Taschenlampen? Die Sekundenbruchteile dehnten sich zu einer gefühlten Ewigkeit. Das Motorengeräusch wurde leiser.

»Sie sind weg«, flüsterte Leif schließlich.

Johanne hob den Kopf und schaute vorsichtig hinter dem Steinblock hervor. Das Boot mit Gravdals Männern entfernte sich in südlicher Richtung. Sie seufzte auf, erhob sich und streckte ihre verkrampften Glieder. »Was jetzt?«

Leif stand ebenfalls auf. »Schwer zu sagen. Gut möglich, dass sie noch eine Weile in der Gegend herumkreuzen und uns abpassen wollen.«

»Dann sollten wir bis morgen früh hierbleiben«, sagte Johanne. »Dann sind viele Boote auf dem Fjord, unter denen wir nicht auffallen.«

»Guter Vorschlag!«, antwortete er. »Außerdem sollten wir den Whisky vorerst hier verstecken und abwarten, bis sich der Wirbel etwas gelegt hat.«

»Trotzdem ist es besser, Gravdals Männern nicht zu begegnen. Wenn sie dich auf einem Boot sehen, werden sie doch sicher misstrauisch.«

»Stimmt. Aber wie ich die Bande kenne, werden sie nicht lange ausharren. Trotzdem ist es natürlich nicht verkehrt, vorsichtig zu sein.«

»Und was ist mit Gravdal? Wird er sich nicht fragen, wo du bleibst?«, fragte Johanne. »Musst du ihm nicht jederzeit zur Verfügung stehen?«

»Eigentlich schon«, erwiderte Leif. »Aber vorhin habe ich ihn nach Åsgårdstrand chauffiert, wo er regelmäßig bei einer gewissen Dame absteigt. Er hat mich angewiesen, ihn morgen Nachmittag wieder abzuholen. Bis dahin sind wir ja längst wieder in Horten.«

Johanne zog die Brauen hoch. »Gewisse Dame? Du meinst eine … äh … käufliche … äh …« Johanne ärgerte sich über ihr pikiertes Gestotter. Machte sie sich nicht selbst gern über das moralisierende Gebaren vieler »braver Bürger« lustig, die sich über den Verfall der Sitten im Allgemeinen und das sündhafte Treiben zwielichtiger Damen im Besonderen erregten – wobei die Herren der Schöpfung oft selbst nicht abgeneigt waren, deren Dienste heimlich in Anspruch zu nehmen? Leif musste sie für verklemmt und prüde halten.

In seinen Augen blitzte ein belustigtes Funkeln auf. »Prostituierte heißt das schlimme Wort.« Er zwinkerte ihr zu. »Gravdal stattet ihr jedes Mal einen Besuch ab, wenn irgendeine größere Sache steigt, in die er verwickelt ist.«

»So wie die Übernahme der Whiskylieferung heute?«

»Genau. Ich nehme an, er will sich damit ein Alibi verschaffen, falls die Polizei ihn mal verhören sollte.«

Johanne machte Anstalten, sich wieder in die windgeschützte Nische zwischen den zwei Felsbrocken zurückzuziehen.

»Warte«, sagte Leif. »Lass uns erst mal nachsehen, ob wir auch wirklich allein hier sind.« Er holte die Petroleumlampe aus dem Boot.

»Ist es nicht leichtsinnig, Licht zu machen?«, fragte Johanne.

»Ich nehme sie für später mit. Im Inneren der Insel können wir sie bedenkenlos anzünden. Da sind wir gut abgeschirmt.«

Sie gingen hinüber zu dem Wäldchen, das nur wenige Schritte vom Ufer entfernt aufragte. Behutsam bahnten sie sich hintereinander herlaufend den Weg durch das dichte Unterholz. Unter den Kronen der Bäume herrschte undurchdringliche Finsternis. Das Knacken kleiner Äste, die unter ihren Füßen zerbrachen, tönte überlaut in Johannes Ohren. Wie schafften es die Indianer bloß, sich geräuschlos anzuschleichen? Johanne kam sich vor wie ein Trampeltier. Falls jemand in der Nähe war, musste er sie längst bemerkt haben.

Nach etwa hundert Metern nahm sie einen fahlen Schein wahr. Leif blieb stehen. Johanne trat neben ihn und erblickte eine kleine Lichtung, an deren Rand ein Holzhaus auf einem Sockel aus Natursteinen stand. Überrascht zog sie die Brauen hoch.

»Ich hätte nicht gedacht, dass dieses Inselchen tatsächlich bewohnt ist«, flüsterte sie.

»Ich glaube nicht, dass jemand zu Hause ist«, antwortete Leif. »Es sieht verlassen aus. Und über diese Wiese ist schon lange niemand mehr gegangen.«

Über der Lichtung funkelten einige Sterne am wolkenlosen Himmel. Langsam gewöhnten sich Johannes Augen an das bläuliche Licht, das über der Szenerie lag. Leif hatte recht. Das Haus war in einem desolaten Zustand. Von den Wänden blätterte die Farbe, einer der Fensterläden hing schief in seinen Angeln, die zwei steinernen Stufen vor der Tür waren bemoost, eine windschiefe Bank lehnte an der Wand, und auf dem Dach fehlten etliche Schindeln.

»Es sieht verwunschen aus«, sagte sie leise.

Leif setzte sich wieder in Bewegung, lief zur Hütte und drückte die Klinke herunter. Die Tür war nicht verschlossen. Mit einem Quietschen schwang sie auf. Leif strich ein Zündholz an, hielt es an den Docht der Petroleumlampe und ging ins Innere. Johanne folgte ihm. Ein Geruchsgemisch aus abgestandener Luft, kalter Asche und Moder schlug ihr entgegen. Der Staub, den sie aufwirbelten, kitzelte in ihrer Nase. Sie musste niesen. Leif hielt die Lampe hoch.

Sie befanden sich in einem etwa fünf auf zehn Meter großen Raum, dessen Wände und Decke aus breiten Holzbalken gezimmert waren. An der Längsseite gegenüber der Tür und den beiden rechts und links davon eingelassenen Fenstern erstreckte sich eine niedrige Bank. In der rechten Ecke stand ein Tisch davor, in der linken ein zylinderförmiger Ofen aus Gusseisen, daneben ein hüfthoher Schrank an der Schmalseite der Hütte. Neben diesem lehnte eine Leiter in einer Deckenluke. In der gegenüberliegenden Wand führte ein Durchgang in eine winzige Küche, die gerade einem Spülstein, einem schmalen Herd und ein paar an die Wand geschraubten Brettern Platz bot, auf denen einige Töpfe, Pfannen und Keramikgefäße untergebracht waren. Die Möbel waren mit einer dicken Staubschicht bedeckt, und in den Ecken spannten sich Spinnennetze.

»Hier war wirklich schon lange keine Menschenseele mehr«, sagte Leif und stellte die Lampe auf den Tisch.

»Wem das Haus wohl gehört haben mag?«, fragte Johanne.

»Vermutlich werden wir das nie erfahren«, entgegnete Leif, der eben den Schrank inspizierte. »Der Besitzer hat jedenfalls keine persönlichen Dinge zurückgelassen.« Er deutete ins Innere des Möbelstücks, in dem gähnende Leere herrschte. Auch auf einem Regalbrett in der Ecke über dem Tisch sowie in dessen Schublade fanden sich keine Hinweise auf ehemalige Bewohner.

Johanne nahm ein paar alte Zeitungen aus dem Holzkorb neben dem Ofen. »Das sind Ausgaben der *Drammens Tidende* von 1918. Vielleicht war das Haus ja das Feriendomizil einer Familie aus Drammen oder einem anderen Ort in Buskerud.«

»Gut möglich.« Leif runzelte die Stirn. »1918, sagst du? Da hat doch die Spanische Grippe gewütet.«

Johanne hob eine Hand an den Mund. »Du meinst, sie könnten zu den Opfern gehört haben?«

»Wäre doch möglich. Damals sind schließlich allein hier in Norwegen Tausende ums Leben gekommen. Ganz zu schweigen von den vielen Millionen Toten weltweit.«

Johanne nickte. »Wusstest du, dass Gravdals Eltern damals an dieser Krankheit gestorben sind?«

Leif schüttelte den Kopf. »Das war eine böse Zeit. Auf unserer Insel hat es auch viele getroffen.«

»In deiner Familie?«

»Eine Schwester meiner Mutter und zwei ihrer Kinder.« Bevor Johanne etwas sagen konnte, fuhr er rasch fort: »Ich seh mal nach, was da oben ist.«

Er ging zu der Leiter, kletterte nach oben und verschwand in der Deckenluke. Johanne hörte ihn husten, und einen Augenblick später erschien sein Kopf wieder in der Öffnung.

»Hier sind nur ein paar mit Stroh gefüllte Säcke und mottenzerfressene Decken.« Er schwang sich wieder nach unten.

»Was meinst du, sollen wir die Kanister hier lagern?«, fragte Johanne.

»Ja, hier dürften sie ziemlich sicher sein. Es ist ja nicht für lange.«

Johanne zupfte an einer Haarsträhne und sah sich nachdenklich um. »Eigentlich ist das Haus ein ideales Geheimversteck«, sagte sie nach einer kurzen Pause. »Man könnte unter den Dielen ein Loch ausheben und …«

»Und es ist ein wunderbarer Treffpunkt für Leute, die sich nicht in der Öffentlichkeit zusammen sehen lassen dürfen.«

Leif hatte sich vor Johanne gestellt. Sie sah in seine Augen, die im Halbdunkel des Raumes fast schwarz anmuteten und sich tief in ihre versenkten. Wie von selbst hob sich ihre rechte Hand und strich über seine Wange. Leif umfasste sie mit seiner Linken, zog sie an seine Lippen und drückte diese auf die Innenfläche. Johanne erschauerte und trat dichter an ihn heran. Sie hätte im Nachhinein nicht sagen können, ob sie seinen Mund suchte oder er den ihren. Oder ob sich ihre Lippen von selbst fanden. So wie ihre Körper im Takt einer unhörbaren Melodie miteinander korrespondierten, als folgten sie einer gut einstudierten Choreografie.

Nach einer Weile nahm Leif Johanne bei der Hand und führte sie ins Freie. Er entledigte sich seiner Jacke und breitete sie auf den Gräsern aus, die vor der Hütte wuchsen. Johanne erschrak. Ein Teil in ihr sehnte sich danach, mit Leif zu verschmelzen, ein anderer fürchtete sich davor. Mit einem Mal kam sie sich schrecklich unerfahren und linkisch vor. Sie wusste doch gar nicht, was von ihr erwartet wurde, wie »es« ging. Sie öffnete den Mund, brachte jedoch nur einen erstickten Laut hervor.

Leif legte ihr einen Finger auf die Lippen. »Schsch«, machte er leise. »Es wird nichts geschehen, was du nicht willst.«

Behutsam streifte er ihr die Joppe ab, legte sie neben seine Jacke, ließ sich darauf nieder und zog Johanne mit sich hinunter. Sie lagen einander zugewandt auf dem Boden und schauten sich an. In Leifs Augen las Johanne die Antwort auf ihre stumme Frage. Für ihn war dieser Moment ebenso aufregend und neu wie für sie. Ein kleiner Seufzer entwich ihrer Brust. Sie rückte näher zu Leif und bot ihm ihre Lippen dar. Er umfasste ihr Gesicht mit beiden Händen und küsste sie mit einer Inbrunst, die ihre furchtsame Anwandlung hinwegfegte.

Die laue Luft war geschwängert vom Duft der Wiesenkräuter und -blumen, einem Hauch reifer Erdbeeren und warmer Erde – vermischt mit dem herben Geruch von Leif, der begann, die Knöpfe ihres Hemdes zu öffnen. Über ihnen leuchteten die Sterne. Irgendwo raschelte es in einem Gebüsch, und eine Grille zirpte ihr Sommerlied. Johanne schloss die Augen und überließ sich ganz der Zwiesprache, die ihre beiden Körper miteinander hielten. Sie war ganz bei Leif und hatte sich gleichzeitig noch nie so sehr bei sich gefühlt wie in dieser Nacht. Zusammen mit dem Geliebten lernte sie sich selbst kennen und erfuhr das Glück des Wir, das so viel mehr war als das Zusammensein von Ich und Du.

33

Numedal, Norwegen, Frühling 1980 – Rike

»Jetzt hab ich dich ganz nass geweint«, murmelte Rike, als sie sich von Bjørn löste.

Er reichte ihr ein Papiertaschentuch, in das sie sich kräftig schnäuzte. »Tränen müssen raus«, sagte er leise. »Sonst staut sich im Inneren ein bitteres Meer an, in dem alle schönen Gefühle ertrinken.«

Rike musste lächeln. »Das klingt so …«, ein trockenes Nachschluchzen unterbrach sie, »… so poetisch.«

»Hättest du einem grummeligen Norweger wohl nicht zugetraut?«

Rike schüttelte heftig den Kopf. »Aber nein! Was denkst du von mir? Ich halte dich doch nicht für …«

Bjørn lachte auf. »War ein Scherz.« Er beugte sich vor und wischte Rike eine Träne von der Wange. »Das hat Johanne immer gesagt, wenn ich als Kind traurig war. Sie hielt nichts davon, dass Jungen nicht weinen dürfen.«

»Da kann ich ihr nur zustimmen«, sagte Rike.

Sie griff nach ihrem Becher und trank langsam ihren Kaffee aus. Sie war etwas unsicher, wusste nicht recht, wie es nun weitergehen sollte. Bjørns Anteilnahme hatte ihr gutgetan. Es hatte sich wunderbar angefühlt, an seiner Schulter zu lehnen und seine Arme um sich zu haben. Solche Geborgenheit hatte sie zuletzt bei Opa Fiete erlebt. Es verwirrte sie, das Gleiche bei einem Fremden zu spüren.

Diese Selbstverständlichkeit. Dieses Gefühl der Zusammengehörigkeit. Es war schön und zugleich ein bisschen unheimlich.

Sie stellte den Becher ab. »Zeigst du mir die Stadt?«, fragte sie in betont lockerem Ton. »Ich glaube, ein bisschen Bewegung an der frischen Luft tut jetzt gut.«

»Sehr gern«, antwortete Bjørn und winkte dem Kellner.

Kurz darauf verließen sie das Gyldenløve Hotell. Ihre Rucksäcke hatten sie bei der Rezeption abstellen dürfen, und sie machten sich nun unbeschwert auf den Weg.

»Wieso bist du eigentlich hier auf die Schule gegangen?«, fragte Rike. »Kongsberg ist doch ein gutes Stück von Rødberg entfernt.«

»Bis zur zehnten Klasse war ich dort«, sagte Bjørn. »Aber um Abitur machen zu können, musste ich wechseln. Rødberg hat kein Gymnasium.« Er deutete in nordwestliche Richtung. »Vom Bahnhof sind es gut fünf Minuten zu Fuß.«

»Wollen wir hinlaufen?«

»Lass uns lieber zur Kirche gehen. Die hat normalerweise freitags geschlossen. Aber heute ist ja Feiertag, da müsste sie nach dem Gottesdienst noch geöffnet sein. Außerdem ist meine alte Schule nichts Besonderes. Ein moderner Flachbau ohne Flair.«

»In dem du immerhin drei Jahre deines Lebens verbracht hast.«

Bjørn zuckte mit den Schultern. »Komm mich lieber bald mal in Oslo besuchen. Die Uni dort ist wirklich sehenswert. Dann kann ich dir auch die Orte meines wilden Studentenlebens zeigen.«

Er grinste und dirigierte Rike in die Storgata, die stadteinwärts führte. Nach einigen Minuten erregte ein lautes Tosen ihre Neugier.

»Was ist das für ein Geräusch?«, fragte sie.

»Das ist der Lågen«, erwiderte Bjørn. »Ein Fluss, der durchs Numedal fließt.« Er deutete nach vorn, wo eine große Brücke in Sicht kam. »Hier gibt es Stromschnellen, deshalb ist es so laut.«

Wenige Schritte später erblickte Rike ein breites Flussbett, in dem graublaue Wassermassen schäumend um die Steinpfeiler brausten. An den Brückenköpfen standen vier Skulpturen, die laut Bjørn die wichtigsten Erwerbszweige der Gegend darstellten: einen Forstarbeiter, einen Skifahrer, einen Bergmann und einen Schmiedegesellen, der vermutlich auf die Arbeiter der Waffenfabrik verwies, die seit Langem hier ansässig war. Außerdem waren am Geländer großformatige Nachbildungen von Münzen und Medaillen angebracht, die an die Bedeutung der Stadt als Standort der königlichen Münzprägeanstalt erinnerten. Auf der Myntgata ging es auf der anderen Flussseite hinauf zur Kirche, einem imposanten, schlichten Backsteinbau.

»Du wandelst hier übrigens auf deutschen Spuren«, sagte Bjørn.

Rike sah ihn etwas betreten an. »Äh, waren etwa deutsche Soldaten in Kongsberg stationiert?«

Bjørn stutzte kurz. »Ja, soviel ich weiß schon. Aber das meinte ich nicht.«

Er öffnete die Kirchentür, ließ Rike den Vortritt in den Vorraum und zeigte auf eine Holztafel, die mit goldenen

Lettern auf schwarzem Grund beschrieben war. Rike stellte sich davor und entzifferte den Text, der 1671 verfasst worden war.

»Das ist ja Deutsch!«, rief sie. »Wenn auch ein ziemlich altertümliches.«

Anno 1623 ist das Hochløbliche Silberbergwerck alhier erfunden worden. Anno 24. haben Ihre Königl. Majest. Christ. mildester Gedächtniß CHRISTIANUS 4. zu Zweyen malen es selbst besichtiget und daneben angeordnet, wie das gantze Werck solte gebauet werden. Haben auch ein ansehnlich Königliches Haus, worinnen der Gottes dienst verrichtet hie setzen lassen. Nachdem aber solches abgebrant, ist diese Kirche Anno 31. gebauet und nun Anno 71 durch vorschub guter Leute repariret und gebessert, so viel müglich gewesen. HERR GOTT Lass immer blühen fort das Bergwerck und dein wehrtes Wort.

Rike drehte sich zu Bjørn. »Ich habe verstanden, dass ein König Christian diese Kirche in Auftrag gegeben und die Silberbergwerke kurz nach ihrer Entdeckung besichtigt hat. Aber was hat es mit den Deutschen auf sich?«

»Die Norweger hatten damals keine Erfahrung mit dem Bergbau«, erklärte Bjørn. »Deswegen hat Christian IV. zahlreiche Bergleute aus dem Harz und aus dem Erzgebirge angeheuert. Sie brachten nicht nur wertvolles Fachwissen mit, sondern auch ihre Gebräuche und natürlich ihre Sprache. Sie haben ihre eigene Bergmannstracht getragen und waren in einer deutschen Knappschaft organisiert. Das wirkte sich auf das gesamte Stadtleben aus. Deutsch war neben Norwegisch Umgangssprache, die Gottesdienste fanden auf Deutsch statt, und selbst die Silbergruben trugen deutsche Namen, zum Beispiel ›Gottes Hülfe in der Noth‹, ›Beständige Liebe‹ oder ›Mildigkeit Gottes‹. Bis weit ins achtzehnte Jahrhundert hinein galt Kongsberg als ›kleines Deutschland‹ in Norwegen.«

»Verrückt«, sagte Rike. »Ich wusste zwar, dass die Kaufleute der Hanse in Bergen einen wichtigen Stützpunkt hatten. Aber ansonsten …« Sie hob die Schultern.

»Oh, es gab in den letzten dreihundert Jahren sehr vielfältige Verbindungen zwischen unseren beiden Ländern«, sagte Bjørn. »Nicht nur wirtschaftlich, sondern vor allem auch auf wissenschaftlichem und kulturellem Gebiet. Da herrschte ein reger Austausch.«

»Woher weißt du das alles?«, fragte Rike. »Du könntest als wandelndes Lexikon durchgehen. Oder als Fremdenführer arbeiten.«

Bjørn grinste. »Entschuldige, da geht wohl gerade mal wieder meine Begeisterung für Geschichte mit mir durch. Du musst sagen, wenn es dich nervt.«

»Aber nein, nicht im Geringsten! Ich finde das klasse. Du erzählst so anschaulich, als wärst du dabei gewesen.«

Bjørn hob die Schultern. »Es fasziniert mich halt, wie sich Länder und Kulturen gegenseitig beeinflussen. Und wie Einwanderer ihre Traditionen einbringen.«

Rike nickte. »Ich glaube, ich weiß, was du meinst. Bei uns in Petkum gibt es einige Familien, die nach dem Krieg aus Pommern, Schlesien und anderen Gebieten im Osten vertrieben wurden oder geflüchtet sind. Die Älteren sprechen noch ihren Dialekt, kochen die Rezepte ihrer ursprünglichen Heimat und singen deren Lieder. Ihre Kinder fühlen sich dagegen meistens als Ostfriesen, ohne ihre Herkunft jedoch zu vergessen. Das finde ich sehr spannend.«

Bjørn lächelte und ging Rike voraus ins Innere der Kirche. »Dieser Bau wurde übrigens auch von Deutschen entworfen. Und die Orgel stammt von dem berühmten Hannoveraner Orgelbauer Gloger.«

Rike blieb stehen und sah sich in dem hohen, lichtdurchfluteten Raum um. Der Grundriss war kreuzförmig. Ein großes Deckengemälde zeigte die Auffahrt Christi in den Himmel, weitere Bilder zierten die Wände. Der Altar erhob sich mittig am Querschiff, Kanzel und Orgel waren darüber angeordnet und mit reich vergoldetem Schnitzwerk verziert. Die Säulen und Verschalungen sahen wie Marmor aus, entpuppten sich jedoch bei näherem Hinsehen als bemaltes Holz. Einzig das Taufbecken war aus echtem Marmor gefertigt. Drei riesige Kronleuchter mit mundgeblasenen, teilweise farbigen Glasprismen hingen im Mittelgang, der den Altar von einer dreistöckigen Galerie trennte, auf der hinter einer schmucken Fassade mit Rundbogenfenstern mehrere Logen verborgen waren.

»Bombastisch!«, entfuhr es Rike. Wegen des kargen Äußeren des Bauwerks hatte sie nicht mit dem verschwenderischen Prunk gerechnet, mit dem das Innere im Rokoko-Stil gestaltet war. »Ich dachte immer, die skandinavischen Kirchen wären eher schlicht ausgestattet. So wie bei uns in Ostfriesland.«

»Viele sind es ja auch«, sagte Bjørn. »Aber hier wollte man Gott mit besonderer Pracht danken für die ergiebigen Silberminen. Deswegen hat man den Altar auch nicht wie üblich im Osten errichtet, sondern im Westen, weil sich dort die größten Gruben befanden.«

»Sind sie denn nicht mehr in Betrieb?«

Bjørn schüttelte den Kopf. »Ende der Fünfzigerjahre wurde die Silberförderung eingestellt. Hat sich nicht mehr rentiert.« Er hielt kurz inne. »Wenn du willst, können wir die Kongens Gruve besichtigen. Sie wurde für Besucher als Museumsbergwerk hergerichtet. Mit der alten Förderbahn kann man über zwei Kilometer in den Berg hineinfahren.«

»Oh nein, lieber nicht!« Rike hob abwehrend die Hände. »Ich hab's nicht so mit unterirdischen Stollen und Höhlen.«

»Hast du Platzangst?«, fragte Bjørn.

»Nicht wirklich. Also enge Fahrstühle oder so machen mir gar nichts aus.« Rike zog die Nase kraus. »Aber ich habe einen Heidenrespekt vor den Gesteinsmassen, die tief unter Tage über einem lasten. Allein die Vorstellung ist beängstigend.«

»Die Stollen sind aber garantiert sicher. Sonst würde man sie nicht für Touristen …«

»Ich weiß«, fiel ihm Rike ins Wort. »Vom Verstand her zumindest. Aber mein Bauch ist da anderer Meinung. Ich brauche Weite und möglichst viel Licht um mich herum.«

»So wie auf dem Meer?«

Rike grinste. »Du verstehst mich.«

Bjørn verzog in gespielter Zerknirschung das Gesicht. »Und da schleppe ich dich nachher in ein Gebirgstal. Das Numedal ist nämlich an manchen Stellen ziemlich eng und dunkel.«

»Witzbold!« Rike schlug spielerisch nach Bjørn.

Er fing ihre Hand auf und drückte sie zärtlich. »Ich finde es schön, dass du so in deiner Heimat verwurzelt bist. Deshalb bist du so geerdet, auch wenn du gerade einiges durchgemacht hast.«

Rike spürte ihren Hals eng werden. Rasch drehte sie sich um. »Für wen waren eigentlich diese Logen?«, fragte sie und deutete auf die Galerie.

»Die Oberste war für den König reserviert«, erklärte Bjørn.

Rike war dankbar, dass er ihren Themenwechsel wortlos hinnahm.

»Das war übrigens ein dänischer«, sprach Bjørn weiter. »Denn Norwegen war damals noch kein eigenständiger Staat.«

»Dänisch?« Rike zog die Stirn kraus. »Ich dachte, die Norweger hätten zu Schweden gehört.«

»Später«, antwortete Bjørn. »Nach den Napoleonischen Kriegen hat Dänemark seine Ansprüche auf unser Land aufgeben müssen. Dafür wurden wir dann den Schweden zugeschlagen, bis wir Anfang des Jahrhunderts endlich die Unabhängigkeit erlangt haben.«

»Um bald darauf von der Wehrmacht besetzt zu werden.« Rike verzog den Mund. »Das muss bitter gewesen sein.«

Bjørn nickte. »Vor allem, weil Norwegen neutral war. Aber das ist ja zum Glück längst Geschichte. So wie die strenge Hierarchie, die zur Blütezeit der Silberminen hier herrschte. Also im achtzehnten Jahrhundert. Damals war Kongsberg nach Bergen die größte Stadt in Norwegen.« Er deutete auf die Galerien. »Wenn man einen Gottesdienst besuchte, durfte man sich nicht einfach hinsetzen, wo es einem gefiel. Da wurde streng nach sozialem Stand getrennt. Die verglasten Logen der zweiten Etage waren dem Oberberghauptmann und seinen Mitarbeitern vorbehalten. Die Gesellen dagegen mussten mit einfachen Holzbänken in der dritten Galerie vorliebnehmen.«

Rike verschränkte die Arme. »Von wegen, vor Gott sind alle Menschen gleich. Ich könnte mir vorstellen, dass einige keine große Lust verspürt haben, sich so gängeln zu lassen.«

»Kann sein. Gezeigt haben wird es aber kaum einer. Es war nämlich Pflicht, in die Kirche zu gehen.«

Rike schnaubte. »Das wird ja immer schöner.«

»Bevor die Arbeiter in die Gruben einfuhren, mussten sie sich allmorgendlich um fünf Uhr früh zum Gottesdienst einfinden. Wer nicht erschien, erhielt kein Geld.«

»Du meine Güte, bin ich froh, dass ich da nicht gelebt habe!«

Bjørn grinste. »Das kam aus tiefster Brust.«

»Na, hör mal, kannst du dir etwa vorstellen, in so …«

»Nein, wirklich nicht!« Bjørn lächelte Rike an. »Ich bin auch froh, dass ich heute lebe. Obwohl es natürlich auch bei uns einige Ungerechtigkeiten gibt, die mich stören.«

Als sie aus der Kirche traten, fiel Rike ein längliches, zweistöckiges Gebäude ins Auge, das direkt gegenüber stand. Sein Walmdach war mit Schieferschindeln gedeckt, und die Wände waren mit gelben Holzpaneelen verkleidet.

»Was ist das?«, fragte sie. »Es sieht so offiziell aus.«

»Das ist der Regimentsgård, also der Regimentshof«, erklärte Bjørn. »Da hat das Heer Büros und eine Wohnung für den Chef der hiesigen Garnison eingerichtet. Aber bis zur Stilllegung der Gruben gehörte es dem Bergwerk.«

»Dann kann man wohl nicht hinein und es besichtigen?«

Bjørn schüttelte den Kopf. »Früher wäre das gegangen. Da drin war nämlich die Bergschule.«

»Was ist eine Bergschule?«

»Det Kongelige Berg-Seminarium, wie es seinerzeit genannt wurde, war eine Hochschule für angehende Ingenieure und andere Spezialkräfte, die im Bergbau gebraucht werden.«

Bjørn warf Rike einen schelmischen Blick zu. »Rate, von wem sie gegründet wurde.«

»Das ist nicht schwer«, sagte Rike. »Wird wohl wieder ein Deutscher gewesen sein.«

»Ja, aber dieser kam aus einer ganz besonderen Gegend.«

Rike sah Bjørn fragend an. »Woher denn?«

»Aus Ostfriesland!«

»Nee, das glaub ich nicht. Bei uns gibt's keine Bergwerke.«

»Aber Ärzte. Johan Heinrich Becker wurde 1715 in Aurich geboren und …«

»Aurich? Ich fasse es nicht!«, rief Rike. »Das ist quasi ums Eck von Emden.«

Bjørn schmunzelte. »Jedenfalls hat er in Hannover Medizin studiert und wurde anschließend in Kongsberg als Bergmedikus angestellt.«

»Aber warum hat ausgerechnet er eine Schule für Bergleute gegründet?«

»Gute Frage, so genau weiß ich das nicht. Er war wohl sehr vielseitig interessiert und gebildet. Und er hat natürlich mitbekommen, dass es einen enormen Bedarf an gut ausgebildeten Fachkräften gab.«

»Und da hat er dann hier vor Ort für Nachschub gesorgt«, ergänzte Rike. »Es muss toll sein, ein Problem direkt lösen zu können und etwas Neues ins Leben zu rufen.«

»Ja, er war wirklich ein Vorreiter. Das Bergseminar hier war das erste seiner Art in ganz Europa.«

Bjørn sah auf seine Armbanduhr. »So langsam sollten wir

zum Bahnhof. Wenn wir den nächsten Zug nehmen, sind wir gegen drei Uhr bei Johanne und Leif.«

Rikes Magen zog sich zusammen. Nur wenige Stunden trennten sie noch von der Begegnung mit ihrer Großmutter. Die Nervosität kehrte zurück – Bjørns Beteuerungen zum Trotz, Johanne würde sie mit offenen Armen empfangen. Was, wenn sie nichts von Beates Tochter wissen wollte? Es war durchaus möglich, dass sie auf ihre alten Tage keine Neigung mehr verspürte, sich auf eine ihr bis dato unbekannte Enkelin einzulassen.

»Mach dir nicht so viele Gedanken«, sagte Bjørn leise. »Ihr werdet euch prima verstehen.«

Rike sah ihm in die Augen. Es bewegte sie, dass er ihre Ängste erkannte und so einfühlsam darauf einging. Er erwiderte ihren Blick mit einer Zärtlichkeit, die ihr Herz schneller schlagen ließ.

34

Horten, Norwegen, Juni 1926 – Johanne

Ein Kitzeln weckte Johanne. Sie schlug die Augen auf und sah einen goldbraun schimmernden Käfer über ihren nackten Unterarm krabbeln, der unter einer Wolldecke hervorlugte. Diese verströmte einen leicht muffigen Geruch, hielt jedoch angenehm warm. Leif musste sie irgendwann im Lauf der Nacht aus der Hütte geholt und über sie gebreitet haben. Die Sonne war längst aufgegangen, schickte vereinzelte Strahlen durch die Wipfel der Bäume, die die Lichtung umgaben, und ließ die dicken Tautropfen an den Gräsern aufblitzen. Johanne streckte sich, atmete langsam ein und aus und spürte dem wohligen Behagen nach, das ihren Körper durchpulste. Sie fühlte sich leicht und schwerelos und zugleich erfüllt und rund. Sie kostete diesen Schwebezustand aus, der sie der Zeit und dem Gewöhnlichen entrückte. War so das Paradies beschaffen?

Nun hast du deine Unschuld verloren, schoss es ihr durch den Kopf. Kurz tauchte das Gesicht ihrer Mutter vor ihrem inneren Auge auf. Ragnhild Rev war nicht müde geworden, ihren Töchtern von klein auf zu predigen, wie wichtig es war, diesen wertvollsten Schatz einer Frau wie einen Augapfel zu hüten und erst nach der Hochzeit – selbstverständlich mit einer angemessenen Partie – seinem Mann auf dem Altar der Ehe zu opfern. Das Gesicht verblasste. Die Wertvorstellungen ihrer Mutter sowie der meisten ihrer Bekannten ließen Johanne kalt. Sie alle wären zweifellos entsetzt und angewidert von den Vorgängen der zurückliegenden Nacht, in der sich Johanne in mehrfacher Hinsicht über ihre Gebote hinweggesetzt hatte. Und es zum krönenden Abschluss gewagt hatte, sich einem Mann hinzugeben, der in keiner Weise den Vorstellungen von einem standesgemäßen, anständigen Mitglied der guten Gesellschaft entsprach. Beim Gedanken an ihre selbstgerechte Empörung verzog sich Johannes Mund zu einem breiten Grinsen. Sie war mit sich im Reinen, verspürte weder Gewissensbisse noch Zweifel. War einzig erfüllt von Leif und der unfassbaren Seligkeit, die sie einander wenige Stunden zuvor geschenkt hatten.

Johanne drehte den Kopf und sah in Leifs Gesicht, der noch in tiefem Schlummer gefangen war. Vorsichtig richtete sie sich ein wenig auf, stützte sich auf einen Arm und betrachtete den Schlafenden. Seine entspannte Miene, der dunkle Schatten der nachgewachsenen Barthaare auf Kinn und Wangen, das kaum wahrnehmbare Geräusch seines Atems, das zerstrubbelte Haar – das alles rührte sie und ließ ihre Kehle eng werden. Er wirkte so schutzlos und verletzlich. Und war das Kostbarste, was ihr je begegnet war.

»Ich werde dich immer lieben«, flüsterte sie und hauchte ihm einen Kuss auf die Stirn.

Seine Lider begannen zu flattern.

»Johanne?«

»Ja, ich bin hier.« Sie kuschelte sich an ihn und sog seinen Duft tief in sich ein.

Er legte seine Arme um sie und vergrub sein Gesicht in ihren Haaren. Nach einer Weile löste er sich von ihr. »Wir sollten aufbrechen«, murmelte er mit hörbarem Bedauern in der Stimme.

»Ich gäbe viel darum, hierbleiben zu können«, sagte Johanne. »Einfach nicht mehr zurückkehren in unser altes Leben.« Sie legte ihr Kinn auf ihre Arme, die sie auf seiner Brust übereinandergelegt hatte, und sah ihm in die Augen. »Wir könnten das Häuschen renovieren und gemütlich einrichten.«

»Ich würde Fische fangen und verkaufen«, spann er ihre Fantasie weiter.

»Und ich würde einen Garten anlegen und uns Kartoffeln, Gemüse und Salat pflanzen. Beeren wachsen ja ohnehin schon reichlich hier.«

»Wir würden mindestens vier Kinder bekommen.«

Johanne verzog den Mund. »Zwei reichen fürs Erste. Außerdem wird es sonst zu eng.«

Leif zog sie an sich. »Mit dir kann es mir gar nicht eng genug sein.«

»Quatschkopf!« Bevor er etwas erwidern konnte, verschloss ihm Johanne den Mund mit einem langen Kuss.

Zwei Stunden später lag die kleine Insel wieder verlassen im Oslofjord. Nichts deutete auf den nächtlichen Besuch hin. Leif und Johanne hatten peinlich darauf geachtet, alle Spuren ihrer Anwesenheit zu beseitigen. Unter den Dielen im Wohnraum der Hütte lagerten nun dreißig Blechkanister mit Whisky. Leif hatte mit einem Spaten, den er in einem Schuppen hinter dem Haus gefunden hatte, ein Loch gegraben, Johanne hatte die Erde im Wäldchen verstreut, und gemeinsam hatten sie zum Schluss den hüfthohen Schrank über die losen Bodenbretter geschoben, unter denen sich das Versteck mit der Schmuggelware befand.

Leif setzte Johanne mit dem Boot in der Bucht beim Ruseberg ab.

»Pass auf dich auf«, sagte sie leise, als sie ihn zum Abschied umarmte.

»Du auch, mein Herz«, antwortete er. »Ich melde mich, sobald ich kann. Dann besprechen wir, wie es weitergeht.«

»Wie willst du denn mit mir in Kontakt treten, ohne dass es auffällt?«, fragte Johanne. »Wir dürfen kein Risiko eingehen.«

Leif nickte. »Darüber habe ich auch schon nachgedacht.« Er kratzte sich am Kinn. »Liest du regelmäßig den *Gjengangeren?*«

»Wir haben ein Abonnement.«

»Prima. Dann werde ich dort eine Anzeige schalten, wenn ich es nicht schaffe, dich auf andere Weise zu benachrichtigen.«

»Gute Idee«, sagte Johanne. »Du musst deine Nachricht aber verschlüsseln.«

Leif nickte. »Auf jeden Fall. Sonst wär's ja sinnlos.«

»Als Erstes sollten wir aber einen geeigneten Treffpunkt finden, zu dem man unbemerkt gelangt«, sagte Johanne. »Es ist zu riskant, wenn du ins Büro kommst.«

»Richtig … Hm, was käme da in Frage?«, murmelte Leif.

Johanne legte die Stirn in Falten und dachte angestrengt nach.

»Der Lystlunden Park?«, fragte Leif, schüttelte jedoch gleich darauf den Kopf. »Nein, nicht gut. Zu öffentlich.«

Nach einer Weile rief Johanne: »Ich hab's! Wie wäre es mit dem Gräberfeld von Borre?«

Leif zog die Brauen hoch. »Das ist mal ein romantischer Ort für ein Rendezvous.«

»Wer redet denn von einem Rendezvous?« Johanne rümpfte in gespielter Empörung die Nase. »Es wird ein rein konspiratives Treffen, bei dem es nur um Geschäftliches geht.«

Leif grinste. »Selbstverständlich.« Ernster fuhr er fort: »Dein Vorschlag ist gut. Da draußen werden wir ungestört sein.«

Nachdem sie einen ungefähren Wortlaut der Zeitungsannonce vereinbart hatten, trennten sich ihre Wege. Während Leif auf dem Fjord weiter nach Horten fuhr, kehrte Johanne mit dem Fahrrad dorthin zurück. Um möglichst wenigen Menschen zu begegnen, umrundete sie das Stadtzentrum, wählte einen Weg am Waldrand oberhalb der Häuser und gelangte schließlich über die Thorensensgata zur Weinhandlung ihres Vaters. Sie schob das Fahrrad in die Garage im Hinterhof und lief die Stiege zum Kontor hinauf. Sie hatte es fast erreicht, als Ingvald den Kopf aus seinem Zimmer steckte.

»Wer da?«, rief er und musterte sie mit gerunzelter Stirn.

»Guten Tag, Ingvald«, sagte Johanne.

»Fräulein Rev?« Er verengte seine Augen. »Ich habe sie gar nicht erkannt.«

Johanne schaute an sich hinunter und grinste. Sie bot in den Kleidern ihres Bruders wahrhaft einen ungewohnten Anblick.

»Ich war mit Finns Fahrrad unterwegs. Da sind Hosen praktischer.« Sie öffnete die Tür zum Büro. »Darf ich Sie um einen Gefallen bitten?«

Ingvald folgte ihr. »Selbstverständlich.«

»Könnten Sie bitte zwei Koffer für mich aus der Vestre Braarudgata holen?«

»Sie wollen verreisen?«

Johanne schüttelte den Kopf. »Ich werde vorerst hier wohnen«, erklärte sie. »Es ist praktischer. Außerdem kann ich so Kosten sparen.«

»Verstehe«, murmelte Ingvald. »Aber … äh … sind Sie sicher? Äh, ich meine … sehr komfortabel ist es hier nicht … und Sie sind …«

»Zu verwöhnt?«

»Nein, um Gottes willen, das wollte ich damit nicht … aber Sie sind doch eine Dame und benötigen vielleicht …«

Johanne lächelte Ingvald zu. »Das wird schon gehen, machen Sie sich bitte keine Gedanken. Es ist ja nicht für lange Zeit. Es gibt viel zu erledigen. Das geht von hier aus einfacher, allein schon wegen des Telefons.«

Ingvald nickte, machte jedoch weiterhin ein skeptisches Gesicht.

»Außerdem soll Herr Gravdal glauben, dass seine Strategie aufgeht und ich finanziell am Ende bin«, fuhr Johanne fort.

Ingvald kratzte sich am Kinn. »Mit Verlaub … so falsch läge er ja damit nicht … äh, zumindest zum jetzigen Zeitpunkt. Ich konnte zwar schon ein paar Radioempfänger verkaufen, aber im grünen Bereich sind wir noch lange nicht.«

Johanne nickte. »Gewiss. Aber das wird sich bald ändern.« Sie legte eine Hand auf seinen Arm. »Bitte, vertrauen Sie mir.«

»Das tue ich. Trotzdem habe ich …«

Ein schrilles Klingeln unterbrach ihn. Johanne fuhr erschrocken zusammen und starrte auf den schwarzen Telefonapparat auf dem Schreibtisch.

»Wer kann das sein?«, fragte Ingvald und sprach damit aus, was Johanne dachte.

Sie zuckte mit den Schultern, ging zum Schreibtisch, nahm die runde Hörmuschel ab und hielt sie ans Ohr. »Hallo?«

»Jetzt kommt ein Gespräch für Sie«, sagte die Telefonistin, die am Klappenschrank der Telefonzentrale die Verbindungen vermittelte. Es knackte, dann hörte Johanne eine atemlose Stimme.

»Hallo, da bist du ja endlich! Ich habe schon zwei Mal versucht, dich zu erreichen. Ich habe gute Neuigkeiten«, sprudelte es ihr aus dem Hörer entgegen.

»Dagny?«, rief Johanne.

»Wer sonst. Also, hör zu …«

»Warte kurz«, unterbrach Johanne ihre Schwester, holte einen Schlüsselbund aus der Jackentasche und hielt ihn Ingvald hin. »Wir sprechen später weiter. Wenn Sie jetzt bitte die Koffer …«

Er nickte, nahm die Schlüssel, tippte sich an seine Mütze und verließ das Büro.

»So, jetzt bin ich ganz Ohr«, sagte Johanne ins Telefon.

»Ich war gestern in der Universität, genauer gesagt im Seminar für Germanische Philologie. Ein Assistent von Professor Hjalmar Falk, der den Lehrstuhl innehat, ist auf die Entzifferung alter Handschriften spezialisiert. Ihm habe ich den Brief gezeigt.«

Johanne presste den Hörer fester ans Ohr. Ihre Handfläche wurde feucht. »Und?«, stieß sie hervor.

»Es ist eindeutig eine Fälschung«, sagte Dagny triumphierend. »Eine sehr gute zwar, jedoch mit einem kleinen, aber entlarvenden Fehler.« Wieder machte sie eine Kunstpause.

Johanne knirschte vor Ungeduld mit den Zähnen. »Nämlich?«

»Der Verfasser des Briefes ist Rechtshänder.«

»Äh, ja und ...« Johannes Miene hellte sich auf. »Natürlich! Vater war Linkshänder!«

»Ganz genau!«

»Ich bin sehr froh, dass wir nun endlich Gewissheit haben.«

»Ja, ich auch«, sagte Dagny. »Und wie steht es bei dir? Ist dein geheimnisvoller Plan aufgegangen?«

»Der erste Teil schon«, antwortete Johanne. »Jetzt muss ich Käufer finden.«

»Was offenbar nicht einfach ist, oder?«, stellte Dagny fest.

Während Johanne noch überlegte, wie viel sie ihrer Schwester anvertrauen sollte, sprach diese weiter.

»Nein, sag mir nichts, ich will selbst darauf kommen.« Sie kicherte. »Du hast mich mit deinem Detektivspielen angesteckt. Also, lass mich überlegen ... Was lässt sich schwer an den Mann bringen? ... Nein, das ist die falsche Frage. Hm ... ich denke, es handelt sich um etwas, das ...« Ein Knacken in der Leitung ließ sie verstummen.

Johanne biss sich auf die Lippe. Auch sie hatte vergessen, dass sie im Fräulein vom Telefonamt eine potenzielle Mithörerin hatten. Sie mussten sich in Acht nehmen! Sie traute es Gravdal zu, Angestellte der Vermittlungsstelle bestochen zu haben, um ihre Anrufe zu protokollieren und so herauszufinden, was sie vorhatte.

»Das kostspielig ist«, sagte Johanne rasch. »Und wenn du vermutest, dass es sich dabei um schottischen Tweedstoff handelt«, fuhr sie fort, wobei sie eine besondere Betonung auf das Wort »schottischen« legte, »dann liegst du goldrichtig.«

»Tweed?«, fragte Dagny.

»Ja, du weißt schon. Den, den unser Vater so geschätzt hat.«

»Ah! Ja, das ist ein ganz besonderer Stoff.«

»Hast du vielleicht eine Idee, wer sich dafür interessieren könnte?«, fragte Johanne.

»Ist die Qualität gut?«

»Ja, beste Highland-Ware.«

»Dann wende dich an Leutnant Hauge. Er arbeitet im Offizierskasino. Er und seine Kameraden wissen hochpro... äh ... wertige Stoffe zu schätzen und machen dir gewiss einen guten Preis.«

»Großartig«, sagte Johanne. »Ich danke dir vielmals, das hilft mir sehr weiter.«

»Gern, jederzeit. Dafür musst du mir bei nächster Gelegenheit unbedingt erzählen, wie du an diese Lieferung gekommen bist.«

»Mach ich, versprochen«, sagte Johanne. »Vorab nur so viel: Ich habe sie von unserem speziellen Freund.«

»Speziell? ... Du meinst ... etwa den, der unseren Vater ...?«

»Genau den.«

»Oh!«, machte Dagny.

»Du, ich muss jetzt dringend los«, sagte Johanne. »Ich melde mich wieder.« Bevor ihre Schwester etwas sagen und weiter nachbohren konnte, verabschiedete sie sich und hängte ein.

Die nächsten zwanzig Minuten tigerte sie unruhig im

Zimmer hin und her und hielt immer wieder am Fenster nach Ingvald Ausschau. Sie brannte darauf, ihre Koffer zu erhalten, sich umzuziehen und die nächsten Schritte in Angriff zu nehmen. Sie hielt die Untätigkeit kaum aus, die zu viel Raum für Zweifel und bange Gedanken ließ. Vor allem die Frage, wie es Leif ging, trieb sie um. Hatte Gravdal oder einer seiner Leute seine Abwesenheit in der Nacht bemerkt? Genoss er noch deren Vertrauen und war außer Gefahr, überführt zu werden? Und wann würde sie wieder von ihm hören oder seine Anzeige im *Gjengangeren* finden? Die Ungewissheit quälte Johanne und verstärkte die Sehnsucht nach Leif, den sie mit jeder Faser ihres Körpers vermisste.

Endlich erklangen die vertrauten Schritte von Ingvald im Gang vor dem Büro. Johanne öffnete ihm die Tür und bat ihn, die beiden Koffer in einer Ecke abzustellen.

»Ich habe mir erlaubt, Ihnen noch Bettzeug, Handtücher und eine Waschschüssel mitzubringen«, sagte Ingvald. »Ich dachte mir, dass es Ihnen sicher lieber ist, Ihre eigenen …«

»Sie sind ein Schatz!«, rief Johanne. »Daran hatte ich im Eifer des Gefechts gar nicht gedacht.«

Ingvald räusperte sich. »Wenn es Ihnen auf der Couch doch zu unbequem ist … Ich trete Ihnen selbstverständlich gern mein Bett …«

»Kommt gar nicht in Frage!«, fiel Johanne ihm ins Wort. »Sie tun schon so viel für mich. Da werde ich Ihnen gewiss nicht auch noch Ihr Bett streitig machen. Außerdem ist das Sofa ganz prima, mein Vater hat schließlich oft sein Nachmittagsschläfchen darauf gehalten.«

Die Uhr der Garnisonskirche schlug zur zwölften Stunde, als Johanne den Kanal überquerte, der die Karljohansvern-Halbinsel vom Stadtgebiet trennte. Sie hatte Finns bequeme Hosen gegen ihr Trauerkleid getauscht, dessen Schwarz so gar nicht zu dem sonnigen Tag und ihrer guten Laune passen wollte. Beschwingt lief sie durch den Lystlunden Park. Die Unterredung mit Leutnant Hauge in der Offiziersmesse der Garnison war kurz und befriedigend gewesen – dank ihrer Schwester, die ihr den Weg geebnet hatte. Unmittelbar nach ihrem Telefonat hatte Dagny den ehemaligen Kollegen ihres Mannes angerufen und ihm Johannes Anliegen geschildert. Wie sie es vermutet hatte, war der junge Soldat hocherfreut, guten Whisky erwerben zu können, der ihm und seinen Kameraden zu der in Kürze stattfindenden Mittsommerfeier am Sankt-Hans-Tag sehr gelegen kam. Leutnant Hauge war bereit, Johanne alle Kanister abzukaufen – als Vorrat für die kommenden Monate. Nachdem sie Ort und Zeit für die Lieferung einige Tage später vereinbart hatten, machte sich Johanne auf den Weg zur Horten & Omegns Privatbank. Auch hier war ihr das Glück hold. Ihre Hoffnung, Fräulein Solstad in der Mittagspause abfangen zu können, erfüllte sich. Die Sekretärin von Bankdirektor Ludvigsen verließ das Gebäude kurz vor halb eins. Johanne, die im Schatten einer Tordurchfahrt im Nachbargebäude gewartet hatte, eilte der fülligen Gestalt mit dem sorgfältig frisierten Dutt hinterher.

»Fräulein Solstad, bitte entschuldigen Sie!«

Die Vorzimmerdame, die ein fliederfarbenes Kleid und einen Strohhut mit altrosa Bändern trug, drehte sich um. Ein freundliches Lächeln breitete sich auf ihrem Gesicht aus. »Ah, Fräulein Rev. Wie schön, Sie zu sehen! Wie geht es Ihnen?«

»Danke, gut«, antwortete Johanne. »Es tut mir leid, wenn ich Sie in Ihrer Pause behellige. Aber … äh … Sie hatten doch gesagt, dass ich … also, ich bräuchte …« Johanne verstummte. Es fiel ihr schwerer als gedacht, um Hilfe zu bitten.

Fräulein Solstad tätschelte Johannes Arm. »Nur frisch heraus damit. Ich habe mein Angebot ernst gemeint. Wenn ich etwas für Sie und Ihre Familie tun kann …«

»Danke, ich weiß gar nicht, was ich …«

Fräulein Solstad machte eine abwinkende Handbewegung. »Lassen Sie uns doch in die Kaffeestube im Nordbygården gehen. Dort können wir uns in Ruhe unterhalten. Und einen Happen essen.«

»Sehr gern«, sagte Johanne und lief mit der Sekretärin über den Marktplatz zur Storgata, wo das Café zwei Jahre zuvor eröffnet hatte.

»Also, wo drückt der Schuh?«, fragte Fräulein Solstad, nachdem sie jeder eine Fischsuppe und als zweites Gericht Grießpudding mit roter Soße bestellt hatten.

»Wie Sie bereits wissen, setzt Herr Gravdal alles daran, sich das Geschäft meines Vaters unter den Nagel zu reißen.«

Fräulein Solstads Miene verfinsterte sich. Sie beugte sich zu Johanne. »Und nicht nur das«, sagte sie leise. »Ich fürchte, er hat es auch auf Ihr Haus in der Vestre Braarudgata abgesehen. Vor zwei Tagen war er bei Direktor Ludvigsen. Er hat ihm unmissverständlich zu verstehen gegeben, dass er auf dem Vorkaufsrecht besteht, wenn das Anwesen in Kürze an die Bank fällt.«

»Das wundert mich nicht.«

Das Erscheinen des Serviermädchens unterbrach das Gespräch. Johanne wartete ab, bis die junge Frau die Suppenteller und ein Körbchen mit *lefse*-Fladen abgestellt und sich wieder entfernt hatte.

»Herr Gravdal trachtet offenbar nach allem, was mein Vater geschaffen hat.« Johanne straffte sich und sah der Sekretärin direkt in die Augen. »Sie haben mich ermutigt, mich nicht unterkriegen zu lassen. Es gäbe da eine Möglichkeit, Herrn Gravdals Pläne zu durchkreuzen.«

Fräulein Solstad rutschte auf ihrem Stuhl nach vorn und hörte aufmerksam zu, als Johanne ihr ihre Idee von dem angeblichen Verkauf des Hauses an einen emigrierten Norweger vortrug, der – von der Sehnsucht nach der alten Heimat getrieben – eine Bleibe in Horten erwerben wollte.

»In Wahrheit kommt das Geld, das er überweist, von mir«, schloss sie ihre Ausführung. »Damit der Bluff gelingt, brauche ich allerdings Ihre Hilfe.«

Fräulein Solstad ließ den Löffel, den sie eben zum Munde führen wollte, sinken.

»Entschuldigen Sie, aber woher haben Sie denn auf einmal eine solche Summe?«

»Mein Vater hat vor vielen Jahren einige wertvolle Gemälde erworben. Außerdem hat er meine Schwester und mich großzügig mit kostbaren Schmuckstücken beschenkt. Als Sicherheit, sozusagen.«

»Und die wollen Sie nun veräußern?«

»Es ist der einzige Ausweg, den ich sehe«, sagte Johanne und leistete der Sekretärin stumm Abbitte für die Notlüge, die sie ihr auftischte.

Fräulein Solstad verzog bekümmert das Gesicht. »Ein Jammer!« Sie seufzte. »Es tut mir unendlich leid, dass Sie zu so einem schmerzlichen Schritt gezwungen sind. Diese Sachen bedeuten Ihnen doch sicher viel.«

Johanne schlug die Augen nieder. Das unverdiente Mitgefühl war ihr peinlich. »Hauptsache, Gravdal bekommt das Haus nicht in seine schmutzigen Finger«, murmelte sie. »Wir brauchen doch ein Dach überm Kopf.«

»Sie haben recht!« Fräulein Solstad drückte Johannes Hand. »Wie kann ich Ihnen helfen?«

»Sie müssten die Überweisungen des angeblichen Hauskäufers auf unser Konto vornehmen.«

Die Sekretärin tauchte ihren Löffel in die Suppe. »Das Geld bringen Sie mir in bar?«

Johanne nickte. »Sobald ich es habe. Voraussichtlich Anfang nächster Woche. Ich kann noch nicht sagen, wie viel genau es sein wird. Aber …«

»Für eine angemessene Anzahlung wird es reichen«, sagte Fräulein Solstad und schob den Löffel in den Mund. »Sie haben ja noch etwas Kulanz, um die gesamte Summe aufzutreiben.«

»Heißt das, Sie würden mir …«

»Selbstverständlich. Ich sehe keinen Grund, warum ich Ihnen nicht diesen kleinen Gefallen tun sollte.«

»Nun … äh, ganz legal ist es ja nicht.«

»Papperlapapp!« Fräulein Solstad schüttelte energisch den Kopf. »Um einem Ganoven wie Gravdal beizukommen, darf man es mit der Moral nicht allzu genau nehmen. Und wir bringen ja niemanden um sein Geld oder fügen jemandem Schaden zu.«

»Ich kann Ihnen gar nicht genug danken«, sagte Johanne. »Sie sind ein Engel!«

Fräulein Solstads Wangen überzogen sich mit einer leichten Röte. »Ach, das ist doch nicht der Rede wert.«

»Oh doch!«, widersprach Johanne. »Es zeigt sich mal wieder, wie zutreffend die alte Weisheit ist: Erst im Unglück lernt man seine wahren Freunde kennen. Es gibt genug Leute, die sich gerade jetzt von uns abwenden.« Allen voran mein ehemaliger Verlobter, fügte sie im Stillen hinzu.

Fräulein Solstad schien ihren Gedanken gelesen zu haben. »Es hat mich sehr getroffen, dass sich Rolf Falkensten von Ihnen getrennt hat. Das war grausam und eines Gentlemans nicht würdig.«

Johanne zuckte mit den Schultern. »Es war in erster Linie seine Mutter, die die Verbindung nicht mehr für wünschenswert hielt.«

»Unerhört!« Fräulein Solstad zog die Brauen zusammen. »Wie kann man nur so hartherzig sein.«

»Ich bin eben keine gute Partie mehr.« Johanne nahm sich einen Fladen aus dem Korb. »Die Falkenstens glauben wohl nicht, dass ich das Geschäft meines Vaters erfolgreich weiterführen kann.« Sie biss in das weiche Gebäck aus Kartoffelmehl und Roggenschrot, das noch ofenwarm war.

Fräulein Solstad verengte ihre Augen. »Ihr Vater hat doch das Hotel immer mit Wein und Sekt beliefert, nicht wahr?«

»Ja, die Falkenstens gehörten zu seinen wichtigsten Kunden.«

»Wissen Sie, von wem sie jetzt ihre Weine beziehen?«

»Nein, ich habe keine Ahnung.«

»Von Herrn Gravdal.«

Johanne verschluckte sich fast an dem Stück *lefse*, das sie gerade kaute.

»Herr Falkensten hat kürzlich eine größere Summe auf Gravdals Konto überwiesen. Als Verwendungszweck war *Rechnung Weinlieferung* angegeben.«

»Aber Gravdal hat doch gar keine Lizenz für den Verkauf«, krächzte Johanne. Sie räusperte sich. »Die hat hier in der Gegend nur unser Geschäft.«

»Das kam mir auch gleich als Erstes in den Sinn«, sagte Fräulein Solstad. »Ich kann es mir nur so erklären: Gravdal will Sie um jeden Preis vom Markt verdrängen. Er hat den Wein für die Falkenstens vermutlich ganz legal bei einem anderen Händler erworben und ohne nennenswerten Gewinn weiterverkauft.«

»Das klingt plausibel«, sagte Johanne. »Er wird in diesem Fall keine krummen Touren gefahren sein. Schließlich will er ja als seriöser Geschäftsmann wahrgenommen werden.«

Fräulein Solstad seufzte. »Und es sieht leider so aus, als würde ihm das gelingen. Wenn sogar Direktor Ludvigsen vor ihm kuscht …« Sie verzog bekümmert das Gesicht.

»Dieser Gravdal ist wirklich wie ein Krake, der mit seinen Tentakeln überall eindringt, alles umschlingt und erstickt«, sagte Johanne. »Es wird Zeit, ihm das Handwerk zu legen!«

35

Numedal, Norwegen, Frühling 1980 – Rike

Kaum hatte der Zug der Numedalbahn den Bahnhof von Kongsberg und die letzten Häuser der Stadt hinter sich gelassen, versank Rike im Anblick der vorüberziehenden Landschaft. Die Gleise folgten dem Flusslauf des Lågen. Er entsprang oben in der Hardangervidda und mündete bei Larvik ins Skagerrak. Laut Rikes Reiseführer zählte er zu den besten Forellengewässern im Süden des Landes. Zunächst ging es am Ostufer entlang durch ein sanft ansteigendes Mittelgebirge, vorbei an zahlreichen Stromschnellen, durch Waldstücke, Äcker und Weideflächen. Immer wieder öffnete sich der Blick auf den Fluss, der gemächlich durch das breite Tal mäanderte, sowie auf uralte Bauernhöfe mit Speichern und Schuppen, die aus dunklen Stämmen gezimmert waren und sich harmonisch in die sattgrünen Wiesen an den Sonnenlagen einfügten. Ansonsten war die Gegend – zumal in den bewaldeten Gebieten – dünn besiedelt und vermittelte Rike einen ersten Eindruck von der unberührten Natur Norwegens, die in den Reiseführern so häufig beschworen wurde.

Nachdem sie eine Weile wortlos aus dem Fenster geschaut hatte, drehte sie den Kopf zu Bjørn, der ihr gegenübersaß. »Es ist traumhaft hier«, sagte sie leise. »So habe ich mir als Kind die Landschaft in Märchen wie *Hänsel und Gretel* oder *Schneeweißchen und Rosenrot* vorgestellt. So verwunschen, einsam und wie aus einer anderen Zeit.«

Bjørn lächelte. »Du liegst gar nicht so falsch«, sagte er. »Das Numedal wird auch das Mittelaltertal genannt. Weil es jahrhundertelang sehr abgelegen und von der Außenwelt weitgehend isoliert war, sind viele Bauten aus dem Mittelalter und der frühen Neuzeit an ihren ursprünglichen Standorten erhalten geblieben.«

»Also gibt es diese Straße noch nicht so lange?«, fragte Rike und deutete auf die schmale Asphaltbahn, die auf der anderen Seite des Flussbetts verlief.

Bjørn nickte. »Das war früher ein eher kümmerlicher Schotterweg, der erst in den Sechzigerjahren befestigt wurde. Eine Reise darauf war ziemlich beschwerlich.«

»Und was ist mit der Eisenbahn?«, erkundigte sich Rike. »Wann wurde die gebaut?«

»In den späten Zwanzigerjahren. Als in Rødberg das Wasserkraftwerk Nore I errichtet wurde.«

»So spät erst?« Rike zog die Brauen hoch.

»Ja, davor gab es nur die Nordmannsslepene, alte Handelspfade über die Hochebenen, die das Vestlandet und das Østlandet verbanden. Auf ihnen transportierten Händler ihre Waren auf Lastpferden.«

»Wie es wohl gewesen sein mag, ein so abgeschiedenes Leben zu führen?«, fragte Rike. »Ich bin ja nicht gerade reiselustig und halte es ganz gut in unserem kleinen Petkum aus. Aber so gut wie keine Möglichkeit zu haben, auch mal was anderes zu sehen und rauszukommen …« Sie verzog den Mund. »Das wäre mir dann doch zu beklemmend.«

»Den meisten wird es nicht so viel ausgemacht haben«, antwortete Bjørn. »Das vermute ich zumindest. Sie kannten es ja nicht anders.«

Rike nickte und sah wieder aus dem Fenster, wo die Station von Flesberg auftauchte. Auch hier war das Bahnhofsgebäude wie bei den meisten Haltestellen auf der Strecke ein schlichter Holzbau, verkleidet mit ockergelb gestrichenen Paneelen. Neben den Gleisen türmten sich riesige Stapel von Baumstämmen. Rike musste an Opa Fiete denken, der als junger Kapitän mehrere Jahre lang Holz aus Skandinavien transportiert hatte.

Bjørn war Rikes Blick gefolgt. »Früher wurden die Stämme auf dem Lågen zum Meer geflößt, wo sie dann als Bauholz verschifft wurden. Heute werden sie mit der Bahn transportiert.«

Hinter Tråen überquerte der Zug den Fluss und fuhr am anderen Ufer entlang. Die Berge rechts und links wuchsen steiler in die Höhe, und in schattigen Senken und auf den Gipfeln sah Rike Schneefelder schimmern. Nach weiteren zwanzig Kilometern weitete sich der Lågen zu einem stattlichen See.

»Das ist der Kravikfjord«, sagte Bjørn. Er stand auf und hievte ihre Rucksäcke aus dem Gepäcknetz. »Jetzt haben wir es gleich geschafft.«

»Kravikfjord? So wie der Nachname von dir und deinem Onkel?«

»Ja, ein Teil seiner Familie stammt aus dieser Gegend.« Er zeigte auf eine kleine Siedlung. »Das ist der Søre Kravikgård. Der stammt noch aus dem Mittelalter und gilt als eines der schönsten Gehöfte der Gegend. Wenn ich mich recht entsinne, hat er mal einem Ururgroßonkel von Leif gehört.«

»Und wer wohnt heute da?«

»Keine Ahnung.« Bjørn hob die Schultern.

»Steigen wir nicht aus?«, fragte Rike, als der Zug vor dem Stationsgebäude von Kravikfjord Halt machte.

»Wir fahren noch ein paar Minuten weiter nach Kittilsland.«

Die Bahn fuhr dicht am Ufer des Fjords weiter, dessen Wasser dunkelblau glänzte. Wenig später hatten sie ihr Ziel erreicht und kletterten aus dem Zug, der vor einem rotgestrichenen Holzunterstand abgebremst hatte, der Rike an ein Wartehäuschen einer Buslinie erinnerte.

»Das ist der kleinste Bahnhof, den ich je gesehen habe«, sagte Rike. »Meine Großmutter hat sich wirklich ein abgeschiedenes Plätzchen ausgesucht.«

Bjørn schmunzelte. »Immerhin eines mit Bahnanschluss.«

Er setzte sich in Bewegung und lief zu ein paar Häusern, die einige Meter entfernt rechter Hand unterhalb des Bahndamms standen. Rike folgte ihm und sah sich neugierig um. Die Bäume und Sträucher, die am Uferhang wuchsen, waren zart begrünt, die reine Luft hatte eine frostige Note und roch nach feuchter Erde – nachdem sich die Abgaswolke des Zuges verzogen hatte. In der Stille, die über dem Ort lag, war nur das sich entfernende Brummen der Diesellok zu hören.

Johanne und Leif haben offensichtlich eine Vorliebe für idyllische Fleckchen, dachte Rike, der die kleine Insel im Fjord vor Augen stand.

»Welches Haus gehört deinem Onkel?«, fragte sie.

»Das da hinten mit dem Schindeldach.«

Rike folgte seinem ausgestreckten Arm und erblickte ein einstöckiges Gebäude. Es war aus dicken unbehandelten Balken gezimmert, die fast schwarz nachgedunkelt waren.

»Es sieht alt aus.«

»Ja, es hat schon einige Jährchen auf dem Buckel«, sagte Bjørn. »Es wurde um 1750 erbaut.«

»Ui, das ist wirklich alt.«

»Und in keinem sehr guten Zustand, als Leif und Johanne es vor fünf Jahren gekauft haben. Aber jetzt ist es wieder ein wahres Schmuckstück. Sie haben viel Liebe und Geld reingesteckt, um es auf Vordermann bringen zu lassen.«

Im Näherkommen bemerkte Rike kunstvolles Schnitzwerk am Türrahmen und oberhalb der Fenster. Diese machten einen neuen Eindruck, ebenso der gemauerte Schornstein und die kupferne Regenrinne. Ein Lattenzaun umgab das Grundstück. Bjørn stieß die Pforte auf. Ein Steinplattenweg führte zum Haus. Er nahm seinen Rucksack ab, half Rike, sich des ihren zu entledigen, und lehnte beide an die Wand. Als er eben an der Klingelschnur ziehen wollte, ertönte ein lautes Knattern.

Bjørn drehte sich um. »Ah, da kommen sie!«, rief er. »Wir sind keine Minute zu früh.«

Auf dem Sträßchen brauste ein Oldtimer-Motorrad mit Beifahrersitz heran. Rike zog erstaunt die Brauen hoch. Die Frage »Bist du sicher?« blieb ihr im Hals stecken. Es gab keinen Zweifel. Die schwarz lackierte Triumph Thunderbird kam vor dem Haus zum Stehen, der Fahrer winkte ihnen zu.

»Hei Bjørn! Hva gjør du her?«

Gleichzeitig rief eine hellere Stimme aus dem Sozius: *»Det er en hyggelig overraskelse!«*

»Hei Leif! Hei Johanne!«, antwortete Bjørn und rannte zu dem Motorrad.

Sein Onkel stieg ab und umarmte ihn. Er war mittelgroß und hatte trotz seines hohen Alters noch eine athletische Figur. Er trug eine altertümliche schwarze Lederkluft, die wie seine Maschine gut dreißig Jahre alt war und Rike an den Film *Der Wilde* mit Marlon Brando denken ließ, in der dieser einen halbstarken Rocker spielte. Nur die Kopfbedeckung passte nicht ins Bild. Der coole Anführer der Motorradgang hätte niemals einen mit Fell gefütterten runden Helm getragen. Als Sichtschutz hatte Leif eine Fliegerbrille auf, die er nun absetzte.

Bjørn hatte sich derweil über den Beiwagen gebeugt und half Johanne beim Aussteigen, was ihr sichtlich Mühe bereitete. Sie war wie ihr Mann gekleidet, hatte jedoch zusätzlich einen Wollschal mehrfach um den Hals geschlungen. Auf Bjørns Arm gestützt kam sie auf Rike zu, die die Szene gebannt beobachtet hatte. In ihren Tagträumen hatte sie sich die erste Begegnung mit ihrer Großmutter in den unterschiedlichsten Versionen ausgemalt: Mal sah sie sich ans Krankenbett einer gebrechlichen Greisin treten, mal begrüßte Johanne sie auf der Schwelle ihrer Haustür mit Kittelschürze, grauem Haardutt und rosigen Apfelbäckchen oder in einem Lehnstuhl in einer gemütlichen Stube sitzend. Auf einem Motorrad – und sei es nur als Beisitzerin – hatte sich Rike ihre Großmutter jedoch nie vorgestellt. Es passte nicht zu dem Bild, das sie sich von alten Damen machte.

»*Hvem tok du med deg?*«, fragte diese und lächelte Rike freundlich an.

»Jemand, der seine Leidenschaft für Geschwindigkeit von dir geerbt hat«, sagte Bjørn auf Englisch.

Johanne sah ihn verständnislos an.

»Das ist Rike Meiners, die …«

Johanne entfuhr ein Schreckenslaut. Sie wurde bleich. Die Knöchel der Hand, mit der sie Bjørns Unterarm umfasste, traten weiß hervor. Rike machte unwillkürlich einen Schritt nach vorn und streckte einen Arm aus. Sie hatte Angst, ihre Großmutter könnte jeden Moment zusammenbrechen und ohnmächtig werden.

Johanne starrte sie aus geweiteten Augen an. »Ist das wahr? Bist du Beates Tochter?«, fragte sie mit bebender Stimme. Ihr Deutsch klang ein wenig eingerostet und hatte einen singenden Akzent, war jedoch fehlerfrei.

Rike nickte stumm. Ihre Kehle war wie zugeschnürt.

Leif eilte mit besorgter Miene zu ihnen. *»Hva skjer?«*, fragte er.

Bjørn antwortete ihm auf Norwegisch.

Leif sah Rike erstaunt an. *»Datteren til Beate?«*

Bjørn nickte.

Leif streckte Rike seine Rechte hin. *»Welcome! I'm happy to meet you.«*

Nachdem er ihre Hand geschüttelt hatte, legte er einen Arm um Johanne und führte sie ins Haus. Sie war nach wie vor sehr blass und wirkte zutiefst erschüttert.

Bjørn machte ein zerknirschtes Gesicht. »Du hattest recht«, flüsterte er Rike zu. »Wir hätten sie vielleicht doch vorwarnen sollen. Ich habe ehrlich gesagt nicht damit gerechnet, dass Johanne so heftig reagiert. Ich habe mir nur ausgemalt, wie glücklich sie sein wird.« Er stutzte. »Geht es dir gut? Du siehst auch ganz …«

»Nein, alles bestens«, sagte Rike rasch.

»Dann lass uns hineingehen.«

»Meinst du wirklich? Sollten wir nicht lieber … ich meine, vielleicht braucht sie Zeit, um sich …«

»Please come in!«, rief Leif.

Bjørn nickte Rike zu. »Nur keine Scheu«, sagte er und griff nach den beiden Rucksäcken.

Rike biss sich in die Unterlippe und folgte ihm zögernd. Bjørn stellte das Gepäck neben der Eingangstür ab, nahm Rike ihre Jacke ab und hängte sie an einen Garderobenhaken. Halbblind im Dunkel des Flurs, an das sich ihre Augen nur allmählich gewöhnten, tappte Rike ihm hinterher zu einem Raum, aus dem sie Leifs und Johannes Stimmen hörte, und trat über die Schwelle. Das bis zu den Deckenbalken holzvertäfelte Zimmer war in ein warmes Licht getaucht und verströmte einen schwachen Duft nach Bienenwachs. Linker Hand nahm ein großer Schrank fast die gesamte Schmalseite ein. Er war blau grundiert und mit filigranen Floralmustern in Pastelltönen bemalt. Vor der rechten Wand saß Johanne in einem von zwei lederbezogenen Lehnstühlen neben einem dreistöckigen Etagenofen aus Gusseisen, dessen geschwungene Beine und Frontplatten reich mit Blumenreliefs verziert waren. Leif hatte sich einen der vier gedrechselten Stühle, die um einen quadratischen Tisch unter einem der beiden Fenster gegenüber der Tür standen, neben Johanne gezogen und hielt ihre Hand.

Das Bild nahm Rike gefangen: Die freundliche Atmosphäre der Stube, die liebevolle Geste Leifs, die Vertrautheit der beiden und die Innigkeit, mit der sie sich ansahen – das alles rührte sie und ließ ihre Augen feucht werden.

Johanne drehte den Kopf zu ihr. »Komm her, meine Liebe«, sagte sie und winkte Rike zu sich. »Es tut mir leid, wenn ich dich erschreckt habe.«

Rike ging zu ihr. Leif stand auf, überließ ihr seinen Stuhl und gab Bjørn ein Zeichen, ihn nach draußen zu begleiten. Rike setzte sich und nestelte nervös am Saum ihres Pullovers.

»Ich freue mich sehr, dass du gekommen bist«, sagte Johanne.

Rike hob den Kopf und begegnete einem Paar grauer Augen, deren lebhaftes Funkeln in Kontrast zu dem von feinen Fältchen durchfurchten Gesicht und den weißen, kinnlangen Haaren standen, die sich in einer weichen Welle um den Kopf legten. Johannes Blick bestätigte ihre Worte. Er war zugewandt und offen.

Rike atmete aus. »Ich bin so froh, dass ich dich gefunden habe!«

»Wenn ich gewusst hätte, dass ihr mich sucht, hätte ich Beate natürlich meine neue Anschrift …« Johanne unterbrach sich, als sie Rikes Gesichtsausdruck sah. »Sie schickt dich also nicht?«, fragte sie leise.

Der Schmerz in ihrer Stimme schnitt Rike ins Herz. Sie schüttelte kaum merklich den Kopf und wagte es nicht, ihre Großmutter anzusehen. Eine zarte Berührung an ihrer Hand ließ sie aufblicken. Johanne streichelte sie mit zwei Fingern.

»Dass du dennoch hier bist, ist ein umso wertvolleres Geschenk. Ich habe eine Enkelin! Und darf sie kennenlernen. Ich hätte nie zu hoffen gewagt, dass mir auf meine alten Tage noch ein solches Glück zuteilwird.«

Rike schloss ihre Hand um Johannes Finger. Der Kloß in ihrem Hals hinderte sie daran zu sprechen. Sie blinzelte die Tränen weg, die ihr in die Augen gestiegen waren, und drückte Johannes Hand.

36

Horten, Norwegen, Juni 1926 – Johanne

Am Samstagmorgen entdeckte Johanne endlich die ersehnte Annonce in der Zeitung. Nachdem sie am Freitag vergeblich den Anzeigenteil des *Gjengangeren* durchforstet hatte und Leif sich auch auf anderem Wege nicht bei ihr meldete, war die Ungewissheit nur noch schwer auszuhalten gewesen und zerrte an ihren Nerven. In der Nacht hatte sie kaum geschlafen und sich mit düsteren Fantasien geplagt, in denen Leif von Gravdal ertappt und furchtbar bestraft wurde. Zwischen einer Anzeige, in der eine Schneiderin ihre Dienste anbot, und einer Suchmeldung nach einem verlorenen Geldbeutel stand:

Schwarzer Kater in Borre zugelaufen. Abholung ab 7 Uhr abends.

Die Stunden bis zu ihrem Aufbruch zu dem Gräberfeld, zu dem sie mit dem Fahrrad knapp zwanzig Minuten benötigen würde, flossen in kaum erträglicher Langsamkeit dahin. Johanne gab ihr Bestes, die Zeit mit sinnvollen Tätigkeiten zu füllen und sich abzulenken, ertappte sich jedoch mehrmals dabei, wie ihre Augen zu ihrer Armbanduhr wanderten oder ihre Gedanken zu Leif und dem bevorstehenden Wiedersehen mit ihm. Endlich schlug die Turmuhr der Garnisonskirche zur halben Stunde nach dem Sechsuhrläuten. Johanne, die wieder Finns Hosen und Joppe angezogen hatte, holte das Fahrrad aus der Garage im Hinterhof und schob es zur Straße. Im Torbogen verharrte sie und suchte mit den Augen die Umgebung nach einem Beschatter ab, den Gravdal möglicherweise vor der Weinhandlung postiert hatte. Bis auf eine Frau, die gegenüber den Bürgersteig fegte, zwei seilspringende Mädchen und drei Herren in Gehröcken, die sich in eine Unterhaltung vertieft langsam Richtung Marktplatz bewegten, konnte Johanne niemanden entdecken. Sie schwang sich auf den Sattel und verließ die Stadt auf der Storgata Richtung Süden. Ab und zu drehte sie sich um, befand sich zu ihrer Erleichterung jedoch allein auf der Straße. Bald verengte sich die Fahrbahn und ging in den unbefestigten Borreveien über, der Johanne nach sechs Kilometern Fahrt durch Wiesen und Äcker zu einem lichten Wäldchen unweit der mittelalterlichen Steinkirche des Dorfes Kirkebakken führte.

Dort war Mitte des neunzehnten Jahrhunderts das erste von insgesamt neun Hügelgräbern entdeckt worden, als man Schüttmaterial für den Bau einer Straße aushob – was die letzte Ruhestätte des dort liegenden Wikingerhäuptlings freilich unwiederbringlich zerstört hatte. Johanne erinnerte sich noch gut an den Heimatkundeunterricht, in dem sie die *Heimskringla* durchgenommen hatten. Snorri Sturluson, ein berühmter Skalde aus Island, hatte darin im dreizehnten Jahrhundert die Geschichte der norwegischen Könige beschrieben. Im ersten Teil wurde deren Abstammung von den Ynglingern, den mythischen Schwedenkönigen in Alt-Uppsala, beschworen, die ihre Wurzeln bei den altgermanischen Göttern verortet hatten. Die Vorstellung, dass die Herrscher dieses mächtigen Geschlechts sozusagen vor ihrer Haustür zur letzten Ruhe gebettet worden waren, hatte Johanne als Kind sehr imponiert.

Als sie ihr Fahrrad über die Wiese zum Waldrand schob, sah sie Leif hinter einem Baum hervortreten. Sie ließ das Rad fallen, rannte zu ihm und warf sich in seine Arme, die er fest um sie schloss.

»Ich hab dich vermisst«, flüsterte er ihr ins Ohr.

»Ich dich auch.« Johanne hob den Kopf und sah ihm in die Augen. »Ich habe mir Sorgen gemacht.«

»Es tut mir leid, dass ich mich nicht früher gemeldet habe«, antwortete Leif und strich ihr über die Wange. »Gravdal hat mich fast durchweg in Beschlag genommen.«

Johanne nahm seine Hand und führte ihn tiefer in das Wäldchen, in dem die alten, grasbewachsenen Grabhügel wie riesige grüne Maulwurfshaufen verstreut lagen. Eine laue Brise wehte vom Fjord her. In das leise Wispern der Blätter mischten sich der Gesang einer Lerche und die Schreie zweier Bussarde, die hoch über ihnen am wolkenlosen Himmel ihre Kreise zogen. Über den wippenden Grashalmen und Blumen, die den Boden bedeckten, gaukelten Schmetterlinge, Bienen und andere Insekten, die sich am Nektar der Blüten labten.

»Ehrlich gesagt, ich wusste nicht, dass es hier so idyllisch ist«, sagte Leif, als sie sich am Fuß eines etwa fünf Meter hohen Grabhügels niederließen. »Bei Gräberfeld dachte ich eher an einen düsteren Ort.«

»Also doch ein guter Treffpunkt für ein romantisches Rendezvous?« Johanne lächelte schelmisch.

Leif zog sie an sich und antwortete mit einem langen Kuss. Johanne wurde von einem Schwindel erfasst. Unter Aufbietung ihrer gesamten Willenskraft löste sie ihre Lippen von seinen. »Nicht jetzt«, stieß sie heiser hervor. »Es gibt so vieles zu besprechen.«

»Du hast recht.« Leif rückte ein bisschen von ihr ab. »Ich habe leider nicht viel Zeit. Gravdal erwartet mich um neun Uhr zurück.«

»Wie hat er auf den Verlust seiner Whiskylieferung reagiert?«

»Getobt hat er«, erwiderte Leif. »Er kann es überhaupt nicht ertragen, wenn ihm jemand in die Quere kommt. Bisher hat es offenbar noch keiner gewagt, sich so dreist in seine Geschäfte zu mischen.«

»Hat er denn einen Verdacht?«, fragte Johanne und sah Leif ängstlich an.

»Nein, er tappt vollkommen im Dunkeln.«

Johanne atmete aus und brachte Leif mit knappen Worten auf den neuesten Stand ihrer Erkenntnisse über Gravdals Machenschaften. »Ich will, dass dieser Verbrecher für seine Taten zur Verantwortung gezogen wird«, schloss sie.

Leif verzog den Mund. »Ich kann dich gut verstehen. Aber ich fürchte, wir haben zu wenig stichhaltige Beweise gegen ihn in der Hand, mit denen man vor Gericht ziehen könnte.«

Johanne ließ die Schultern hängen. Ein paar Atemzüge lang brütete sie vor sich hin. »Dann muss uns eben etwas anderes einfallen«, murmelte sie schließlich. »Es kann doch nicht sein, dass er ungestraft mordet, Menschen aus ihren Häusern vertreibt und die halbe Stadt korrumpiert. Sogar der Polizeichef tanzt nach seiner Pfeife. Wenn man wenigstens das publik machen könnte.«

»Du sprichst von Rettmann?«

»Genau, Polizeimeister Rettmann.«

Leif verengte seine Augen.

»Was ist? Hast du eine Idee?«

»Noch nichts Brauchbares«, antwortete er. »Aber vielleicht …« Er schüttelte den Kopf. »Ich habe mitbekommen, dass Rettmann auch Kunde bei der Dame in Åsgårdstrand ist, du weißt schon …«

»Bei der Gravdal immer abtaucht, wenn er ein Alibi braucht.«

»Ich bin ziemlich sicher, dass Gravdal dem Polizeichef die Liebesstunden dort spendiert«, sagte Leif. »Er hat neulich etwas in der Art angedeutet.«

Johanne richtete sich auf. »Du meinst, man könnte die beiden drankriegen, weil sie illegalerweise zu einer Prostituierten gehen?«, fragte sie.

Leif schüttelte den Kopf. »Das zu beweisen dürfte so gut wie unmöglich sein. Außerdem wäre es nicht fair, die Frau da mit reinzuziehen. Ihr Leben ist gewiss schon schwer genug. Man muss sie nicht noch vor Gericht zerren und sie um ihr Einkommen bringen.«

Johanne schlug die Augen nieder. Die Selbstverständlichkeit, mit der Leif an das Wohlergehen dieser Frau dachte, beschämte sie. Sie gestand sich ein, dass ihre Vorurteile tiefer saßen, als ihr lieb war. In der Welt, in der sie groß geworden war, galten Prostituierte bestenfalls als bedauernswerte Gefallene, meistens jedoch als verwerfliche Geschöpfe, die anständige Männer verführten, ihnen das Geld aus der Tasche zogen und die Sittlichkeit gefährdeten. Zwar war Johanne der Ansicht, dass diese Sichtweise verlogen und ungerecht war, dennoch war sie offenbar nicht frei von Vorbehalten. Es fiel ihr zu ihrer eigenen Bestürzung schwer, in einer Prostituierten einen gleichwertigen Menschen zu sehen, dem dasselbe Recht auf Rücksichtnahme und Privatsphäre zustand, das sie für sich selbst beanspruchte.

»Warum findest du dieses Detail dann interessant?«, fragte sie.

»Wie gesagt, ich habe noch keine konkrete Idee, was man daraus machen könnte.« Leif rieb sich die Schläfe. »Aber ich habe einen Vorschlag, wie wir Gravdal empfindlich treffen können.«

»Willst du ihm wieder eine Whiskylieferung abjagen?«

»Zu harmlos. Er hat sich zwar schrecklich aufgeregt, aber im Grunde war der Verlust für ihn nur ein Mückenstich. Nein, es muss ihm richtig wehtun.«

Johanne spürte, wie sich ihr Magen zusammenzog. »Was hast du vor?«

»Wir fackeln sein Lager ab.«

Johanne hob eine Hand vor den Mund. »Das ist nicht dein Ernst!«

»Doch. Ich gebe zu, dass es nicht ungefährlich ist und wir …«

»Nicht ungefährlich?« Johanne japste nach Luft. »Wenn er rausfindet, wer ihm das angetan hat … ich mag gar nicht daran denken!« Sie schüttelte sich.

»Das darf er eben nicht«, sagte Leif. Er nahm Johannes Hand.

Die Berührung flößte ihr Mut ein.

»Aber ich werde dich sicher nicht zu etwas drängen, das du nicht …«, sprach Leif weiter.

»Ich bin dabei«, unterbrach Johanne ihn. »Ich habe zwar eine Heidenangst, aber meine Wut auf diesen Halunken ist noch größer. Er soll mir büßen, was er meinem Vater und unserer Familie angetan hat!«

Leif sah ihr in die Augen. »Du bist wundervoll. So mutig und stark.«

»Weil du bei mir bist.« Johanne erwiderte seinen Blick. »Du weckst etwas in mir, das ich bislang nicht kannte.« Sie räusperte sich. »Also, wie ist dein Plan? Wann schlagen wir los?«

»Ich denke, die Nacht vor Sankt Hans ist günstig. Da brennen überall Feuer, und ein weiteres wird nicht so rasch auffallen.«

»Sehr schlau! Außerdem sind die meisten Leute bei den Festen am Fjordufer«, sagte Johanne. »Weißt du, was Gravdal an dem Abend vorhat?«

»Er will nach Åsgårdstrand und dort feiern. Zusammen mit den Lydersen-Brüdern. Die beiden arbeiten schon eine Ewigkeit für ihn und genießen sein Vertrauen.«

»Das trifft sich natürlich gut. Da sind sie schön weit weg vom Schuss.«

Der kleine Badeort – die »Perle am Oslofjord« – lag zehn Kilometer von Horten entfernt im Süden und erfreute sich nicht nur bei Sommerfrischlern großer Beliebtheit, sondern zog auch immer wieder Künstler und Schriftsteller an, die in dem beschaulichen Idyll Ruhe und Inspiration suchten und fanden.

»Ich werde schon vorher ein paar Benzinkanister in der Nähe des Lagers verstecken«, sagte Leif. »Und wenn es dunkel wird, schleiche ich hin und …«

»Moment!«, fiel ihm Johanne ins Wort. »Es ist viel zu riskant, wenn du das machst. Du musst bei Gravdal bleiben. Er darf auf keinen Fall Verdacht schöpfen!«

»Ich kriege es schon hin, mich unbemerkt zu entfernen«, sagte Leif.

Johanne schüttelte energisch den Kopf. »Nein, kommt nicht in Frage! *Ich* werde das Feuer legen.«

Leif erstarrte, zog die Brauen zusammen und öffnete den Mund.

»Sag es nicht!« Johanne legte ihm einen Finger auf die Lippen. »Es ist schließlich mein Rachefeldzug. Außerdem könnte ich es mir nie verzeihen, wenn dir meinetwegen etwas zustößt.«

In Leifs Gesicht arbeitete es. Es kostete ihn sichtlich große Anstrengung, Johanne nicht zu widersprechen.

»Bitte, lass uns nicht streiten«, sagte sie. »Sag mir lieber, wann wir den Whisky holen können. Ich habe nämlich einen Käufer gefunden, der mir die gesamte Ladung abnimmt.«

»Du bist wirklich unglaublich«, sagte Leif leise. Der Ton seiner Stimme schwankte zwischen Unmut und Bewunderung.

»Und wo wir gerade beim Thema sind«, fuhr Johanne fort. »Um die Schulden bei der Bank zu begleichen, brauche ich noch mehr solche Lieferungen. Meinst du …«

»Das hatte ich mir schon gedacht«, sagte Leif. »Ich hab mich umgehört. Am besten ist es, wenn wir den Alkohol drüben am anderen Fjordufer holen. Unten in den Schären von Hvaler versammeln sich jetzt im Sommer immer viele Schmugglerboote, die Käufer suchen. Man kann sich dort gut verbergen, und die schwedische Grenze ist nicht weit.«

»Aber von uns ist es ein ganzes Stück entfernt«, sagte Johanne. »Mit deinem kleinen Boot wird das proble…«

»Ich besorge ein größeres«, sagte Leif. »Ich habe mir schon ein paar Motorboote angesehen. Am besten nehmen wir einen Fischkutter. Da können wir mehr Fracht aufnehmen und haben auch eine kleine Kajüte, wenn das Wetter mal nicht so schön ist.«

»Du nimmst mich also mit?«, fragte Johanne.

»Habe ich eine Wahl?« Leif grinste. »Ich gebe zu, dass ich mich erst daran gewöhnen muss.«

»An was?«

»So eine tatendurstige, wagemutige Freundin zu haben.« Leif stand auf und zog Johanne mit hoch. »Aber ich fange an, das sehr zu schätzen. Du bist eine echte Räuberbraut.« Er legte die Arme um sie und sah ihr tief in die Augen.

»Danke«, flüsterte Johanne.

»Wofür?«

»Dass du nicht auf deiner Meinung beharrst und meinen Wunsch respektierst«, antwortete sie und gab ihm einen Kuss.

»Wie könnte ich das nicht«, sagte Leif. »Du bist für mich der wichtigste Mensch auf der Welt.« Er sagte es ohne Pathos, als handele es sich um eine einfache Feststellung. Johannes Herz machte einen Sprung. Kann man vor Freude zerplatzen, fragte sie sich, während sich ihre Arme um seine Hüften schlossen. »Ich lasse dich nie mehr los«, flüsterte sie und versank in einem weiteren Kuss.

37

Numedal, Norwegen, Frühling 1980 – Rike

»Wird Beate auch kommen?«, fragte Johanne, nachdem sich Rike wieder gefasst hatte.

Die Sehnsucht in ihrer Stimme schmerzte Rike. Es tat ihr weh, die Hoffnung ihrer Großmutter zerstören zu müssen. »Ich glaube nicht, dass sie …«, begann sie, brach ab und schüttelte den Kopf.

Johanne griff sich an die Brust und massierte ihr Zwerchfell.

»Es tut mir so leid«, sagte Rike. »Brauchst du ein Medikament?«

»Es ist nichts.« Johanne holte tief Luft. »Das hatte ich schon als junge Frau. Wenn mich etwas belastet oder aufregt, kriege ich Atembeklemmungen.« Sie beugte sich zu Rike. »Wie kommt es, dass du mich gesucht hast?«, fragte sie nach einer kurzen Pause. »Und wie hast du mich überhaupt gefunden?«

Rike war froh, dass Johanne nicht weiter nach Beate fragte. »Ich hatte wahnsinniges Glück, dass ich Bjørn getroffen habe und er die Verbindung hergestellt hat. Ich hatte ja nur die Adresse von dem Haus auf der Insel.«

»Und die hat dir Beate gegeben?«

Rike wich ihrem Blick aus. »Äh, nein. Sie … äh, sie hat deine Briefe nie gelesen.«

»Nicht mal gelesen?«, flüsterte Johanne. Sie wurde blass. »Und wie bist du an sie gekommen?«

»Ich habe deine Briefe gefunden, nachdem … also, mein Großvater ist vor Kurzem gestorben und hat mir sein Haus vermacht. Und als ich seine Sachen durchgesehen ha…«

Johanne fuhr zusammen und schlug die Hand vor den Mund. »Oh nein! Friedrich ist tot?«, hauchte sie. »Das kann ich gar nicht glauben!« Sie schluchzte auf. »Er war so ein großherziger Mensch. Ich verdanke ihm viel.« Tränen liefen ihr über die Wangen.

»Ich auch«, sagte Rike leise.

Johanne zog ein Päckchen Papiertücher aus der Tasche und schnäuzte sich. »Für dich muss es ein schrecklicher Verlust sein.«

»Ja, ich habe Opa Fiete sehr geliebt«, sagte Rike mit belegter Stimme. Ihr Hals wurde eng.

»Und Beate? Verkraftet sie es einigermaßen?«

Rike schob die Unterlippe vor. »Ehrlich gesagt, ich weiß es nicht. Die beiden hatten wenig Kontakt.«

Johanne zog die Brauen hoch. »Was ist passiert? Beate hatte doch immer ein sehr gutes Verhältnis zu ihrem Vater.«

»Als Kind vielleicht. Aber nach eurer Trennung hat sie sich von ihm distanziert.«

Johanne griff sich erneut an die Brust und stöhnte auf. »Wie furchtbar«, rief sie. »Was habe ich da nur angerichtet! Ich hatte ja keine Ahnung … ich habe immer geglaubt, dass die beiden sich gegenseitig Halt geben und zueinanderstehen würden.« Sie schlug die Hände vors Gesicht.

»Opa Fiete hat das auch getan«, sagte Rike leise. Sie war erschüttert von Johannes Ausbruch und wusste nicht, wie sie sie trösten sollte. »Er hat nie ein böses Wort über seine

Tochter verloren und sie immer verteidigt. Auch wenn er sie sehr vermisst hat und traurig war, dass sie so selten nach Petkum kam.«

Johanne ließ ihre Hände sinken. »Wie meinst du das? Du bist doch in Petkum aufgewachsen, oder nicht?«

»Ja, aber nicht bei meiner Mutter.«

Johanne sog scharf die Luft ein. »Was soll das heißen?«

»Opa Fiete hat mich großgezogen«, sagte Rike. »Beate hat sich das nicht zugetraut. Oder ihre Freiheit war ihr wichtiger.«

Johanne schüttelte fassungslos den Kopf. »Ich verstehe das alles nicht. So kenne ich meine Tochter gar nicht. Ich war überzeugt, dass Beate eine sehr fürsorgliche und liebevolle Mutter sein würde.« Sie sah Rike nachdenklich an. »Als wir damals nach Petkum gezogen sind, hatte sie regelrecht einen Narren an dem Kind unserer Nachbarn gefressen.«

»Du meinst Lieske Olthoff.«

»Genau, Lieske, so hieß die Kleine. Beate hat oft auf sie aufgepasst und sich rührend um sie gekümmert.«

»Ja, Lieske erinnert sich noch gut daran. Beate hat ihr immer einen norwegischen Kindervers vorgesagt, in dem Lieskes Name vorkam. Irgendwas mit Kacke backen.«

»Kacke?« Johanne stutzte kurz, bevor sich ihre Miene erhellte. »Ah, nein! Es geht um *kake*. Also Kuchen. *Bake kake søte.*«

Rike kicherte. »Ich hatte mich schon gewundert über dieses seltsame Gedicht. Wovon handelt es denn?«

»Wörtlich übersetzt heißt es in etwa so:

Backe süßen Kuchen,
tauche ihn in Sahne,
erst in Zucker, dann in Wasser.
Später kommt ein alter Mann,
dem der Kuchen schmecken wird,
den Rike gebacken hat.«

Johanne zwinkerte ihr zu. »Beate liebte diesen Vers, als sie klein war. Sie hat ihn sich offensichtlich gemerkt und für Lieske aufgesagt.« Sie schüttelte den Kopf. »Niemals hätte ich geglaubt, dass sie dich nicht selbst …«

»Sie war ja noch sehr jung, als sie mit mir schwanger wurde«, unterbrach Rike sie. »Und mein Erzeuger hat sie noch vor der Geburt sitzenlassen. Ich hab ihn nie zu Gesicht bekommen.«

»Du meine Güte!«, rief Johanne. »Das tut mir unendlich leid für dich!«

»Muss es nicht. Ich hatte ja Opa Fiete. Und die Olthoffs. Sie sind im Grunde meine Familie.«

Johanne sah Rike scheu an. »Und wo lebt Beate?«, fragte sie mit brüchiger Stimme. »Was macht sie?«

»Sie hat eine Wohnung in Hamburg«, entgegnete Rike. »Aber da ist sie nicht oft. Zurzeit arbeitet sie als Rezeptionistin auf einem Kreuzfahrtschiff, das überwiegend in der Karibik unterwegs ist.«

Johanne zögerte einen Moment. »Und wie geht es ihr?«, fragte sie. »Ist sie glücklich?«

Rike verspannte sich. »Ich weiß es nicht. Nach Opa Fietes Beerdigung haben wir uns furchtbar gestritten. Seitdem herrscht Funkstille.«

»Oh nein, auch das noch!« Johanne sank in ihren Sessel zurück und rieb sich die Augen.

Rike betrachtete ihr blasses Gesicht. Ihre Großmutter sah müde und sehr traurig aus. »Es tut mir leid«, murmelte sie. »Ich weiß, wie schlimm Beates Schweigen für dich ist. Ich war selbst entsetzt, als ich herausgefunden habe, dass sie deine Briefe überhaupt nicht aufgemacht und sich nie bei dir gemeldet hat.«

Johanne gab einen tiefen Seufzer von sich. »Entschuldige, das ist alles so …«

»Nein, ich muss mich entschuldigen!«, rief Rike. »Ich habe dich einfach so überfallen. Ich hätte mich anmelden …«

»Johanne?« Leif hatte seinen Kopf zur Tür hineingesteckt und musterte Johanne mit sorgenvoller Miene.

Als ob er gespürt hätte, dass seine Frau ihn brauchte, dachte Rike. Wieder war sie berührt von der tiefen Verbindung, die zwischen den beiden bestand.

Johanne richtete sich auf und lächelte ihm zu. Sie wandte sich an Rike. »Mach dir bitte keine Vorwürfe! Im Gegenteil, ich bin dir sehr dankbar, dass du so offen zu mir bist.«

Sie versuchte aufzustehen, sackte jedoch wieder zusammen. Leif eilte zu ihr, legte einen Arm um sie und half ihr hoch.

»Ich muss mich ein bisschen ausruhen«, sagte sie zu Rike. »Fühl dich bitte wie zu Hause. Wir sehen uns nachher beim Essen.« Auf ihren Mann gestützt verließ sie das Zimmer.

Rike erhob sich ebenfalls und stellte sich an eines der beiden Fenster, vor denen ein knorriger Apfelbaum in voller Blüte stand. Weiter unten leuchtete das Blau des Fjords hinter den Büschen am Ufer hervor. Eine getigerte Katze mit buschigem Schwanz streifte durch die Wiese, verhielt immer wieder mit erhobener Pfote, ließ sich schließlich nieder und verharrte reglos mit nach vorn gerichteten Ohren – vermutlich vor einem Mauseloch. Rike lehnte ihre Stirn an das kühle Glas. Einerseits war sie froh über die Unterbrechung, die ihr die Möglichkeit gab, ihre Gedanken zu ordnen, sich zu sammeln und den Aufruhr in ihrem Inneren zu befrieden. Andererseits war sie enttäuscht über das abrupte Ende ihrer Unterhaltung. Es gab so viele Fragen, die sie ihrer Großmutter stellen wollte.

»Ihr werdet noch oft Gelegenheit haben, miteinander zu reden.«

Rike drehte sich um und sah, dass Bjørn hereingekommen war. »Könnt ihr Kraviks Gedanken lesen?«, rutschte es ihr heraus.

»Nur bei Frauen, die uns viel bedeuten.« Er sah Rike mit einem Lächeln an. Das goldene Funkeln in seinen Augen schlug sie in seinen Bann. Sie vergaß zu atmen.

»Hilfst du mir in der Küche?«, fragte Bjørn. »Ich gestehe, dass es mit meinen Kochkünsten nicht besonders weit her ist.«

»Äh … was? Ja, natürlich«, stotterte Rike. »Besonders gut kann ich allerdings auch nicht kochen.«

»Dann lernen wir es eben gemeinsam. Bisher habe ich es gern Knut überlassen. Aber langsam wird es doch Zeit, das selbst in die Hand zu nehmen.«

Rike warf ihm einen prüfenden Seitenblick zu. Meinte er das ernst? Sie kannte nicht viele Männer, die der Meinung waren, dass Kochen und andere Tätigkeiten im Haushalt zu ihren Aufgaben gehörten. Wenn sie es genau betrachtete, war Bjørns Freund Knut der Erste dieser Art, dem sie persönlich begegnet war. Abgesehen von Opa Fiete natürlich. Der hatte zwar meist nur einfache Gerichte zubereitet, war aber der Überzeugung gewesen, ein Mann sollte in der Lage sein, sich selbst zu versorgen. Seiner Enkelin hatte er stets ans Herz gelegt, sich nie zum Hausmütterchen degradieren zu lassen. Schließlich erlernte sie einen Beruf, der ihr ihre finanzielle Unabhängigkeit garantierte.

»Und wenn du mal eine Familie gründest und Kinder bekommst, dann überleg dir genau, ob du deine Arbeit deswegen aufgeben willst«, hatte er eines Abends gesagt, als sie sich über die bevorstehende Hochzeit einer Nachbarstochter unterhalten hatten, die gleich nach der Verlobung ihre Stelle gekündigt hatte. »Lass dir nur ja nie einreden, dass man das als gute, verantwortungsvolle Mutter zu tun hat! *Beter'n lütten Herr as'n groten Knecht* – Besser ein kleiner Herr als ein großer Knecht. Bewahre dir deine Freiheit und Selbstständigkeit.«

Mit dieser Ansicht war Opa Fiete, zumal in seiner Generation, weitgehend allein gewesen. Aber auch viele jüngere Leute in ihrem Umfeld – darunter viele Frauen und Mädchen – waren bei allem Gerede von Gleichberechtigung und Chancengleichheit der Geschlechter in diesem Punkt in Rikes Augen erstaunlich altmodisch.

»Du schaust so skeptisch«, stellte Bjørn fest. »Traust du mir nicht zu, etwas Genießbares zuzubereiten?«

»Was?« Rike schrak aus ihren Erinnerungen hoch. »Nein! Ich … ich musste nur gerade … ach nichts, lass uns in die Küche gehen. Ich bin ziemlich hungrig.«

»Kein Wunder, unser Frühstück ist ja schon eine Weile her.« Bjørn ging ihr voraus in den Flur. Rechts neben der Eingangstür lag die Küche. Auch dieser Raum war holzvertäfelt und teilweise mit alten Möbeln ausgestattet. Neben einem schwarzen Herd mit Holzbefeuerung und glänzenden Messingbeschlägen prangte ein Buffetschrank, der die gleiche Blumenmalerei aufwies wie die Möbel in der Wohnstube. Auch das Wandregal, in dem Teller und Tassen untergebracht waren, und ein auf Kopfhöhe verlaufendes Bord, auf dem Kannen, Töpfe und andere Gefäße standen, waren mit floralen Mustern verziert. Das Herzstück der Küche war ein langer Tisch aus dunklem Holz, der mitten im Raum stand, umgeben von Stühlen und Hockern, von denen keiner dem anderen glich. Ein moderner Herd und ein mannshoher Kühlschrank mit abgerundeten Ecken vervollständigten die Einrichtung.

»Leif besorgt gerade frische Forellen, die ein Nachbar heute früh geangelt hat«, erklärte Bjørn. »Wir sollen schon mal die Beilagen vorbereiten.« Er deutete auf die Fenchelknollen, Karotten, Lauchstangen und Kartoffeln, die auf dem Tisch lagen.

»Hat er gesagt, wie er die Fische zubereiten will?«, fragte Rike.

»Im Ofen geschmort. Zusammen mit dem Grünzeug.«

»Und die Kartoffeln? Sollen wir die schälen, oder gibt es Pellkartoffeln?«

Bjørn hob die Schultern. »Gute Frage. Was passt denn besser?«

»Ich finde, Salzkartoffeln.«

Bjørn nickte. »Nur zu! Was soll ich tun?«

»Entweder die Kartoffeln schälen und vierteln oder das Gemüse in Streifen schneiden.«

Bjørn holte zwei Messer, einen Sparschäler, ein großes Brett und zwei Schüsseln, stellte sie auf den Tisch und setzte sich Rike gegenüber. Während er sich der Kartoffeln annahm, begann Rike, die Fenchelknollen zu zerkleinern.

»Wie geht es dir?«, erkundigte er sich.

»Schwer zu sagen«, antwortete Rike. »Es ist irgendwie ein unwirkliches Gefühl, jetzt eine Großmutter zu haben. Daran muss ich mich erst gewöhnen.«

Bjørn nickte. »Verstehe. Ist manchmal nicht einfach, wenn Wünsche in Erfüllung gehen. Das kann einen schon mal überfordern.«

Rike verzog den Mund. »Machst du dich lustig über mich?«

»Nein, ehrlich nicht. Es ist doch so, oder nicht?«

Sein Gesichtsausdruck überzeugte Rike von seiner Aufrichtigkeit. Sie nickte und beugte sich wieder über ihr Schneidebrett.

»Wobei, manchmal ist es auch ganz einfach«, fügte er nach einem Moment hinzu.

»Nämlich wann?«, fragte Rike.

»Bei mir zum Beispiel. Ich habe mir immer gewünscht, eines Tages eine Frau zu treffen, bei der ich auf Anhieb weiß, dass es die Richtige ist.«

Rikes Herzschlag beschleunigte sich. Das Messer glitt ihr aus der Hand. Er meint dich, flüsterte ein Stimmchen in ihr. Sie fühlte Bjørns Augen auf sich ruhen. Er legte die Kartoffel, die er gerade schälte, beiseite, streckte den Arm aus und streichelte Rikes Hand. Ein Schauer lief durch ihren Körper.

Sie hob den Kopf und sah in die Augen, die sie vom ersten Blick an gefesselt hatten. Bjørn umschloss ihre Finger. Ohne nachzudenken, stand Rike auf und ging um den Tisch herum, Bjørn rückte mit seinem Stuhl nach hinten und zog sie auf seinen Schoß. Sie legte ihre Arme um seinen Hals – alles, ohne den Blick von ihm zu lassen – und näherte ihr Gesicht dem seinen. Die goldenen Sprengsel in seinen Augen verschwammen, die Konturen seiner Züge wurden unscharf, sie spürte den Hauch seines Atems, die Weichheit seiner Lippen, bevor alles in den Kuss mündete, der Rike das Tor zu einer neuen Welt aufstieß. Es war ihr, als flöge sie. Sie fühlte sich leicht und frei, zugleich geborgen und verbunden.

»Das ist besser als Schlepperfahren«, flüsterte sie atemlos, als sie sich voneinander lösten.

»Ich nehme an, das ist ein großes Kompliment.« Bjørn schmunzelte.

Rike wurde rot. Hatte sie das etwa laut gesagt? Wie entsetzlich peinlich! War er jetzt beleidigt?

»Lass uns noch eine Runde drehen«, sagte er leise, zog sie an sich und suchte ihren Mund.

Rike öffnete ihre Lippen und ließ sich erneut in diese unbekannte, wunderbare Gegend entführen, in die Bjørn ihr als Erster den Weg gezeigt hatte.

38

Horten, Norwegen, Juni 1926 – Johanne

Gjengangeren vom Freitag, den 25. Juni 1926, Seite 3:

Horten. In der Nacht zum 24. Juni, dem Sankthansaften, feierten die Menschen wie jedes Jahr mit fröhlichen Festen die Mittsommernacht, in der wir uns bewusst machen, dass die Tage von nun an wieder kürzer werden. Hunderte Scheiterhaufen erhellten die Ufer rund um den Oslofjord, einige davon in Horten und Umgebung.

Doch hier loderte außerdem ein Brand, der nicht als Freudenfeuer angezündet worden war. Im Selvikveien oberhalb der Bakkebukta nördlich vom Stadtzentrum brannte ein Lagerhaus bis auf die Grundmauern nieder. Lange blieb die Feuersbrunst unbemerkt. Als die Feuerwehr schließlich eintraf, konnte sie nur noch die Glut in den rauchenden Trümmern löschen. Zum Glück liegen die benachbarten Gebäude weit genug entfernt, sodass keine Gefahr eines Übergreifens der Flammen bestand. Das betroffene Lager gehört dem erst vor wenigen Monaten gegründeten Export / Import-Unternehmen von Sven Gravdal, der sich auf den Handel mit Rohstoffen spezialisiert hat.

Während des Brandes kam es zu mehreren Explosionen. Anwohner hatten diese zunächst für Freudenböller gehalten, alarmierten jedoch umgehend die Polizei, als sie feststellten, dass sie aus dem Lagerhaus kamen. Es besteht Grund zu der Annahme, dass sich dort hochentzündliche Substanzen befunden haben und nicht nur Fischöl und Waltran, wie der Besitzer zu Protokoll gab.

Wie aus Polizeikreisen verlautet, gingen im Vorfeld anonyme Hinweise ein, dass Herr Gravdal im Selvikveien größere Mengen Spirituosen aufbewahrt hat – vielleicht sogar eine illegale Destille betrieb. Die Scherben unzähliger Flaschen scheinen diesen Verdacht zu erhärten. Es stellt sich also die Frage, ob Gravdals Export / Import-Firma nur der Deckmantel für einen illegalen Handel mit geschmuggeltem und / oder schwarzgebranntem Alkohol ist.

Diese Annahme findet zudem Nahrung in dem Umstand, dass es sich bei dem Feuer ohne Zweifel um Brandstiftung gehandelt hat. Mehrere leere Benzinkanister und abgebrannte Zündholzheftchen, die in den Überresten des Depots gefunden wurden, sprechen dafür. Hier wurde ein Zeichen gesetzt! Der oder die Täter legten es offensichtlich darauf an, dass die mutwillige Absicht auf den ersten Blick erkannt würde. Was wiederum die Frage aufwirft: Wer hat ein Interesse daran, Herrn Gravdal zu schaden? Ein möglicher Grund wäre Rache aus persönlichen Motiven. Näher liegt jedoch eine andere Erklärung: Es war die Tat eines Konkurrenten. Aber nicht etwa eines neidischen Unternehmers aus der Import / Export-Branche, sondern aus dem kriminellen Milieu der Alkoholschmuggler.

Seit geraumer Zeit kursieren Gerüchte, die Herrn Gravdal in dieses Umfeld rücken, allerdings wurde nie offiziell gegen ihn ermittelt oder gar Anklage erhoben. Im Gegenteil, der Polizeichef von Horten, Herr Rettmann, wies ausdrücklich auf die Unbescholtenheit des Unternehmers hin und sieht auch nach dem mysteriösen Brand keinen Grund, Herrn Gravdals Geschäfte genauer unter die Lupe zu nehmen.

Wir behalten uns dennoch vor, die Angelegenheit aufmerksam zu verfolgen. Es besteht durchaus Anlass zur Sorge, dass wir gerade dem Ausbruch eines Bandenkrieges beiwohnen. Zwar steht wohl nicht zu befürchten, dass wir es hier mit Zuständen wie in Chicago zu tun bekommen, dennoch lässt die freche Dreistigkeit, mit der die Brandstifter agierten, auf einen gut organisierten Hintergrund schließen und auf gewiefte Täter, die über ein gerüttelt Maß an krimineller Energie verfügen. Man darf gespannt sein, wie es weitergeht. Wir bleiben dran und halten Sie, verehrte Leser, auf dem Laufenden!

Johanne ließ die Zeitung auf den Schreibtisch ihres Vaters sinken und stieß einen Seufzer der Erleichterung aus. Ingvald hatte ihr den *Gjengangeren* auch an diesem Tag nach der ersten Postlieferung ins Büro gebracht, wo sie jeden Morgen gemeinsam die Aufgaben des Tages besprachen. Kaum hatte der Angestellte den Raum wieder verlassen, hatte sich Johanne auf die Zeitung gestürzt. Seit sie am Donnerstag in den frühen Morgenstunden kurz vor Sonnenaufgang um halb vier von ihrer »Mission im Selvikveien« – wie sie es bei sich nannte – zurückgekehrt war, hatte sie wie auf glühenden Kohlen gesessen. Jeden Augenblick rechnete sie mit dem Erscheinen der Polizei, die sie der Brandstiftung überführt hatte. Oder – schlimmer noch – mit Gravdals Auftauchen, der herausgefunden hatte, wer sein wertvolles Lager vernichtet hatte. Vergebens hatte sie versucht, diese Schreckensszenarien aus ihren Gedanken zu verbannen. Genährt von der Ungewissheit, wie der Brand eingeschätzt und in welche Richtung ermittelt wurde, nistete die Angst tief in ihr und hatte längst das Hochgefühl vertrieben, das sie in jener Nacht beflügelt hatte.

Johanne konnte es noch immer kaum glauben, wie reibungslos und schnell ihr Einsatz vonstattengegangen war. Weder auf dem Hin- noch auf dem Rückweg war sie einer Menschenseele begegnet. Die meisten Einwohner von Horten hatten sich um die Johannisfeuer am Fjordufer versammelt, in deren Schein festlich getafelt und fröhlich getanzt wurde. Das Lagerhaus von Gravdal stand auf einem großen Grundstück und war von einem hohen Lattenzaun umgeben – ein Sichtschutz, der Johanne sehr gelegen kam. Leif hatte ihr die Stelle beschrieben, an der eine lose Planke eine Lücke zum Durchschlüpfen bot. Ohne Schwierigkeiten hatte sie die Kanister gefunden, die er unter einem Haufen alter Holzpaletten verborgen hatte. Im Nu hatte sie das Benzin an die Wände des Lagerhauses geschüttet, das Feuer gelegt und in dessen Schein den Rückzug angetreten. Es war ein Kinderspiel gewesen. Vermutlich war das der Grund, weshalb sie anschließend so nervös geworden war. Sie hatte dem Frieden nicht getraut und fürchtete ein dickes Ende. Auch von Leif hatte sie noch keine Nachricht – was nicht eben dazu angetan gewesen war, ihre Unruhe zu schmälern.

Der Artikel mit dem Bericht und den Mutmaßungen über den Brand und seine Ursachen löste Johannes Anspannung. In ihren kühnsten Träumen hätte sie nicht auf eine solche Reaktion zu hoffen gewagt. Wenn Gravdal der Meinung des Reporters folgte und annahm, es mit einem gefährlichen Konkurrenten aus dem Schmugglermilieu zu tun zu haben, waren Leif und sie vorerst aus der Schusslinie. Mehr noch, Johanne fand die Schlussfolgerungen des Journalisten inspirierend.

Sie stand auf und lief im Zimmer auf und ab. Wir sollten das ausnutzen, sagte sie sich. Vielleicht gelingt es uns, Gravdal aus der Reserve zu locken. Wie könnten wir ihn so weit bringen, dass er sich eine Blöße gibt und ihn auch der Polizeichef nicht mehr decken kann?

Johanne kehrte zum Schreibtisch zurück, las den Bericht ein zweites Mal aufmerksam durch und bemerkte einige Details, die ihr zuvor nicht aufgefallen waren. Wer hatte die anonymen Hinweise auf Gravdals illegale Alkoholgeschäfte gegeben? Und was war unter den sogenannten Polizeikreisen zu verstehen, von denen der Reporter sprach? Allzu groß konnten diese nicht sein, Horten war mit seinen elftausend Einwohnern schließlich eine Kleinstadt. Welcher Polizist hatte geplaudert? Und warum?

Ein plausibler Grund könnte die Empörung über Polizeimeister Rettmann sein, überlegte Johanne. Der lässt nichts auf Gravdal kommen und stellt sich einer Untersuchung seiner Geschäfte in den Weg. Es ist doch möglich, dass seine Untergebenen damit nicht einverstanden sind. Vor Johannes innerem Auge erschien das Gesicht des jungen Polizisten, der ihr nach dem Tod ihres Vaters mitgeteilt hatte, dass sein Chef höchst persönlich die Untersuchung des Falls in die Hand genommen habe und nicht von einem Unfall ausgehe. Nygren war sein Name gewesen, wenn sie sich recht erinnerte. Er hatte einen aufrichtigen Eindruck auf sie gemacht. Sie konnte sich nicht vorstellen, dass er Mauscheleien oder gar die Vertuschung einer schweren Straftat gutheißen würde. Allerdings konnte er als junger Beamter am unteren Ende der Behördenhierarchie wenig ausrichten.

Johanne rieb sich die Stirn und nahm ihre Wanderung durch das Büro wieder auf. Man müsste Nygren einen Beweis zuspielen, der die Verbindung zwischen Rettmann und

Gravdal belegt, dachte sie. In dem Fall könnte er sich an eine höhere Instanz wenden und eine interne Ermittlung gegen den korrupten Polizeimeister anstoßen.

Das Klingeln des Telefons unterbrach ihr Selbstgespräch. Das Fräulein vom Amt kündigte ein Ferngespräch aus Deutschland an, und einen Atemzug später hörte Johanne eine Männerstimme.

»Fräulein Rev? Sind Sie am Apparat?«

»Ja. Wer spricht?«

»Kapitän Meiners. Sie erinnern sich vielleicht. Ich war …«

»Ah, selbstverständlich! Guten Tag! Sie haben mir die Radioempfänger gebracht.«

»Genau. Ich wollte nur sagen, dass ich demnächst wieder nach Norwegen komme. Bei der Gelegenheit …«

»… möchten Sie das Geld für die Geräte abholen«, vervollständigte Johanne seinen Satz.

»Äh … ach so, ja, das auch. Aber eigentlich wollte ich fragen, ob Sie Nachschub benötigen, den ich Ihnen mitbringen kann.«

»Das ist aber nett von Ihnen«, sagte Johanne. »Und ja, Ihr Angebot kommt mir gelegen. Die Radios verkaufen sich nämlich sehr gut.«

»Das freut mich«, sagte der Kapitän. »Dann schicken Sie am besten gleich Ihre Bestellung an das Berliner Werk, damit die Ware zügig nach Papenburg geliefert wird. Dort werde ich sie in Empfang nehmen und sicher zu Ihnen bringen.«

»Herzlichen Dank!«, rief Johanne. »Sie sind so hilfsbereit. Ich weiß gar nicht, wie ich Ihnen das vergelten …«

»Nicht nötig«, fiel er ihr ins Wort. »Ich tue das sehr gern für Sie«, fügte er leiser hinzu.

»Also, dann bis bald«, sagte Johanne. »Bitte geben Sie Bescheid, bevor Sie kommen. Damit Sie mich nicht verpassen.«

»Wird gemacht. Auf Wiedersehen!«

Kaum hatte Johanne die Hörmuschel eingehängt, klopfte es an der Tür. Sie runzelte die Stirn. Ingvald konnte unmöglich schon von seiner morgendlichen Auslieferungsfahrt zurück sein. Hatte er etwas vergessen? Sie öffnete und sah sich einem jungen Burschen gegenüber, der sein Käppi vor ihr zog und ihr mit der anderen Hand ein Päckchen hinhielt.

»Was ist das?«, fragte Johanne.

»Ihre Bestellung«, antwortete er.

»Aber ich habe nichts …«

»Sie sind doch Fräulein Rev?«, fragte er und tippte auf die Adresse, die auf der Schachtel stand.

»Ja, das schon, aber …«

Der Bursche verzog ungeduldig das Gesicht. Johanne streckte reflexhaft eine Hand aus, nahm das Päckchen, gab dem Boten eine 50-Øre-Münze und schloss die Tür hinter ihm. Erst als sie ihn die Treppe hinunterspringen hörte, fragte sie sich, woher er von dem Hintereingang zum Kontor wusste. Erneut erfasste sie ein unbehagliches Gefühl. Hatte Gravdal ihn geschickt? Der Gedanke jagte ihr ein Frösteln über den Rücken. Sie riss die Tür auf, um den Boten zurückzurufen und nach seinem Auftraggeber zu befragen. Das Klacken der Haustür verriet ihr jedoch, dass er bereits fort war.

Argwöhnisch betrachtete sie die Schachtel. Berichte von Drohbotschaften in Form von toten Ratten oder verfaulten Fischen, mit denen Kriminelle ihre Gegner einschüchterten, schossen ihr durch den Kopf. Sie hielt das Päckchen ans Ohr und schüttelte es vorsichtig. Das dumpfe Rascheln gab keinen Aufschluss über den Inhalt. Der Duft, der dem Päckchen entströmte, dagegen schon. Es roch nach frischem Backwerk. Schickte Gravdal ihr einen vergifteten Kuchen?

Sei nicht töricht, wies sie sich zurecht. Hier gibt es keine Mafia wie in Amerika. Und du lebst auch nicht im Italien zu Zeiten der Medici und Borgia, die ihre Widersacher gern mit Giften beseitigt haben. Das mag ja sein, hielt die ängstliche Seite dagegen. Aber in den Zeitungen war in den vergangenen Jahren immer wieder von Kriminalfällen im In- und Ausland berichtet worden, bei denen Thalliumsalze als »todsichere« Mittel zum Einsatz gekommen waren.

Du wirst langsam paranoid, schimpfte Johanne mit sich selbst. Gravdal ist zweifellos ein übler Geselle. Aber wenn er dich ausschalten will, wird er es nicht so subtil angehen, sondern einen seiner Gefolgsleute schicken, die für ihn die Drecksarbeit erledigen. Er wird sich nicht lange damit abgeben, dafür bist du nicht bedeutend genug. Also, schau nach, was in der Schachtel ist. Du musst es ja nicht essen.

Johanne hob den Deckel an. Unter einer Papierserviette, auf die unter einer goldenen Brezel mit Krönchen Nøtterø Bakeri & Konditori gedruckt war, lag eine *kanelstang*, eine Zimtstange mit Vanillecreme. Johanne atmete aus.

»Hervorragende Wahl«, hörte sie Leif sagen, als stünde er hinter ihr. »So gute wie hier habe ich noch nirgends gegessen.« Das war der erste Satz, den sie aus seinem Mund vernommen hatte. Damals in der Bäckerei, als sie das Konfekt und die Torten für ihre Hochzeit mit Rolf bestellt hatte. Eine Erinnerung aus einer Phase ihres Lebens, die ihr fremd und sehr fern erschien. Sie nahm das mit Puderzucker bestäubte Hefeteilchen aus der Schachtel. Darunter lag ein Zettel, auf dem stand: *Morgen Abend um acht Uhr bei den Ynglingern.*

Johanne schmunzelte. Leif war ein Meister darin, knappe Botschaften zu formulieren, die Nichteingeweihten Rätsel aufgaben, ihr jedoch ausreichend Informationen lieferten.

Wieder wartete Leif bereits auf sie, als Johanne am Samstagabend beim Gräberfeld von Borre eintraf. Das Strahlen, das sein Gesicht bei ihrem Anblick erhellte, spiegelte ihre eigene Freude wider. Es war ihr ein Rätsel, wie sie es all die Jahre ohne Leif hatte aushalten können. Ein Leben ohne ihn war für sie nicht mehr vorstellbar. Hand in Hand gingen sie durch das Wäldchen hinunter zum Strand.

»Hat Gravdal einen Verdacht, wer sein Lager angezündet hat?«, fragte Johanne.

»Nein, er zerbricht sich den Kopf darüber und rätselt, wer der Anführer der ominösen Schmugglerbande sein könnte, die angeblich dafür verantwortlich ist.«

»Er hat also den Artikel im *Gjengangeren* gelesen.«

Leif nickte. »Er hat erst nicht glauben wollen, dass es Brandstiftung war. Der Gedanke, jemand könnte es wagen, ihn herauszufordern, hat ihn noch mehr gefuchst als der Verlust seines Lagers.«

»Was für ein eitler Kerl!« Johanne schnaubte.

Leif grinste. »Dann hat es ihm aber eingeleuchtet, dass eine gut organisierte, hoch professionell agierende Bande dahintersteckt.«

Johanne prustete los. »Ja, nicht wahr? Der Teil in dem Bericht hat mir auch am besten gefallen.«

»Das war wirklich ein Meisterstück!« Leif blieb stehen, fasste Johanne an den Hüften, hob sie hoch und wirbelte einmal mit ihr um die eigene Achse. »Meine Räuberbraut!«

Ein paar Schritte später hatten sie den Fjord erreicht. In Ufernähe dümpelte ein kleiner Kutter mit Kajüte.

»Ist das dein neues Boot?«, fragte Johanne.

»Ja. Ist zwar nicht das schnittigste Modell. Aber unter all den Fischerbooten, die auf dem Fjord unterwegs sind, wird es nicht auffallen.«

»Kluge Wahl«, sagte Johanne. Sie wusste, dass der Zoll zwar auch die Fischer kontrollierte, von denen sich einige mit dem Schmuggel von Alkohol ein Zubrot verdienten. Die Erfolgsquote war allerdings gering – was unter anderem an dem Mangel an Beamten lag.

»Fahren wir jetzt rüber nach Hvaler?«, fragte Johanne.

Sie stand außerhalb der kleinen Kajüte neben der offenen Tür, während Leif das Boot aus der Bucht steuerte. Gegenüber lag die Insel Bastøy, auf der Ende des neunzehnten Jahrhunderts eine Besserungsanstalt für Jungen errichtet worden war.

Leif schüttelte den Kopf »So weit haben wir es nicht. Ich habe einen Tipp bekommen, dass heute Nacht ein schwedischer Schiffer drüben vor der Küste von Larkollen Branntwein verkaufen wird.«

Johanne nickte. Als sie noch zur Schule ging, hatte ihre Familie einmal einen Ausflug in die Gegend unternommen. Mit der Fähre waren sie zunächst von Horten nach Moss übergesetzt und hatten sich von dort mit einer Kutsche am

Fjordufer entlang nach Süden fahren lassen. Johanne hatte sofort verstanden, warum die Gegend als Riviera Norwegens bezeichnet wurde. Einsame Badestrände mit feinem Sand wechselten sich mit malerischen Felsküsten ab, nach Harz duftende Kiefernwälder mit Schafweiden und saftigen Wiesen. Ein wahres Idyll, das zu Spaziergängen und entspannten Tagen am Meer einlud. Wenn ihr damals jemand gesagt hätte, mit welchem Ziel sie Jahre später die Gegend aufsuchen würde, wäre sie in Gelächter ausgebrochen. Johanne hielt ihr Gesicht in den Fahrtwind, schloss die Augen und atmete die salzhaltige Luft in tiefen Zügen ein.

»Eine Øre für deine Gedanken«, sagte Leif nach einer Weile. »Du lächelst so geheimnisvoll.«

Johanne drehte sich zu ihm. »Ich bin glücklich«, sagte sie. »Ich fühle mich so lebendig wie noch nie. Mit dir ist alles so abenteuerlich und voller Überraschungen.«

Leif, der auf das südliche Ende von Bastøy zuhielt, schmunzelte. »Na, dann will ich dich mal nicht enttäuschen.« Er trat aus dem Steuerhaus. »Es ist Zeit, dass du lernst, ein Boot zu lenken. Schließlich solltest du selbst in der Lage sein, zu unserem Inselchen zu fahren.«

Johanne riss die Augen auf. »Oh!« Sie zupfte nervös an ihren Haaren. »Aber ich hab noch nie …«

»Es ist nicht schwer. Und heute ist die See ruhig.«

Johanne nahm Leifs Platz hinter dem Steuerrad ein und legte ihre Hände um das glatte Holz. »Was muss ich tun?«

»Wir umrunden jetzt die Insel. Du musst eigentlich nur darauf achten, dass du nicht zu nah ans Ufer fährst.«

»Weil es da Untiefen oder Felsen gibt?«

Leif nickte. »Spannender wird es später, wenn wir anlegen. Da braucht man etwas Übung. Aber du wirst den Dreh schnell raushaben.«

»Dein Wort in Petrus' Ohr, dem Schutzpatron der Schiffer«, murmelte Johanne.

Bald hatten sie die Spitze von Bastøy erreicht. Dahinter erstreckte sich der Fjord bis zu seinem nur schemenhaft erkennbaren Ostufer.

»So, nun wollen wir mal sehen, was in der Kiste steckt«, sagte Leif. Er deutete auf einen Hebel unter dem Steuerrad. »Drück den nach vorn.«

Johanne folgte seiner Aufforderung. Der Motor heulte auf, das Boot machte einen Satz nach vorn und sauste los. Johanne entfuhr ein erschrockenes »Oh!«. Sie umfasste das Steuerrad fester und stellte sich etwas breitbeiniger hin.

»Wohin?«, rief sie.

»Immer geradeaus!«

»Ich wusste nicht, dass Fischkutter so schnell sind.«

»Ich hab den Motor ein bisschen aufgemöbelt«, sagte Leif und zwinkerte ihr zu. »Könnte hilfreich sein, wenn man sich rasch aus dem Staub machen muss.«

Johanne grinste. Sie entspannte sich und fing an, die Fahrt zu genießen.

»Es ist herrlich!«, rief sie. »Fast so, als würden wir fliegen!«

Leif stellte sich hinter sie, schlang die Arme um ihre Taille und legte seine Wange an ihre. Johanne schmiegte sich an ihn und gab sich dem Rausch der Geschwindigkeit hin.

39

Numedal, Norwegen, Frühling 1980 – Rike

In der Nacht auf Karsamstag fand Rike lange keinen Schlaf. So vieles stürmte auf sie ein. Bjørns Küsse hatten sie aufgewühlt und sowohl ihren Körper als auch ihre Gefühle in einen Ausnahmezustand versetzt, der beglückend und zugleich beunruhigend war. Dazu kam die Sorge um ihre Großmutter, der das unverhoffte Auftauchen ihrer Enkelin sehr zugesetzt hatte. Erst in der Einsamkeit des Gästezimmers, das sich unter dem ausgebauten Dach befand, wurde Rike bewusst, wie tief auch sie selbst von dieser Begegnung erschüttert worden war.

Sie holte ihren Krimi aus dem Rucksack und legte sich in das mit Rosen bemalte Holzbett. Wie alle Räume in dem alten Haus war auch ihre Kammer mit Holz vertäfelt. Der feine Duft einer Bienenwachspolitur, die fröhlichen Farben des gewebten Wollteppichs vor dem Bett und der Vorhänge sowie das leise Knacken in den Heizungsrohren verliehen dem kleinen Zimmer einen freundlichen Charakter. Rike knipste die Lampe an, die auf einem Nachttischchen stand, schlug das Buch auf, legte es jedoch gleich darauf wieder beiseite.

Schon während ihres Gesprächs mit Johanne war ihr Beates Schachtel in den Sinn gekommen. Swantje hatte ihr geraten, sie mit auf die Reise zu nehmen. »Wenn du deine Großmutter findest und dir von ihr erzählen lässt, warum sie damals weggegangen ist, kannst du vielleicht durch Beates Tagebuch deren Sicht auf die Ereignisse kennenlernen. Schöner wäre es natürlich, wenn du es direkt von ihr erfahren würdest, aber das ist ja momentan leider eher unwahrscheinlich.«

Rike stand auf, kramte das blaue Kästchen mit den roten Blumen aus ihrem Rucksack, setzte sich damit aufs Bett und öffnete den Deckel. Unschlüssig hielt sie inne. Sie hatte Skrupel, persönliche Dokumente wie ein Tagebuch oder Briefe eines anderen Menschen zu lesen, zumal ihr ihre eigene Privatsphäre heilig war. Dazu kam die bange Frage, ob sie die Person mögen würde, die diese Schriftstücke hinterlassen hatte, doch am Ende siegte das Bedürfnis, endlich mehr über ihre Mutter zu erfahren – und damit über ihre eigenen Hintergründe –, über alle Bedenken. Rike atmete durch und griff für den Anfang nach dem unverfänglichsten Stück: Beates Poesiealbum, einem quadratischen, in geblümtes Leinen gebundenen Büchlein.

Die Doppelseiten waren fast ausnahmslos nach demselben Muster aufgeteilt und ließen viel Raum für eine eigene künstlerische Gestaltung. Auf der rechten Seite standen jeweils in Schönschrift unter der Überschrift *Zur Erinnerung / Zum Andenken* ein Sinnspruch, ein Zitat oder ein Segenswunsch. Die linken Seiten waren mit Buntstiftzeichnungen, Scherenschnitten oder eingeklebten Glanzbildern mit Blumen- oder Tiermotiven verziert.

Beates Mitschülerinnen und Freundinnen hatten mit glitzernden Blümchen, Engelchen und Herzen dekorierte Gedichte eingeschrieben, zum Beispiel:

Bleibe lustig, bleibe froh
wie der Mops im Paletot.
Unsere Freundschaft endet nicht,
eh der Mops französisch spricht!

Auch Nachbarn, Lehrer und sogar der Pfarrer hatten sich in dem Büchlein verewigt, Letzterer mit der Ermahnung:

Jedes Schiff braucht seinen Hafen,
jeder Vogel hat sein Nest;
und mag auch die Sturmnacht tosen:
Halte Deinen Glauben fest!

Schmunzelnd blätterte Rike durch das Album und landete schließlich auf der Doppelseite, die sich Beates Eltern geteilt hatten. Auf der linken Hälfte hatte ihr Vater im Herbst 1950 geschrieben:

Een fröhlich Hart, dat is dat Best.
Dank Gott, wenn Du een kregen hest!
In diesem Sinne wünsche ich Dir alles Gute für Deinen Lebensweg,
Dein Vater

Rike strich mit einem Finger über Opa Fietes Handschrift, mit der er sich einige Jahre zuvor auch in ihrem Poesiealbum verewigt hatte – mit der Ermunterung, auch im Unglück Chancen zu erkennen: *Hett allens sien Godet, ook dat Slechte.*

Wenn das doch immer nur so einfach wäre, dachte Rike. Sie seufzte und las den Sinnspruch, den Johanne auf die rechte Seite geschrieben hatte.

Lev i nuet, vent ikke til i morgen; plakk livets roser i dag. – Lebe im Jetzt, warte nicht auf morgen; pflücke heute die Rosen des Lebens.
In Liebe, Mutti

Nachdenklich starrte Rike auf die Zeilen von Johanne. Im Nachhinein betrachtet, schien diese ihren Ratschlag auf sich selbst gemünzt zu haben. Drei Jahre nach dem Eintrag hatte sie ihn beherzigt, als sie Petkum den Rücken gekehrt hatte und nach Norwegen zurückgegangen war. Beate hatte ihr diesen Schritt nie verziehen. Warum war sie dazu nicht in der Lage gewesen? Warum hatte sie jeglichen Kontakt mit ihrer Mutter verweigert? Swantje hatte angedeutet, dass die beiden zuvor ein sehr inniges Verhältnis gehabt hatten. Hatte Beate deshalb so heftig reagiert? Fühlte sie sich verraten und um die Zuneigung ihrer Mutter betrogen? Hatte sie gar deren Liebe zu ihr grundsätzlich in Zweifel gezogen? Wenn sie sich so tief verletzt gefühlt hatte, war ihre radikale Abschottung vielleicht ein Versuch, sich vor dem Schmerz und der Verunsicherung zu schützen, die Johanne in ihr ausgelöst hatte. War es Beate je gelungen, ihren inneren Frieden zu finden und glücklich zu werden?

Rikes Blick wanderte zu dem Tagebuch. Mit Glück würde sie darin die Antworten auf ihre Fragen finden. Sie atmete durch, klappte das Poesiealbum zu und schlug das in türkisblaue, bestickte Seide eingebundene Büchlein auf.

Petkum, Mai 1952

Liebes Tagebuch!

Gestern bekam ich Dich von Mutti zur Konfirmation geschenkt. Sie hat Dich vor Jahren noch in Schanghai für mich gekauft und aufbewahrt. Und heute setze ich mich zum ersten Male hin, um Dir von nun an von meinen Erlebnissen zu berichten und Dir meine großen und kleinen Freuden und Leiden anzuvertrauen.

Es ist ein komisches Gefühl, mit Dir ein Stück Vergangenheit in den Händen zu halten, einen Gruß aus unserem alten Leben in China, das mir so unendlich weit entfernt scheint. Sind wirklich erst zwei Jahre vergangen, seit wir nach Petkum gekommen sind? Was hatte ich am Anfang für ein furchtbares Heimweh nach China! Ich kam mir hier viel fremder vor als dort, obwohl ich doch hier unter Deutschen und im Heimatland von Vati war. Aber ich verstand die Leute oft einfach nicht. Das Ostfriesische und die Dialekte der vielen Flüchtlinge aus dem Osten hörten sich für mich an wie fremde Sprachen. Auch sonst war alles so anders. Vati hatte gehofft, dass wir in seinem Elternhaus unterkommen könnten, aber es war bei einem Luftangriff zerstört worden. Das war sehr traurig für ihn, denn es war das letzte Andenken an seine Eltern gewesen, die beide schon vor zehn Jahren gestorben sind. Trotzdem war er froh, dass er ein Baugrundstück in Petkum zugewiesen bekam. Bis wir vor einem halben Jahr endlich in unser Haus hier in der Kornblumenstraße einziehen konnten, mussten wir uns in eine winzige Dachkammer quetschen, die Vati von der Emder Lotsenbrüderschaft vermittelt bekommen hatte. Das ist nun zum Glück vorbei, und ich habe sogar wieder ein eigenes Zimmer!

Gestern war nun also der große Tag, auf den ich und die anderen Konfirmanden uns zwei Jahre lang vorbereitet hatten. Meine beste Freundin Annegret und ich trugen die gleichen Kleider aus dunkelblauem Wollstoff. Annegrets Mutter, die sehr gut schneidern kann (im Gegensatz zu Mutti, die keine gerade Naht zustande bringt), hat sie für uns genäht. Die Röcke sind leicht ausgestellt und reichen bis knapp unter die Knie, die hochgeschlossenen Oberteile betonen die Taille. Dazu schwarze Halbschuhe und kleine Täschchen. Vati meinte, wir wären jetzt richtige junge Damen.

Auf der nächsten Seite hatte Beate zwei Schwarz-Weiß-Fotos eingeklebt. Das eine zeigte zwei junge Mädchen – Arm in Arm neben einem blühenden Fliederbusch; das andere gut ein Dutzend Jugendliche, die zusammen mit einem Pastor vor dem Portal der Petkumer St.-Antonius-Kirche standen. Genau an der Stelle, an der Rike rund zwanzig Jahre später mit ihrer Konfirmandengruppe gestanden hatte. Ihre Kehle wurde eng. Für einen kurzen Moment stellte sie sich eine Begegnung von Beate und ihr im gleichen Alter von vierzehn Jahren vor. Hätten sie sich gemocht? Worüber hätten sie sich unterhalten? Hätten die Unterschiede überwogen oder die Gemeinsamkeiten? Rike beugte sich tiefer über das Foto, auf dem ihre Mutter und deren Freundin in ihren Festtagskleidern posierten. Letztere hatte dunkle Locken und war einen Kopf kleiner als Beate, die unverkennbar die geraden Augenbrauen ihrer Mutter Johanne und die hellblonden Haare ihres Vaters geerbt hatte. Sie lächelte strahlend in die Kamera und machte einen entspannten, selbstbewussten Eindruck.

Zu jener Zeit hatte sie sich wohl noch mit sich, ihrer Familie und ihrem Leben rundum im Reinen gefühlt. Es fiel Rike schwer, in diesem fröhlichen Mädchen die zornige Frau zu entdecken, die nicht nur mit ihrer Mutter, sondern erst vor Kurzem auch mit ihrer Tochter gebrochen hatte. »Schade«, murmelte Rike. »Ich glaube, wir hätten uns gut verstanden.«

Sie blätterte um und vertiefte sich erneut in Beates Aufzeichnungen.

Die Konfirmation begann mit einer Prüfung auf Herz und Nieren vor der versammelten Gemeinde. Was hatten wir dafür nicht alles auswendig lernen müssen an Psalmen, Bibelsprüchen, Liedern und nicht zuletzt den ganzen Katechismus! Die Nacht davor konnte ich kaum schlafen und hatte furchtbare Angst, mich zu blamieren und vor Aufregung keinen Ton herauszubringen. Das passierte Gott sei Dank nicht, ich wusste auf alles die richtige Antwort. Anschließend fragte uns der Pfarrer, ob wir Glieder der Kirche und Gemeinde sein wollten, segnete uns und verlas für jeden einen Spruch. Meiner stammt von Dietrich Bonhoeffer:

»Von guten Mächten wunderbar geborgen,
erwarten wir getrost, was kommen mag.
Gott ist mit uns am Abend und am Morgen
und ganz gewiss an jedem neuen Tag.«

Schließlich forderte er die Gemeinde auf, zusammen mit den Konfirmanden das Abendmahl einzunehmen und uns in ihrem Kreis willkommen zu heißen. Mir war sehr feierlich zumute.

Geschenke gab es natürlich auch (später zu Hause nach Tee und Kuchen – zur Feier des Tages hatte Mutti sogar eine Torte mit Schokoladencreme und Mandelsplittern bei der Konditorei Sikken bestellt!). Von Vati bekam ich eine Armbanduhr, von Mutti ein entzückendes Goldkettchen mit winzigen Herzen, außerdem von Nachbarn und Bekannten: zwei Sammeltassen, Spitzentaschentücher, ein Paar Nylonstrumpfhosen mit schwarzer Naht (!), zwei Töpfe mit Hortensien, drei Tafeln Schokolade, zwei Pucki-Bücher von Magda Trott und fünfunddreißig Mark.

Ich wurde also reich beschenkt. Am dankbarsten bin ich aber dafür, dass ich mit meinen beiden Eltern feiern konnte und unsere kleine Familie vollständig ist. Allein in unserer Konfirmandengruppe haben manche keinen Vater mehr. Auch Annegrets Mutter muss ohne ihren Mann zurechtkommen. Er gilt als vermisst. Das letzte Lebenszeichen haben sie im Herbst 1943 bekommen, da war er irgendwo in Russland unterwegs. Annegret kann sich kaum an ihn erinnern. Sie tut mir so leid! Ich mag mir gar nicht vorstellen, wie es mir und Mutti ginge, wenn Vati im Krieg gefallen oder verschollen wäre. Auf alle Geschenke der Welt würde ich auf der Stelle und für immer verzichten, um solches Unglück von uns abzuwenden!

Mit diesem Bekenntnis endete der erste Tagebucheintrag. Es folgten kurze Berichte über Erlebnisse aus dem Alltag in Petkum und im Mädchengymnasium, das Beate zu ihrem Leidwesen ohne ihre Freundin Annegret besuchte. Diese war nach der achten Volksschulklasse abgegangen und hatte eine Lehre als Verkäuferin im Einzelhandel begonnen. So konnte sie ihr Scherflein zum Unterhalt der Familie beitragen und ihre Mutter ein bisschen entlasten.

Dazwischen gab es immer wieder Passagen mit Kommentaren zu Büchern und Zeitungsartikeln, die Beate gelesen hatte, mit Eindrücken von Filmen und Radiosendungen sowie Gedanken zu »den großen Fragen des Lebens«, wie sie es nannte. Dabei spielten Lebensentwürfe eine wichtige Rolle. Mit fünfzehn, sechzehn Jahren war Beate hin- und hergerissen gewesen zwischen zwei – in ihren Augen unvereinbaren – Gegensätzen: Auf der einen Seite stand der Wunsch, später eine große Familie mit vielen Kindern zu haben. Mehrfach klang an, wie sehr sie sich immer Geschwister oder zumindest Cousinen und Cousins gewünscht hatte. Ihr Vater war jedoch ein Einzelkind und hatte in Emden keine Verwandten mehr. Und die Familie ihrer Mutter lebte im fernen Norwegen. Beate fand Ersatz bei den Olthoffs, die das Nachbargrundstück erworben hatten und bald zu guten Freunden der Familie Meiners wurden. Mit Hingabe nahm sich Beate der kleinen Lieske an, dem Töchterchen von Eilert und Swantje. Sie hütete das *liebe Tøddel* oft ein und wurde nicht müde, ihr Entzücken über Lieskes drollige Bemerkungen zu beschreiben.

Auf der anderen Seite litt Beate unter Fernweh und sehnte sich danach, so viel wie möglich von der Welt zu sehen, fremde Sprachen zu lernen und verschiedene Völker und Kulturen kennenzulernen. Dazu kam das Bedürfnis, einen Beruf auszuüben und finanziell auf eigenen Beinen zu stehen. Dem widersprach allerdings ihr eigener Anspruch, als Mutter ganz für ihre Kinder da zu sein – so wie sie es von Johanne gewohnt war.

Letzteres bestätigte den Eindruck von dem besonders engen Verhältnis zwischen Beate und ihrer Mutter, von dem

Swantje erzählt hatte. Ihren Vater bewunderte und liebte Beate zwar ebenfalls sehr, aber im Vergleich zu seiner Frau spielte er eine – wenn auch sehr wichtige – Nebenrolle. Johanne war neben Beates Freundin Annegret ihre engste Vertraute, die sie kaum als gestrenge Autoritätsperson wahrzunehmen schien, sondern als Ratgeberin, die ihr mit viel Verständnis und Interesse begegnete.

Rike gestand sich ein, neidisch auf Beate zu sein. Was hätte sie darum gegeben, so eine nette Mutter zu haben! Sie drehte sich zur Lampe, legte den Kopf in die aufgestützte Hand und las weiter.

40

Horten, Norwegen, Juni 1926 – Johanne

»Weißt du schon, wem du den Branntwein verkaufen wirst?«, fragte Leif.

Er stand im seichten Wasser der Bucht ihres Inselchens, in der sie zehn Tage zuvor Zuflucht vor Gravdals Männern gesucht hatten. Johanne war im Boot geblieben und reichte ihm einen der hundert Zehn-Liter-Kanister, die sie kurz vor Mitternacht von dem dänischen Schiffer im Sund von Larkollen an Bord genommen hatten. Mittlerweile war der Vollmond, der ihre Fahrt durch den Fjord beleuchtet hatte, zum westlichen Horizont gewandert, und im Osten kündigte ein rosiger Streifen den kurz bevorstehenden Sonnenaufgang an.

»Gute Frage«, antwortete sie und kratzte sich an der Schläfe. »Die Offiziere auf Karljohansvern sind mit unserem Whisky reichlich versorgt, die werden vorerst keinen Bedarf haben.«

»Ich wüsste da ein paar Interessenten«, sagte Leif, nachdem er den Kanister zum Ufer getragen hatte und den nächsten in Empfang nahm.

»Nämlich?«

»Gravdals Kunden«, antwortete er.

Johanne runzelte die Stirn. »Das halte ich für keine gute Idee. Das ist viel zu gefährlich und könnte …«

»Riskant ist es ohne Frage«, unterbrach Leif sie. »Aber

wenn wir Gravdal wirklich glauben lassen wollen, dass ihm eine skrupellose Schmugglerbande ins Handwerk pfuscht, dann sollten wir uns auf jeden Fall an seine Kunden wenden.«

»Werden diese Leute denn bei uns kaufen? Was, wenn sie es sich nicht mit Gravdal verscherzen wollen?«

»Ich müsste mich sehr täuschen, wenn es denen nicht gleichgültig ist, wer sie beliefert. Hauptsache, die Qualität und der Preis stimmen. Außerdem kann Gravdal momentan gar nichts verkaufen. Dank eines gewissen Feuerteufels.« Er zwinkerte Johanne zu.

»Ich weiß nicht …« Johanne atmete durch. »Die Vorstellung ist durchaus verlockend. Aber wie können wir verhindern, dass die Kunden ihm erzählen, von wem sie den Branntwein haben?«

»Oh, sie sollen es ihm sagen!«, rief Leif. »Unbedingt sogar.«

»Wie bitte? Das ist nicht dein Ernst.«

»Sie werden Gravdal von einem ihnen bis dato unbekannten Großschmuggler berichten, der ihnen die Ware von zweien seiner Männer hat bringen lassen. Zu günstigeren Konditionen, als sie es von ihrem bisherigen Lieferanten, also Gravdal, gewohnt sind.«

»Und wer sind diese beiden Männer?«

»Na, wir natürlich! Wozu gibt es falsche Bärte, Brillen und Perücken?« Leif grinste und schleppte den nächsten Kanister zum Strand.

Johanne folgte ihm mit den Augen. Sein Vorschlag war gut. Sie spürte, wie ihre furchtsamen Bedenken der Vorfreude auf ein weiteres Abenteuer mit Leif wichen.

»Ich bin dabei«, sagte sie, als er zum Boot zurückkam. »Die Gelegenheit ist zu günstig, als dass wir sie uns entgehen lassen sollten.«

»Gelegenheit wozu?«, fragte Leif.

»Um Gravdal erste Hinweise auf die Identität seines mysteriösen Konkurrenten zu geben.«

»Es klingt so, als wüsstest du, wer das ist.« Leif sah Johanne neugierig an.

Sie kicherte. »Dreimal darfst du raten.«

Leif verzog in gespielter Verzweiflung das Gesicht. »Bitte, spann mich nicht auf die Folter. Im Raten bin ich ganz schlecht.«

»Polizeimeister Rettmann«, verkündete Johanne und genoss den Ausdruck ungläubigen Staunens, der sich auf Leifs Gesicht ausbreitete.

»Wie um alles in der Welt kommst du denn auf den?«, fragte er.

»Er lässt sich von Gravdal bestechen, verhindert, dass gegen ihn ermittelt wird, und hat den Tod meines Vaters auf Gravdals Geheiß als Selbstmord deklariert. Ich finde, es ist an der Zeit, einen Keil zwischen die beiden zu treiben.«

Leif pfiff leise zwischen den Zähnen. »Die Idee ist genial.«

»Danke«, sagte Johanne und spürte, wie ihr das Blut in die Wangen schoss.

»Du hast es wirklich faustdick hinter den Ohren.« Leif sah sie voller Bewunderung an und griff nach dem letzten Branntweinbehälter.

Johanne kletterte aus dem Boot und folgte ihm ans Ufer. Beim Anblick der vielen Kanister, die Leif am Strand aufgestapelt hatte, entfuhr ihr ein Stöhnen. »Das dauert bestimmt ewig, bis wir die alle in die Hütte getragen haben.«

Leif schüttelte den Kopf. »Wir verstecken sie im Unterholz am Waldrand. Hier fahren kaum Boote vorbei. Und wenn alles glattgeht, können wir sie schon am Montag oder Dienstag wieder abholen und verkaufen.«

Eine Viertelstunde später waren alle Kanister aus der Nische zwischen den Felsen verschwunden, die im Schein der aufgehenden Sonne in leuchtenden Orangetönen erstrahlten. Johanne dehnte ihre Glieder, die durch die ungewohnte Schlepperei verspannt waren, und gähnte herzhaft.

»Musst du gleich zurück?«, fragte Leif.

Johanne schüttelte den Kopf. »Auf mich wartet niemand. Wieso?«

»Ich muss erst nachmittags wieder bei Gravdal sein. Wir könnten also noch ein bisschen hierbleiben.«

Johanne strahlte ihn an. »Sehr gern.« Sie schlang ihre Arme um ihn und gab ihm einen Kuss.

Leif nahm sie bei der Hand. »Ich habe eine kleine Überraschung für dich«, sagte er und zog sie Richtung Wäldchen.

»Wir sollten die Zeit nutzen und uns eine Strategie überlegen, wie wir Gravdal ein für alle Mal aus der Gegend vertreiben«, sagte Johanne.

Leif nickte. »Er wird nicht Ruhe geben, bis er seinen Willen durchgesetzt hat und deinen Laden in seine schmutzigen Pfoten bekommt.«

»Und unser Haus«, sagte Johanne. »Abgesehen davon: Ich kann meine Mutter nicht ewig bei ihrer Schwester bleiben lassen und so vor Gravdal schützen. Oder verhindern, dass sie sich von ihm einschüchtern lässt und ihm das Geschäft übergibt.«

»Uns wird etwas einfallen, ganz bestimmt«, erwiderte Leif. »Aber jetzt mach bitte die Augen zu.«

Sie hatten die Lichtung erreicht, auf der das kleine Holzhaus stand. Johanne kam seiner Bitte nach. Leif legte einen Arm um ihre Hüfte und führte sie ein paar Schritte weiter.

»Einen Moment noch«, sagte er und ließ sie los.

Johanne hörte ein leises Quietschen, das Anreißen eines Zündholzes und Geklapper.

»Jetzt darfst du gucken.«

Sie öffnete die Augen.

Leif stand in der Tür, verbeugte sich und machte eine einladende Handbewegung. »Hereinspaziert.«

Johanne trat in den Raum, der von einer Petroleumlampe und mehreren Kerzen, die in Flaschen steckten, erhellt wurde. Sie sah sich überrascht um. Der Staub und die Spinnweben waren verschwunden, die Bodendielen waren gewachst, der gusseiserne Ofen schimmerte mattschwarz, auf dem Tisch stand ein Strauß Wiesenblumen in einem Keramiktopf, und auf der Bank an der Wand lagen mehrere Kissen.

»Es ist wunderschön«, sagte sie leise.

»Ich dachte, meine Räuberbraut braucht eine Räuberhöhle.« Leif küsste sie zärtlich auf die Nasenspitze. »Aber Spaß beiseite, diese Insel eignet sich hervorragend als geheimer Treffpunkt.« Er sah Johanne eindringlich an. »Wenn es aus irgendwelchen Gründen nicht möglich sein sollte, dass wir uns in Horten kontaktieren oder sehen können, dann hinterlegen wir hier Botschaften füreinander. Am besten in dem Bodenversteck unter den Dielen.«

Der Ernst in seiner Stimme schnürte Johanne die Kehle zu. Sie nickte stumm und kämpfte gegen die Angst an, die in ihr aufkeimte. Leifs Worte machten ihr wieder einmal bewusst, dass ihre abenteuerlichen Unternehmungen alles andere als harmlos waren. Vor allem aber war es höchst gefährlich, sich mit Gravdal anzulegen – wobei sie sich weniger um sich selbst sorgte als um Leif.

»Ich möchte nicht, dass dir etwas passiert«, sagte sie heiser. Sie räusperte sich. »Du riskierst meinetwegen schon viel zu viel.«

»Nein, mein Herz«, antwortete er. »Das tue ich auch für mich. Ich könnte mir selbst nicht mehr in die Augen schauen, wenn ich Gravdal gewähren ließe.« Er streichelte Johanne über die Wange. »Ich brühe uns jetzt erst mal einen anständigen Kaffee auf. Und dann machen wir Nägel mit Köpfen.«

Er ging in die Küche, die ebenfalls geputzt und aufgeräumt war. Johanne lehnte sich an den Türrahmen und sah ihm zu, wie er den Pumpenschwengel am Spülstein betätigte und Wasser in eine Blechkanne fließen ließ.

»Sogar Leitungswasser haben wir«, sagte sie erstaunt.

»Ja, offenbar gibt es eine Quelle, zu der die früheren Besitzer ein Rohr gelegt haben«, sagte Leif und nahm eine Dose von einem der Wandbretter.

»Solltest du nicht erst den Herd anfeuern?«, fragte Johanne.

Leif schüttelte den Kopf. »Es würde ewig dauern, bis der heiß genug ist. Ich habe etwas Praktischeres.« Er hob einen Karton, der in einer Ecke auf dem Boden stand, auf die Ablageplatte neben dem Spülstein und holte eine etwa dreißig Zentimeter hohe Messingkonstruktion heraus, die Johanne an ein übergroßes Stövchen erinnerte.

»Was ist das?«

»Ein Primus-Kerosinbrenner«, antwortete er. »Schon unsere Polarforscher Fridtjof Nansen und Roald Amundsen hatten diese schwedischen Kocher bei ihren Expeditionen im Gepäck.«

Er stellte die Kanne auf den breiten Ring, der oberhalb einer bauchigen Kartusche auf das obere Ende dreier Stangen angeschweißt war, die zugleich als Standbeine dienten, drehte an einem Ventil und hielt ein brennendes Streichholz über die Öffnung, aus der gleich darauf eine bläuliche Flamme emporzüngelte.

»Das ist wirklich praktisch«, sagte Johanne.

Vielleicht sollte ich solche Geräte auch in mein Sortiment aufnehmen, überlegte sie. Zum Beispiel für Ausflügler, die sich unterwegs etwas Warmes zubereiten möchten. Oder für Fischer und andere Bootsfahrer, die länger auf See sind.

Seit Johanne die zweite Bestellung für Radioempfänger aufgegeben hatte, grübelte sie darüber nach, wie sie das Angebot ihres Geschäfts sinnvoll erweitern konnte. Bislang hatte sie vor allem elektrische Kleingeräte wie Bügeleisen, Haarföhne, Lockenbrennstäbe sowie Wasserkessel und Toaster im Sinn gehabt.

Mit zwei Bechern setzten sie sich wenig später nach draußen vor die Hütte. Leif hatte die Bank an der Hauswand repariert und mit farblosem Holzlack gestrichen. Johanne hielt ihr Gesicht in die Sonnenstrahlen, die durch die Zweige der Bäume drangen, und nippte an dem heißen Kaffee.

»Ui, der könnte Tote aufwecken!«

»Zu stark?«, fragte Leif.

»Nein, genau richtig nach einer schlaflosen Nacht.« Sie drehte sich zu ihm. »Also, wie können wir Gravdal überzeugen, dass der Polizeichef ein doppeltes Spiel mit ihm treibt und sein ärgster Konkurrent ist?«

Leif strich sich mit einer Hand übers Kinn. »Vielleicht mit einem anonymen Hinweis?«, sagte er nach kurzem Nachdenken.

»Würde er denn darauf etwas geben?«

»Wahrscheinlich nicht.« Leif zog die Stirn kraus. »Es müsste etwas sein, was keinen Zweifel aufkommen lässt.«

»Vielleicht ein persönlicher Gegenstand von Rettmann, der in der Ruine von Gravdals Lager gefunden wird?«

»Kein schlechter Ansatz …«, antwortete Leif nachdenklich.

»Aber?«

»Ist es glaubhaft, dass der Polizeichef das Feuer persönlich gelegt hat? Und wie kommen wir auf die Schnelle an etwas aus seinem privaten Besitz, das Gravdal sofort richtig zuordnet?«

»Hm, stimmt«, murmelte Johanne.

Sie versanken in Schweigen. Nach einer Weile richtete Leif sich auf. »Ich hab's! Wir machen es umgekehrt.« Bevor Johanne nachhaken konnte, was er meinte, sprang er auf, rannte in die Hütte und kehrte gleich darauf mit einem Beutel zurück. Er öffnete ihn und zog eine längliche Silberdose heraus, die reich mit Jugendstilornamenten verziert war. »Diese Zigarrenkiste habe ich vor dem Brand aus Gravdals Lager mitgehen lassen. Ich dachte mir, dass wir sie vielleicht gebrauchen könnten, um eine falsche Fährte zu legen.«

»Großartig!«, rief Johanne. »Äh … aber wie schaffen wir sie zu Rettmann? Und wie soll …«

Leif hob die Hand. »Seit wir neulich festgestellt haben, dass Rettmann und Gravdal beide Kunden bei derselben Dame in Åsgårdstrand sind, habe ich überlegt, wie wir dieses Wissen nutzen könnten.« Er setzte sich wieder neben Johanne. »Was hältst du von folgender Idee: Wir schicken dieses Kästchen, in dem man auch andere Dinge, zum Beispiel Schmuck, aufbewahren kann, an besagte Dame – im Namen von Rettmann, der sich mit diesem Geschenk für ihre Liebesdienste erkenntlich zeigen will, die mit schnödem Geld nicht aufzuwiegen seien.«

Johannes Augen begannen zu leuchten. »Und wenn Gravdal das nächste Mal bei ihr vorbeischaut, sieht er seine Dose, zählt eins und eins zusammen und …« Sie unterbrach sich. »Die Sache hat einen Haken. Es gibt keine Garantie, dass die Dame das Geschenk sichtbar aufbewahrt.«

Leif presste die Lippen zusammen. »Dann bekommt sie es, wenn Gravdal gerade bei ihr ist.«

»Sehr gut, so sind wir auf der sicheren Seite«, rief Johanne. »Gravdal wird nicht lange fackeln und Rettmann zur Rede stellen. Und in dieses Treffen sollte die Polizei platzen, genauer gesagt Herr Nygren. Er ist ein junger Beamter, den ich für integer halte.«

»Grandioser Einfall!« Leif rieb sich die Hände. »Wir informieren ihn, sobald Gravdal zu Rettmann geht. Es ist ja anzunehmen, dass ich ihn dorthin fahren werde.«

»Genau! Du erzählst ihm, dass da ein konspiratives Schmugglertreffen stattfinden wird oder etwas in der Art.« Johanne leerte ihren Becher. »Auch wenn man Rettmann wahrscheinlich erst mal nichts Konkretes nachweisen kann, ist es schon kompromittierend genug, dass Gravdal ihn aufsucht.«

»Zumal Nygren die beiden bei einem heftigen Streit überraschen wird, bei dem es um Revierkämpfe und Verrat geht«, ergänzte Leif. »Da wird sich der Herr Polizeimeister nicht so leicht herauswinden können.«

»Ich hoffe so sehr, dass unser Plan gelingt!«, rief Johanne.

»Ich auch. Lass uns die Finger kreuzen, dass es Gravdal bald wieder nach Åsgårdstrand zieht.«

»Du könntest ein wenig nachhelfen und ihm zum Beispiel Ginseng ins Essen mischen. Oder Rosenwurz.«

Leif zog die Brauen hoch. »Ich will gar nicht wissen, woher eine Tochter aus gutem Hause die anregende Wirkung auf gewisse Körperregionen kennt, die diesen Pflanzen nachgesagt wird.« Er sah sie mit gespieltem Tadel an.

Johanne grinste spitzbübisch. Leif schaute ihr tief in die Augen. Ihr wurde heiß, und ihr Atem beschleunigte sich.

»Mir musst du nichts unterrühren«, murmelte er und zog sie an sich.

Für die nächsten Minuten versank alles um sie herum. Johanne gab sich der Süße des Verlangens hin, das durch die Gefahr, die ihr Glück bedrohte, noch verstärkt wurde.

41

Numedal, Norwegen, Frühling 1980 – Rike

Ein Schreckensszenario stellte für Beate die Situation von Annegrets Mutter dar, die schier aufgerieben wurde zwischen der Arbeit als Schneiderin, dem Haushalt und den Bedürfnissen ihrer Tochter und der beiden Söhne. Umso beglückter war Beate, als sie etwa ein halbes Jahr nach ihrem ersten Eintrag über ein besonders freudiges Ereignis im Leben ihrer besten Freundin berichten konnte.

Liebes Tagebuch!

Manchmal geschehen eben doch Wunder! Denk Dir nur: Annegrets Vater ist wieder aufgetaucht! Ihre Mutter hatte ihn jahrelang vom Roten Kreuz suchen lassen und mittlerweile jede Hoffnung aufgegeben, dass er noch lebte. Zuletzt wäre sie schon dankbar gewesen, überhaupt irgendetwas über sein Schicksal zu erfahren. Die Ungewissheit war schwerer auszuhalten als eine endgültige Todesmeldung. Und nun stand er vorgestern plötzlich vor der Tür! Annegret ist noch ganz durcheinander. Natürlich freut sie sich. Aber es ist wie ein Schock für sie, von einem Tag auf den anderen einen Vater zu haben. Sie kennt ihn doch im Grunde gar nicht. Ich verstehe sie gut, mir würde es an ihrer Stelle wohl nicht anders gehen. Ich bin mir aber sicher, dass sie sich bald alle aneinander gewöhnen und endlich wieder zu einer Familie zusammenwachsen.

Im Herbst und in der Adventszeit hatte Beate nur selten Muße gehabt, ihre Erlebnisse und Gedanken schriftlich festzuhalten. Nur ihren fünfzehnten Geburtstag im Oktober hatte sie ausführlicher beschrieben und einen Ausflug ihrer Eltern nach Leer zum Gallimarkt, an dem auch ihre beste Freundin Annegret teilnahm.

Das Volksfest, das seit Jahrhunderten Mitte Oktober um den Todestag des irischen Missionars und Heiligen Gallus herum stattfand, besuchte auch Rike gern. Es war ein seltsames Gefühl, dass ihre Mutter als Teenager ebenfalls über das Gelände hinter dem Gymnasium auf der Großen Bleiche gestreift war. Ob sie auch so gern gebrannte Mandeln genascht hat wie ich, fragte sich Rike. Und welche Fahrgeschäfte mag es zu ihrer Zeit wohl gegeben haben? Bestimmt Schiffsschaukeln, Kettenkarussells und Riesenräder. War Beate gern damit gefahren? Hatte sie so wie ich Vergnügen an schnellen Fahrgeschäften wie Achterbahnen, Petersburger Schlittenfahrt, Musikexpress oder rotierenden Käfigen?

An Weihnachten hatte Beate sich ihrem Tagebuch wieder ausführlicher anvertraut.

26. Dezember 1952

Liebes Tagebuch!

Endlich komme ich wieder zum Schreiben. Es gab so viel zu tun, zu Hause und in der Schule, aber jetzt sind Ferien, und deshalb habe ich mehr Zeit.

So lange habe ich mich darauf gefreut, und nun ist es da: das erste Weihnachten in unseren eigenen vier Wänden! Es ist unbe-

schreiblich schön! Vati hat einen richtig großen Baum besorgt, nicht so ein kleines Tännchen, das man auf den Tisch stellen muss, damit es zur Geltung kommt. Nein, dieses Jahr reicht unser Weihnachtsbaum vom Boden bis zur Decke! Vati musste die Spitze sogar ein Stückchen absägen, damit der Stern noch obendrauf passte. Mutti und ich haben das ganze Haus mit Tannenzweigen dekoriert, um die wir rote Schleifen gebunden haben. Es duftet herrlich und sieht sehr festlich aus. Den Heiligen Abend haben wir nach dem Gottesdienst in der Kirche zu dritt gefeiert. Die Lieder des Männergesangsvereins »Windsbraut« waren sehr schön und stimmungsvoll. Gestern waren wir dann in großer Gesellschaft und haben etwas ganz Besonderes erlebt: die erste offizielle Fernsehübertragung! Ein Mitglied des Brieftaubenzüchtervereins hat sich vor Kurzem einen Fernsehapparat angeschafft. Gestern hat er ihn im Versammlungssaal des Vereinshauses »Dollartsfliege« aufgestellt und Freunde und Bekannte zur Eröffnungssendung eingeladen. Der Raum war rappelvoll und platzte aus allen Nähten. Annegret und ich hatten Glück und ergatterten ein Plätzchen am Boden vor der Fernsehtruhe. Viele andere konnten kaum etwas sehen, aber hören schon.

Zuerst sprach der Leiter des Nordwestdeutschen Rundfunks. Mir gefiel seine Aussage, dass das Fernsehen Brücken von Mensch zu Mensch und zwischen den Völkern schlagen könnte. Deshalb wäre es genau das richtige Geschenk zu Weihnachten, denn es würde die Möglichkeit bieten, zum Frieden beizutragen. Mutti war auch ganz bewegt und meinte später, dass sie diese Begeisterung an ihren Vater erinnert hat, der sich einst das Gleiche von der Verbreitung des Radios erhofft hatte.

Danach gab es zwei Stunden Programm. Zuerst das Fernseh-

spiel Stille Nacht, heilige Nacht, *in dem es darum ging, wie das Lied entstanden ist. Anschließend kam noch das Tanzspiel* Max und Moritz *mit dem Rundfunkorchester. Ab und zu war das Bild unscharf, und es sah so aus, als ob es in dem Gerät schneite. Dann wurde hektisch an der Antenne herumgebogen und gedreht, bis das Bild wieder klar war.*

Annegret war vor allem begeistert von der netten Ansagerin Irene Koss und ist nun wild entschlossen, nach Hamburg zu gehen und sich beim Rundfunk um eine Anstellung zu bemühen. Sie will nicht als kleine Verkäuferin im Kaufmannsladen Barfs versauern. Vor allem aber will sie weg von Petkum, besser gesagt von zu Hause, wo sie es kaum noch aushält. Ich verstehe sie ja, aber ich würde sie ganz schrecklich vermissen!

Warum nur musste alles so kommen? Wenn ich denke, wie glücklich Annegret noch vor drei Monaten war, als ihr Vater wieder auftauchte! Annegret hatte so sehr gehofft, dass ihre Mutter endlich wieder fröhlich sein könnte und nicht mehr so verhärmt und traurig wäre. Aber es ist eben nicht alles gut geworden, sondern das Unglück hat erst so richtig angefangen.

Annegrets Mutter tut wirklich alles, um ihren Mann aufzupäppeln (er ist noch sehr geschwächt von der langen Gefangenschaft) und Rücksicht auf seine Stimmungen zu nehmen. Er muss furchtbare Dinge erlebt haben. Er spricht aber nicht darüber, was es seiner Familie nicht gerade leichter macht. Er ist in sich gekehrt, mürrisch und sehr streng. Ständig mäkelt er herum und hat an allem etwas auszusetzen: an den Manieren der Kinder, die seiner Meinung nach zu frech sind, an den Erziehungsmethoden der Mutter, die ihnen zu viel durchgehen lässt, und am Aussehen seiner Frau – sie hat es nämlich gewagt, in seiner Abwesenheit ihre langen Zöpfe abzuschneiden und sich eine praktischere Dauerwellenfrisur zuzulegen.

Sonntags besteht der Vater auf einem gemeinsamen Mittagessen mit der gesamten Familie. Aber geredet werden darf kaum, vor allem die Kinder sollen den Mund halten. Wenn Annegret es trotzdem einmal wagt, etwas zu sagen, wird er wütend und droht ihr mit Hausarrest. Neulich hat er sie sogar geohrfeigt.

Annegrets Mutter ist am Ende ihrer Kraft. Einmal hat sie Annegret in ihrer Verzweiflung anvertraut, dass sie darüber nachdächte, ob sie ohne Mann nicht besser dran wäre. Abgesehen von seiner sauertöpfischen Art ist er ihr keine Hilfe, sondern eine zusätzliche Last. Er trägt nichts zum Unterhalt der Familie bei, weil er wegen seiner schlechten körperlichen Verfassung nicht mehr in seinem früheren Beruf auf der Werft arbeiten kann. Im Haushalt rührt er auch keinen Finger – er ist schließlich der Mann, und Abspülen, Staubwischen, Wäschemachen oder Kochen empfindet er als unter seiner Würde.

Die arme Annegret leidet sehr unter der schlechten Stimmung daheim. Sie bekommt die nächtlichen Streitereien ihrer Eltern mit und würde lieber heute als morgen abhauen. Sie hat zu mir gesagt, dass sie manchmal Kinder beneidet, deren Väter nicht zurückgekommen sind.

Da wird mir wieder einmal klar, wie gut wir drei es haben! Vati würde mich nie schlagen oder Mutti anschreien. Er tut alles, um uns glücklich zu machen. Ich danke Gott jeden Tag, dass ich so liebe Eltern habe.

Rike hob den Kopf und sah nachdenklich aus dem Fenster, hinter dem der Garten im Dunkeln lag. Beate hatte wirklich ein sehr harmonisches Verhältnis zu ihren Eltern gehabt.

Kein Gedanke an pubertäre Rebellion oder das Bedürfnis, sich abzunabeln, zu provozieren und eigene Wege zu gehen. Den ins Tagebuch eingeklebten Kinokarten und ausgeschnittenen Artikeln über Filmstars und andere Idole nach zu schließen, hatte Rikes Mutter durchaus den Geschmack ihrer Altersgenossen geteilt. Sie war eine begeisterte Hörerin des Radioprogramms des amerikanischen Senders AFN, schwärmte für Rhythm-and-Blues-Sänger wie Louis Jordan, Fats Domino oder The Clovers und verfolgte gespannt die erste deutsche Hörspielserie *Familie Meierdierks* über das Alltagsleben einer typischen Bremer Familie mit der grantigen Tante Gesine, die zu Beates Belustigung wie ein Bierkutscher fluchen konnte.

Rike rief sich Fernsehdokumentationen und Zeitungsreportagen über die Fünfzigerjahre in Westdeutschland ins Gedächtnis, die sie in den vergangenen Jahren – angeregt durch den Sozialkunde-Unterricht in der Schule, in dem es um gesellschaftliche Entwicklungen gegangen war – gesehen oder gelesen hatte. Darin waren die starken Gegensätze betont worden, die zwischen der von Amerika geprägten Jugendkultur und der als stockkonservativ, prüde und rückwärtsgewandt empfundenen Welt der Eltern herrschten, die oft genug noch in den Wertvorstellungen des Dritten Reichs verhaftet waren und der ihnen von den Siegermächten verordneten Demokratie wenig abgewinnen konnten.

Stattdessen ließ sich offenbar eine ausgesprochene Neigung beobachten, den Besatzungsmächten für alle Notstände der Nachkriegszeit die Schuld zu geben. Das Bewusstsein darüber, wie man überhaupt in diese Lage geraten war, schien bei vielen rasch in Vergessenheit geraten zu sein.

Die Mehrheit der Bundesbürger zog sich ins Private zurück, zeigte wenig Interesse an der Politik und widmete sich dem Wieder- und Neueinrichten der eigenen vier Wände. Zugleich herrschten tiefe Verunsicherung, was die Verlässlichkeit und Stabilität der neuen Verhältnisse anging, sowie massive Ängste vor neuen blutigen Konflikten – einem Dritten Weltkrieg, der dieses Mal mit atomaren Waffen über Deutschland hinweg ausgetragen werden würde.

Viele Jugendliche rieben sich an dieser Sehnsucht ihrer Eltern nach der verlorenen »guten alten Zeit« und dem Ideal einer bürgerlichen Gesinnung, bei der Ruhe und Ordnung, Anstand und Fleiß obenan standen und von den Kindern Respekt, Gehorsam und Unterordnung verlangt wurde. Das Verschweigen, Nichtwahrhabenwollen oder Abstreiten der Verbrechen während der Nazizeit und das Tabu, mit dem viele weitere schmerzliche Themen belegt wurden, erregten zunehmend den Unmut der Heranwachsenden. Sie sehnten sich danach, unbeschwert von diesem Ballast nach vorn zu schauen und ein freies, selbstbestimmtes Leben zu führen.

Beates Dasein dagegen schien unberührt von solchen Konflikten. Mit ihren Eltern hatte sie den Krieg fern der Heimat verbracht und seine Auswirkungen auf die Deutschen und ihre Lebensumstände erst so richtig wahrgenommen, als sie Jahre später zurückgekehrt waren. Der Alltag vieler ihrer neuen Nachbarn und Bekannten wurde trotz des Aufschwungs der Wirtschaft und dem wachsenden Wohlstand auch sieben Jahre nach Kriegsende noch häufig überschattet von den Auswirkungen traumatischer Erlebnisse wie Ausbombung, Vergewaltigung und anderem Leid, der

Trauer um getötete Familienangehörige, der quälenden Sorge um Vermisste sowie dem Verlust der Heimat, den Millionen von Flüchtlingen und Vertriebenen zu verkraften hatten. Täglich erinnerten die Suchmeldungen des Roten Kreuzes im Radio, notdürftige Behelfsunterkünfte, Ruinen und nicht zuletzt die unzähligen Kriegsversehrten auf den Straßen an das zurückliegende Grauen. Beate und ihre Eltern waren weitgehend verschont geblieben von diesen Erfahrungen.

Rike beugte sich wieder über das Tagebuch. Im Frühjahr 1953 hatte Beate nach einer längeren Pause nach dem Jahreswechsel die nächsten Einträge vorgenommen.

Petkum, 10. April 1953

Liebes Tagebuch!

Heute ist ein trauriger Tag. Gerade eben habe ich Annegret zum Bahnhof in Emden begleitet. Sie macht wirklich Ernst damit, Petkum zu verlassen und in Hamburg ihr Glück zu suchen. Ich vermisse sie schon jetzt ganz furchtbar! Aber ich verstehe auch, warum sie es zu Hause nicht mehr ausgehalten hat. Ihr Vater macht seiner Familie das Leben zur Hölle. Annegret hatte gehofft, dass ihre Mutter sich von ihm trennt. Doch die will sich nicht scheiden lassen, auch wenn sie todunglücklich ist. Sie hat Angst, als geschiedene Frau nicht mehr anerkannt zu sein und geächtet zu werden.

Warum ist das eigentlich so? Warum wird jemand scheel angesehen, der sich nicht länger schikanieren und respektlos behandeln lassen will? Warum darf ein Mann seine Familie tyrannisieren, während von dieser erwartet wird, dass sie das still erträgt? Warum bemisst sich der Wert einer Frau daran, ob sie »unter der Haube« ist? Warum nimmt man alleinstehende Frauen nicht als ebenbürtige Menschen wahr?

Rike schnaubte. Sie konnte es kaum glauben, dass solche Fragen, die ihr mittelalterlich vorkamen, vor nicht einmal dreißig Jahren gestellt worden waren. Na ja, ließ sich ihre Vernunftstimme vernehmen. Sehr weit her ist es ja auch heute nicht mit der Gleichberechtigung. Du selbst bekommst das ja mehr als genug zu spüren. Rike rümpfte die Nase und beugte sich wieder über das Tagebuch.

Annegret hat ein schlechtes Gewissen, weil sie ihre Mutter im Stich lässt. Aber die hat sie ermutigt, nach Hamburg zu gehen, und durchgesetzt, dass ihr Mann seiner Tochter erlaubt, sich auf eigene Füße zu stellen.

Ach, ich bin da selbstsüchtiger. Ich hätte viel darum gegeben, dass Annegret hierbleibt. Gerade jetzt bräuchte ich ihren Beistand und Rat.

Ich weiß nicht genau, was los ist. Aber irgendetwas stimmt nicht zwischen Mutti und Vati. Sie streiten sich nicht und gehen auch nicht böse miteinander um. Auf den ersten Blick ist alles in Butter. Aber ich spüre, dass etwas im Busch ist, besser gesagt, Mutti hat sich verändert. Sie wirkt oft nachdenklich und abwesend. WARUM??? Was fehlt ihr? Hat sie nicht alles, was man sich nur wünschen kann?

Das Einzige, was mir einfällt: Sie hat hier in Deutschland keine Beschäftigung. Ich meine, abgesehen vom Haushalt. Sie musste natürlich noch nie arbeiten gehen. Vati hat immer genug Geld verdient. Trotzdem hatte Mutti immer irgendwas Ge-

schäftliches zu tun. Schon in Tientsin und vor allem später in Schanghai hat sie mit Dingen gehandelt, an die die Ausländer im Krieg nur schwer herankamen. Vati hat immer gesagt, dass an seiner Frau ein Verkaufs- und Verhandlungsgenie verloren gegangen ist. Das hat er wohl schon in Norwegen festgestellt, als sie sich kennenlernten. Ist Mutti deswegen unzufrieden? Empfindet sie ihr Leben hier als langweilig? Aber warum sucht sie sich dann nicht eine Arbeit, die ihr Freude macht?

Rike zog die Stirn kraus. Die Sichtweise der jungen Beate fand sie befremdlich. Es irritierte sie, dass diese im Grunde der Meinung war, ihre eigene Mutter hätte keinen Grund zur Unzufriedenheit gehabt. Als ob eine Frau nur arbeiten gehen sollte, wenn sie keinen Mann hatte, der sie versorgte. Oder dieser zu wenig verdiente. Sie schüttelte den Kopf und las weiter. Der nächste Eintrag stammte von Anfang Mai 1953.

Liebes Tagebuch!

Ich glaube, ich weiß, was der Grund für Muttis seltsames Verhalten war: Sie hatte Heimweh! Ich hätte früher darauf kommen können, aber sie hat nie viel von Norwegen erzählt. Außerdem hatte ich nicht das Gefühl, dass sie ihre Familie vermisst. Soweit ich das mitbekommen habe, hatte sie kaum Kontakt zu ihren Verwandten, seit sie mit Vati weggegangen ist. Ich weiß nicht mal, wie viele es davon noch gibt. Ihre Mutter ist gestorben, als ich noch ganz klein war und wir in China lebten.

Wenn ich Mutti nach ihrer Kindheit und Jugend fragte, erzählt sie immer nur ein paar lustige Geschichten. Ich merke erst jetzt, wie wenig ich über ihre Zeit in Norwegen weiß. Ich habe immer gedacht, sie hätte damit abgeschlossen – aber da habe ich mich getäuscht.

Gestern Abend hat Mutti ihre jüngere Schwester Dagny in Oslo angerufen, und danach war sie ganz aufgelöst. Die beiden hatten sich wohl viele Jahre aus den Augen verloren. Tante Dagny hat den Krieg so wie wir im Ausland verbracht, ist erst vor Kurzem mit ihrem Mann nach Norwegen zurückgekehrt und hat dann nach ihrer Schwester gesucht. Vor ein paar Tagen kam ein Brief von ihr. Unsere Adresse hat sie, glaube ich, vom Suchdienst des Roten Kreuzes.

Ich habe Mutti noch nie so erlebt! Sie hat lange geweint und konnte sich kaum beruhigen. Vati war sehr besorgt und hat immer wieder gesagt, dass sie doch einfach so bald wie möglich nach Oslo fahren soll, um ihre Schwester zu besuchen. Mutti ist ihm sehr dankbar und hat sein Angebot gern angenommen. Schon nächste Woche wird sie abreisen.

Ich würde liebend gern mitfahren, ihre Schwester kennenlernen und sehen, wo sie aufgewachsen ist. Es ist so aufregend, dass es nun plötzlich eine norwegische Familie gibt! Aber leider ruft die Pflicht, also die Schule … Na ja, es ist bestimmt nicht das letzte Mal, dass Mutti nach Norwegen fährt. Vielleicht können wir ja in den Sommerferien alle drei dort Urlaub machen. Das wäre die Wucht!

Rike entfuhr ein Seufzer. Am liebsten hätte sie das Tagebuch zugeschlagen und sich die weitere Lektüre erspart. Jetzt konnte es nicht mehr lange dauern, bis Beates Träume platzten und ihre heile Welt zerbrach.

42

Horten, Norwegen, Juni 1926 – Johanne

Das Klingeln des Telefons klang gedämpft aus dem Büro ihres Vaters, als Johanne am Mittwochmorgen die Hintertür des Geschäftsgebäudes in der Storgata öffnete. Zwei Stufen auf einmal nehmend sprang sie die Treppe hinauf, stürmte in das Kontor und riss die Hörmuschel von der Gabel.

»Ja, bitte?«, rief sie außer Atem.

»Guten Morgen, Fräulein Rev. Hier spricht Kapitän Meiners. Ich hoffe, ich störe Sie nicht?«

»Nein, gar nicht«, antwortete Johanne.

»Ich hatte es bereits gestern Abend versucht. Ich bin nämlich auf dem Weg nach Horten und könnte gegen Mittag die bestellten Radioempfänger zu Ihnen bringen. Wäre Ihnen das recht?«

»Ja, das passt wunderbar. Ich werde hier sein und Sie erwarten.«

»Prima. Ich freue mich«, sagte er. »Auf Wiedersehen!«

Johanne hängte ein, ließ sich auf den Stuhl hinter dem Schreibtisch fallen und legte ihre Füße auf die Platte. Es war so angenehm, Hosen zu tragen. Sie ließen ihr Bewegungsmöglichkeiten, die sie zuletzt als kleines Mädchen genossen hatte. Damals hatte sie beim Spielen im Garten – wenn ihre Mutter außer Sicht war –, sooft es ging, ihren Rock bis zur Hüfte hochgerafft und verknotet, um ungehindert auf den alten Birnbaum klettern zu können, Rad zu schlagen oder mit dem Seil zu springen.

Johanne verschränkte die Arme hinter dem Kopf, kippelte mit dem Stuhl rückwärts und kicherte. Wenn Mutter mich so sähe, würde sie in Ohnmacht fallen oder einen hysterischen Anfall bekommen, dachte sie. Sie schob die Unterlippe vor und beschloss, sich eine Hose anzuschaffen. Sobald es die Etikette für Trauernde zuließ und sie in der Öffentlichkeit nicht länger schwarze Röcke und Blusen tragen musste. Bis dahin schenkte ihr die Kleidung ihres Bruders bei ihren heimlichen Unternehmungen eine Freiheit, die weit mehr bedeutete als das Abschütteln körperlicher Einschränkungen. Dank Finns Hosen und Jacken war sie in der Lage, in eine andere Identität zu schlüpfen.

So wie einige Stunden zuvor, als sie mit Leif den Branntwein verkauft hatte. Der Kunde, ein Schankwirt aus Drammen, hatte keine Sekunde daran gezweifelt, es mit zwei jungen Männern zu tun zu haben, die im Auftrag eines Großschmugglers mit ihm verhandelten. Zur Besiegelung des Geschäfts hatte er eine Runde Zigarren ausgegeben und einen Flachmann mit Schnaps herumgehen lassen. Er hatte ihr umsichtiges Vorgehen gelobt und gemeint, dass sich ihr Boss glücklich schätzen dürfe, zwei solch tüchtige Burschen zu beschäftigen. Sie würden es einmal weit bringen und hätten bei den Weibsleuten gewiss einen guten Schlag. An dieser Stelle hätte sich Johanne fast durch ein Giggeln verraten, das ihr in die Kehle stieg. Leif hatte ihr gerade noch rechtzeitig kumpelhaft auf die Schulter geklopft und eine launige Bemerkung gemacht.

Die Aktion war ein voller Erfolg gewesen. Zum einen hatte der Verkauf ein hübsches Sümmchen eingebracht, das Johannes Schulden bei der Bank beträchtlich verringern würde. Zum anderen war der Wirt erfreulich neugierig gewesen und hatte sich eingehend nach Gravdal erkundigt – besser gesagt nach den Gründen, warum dieser zurzeit nicht liefern konnte. Leif und Johanne hatten sich in vielsagenden Andeutungen über ihren angeblichen Chef ergangen, aus denen der Käufer messerscharf geschlossen hatte, dass es sich bei Gravdals geheimnisvollem Gegenspieler um ein hohes Tier handelte, jemanden, der in Horten einen wichtigen Posten bekleidete.

Das Schlagen der quaderförmigen Tischuhr riss Johanne aus ihren Gedanken. Es war neun. Jeden Moment konnte Ingvald anklopfen und zur allmorgendlichen Besprechung hereinkommen. Sie stand auf und ging hinter den Paravent, den sie in einer Ecke neben dem Sofa aufgestellt hatte. Rasch zog sie sich um und prüfte ihre Frisur in dem kleinen Wandspiegel. Der Dutt, den sie während ihres nächtlichen Ausflugs unter einer Schiebermütze von Finn verborgen hatte, war zur Hälfte aufgelöst, ihr Gesicht war blass, und unter den Augen lagen bläuliche Schatten. Johanne grinste sich schief an. Zum Schlafen war sie in letzter Zeit selten gekommen. Sie kniff sich in die Wangen, richtete noch einmal ihre Frisur und setzte sich hinter den Schreibtisch – bereit, wieder in die Rolle der braven Tochter aus gutem Hause zu schlüpfen.

Ingvald ahnte wohl, dass sie ein Doppelleben führte. Er hatte es einige Tage zuvor angedeutet und ihr gleichzeitig zu verstehen gegeben, dass er keine Einzelheiten erfahren wolle. Er vertraue ihr bedingungslos und sei überzeugt, dass sie nur das Beste für das Geschäft, ihre Familie und das Andenken ihres Vaters im Sinn habe.

Johanne kamen durchaus gelegentlich Zweifel, ob sie richtig handelte. Schließlich bereicherte sie sich an Schmuggelware und umging das Gesetz. Hätte ihr Vater ein solches Vorgehen akzeptiert? Letztlich musste sie das alles mit sich selbst und ihrem Gewissen ausmachen – und da war sie im Grunde ihres Herzens mit sich im Reinen. Denn im Vordergrund stand das Bedürfnis, Gravdal seiner gerechten Strafe zuzuführen oder ihn zumindest daran zu hindern, in der Gegend weiterhin sein Unwesen zu treiben.

Den Vormittag verbrachte Johanne mit geschäftlichen Erledigungen. Als Erstes brachte sie vierzehntausend Kronen – den größten Teil des Geldes, das sie von dem Schankwirt aus Drammen erhalten hatte – zu Fräulein Solstad auf die Bank. Für jeden Kanister hatte er einhundertfünfzig Kronen bezahlt. Der Verkauf des Whiskys an den Marineoffizier hatte viertausend Kronen eingebracht. Es stand demnach noch rund ein Drittel der Summe aus, die Johanne der Bank schuldete. Fräulein Solstad hatte ihr zu dem vermeintlich guten Verkauf ihrer Gemälde und Schmuckstücke gratuliert und ihr ein weiteres Mal ihre absolute Diskretion zugesichert. Ihrem Chef hatte sie lediglich mitgeteilt, dass Fräulein Rev den Kredit innerhalb der vorgegebenen Frist bedienen würde. Direktor Ludvigsen hatte das ohne Nachfragen zur Kenntnis genommen. Fräulein Solstad hatte gegenüber Johanne angedeutet, dass er erleichtert gewirkt hatte. Es wäre ihm wohl äußerst unangenehm gewesen, die Rev'sche Weinhandlung zu beschlagnahmen und der Familie die Existenzgrundlage zu entziehen.

Nach ihrer Rückkehr von der Bank setzte sich Johanne mit Ingvald zusammen. Gemeinsam überlegten sie, wie sie ihren Kundenkreis für die Radioempfänger erweitern könnten und in welchen Zeitungen der Gegend sie Werbeanzeigen aufgeben sollten.

Kurz vor Mittag erschien Kapitän Meiners, und Ingvald ging in den Hof, um die Kisten mit den Radioempfängern in die Garage zu tragen. Johanne quittierte den Lieferschein und beglich die Rechnung sowie ihre Schulden. Als sie sich mit einem freundlichen Lächeln von dem Deutschen verabschieden wollte, öffnete dieser erneut seine lederne Aktentasche, in der er die Dokumente verwahrte.

»Ich habe mir erlaubt, Ihnen eine Kleinigkeit mitzubringen«, sagte er und überreichte Johanne eine dunkelbraune Pappschachtel, auf der mit goldener Prägeschrift unter dem Markennamen Mauxion *Gefüllte Krokant-Kugeln Nugat und Mokka* stand.

»Das ist aber nett«, sagte Johanne. »Vielen Dank!«

»Keine Ursache«, murmelte er. »Ich dachte, Sie könnten in dieser schweren Zeit ein bisschen süße Stärkung gebrauchen.«

Johanne stutzte. War Friedrich Meiners tatsächlich rot geworden? Dieser stattliche Mann, der das Kommando über ein großes Frachtschiff hatte und viele Matrosen befehligte? Nein, das bildete sie sich gewiss nur ein. Sie streckte die Hand aus, um sich von ihm zu verabschieden.

»Ähm … dürfte ich …« Er räusperte sich. »Würden Sie mir wohl beim Mittagessen Gesellschaft leisten?«

Johanne hob die Brauen. »Warum nicht?«, antwortete sie nach einer winzigen Pause.

Der Kapitän sah sie so überrascht an, als hätte er nicht mit einer Zusage gerechnet. »Oh … äh … das freut mich außerordentlich!« Ein Strahlen ging über sein Gesicht. Er deutete eine Verbeugung an, hielt ihr die Tür auf und folgte ihr beschwingt auf den Flur.

Johanne schlug das Grand Hotel in der Sørbysgata in der Nähe des Hafens und des Bahnhofs vor, wo sie ein schattiges Plätzchen auf der Terrasse ergatterten. Nachdem er seine anfängliche Befangenheit überwunden hatte, entpuppte sich Kapitän Meiners als angenehmer Gesprächspartner, der Johanne nicht mit aufdringlichen Fragen zu Leibe rückte oder mit großspuriger Selbstdarstellung in Beschlag nahm. Er unterhielt sie mit amüsanten Anekdoten aus seinem Seefahrerleben und anschaulichen Berichten über seine ostfriesische Heimat, der er sich tief verbunden fühlte – was ihn nicht davon abhielt, mit leiser Ironie manche Schnurren und Eigenheiten seiner Landsleute aufs Korn zu nehmen. Seine offene Art, auch ernstere Themen anzusprechen, etwa das Erstarken radikaler Strömungen in Deutschland, das ihm große Sorgen bereitete, gefiel Johanne. Er war ehrlich an ihrer Meinung interessiert und gab ihr keinen Moment das Gefühl, auf sie herabzuschauen, weil sie jünger und vor allem eine Frau war.

Auch auf dem Rückweg – der Kapitän bestand darauf, Johanne zum Laden zu begleiten – setzten sie ihr Gespräch fort. Eben hatte sich Meiners erkundigt, warum die norwegische Hauptstadt seit dem vergangenen Jahr nicht mehr Kristiania, sondern Oslo hieß.

»Das war der ursprüngliche Name im Mittelalter«, erklärte Johanne. »Im siebzehnten Jahrhundert hat der dänische König Christian IV. nach einem verheerenden Brand die Stadt wieder aufbauen lassen und nach sich benannt.

Damals noch mit Ch. Später hat der schwedische König Oskar II. die Schreibweise geändert.« Sie lächelte verschmitzt. »Aber nun sind die Zeiten der Abhängigkeit seit zwanzig Jahren endgültig vorbei – und da hat man beschlossen, unsere Hauptstadt wieder ...«

»Ah, sieh an, das Fräulein Rev!«

Johanne schrak zusammen. Vor ihnen hatte sich Sven Gravdal aufgebaut und verstellte ihnen den Weg. Sie atmete durch, setzte eine eisige Miene auf und wollte mit einem knappen Kopfnicken an ihm vorbeigehen.

»Wie man hört, haben Sie Ihr Warenangebot erweitert«, sagte Gravdal. »Das klingt sehr interessant. Wir sollten uns dringend über eine Kooperation unterhalten.«

Johanne nahm aus den Augenwinkeln wahr, wie Kapitän Meiners den Rücken durchdrückte und den Störenfried misstrauisch musterte.

Gravdal wich kaum merklich zurück. »Denken Sie darüber nach. Ich werde demnächst bei Ihnen vorbeischauen.« Er lüftete mit einer übertrieben devoten Geste seinen Hut und trat einen Schritt beiseite.

Im selben Augenblick bog seine Limousine um die Ecke und hielt am Bordstein neben ihm. Leif stieg aus, umrundete den Wagen und öffnete die hintere Tür.

Johannes Herzschlag setzte aus. Was für ein unseliger Zufall! Jetzt nur nichts Verräterisches tun, ermahnte sie sich. Gravdal darf nicht merken, dass Leif und ich uns kennen. Schau am besten gar nicht hin. Sie senkte den Kopf und wollte weiterlaufen.

»*God dag!*«, hörte sie Friedrich Meiners mit hartem Akzent sagen.

Sie sah auf und bemerkte, dass er Leif gegrüßt hatte. Natürlich! Er war ihm kurz begegnet, als er die erste Lieferung mit Radioapparaten gebracht hatte. Johanne erstarrte. Oder war es die Erde, die stillstand? Warum musste dieser Deutsche so ein gutes Gedächtnis haben? Die folgenden Sekundenbruchteile dehnten sich zu einer qualvollen Ewigkeit, wie in einem Albtraum, in dem man dem Grauen ausgeliefert war und nichts tun konnte, um ihm zu entkommen. Vor Angst wie gelähmt verfolgte sie, wie der Kapitän Leif freundlich zunickte. Wie sich Gravdals Züge verfinsterten. Wie er seinen Blick zwischen seinem Chauffeur und ihr hin und her wandern ließ. Wie ein Verdacht seine Augen schmal werden ließ.

Meiners schaute Johanne verunsichert an. »Das ist doch der junge Mann, den ich neulich bei Ihnen im Hof gesehen habe?«

Johanne riss sich aus dem lähmenden Bann, fasste den Kapitän am Ellenbogen und zog ihn fort. Sie hatte sich nicht getraut, Leif anzusehen. Wie hatte er reagiert? Was würde er auf Gravdals Fragen antworten? Konnte er glaubhaft leugnen, sie zu kennen?

»Es tut mir leid, wenn ich etwas Falsches gesagt habe.«

Johanne drehte sich zu dem Kapitän, der einen verwirrten Eindruck machte und sie betreten ansah.

»Nein, machen Sie sich keine Gedanken. Sie haben nichts Falsches getan«, antwortete sie. Außer dass Sie ein zu gutes Gedächtnis haben, fügte sie im Stillen hinzu. Sie machte eine abwinkende Handbewegung. »Wissen Sie, Herr Gravdal, der mich da eben angesprochen hat, gehört nicht gerade zu den angenehmsten Zeitgenossen.«

»Das habe ich gemerkt, auch wenn ich nicht weiß, um was es ging.«

»Nichts Wichtiges«, sagte Johanne und bemühte sich um ein unbefangenes Lächeln. Mittlerweile hatten sie den Rev'schen Weinladen erreicht. »Vielen Dank für das Essen.« Sie blieb stehen und reichte ihm die Hand.

»Ich habe zu danken!«, rief Meiners. »Für die außerordentlich angenehme Gesellschaft. In den Genuss kommen wir Seebären nicht allzu oft.« Er drückte ihre Hand und sah ihr in die Augen. »Darf ich hoffen, Sie bei meinem nächsten Aufenthalt in Horten wiederzusehen?«

Johanne nickte. Sie brannte darauf, allein zu sein und in Ruhe nachzudenken. »Melden Sie sich gern, wenn Sie wieder im Lande sind«, sagte sie, winkte ihm zu und eilte durch den Torbogen in den Hinterhof.

Im Büro angekommen, brach ihre Selbstbeherrschung zusammen, die sie in Meiners' Gegenwart mühsam aufrechterhalten hatte. Panik flutete ihren Körper bis in die feinsten Nervenfasern. Sie rang nach Luft, wankte zur Wasserschüssel, tauchte einen Waschlappen hinein und fuhr sich damit übers Gesicht. Das kühle Nass verschaffte ihr etwas Erleichterung. Nach ein paar Augenblicken war sie wieder in der Lage, einen klaren Gedanken zu fassen.

Mache ich mir unnötig Sorgen, fragte sie sich. Es ist doch gar nicht gesagt, dass Gravdal Deutsch versteht. Abwegig ist es aber auch nicht, hielt sie sich entgegen. Ein paar Brocken wird er beherrschen. Leif hat doch erzählt, dass viele der Alkohollieferanten deutsche Schiffsleute sind, die sich mit dem Verkauf der begehrten Spirituosen hier ein Zubrot verdienen. Und selbst wenn Gravdal nicht alles verstanden hat, wird ihm klar geworden sein, dass Leif und ich uns kennen. Bestimmt ist sein Misstrauen geweckt, und er wird nicht eher ruhen, bis er der Sache auf den Grund gegangen ist.

Die Angst kehrte zurück. Johanne ließ sich auf das Sofa fallen, presste ein Kissen vor ihren Oberkörper und schloss die Augen. Die Ungewissheit war unerträglich. Was ging in diesem Moment zwischen Gravdal und seinem Chauffeur vor sich? Schwebte Leif in Gefahr? Waren sie beide ihres Lebens noch sicher?

Was hält uns eigentlich hier? Die Frage stand wie aus dem Nichts vor ihr. Johanne öffnete die Augen. Warum lassen wir nicht einfach alles hinter uns? Wir könnten anderswo neu beginnen, uns ein gemeinsames Leben aufbauen. Irgendwo, wo uns niemand kennt, wo unsere Herkunft und Vergangenheit keine Rolle spielen. Die Hauptsache ist doch, dass wir zusammen sind. Gemeinsam werden wir unser Glück finden.

Johanne legte das Kissen beiseite und stand auf. Sie musste Leif so schnell wie möglich eine Botschaft zukommen lassen. Er musste aus Gravdals Reichweite verschwinden und Horten umgehend verlassen. Auch wenn sein Chef nicht wusste, dass sein Chauffeur gegen ihn arbeitete, war das Risiko zu groß. Es war nur eine Frage der Zeit, bis Gravdal ihm auf die Schliche kommen würde. Am besten ziehen wir uns so schnell wie möglich auf unser Inselchen zurück, überlegte sie. Dort sind wir fürs Erste in Sicherheit und können ungestört Pläne schmieden.

Diese Aussicht ließ Johanne freier atmen. Sie ging hinüber zum Schreibtisch, nahm einen Papierbogen aus der Schublade und schraubte den Füllfederhalter ihres Vaters auf. Sie setzte zum Schreiben an und biss sich auf die Unterlippe. Wie sollte sie ihre Nachricht formulieren? Falls sie in falsche Hände geriet, durfte sie nichts preisgeben, was Leif in die Bredouille bringen konnte oder gar eine Spur zu ihrem Versteck legte. Gleichzeitig mussten ihre Worte für ihn eindeutig sein.

Auf der kleinen Runden hinter der Langen wartet RB.

Johanne las den Satz mehrmals. Eine bessere Verschlüsselung für die Mitteilung, sie alias **R**äuber**B**raut wollte sich auf dem kleinen Inselchen hinter Langøya mit ihm treffen, fiel ihr nicht ein. Sie war zuversichtlich, dass Leif ihre Botschaft verstehen würde. Ein größeres Problem stellte die Frage dar, wie sie ihm den Zettel zuspielen konnte, ohne dass Gravdal es bemerkte. Sie stützte den Kopf in beide Hände und ging ihre Möglichkeiten durch.

43

Numedal, Norwegen, Frühling 1980 – Rike

Zögernd wanderten Rikes Augen zum nächsten Tagebucheintrag, der zwei Wochen nach dem vorangegangenen folgte.

Liebes Tagebuch!

Seit drei Tagen ist Mutti zurück. Vati und ich hatten uns riesig auf sie gefreut und zu ihrer Begrüßung das ganze Wohnzimmer mit Maiglöckchen und Flieder geschmückt. Swantje hatte eine Buttercremetorte für uns gebacken, und ihr Mann hat Vati seinen Volkswagen geliehen, damit wir Mutti vom Bahnhof abholen konnten. Sie war leider sehr erschöpft von der Reise und hat sich sofort ins Bett gelegt. Wahrscheinlich hat sie sich irgendwas eingefangen, denn seither ist sie kaum mehr aufgestanden. Sie hat zwar kein Fieber und auch keinen Husten oder Schnupfen. Heute Morgen hat Vati den Doktor kommen lassen, aber der konnte keine Krankheit feststellen. Er meinte, dass es vielleicht etwas Seelisches wäre, irgendeine große Erschütterung.

Wenn ich nur wüsste, wie ich ihr helfen kann! Wenn ich mich zu ihr setze und frage, was ihr fehlt, winkt sie nur müde ab, streichelt zärtlich meine Hand, dreht sich zur Wand und macht die Augen zu. Bei Vati ist es genauso. Wir machen uns große Sorgen. Was ist nur in Norwegen geschehen? War die Begegnung mit ihrer Schwester doch nicht so schön? Oder haben die Leute sie beschimpft, weil sie mit einem Deutschen verheiratet ist? Vati hat mir erzählt, dass Norwegen von den Nazis be-

setzt gewesen ist und diese Zeit schlimme Erinnerungen und Narben bei der Bevölkerung hinterlassen hat. Auf Deutsche sind die Leute da wohl nicht gut zu sprechen.

Rike dachte an die Unterhaltung mit Bjørn und seinen Freunden über dieses Thema. Wieder versetzte es ihr einen Stich, dass Johanne in den Augen vieler Landsleute wahrscheinlich als Verräterin gegolten hatte. Und ihre Tochter hatte sie ebenso beschimpft, wenn auch aus anderen Gründen. Rike rieb sich die Stirn. Warum war es so schwer, sein eigenes Glück zu finden?

Liebes Tagebuch!

Ich fühle mich, als hätte ich einen harten Schlag auf den Kopf bekommen. Oder als hätte ich einen Albtraum. Alles kommt mir so entfernt und unwirklich vor. Eine Stimme in mir schreit immerzu: Das kann nicht wahr sein!

Stell dir vor: Mutti hat vorhin nach zehn (!) Tagen das Bett verlassen und Vati und mich gebeten, uns mit ihr ins Wohnzimmer zu setzen. Ich habe mich so gefreut, dass sie endlich wieder auf den Beinen war, aber das hat nicht lange angehalten. Sie hat uns nämlich gesagt, dass sie für immer nach Norwegen zurückgeht, weil sie dort ihrer großen Liebe wiederbegegnet ist und mit diesem Mann zusammen sein will, den sie ein Vierteljahrhundert lang nicht vergessen konnte. »Ich habe lange mit mir gerungen«, hat sie gesagt, »und die Entscheidung fällt mir nicht leicht, denn du bedeutest mir sehr viel, Friedrich, und es tut mir unendlich leid, dich zu verletzen. Mein Entschluss ändert nichts an der Verbundenheit, die ich dir gegenüber empfinde, nicht zuletzt, weil wir zusammen so eine wunderbare Tochter haben. Aber meine Gefühle für den anderen sind so stark und machtvoll, dass ich nicht dagegen ankomme. Außerdem kann ich nicht mit einer Lüge leben – und das wäre so, wenn ich hierbleiben und nicht meinem Herzen folgen würde.«

Ich war erst mal wie gelähmt und konnte gar nichts sagen. Vati war auch sehr still. Er hat Mutti nur tief in die Augen geschaut und gemeint, dass er sich ihrem Glück nicht in den Weg stellen würde. Er sei dankbar für die Jahre, die er an ihrer Seite verbringen durfte, und wünsche ihr aufrichtig alles Gute für die Zukunft.

Das hat mich wie ein elektrischer Schlag getroffen. Plötzlich konnte ich mich wieder bewegen. Ich bin aufgesprungen und habe Mutti angeschrien. Zum ersten Mal in meinem Leben. Ich wollte, dass sie erkennt, was für einen Unsinn sie da erzählt. Und dass sie sich keine Sekunde lang einbilden soll, ich würde jemals zu ihr nach Norwegen kommen.

Dieser andere Mann soll die Liebe ihres Lebens sein? Das ist verrückt. Sie kennt ihn doch kaum. Mit Vati dagegen ist sie seit über zwanzig Jahren verheiratet. Wenn er sich so verhalten würde wie Annegrets Vater, könnte ich es ja verstehen. Aber Vati liebt Mutti von Herzen und würde alles tun, um sie glücklich zu sehen. Sogar sie freigeben. Das *ist wahre Liebe!*

Mutti hatte Tränen in den Augen und wollte mich in den Arm nehmen. Ich dachte zuerst, dass sie einlenken würde. Aber dann hat sie gesagt, dass sie meine Wut versteht, und behauptet, dass sich nicht das Geringste an ihrer Liebe zu mir ändert. Dass sie weiterhin für mich da sein will und ich sie jederzeit in Norwegen besuchen kann. Und dass sie hofft, dass ich ihr eines Tages verzeihen kann.

Während ich das schreibe, brennt die Wut wieder in mir wie vorhin, als ich Muttis Hand von mir abgeschüttelt habe. Das hätte sie wohl gern! Ein paar leere Worte daherplappern und dann verlangen, dass alle ihr Treiben brav hinnehmen. Hat sie nicht immer gesagt, dass ich das Wertvollste bin, was sie hat? Alles Lüge! Wenn ich ihr wirklich so viel bedeuten würde, wäre sie nie auf die Idee gekommen, mich einfach fallen zu lassen wie eine heiße Kartoffel.

Ich habe mich zu Vati geflüchtet und ihn angefleht, Mutti zur Vernunft zu bringen. Er hat nur den Kopf geschüttelt und gemurmelt: »Reisen Lüüd schall'n nich hollen – *Reisende soll man nicht aufhalten.« Da bin ich aber anderer Meinung! Er sollte ihr das nicht durchgehen lassen. Er sollte um sie kämpfen! Ich kann nur hoffen, dass er sich berappelt, wenn er den ersten Schock überwunden hat.*

Er hätte sie niemals nach Norwegen gehen lassen dürfen. Oder zumindest nicht allein. Warum hat er sie nicht begleitet? Ich könnte mich selbst ohrfeigen, weil ich nicht mit ihr gefahren bin. In der Schule hätten sie mich sicher ein paar Tage wegen dringender Familienangelegenheiten entschuldigt. Dann hätte ich diesem Mann, der sich so dreist in unser Leben drängt, schon gesagt, wohin er sich scheren soll.

Mutti hatte schon vor dem Gespräch ihren Koffer gepackt. Sie verbringt die Nacht in einem Hotel in Emden, bevor sie morgen nach Norwegen abreist. Beim Abschied hat sie mich inständig gebeten, über alles zu schlafen und sie morgen früh zu treffen, damit wir noch mal in Ruhe miteinander sprechen könnten.

Ich denke gar nicht dran! Was gibt es denn da noch zu bereden? Sie wird sich kaum von mir umstimmen lassen. Und bet-

teln werde ich nicht! Es wäre nicht nur demütigend, sondern vor allem auch vergeblich. Ihr Entschluss steht fest. Was also will sie von mir? Das könnte ihr so passen: tun, was sie will, und von mir verlangen, dass ich das toll finde. Damit sie keine Gewissensbisse haben muss. Als Nächstes schlägt sie mir dann wahrscheinlich vor, dass ich den Typen kennenlernen und als neuen Vater akzeptieren soll. Mir wird schon bei dem Gedanken schlecht.

Ich habe ihr klipp und klar gesagt: »Wenn du jetzt deinen Koffer nimmst und das Haus verlässt, will ich nie wieder etwas mit dir zu tun haben. Du bist eine Verräterin! Von heute an habe ich keine Mutter mehr!« Vati hat gesagt, ich sollte nicht so hart sein. Das war zu viel! Ich bin aus dem Zimmer gerannt und habe mich hier eingeschlossen. Ich fühle mich so verlassen wie noch nie. Am liebsten würde ich auch meine Koffer packen und abhauen.

Mit diesem Satz endeten die Einträge. Rike zog sich fröstelnd die Bettdecke um die Schultern. Die letzten Absätze hatten ihr kalte Schauer über den Rücken gejagt. Beates Zorn erschütterte sie und flößte ihr Angst ein. Sie verstand ihre Enttäuschung und war zugleich erschrocken über die Heftigkeit, mit der sich ihre Mutter von Johanne losgesagt hatte. Als sie das Buch auf den Nachttisch legte, fiel ihr auf, dass zwischen den hinteren Seiten einige lose Papiere, Postkarten und Prospekte steckten. Rike nahm sie heraus und fand ein paar Anhaltspunkte dafür, wie Beate die Jahre nach Johannes Weggang verbracht hatte.

Ein Zeitungsausriss mit einem Stellenangebot der AG EMS, die für den Seelinienverkehr von Emden zur Insel

Borkum zuständig war, sowie ein knappes Schreiben dieser Reederei, in dem die Bewerbung von Fräulein Meiners positiv beschieden worden war. Beate hatte also das Gymnasium nicht beendet, sondern 1954 ihren ersten Job auf einem Seebäderschiff angenommen. Ein Jahr später hatte sie auf der *Berlin* angeheuert, einem Passagierdampfer, der damals für den Norddeutschen Lloyd unter anderem zwischen Bremerhaven und New York verkehrte. Eine dreigeteilte Postkarte zeigte eine Ansicht der *Berlin*, das Sonnendeck mit Liegestühlen sowie das Restaurant. Auf der Rückseite stand: *Amerika, ich komme! Mai 1955.*

Vier Jahre später hatte Beate erneut die Stelle gewechselt, dieses Mal auf die *TS Bremen*. Einem verknitterten Prospekt entnahm Rike, dass es sich seinerzeit um das größte und modernste deutsche Passagierschiff gehandelt hatte.

Ihren ersten Einsatz auf der *TS Bremen* hatte Beate offensichtlich als Serviererin gehabt. Das verriet zum einen die Speisekarte vom 9. Juli 1959, die anlässlich der Jungfernfahrt gedruckt worden war, zum anderen ein Foto von der Küchen- und Restaurantmannschaft, das auf der Rückseite datiert war: Juli 1959. Auf dem Bild hatte Beate eine kurzärmelige Bluse, einen knielangen Rock und eine gerüschte Schürze an. Die Haare trug sie kinnlang mit Außenwelle und schaute mit einem fröhlichen Lächeln in die Kamera.

Rikes Herzschlag beschleunigte sich. Welcher der Köche war wohl ihr Vater? Wer von ihnen hatte der jungen Beate damals mit seinen tiefblauen Augen und schwarzen Locken den Kopf verdreht und sie dann schwanger sitzenlassen? Rike kniff die Augen zusammen und musterte die Männer mit den hohen Mützen und hellen Jacken, die auf einer

Seite zusammenstanden. Nach einer Weile gab sie enttäuscht auf. Die Schwarz-Weiß-Aufnahme ließ keine Rückschlüsse auf die Farbe der Augen zu, und die Frisuren verschwanden fast vollständig unter den Kochmützen.

Rike blinzelte müde, steckte das Bild zurück ins Tagebuch, löschte das Licht und verlor sich wenige Atemzüge später im Land der Träume.

44

Horten, Norwegen, Juni 1926 – Johanne

Am späten Nachmittag hielt Johanne es nicht länger aus. Zweimal war sie bereits vergeblich durch die Straßen des Städtchens gelaufen, hatte nach der Limousine von Gravdal Ausschau gehalten und auf eine Gelegenheit gehofft, ihren Zettel unauffällig für Leif zu platzieren. Nun beschloss sie, ihre Botschaft als Annonce im *Gjengangeren* zu schalten, in der Hoffnung, Leif würde am folgenden Morgen die Zeitung lesen. Die Wahrscheinlichkeit, dass er dabei auf ihre Anzeige aufmerksam würde und erkannte, dass sie an ihn gerichtet war, schätzte sie gering ein. Da sie jedoch weder wusste, wo Leif untergebracht war, noch Gravdals Adresse kannte, fiel ihr keine bessere Lösung ein. Sie gestand sich ein, mehr aus dem Bedürfnis heraus zu handeln, irgendetwas zu tun, als in der festen Überzeugung, ihre Aktion könnte erfolgreich sein. Es half zumindest, das Gedankenkarussell anzuhalten und sich kurzzeitig von ihren Ängsten abzulenken.

Sie setzte sich eben ihren Hut auf, als es klopfte. Sie ging zur Tür, öffnete sie und machte einen Schritt rückwärts. Vor ihr stand Sven Gravdal. Unwillkürlich wanderte ihr Blick den Gang hinunter, wo sich die beiden Zimmer von Ingvald befanden. Im selben Moment fiel ihr ein, dass er nicht da war. Sie selbst hatte ihn eine halbe Stunde zuvor gebeten, neue Werbeprospekte bei einer Druckerei in Auftrag zu geben. Wusste Gravdal, dass sie allein war? Hatte er sie beschatten lassen und abgewartet, bis ihr Angestellter das Haus verließ? All das ging Johanne durch den Kopf, während sie um Fassung rang. »Sie wünschen?«, fragte sie kühl.

Gravdal lüftete seinen Hut. »Ich hatte ja vorhin schon angedeutet, dass ich mich gern mit Ihnen unterhalten möchte«, antwortete er. »Es soll Ihr Schaden nicht sein«, schob er nach, sichtlich bemüht um einen verbindlichen Ton und eine freundliche Miene.

Als würde ein Krokodil versuchen zu lächeln, ohne die Zähne zu zeigen, schoss es Johanne durch den Kopf. Wenn die Lage nicht so bedrohlich gewesen wäre, hätte sie sich über die groteske Grimasse amüsiert.

»Schenken Sie mir nur zehn Minuten«, fuhr Gravdal fort und trat auf die Schwelle. »Darf ich eintreten?«

Johanne verschränkte die Arme vor dem Oberkörper und versteifte sich.

»Sie haben nichts zu befürchten«, sagte er. »Ich möchte Ihnen lediglich ein interessantes Angebot unterbreiten.«

»Nun gut«, sagte Johanne nach kurzem Zögern und ließ ihn herein.

Ihr Misstrauen lag im Widerstreit mit einer zaghaften Erleichterung. Hatte sie sich getäuscht? Hatte Gravdal keinen Verdacht gegen sie und Leif geschöpft oder die Sache als unwichtig abgetan? War ihre Angst unbegründet gewesen? Sei dennoch auf der Hut, ermahnte sie sich. Er ist und bleibt ein gefährlicher Mann. Selbst jetzt, wo er sich alle Mühe gibt, den zuvorkommenden Gentleman zu geben. Was hat ihn dazu bewogen, die Strategie zu wechseln? Johannes Neugier war geweckt. Auch wenn sie nicht ernsthaft vorhatte, mit Gravdal Geschäfte zu machen, wollte sie mehr über seine Pläne erfahren. Es konnte nicht schaden, sich einen tieferen Einblick in seine Denkweise zu verschaffen.

»Nehmen Sie Platz.« Johanne deutete auf einen der beiden Ledersessel und setzte sich auf den anderen.

Gravdal folgte ihrer Einladung. »Danke«, sagte er, schlug die Beine übereinander und legte seinen Hut auf den Tisch. »Ich gebe zu, dass ich Sie anfangs unterschätzt habe. Aber mittlerweile habe ich erkannt, dass Sie ein gutes Händchen für Geschäfte haben. Wenn wir kooperieren, wäre das für beide Seiten ein Gewinn.«

»Wie darf ich mir diese Kooperation vorstellen?«, fragte Johanne.

»Ihre Idee, Radioempfänger zu verkaufen, gefällt mir sehr gut.«

Johanne runzelte die Stirn.

Gravdal beugte sich vor. »Keine Sorge! Ich will Ihnen nicht ins Handwerk pfuschen. Ganz im Gegenteil. Ich könnte Ihren Kundenkreis erweitern. Im Gegenzug würden Sie meine Waren über Ihren Laden verkaufen. Der Name Rev steht für Qualität und solides Geschäftsgebaren.«

Johanne sah ihn verblüfft an. Sie hatte nicht damit gerechnet, dass er ihr seine Absichten so unverblümt darlegte.

»Welche Waren?«, fragte sie. »Sie glauben doch nicht, dass ich unseren guten Ruf gefährde, indem ich geschmuggelte …« Sie stockte.

Gravdals Miene hatte sich verfinstert. Sie erschrak über die Intensität des Zorns, der ihr entgegenschlug. Fasziniert verfolgte sie, wie sich einen Atemzug später seine Züge glätteten. Die Verwandlung musste ihm einiges an Selbstbeherrschung abverlangen.

»Ich weiß genau, was hinter ihrer hübschen Stirn vorgeht«, sagte er mit einem Lächeln, das wohl charmant sein sollte, Johanne jedoch einen Schauer über den Rücken jagte. »Sie halten mich für einen Kriminellen, dem man nicht trauen kann.« Er schürzte die Lippen. »Nun, ich will ganz offen mit Ihnen sein und aus meinem Herzen keine Mördergrube machen. Ich bin entschlossen, den – sagen wir – halbseidenen Geschäften ein für alle Mal den Rücken zu kehren und ein neues Leben als ehrbares Mitglied dieser schönen Stadt zu führen.«

Johannes Erstaunen steigerte sich. Das Gespräch nahm eine Wendung, die ihr surreal erschien.

»Doch dazu benötige ich Ihre Hilfe«, fuhr Gravdal fort. »Darf ich an Ihr christliches Gewissen appellieren? Hat nicht jeder eine zweite Chance verdient? Lassen Sie mich Ihnen beweisen, dass ein Mensch sich zum Guten ändern kann. Dass ein sanftmütiges Wesen wie Sie den …«

Johanne schluckte gegen einen Würgereiz an. Dieses scheinheilige Gefasel aus dem Mund des Mannes zu hören, der ihren Vater kaltblütig hatte ermorden lassen, war kaum zu ertragen. Wie konnte er auch nur einen Atemzug lang glauben, von ihr Vergebung zu erlangen? Ihre Augen wanderten zu der Stelle, an der ihr Vater in seinem Blut gelegen hatte. Ihre Fäuste ballten sich, ihr Mund öffnete sich zu einer scharfen Entgegnung.

Hastige Schritte ertönten auf dem Gang, die Tür wurde aufgerissen, und Leif stürmte ins Büro. Er hielt inne und sah sich um. Er machte einen verwirrten Eindruck auf Johanne. Gleichzeitig bemerkte sie, wie der unterwürfige Ausdruck auf Gravdals Gesicht gehässiger Genugtuung wich.

»Ah, da ist er ja endlich, der Retter der bedrohten Maid. Ich dachte schon, ich müsste noch ewig dieses salbungsvolle Gelaber von mir geben.« Gravdal griff nach seinem Hut, setzte ihn auf und erhob sich. »Ich hatte dich früher erwartet.«

»Wo sind die Lydersen-Brüder?«, fragte Leif.

Warum fragt er nach ihnen? Und warum hat Gravdal ihn erwartet? Johanne kam sich vor, als sei sie Teil einer Theateraufführung, deren Handlung ihr unbekannt war – wie auch die Rolle, die ihr darin zugedacht war. Sie erinnerte sich, dass Leif das Brüderpaar als Gravdals treueste Untergebene bezeichnet hatte. Die beiden gehorchten ihrem Boss, ohne groß nachzufragen, und erledigten die schmutzige Arbeit für ihn. Wieso nahm Leif an, dass sie hier waren?

Johanne wurde es kalt. Weil er das glauben sollte! Weil Gravdal ihm eine Falle gestellt hat, um zu prüfen, ob zwischen uns eine Verbindung besteht. Und Leif ist ihm auf den Leim gegangen. Die Erkenntnis durchzuckte Johanne wie ein elektrischer Schlag. Ihr wurde schwindelig. Denk nach, befahl sie sich. Du musst die Situation retten!

Sie stand auf und legte ihre Hände auf dem Rücken zusammen. Gravdal sollte nicht sehen, dass sie zitterten. »Würden die Herren die Güte haben, mir zu erklären, was hier vor sich geht?« Johanne sah streng von einem zum anderen. »Was fällt Ihnen ein, hier einfach hereinzuplatzen?«, sagte sie zu Leif.

Dieser hatte sich mittlerweile gefasst. Er tippte sich an die Mütze. »Entschuldigen Sie. Ich hatte Grund zu der Annahme, dass Sie bedroht werden.«

»Redet doch nicht so gedrechselt daher«, knurrte Gravdal.

»Ihr könnt mir nichts vormachen. Ihr steckt unter einer Decke. Ich weiß zwar nicht, was ihr ausheckt. Aber das werde ich schon noch …«

»Erlauben Sie mal!« Johanne stemmte ihre Fäuste in die Hüften und funkelte Gravdal empört an. »Ich soll mit diesem Kerl …« Sie schnaubte und hoffte, dass ihre Miene überzeugend angewidert aussah. »Ich verbitte mir derartige Unterstellungen!«

»Sie sehen Gespenster«, sagte Leif zu Gravdal. »Ich habe nichts mit dem Fräulein zu schaffen.«

»Wer's glaubt«, zischte Gravdal.

»Allerdings habe ich grundsätzlich etwas dagegen, dass einer Frau Gewalt angetan wird«, fuhr Leif kühl fort. »Das lasse ich nicht zu! Ich habe mitbekommen, dass die Lydersen-Brüder Fräulein Rev einschüchtern sollten. Damit sie Ihnen die Weinhandlung überlässt.«

»Das wird ja immer besser!«, rief Johanne und warf Gravdal einen wütenden Blick zu.

»So was habe ich gar nicht nötig«, knurrte dieser. »Keine Ahnung, wie der darauf kommt.« Gravdal warf Leif einen finsteren Blick zu.

Leif zuckte mit den Achseln. »Möglicherweise habe ich da was falsch verstanden. Ich hole jetzt den Wagen. Sie wollen doch heute Abend nach Åsgårdstrand fahren, oder haben Sie Ihre Pläne geändert?«

Gravdal stierte ihn misstrauisch an. Er schien unschlüssig, warf einen Blick auf die Tischuhr und brummte etwas Unverständliches.

»Verschwinden Sie aus meinem Haus«, sagte Johanne zu ihm.

»Worauf wartest du?« Gravdal machte eine scheuchende Handbewegung in Leifs Richtung und trat dicht an Johanne heran. »Wir zwei sind noch nicht fertig miteinander«, zischte er.

»Wagen Sie es ja nicht, mich noch einmal zu belästigen!«

»Sonst was?«, fragte er höhnisch. »Wollen Sie die Polizei rufen? Nur zu, das schreckt mich nicht.«

Sie hielt seinem Blick stand. Er blinzelte und verließ das Büro. Johannes Knie gaben nach. Sie sackte auf die Lehne eines Sessels und rang nach Luft. Hatten Leif und sie Gravdal überzeugen können? Nicht vollständig, so viel war sicher. Allerdings hatte er keinen konkreten Verdacht und war gewillt, sich vorerst weiterhin von Leif chauffieren zu lassen. »Sie wollen doch heute Abend nach Åsgårdstrand, oder?« Die Bedeutung von Leifs Frage sickerte erst jetzt in ihr Bewusstsein. Sie sprang auf. In wenigen Stunden würde Gravdal die Dienste der Prostituierten in Anspruch nehmen und dabei sein, wenn diese die vermeintliche Liebesgabe von Polizeimeister Rettmann erhielt. Hoffentlich hat Leif die Lieferung in die Wege geleitet, dachte Johanne. Es muss einfach so sein! Und wenn anschließend alles nach Plan verläuft, wird Gravdal noch heute aus dem Verkehr gezogen und kann uns nicht mehr gefährlich werden.

Johanne hastete hinter den Paravent. Sie wollte sich Finns Kleider anziehen und nach Åsgårdstrand radeln, um in Leifs Nähe zu sein. Es kam für sie nicht in Frage, untätig abzuwarten. Es stand so viel auf dem Spiel. Sie hatte ihre Bluse schon halb aufgeknöpft, als sie sich zum Innehalten zwang. Du musst einen klaren Kopf bewahren, redete sie sich selbst gut zu. Es bringt nichts, einfach loszustürmen. Überleg lieber, wie du am sinnvollsten vorgehst und Leif wirklich eine Hilfe sein kannst. Johanne schloss die Knöpfe wieder und setzte sich an den Schreibtisch.

Sie konnte sich nicht darauf verlassen, dass Leif die Gelegenheit haben würde, Nygren, den jungen Polizisten, zu verständigen, sobald Gravdal auf dem Weg zu Rettmann war. Dazu benötigte er Zugang zu einem Telefonapparat. Und selbst wenn er einen fand, konnte er ihn womöglich nicht unbeobachtet benutzen. Nach den letzten Ereignissen würde Gravdal ihn mit Argusaugen bewachen oder einen seiner Männer damit beauftragen. Also musste sie selbst Nygren den Hinweis geben und ihn auf Gravdals Spur ansetzen. Die Frage war nur, ob sie anonym bleiben sollte. Sie konnte vorgeben, ein Mitwisser aus dem Schmugglermilieu zu sein, dem Gravdals Machenschaften zu weit gingen oder der sich an diesem rächen wollte. Derartige Denunziationen waren nicht unüblich, um Konkurrenten aus dem Weg zu räumen.

Der Vorteil lag klar auf der Hand: Sie musste nicht preisgeben, wie weit sie selbst in illegale Geschäfte verwickelt war, woher sie ihre Kenntnisse hatte, und vor allem konnte sie Leif heraushalten. Johanne rieb sich die Stirn. Der Nachteil wog schwerer: das Risiko, Nygren könnte einen gesichtslosen Informanten als Wichtigtuer oder gar Lügner abtun und die Sache auf sich beruhen lassen. Nein, sie würde Nygren persönlich gegenübertreten. Sie schob eine Hand zwischen die Knöpfe ihrer Bluse und schloss ihre Finger um den Korkenzieher, den sie auch an diesem Tag an einer Kordel um ihren Hals trug. »Bring mir Glück«, murmelte sie leise und beschwor das Gesicht ihres Vaters herauf. »Hilf mir, deinen Mörder zur Strecke zu bringen!«

Eine Viertelstunde später stand Johanne am Tresen der Polizeiwache und fragte nach dem jungen Polizisten. Zu ihrer Erleichterung war er anwesend und ohne viel Federlesens bereit, ihrer Bitte nach einem Gespräch unter vier Augen zu entsprechen. Er führte sie in einen kleinen Raum, der mit einem Tisch und zwei Stühlen möbliert war.

»Vielen Dank, dass Sie mich empfangen«, sagte Johanne, nachdem sie sich gesetzt hatten.

»Aber gern doch. Was kann ich für Sie tun?«

»Ich möchte Sie um Hilfe bitten.« Johanne hatte beschlossen, so nah wie möglich an der Wahrheit zu bleiben. »Gerade eben hatte ich Besuch von Sven Gravdal.«

Das Aufblitzen in Nygrens Augen verriet ihr, dass er sofort im Bilde war, von wem sie sprach.

»Es war nicht das erste Mal, dass er mich bedrängt hat, ihm unsere Weinhandlung zu verkaufen. Ich habe ihm stets zu verstehen gegeben, dass ich nicht gewillt bin, das Erbe meines Vaters zu veräußern.«

»Sehr verständlich.« Nygren sah sie aufmerksam an. »Lassen Sie mich raten: Herr Gravdal hat Ihnen gedroht.«

Johanne nickte. Sie war dankbar, dass der Polizist von sich aus diese Folgerung zog. »Mir ist bewusst, dass die Polizei erst eingreifen kann, wenn eine Straftat begangen wurde oder zumindest ein dringender Verdacht besteht, dass ein Verbrechen geplant wird.«

Nygren kratzte sich im Nacken. »Ähm, ja, das ist leider …«

»Aber vielleicht können Sie sich noch in dieser Nacht belastbare Beweise beschaffen, die Gravdals illegale Geschäfte betreffen«, fiel Johanne ihm ins Wort.

»Wie das?«, fragte Nygren.

»Aus einer vertrauenswürdigen Quelle habe ich erfahren, dass Gravdal heute eine große Lieferung Alkohol erwerben will. Besser gesagt, seine Männer sollen sie für ihn holen. Er selbst wird sich ein Alibi verschaffen und die fragliche Zeit bei einer Dame in Åsgårdstrand verbringen.«

Nygren sah Johanne überrascht an. Sie konnte förmlich sehen, was in seinem Kopf vorging. Dass er sich fragte, wie eine Dame wie sie an derartige Informationen gelangt war.

Rasch sprach sie weiter. »Außerdem ist es möglich, dass Gravdal sich später mit einem wichtigen Komplizen trifft. Leider kann ich Ihnen weder sagen, wo das stattfinden wird, noch an welchem Ort seine Männer die Schmuggelware übernehmen sollen.«

»Letzteres herauszufinden wird nicht allzu schwer sein«, sagte Nygren.

Nun war es an Johanne, den Polizisten verdutzt anzusehen.

»Sie haben sicher davon gehört, dass unlängst ein großes Lagerhaus von Herrn Gravdal in Flammen aufgegangen ist.«

Johanne nickte. »Im *Gjengangeren* wurde ja ausführlich darüber berichtet.«

»Dann kennen Sie auch die Spekulationen des Reporters über mögliche Hintergründe und Täter.« Nygren beugte sich über den Tisch. »Es gibt dazu keine offiziellen Nachforschungen«, fuhr er mit gesenkter Stimme fort. »Aber ich bin überzeugt, dass der Journalist richtigliegt. Daher habe ich, wann immer es mir möglich ist, ein Auge auf Gravdal und seine Männer.«

Er opfert also seine Freizeit, dachte Johanne und beglückwünschte sich zu ihrer Intuition. Mit ihrer Vermutung, der junge Polizist sei nicht bereit, Mauscheleien und oder gar kriminelle Umtriebe zu übersehen, um es sich nicht mit seinem Chef zu verscherzen, hatte sie ins Schwarze getroffen.

Nygren schaute auf seine Armbanduhr. »In einer halben Stunde habe ich Dienstschluss. Ich kenne zwei Zollbeamte, denen ich bedingungslos vertraue. Sie sind unbestechlich und ehrlich daran interessiert, den Schmugglern das Handwerk zu legen. Die werde ich auf Gravdals Männer ansetzen. Ich selbst werde nach Åsgårdstrand fahren, mich dort auf die Lauer legen und Gravdal überwachen. Wenn er tatsächlich heute Nacht eine konspirative Zusammenkunft hat, werde ich es mitbekommen.«

Die Entschlossenheit, die sein Tonfall und seine Miene ausstrahlten, stimmte Johanne zuversichtlich. Es war erstaunlich, wie sich der junge Mann in kurzer Zeit gemausert hatte. Als sie ihm nach dem Tod ihres Vaters zum ersten Mal begegnet war, war sein Auftreten ein wenig linkisch und unsicher gewesen.

Sie stand auf und reichte ihm die Hand. »Ich bin Ihnen sehr dankbar und wünsche Ihnen viel Erfolg!«

Bevor er nachfragen konnte, woher sie ihre Informationen hatte, verließ Johanne den Raum und stand einen Augenblick später auf der Straße. So schnell es ging – ohne durch ungebührliche Rennerei aufzufallen –, kehrte sie ins Weinkontor zurück und zog sich um. Nygren würde nicht der Einzige sein, der Gravdal in dieser Nacht wie ein Schatten folgte.

45

Numedal, Norwegen, Frühling 1980 – Rike

Am Karsamstag zeigte sich das Wetter von seiner unfreundlichen Seite. Ein scharfer Wind trieb Regenschauer, in die sich Schneeflocken mischten, von den Hochebenen ins Tal, dunkle Wolken hingen dicht über den Wipfeln der Bäume, und das trübe Grau vor den Fenstern ließ kaum Rückschlüsse auf die Tageszeit zu. Rike war spätnachts nach der Lektüre des Tagebuchs eingeschlafen und erst gegen neun Uhr aufgewacht. Sie benötigte ein paar Sekunden, bis sie wusste, wo sie sich befand. Sie lag in dem mit Rosen bemalten Holzbett in einer Kammer unter dem ausgebauten Dach. Rike kuschelte sich noch einmal tief in die Daunendecke und ließ die behagliche Atmosphäre auf sich wirken.

Am Abend zuvor war sie überrascht gewesen, wie warm es im gesamten Haus war. Da nur in der Küche und der Wohnstube Öfen standen, war sie davon ausgegangen, dass die Schlafzimmer und anderen Räume ungeheizt waren, und hatte sich auf ein klammes Bett eingestellt. Als Bjørn sie zu der Kammer führte, die für Gäste vorgesehen war, wurde sie dort jedoch von einer angenehmen Wärme empfangen. Nach der Quelle befragt, hatte Bjørn mit sichtlichem Stolz erzählt, dass er gemeinsam mit seinem Onkel im Keller einen Holzvergaser installiert hatte. Rike verband mit dem Begriff rußende Hilfsmotoren, mit denen in Kriegszeiten

Autos und Lastwagen mehr schlecht als recht angetrieben worden waren. Bjørn erklärte ihr jedoch, dass es bei sachgerechter Bedienung eine nahezu schadstofffreie und sehr effiziente Methode war, Energie zu gewinnen.

Die Erinnerung an Bjørn zauberte ein glückliches Lächeln auf Rikes Gesicht. Er war so einfühlsam und schien immer genau zu spüren, wie es um sie stand. So wie beim Gute-Nacht-Sagen einige Stunden zuvor. Nachdem er ihr Bettzeug und Handtücher gebracht hatte, war Rike unsicher gewesen, ob er bleiben wollte. Ob er erwartete, dass sie »es« nun tun würden. Und wie er reagieren würde, wenn sie erklärte, dass sie dazu noch nicht bereit wäre. Während sie noch mit sich haderte und sich eine höhnische Stimme in ihr über ihre Verklemmtheit und Ängstlichkeit lustig machte, hatte Bjørn sie in den Arm genommen, geküsst und war anschließend zur Tür gegangen. Auf der Schwelle hatte er sich umgedreht, sie liebevoll angelächelt und sich mit den Worten verabschiedet: »Unsere Geschichte hat doch gerade erst begonnen. Wir haben alle Zeit der Welt.«

Als Rike eine halbe Stunde nach dem Aufwachen in der Küche erschien, fand sie dort Bjørn und Leif vor, die am Herd und an der Anrichte werkelten. Johanne dagegen fehlte. Durch den Raum waberte ein köstlicher Duft, der Rikes Appetit anregte.

»Du kommst genau richtig«, sagte Bjørn. »Der Kaffee ist gerade durchgelaufen. Und Leif backt Waffeln.«

»Wie geht es Johanne?«, fragte Rike, nachdem sie die beiden begrüßt hatte.

»Sie lässt sich entschuldigen«, antwortete Leif. »Sie hatte eine unruhige Nacht und fühlt sich etwas angeschlagen.« Er legte eine Waffel auf einen Teller und stellte ihn an den Platz auf dem Tisch, an dem Rike am Vorabend gesessen hatte.

Rike biss sich auf die Lippe. »Das tut mir leid«, murmelte sie und ließ sich auf ihrem Stuhl nieder. »Es war gestern wohl doch zu viel für sie.«

»Bitte mach dir keine Vorwürfe«, sagte Leif und schenkte ihr Kaffee ein. »Sie ist überglücklich, dass du gekommen bist, und freut sich, dass wir alle die Ostertage gemeinsam verbringen können.«

»Apropos«, sagte Bjørn. »Ihr habt ja nicht mit zwei zusätzlichen Essern gerechnet. Muss noch irgendwas eingekauft werden?«

Leif nickte. »Ja, das wollte ich gleich nach dem Frühstück erledigen.«

Bjørn setzte sich über Eck zu Rike an den Tisch. »Hättest du Lust, ein bisschen durch Rødberg zu bummeln? Ich könnte dir die Straßen und Orte meiner Kindertage zeigen.«

»Sehr gern.« Rike strahlte ihn an.

Er drehte sich zu Leif. »Wir erledigen dabei die Einkäufe. Schreib uns einfach eine Liste.«

»Seid ihr sicher?«, fragte Leif. »Heute ist bestimmt die Hölle los in den Läden. Sie haben ja nur kurz geöffnet.«

»Das macht nichts«, rief Rike.

»Kein Problem«, sagte Bjørn gleichzeitig.

Sie grinsten sich an. Ob er das Gleiche denkt, wie ich?, fragte sich Rike. Dass er ein bisschen Zeit zu zweit mit mir verbringen will?

»Ich danke euch«, sagte Leif. »Das kommt mir sehr gelegen. Dann kann ich mich um Johanne kümmern und schon den Braten für morgen vorbereiten.« Er lächelte ihnen zu und goss den Teig für die nächste Waffel in das Eisen.

Mit dem Familienauto, einem dunkelroten Saab 99, fuhren Rike und Bjørn wenig später nach Rødberg. Zunächst ging es über den Lågen ans andere Ufer, an dem sie flussaufwärts Richtung Norden fuhren. Schließlich kamen sie an einer hohen Staumauer vorbei, hinter der sich der Uvdalsåe ausbreitete.

»Das ist der Stausee, der das Nore-Kraftwerk speist«, sagte Bjørn und deutete aufs gegenüberliegende Ufer.

Rike sah ein lang gestrecktes Gebäude, hinter dem dicke Rohre durch eine breite Schneise im Wald auf den Berg hinauf verlegt waren. Daneben ragten mehrere Masten einer Stromtrasse auf. Über eine Brücke ging es kurz darauf direkt ins Zentrum des Örtchens. Nachdem sie das Rathaus, einen schmucklosen Kastenbau, passiert hatten, parkten sie den Wagen in der Nähe einer Tankstelle und stiegen aus. Der Regen war in ein feines Nieseln übergegangen. Rike war froh, sich einen Regenmantel von Johanne ausgeliehen zu haben. Die Feuchtigkeit kam von allen Seiten, ein Schirm hätte kaum Schutz geboten.

Wie Leif vermutet hatte, nutzten außer ihnen noch viele andere die wenigen Stunden, an denen die Geschäfte am Karsamstag geöffnet hatten, um sich nach zwei Feiertagen für das bevorstehende lange Osterwochenende mit frischen Lebensmitteln einzudecken. In dem Coop-Geschäft herrschte lebhafter Betrieb, und die Schlange vor der Kasse war lang. Das gleiche Bild bot sich im Vinmonopolet, wo sie ein paar Flaschen Rotwein besorgten – zu einem solch hohen Preis, dass er Rike sprachlos machte.

Nachdem sie die Einkäufe im Kofferraum verstaut hatten, ließen sie den Wagen auf dem Parkplatz stehen und liefen zum Syljerudvegen, der in weiten Serpentinen vom Zentrum zum Waldrand hinaufführte.

»Habt ihr nicht früher in dieser Straße gewohnt?«, fragte Rike, der der Name vage bekannt vorkam.

Bjørn nickte. »Weiter oben. Jetzt kommt erst mal meine alte Grundschule.« Er zeigte auf zwei einstöckige Gebäude, die im rechten Winkel zueinander standen und ein L formten. An den Frontseiten waren sie mit dunkelbraunen Holzpaneelen verkleidet.

»Wie praktisch. Da hattest du es ja nicht weit.«

Bjørn grinste. »Ich weiß. Unser Örtchen ist sehr überschaubar.«

»Was hat Johanne und Leif ausgerechnet hierher verschlagen?«, platzte Rike heraus. »Äh, ich ... es ist natürlich hübsch hier ... äh ...« Sie verstummte und ärgerte sich über ihren unbedachten Ausruf. In den Augen von Fremden gehörte Petkum gewiss auch nicht unbedingt zu den Sehenswürdigkeiten, die man keinesfalls verpassen sollte. Dennoch liebte sie das Dorf, wo ihre Wurzeln tief im torfigen Grund verankert waren. Bjørn ging es mit Rødberg vielleicht ebenso.

»Ist schon okay«, sagte er. »Rødberg zählt nicht gerade zu den Attraktionen der Gegend. Und viel los ist hier auch nicht.« Bjørn zwinkerte ihr zu. »Ich war ehrlich gesagt nicht allzu traurig, als ich nach der zehnten Klasse aufs Gymnasium in Kongsberg gewechselt bin.«

»Stammt dein Onkel von hier?«

»Nein, Leif ist auf einer Insel bei Trondheim aufgewachsen. Aber sein Großvater kam aus dem Numedal. Er hat es als junger Mann verlassen, weil es kaum Erwerbsmöglichkeiten bot und der kleine Bauernhof seiner Eltern von seinem älteren Bruder übernommen wurde. Er ist durchs Land gen Norden getingelt, hat verschiedene Arbeiten übernommen und ist schließlich am Trondheimfjord gelandet. Damals gab es dort reiche Heringsvorkommen. Also heuerte er bei einer Fischerflotte an – für eine Saison. Doch dann verliebte er sich in die Tochter eines Einheimischen und blieb für immer.«

»Wie romantisch«, sagte Rike. »Aber hat er denn seine Heimat nicht vermisst?«

Bjørn hob die Schultern. »Soviel ich weiß, ist er nie wieder hergekommen. War ja damals auch nicht so einfach.«

»Und warum sind nun dein Onkel und Johanne hierhergezogen?«, wiederholte Rike ihre Frage. »Meine Großmutter kam doch ursprünglich aus Horten.«

»Leif hatte eine entfernte Cousine, die hier mit ihrem Mann lebte. Das waren meine Eltern. Als sie kurz nach meiner Geburt tödlich verunglückt sind, hat man nach Angehörigen gesucht, die willens waren, mich aufzunehmen. War wohl nicht ganz einfach. Schließlich hat man Leif ausfindig gemacht. Er war sofort bereit, sich um mich zu kümmern. Und Johanne ebenso.«

»Aber warum wollte meine Großmutter nicht in der Nähe ihrer Familie leben?«

»Das musst du sie selbst fragen. Sie erzählt wenig von ihren Leuten. Außer von ihrer Schwester Dagny. Die beiden haben ein enges Verhältnis.«

»Sie lebt in Oslo, nicht wahr?«

Bjørn nickte. Mittlerweile waren sie fast ans Ende des Syljerudvegen gelangt. Die Abstände zwischen den Wohnhäusern waren immer größer und die Grundstücke weitläufiger geworden. Bjørn machte vor einem Einfamilienhaus Halt, das hinter ein paar Bäumen stand. »Da haben meine Eltern gewohnt. Als Leif und Johanne mich zu sich nahmen, waren sie gerade auf der Suche nach einem Zuhause. Da haben sie beschlossen, es zu übernehmen, damit ich in meinem Elternhaus aufwachsen kann.«

»Gehört es euch noch?«

»Nein, sie haben es verkauft.«

Rike sah ihn erschrocken an. Das Entsetzen, als Beate ihr verkündet hatte, das Haus in Petkum verkaufen zu wollen, steckte ihr noch in den Knochen.

»Oh, keine Sorge«, sagte Bjørn. »Ich hatte nichts dagegen, ehrlich! Wie gesagt, ich hänge nicht so sehr an Rødberg.«

Rike atmete auf. »Ich muss gestehen, dass ich da ganz anders bin. Allein der Gedanke, ich könnte Opa Fietes Haus verlieren …« Sie schüttelte sich.

»Ich weiß«, sagte Bjørn, legte einen Arm um ihre Schultern und zog sie an sich. »Ich fühle mich der Landschaft hier verbunden. Am wichtigsten sind mir allerdings die menschlichen Bindungen. Und die führen mich jetzt eben an den Kravikfjord, wenn ich Leif und Johanne sehen will.«

Rike schmiegte sich an ihn. »Das kann ich gut verstehen. Ihr drei wirkt sehr harmonisch miteinander.«

»Ja, wir haben uns eigentlich immer sehr gut verstanden. Auch Pubertätskonflikte und Abgrenzungskämpfe gab's bei mir so gut wie keine.« Er zuckte mit den Schultern. »Bisschen fad, oder?«

»Finde ich gar nicht. Bei mir war es ähnlich. Mit Opa Fiete habe ich nie ernsthaft gestritten.«

»Schade, dass ich ihn nicht mehr kennenlernen kann.«

»Ja, ich bin sicher ihr hättet euch gut verstanden.«

Bjørn strich Rike eine feuchte Haarsträhne aus der Stirn. »Lass uns zurückfahren. Sonst weichst du noch völlig auf.«

»Ich bin doch nicht aus Zucker«, entgegnete Rike mit gespielter Empörung. »Aber du hast recht. Langsam wird's doch sehr ungemütlich.«

Sie drehten um und liefen zum Auto zurück.

»Womit haben Leif und Johanne eigentlich früher ihr Geld verdient?«, fragte sie nach einer Weile.

»Mein Onkel hatte immer schon ein Händchen für Motoren«, antwortete Bjørn. »Er hat eine Stelle bei einer Autowerkstatt angetreten und sie später übernommen, als der Besitzer in Rente gegangen ist. Und deine Großmutter hat die Buchhaltung erledigt und nebenbei ein kleines Geschäft für Campingzubehör aufgezogen. Sie hat früh erkannt, dass die Gegend hier für Naturliebhaber und Wanderer wie geschaffen ist.«

»Und das hat gut funktioniert?«, fragte Rike. »Ich meine, gemeinsam zu arbeiten und tagein, tagaus zusammen zu sein.«

»Ja, ganz wunderbar«, antwortete Bjørn. »Anders hätten sie es sich auch gar nicht vorstellen können. Sie wollten nie wieder voneinander getrennt sein. Manchmal hatte ich den Eindruck, dass sie die verlorenen Jahre aufwiegen wollten, in denen sie getrennt gewesen waren.«

Rike nickte. Es gab keinen Zweifel, dass Johanne in Leif ihre große Liebe gefunden hatte. Aber warum hatte sie dann Opa Fiete geheiratet? Hoffentlich ist sie bereit, mir das anzuvertrauen, dachte Rike. Es gibt noch ein paar blinde Flecken in dieser Geschichte. Das zornige Gesicht ihrer Mutter tauchte vor ihrem inneren Auge auf. Rike empfand in diesem Moment Mitleid mit ihr. Wenn ich die ganze Wahrheit kenne, kann ich vielleicht zwischen Johanne und Beate vermitteln, überlegte sie. Unwillkürlich drückte sie ihre Daumen. Es muss doch möglich sein, die alten Wunden endlich zu heilen und Frieden zu schließen. Ich würde viel darum geben, nicht mit dieser Last weiterleben zu müssen.

»Ihr seht verfroren aus«, sagte Johanne, als Bjørn und Rike mit den Einkaufstüten in die Küche kamen. Sie saß am Tisch und las Zeitung. Rike musterte sie verstohlen und stellte erleichtert fest, dass ihre Großmutter rosige Wangen hatte und entspannt wirkte. Offensichtlich hatte sie gut geschlafen und die aufwühlenden Ereignisse des Vortages verdaut. Leif war nicht im Raum, ihn hatten sie auf dem Weg vom Auto zum Haus im Garten gesehen, wo er Zweige für den Osterstrauß schnitt.

»Wollt ihr Kaffee?« Johanne lächelte Rike an. »Oder hättest du lieber eine schöne Tasse Tee?« Sie deutete auf ein Regalbrett, auf dem eine bauchige Kanne stand.

Rike riss die Augen auf. »Aber das ist ja die ostfriesische Rose!«, rief sie.

»Ich habe sie mir damals als Andenken mitgenommen. Und dann festgestellt, dass sie gut zum hiesigen Rosendekor passt«, sagte Johanne. Sie stand auf und hob die Kanne samt einem passenden Porzellanstövchen herunter. »Mit echten Kluntjes kann ich zwar nicht dienen. Aber ich habe einen kräftigen Schwarztee. Zucker und Sahne natürlich auch.«

»Wunderbar!«, sagte Rike. »Ehrlich gesagt, das hat mir in

den letzten Tagen doch sehr gefehlt. Ich wusste gar nicht, dass ich so abhängig von meiner täglichen Ration bin.« Sie lächelte verschämt.

»Das hast du von deinem Großvater«, sagte Johanne. »Der hatte immer einen Vorrat an Kluntjes dabei, egal wohin es uns verschlagen hat. In China war es ja nicht weiter schwer, an guten Tee heranzukommen. Aber mit Sahne aus Kuhmilch und weißem Kandis sah es da schon anders aus.« Sie holte eine Blechdose aus einem Schrank. »Möchtest du ihn zubereiten?«, fragte sie.

»Gern«, antwortete Rike.

»Heißes Wasser ist dort.« Johanne deutete auf einen Kessel, der auf dem Herd stand, und setzte sich wieder an den Tisch.

Rike spülte die Kanne zum Anwärmen aus, gab ein paar Löffel Tee hinein und goss kochendes Wasser auf.

Bjørn rümpfte die Nase. »Tee ist ja nun nicht so meins. Und dann auch noch mit Zucker und Sahne? Das klingt … äh … gewöhnungsbedürftig.«

»Du bist eben ein eingefleischter Kaffeetrinker«, meinte Johanne. »Aber für einen echten Ostfriesen ist das ein wichtiger Teil seiner Kultur.« Sie schmunzelte. »Nicht wahr, Rike? Ohne Tee könnt ihr nicht leben.«

»Das stimmt!«, rief Rike.

»Das kam aus tiefster Brust«, sagte Bjørn, der an der Anrichte lehnte, und sah Rike neckend an.

Sie zuckte mit den Achseln und setzte sich an den Tisch. »Ob du es glaubst oder nicht: Tee wurde bei uns sogar geschmuggelt, wenn es ihn legal nicht zu kaufen gab. Zum Beispiel im achtzehnten Jahrhundert, als der preußische

König Friedrich II. die Ostfriesen aufgefordert hat, weniger Tee zu trinken zugunsten einheimischer Getränke. Sie sollten keine wertvollen Devisen ins Ausland verschleudern. Oder während der napoleonischen Kontinentalsperre. Und zuletzt im Zweiten Weltkrieg. Als damals der Tee rationiert wurde, sind viele losgezogen, um den kostbaren Stoff zu organisieren. Unsere Nachbarn haben zum Beispiel im Ruhrgebiet Eier, Fett und Schinken gegen Schwarztee getauscht und diesen in einem Kissenbezug durch die Kontrollen geschmuggelt.«

Rike sah Opa Fietes verschmitztes Grinsen vor sich, mit dem er ihr diese Anekdoten erzählt hatte. Seine Ausführungen hatte er mit der Feststellung beendet: *»Wenn wi keen Tee hebben, mutten wi starben.«*

»Tee als Schmuggelgut?« Bjørn schüttelte verwundert den Kopf. »Alkohol leuchtet mir ja ein, aber Tee?«

»Na, bei euren Preisen käme ich auch in Versuchung«, sagte Rike. »Mich hat vorhin fast der Schlag getroffen, als ich gesehen habe, wie teuer hier eine Flasche Wein ist.«

Johanne und Bjørn sahen sich an und lachten.

»Ja, geschmuggelt wird Alkohol immer noch. Aber die Schwarzbrennerei ist noch viel mehr verbreitet«, sagte Bjørn.

»Man kann durchaus behaupten, dass sie eine Art Nationalsport ist«, ergänzte Johanne.

»Es ist nämlich gar nicht so einfach, sich legal mit Hochprozentigem zu versorgen. Wobei der Begriff hochprozentig irreführend ist«, erklärte Bjørn. »Hier dürfen schon Getränke mit mehr als 4,7 Prozent Alkohol, also auch normales Bier und Wein, nur in den staatlichen Vinmonopolet-Läden angeboten werden. Und die gibt's nicht überall.«

»Warum wird das hier so streng gehandhabt?«, fragte Rike.

»Das ist eine lange Geschichte«, antwortete Johanne. »Anfang des zwanzigsten Jahrhunderts wurde der Alkoholkonsum als großes soziales Problem angesehen. Viele Norweger hätten ein totales Verbot begrüßt, andere plädierten dafür, den Verkauf staatlich zu regeln. Eine Zeit lang herrschte tatsächlich Prohibition, so wie in Amerika. Schon vorher waren Verkaufsstellen mit kommunaler Konzession eingerichtet worden – und dieses System wurde dann nach dem Ende der Verbotszeit bis heute beibehalten.«

»Die Gemeinden entscheiden, ob sie ein Vinmonopolet dulden oder nicht«, fügte Bjørn hinzu. »Es gibt zahlreiche Orte, die von offizieller Seite her trockengelegt sind und in denen man außer Leichtbier nichts Alkoholisches kaufen kann. Also sehen sich manche Leute geradezu dazu gezwungen, sich selbst zu helfen und schwarzzubrennen.« Er grinste Rike an. »Zumal es natürlich erheblich billiger ist.«

»Aber dazu braucht man doch spezielle Geräte«, sagte sie.

»Durchaus. Ist aber nicht weiter schwer, an die ranzukommen«, antwortete Bjørn. »Es ist zwar bei hoher Strafe verboten, Schnaps herzustellen, zu besitzen oder gar zu verkaufen. Der Vertrieb von Destillierapparaten und Gebrauchsanweisungen dagegen ist legal.«

Johanne kicherte, blätterte in ihrer Zeitung und tippte auf eine Anzeige. »Hier bewirbt eine Postversandfirma in einem Dauerinserat Heimbrenngeräte. Und es gibt ein Buch mit dem schlichten Titel *Alkohol*, in dem sehr detailliert beschrieben wird, wie man Bier, Wein und Branntwein fabrizieren kann.«

»Das ist doch verrückt!«, entfuhr es Rike.

»Ja, eine der liebenswürdigen Ungereimtheiten in unserem schönen Land«, sagte Bjørn und zwinkerte ihr zu. »Ich seh mal nach, ob ich Leif etwas helfen kann. Holz hacken oder so.« Er stellte seine Kaffeetasse ab und verließ die Küche.

»Der Tee hat jetzt genug gezogen«, sagte Rike und erhob sich. »Möchtest du auch eine Tasse?«

»Unbedingt«, antwortete Johanne. »Es ist ewig her, seit ich ihn so zubereitet getrunken habe.«

Rike war einerseits froh, dass Bjørn ihr die Gelegenheit schenkte, ein Weilchen allein mit ihrer Großmutter zu reden. Andererseits war sie befangen und wusste nicht, wie sie das Gespräch auf die Themen lenken sollte, die sie brennend interessierten, bei denen sie jedoch Gefahr lief, in Johanne schmerzliche Erinnerungen zu wecken. Sie beschloss, erst einmal auf Fragen nach der Ehe mit Opa Fiete und dem Bruch mit Beate zu verzichten. Es gab schließlich genug andere Dinge, die sie erfahren wollte.

»Sag mal, Bjørn hat mir erzählt, dass du während der Prohibition in den Zwanzigerjahren Alkohol geschmuggelt hast. Ist das wirklich wahr?«, fragte sie, nachdem sie zwei Tassen mit Tee vollgeschenkt hatte.

In Johannes Augen blitzte es auf. »Oh ja. Das war eine aufregende Zeit.«

»Wie alt warst du denn damals?«

»Nicht viel älter als du jetzt.«

»War das nicht irre gefährlich?«, fragte Rike. Sie sah die junge Johanne nächtens vermummt und mit einem großen Rucksack beladen durch finstere Gassen schleichen, jede

Deckung nutzend, um den Lichtkegeln der Taschenlampen auszuweichen, mit denen Polizisten nach Schmugglern suchten. »Bist du mal geschnappt worden?«

Johanne nahm einen Schluck aus ihrer Tasse. »Nein, Leif und ich waren sehr vorsichtig. Aber einmal hätten uns fast Gravdals Männer erwischt. Da wäre es uns schlimmer ergangen, als wenn wir dem Zoll oder der Polizei ins Netz gegangen wären.« Sie sah versonnen vor sich hin.

»Wer waren Gravdals Männer? Und warum waren sie gefährlicher als die Polizei?«

Johanne strich sich eine Haarsträhne hinters Ohr. »Entschuldige, das kannst du natürlich nicht wissen.« Sie setzte sich aufrechter hin. »Ich habe so lange nicht mehr an jene Wochen gedacht. Meine Schmugglerkarriere dauerte nämlich nicht sehr lang.« Sie lächelte Rike an. »Und sie war bei Weitem nicht so spektakulär, wie du vielleicht denkst.«

»Bitte, erzähl mir davon. Natürlich nur, falls es …«

»Sehr gern«, unterbrach Johanne sie. »Wenn dich die alten Geschichten nicht langweilen.«

Rike schüttelte energisch den Kopf.

»Also gut«, begann Johanne. »Es war im Sommer 1926. Da war das totale Alkoholverbot bereits gelockert, das heißt, Wein und Bier durften wieder verkauft werden. Mein Vater hatte eine Weinhandlung, auf die der besagte Gravdal ein Auge geworfen hatte. Der Mann war ein übler Geselle und in alle möglichen illegalen Machenschaften verstrickt. Das meiste Geld hat er damals mit geschmuggelten oder schwarzgebrannten Spirituosen verdient. Um sich eine ehrbare Fassade zu verschaffen und als seriöser Geschäftsmann Fuß zu fassen, wollte er unseren Laden.«

»Klingt nach einem waschechten Mafioso«, sagte Rike.

Johanne nickte. »Der Mann ging buchstäblich über Leichen. Als mein Vater sich weigerte, mit ihm zu kooperieren, hat er ihn aus dem Weg räumen lassen.«

»Was?« Rike hob eine Hand vor den Mund. »Er hat ihn ermordet?«, hauchte sie.

»Wohl nicht persönlich. Wir konnten ihm auch nie nachweisen, dass er einen Killer beauftragt hat. Aber ich war und bin hundertprozentig davon überzeugt, dass Gravdal meinen Vater auf dem Gewissen hat.«

»Wie entsetzlich!«, rief Rike. »Wurde denn nicht gegen ihn ermittelt? Die Polizei hätte doch …«

»Rettmann, der Polizeichef von Horten, steckte mit Gravdal unter einer Decke«, erklärte Johanne.

»Das wird ja immer besser … äh, ich meine, schlimmer!«

»Darum hatten Leif und ich beschlossen, die Sache selbst in die Hand zu nehmen und die beiden zu entlarven.«

»Sehr mutig!«, sagte Rike. »Ich weiß nicht, ob ich mich so was trauen würde.«

Johanne hob die Schultern. »Ich hatte furchtbare Angst. Aber noch größer war meine Wut auf Gravdal.«

»Und wie habt ihr es angestellt?«

»Wir haben ihn glauben lassen, dass ihm eine andere Schmugglerbande Konkurrenz macht. Wir haben ihm eine Whiskylieferung vor der Nase weggeschnappt, Kunden abspenstig gemacht und sein Lagerhaus angezündet. Und dann haben wir ihm und Rettmann eine Falle gestellt.«

»Wahnsinn! Das ist ja wie in einem Gangsterfilm!« Rike rutschte auf ihrem Stuhl nach vorn und sah ihre Großmutter gebannt an. »Was für eine Falle?«

»Wir haben es so eingefädelt, dass Gravdal den Polizeimeister für den Boss der anderen Bande halten musste. Leif hatte eine wertvolle Schatulle aus dem Lagerhaus geklaut, das wir später abgefackelt haben. Die haben wir als angebliches Geschenk von Rettmann einer gewissen Dame geschickt, als Gravdal gerade ihre Dienste in Anspruch nahm.«

»Ganz schön ausgefuchst«, sagte Rike voller Bewunderung. »Gravdal musste also davon ausgehen, dass dieser Rettmann sein Lagerhaus zerstört hat.«

»Genau«, fuhr Johanne fort. »Er hat den Köder, ohne zu zögern, geschluckt und ist stante pede zu Rettmann gestürmt, um ihn zur Rede zu stellen. Und in dieses Treffen ist die Polizei geplatzt.«

»Wie das?«, fragte Rike. »Ich dachte, die war auf Gravdals Seite.«

»Nicht alle Beamten – zum Glück«, antwortete Johanne. »Es gab da einen jungen Polizisten, dem die korrupte Mauschelei seines Chefs ein Gräuel war. Nygren hat er geheißen. Dem habe ich den entscheidenden Hinweis gegeben, wann sich die beiden treffen.«

»Und, hat euer Plan funktioniert?«

»Oh ja, und wie!« Johanne lächelte. »Als Nygren auftauchte und seinen Chef bezichtigte, mit Gravdal krumme Geschäfte zu machen, hat Rettmann alles geleugnet und behauptet, Gravdal habe ihn überfallen und bedroht. Und Nygren sei gerade noch rechtzeitig erschienen, um das Schlimmste zu verhindern. Da ist Gravdal erst recht ausgerastet und hat bis ins kleinste Detail dargelegt, wie sich Rettmann von ihm hatte schmieren lassen.«

»Großartig!«, rief Rike. »Ihr habt die beiden also wirklich drangekriegt.«

»Na ja, wie man's nimmt.« Johanne verzog den Mund. »Gravdal hat versucht abzuhauen.«

»Oh nein! Aber er wurde doch hoffentlich geschnappt?«

Johanne nickte. »Ja, schon. Aber es war ein bitterer Sieg. Im Nachhinein habe ich mich oft gefragt, ob es nicht besser gewesen wäre, ihn laufen zu lassen.«

»Das verstehe ich nicht«, sagte Rike.

»Natürlich nicht. Vermutlich hätte es so oder so nichts gebracht.« Johanne seufzte schwer. »Wir hatten Gravdals Niedertracht unterschätzt.« Sie schüttelte sich. »Es schaudert mich heute noch, wenn ich daran denke.«

46

Horten, Norwegen, Juni 1926 – Johanne

Johanne kauerte hinter einem Lattenzaun in der Herman Smiths gata. Die Straße verlief oberhalb des Stadtzentrums entlang des Waldrands auf dem Braarudåsen und war einem berühmten Spross Hortens gewidmet. Das wusste sie von ihrem Bruder Finn, der schon als kleiner Junge ein glühender Verehrer des begnadeten Skilangläufers gewesen war und dessen Werdegang aufmerksam verfolgte. Herman Smith-Johannsen war um die Jahrhundertwende als junger Mann nach Nordamerika ausgewandert, hatte dort seinen Lieblingssport populär gemacht und bei Wettkämpfen viele Preise errungen. Seine Geschichte hatte sich Johanne wegen seines ungewöhnlichen Spitznamens eingeprägt: *Jackrabbit*. Finn hatte ihr erzählt, dass ihn kanadische Indianer – beeindruckt von seiner Fähigkeit, mit hoher Geschwindigkeit auf Skiern stark bewaldete Hänge hinunterzufahren – *Okumakum Wapoos* nannten, was so viel wie *Chief Jackrabbit*, also Häuptling Präriehase, bedeutete.

Der Zaun friedete das Grundstück ein, auf dem das stattliche Wohnhaus des Polizeichefs stand. Nach reiflicher Überlegung hatte Johanne beschlossen, nicht nach Åsgårdstrand zu radeln. Mit dem Fahrrad hatte sie keine Chance, Gravdal zu folgen, wenn er sich von Leif zu Rettmann chauffieren ließ, und rechtzeitig zur Stelle zu sein, wenn sie aufeinandertrafen. Sollte der Polizeichef nicht zu Hause sein, würde Gravdal vermutlich hier auf ihn warten.

Die weiß gestrichenen Wände des Holzhauses leuchteten in der hellen Nacht, in der es schwer war, sich unsichtbar zu machen. Hinter den Fenstern, die zum Vorgarten zeigten, brannte Licht, wer sich in den dazugehörenden Räumen aufhielt, konnte Johanne nicht ausmachen. Sie war froh, dass es an der Straße noch viele unbebaute Flächen gab, so auch linker Hand neben dem Anwesen der Rettmanns. Zumindest von dieser Seite drohte keine Gefahr, entdeckt zu werden. Eine gute halbe Stunde zuvor hatte Johanne sich hinter einem Eckpfosten auf die Lauer gelegt, von dem aus sie sowohl das Haus als auch die Straße im Blick hatte. Zäh flossen die Minuten dahin. Ihre Beine schmerzten und drohten einzuschlafen. Sie getraute sich jedoch nicht, aufzustehen und ihre Glieder zu lockern.

Ein sich näherndes Motorengeräusch ließ Johanne ihre Beschwerden vergessen. Ihr Herzschlag beschleunigte sich. Es war tatsächlich Gravdals Limousine, die in hoher Geschwindigkeit herangebraust kam. Kaum hatte sie angehalten, wurde die Beifahrertür aufgerissen, und Gravdal stürzte heraus. Er hämmerte wie besessen gegen die Eingangstür, stieß das Dienstmädchen, das ihm öffnete, beiseite und stürmte ins Innere. Während er im Haus verschwand und Johanne überlegte, ob sie es wagen konnte, zu Leif zu huschen, der hinterm Steuer sitzen geblieben war, nahm sie einen weiteren Wagen wahr, der mit ausgeschalteten Scheinwerfern ausrollte und hinter der Limousine zum Stehen kam. Nygren und ein zweiter Uniformierter stiegen aus und liefen ebenfalls zum Haus. Mit angehaltenem Atem beobachtete Johanne, wie sie eintraten.

Was hätte sie darum gegeben, ein Mäuschen zu sein und unbemerkt die Szene verfolgen zu können, die sich in diesen Sekunden dort abspielte. Angestrengt lauschte sie. Es war nichts zu hören. Es mochte ungefähr eine Minute verstrichen sein, als Gravdal ins Freie hastete. Johanne schrak zusammen. Das durfte doch nicht wahr sein! Gravdal floh! Bevor sie reagieren konnte, sah sie, wie Leif die Limousine verließ, sich Gravdal in den Weg stellte und ihn am Arm packte. Mit einem wütenden Aufschrei versuchte dieser, sich loszureißen. Er griff in die Tasche. Johanne sah etwas metallisch aufblitzen. Wie von selbst setzten sich ihre Beine in Bewegung. Sie sprang auf und rannte zu den beiden kämpfenden Männern. Gravdal hatte Leif niedergerungen. Mit der Linken drückte er seine Kehle zu. Mit der Rechten, in der er ein Messer hielt, holte er weit aus. Im nächsten Augenblick würde er es Leif in den Körper rammen.

Johanne warf sich Gravdal in den Arm und biss ihm mit aller Kraft in die Hand. Er heulte auf. Mit einem Klirren fiel die Klinge zu Boden. Er drehte sich um die eigene Achse und schlug Johanne ins Gesicht. Sie taumelte rückwärts. Ihr Sturz wurde vom Lattenzaun aufgehalten, gegen den sie prallte. Schwarze Pünktchen tanzten vor ihren Augen. Ein metallischer Geschmack lag auf ihrer Zunge. Sie beugte sich nach vorn, stützte ihre Hände auf die Knie und rang keuchend nach Luft.

Aus den Augenwinkeln sah sie, dass Leif sich mühsam aufrappelte und nach dem Messer griff. Gravdal kam ihm zuvor, schnappte sich die Klinge und wollte erneut auf ihn losgehen, wurde jedoch von Nygren umgerannt. Dieser war unbemerkt von Gravdal, der vollkommen auf Johanne und

Leif fixiert gewesen war, aus dem Haus geeilt. Ehe Gravdal sichs versah, hatte ihm der junge Polizist Handschellen angelegt. Sein Kollege führte den ebenfalls gefesselten Rettmann zum Polizeiauto. Als Nygren auch Leif festnehmen wollte, schüttelte Johanne ihre Benommenheit ab und eilte zu ihm.

»Nein, bitte nicht!«, rief sie. »Er hat nichts mit den Verbrechen von Gravdal zu tun.«

Nygren sah sie verdutzt an. »Was um alles in der Welt machen Sie denn …«

»Wusste ich's doch!«, kreischte Gravdal. Mit blutunterlaufenen Augen stierte er Johanne und Leif an. »Das feine Fräulein Rev und dieser Nichtsnutz machen gemeinsame Sache!«

Johanne bemerkte erst in diesem Moment, dass ihr die Kappe vom Kopf gefallen war und sich ihre Haare aus dem Knoten gelöst hatten. Ihre Tarnung war aufgeflogen. Es war ihr gleichgültig. Die Sorge um Leif überlagerte alles andere.

»Ich muss ihn verhören«, sagte Nygren. »Er ist schließlich Gravdals Chauffeur.«

»Aber er hat nichts Unrechtes getan«, sagte Johanne. »Er war es doch, der Gravdal aufgehalten hat und …«

»Ein dreckiger Verräter ist er!«, schrie Gravdal und machte Anstalten, sich auf Leif zu stürzen.

Der andere Polizist hatte Rettmann derweil in den Wagen gesetzt und kam Nygren zu Hilfe. Gemeinsam bändigten sie den tobenden Gravdal und verfrachteten ihn ebenfalls in das Polizeiauto.

»Schnell, renn weg!«, flüsterte Johanne und sah Leif beschwörend an.

Er erwiderte ihren Blick und schüttelte den Kopf. »Wenn ich fliehe, macht mich das nur verdächtig. Außerdem will ich gegen Gravdal aussagen.«

»Aber wenn sie dir nicht glauben?«, fragte Johanne. »Ich will nicht, dass du ins Gefängnis kommst!«

»Vertrau mir«, sagte er leise. »Du musst nur ein wenig Geduld haben. Bald ist alles überstanden. Und dann können wir beide endlich …«

Die Ankunft eines weiteren Autos unterbrach ihn. Zwei Polizisten stiegen aus.

»Gut, dass ihr so schnell kommen konntet«, rief Nygren ihnen entgegen. Er ging zu Leif und legte ihm Handschellen an. »Könnt ihr ihn bitte zu unserem Revier fahren? Er ist der Fahrer von Gravdal. Unser Wagen ist voll.«

»Na klar«, antwortete der Ältere der beiden. »Hier ist wenigstens was los. Bei uns in Sande passiert selten was Aufregendes.«

Johanne umklammerte Leifs Arm. Ihn wie einen Schwerverbrecher abgeführt zu sehen erschütterte sie zutiefst.

»Mach dir bitte keine Sorgen«, flüsterte Leif ihr zu. »Den gefährlichen Teil haben wir doch hinter uns. Und dass ich den überlebt habe, verdanke ich allein dir.«

Der jüngere Polizist aus Sande spähte neugierig in den Wagen, in dem Gravdal und Rettmann saßen. »Ist das nicht dein Chef?«, fragte er Nygren. »Warum ist er in Handschellen?«

»Weil er sich von dem Schmuggler hat schmieren lassen. Wenn er nicht sogar tiefer in dem Morast steckt«, antwortete Nygren. »Die Details müssen wir noch klären.«

Der Ältere sah Nygren verblüfft an. »Deshalb hast du uns hierhergerufen! Wir konnten uns keinen Reim darauf machen und sind davon ausgegangen, dass euer Chef die Jagd auf die Schmugglerbande leitet.«

Johanne beugte sich nah an Leifs Ohr. »Woher wusste Nygren, dass Gravdal zu Rettmann fährt?«, fragte sie leise.

»Er hat mir sein Ziel zugebrüllt, als er zum Wagen gerannt kam«, antwortete Leif. »Das konnte man gar nicht überhören.«

Der ältere Polizist deutete auf Johanne und sah Nygren fragend an. »Und wer ist das? Soll die auch mit?«

Nygren schüttelte den Kopf. »Sie hat uns den entscheidenden Hinweis gegeben. Ich werde sie morgen als Zeugin befragen.« Er wandte sich an Johanne. »Fräulein Rev, gehen Sie jetzt bitte nach Hause«, sagte er in beschwörendem Ton.

Johanne sah Leif an. Er nickte ihr zu und formte mit den Lippen ein stummes »Alles wird gut!«. Sie unterdrückte ein Seufzen. Es hatte keinen Sinn, weiter in Nygren zu dringen und ihn zu bitten, Leif laufen zu lassen.

»Darf ich Sie morgen Vormittag aufsuchen?«, fragte Nygren. »Dann können Sie mir in Ruhe alles erzählen.«

»Soll ich denn meine Aussage nicht auf dem Revier zu Protokoll geben?«

»Das ist nicht nötig«, antwortete er.

»Gut, dann kommen Sie bitte ins Kontor in der Storgata«, sagte Johanne. »Es liegt direkt über der Weinhandlung.«

Es kostete sie große Überwindung, Leif zurückzulassen, der eben von dem älteren Beamten aus Sande am Ellenbogen gepackt und zum Polizeiwagen geführt wurde. Am liebsten wäre sie mit ihm eingestiegen. Mit Tränen in den Augen nickte sie ihm zu und lief zur Asylgata, die ein paar Meter entfernt von Rettmanns Haus in die Herman Smiths gata mündete und direkt hinunter zur Storgata auf der Höhe der Rev'schen Weinhandlung führte.

Nachdem Johanne gegen zwei Uhr nachts ins Büro zurückgekehrt war, hatte sie gar nicht erst den Versuch unternommen zu schlafen. Die Angst um Leif und die Aufregung des bestandenen Abenteuers durchpulsten sie und ließen sie kaum still sitzen. Es kostete sie einiges an Selbstbeherrschung, am Morgen nicht zur Polizeistation zu rennen und sich zu vergewissern, dass es Leif gut ging.

Was soll ihm schon passieren, fragte die vernünftige Seite in ihr. Nygren wird gewiss dafür sorgen, dass Gravdal ihm nicht zu nahe kommt. Und sobald er ihn befragt und sich über ihn erkundigt hat, wird er einsehen, dass er Leif nicht länger festhalten kann. Spätestens meine Aussage wird ihn davon überzeugen.

Zu ihrer Erleichterung musste sie nicht allzu lang auf Nygrens Besuch warten. Die Uhr hatte eben zur neunten Stunde geschlagen, als Ingvald klopfte und den Polizisten, der unten im Laden nach dem Weg ins Kontor gefragt hatte, hereinführte.

»Ist alles in Ordnung, Fräulein Rev?«, erkundigte sich Ingvald und sah sie beunruhigt an.

»Ja, kein Grund zur Sorge«, entgegnete Johanne. »Herr Nygren hat nur ein paar Fragen.« Sie lächelte Ingvald zu.

Er verzog skeptisch das Gesicht, verließ das Zimmer jedoch ohne weitere Einwände. Johanne bat den Polizisten, Platz zu nehmen, und sah ihn gespannt an.

Er räusperte sich. »Also, zunächst einmal möchte ich Ihnen meinen Dank aussprechen«, begann er. »Ohne Ihre Hilfe wäre uns Gravdal nicht so rasch ins Netz gegangen. Ich spreche auch im Namen der Polizeibehörde in Oslo. Ich habe dort noch heute Nacht Meldung gemacht, um Anweisungen zu erhalten, wie ich mit Polizeimeister Rettmann verfahren soll.« Er zog ein Taschentuch aus seiner Jacke und tupfte sich über die Stirn.

Johanne konnte sich gut vorstellen, wie verstörend die Situation für ihn war. Einen Tag zuvor war er noch ein unbedeutender Beamter gewesen, der Anweisungen zu befolgen hatte. Nun hatte er seinen eigenen Chef verhaftet und trug die Verantwortung in einem wichtigen Fall.

»Was geschieht denn mit ihm?«, fragte sie.

»Er wird suspendiert und muss zumindest mit einer Bewährungsstrafe rechnen«, antwortete Nygren. »Und ich werde befördert«, platzte er heraus, offensichtlich überwältigt von den Folgen, die sein Einsatz nach sich zog.

»Das haben Sie auch verdient«, sagte Johanne. »Es war sehr mutig von Ihnen, gegen Rettmann vorzugehen.«

Nygren wurde rot. »Sie sind zu freundlich«, murmelte er.

Johanne beugte sich zu ihm vor. »Hatten Sie schon Gelegenheit, Herrn Kravik zu befragen? Wann kommt er frei?«

»Oh, das liegt nicht mehr in meiner Hand«, sagte Nygren.

»Was meinen Sie damit?«

»Leif Kravik wurde gerade zusammen mit Gravdal und den beiden Lydersen-Brüdern, die die Kollegen vom Zoll beim Kauf des geschmuggelten Branntweins überrumpelt und festgenommen haben, von der Polizeibehörde Oslo abgeholt. Sie sind jetzt mit einem Boot auf dem Weg in die

Hauptstadt und werden ins Untersuchungsgefängnis gebracht. Dort werden sie alle einem Richter vorgeführt.«

»Was?«, entfuhr es Johanne. »Aber Leif hat doch gar nichts … warum haben Sie …«

»Ich bedaure das außerordentlich«, sagte Nygren. »Wenn es nach mir gegangen wäre, hätte man Herrn Kravik hier verhört und dann auf Kaution freigelassen.« Er hob die Schultern. »Leider bin ich in dem Punkt auf taube Ohren gestoßen. Als Mitglied von Gravdals Bande gilt er in den Augen meiner Vorgesetzten als verdächtig und muss sich vor Gericht erklären.«

Johanne presste eine Hand auf ihr Brustbein und atmete angestrengt ein.

»Bitte, nehmen Sie es nicht so schwer«, fuhr Nygren fort. »Ich bin sehr zuversichtlich, dass das Verfahren gegen Herrn Kravik reine Formsache sein wird. Ich habe mich persönlich für ihn verbürgt und werde unter Eid bezeugen, dass er zur Verhaftung Gravdals beigetragen hat. Außerdem arbeitet er noch nicht lange für diesen und ist zuvor nie aktenkundig geworden. Die Chancen stehen also sehr gut, dass er bald wieder freikommt.«

Nachdem der Polizist Johannes Aussage zu den Ereignissen vor Rettmanns Haus aufgenommen und sich verabschiedet hatte, stürzte Johanne zum Telefon und rief ihre Schwester an. Dagny hörte sich verschlafen an und machte keinen Hehl daraus, dass Johanne sie aus dem Schlaf gerissen hatte – zu einer in ihren Augen unchristlichen Zeit. Johanne verzichtete auf den Hinweis, dass normale Menschen um halb zehn Uhr morgens längst auf den Beinen waren und ihrem Tagewerk nachgingen.

»Ich will dich gar nicht lange stören«, sagte sie. »Ich wollte nur fragen, ob ich ein paar Tage bei euch übernachten kann. Ab morgen.«

»Äh … ja, natürlich … ich freue mich auf dich«, stammelte Dagny.

»Vielen Dank, du bist ein Schatz!«, rief Johanne. »Ich melde mich, sobald ich weiß, wann ich ankomme.«

Sie hängte ein, bevor ihre Schwester Fragen stellen konnte. Sie würde in Oslo genug Zeit haben, ihr alles zu erklären. Das Telefon war nicht dafür geeignet. Als Nygren erwähnt hatte, dass Leif ins Untersuchungsgefängnis überführt wurde, hatte Johanne beschlossen, so schnell wie möglich in die Hauptstadt zu fahren. Sie wollte in seiner Nähe sein, ihn besuchen, sooft es erlaubt war, und der Verhandlung gegen ihn beiwohnen. Die Aussicht entspannte Johanne ein wenig. Sie holte sich einen Notizblock vom Schreibtisch, setzte sich aufs Sofa, legte die Beine hoch und fertigte eine Liste an mit den Dingen, die sie vor ihrer Abreise erledigen und mit Ingvald besprechen musste.

Ein Klopfen riss Johanne einige Stunden später aus dem Schlummer, in den sie – übermannt von Müdigkeit – gefallen war. Benommen richtete sie sich auf und strich den Rock glatt. »Kommen Sie herein, Ingvald«, rief sie und zog gleich darauf die Brauen hoch. »Oh, Herr Nygren!« Sie erhob sich. »Was kann ich für Sie …« Sie verstummte. Der Ausdruck seines Gesichts verhieß nichts Gutes. Er nahm seine Uniformmütze ab, drehte sie in den Händen und schlug die Augen nieder. Der Anblick versetzte Johanne zurück in den Salon ihres Elternhauses an jenem Tag, als der junge Polizist mit derselben Haltung vor ihr gestanden und ihr mitgeteilt hatte, dass sein Chef nicht an einen Unfalltod ihres Vaters glaubte.

»Was ist passiert?«

»Äh, ich wollte es Ihnen persönlich … äh, weil Sie ihm wohl … äh … nahestanden«, stammelte Nygren. Er zog sein Taschentuch hervor und wischte sich die Schweißperlen von der Stirn.

»Um Gottes willen, was ist los?«, rief Johanne aufs Höchste alarmiert.

Nygren straffte sich und schaute ihr in die Augen. »Ich fürchte, Leif Kravik ist tot.«

»Wie bitte?« Johanne schüttelte den Kopf. Sie musste sich verhört haben.

»Er hat einen Fluchtversuch unternommen und ist von Bord gesprungen. Die Kollegen haben alles nach ihm abgesucht, aber …«

»Was? Das kann nicht sein!«, rief Johanne. »Warum sollte er das tun?«

Nygren presste die Lippen aufeinander und zuckte mit den Schultern.

»Wo ist er?«

»Wie gesagt, die Kollegen haben natürlich nach ihm gesucht. Er muss sofort untergegangen und ertrunken sein.«

»Das glaube ich nicht. Leif kann schwimmen.«

»Es gibt starke Strömungen«, sagte Nygren leise. »Und an manchen Stellen ist der Fjord sehr breit, und die Ufer sind weit entfernt.«

Johanne hörte seine Stimme nicht mehr. Sie sah, wie sich sein Mund bewegte und sein Blick voller Mitgefühl auf ihr ruhte. In ihren Ohren rauschte es. Ihr Brustkorb wurde eng. Sie fasste sich an die Kehle. Nein, nein, nein!, schrie es in ihr. Das ertrage ich nicht! Bitte, lass es nicht wahr sein!

Sie fiel auf die Knie und schlug die Hände vors Gesicht. Ein Wimmern drang an ihr Ohr. Es war hoch und markerschütternd. Es dauerte ein paar Sekunden, bis sie merkte, dass es aus ihr quoll. Sie hielt sich die Ohren zu und schlug mit der Stirn auf den Boden. Immer und immer wieder. Bis sich zwei Hände auf ihre Schultern legten und sie davon abhielten.

47

Numedal, Norwegen, Frühling 1980 – Rike

»Du Arme!«, rief Rike. »Das muss furchtbar gewesen sein!«

Johanne nickte. »Es war der schrecklichste Moment in meinem ganzen Leben.«

»Aber zum Glück hat es ja nicht gestimmt«, sagte Rike. »Wann hast du erfahren, dass Leif nicht ertrunken ist?«

»Im Frühjahr 1953.« Johanne fuhr sich mit der Hand über die Augen.

»Oh nein! So spät erst!« Rike sah Johanne erschrocken an. »Du hast ihn also fast dreißig Jahre lang für tot gehalten?«

»Na ja, erst einmal nicht«, sagte Johanne. »Nachdem sich der erste Schock gelegt hatte, wollte ich es nicht wahrhaben. Leif konnte einfach nicht tot sein. Zumal ja auch sein Leichnam nie aufgetaucht ist. Ich habe mich an die Hoffnung geklammert, dass er doch überlebt hatte und untergetaucht war. Jeden Monat bin ich zu unserem Inselchen gefahren und habe im Versteck unter den Dielen nach einer Botschaft von ihm gesucht.«

»Aber er hat sich nie bei dir gemeldet«, sagte Rike leise.

Johanne nickte. »Das hat mir zunehmend zu schaffen gemacht. Wenn Leif noch lebte und keinen Kontakt zu mir aufnahm, konnte das nur eines bedeuten: Er wollte nichts mehr mit mir zu tun haben. Ich hab mir deswegen den Kopf zerbrochen und mich mit schmerzlichen Erklärungen herumgequält. Zum Beispiel, dass er beschlossen hätte, ganz neu anzufangen und vollkommen mit seiner Vergangenheit zu brechen – also auch mit mir.«

»Oh Gott, das ist ja fast noch schlimmer, als wenn er …«

»Gestorben wäre«, beendete Johanne den Satz. »Ja, in meiner Verzweiflung sind mir auch solche Gedanken durch den Kopf gegangen.« Sie seufzte. »Irgendwann habe ich mich damit abgefunden, dass Leif wohl doch tot war. Ich selbst kam mir auch so vor.« Sie lächelte Rike zu. »Dein Großvater hat mir einen Weg aus diesem Elend geboten. Meine Situation in Horten wurde nämlich noch aus anderen Gründen immer unerträglicher.«

Rike, die sich gerade nach Leifs Schicksal und den Gründen für sein spurloses Verschwinden erkundigen wollte, beschloss, diese Fragen später zu stellen. In diesem Moment brannte sie darauf, endlich zu erfahren, wie Opa Fiete und Johanne zusammengekommen waren.

»Wann hast du ihn kennengelernt?«, fragte sie.

»Um die gleiche Zeit wie Leif, im Sommer 1926«, antwortete Johanne. »Er hat mir damals eine Ladung Radioempfänger gebracht, die mein Vater kurz vor seinem Tod in Deutschland bestellt hatte. Da sind wir uns das erste Mal begegnet. Und danach kam er regelmäßig alle paar Wochen nach Horten.«

»Wegen dir?«

Johanne nickte. »Wobei ich das anfangs gar nicht bemerkt habe. Mein Herz hatte eben anderswo zu tun.« Sie verzog entschuldigend das Gesicht. »Dein Großvater hatte natürlich immer offizielle Aufträge, die ihn nach Skandinavien führten. Aber Horten war nicht bei jeder Fahrt als Zielhafen dabei. Was ihn nicht davon abgehalten hat, dort regelmäßig einen Zwischenstopp einzulegen.«

»Wie war er denn so … ich meine, als er jung war?«, fragte Rike. »Ich kannte ihn ja nur als Großvater.«

»Er war ein stattlicher Mann, dem die Kapitänsuniform vortrefflich zu Gesicht stand. Vor allem aber war er sehr hilfsbereit und freundlich. Er war ein bisschen schüchtern, aber wenn er erst einmal auftaute, war er ausgesprochen unterhaltsam. Ich habe mich in seiner Gegenwart immer wohlgefühlt.«

»Aber verliebt warst du nicht in ihn«, rutschte es Rike heraus. »Oh, tut mir leid, ich wollte dir nicht zu nahe …«

Johanne hob eine Hand. »Du musst dich nicht entschuldigen. Es stimmt ja. Ich habe ihm da übrigens nie etwas vorgemacht.«

»Aber er hat trotzdem nicht lockergelassen, der *Stievkopp*«, sagte Rike mehr zu sich als zu Johanne.

»Ich erinnere mich! So hat er sich selbst bezeichnet, als Dickkopf«, sagte Johanne und lächelte versonnen. »Als das Trauerjahr um meinen Vater zu Ende war, hat mir Friedrich zum ersten Mal einen Heiratsantrag gemacht. Und von da an noch viele Male, obwohl ich ihn immer habe abblitzen lassen.«

»Und warum hast du deine Meinung dann doch geändert?«

»Wie gesagt, meine Lage in Horten wurde immer unerträglicher«, erwiderte Johanne. »Nach Leifs Verschwinden hab ich mich wie eine Besessene in die Arbeit gestürzt. Ich erweiterte das Angebot unseres Ladens um elektrische Kleingeräte und hatte damit genau einen Nerv der Zeit getroffen. Wir, das heißt, mein Angestellter Ingvald und ich, hatten bald Kunden im ganzen Landkreis. Ich konnte die restlichen

Schulden bei der Bank begleichen, das Schulgeld für meinen Bruder bezahlen und meiner Mutter und mir ein gutes Auskommen sichern.«

»Das klingt doch prima«, sagte Rike. »Ich verstehe nicht, warum …«

»Es war auch großartig«, fiel ihr Johanne ins Wort. »Aber als mein Bruder aus England zurückkehrte, musste ich ihm die Führung der Geschäfte übergeben. Für meine Mutter war etwas anderes überhaupt nicht denkbar. Und Finn kam auch nicht auf die Idee, mich zumindest zu beteiligen. Er war als einziger Sohn der Nachfolger unseres Vaters – da gab es für ihn keine Diskussion.«

»Ist das ungerecht!«, rief Rike. »Ohne dich wäre der Laden doch pleitegegangen. Haben die das denn nicht gesehen?«

Johanne zuckte mit den Schultern. »Es passte eben nicht in ihr Weltbild. Ich hatte die Lücke ausgefüllt und gefälligst geräuschlos den Platz zu räumen, als man mich nicht mehr brauchte. Außerdem fand meine Mutter, dass ich endlich dem Werben deines Großvaters nachgeben sollte. Eine bessere Partie war in ihren Augen für eine wie mich kaum denkbar.«

»Eine wie dich? Was soll das denn bedeuten?«

»Rolf, mein erster Verlobter, hatte mich nach dem Tod meines Vaters sitzenlassen. Das hat meine Mutter als schrecklichen Makel empfunden.«

»Und dir womöglich noch die Schuld dafür gegeben?« Rike schnaubte empört. »Entschuldige, aber deine Mutter hatte echt seltsame Ansichten.«

»Sie war sehr altmodisch und auf die Einhaltung gesellschaftlicher Normen bedacht«, sagte Johanne. »Es hat mich verletzt, das muss ich zugeben. Aber im Grunde hat sie mir leidgetan. Sie war vollkommen gefangen in diesem engen Korsett aus Konventionen und Verhaltensregeln.«

»Trotzdem. Die eigene Tochter so abzuwerten.« Rike schüttelte den Kopf. »Aber erzähl bitte weiter.«

»Kurz nachdem mein Bruder wieder in Horten zurück war – das war im Herbst 1929 –, teilte mir Friedrich mit, dass ihn seine Reederei künftig nach Asien schicken würde. Beim Abschied hat er mich ein letztes Mal gefragt, ob ich seine Frau werden möchte.«

»Und da hast du Ja gesagt.«

Johanne nickte. »Er war erst ziemlich überrascht«, fuhr sie fort. »Und dann sehr glücklich. Er hatte sich damit abgefunden, dass ich ihm nie mehr als eine gute Freundin sein würde. Seine Freude war ansteckend. Zum ersten Mal seit langer Zeit hatte ich wieder das Gefühl, ein Recht auf Glück zu haben. Es mir erlauben zu dürfen, meine Bedürfnisse wahrzunehmen und ein erfülltes Leben zu führen. Ich war und bin deinem Großvater unendlich dankbar. Er hat mir die Chance gegeben, meine Perspektivlosigkeit in Horten und all die schmerzlichen Erinnerungen hinter mir zu lassen und Teile der Welt zu entdecken, die ich sonst sehr wahrscheinlich nie kennengelernt hätte.«

»Eure Jahre in China waren sicher sehr aufregend«, sagte Rike.

Johanne nickte. »Wenn dich das interessiert, erzähle ich dir gern ein anderes Mal davon. Da brauchen wir etwas Muße.«

Wie aufs Stichwort kamen Leif und Bjørn herein. Sie

schleppten eine Kiste mit Holzscheiten, die sie in einer Nische neben dem Herd abstellten.

Johanne sagte etwas auf Norwegisch zu Leif. Er drehte sich zu Rike und lächelte ihr zu. »Ja, unsere Geschichte hat es in sich«, sagte er auf Englisch.

»Ich kenne bisher nur den Teil bis zu deinem angeblichen Tod«, erwiderte Rike. »Es fehlt also noch einiges.«

»Dann sind wir ja genau zum richtigen Zeitpunkt wieder zu euch gestoßen«, sagte Bjørn und setzte sich an den Tisch. »Ich weiß nämlich auch nicht viel darüber«, erklärte er Rike und sah mit einem gespielten Vorwurf zu Johanne und Leif, der eben neben seiner Frau Platz nahm. »Mir erzählt ja niemand was. Da muss erst Rike aus Deutschland anreisen, damit endlich die interessanten Geheimnisse gelüftet werden.«

»Stimmt schon«, murmelte Leif. Er umschloss Johannes Hand und drückte sie. »Ich glaube, wir waren einfach froh, diese schlimmen Zeiten hinter uns zu haben. Wir wollten sie nicht mehr heraufbeschwören, indem wir darüber sprachen.«

Johanne streichelte seine Wange. »Aber jetzt ist es gut, davon zu erzählen. Wenn ich denke, was du meinetwegen alles durchgemacht hast.«

»Und du wegen mir«, sagte Leif zärtlich.

Rike warf Bjørn einen Blick zu und bemerkte, dass auch er sie ansah. Sie lächelte ihm zu. Es bedeutete ihr viel, gemeinsam mit ihm die Geschichte von Leifs und Johannes Liebe zu hören.

Bjørn drehte sich zu seinem Onkel. »Also, wie war das mit der falschen Todesnachricht?«, fragte er. »Warum hat Johanne so viele Jahre lang geglaubt, dass du im Fjord ertrunken bist?«

»Du weißt ja, dass wir damals diesem Schmugglerboss eine Falle gestellt hatten«, begann Leif.

Bjørn nickte. »Wie könnte ich das vergessen. Das hat mich schon als kleiner Junge total beeindruckt, wie ihr das geschafft habt.«

»Nicht wahr«, rief Rike. »Mir ist es ebenso ergangen, als mir Johanne davon erzählt hat.«

»Aber was danach geschah …«, fuhr Bjørn fort.

»Erfährst du jetzt«, sagte Leif. »Wir hatten Gravdal zwar überlistet, aber keine Vorstellung davon, wie durchtrieben und rachsüchtig er war. Er hatte nur noch ein Ziel: Johanne und mich für immer zu trennen und ins Unglück zu stürzen.«

Rike spürte, wie sie eine Gänsehaut überlief. Es war ihr unbegreiflich, wie ein Mensch so bösartig und rachsüchtig sein konnte.

»Aber er ist doch verhaftet worden«, sagte sie. »Wurde er denn nicht verurteilt?«

»Doch«, antwortete Johanne. »Er landete auch im Gefängnis, allerdings nur für ein paar Monate. Die Polizei konnte vor Gericht nämlich leider nur wenig belastbare Beweise gegen ihn geltend machen.«

»Weil er sich selten selbst die Hände schmutzig gemacht hat«, ergänzte Leif.

»Seine Verhaftung hat ihn jedoch nicht davon abgehalten, sofort wieder seine Intrigen zu spinnen«, nahm Johanne ihren Faden wieder auf. »Er hat zwar nie mehr einen Fuß nach Horten gesetzt, weil er dort seine krummen Geschäfte nicht mehr hätte betreiben können. Dafür trug Nygren Sorge, der junge Polizist, der nach der Suspendierung seines Chefs befördert worden war. Gravdals Arm reichte aber weiterhin bis in unsere Stadt. Er hat mich beschatten lassen und mir ab und zu Drohbotschaften zugespielt. Ich sollte mich nie in Sicherheit wiegen.«

»Konnte denn die Polizei nichts dagegen unternehmen?«, fragte Rike.

»Oh, Gravdal hat es geschickt angestellt. Besser gesagt seine Leute. Die haben peinlich darauf geachtet, nicht gesehen zu werden. Und sie haben ja auch nie etwas Strafbares getan. Sie sollten nur dafür sorgen, dass ich in ständiger Angst lebte.«

»Das klingt gruselig«, sagte Bjørn.

»Es war weit mehr als das«, sagte Leif. »Es war teuflisch.«

»Was ist denn nun auf dem Boot passiert, mit dem ihr nach Oslo überführt werden solltet?«, fragte Rike ungeduldig.

Leif fuhr sich mit einer Hand durchs Haar. »Die Fahrt verlief ruhig. Es wehte nur ein laues Lüftchen, und es gab kaum Wellengang. An Bord waren außer Gravdal, den Lydersen-Brüdern und mir noch ein Polizeibeamter sowie der Steuermann. Ich weiß nicht, wie es ihm gelungen ist, aber plötzlich hatte sich Sverre, einer der Brüder, von seinen Handschellen befreit, schubste den Polizisten beiseite und sprang über Bord.«

»Und zwar nicht an einer Stelle, wo es eine gefährliche Strömung gab und das nächste Ufer kilometerweit entfernt war, wie Nygren es vermutet hatte«, sagte Johanne, »sondern kurz vor der engen Durchfahrt von Døbrak, die den äußeren und den inneren Oslofjord verbindet.«

»Der Mann hatte also gute Chancen, an Land zu schwimmen und auf Nimmerwiedersehen zu verschwinden«, fügte Leif hinzu.

Rike zog die Stirn kraus. »Ich scheine auf der Leitung zu stehen. Wenn dieser Lydersen-Bruder geflüchtet ist, warum hat man dann behauptet, dass du es warst?«

»Nachdem der Polizist mich, den anderen Bruder und Gravdal unter Deck eingesperrt hatte, damit wir nicht auch auf dumme Gedanken kämen, hat Gravdal mir mitgeteilt, dass ich von nun an Sverre Lydersen wäre und mich für diesen auszugeben hätte. Falls ich mich weigern sollte, drohte er damit …«

»Dich töten zu lassen!«, fiel ihm Rike ins Wort und schlug eine Hand vor den Mund. Vor ihrem geistigen Auge tauchte Gravdal auf, den sie sich wie einen Mafiaboss aus amerikanischen Filmen vorstellte: bullig, mit stechenden Augen und verschlagener Miene. Sie malte sich aus, wie er Leif mit höhnischer Selbstgewissheit verkündete, ihn überall auf der Welt zu finden, dass es nirgends einen sicheren Ort für ihn gäbe und seine Gefolgsleute ihn früher oder später aufspüren und töten würden.

Johanne schüttelte den Kopf. »Das hätte Leif nicht geschreckt.« Sie streichelte seinen Arm. »Nein, Gravdal hat geschworen, *mich* umbringen zu lassen, wenn Leif es jemals wagen sollte, seine wahre Identität zu enthüllen oder Kontakt zu mir aufzunehmen.«

»Das ist wirklich teuflisch«, hauchte Rike.

»Aber war es denn so ohne Weiteres möglich, dich für einen anderen auszugeben?«, fragte Bjørn.

»Genau!« Rike richtete sich auf. »Musstet ihr denn bei der Aufnahme im Gefängnis keine Papiere vorlegen?«

»Nein, in Norwegen gibt es bis heute keine Ausweispflicht. Man benötigt nur dann einen Pass, wenn man ins Ausland verreisen möchte«, erklärte Leif.

»Was war mit dem Polizisten und dem Steuermann? Wussten die denn nicht, wer da in Wahrheit von Bord gesprungen war?«

Leif schüttelte den Kopf. »Die kamen aus Oslo, kannten keinen von uns und konnten nicht zuordnen, wer zu welchem Namen auf der Liste gehörte, die ihnen in Horten übergeben worden war.«

»Und der Bruder von Sverre hätte selbstverständlich heilige Eide geschworen, dass Leif sein Bruder ist«, ergänzte Johanne. »Warum hätte man das bezweifeln sollen?«

Leif wandte sich an Bjørn. »Natürlich hätte Gravdal nicht so leichtes Spiel gehabt, wenn ich mich geweigert hätte, mich seiner Erpressung zu beugen. Ich habe aber keine Sekunde daran gezweifelt, dass er Ernst machen und Johanne töten würde. Sie war schließlich die Einzige, die zu meinen Gunsten aussagen und ihn belasten konnte.«

»Ich nehme an, er hat dafür gesorgt, dass du diese Drohung nie vergessen konntest«, sagte Bjørn.

Leif nickte. »Im Gefängnis wachte der andere Lydersen-Bruder über mich. Er wurde von Gravdal mit ausreichend Geld versorgt, um sich die Gunst der Wärter und anderen Häftlinge zu sichern. Da wäre keiner auf die Idee gekommen, mir zu helfen.«

»Wie lange warst du denn im Gefängnis?«, fragte Rike. »Du hattest doch gar nichts ver…« Sie unterbrach sich und schaute Leif erschrocken an. »Musstest du etwa die Strafe absitzen, die dieser Sverre verdient hätte?«

»Ganz genau!«, antwortete er. »Und der hatte einiges auf dem Kerbholz. Ich bekam zehn Jahre aufgebrummt.« Leif verzog das Gesicht zu einem ironischen Lächeln. »Ein Gutes hatte meine neue Identität immerhin. Sverre Lydersen war in den einschlägigen Kreisen als skrupelloser Bursche verschrien, dem die Fäuste locker saßen. Das verschaffte mir einigen Respekt.«

»Du meine Güte, wie hast du das bloß ausgehalten!«, rief Rike. »So viele Jahre hinter Gittern, auf engstem Raum mit Mördern und anderen Schwerverbrechern.«

Leif zuckte mit den Schultern. »Ich hab's überstanden. Viel schlimmer war für mich etwas anderes.« Er legte einen Arm um Johanne. »Nicht zu wissen, ob es ihr gut ging. Ob Gravdal sie tatsächlich in Ruhe ließ. Oder doch auf Nummer sicher gegangen war und sie beseitigt hatte.«

»Er hat dich ja tatsächlich ständig überwachen lassen«, sagte Rike zu Johanne.

Diese nickte. »Anfangs ging es ihm wohl vor allem darum, mich einzuschüchtern und davon abzuhalten, doch noch gegen ihn Anzeige zu erstatten. Aber als unser Geschäft immer besser lief, wurden die Drohungen konkreter und waren auch gegen meine Familie gerichtet.«

»Es hat ihm überhaupt nicht geschmeckt, dass du so erfolgreich warst«, sagte Leif. »Das hat seine Eitelkeit nicht verkraftet.«

Johanne verzog den Mund. »Tja, offenbar hat er nicht mitbekommen, dass mittlerweile mein Bruder die Geschäfte übernommen hatte. Jedenfalls waren diese Drohungen noch ein weiterer wichtiger Grund, warum ich Horten den Rücken kehren wollte.«

»Hat Gravdal deine Familie danach denn in Frieden gelassen?«, fragte Bjørn.

»Ja, Gott sei Dank! Er hatte wohl tatsächlich nur mit mir sein Hühnchen zu rupfen.«

Rike fröstelte. Obwohl das alles weit zurück in der Vergangenheit lag und Leifs Befürchtungen nicht eingetreten waren, wühlte sein Bericht sie auf. Zehn Jahre unschuldig im Gefängnis zu sitzen, keine Möglichkeit zu haben, der Liebsten ein Lebenszeichen zu geben oder von ihr eines zu erhalten – das erschien ihr mehr, als ein Mensch ertragen konnte.

»Ich glaube, unter anderen Umständen wäre ich vielleicht daran zerbrochen«, sagte Leif leise, als hätte er Rikes Gedanken gelesen. »Aber ich habe fest an Johannes Liebe geglaubt. Sie hat mir die Kraft gegeben, das durchzustehen.«

48

Numedal, Norwegen, Frühling 1980 – Rike

Am Samstagabend setzten sich Rike und Bjørn nach dem Abwasch zu Johanne und Leif ins Wohnzimmer vor den Etagenofen, in dem die Holzscheite leise knackten und eine wohlige Wärme verbreiteten. Leif hatte eine Flasche Rotwein geöffnet und in bauchige Gläser gefüllt, die auf einem runden Tisch in ihrer Mitte standen. Im Hintergrund lief eine Klassiksendung im Radio, auf dem Programm standen Klaviersonaten der Romantik.

Rike konnte es kaum erwarten, zu erfahren, wie es mit Leif und Johanne weitergegangen war. Am Nachmittag hatte das Auftauchen eines befreundeten Nachbarehepaars, das einen selbst gebackenen Apfelsinen-Schokoladenkuchen vorbeibrachte, deren Erzählung unterbrochen. Rikes Geduld war auf eine harte Probe gestellt worden. Die Nachbarn wurden zur Hauptmahlzeit des Tages eingeladen, die Leif und Johanne wie in Norwegen üblich gegen vier Uhr einnahmen. Das Paar erkundigte sich interessiert nach Bjørns Studium, bezog Rike ins Gespräch ein und gab lustige Anekdoten zum Besten – kurzum, die beiden waren sehr sympathisch, hatten in Rikes Augen jedoch den denkbar ungünstigsten Zeitpunkt für ihren Besuch gewählt. Ein Trost war für sie, dass Bjørn ihre Ungeduld teilte. Bei Tisch hatte er sie verstohlen angegrinst und vielsagend mit den Augen gerollt, als die Besucher nach dem Essen keine Anstalten machten, sich zu verabschieden. Erst eine Stunde später waren sie endlich aufgebrochen.

»Wie habt ihr euch wiedergefunden?«, fragte Rike, sobald sie mit dem Wein angestoßen hatten.

Gleichzeitig erkundigte sich Bjørn: »Was ist aus Gravdal geworden?«

Sie lächelten sich an und schauten gespannt zu Johanne und Leif.

»Wie gesagt, ich war zehn Jahre lang im Gefängnis«, begann dieser. »Als ich endlich rauskam, bin ich als Erstes zu unserem Inselchen gefahren. Ich hab so sehr gehofft, dass mir Johanne dort eine Botschaft hinterlassen hatte. Ich wusste ja nicht, wie es ihr in der langen Zeit ergangen war und ob sie noch lebte.«

»Und? Hatte sie dir geschrieben?«, fragte Rike.

»Ja, das hatte ich«, antwortete Johanne an Leifs Stelle und legte ihm eine Hand aufs Knie. »Mir wird heute noch kalt bei der Vorstellung, wie sehr dich mein Brief enttäuscht haben muss.« Sie wandte sich wieder an Rike. »Ich hatte ihm nämlich ein paar Jahre zuvor mitgeteilt, dass ich Norwegen verlassen würde.«

»Als ich das las, war Johanne bereits seit sechs Jahren nicht mehr in Horten. Und ich hatte keine Ahnung, wo sie sich befand. Das einzig Gute war, dass Gravdal das ebenfalls nicht wusste. Johanne war also seinem Zugriff entzogen.«

»Wie hast du das herausgefunden?«, fragte Bjørn.

»Ich habe vorsichtig Kontakt zu Ingvald aufgenommen. Ich musste einfach wissen, wie es ihr ging.«

»Ingvald? Das war der Angestellte von Johanne, richtig?«

»Genau. Er erzählte mir, dass sich ein paar Monate nach

Johannes Abschied jemand unter einem weit hergeholten Vorwand nach ihr und ihrem Verbleib erkundigt hätte. Ohne Einzelheiten zu nennen, hat Ingvald dem Anrufer mitgeteilt, dass Johanne geheiratet und dem Land für immer den Rücken gekehrt hatte. Später hörte er, dass auch der Mutter von Johanne die gleichen Fragen gestellt worden waren.«

»Gravdal konnte sich also in Sicherheit wiegen und musste nicht mehr befürchten, dass Johanne gegen ihn aussagen würde«, stellte Rike nachdenklich fest. Sie zog die Brauen zusammen. »Ist er wirklich so einfach davongekommen?«

»In dieser Sache schon«, entgegnete Leif. »Ich hätte viel darum gegeben, ihn wegen des Mordes an Johannes Vater vor Gericht zu bringen. Aber erstens war die Beweislage dürftig. Zweitens konnte ich ohne Johannes Aussage wenig ausrichten. Und drittens wusste ich zu dem Zeitpunkt nicht, wo er steckte und ob er sich überhaupt in Norwegen aufhielt.«

»Aber keine Angst«, sagte Johanne und tätschelte Rike, die empört schnaubte, den Arm. »Er hat dann doch noch seine gerechte Strafe bekommen.« Sie stand auf, ging zu dem bemalten Schrank und holte eine Mappe heraus, der sie ein paar ausgeschnittene Artikel entnahm. »Das ging damals hier durch viele Zeitungen. Ich habe im fernen China natürlich nichts davon mitgekriegt. Aber Leif hat die Berichte aufgehoben.« Sie breitete die Artikel auf dem Tisch aus. Auf den meisten war das Brustbild eines Mannes zu sehen, der einen gepflegten Backenbart, einen Filzhut und einen dunklen Anzug trug.

»Ist das Gravdal?«, fragte Rike. »Er sieht gar nicht aus wie ein … äh …« Sie verstummte verlegen. Den wenigsten Kriminellen sah man es an der Nasenspitze an, dass sie etwas im Schilde führten.

»Wie ein Verbrecher?« Leif schmunzelte. »Nein, zu der Zeit war er ein geachtetes Mitglied der Gesellschaft. Nach außen hin zumindest. Er hatte sich 1935 in Bergen niedergelassen. Das ist eine Stadt an der Westküste. Dort betrieb er wieder ein Import / Export-Unternehmen. So richtig profitabel wurde seine Firma, als die Deutschen das Land besetzten. Gravdal versorgte die in Bergen stationierten Soldaten mit allem, was sie benötigten.«

Rike verzog das Gesicht. »Er hat sich also bereichert, indem er mit den Besatzern Geschäfte machte.«

»Na ja, da war er weiß Gott nicht der Einzige«, antwortete Leif. »Vielen Norwegern ging es in den Dreißigerjahren nicht gerade gut, es herrschte große Arbeitslosigkeit. Da kam es sehr gelegen, dass die Deutschen in ihren Kasernen alle möglichen Dienstleister benötigten, außerdem Arbeiter für den Ausbau des Straßennetzes und in kriegswichtigen Betrieben. Und eben Händler, die ihnen die Dinge des täglichen Bedarfs beschafften.« Leif trank einen Schluck Wein. »Natürlich haben die meisten Norweger enorm darunter gelitten, dass ihr Vaterland in fremden Händen war und sie genötigt waren, sich den Regeln und Vorschriften der Wehrmacht zu beugen. Aber sie mussten eben auch sehen, wie sie über die Runden kamen.«

Rike nickte. Sie gestand sich ein, dass sie das Thema bislang aus einer recht schlichten Schwarz-Weiß-Perspektive betrachtet hatte: hier die tapferen Widerstandskämpfer und aufrechten Menschen, die sich lieber die Hand abgehackt hätten, als freiwillig für den Feind zu arbeiten. Dort die schmierigen Kollaborateure, Kriegsgewinnler und überzeugten Faschisten, die die Herrschaft der Nazis in ihrem Land begrüßten und womöglich ihren Vorteil daraus zogen. So einfach hatte die Wirklichkeit jedoch wohl eher selten ausgesehen.

»Was ist denn nun mit Gravdal passiert?«, fragte Bjørn und beugte sich über die Zeitungsausschnitte. »Oh, er wurde erschossen!«

»Was? Von wem?«, fragte Rike.

»Das wurde nie eindeutig geklärt«, antwortete Leif. »Er wurde im Herbst 1944 tot in seinen Geschäftsräumen aufgefunden. Da er regelrecht exekutiert worden war, ging die Polizei davon aus, dass er von deutschen Soldaten hingerichtet wurde. Es kursierte ein Gerücht, wonach er sie sauber übers Ohr gehauen und ihnen minderwertige Waren zu überhöhten Preisen angedreht hatte.«

»Man kann also behaupten, dass ihm seine Gier zum Verhängnis wurde«, sagte Johanne.

»Ohne Zweifel«, bestätigte Leif.

Bjørn tippte mit dem Finger auf einen Artikel. »Hier steht aber, dass es sich möglicherweise um einen Racheakt von der anderen Seite gehandelt hat. Gravdal hat offenbar ein paar Landsleute, die heimlich verbotene ausländische Zeitschriften nach Norwegen schmuggelten, gegen Geld an die Deutschen verraten.«

»So ein Schuft!«, rief Rike.

»Das kannst du laut sagen«, meinte Johanne. Sie lächelte Leif zu. »Aber dieses Mal hatte er den Bogen überspannt.«

»Und der Fall wurde nie aufgeklärt?«, fragte Bjørn.

»Offiziell nicht«, erwiderte Leif.

Bjørn hob die Brauen. »Und inoffiziell?«

»Könnte es sein, dass der Hinweis auf Gravdals betrügerische Praktiken aus den Reihen der verratenen Schmuggler gekommen ist.«

»Also haben ihn doch die Deutschen auf dem Gewissen?«, fragte Rike.

»Sagen wir so: Sie haben das Urteil vollstreckt, das längst überfällig war«, antwortete Leif. »Gravdal hat während der Besatzungszeit einige Leute ans Messer geliefert. Eine bequeme Art, sich Konkurrenten und andere missliebige Personen vom Hals zu schaffen, ohne sich selbst die Hände schmutzig zu machen.«

Johanne griff nach ihrem Weinglas und prostete den anderen zu. »Auf die späte Gerechtigkeit!«

Der Blick, den sie Leif dabei zuwarf, machte Rike stutzig. War er es gewesen, der den Deutschen den Hinweis gegeben und Gravdals Ende besiegelt hatte? Abwegig war das nicht. Von Bjørn hatte sie erfahren, dass sein Onkel im Untergrund gegen die Besatzer tätig gewesen war. Er hatte verfolgte Menschen außer Landes gebracht und andere verbotene Dinge getan.

Bevor sie nachhaken konnte, fragte Bjørn, wie sich Johanne und Leif denn nun wiedergefunden hätten.

»Das haben wir meiner Schwester Dagny zu verdanken«, sagte Johanne. »Die hat mich Anfang der Fünfzigerjahre in Petkum aufgespürt. Sie hatte – so wie ich – den Krieg und die ersten Jahre danach mit ihrem Mann im Ausland verbracht. Während dieser Zeit hatten wir uns aus den Augen verloren. Unsere Mutter war kurz nach Kriegsausbruch gestorben, und unser Bruder hatte wenig später das Geschäft und unser Elternhaus verkauft und war aus der Gegend weggezogen.«

»Glücklicherweise lebte Ingvald nach wie vor in Horten«, erzählte Leif weiter. »An ihn hat sich Dagny als Erstes gewandt. Er kannte Johannes Aufenthaltsort zwar auch nicht, aber er hat Dagny von meiner Suche nach ihrer Schwester erzählt.«

Johanne nickte. »Dagny wollte das erst gar nicht glauben. Schließlich hatte ich ihr gesagt, dass meine große Liebe im Fjord ertrunken wäre.«

»Zum Glück hat sie sich dann aber doch bei mir gemeldet«, fuhr Leif fort. »Ich hatte Ingvald eine Adresse gegeben, zu der man mir Nachrichten schicken konnte. Ich hatte damals keinen festen Wohnsitz, sondern zog durchs Land und schlug mich mit Gelegenheitsjobs durch.« Er verzog den Mund. »Es fiel mir schwer, nach dem Krieg Fuß zu fassen. Ich wusste nicht, wohin mit mir. Bis du gekommen bist.« Er lächelte Johanne an.

»Wie war das, sich nach so langer Zeit wiederzusehen?«, fragte Rike.

»Wo habt ihr euch getroffen?«, wollte Bjørn wissen.

»Wir hatten uns auf unserer Insel verabredet«, antwortete Johanne. »Ich war furchtbar aufgeregt. Aber sobald ich Leif sah …« Sie zuckte mit den Achseln. »Es war, wie nach Hause zu kommen. Gleichzeitig hat es mich zerrissen. Denn ich hatte ja ein Zuhause. In Petkum.«

Rike rieb sich die Stirn. »Vor so eine Entscheidung werde ich hoffentlich nie gestellt«, murmelte sie. »Es muss furchtbar sein.«

»Das war es«, sagte Johanne. »Vor allem, weil Beate so zornig war und sich von mir losgesagt hat. Das hat mir das Herz gebrochen.« Sie räusperte sich und sah Rike in die Augen. »Umso glücklicher bin ich, dass du gekommen bist!«

Am Ostersonntag fuhr Rike mit Bjørn zur Stabkirche von Uvdal. In der Nacht hatte es geschneit, gegen Mittag riss die Wolkendecke auf, und die weiße Pracht auf den Wiesen und Feldern glänzte in der Sonne. Leif und Johanne hatten sich nach dem festlichen Essen – einem Lammbraten mit karamellisierten Karotten und Kartoffelgratin – für ein Nickerchen zurückgezogen. Rike war gern auf Bjørns Vorschlag eingegangen, einen kleinen Ausflug zu zweit zu unternehmen. Bereits am folgenden Tag musste sie die Heimreise antreten, um am Mittwochmorgen pünktlich auf der *Greetje* ihren Dienst antreten zu können. Sosehr sie die Arbeit auf dem Schlepper liebte – bei dem Gedanken, sich von Bjørn zu trennen und ihn auf unbestimmte Zeit nicht mehr zu sehen, zog sich ihr Magen zusammen.

In der Nacht hatte sie unruhig geschlafen, war immer wieder aufgewacht und hatte sich bei dem Wunsch ertappt, zu Bjørn zu schleichen, in sein Bett zu steigen, sich ganz dicht an ihn zu schmiegen, ihn zu berühren, von ihm berührt zu werden und … Weiter zu denken, hatte sie sich verboten. Mit klopfendem Herzen und heißen Wangen hatte sie im Bett gelegen und sich über sich selbst gewundert.

Sie nahmen wieder die Straße nach Rødberg, durchquerten den Ort und bogen nach ungefähr sieben Kilometern in den Riksvei 122 ein, der auf eine Anhöhe führte.

»Liegt die Kirche denn nicht im Dorf?«, fragte Rike, die

einem Straßenschild entnommen hatte, dass Uvdal direkt am RV 40 lag.

»Doch, aber das ist die neue Kirche«, erklärte Bjørn. »Die ist zwar dem Drachenstil der mittelalterlichen Stabkirchen nachempfunden, stammt aber aus dem ausgehenden neunzehnten Jahrhundert.«

Kurz darauf sah Rike mehrere alte Holzspeicher und Häuser auf einer Wiese. Ein Gebäude weiter oben am Rand eines lichten Birkenwäldchens erinnerte sie mit seinen steil übereinandergetürmten Giebeldächern an eine asiatische Pagode. Es war von hüfthohen Feldsteinmauern umgeben.

Bjørn parkte auf einem Kiesplatz. »So, da wären wir.«

Er stieg aus, eilte um das Auto, öffnete die Beifahrertür und reichte Rike mit einer galanten Verbeugung die Hand. Rike nahm sie und kicherte verlegen. Sie ließ seine Hand nicht los, als sie über die verschneite Fläche stapften. So nah bei ihm zu sein versetzte ihren Unterleib in Schwingungen und fühlte sich gleichzeitig vertraut und selbstverständlich an. Wie sollte sie es nur wochenlang ohne ihn aushalten?

Die Lage der Kirche hoch über dem Tal bot einen schönen Rundblick in die Umgebung und vermittelte Rike einen Eindruck von der Weite der Hochebenen. Sie blieb stehen und ließ die Landschaft auf sich wirken.

»Großartig, nicht wahr?«, fragte Bjørn leise und legte einen Arm um ihre Schulter.

Rike nickte und kuschelte sich an ihn. Er drückte seinen Mund in ihr Haar und murmelte etwas Unverständliches.

Rike hob den Kopf. »Was hast du gesagt?«

Zu ihrer Überraschung errötete Bjørn. »Ich weiß nicht, ob du damit einverstanden bist.«

»Mit was?«

»Mit dem Kosenamen, den ich mir für dich ausgedacht habe. Wenn ich an dich denke, kommt er mir immer in den Sinn.«

»Nämlich?«

»*Krusepus*«, sagte er zärtlich. »*Pus* bedeutet Kätzchen und *kruse* gekräuselt, gelockt.«

»Gekräuseltes Kätzchen?«, fragte Rike und rümpfte die Nase.

»Ich liebe deine Locken.«

Die Aufrichtigkeit in seiner Stimme entwaffnete Rike, die eine Abneigung gegen Kosenamen hatte. Paare, bei denen sich die Partner gegenseitig Schatzi, Mausi oder Hasi nannten, fand sie albern.

»Genehmigt?«, fragte er und zwinkerte ihr zu.

Rike stupste ihn in die Seite. »Aber nur, wenn wir allein sind.«

Bjørn zog sie an sich und küsste sie. »Versprochen.«

Sie liefen durch ein freistehendes Holzportal und standen wenige Schritte später vor der von Wind und Wetter dunkel gegerbten Kirche.

»Woher kommt eigentlich der Name Stabkirche?«, fragte Rike.

»Weil sie auf Holzsäulen, den *staven*, errichtet wurde«, antwortete Bjørn. »Davon leitet sich der norwegische Begriff *stavkirke* ab. Sie wurden nicht in horizontaler Blockbauweise gefertigt, sondern um mehrere oder – wie hier – um einen senkrecht stehenden Stamm.«

»Wie bei einem Segelschiff um den Mast?«

»Genau. Sehr wahrscheinlich nahmen die Wikinger die

Bauweise ihrer Drachenboote zum Vorbild. Samt den heidnischen Abwehrzaubern in Form von Fratzen, Drachenköpfen und anderen Symbolen. Das Christentum hat sich bei uns ja erst recht spät durchgesetzt.«

»Wie alt ist denn diese Kirche?«

»Man schätzt, dass sie Ende des zwölften Jahrhunderts entstanden ist. Seither gab es einige Veränderungen, wobei allerdings der Aufbau des Schiffes, der Mittelmast, Teile der alten Dachkonstruktion und die Portale erhalten geblieben sind.«

Er öffnete die Tür und ließ Rike den Vortritt. Sie brauchte einen Moment, bis sich ihre Augen an das Dämmerlicht gewöhnt hatten. Die kleinen Fenster ließen nur wenig Helligkeit herein. Staunend sah sie sich um. Sie hatte ein düsteres, schmuckloses Inneres erwartet – und fand sich inmitten farbenfroher Blumen, Girlanden und Knospen, mit denen die Decken, Wände, Pfeiler und Geländer bemalt waren. Das Westportal des Kirchenschiffs zierten geschnitzte Blattranken und kämpfende Drachen, die Tür des Portals war mit kunstvollen Beschlägen aus Schmiedeeisen dekoriert. Über dem Altartisch im Chor war das letzte Abendmahl zu sehen. Davor befand sich ein Taufbecken, das aus einem massiven Holzklotz gehauen war. Eine noch kaum abgebrannte dicke Kerze auf dem Altar, die mit einem Kreuz und der aktuellen Jahreszahl verziert war, zeugte von dem Ostergottesdienst, der hier am Vormittag stattgefunden hatte.

»Es ist wunderschön«, sagte Rike nach einer Weile. »So was habe ich noch nie gesehen.«

Bjørn stellte sich neben sie vor die niedrige Balustrade, die den Altarbereich umgab, und hielt ihr ein Schneeglöckchen hin, das er vor der Kirche gepflückt haben musste, wo ein paar der Frühblüher ihre weißen Köpfchen durch den Schnee gereckt hatten.

»Könntest du dir vorstellen, eines Tages mit mir vor diesem Altar zu stehen und mir das Jawort zu geben?«

Die Feierlichkeit seines Tons verschlug Rike die Sprache. Überrumpelt sah sie ihn an. Das goldene Funkeln in seinen Augen raubte ihr den Atem. Der hoffnungsvolle Ausdruck seiner Miene ließ ihr Herz schneller schlagen. Gleichzeitig wurde ihr ängstlich zumute.

»Es war schon immer mein größter Wunsch, einmal in einer Stabkirche zu heiraten«, fuhr Bjørn fort.

»Egal wen, Hauptsache, Stabkirche?«, rutschte es Rike heraus. Im selben Moment verfluchte sie ihr loses Mundwerk und die Stimme in ihr, die ständig auf der Hut war. Warum konnte sie nicht Ruhe geben und Vertrauen haben?

»Ich meine es ernst«, sagte Bjørn und griff nach ihrer Hand. »Ich möchte an deiner Seite durchs Leben gehen. Egal wohin es uns verschlägt.«

Rike begann zu zittern. »Was macht dich so sicher? Wir kennen uns doch kaum«, hörte sie sich sagen. Während sie eigentlich nur den Wunsch hatte, sich in Bjørns Arme zu werfen und ihn nie wieder loszulassen.

»Ich wusste es, als ich dieses seltsame Mädchen mit den wilden Locken auf unserer Insel gesehen und es auf meinen Armen in die Hütte getragen habe. Da schon habe ich gespürt, dass es von nun an die wichtigste Rolle in meinem Leben spielen würde.«

Rikes Hals wurde eng. »Und meinetwegen würdest du sogar deine Heimat verlassen?«, fragte sie heiser.

Bjørn nickte. »Wo du bist, ist mein Zuhause. Norwegen wird immer in meinem Herzen sein. Und ich freue mich, wenn wir gemeinsam oft hierherreisen. Aber deine Wurzeln in diesem Petkum (er sprach es Pettkümm aus) sind so tief, dass du eingehen würdest, wenn man sie herausreißen wollte.«

Das Zittern hörte auf. Ein Jauchzen stieg in Rike auf. Konnte es eine schönere Liebeserklärung geben? Sie schlang ihre Arme um Bjørn, stellte sich auf die Zehenspitzen und gab ihm einen langen Kuss auf den Mund. Er stöhnte kaum hörbar auf und drückte sie fest an sich.

49

Am Kravikfjord, Mittwoch, 3. Juni 1981

Liebe Swantje,

Du wunderst Dich bestimmt, dass ich Dir von Norwegen aus schreibe und nicht aus Marokko, wo Bjørn und ich unsere Flitterwochen verbringen wollten. Kurz vor unserem Abflug bekamen wir die schreckliche Nachricht, dass meine Großmutter Johanne und ihr Mann tödlich verunglückt sind. Sie waren mit ihrem geliebten Motorrad unterwegs, als sie auf einer Ölspur ins Schleudern gerieten, von der Fahrbahn abkamen und einen Abhang hinuntergestürzt sind. Sie waren auf der Stelle tot.

Es ist Bjørn und mir bei aller Trauer ein Trost, dass die beiden nicht leiden mussten und gemeinsam den Tod fanden. Johanne hat mir mal anvertraut, dass es für sie keine bedrohlichere Vorstellung gäbe, als Leif ein zweites Mal zu verlieren und ohne ihn weiterleben zu müssen. Einen Wermutstropfen gibt es allerdings: Johannes sehnlichste Hoffnung, sich mit Beate zu versöhnen, blieb unerfüllt.

Dabei war sie zu Recht zuversichtlich, dass Beate endlich einlenken und sie besuchen würde. Das Ende der Eiszeit war – vor allem auch dank Deiner Hilfe – in Sicht. Du hast ja nicht lockergelassen und Beate immer wieder dazu aufgefordert, ihren Frieden mit ihrer Mutter und der Vergangenheit zu machen. Das werde ich Dir nie vergessen! Denn es hat auch dazu geführt, dass sie wieder Kontakt zu mir aufgenommen hat. Das hätte ich nach unserem schlimmen Zerwürfnis nach Opa Fietes

Tod niemals für möglich gehalten. Beate konnte es sich zwar nicht vorstellen, meiner Einladung zu folgen und zur Hochzeit von Bjørn und mir zu kommen. Aber sie hat uns aufgefordert, sie nach unseren Flitterwochen in Hamburg zu besuchen.

Bjørn und ich bleiben noch anderthalb Wochen hier, um alles zu regeln. Vor allem wollen wir den letzten Wunsch von Johanne und Leif erfüllen, zusammen auf ihrer kleinen Insel im Oslofjord bestattet zu werden. Wir haben uns erkundigt und herausgefunden, dass der oberste Verwaltungsbeamte einer Provinz eine Sondergenehmigung erteilen kann, die es erlaubt, Angehörige auf privatem Grund beizusetzen. Morgen haben wir einen Termin beim Fylkesmann von Vestfold und sind zuversichtlich, dass er unserer Bitte stattgibt. Wenn alles glattgeht, werden wir Johanne und Leif kommende Woche am Donnerstag beisetzen. Am Samstag machen wir uns dann auf den Heimweg nach Petkum.

Übrigens hat Bjørn mittlerweile die Zusage für die Stelle bei der Erdgas-Anlandestation auf der Knock *erhalten. Ab Juli wird er dort arbeiten und freut sich schon sehr darauf. Er wird ja seiner norwegischen Heimat eng verbunden bleiben, denn der Hauptsitz der Gassco AS befindet sich in Haugesund. Wegen seiner Sprachkenntnisse wird Bjørn unter anderem für die Kommunikation mit dem Mutterkonzern zuständig sein.*

Liebe Swantje, ich freue mich, Dich, Eilert und Lieske bald wiederzusehen! Und auf den Dienst auf der Greetje, *den ich sehr vermisse.*

Ich schicke Dir und Euch herzliche Grüße,
Deine Rike

Oslofjord, Juni 1981

Rike stand neben Bjørn in der Bucht am westlichen Ufer der Insel. Hinter ihnen ragten die Bäume des Wäldchens auf, in dessen Mitte das Ferienhaus stand. Gegenüber lag die Halbinsel Hurum, die vom Drammenfjord und dem Meeresarm eingerahmt wurde, der durch die Enge bei Døbrak zum inneren Oslofjord führte. Es war ein sonniger Tag. Die Oberfläche des Wassers wurde von einer kaum wahrnehmbaren Brise gekräuselt und spiegelte den blauen Himmel, der sich hoch über ihnen spannte.

In der Nische zwischen den Felsen hatte Bjørn zwei Löcher ausgehoben. Daneben warteten die beiden Urnen darauf, ins Erdreich gesenkt zu werden. Rike hatte zwei Kränze aus Wiesenblumen geflochten, die sie anschließend auf das Grab legen wollte.

»Bist du bereit?«, fragte Bjørn.

Rike nickte, trat einen Schritt nach vorn und bückte sich zu dem Gefäß mit Johannes Asche. Das lauter werdende Tuckern eines Motors ließ sie innehalten. Sie richtete sich auf und sah, wie ein Außenborder auf die Bucht zuhielt. Am Steuer erkannte sie die stämmige Gestalt von Persson, dem Bootsverleiher aus Holmestrand. Neben ihm stand eine Frau. Rike verengte ihre Augen, schrak zusammen und hob die Hand vor den Mund.

»Beate …«, flüsterte sie ungläubig.

Bjørn, der ihrem Blick gefolgt war, sah sie fragend an. »Deine Mutter?«

Rike nickte stumm und verfolgte benommen, wie Persson ins seichte Wasser sprang, das Boot auf den kiesigen Strand zog und Beate half, von Bord zu klettern. Er rief einen Gruß zu Bjørn und Rike hinüber, tippte sich an seine Mütze, stieg wieder ins Boot und fuhr davon. Rike verharrte wie angewurzelt, unfähig, einen Ton herauszubringen oder sich zu rühren. Sie starrte zu Beate und erwartete, dass sich diese jeden Augenblick wie eine Fata Morgana auflösen und verschwinden würde.

»Komm!« Bjørn nahm ihre Hand und drückte sie zärtlich. Die Berührung löste die Erstarrung. Gemeinsam gingen sie zu Beate, die ihnen mit einem angespannten Gesichtsausdruck entgegenblickte.

»Swantje hat mir gesagt, dass ihr die beiden heute hier beerdigt.« Sie nestelte nervös am Saum ihrer Jacke. »Ist es okay, wenn ich …«

Rike schluckte. Es war ungewohnt, ihre Mutter so kleinlaut und unsicher zu erleben. Als hätten sich unsere Rollen vertauscht, dachte sie.

»Natürlich.« Rike deutete auf die Felsbrocken, die ein paar Meter von ihnen entfernt am Strand lagen. »An dieser Stelle haben Johanne und Leif die Insel zum ersten Mal betreten. Und hier werden wir sie nun begraben.«

Ihre Stimme hörte sich fremd in ihren Ohren an, als spräche jemand anderes. Es fiel ihr schwer, zu begreifen, dass ihre Mutter tatsächlich vor ihr stand. Es war so unwirklich. Mit Mühe hielt sie sich davon ab, die Frage zu stellen, die ihr auf der Zunge lag: Warum jetzt? Warum bist du nicht früher gekommen?

Beate breitete die Arme aus, zögerte, ließ sie wieder sinken und wandte sich an Bjørn.

»Hello. I'm Beate. Rikes mother.«

Bjørn lächelte ihr zu. »Ich weiß«, antwortete er. »Ich freue mich, Sie endlich kennenzulernen.« Sein Deutsch war noch ein wenig holprig. Er streckte seine Rechte aus und schüttelte Beates Hand.

»Danke«, sagte Beate. »Ich bedaure es sehr, dass wir uns nicht schon eher …« Sie ließ die Schultern hängen und drehte sich zu Rike. »Ach, Kind! Es tut mir so leid! Wenn ich doch nur die Zeit zurück …« Sie brach ab und kämpfte sichtlich mit den Tränen.

Die Traurigkeit und das Bedauern in ihren Augen berührten Rike. Das Fremdheitsgefühl verflüchtigte sich. »Ich bin froh, dass du gekommen bist.« Sie hob Johannes Urne auf. »Wollen wir sie gemeinsam ins Grab legen?«

Beates Lippen begannen zu zittern. Sie schaute zu den beiden Grablöchern. Dahinter lag ein glatt geschliffener Marmorbrocken, den Rike und Bjørn bei einem Steinmetz in Auftrag gegeben hatten. Die eingemeißelte Inschrift lautete:

Johanne og Leif
Kjærligheten er sterkere enn døden.

Beate beugte sich darüber. »Was steht da?«

»Johanne und Leif. Die Liebe ist stärker als der Tod«, übersetzte Rike.

Ein Beben durchlief Beates Körper. Sie lehnte sich gegen einen Felsen und schlug die Hände vors Gesicht. »Ach, Mama«, wimmerte sie. »Wenn du mir doch verzeihen könntest.«

Die Verzweiflung in ihrer Stimme ging Rike durch und durch. Für einen Moment war Beate nicht länger die erwachsene Frau. Sie war das junge Mädchen, das einst mit seiner Mutter gebrochen hatte und nie darüber hinweggekommen war.

»Aber das hat sie doch«, sagte Rike leise.

Sie zog das Päckchen mit Johannes Briefen aus ihrem Umhängebeutel, das sie in ihr Grab hatte legen wollen.

Beate sah es verständnislos an. Rike zögerte kurz. Vor ihrem inneren Auge blitzte die Erinnerung an Beates Wutausbruch auf, mit dem sie reagiert hatte, als sie von den Briefen erfuhr. Rike konnte kaum glauben, dass seither erst ein Jahr vergangen war.

»Das sind die Briefe, die Johanne dir aus Norwegen geschrieben hat«, erklärte sie. »Du weißt schon … die, die Opa Fiete aufbewahrt hat.«

Mit angehaltenem Atem beobachtete sie ihre Mutter. Beate wurde noch blasser. Sie streckte eine Hand aus, nahm das Päckchen, presste es an ihre Brust und sank auf die Knie. Rike kauerte sich neben sie, legte einen Arm um ihre Schultern, die unter Beates Schluchzern bebten, und weinte mit ihr.

Nach einer Weile löste sich Beate von Rike und schaute ihr in die Augen. »Ich schäme mich so«, flüsterte sie. »Ich war so verbohrt und voller Zorn, dass ich das Wertvollste weggestoßen habe, was man besitzen kann: die Liebe der Menschen, die einem nahestehen.« Sie schluckte. »Kannst du mir vergeben?«, fuhr sie heiser fort.

Rike nickte weinend. »Ich hatte solche Angst, dass es mir eines Tages so gehen würde wie dir und Johanne«, schluchzte sie. »Dass wir ein Leben lang keinen Weg mehr zueinander finden würden.«

Beate streichelte scheu ihre Wange. »Du bist so ein großherziger Mensch. Genau wie deine Großmutter. Und dein Opa. Ich weiß gar nicht, womit ich eine Tochter wie dich verdient habe.«

Rike wurde erneut von Tränen übermannt. Vergeblich kramte sie in ihrem Umhängebeutel nach einem Taschentuch.

Bjørn, der sich diskret ein paar Schritte abseitsgestellt hatte, kam zu ihr und reichte ihr ein frisches Päckchen. »Deine waren schon alle«, sagte er leise und lächelte sie liebevoll an.

Rike nahm die Hand, die er ihr hinhielt, und ließ sich von ihm aufhelfen.

Beate stand ebenfalls auf. »Was müssen Sie nur von mir denken«, sagte sie leise.

Bjørn schüttelte den Kopf. »Du, bitte. Ich gehöre doch zur Familie.«

»Du schon. Aber ich …« Beate sah unsicher zu ihrer Tochter.

»Natürlich auch!«, rief Rike. »Das war nie anders. Und ich bin sicher, Johanne ist jetzt bei uns und freut sich mit uns.« Sie breitete die Arme aus und zog ihre Mutter fest an sich.

ENDE

Danke

Auch meinen sechsten Roman möchte ich mit einem herzlichen Dankeschön abschließen, das all denen gebührt, die mich bei seiner Entstehung und Veröffentlichung unterstützt haben.

Auf Verlagsseite waren das an erster Stelle meine Lektorin Gerke Haffner, die sich auf Anhieb für die Geschichte begeistert hat, und die Bastei-Lübbe-Mitarbeiter, die den Roman fit für den Weg in die Buchhandlungen und zu den Lesern machen.

Ganz herzlich möchte ich mich erneut bei meiner Außenlektorin Dr. Ulrike Brandt-Schwarze bedanken, die sich meines Textes in gewohnt sorgfältiger und feinfühliger Weise angenommen hat.

Für die liebevolle Unterstützung meiner Agentin Lianne Kolf und ihres Teams bin ich sehr dankbar und froh über unser vertrauensvolles Zusammenspiel!

Liebe Lilian, ich kann gar nicht sagen, wie unendlich dankbar ich Dir für Deine unermüdliche Unterstützung bin! Du bist meine wichtigste Begleiterin während des Schreibens. DANKE für Dein kritisches Auge und Deine stets zutreffenden Anmerkungen!

Dir, lieber Stefan, widme ich dieses Buch. Du hast noch eine Fahrt auf einem Schlepper bei mir gut.